AtV

Maria Helleberg, geboren 1956, hat Dänisch und Theaterwissenschaften studiert. Seit 1986 hat sie zahlreiche Romane, Novellen, Kinderbücher und Theaterstücke veröffentlicht. Ihre Werke, für die sie etliche Auszeichnungen und Stipendien erhalten hat, wurden ins Deutsche, Schwedische, Finnische, Estnische und Polnische übersetzt. »Die Winterkönigin« war in Skandinavien ein Bestseller.

Sie ist sechs Jahre alt, viel zu klein für ihr Alter und eigentlich nur Haut und Knochen, und doch soll sie mit dem norwegischen Königssohn Håkon verlobt werden. Håkon ist dreizehn Jahre älter, sie kennt ihn nicht, und er erscheint auch nicht zur Zeremonie. Erst vier Jahre später bekommt sie den schönen Håkon zum ersten Mal zu Gesicht – vor dem Traualtar.

So beginnt die Geschichte einer der bedeutendsten historischen Frauenfiguren des Mittelalters. Es ist die Geschichte von Margarete I. (1353 bis 1412), der Tochter des mächtigen dänischen Königs Valdemar Atterdag und seiner schwachsinnigen Frau Helvig.

Früh als politische Handelsware benutzt, ist Margarete eine erfüllte Kindheit verwehrt. Als Königin von Norwegen muß sie in Armut und Einsamkeit auf Burg Akershus leben, während ihr Mann Krieg gegen Schweden führt. Erst im Alter von siebzehn Jahren schenkt sie Håkon einen Thronfolger. Ihr Sohn Oluf ist noch ein Kind, als sich sein Vater erhängt. Als auch noch König Atterdag stirbt, muß Margarete die Geschicke zweier Länder lenken. Doch sowohl Norwegen als auch Dänemark sind durch Pest und Bürgerkriege stark geschwächt, und gefährliche Feinde wie der hinterhältige Albrecht von Mecklenburg warten nur darauf, daß der »kleinen Herrin« ein Fehler unterläuft.

Aber Margarete führt ihre Reiche zu Unabhängigkeit und Wohlstand. Als die schwedischen Adligen ihr schließlich die Krone Schwedens anbieten, steht sie vor der Erfüllung ihrer Träume. Und ihr strahlender Sohn Oluf ist gerade alt genug, um die Königsweihe zu empfangen. Da erreicht Margarete eine grausame Nachricht, und die Winterkönigin schwört ewige Vergeltung …

Bezug nehmend auf die historischen Fakten, hat Maria Helleberg eine besondere Romanbiographie geschrieben. Plastisch schildert sie das Innenleben dieser ersten Regentin Europas und zeigt sie als komplexe Persönlichkeit, die gerissen und gläubig, geliebt und gehaßt war.

Maria Helleberg

Die Winterkönigin

Roman

Aus dem Dänischen
von Kerstin Schöps

Aufbau Taschenbuch Verlag

Titel der Originalausgabe
Rigets Frue

Die Übersetzung dieses Buches wurde gefördert
vom Dansk Litteraturcenter.

ISBN 3-7466-1818-5

2. Auflage 2002

Published by agreement with Agentur Literatur Gudrun Hebel, Berlin.
Umschlaggestaltung Preuße & Hülpüsch Grafik Design
unter Verwendung des Gemäldes »Pareja de majos«, 1770, von
Lorenzo Tiepolo, Madrid, Palacio Real, Foto: akg-images
Satz LVD GmbH, Berlin
Druck Elsnerdruck GmbH, Berlin
Printed in Germany

www.aufbau-taschenbuch.de

I.
Das Königskind

1.

Margarete kletterte auf das Fensterbrett und versteckte sich. Die Fenster hatten kleine Sitzbänke mit Kissen, und unter den Kissen würden sie sie nicht finden. Die Fenster waren aus klarem Glas, und man konnte sie auch öffnen. Aber das durfte sie nicht.

Es regnete, und sie war wütend. Die Sonne war verschwunden, und nichts passierte. Sie hatte am Morgen solche Bauchschmerzen gehabt, und jetzt dröhnte es in ihrem Kopf. Obwohl sie ganz lange geschlafen hatte, war sie so müde, daß sie sich am liebsten auf den Boden gelegt hätte und gleich wieder eingeschlafen wäre.

Es kam ihr so vor, als ob sie schon seit einer Ewigkeit hier auf Vordingborg sei, ohne Vater und ohne Mutter. Jeden Morgen stand sie auf, zog dieselben Kleider an, bekam dieselbe Grütze zu essen und wurde sich dann selbst überlassen.

Kristoffer fehlte ihr. Soweit sie wußte, ging es ihm schon wieder viel besser.

Sie war kurz davor, Ingeborg zu vermissen. Zwar hatte sie immer mit ihrer großen Schwester gestritten, aber wenn Ingeborg auf Vordingborg wäre, würde doch immerhin irgend etwas passieren.

Ingeborg war nach Mecklenburg geschickt worden. Das vergaß Margarete jede Nacht und wunderte sich dann am Morgen, wo ihre große Schwester war. Ingeborg würde wohl nie wieder zurückkommen.

Sie könnte sich ja auch runter zu den Mönchen schleichen.

Aber letztes Mal hatte sie ein Tintenfaß umgeworfen, so daß ihr der Zutritt verboten wurde. Sie könnte auch zu den Ställen gehen, doch die Pferde waren so groß und gefährlich, wenn man nicht auf ihrem Rücken saß. Sie könnte sich auch verstecken und darauf warten, daß man sie suchte, aber das langweilte sie auch, und darum fing sie an, an Ort und Stelle vor sich hin zu summen und zu singen.

Einige Zeit später fanden sie sie.

Sie wurde vom Fensterbrett heruntergehoben, und die große Frau, die sie nicht kannte, knetete ihre kalten, fast steifen Hände.

»Du bist ja vollkommen durchgefroren, Kind!« sagte sie und nahm ihr Gesicht in ihre rauhen Hände, die schrecklich kalt waren.

Früher hätte sie gebissen, jetzt aber zuckte sie nur zusammen. Die Hände waren noch kälter als ihre Wangen.

»Allmächtiger Gott«, sagte die Frau und nahm sie in ihre Arme, »das überlebt sie nicht.« Auch ihre Kleidung war kalt, und ihr grober Mantel kratzte an ihrem Hals.

Die Frau packte sie mit einer Hand am Genick, so daß sie beinahe keine Luft bekam. Sie schloß die Augen und hoffte, bald abgesetzt zu werden. Ihre Füße baumelten vor dem Bauch der Fremden. Sie war sechs Jahre und eigentlich schon zu alt, um noch getragen zu werden. Nur Vater trug sie ab und zu, und das auch nur, weil sie so klein und leicht war.

Endlich wurde sie auf ein großes Bett gelegt. Sie zitterte schon bei dem Gedanken an die klammen, blanken, eisigen Bettlaken und Decken. Aber die Frau nahm ihren pelzgefütterten Mantel und deckte sie damit zu, hob ihre Füße hoch, wickelte sie darin ein und schob warme Steine ins Bett.

Es war ein komisches Gefühl, wie ein kranker Säugling behandelt zu werden.

Mutter hatte zwei kleine kranke Kinder bekommen, die gestorben waren. Sie hatten viel geschrien und waren dann in kleinen Holzkisten verschwunden. Und dann gab es da die

Pest, die sie noch nie gesehen hatte, nur ihr Spuren. Vater wollte nicht, daß über die Pest gesprochen wurde, das würde sie herbeibeschwören. Doch sie hatte Tote am Wegesrand gesehen. Das waren ihre Spuren.

Sie brachten einen Zuber mit warmem Wasser, zogen ihr die Kleider aus und setzten sie hinein. Sie gossen Wasser über ihren Kopf und drückten sie tief in den Zuber hinein, so daß es ihr den Atem nahm. Gleichzeitig wurde sie ganz schläfrig.

»Er verzeiht es uns niemals, wenn sie stirbt«, hörte sie die große Frau sagen, die noch weitere Steine unter die Decke schob. Dann machte sie sich daran, ihr langes schwarzes Haar zu kämmen, das sich so oft verfilzte. Normalerweise schrie sie dabei immer vor Schmerzen, aber die fremde Frau war so behutsam, daß sie ganz ruhig war.

»Kleines Mädchen«, sagte die Frau, »du darfst nicht krank werden. Wir haben einen Boten zu deinem Vater geschickt. Wir trauen uns nicht, deiner Mutter eine Nachricht zu senden, bevor wir nicht sicher sind, daß du dich wieder erholst.«

Ihr war das ganz egal. Sie konnte sich auch nicht mehr erinnern, wie sie hieß oder wo sie gerade war. Nur die Hände, die ihr über das Gesicht streichelten, waren im Moment wichtig.

Das letzte Mal, als ihr Vater zu Besuch kam, hatte sie gesehen, wie die Fahne mit dem Löwenbanner auf dem Turm gehißt wurde. Kristoffer hatte ihr gerade erzählt, was es damit auf sich hat. Sie war schnell vom Salzhaus weggerannt und die äußere Treppe hinunter in den Burghof gelaufen. Auf dem Weg dorthin lag ein kleiner Hügel, den sie Schweinekamm nannten. Dort stolperte sie.

Vaters Pferd scheute und bäumte sich vor ihr auf. Er trug sie zurück in die Burg zu Kristoffer und Mutter. Schon am nächsten Tag reiste er wieder fort. Sie konnte sich nicht erinnern, wieviel Zeit seitdem vergangen war. Ihre Sehnsucht war als bitterer Schmerz zurückgeblieben und verblich langsam. Nun war nur noch ein kleiner Rest übrig.

Als sie plötzlich Getrappel hörte, setzte sie sich im Bett auf. Laute Hufschläge und das Wiehern vieler Pferde im Burghof hatten sie geweckt. Das mußte Vater sein. Denn sie riefen da unten alle durcheinander, und die Fanfaren wurden geblasen. Doch die Signale sagten ihr nichts. Vielleicht war es auch nur Kristoffer. Im Moment wäre auch Kristoffer genug.

Die große Frau öffnete die Tür, knickste kurz und fing an, mit einer vollkommen anderen Stimme zu reden. Sie plapperte in einem fort, als gälte es ihr Leben.

Vater trat ins Zimmer. Er hörte ihr nicht zu, ging zum Bett und nahm Margarete mitsamt der schweren Decke in seine Arme und trug sie hinaus.

»Sie ist ja nur Haut und Knochen«, sagte er, »was habt ihr mit ihr gemacht?«

Die große Frau lief hinter ihm die enge Treppe hinunter und erklärte, daß sie das einzig Richtige getan und sie gewaschen und ins Bett gesteckt hätten. Aber sie hätte keine Beulen und Flecken, es sei also nicht die Pest.

Erst als Vater am Fuße der Treppe angelangt war, drehte er sich um und brachte die Frau dadurch zum Stehen – und zum Schweigen. Er trug Margarete über den Burghof in das Holzhaus direkt an der Mauer. Er schloß die Tür und setzte sie auf dem Tisch ab.

»So, laß uns jetzt mal sehen, was mit dir los ist«, sagte er und nahm die Decke von ihren Schultern. Er nahm eine ihrer Hände, drehte sie hin und her und suchte sie nach Flecken oder anderen Zeichen einer Krankheit ab.

»Nun ja, klein bist du wirklich, aber das kann sich noch alles geben«, sagte er.

Erst da wurde ihr klar, daß er sie noch gar nicht begrüßt hatte, ihr noch nicht einmal einen Kuß gegeben hatte. Er hatte sie behandelt wie ein Pferd, das er kaufen wollte.

Die Tür ging auf. Die große Frau blieb in der Tür stehen.

»Danke du deinem Gott, daß sie nicht krank ist«, sagte Vater mit dem Rücken zur Tür, er wußte offenbar, wer da stand. »Und hol ihre Sachen. Ich möchte auch Ingeborgs weißes Kleid sehen, wir werden es benötigen.«

»Aber sie ist doch so viel kleiner«, wandte die Frau leise ein und schloß hinter sich die Tür.

Margarete wußte das. Es war ihr größter Fehler: Sie war klein und dunkelhaarig. Vater liebte Ingeborg, die ihm so ähnlich sah. Ingeborg war hochgewachsen, üppig und stattlich.

Als Ingeborg sechs Jahre alt war, konnte sie schon mit den Pferden umgehen, sie benutzte ihre Sporen, ihre Peitsche und vor allem ihren starken Willen. Margarete traute sich nicht, allein zu reiten. Wenn sie reiste, saß sie entweder zusammen mit einer der Frauen im Sattel oder in einem Wagen, der langsam durch die Landschaft schaukelte.

Vater nahm ihre andere Hand und öffnete sie mit seinen langen rauhen Fingern.

»Wie konntest du nur so klein und fein werden?« fragte er. »Man hat Angst, daß dich der nächste Windstoß umwerfen kann. Aber da irren wir uns bestimmt.«

Dann küßte er ihre Stirn und griff in ihre Haare, die ungewaschen und schwer waren.

»Wie ein Rabenkind«, sagte er mit einem Lächeln.

Dann erhob er sich wieder, und seine Gedanken richteten sich auf etwas anderes. Sie blieb in ihrem Hemdchen auf dem Tisch stehen und fror, traute sich aber nicht, die Decke aufzuheben, um sich darin einzuwickeln.

Den ersten Tag der Reise schlief sie fast die ganze Zeit, obwohl sie im Arm der großen Frau lag, deren Namen sie immer noch nicht kannte. Die Frau sprach die ganze Zeit über, aber nie mit ihr. Das wunderte sie nicht besonders, so behandelten sie fast alle. Also konnte sie auch genausogut schlafen.

Sie ließ sich tragen und bewegen wie ein kleines Paket, und

es war ihr gleich, wo die Reise hinging. Wenn sie angekommen waren, würden ihre Kleider und Spielsachen ausgepackt werden, wie immer. Eigentlich war es gut, endlich von Vordingborg weg zu sein, wo sie die ganze Zeit nur allein gewesen war.

Sie schreckte auf, als ihr Vater angeritten kam. Ohne jede Ankündigung nahm er sie aus den Armen der namenlosen Frau. Er hielt sie viel zu fest und drückte ihr die Brust zu. Sie wollte sich beklagen, wußte aber genau, daß es nichts nützen würde. Wenn er unterwegs war, trug er immer diese schuppige Rüstung, die aus vielen kleinen Eisenteilen bestand. Sogar sein Arm und seine Handschuhe waren aus Eisen, das sich kalt durch ihre Kleider drückte. Die Kälte ging ihr durch Mark und Bein.

Während er vom Pferd abstieg, hielt er sie weiter fest im Arm. Steifbeinig erklomm er die Treppen eines Turmes und stellte sie oben auf einem Tisch ab, so wie er es auf Vordingborg getan hatte. Fremde Menschen nahmen ihm seinen Mantel ab und fingen an, das ganze Eisen von seinem Körper zu lösen, so daß er langsam wieder begann, ihrem Vater zu ähneln. Aber sie kannte ihn ja. Er sah ihr in die Augen, die Tür stand offen, und das Licht fiel herein, funkelnde Sonnenstrahlen.

»Du bist doch nicht mehr krank?« fragte er, und sie wußte, daß es auf diese Frage nur eine Antwort gab. Endlich hatte er sich von seiner Rüstung befreit und kam zu ihr. Er war so groß, daß sie ihn nur umarmen konnte, wenn sie auf einem Tisch stand.

Er löste ihre Umarmung und nahm ihr Kinn in seine Hand.

»So klein, wie du bist. Auf dich müssen wir gut aufpassen. Eberstein hat einen Boten geschickt, der Ingeborgs schönstes Kleid bringen soll. Sie sind gerade dabei, es für dich umzunähen. Übermorgen sind wir in Kopenhagen. Du sollst heiraten, mein Mädchen. Ich kenne keine, die so jung geheiratet hat. Wir wollen hoffen, daß sich die Schweden zufriedengeben mit einer, die so klein ist.«

Sie sah ihm die ganze Zeit in die Augen, um zu verstehen, was er sagte. Aber dann schwieg er, lächelte und streichelte ihr mit der Hand über das Gesicht. Seine Hand war so groß, daß sie ihr ganzes Gesicht bedeckte. Eberstein, dachte sie, wer ist das? Ein großer, rauher und kalter Stein. Wie die Hand ihres Vaters.

Auf einmal war Vater wieder fort, und sie stand auf dem Tisch und wußte nicht, ob sie dort stehenbleiben oder hinunterklettern sollte.

Vater war größer als alle anderen, und sie hatte noch keine Tür gesehen, die groß genug war für ihn. Er mußte sich immer vornüberbeugen, und dann sah man seinen Kopf mit dem hellen lockigen Haar. Seine Haare und Augen waren wie die von Ingeborg, Margarete hingegen ähnelte ihrer Mutter. Das war ihr größter Fehler. Wenn sie Ingeborg und ihrem Vater ähnlicher sehen und schneller wachsen würde, würde alles anders sein. Mit Ingeborg redete er wie mit einer Erwachsenen.

Zeit verstrich, und keiner kam. Sie sprang vom Tisch und ging zu der geöffneten Tür. Draußen schien immer noch die Sonne, aber es war kalt, und darum ging sie nicht weiter, sondern blieb in einer windgeschützten Ecke stehen und sah hinunter auf die Wiese.

Dort unten war Kristoffer! Auf Vordingborg hatte sie ihn so sehr vermißt, und hier war er plötzlich. Sie wollte sofort zu ihm hinunterlaufen. Aber er stand mit Vater zusammen, hielt seinen Helm in der Hand. Nicht den großen Turnierhelm, sondern den, den er beim Training aufhatte. Dazu trug er den zerschlissenen braunen Brustpanzer aus Leder, der viel zu groß für ihn war.

Sie setzte sich auf die oberste Stufe der Treppe, wo die geöffnete Tür ihr Windschutz bot, und sah hinunter auf ihren Vater und Bruder. Kristoffer war wie sie, zu klein und schwach, um wirklich von Nutzen zu sein. Jede Krankheit erwischte ihn, und er wuchs einfach nicht. Doch jetzt, in seinem Panzer und mit dem Schwert, sah er Vater sogar ähnlich.

Sie hatte einmal einen Mönch beobachtet, der das Bild eines Königs auf eine Kirchenwand malte. Er war stolz auf sein Bild, bis Vater an seine Seite trat und ihn fragte, ob er noch nie zuvor einen richtigen König gesehen habe. Das Bild zeigte einen kleinen dünnen Mann mit einer Krone. Ihr Vater trug nie eine Krone. Sie zweifelte sogar daran, daß er eine besaß. Die Würde eines Königs sei auch ohne Krone spürbar, hatte er dem Mönch erklärt, und so müsse ein König auch gemalt werden.

Warum sollte eigentlich Kristoffer nicht zuerst heiraten? Er war viel älter als sie, wenn auch nicht viel größer. Sie kannte niemanden, der mit sechs schon verheiratet war. Vielleicht würde sie von zu Hause wegziehen müssen. Vater und Mutter waren verheiratet, aber sehr selten zusammen. Und das war auch gut so.

»Da hockst du hier und frierst!« kam eine laute Stimme von unten. Die große Frau raffte ihre Röcke und beeilte sich, die Stufen hinaufzulaufen. Sie wollte nicht schon wieder getragen werden und machte einen Schritt rückwärts in den Turm hinein.

»Ich bin nicht krank, und ich kann selbst gehen«, sagte sie zornig, »und wer bist du?«

Die große Frau starrte sie an mit ihren kugelrunden Augen.

»Du bist also wieder ganz gesund, wie ich höre«, sagte sie und verbeugte sich. »Ich bin Margarethe von Eberstein, und dein Vater hat mir die Verantwortung für deine Person übergetragen.«

Meine Person, dachte Margarete. Das hätte Vater niemals so gesagt. Sie schritt an dieser Eberstein vorbei die Treppe hinunter. Im Eingang des Turms blieb sie demonstrativ stehen und schaute zu ihrem Vater und Kristoffer. Ihr Bruder hatte einen kleinen runden Schild, mit dem er die Schläge parierte. Sie konnte genau sehen, daß Vater nicht mit ganzer Kraft zuschlug, sondern Kristoffer die Möglichkeit bot, sich zu verteidigen. Es war ein zäher Kampf, und Kristoffer schwitzte, schimpfte laut, sank nieder und stützte sich auf das Knie. Mit einer Hand strich er sich den Schweiß aus der Stirn, während er das Schwert mit der anderen zitternd festhielt.

Eberstein war ebenfalls die Treppe hinuntergekommen und stellte sich schwer schnaufend hinter Margarete. So war sie wenigstens schön windgeschützt, wenn sie sich gegen deren dicke Beine lehnte.

Vielleicht sollte ein Turnier zu ihrer Hochzeit stattfinden. Vielleicht hatte Vater deshalb begonnen, mit Kristoffer zu üben. Das letzte Mal hatte er aus lauter Wut das Schwert von sich geworfen, so daß es sich in die weiche Erde bohrte und vibrierte. Das war auf Vordingborg gewesen.

»Warum heiratet Kristoffer nicht zuerst?« fragte sie Eberstein, die von dieser Frage überrascht wurde.

»Der König entscheidet für seine Kinder«, antwortete Eberstein. Es war deutlich, daß dies nicht die richtige Antwort war, aber daß sie irgend etwas sagen mußte, um Margarete die Antwort nicht gänzlich schuldig zu bleiben. So war es mit fast allen Erwachsenen. Sie glaubten immer, daß sie die Wahrheit nicht verstehen würde.

Sie wurde in den Saal mit den spitzen Fenstern gebracht. Der Raum kam ihr bekannt vor, aber wo genau sie war, wußte sie nicht.

Als erstes fiel ihr der gedeckte Tisch auf. Es sah so aus, als würde sie heute auch mit ihren Eltern und nicht nur mit Eberstein essen. Im Halbdunkel sah sie eine Frau. Es war ihre Mutter.

Fast ein Jahr war es her, daß sie sich gesehen hatten. Voller

Schmerz und Verwirrung erinnerte sie sich an ihre Abreise damals: ein dunkler Abend, Fackeln und Geschrei, große Pferde, die ihr angst machten, und ihr Vater, der sie hochhob und einem Reiter aufs Pferd setzte.

Das war die Nacht, in der ihre Geschwister starben.

»Geh schon rein«, sagte Eberstein und gab ihr einen kleinen Schubs. »Deine Mutter ist wieder gesund«, fügte sie hinzu, »geh hinein und begrüße Königin Helvig.«

Trotzdem traute sie sich nicht sofort, zu ihrer Mutter zu gehen.

»Geh und begrüße deine Mutter, und denk daran, dich tief zu verbeugen«, flüsterte Eberstein.

Etwas zögerlich ging sie endlich über den Fußboden, an den sie sich auch noch erinnern konnte: schöne Steine mit Bildern von Löwen und Lilien. Hier war sie gewesen, bevor sie nach Vordingborg gebracht wurde. Wie konnte sie das nur vergessen haben?

Ihre Mutter saß an der Mitte des Tisches. Sie war allein im Raum. Mutter sah kaum anders aus als früher, immer noch schmächtig und zerbrechlich und vollkommen von Kleidern umhüllt. Nur ihr Gesicht und die Hände waren nackt. Das Gesicht war blaß und schmal, mit ganz dunklen Augen und einem kleinen runden und bemalten Mund.

Schließlich wagte Margarete es doch, die letzten Schritte zu ihrer Mutter zu gehen. Sie umrundete den Tisch, näherte sich vorsichtig und verbeugte sich, so wie Eberstein es immer machte, in gutem Abstand.

»So schön bist du geworden«, sagte ihre Mutter. »Bist du meine tote oder meine lebende Margarete?«

Margarete war nach ihrer verstorbenen großen Schwester und ihrer ebenfalls verstorbenen Tante benannt worden, aber ihre Mutter mußte doch sehen können, daß sie lebte. Margarete hatte auch ganz vergessen, daß ihre Mutter so eine merkwürdige Stimme hatte. Alle Erwachsenen konnten sich hinter Worten verstecken, die man nicht verstand. Vater hatte ihr beim letzten Mal, als sie sich hier sahen, versprochen, ihr Deutsch beizubringen. Doch dann passierte all das andere, und dann kam Vordingborg. Mutter und Vater sprachen nur dänisch, wenn sie zusammen waren.

»Wie groß du geworden bist«, sagte ihre Mutter. Das weiße Kopflinnen war straff über ihre Wangen und ihre Brust gezogen, und auf ihrem Scheitel prangte ein großer schwarzer Ring, der das schwarze Übertuch zusammenhielt. Dies fiel über ihre Schultern, so daß sie aussah wie eine Nonne. Wenn man nahe genug bei ihr stand, konnte man sehen, daß der Ring wie eine Krone geformt war. Sie hätte so gerne diese merkwürdige Krone berührt.

»Setz dich zu mir«, sagte ihre Mutter, deren Hände immer noch unbewegt auf dem Tisch lagen, links und rechts von dem Teller. Sie sah aus wie eine Holzstatue.

Margarete mußte ihre Mutter berühren, streckte ihre Hand aus und legte sie vorsichtig neben die kleine erwachsene Hand mit all den Ringen an den Fingern.

»Nein! Laß mich!« zischte Helvig, zog aber nicht die Hand, sondern den Blick fort.

Margarete gehorchte sofort und setzte sich.

Kristoffer hatte versucht, es ihr zu erklären. »Unsere Mutter ist krank«, hatte er gesagt, »darum hat Vater sie fortgeschickt.« Das war in der Nacht, in der die Zwillinge starben. Aber das waren für sie nur Worte. Sie verstand es nicht.

»Ich habe so lange darauf gewartet, dich wiederzusehen«, sagte ihre Mutter. Margarete sah sie an und versuchte ihren Blick einzufangen, aber es war, als ob die schmalen dunklen Augen keinen Blick mehr hatten.

Genau hier war es geschehen. Sie wollte sich um keinen Preis daran erinnern, aber es war genau hier geschehen.

Die Tür ging auf, und ihr Vater und Kristoffer kamen herein, begrüßten Helvig und setzten sich. Dann wurde das Essen aufgetragen, ein Gang nach dem anderen. Sie hatte noch nie zuvor nur mit ihren Eltern und Kristoffer gegessen. Es war sehr still. Kristoffer schnitt ihr Essen in kleine Stücke und probierte jeden Gang zur Sicherheit vorher, denn sie war sehr wählerisch. Sie weigerte sich, Rote Bete zu essen. Darum würgte er sie an ihrer Stelle hinunter.

»Vielleicht wächst man von Roter Bete«, flüsterte er ihr zu. Das wäre sehr gut, dachte sie, dann wäre Vater bestimmt zufrieden mit ihm. Dann könnte er ja auch heiraten.

Es war nicht gern gesehen, daß die Kinder beim gemeinsamen Essen laut am Tisch miteinander sprachen. Aber sie hatten sich so lange nicht gesehen, daß niemand sie wegen dieses Verstoßes zurechtwies. Kristoffer gratulierte ihr zu ihrer bevorstehenden Hochzeit.

»Hat Vater daran gedacht, dir zu erzählen, wen du heiraten wirst?« fragte er, während er seine Pastete aß. Sie schüttelte den Kopf. Darüber hatte sie noch gar nicht nachgedacht, es war doch ohnehin schon alles abgemacht.

»Kannst du dich an Håkon erinnern?« fragte er leise. »Meinen Freund Håkon? Er ist viel größer als ich und auch älter. Blankas Håkon«, fügte er hinzu.

Wie sollte sie sich an ihn erinnern? Menschen kamen und gingen. Sie erkannte sie, wenn sie sie wiedertraf, aber Namen allein sagten ihr nichts. So war es auch mit Kristoffers Geschichte über die toten Zwillinge und die Krankheit ihrer Mutter. Sie wußte schon, worüber er sprach, aber für sie, in ihr, sah es ganz anders aus.

Sie hatte ihre Mutter gesehen, halbnackt, ihre langen schwarzen Haare hingen ihr wie Schlangen auf Schultern und Arme. Sie hatte ein totes nacktes Baby herumgetragen. Sie hatte es im Arm hin und her geschaukelt. Das Kind hatte keinen einzigen Laut von sich gegeben. Auf dem Boden hatte das andere Kind gelegen, klein und still.

Zuerst hatte sie gedacht, es seien Puppen. Doch nein, es waren ihre neugeborenen Geschwister, sie hatte sie in der Wiege liegen sehen, zwei kleine Jungen. Sie hatten schon Namen erhalten, waren getauft worden und waren also zwei kleine christliche Menschen, die man berühren durfte. Doch auf einmal lagen sie auf dem kalten Boden, oder Mutter trug sie umher. Aus ihrem Mund war ein seltsamer, schriller Laut gedrungen, sie war umhergelaufen und hatte gestampft, aber nur mit dem rechten Fuß, und sie hatte mit sich selbst in einer fremden Sprache gesprochen. Dann hatte sie das Kind fallen lassen, war zum Fenster gegangen und hatte sich niedergekniet.

Margarete hatte nicht mehr sehen können, denn dann waren andere Leute hereingestürzt. Sie hatten die kleinen stummen Babys zugedeckt und sie mit aus dem Zimmer genommen. Ihr waren die Augen zugehalten worden, sie hatte geschrien und in die Hand gebissen, die ihr die Sicht versperrte. Erst in den Armen ihres Vaters konnte sie sich wieder beruhigen, fest hatte sie seinen Hals umschlungen. Sie war sich so sicher gewesen, daß er sie beschützen und alles Böse und Unbegreifliche von ihr fernhalten würde.

Aber nein. Er hatte ihren Griff gelöst und sie in die Arme anderer weitergereicht. Und dann war sie auf einmal von viel Lärm, Pferden, Dunkelheit und Fackeln umgeben gewesen, und sie hatte geweint. Kristoffer hatte versucht, es ihr zu erklären. Weil die zwei Kleinen gestorben waren, war ihr Leben in Gefahr. Vater hatte sie fortgeschickt, um ihr Leben zu retten.

Nun saßen sie wieder hier, in dem gleichen Saal. Aber nichts war wie vorher, sie durfte ihre Mutter nicht berühren und hatte Angst, ihr in die Augen zu sehen. Ihre Mutter konnte zwar essen und trinken, aber ihr Vater wachte über jede ihrer Bewegungen. Er füllte ihren Becher und half ihr, das Fleisch in kleine Stücke zu schneiden. Und jedesmal, wenn sie ihre rechte Hand zum Mund führte, folgte sein Blick ihrer Bewegung.

»Wir werden morgen weiterfahren«, sagte ihr Vater, während ihre Mutter sorgsam ihr Gesicht abwischte und immer und immer wieder ihre Hände in einer Schale wusch. Das war sein erster richtiger Satz gewesen, abgesehen von den Begrüßungen und Anweisungen an die Dienerschaft. Margarete beobachtete, wie ihre Mutter bei diesen Worten erstarrte und beide Hände auf den Tisch legte, obwohl sie noch naß waren.

»Warum hast du keine Frau für Kristoffer?« fragte sie. Ihre Stimme klang fremd, so als hätte sie selbst vergessen, wie sie klang, und als würde sie nach ihr suchen. Kristoffer saß vollkommen still da. Er hoffte wohl, übersehen und vergessen zu werden, wenn er keinen Laut von sich gab.

»Sieh ihn dir doch an«, sagte Vater. »Er muß sich erst wesentlich verbessern, bevor ich ihn zu Kaiser Karl schleppen und vorstellen kann.«

»Aber Margarete kannst du verschenken, gerade einmal sechs Jahre alt«, erwiderte ihre Mutter. Margarete hatte genau hingesehen und eine Art Lächeln im Gesicht ihrer Mutter entdeckt. Während ihr Vater seine Frau die ganze Zeit über ansah, starrte die unentwegt in die Luft.

»Und dann zu diesen Menschen!« fügte sie hinzu und lachte bitter auf. »Es gibt keine Sünde, die sie nicht begangen haben. Letztes Jahr noch wolltest du Magnus beim Papst anklagen und ihn verbannen lassen, und jetzt sollen wir ihn und seine verzogenen Söhne empfangen und ihnen unsere Kinder schenken. Ob Magnus seine Liebhaber mitbringt, was meinst du? Was ist mit dem Sohn, gegen den er Krieg führt? Wie kannst du auch nur daran denken, uns mit dieser sündigen schwedischen Brut und diesen häßlichen Menschen zu verbinden?«

»Magnus begreift nur direkte Handlungen, die gegen ihn gerichtet sind«, sagte Vater in einem Tonfall, als spräche er mit einem Kind. »Und noch ist gar nichts entschieden. Wir behalten sie bei uns und können alles auch jederzeit rückgängig machen, wenn sie unseren Erwartungen nicht entsprechen.«

»Du hast also gar nicht vor, den Vertrag einzuhalten?« fragte ihre Mutter. Sie wandte sich abrupt zu ihrem Mann und sah ihm in die Augen. »Du hast gar nicht vor, sie ihnen auszuhändigen? Habe ich es mir doch gedacht! Alle, die man zum Narren halten kann, sollen ruhig zum Narren gehalten werden. Alle, die man ausnutzen kann, sollen ruhig ausgenutzt werden. Glaubst du nicht, ich kenne dich? Alle Menschen sind nur für dich und deine Pläne da. Und wenn es nicht so geschieht, wie du es willst, dann schlägst du zu. Meiner willst du dich hoffentlich nicht so entledigen wie der drei bei Middelfart, die du hast töten lassen.«

»Ich habe niemanden getötet!« schrie Margaretes Vater und blieb aufgelöst und mit offenem Mund sitzen. Seinen Arm, in dessen Hand er das Messer hielt, hatte er vor sich auf dem Tisch ausgestreckt, und die Klinge zeigte drohend nach oben. Diese Hand schien dem, was er soeben beteuert hatte, widersprechen zu wollen.

Ihr Vater hörte nicht auf, sich zu erklären und sich zu verteidigen. Margaretes Mutter erhob sich geräuschvoll von ihrem Stuhl. Ihr Blick bat um Hilfe, und Kristoffer erhob sich auch sofort. Doch zu spät. Die Füße versagten ihr den Dienst, sie strauchelte und konnte sich gerade noch fangen. Ihr Mann rührte sich nicht von der Stelle. Sie winkte Kristoffer zu sich und ließ sich von ihm stützen. Stehend war sie eine weit weniger imposante Erscheinung, als es diese steife Statue am Tisch gewesen war.

Erst jetzt erhob sich der König und gab dem Diener, der an der Tür gestanden und gewartet hatte, ein Zeichen. Ihre Mutter verließ den Saal, und auf einmal wimmelte es von Menschen, die den Tisch abräumten. Ihr Vater ging, ohne ein weiteres Wort zu sagen. Margarete sah hinüber zu Kristoffer. Blaß und still saß er da und aß sein Brot, aber nur die weichen Krümel. Die harte Kruste blieb auf dem Tisch liegen, denn er hatte so empfindliche Zähne, und sein Zahnfleisch blutete schnell.

Kurz darauf kam Eberstein zurück und holte sie. Aber dieses Mal nahm sie Margarete an der Hand, und das war viel besser, als getragen zu werden. Sie würden jetzt das schöne Kleid für den morgigen Tag anprobieren gehen, sagte sie.

»Morgen werden wir in Kopenhagen ankommen«, fügte Eberstein hinzu, während sie ausgezogen und vermessen wurde. Sie bekam ein dünnes Hemdchen aus furchtbar hartem Stoff übergestreift, das so oft zusammengesteckt wurde, bis es ganz eng an ihrem Körper saß.

Sie wollten sichergehen, daß das feine, edle Kleid, das sie darüber tragen würde, nicht beschädigt wurde. Vier junge Frauen saßen daran und nähten es für sie um. Es war Ingeborgs prächtiges Verlobungskleid, das sie nun erben würde. Ingeborg hatte es nur ein einziges Mal getragen, aber danach angekündigt, daß sie es auch zu ihrer Hochzeit tragen wolle.

Als Ingeborg damals das Kleid bekommen hatte, war Margarete ganz krank und unglücklich vor Neid gewesen. Ihr Vater hatte keine Königskrone, und seine Kinder mußten jeden Tag mit grauen Wollkleidern herumlaufen und trugen ihre Schuhe so lange, bis sie in Stücke fielen. Sie aßen Grütze und andere einfache Gerichte und tranken ihr Bier mit Wasser verdünnt. Nur zu besonderen Anlässen gab es Pasteten und Wein. Mehr konnten sie sich nicht leisten.

Sie hatte sich immer darüber gewundert, daß sie, Ingeborg und Kristoffer so viel ärmlicher lebten als die Kinder der Gutsherren. Wenn sie die Klöster oder die Höfe der Adligen besuchten, sah sie immer Kinder, die so feine Kleider trugen wie ihre Mutter. Jeden Tag aßen sie festlich und glaubten gewiß, daß es so auch im Hause des Königs zugehen würde.

»Da kannst du einmal sehen, wie arm der König ist«, hatte ihr Vater immer gesagt, wenn sie nach einem solchen Besuch den Hof wieder verließen. Und sie hatte nie gewußt, ob er das gut oder schlecht fand. Aber sie wünschte sich so sehr schöne Kleider und schönen Schmuck. Sogar ihre Spielsachen waren alt.

Ingeborgs Kleid hatte den ganzen Weg aus Italien hinter sich. Von dort kamen die Ballen mit dem weißen Stoff, in den Silberfäden und Perlen eingewirkt waren und der dann von Königin Helvigs Zofen und Kammerfrauen in dieses wunderschöne Kleid verwandelt wurde. Ingeborg hatten sie von Kopf bis Fuß vermessen, dann den Stoff ganz vorsichtig zugeschnitten und ihren Körper wie den einer Puppe darin eingenäht. Sie hatte zum Schluß wie ein Engel ausgesehen, mit ihren langen blonden Haaren, die ihr über die Schultern fielen. Aus der Domkirche zu Lund hatte Vater den goldenen Blumenkranz Unserer Gnädigen Frau geliehen, der über und über mit Juwelen besetzt war. Den trug Ingeborg auf ihrem goldenen Haar. Margarete hatte nicht mitbekommen, ob sie den Kranz auch dieses Mal wieder aus Lund hatten kommen lassen, aber vielleicht sollte es auch eine Überraschung sein.

Schließlich zogen sie ihr ein ganz neues und sehr dünnes Hemdchen an und umhüllten sie dann mit dem silbrigen Stoff.

Er roch trocken und duftete ein wenig nach Frühling. Doch er legte sich um ihren Körper wie ein Korsett aus Seide. Die Ärmel waren so eng, daß sie die Arme nicht beugen konnte. Das Kleid und das Leibchen darunter zwangen sie in eine Körperhaltung, die sie während der gesamten Feierlichkeiten einhalten sollte: leicht angewinkelte, vor dem Körper hängende Arme, so daß sie lange stehen und etwas Schweres halten konnte. – Sie steckte in einem vornehmen Käfig, so als wäre das Kleid eine sehr strenge Erzieherin, noch strenger als Eberstein und weitaus fordernder als ihr Vater. Früher hatte sie öfter zusammen mit ihren Eltern wichtigen Versammlungen auf dem Thingplatz beiwohnen müssen. Da war sie dann nach einer Stunde einfach umgefallen. Das letzte Mal war sie mit Vater allein dort gewesen, und er hatte sie auf Mutters leeren Stuhl gesetzt, auf dem sie sofort in einen tiefen Schlaf gefallen war.

»Wir können das Kleid soviel enger und kürzer machen,

wie wir wollen, aber wir werden es nie wieder auftrennen können«, sagte Eberstein und drehte sie zwischen ihren Händen hin und her. Das brachte sie zum Lachen, und sie gab sich selbst noch ein bißchen Schwung und drehte sich immer schneller. Sie versuchte, sich die Augen zuzuhalten, konnte ihre steifen Arme aber nicht hochheben. Die Frauen griffen erschrocken nach ihr und brachten sie zum Stehen.

»Herrgott, Mädchen, sei doch vorsichtig! Sieh mal, schon ist eine der Perlen abgefallen!« riefen sie alle gleichzeitig und hielten sie fest. Ihr wurde das Kleid vom Körper gezerrt. Das fühlte sich an, als ob sie gehäutet werden würde, sie jammerte und wehrte sich nach Kräften.

»Sie ist so klein«, sagte eine der Frauen.

»Und das schwarze Haar sieht so ganz anders aus auf dem weißen Kleid«, sagte eine andere.

»Wie ein Rabenkind«, sagte die dritte.

Das sagte ihr Vater immer zu ihr, wenn er ihr über das Haar strich. Ihres hatte dieselbe Farbe wie das Haar ihrer Mutter. Doch das hatte sie seit dem Tod der Zwillinge nicht mehr gesehen. Und daran wollte sie sich auch nicht erinnern, nie mehr.

Das alte, vertraute Wollkleid wurde ihr wieder angelegt, ihr Haar wurde gekämmt und geflochten. Nun sah sie überhaupt nicht mehr aus wie eine Königstochter. Sie sah aus wie ein Kind von einem Jedermann.

Sie erkannte den Geruch einer Stadt schon von weitem. Burgen hatten keinen Geruch, nur der Wallgraben. Und Klöster dufteten. Aber Städte sandten einen scheußlichen Gestank aus, eine Mischung aus allerlei übelriechenden Essenzen. Sie war sich sicher, daß die Burgen deshalb etwas außerhalb der Städte und für sich allein standen. An Riberhus konnte sie sich gut erinnern, dort hatte es ihr am besten gefallen. An Kopenhagen konnte sie sich zwar nicht mehr erinnern, als sie aber in die Stadt ritten, fiel ihr doch eine Sache wieder ein:

Der Gestank dieser Stadt hatte noch zusätzlich einen besonderen Geruch, sie roch nach Fisch. Nach Hering und Salz. Dieser Geruch war bis in die Burg vorgedrungen und hatte sich überall festgesetzt, sogar in den Bettlaken.

Nun regnete es auch noch in Strömen, und das Wasser tropfte nur so von Reitern und Pferden herab. Sie fing an, sich nach Vordingborg zurückzusehnen, vor allem als Eberstein sie auszog und wieder nach Spuren einer gefährlichen Krankheit untersuchte. Es war feucht und kalt in dem Raum.

Am nächsten Morgen erkannte sie, daß es weder ein rauschendes Fest noch ein Turnier geben würde. So etwas fand wohl nur bei richtigen Hochzeiten statt, sie sollte ja nur verlobt werden, wie man ihr inzwischen erklärt hatte. Ihre Eltern ließen sich nirgends blicken, überhaupt schien keiner so richtig Verwendung für sie zu haben, also schlenderte sie ziellos umher. Die Burg war so viel kleiner als Vordingborg, gleichzeitig waren aber viel mehr Menschen hier, die alle geschäftig umhereilten.

Es müßten doch eigentlich Gäste gekommen sein, dachte sie, jemand müßte doch mit ihrem Vater besprochen haben, daß sie verlobt werden sollte. Warum hätten sie denn sonst Ingeborgs Kleid umnähen sollen? Jemand müßte doch gekommen sein, um sie zu sehen. Aber für sie interessierte sich im Moment offensichtlich kein Mensch.

Kristoffer war nirgendwo zu finden, also ging sie in die Kapelle, in der es wie immer ganz still war. Es gab keine Stühle und Bänke dort, aber sie konnte sich in eine Fensternische setzen. Von dort würde sie auch sofort sehen können, wenn Vater kam. Er war auf der Burg, das hatte sie an dem Löwenbanner erkannt, das auf dem höchsten Turm im Wind wehte.

Aber kaum hatte sie sich eine Nische ausgesucht, als auch schon ein großer, weiß gekleideter Mann mit Tonsur auf sie zugestürzt kam.

»Kannst du da wohl rauskommen!« schrie er. »Jetzt ist hier schon wieder eines von diesen Wendenkindern. Die muß hier weg, sonst haben wir wieder überall Läuse!«

Ein zweiter Mönch kam angerannt. Er hatte seine Kutte mit beiden Händen hochgehoben, und Margarete konnte einen Blick auf seine behaarten Beine erhaschen. Auch er brüllte wütend: »Raus mit dir, du Bettelkind!«

Sie rührte sich nicht von der Stelle. Das war ihr Haus, ebenso wie es das Haus ihres Vaters war. Er hatte ihr einmal erklärt, daß die Kirche ein Ort für alle sei. Alle wären dort willkommen, vom König bis zum Bettler. Die Burg war das Haus des Königs, aber die Kirche war das Haus Gottes und offen für alle. Das verstanden sie bestimmt nicht, diese dummen Mönche. Der eine ergriff ihren geflochtenen Zopf und zerrte sie daran hinter sich her. Sie wehrte sich, machte sich schwer und ließ sich über den Boden schleifen. Der Schmerz auf der Kopfhaut betäubte alles andere, sie schloß die Augen und versuchte nicht zu schreien. Sie trat wild um sich und griff mit ihren kleinen Händen nach der Kutte des Mönchs.

»Was ist denn hier los?« fragte eine Frauenstimme. Die Tür stand sperrangelweit offen, und der kalte regnerische Wind schlug Margarete entgegen. Endlich wagte sie es, ihrem Schmerz nachzugeben und zu schreien. Die Tränen flossen ihr die Wangen hinunter. Der Mönch ließ sie los, und sie fiel auf die Knie. Was für eine Erleichterung! Mit gepeinigtem Blick sah sie zu Eberstein hoch, die den ganzen Türrahmen ausfüllte. Verglichen mit ihr waren die Mönche kleine Buben, die jetzt vor Scham erröteten.

»Wir dachten, sie sei von unten aus der Stadt«, stammelten sie. Margarete stand auf und legte beide Hände auf ihren Kopf. Es fühlte sich an, als wären Kopf und Gesicht zum Zerreißen gespannt. Eberstein zog sie zu sich und legte ihre großen weißen Hände auf ihre Schultern.

»Dies ist das Königskind, König Håkons Verlobte«, sagte sie. »Seht genau hin, und prägt euch ihre Gesichtszüge ein.

Wenn ihr einst Äbte sein werdet, ist sie die Königin von Norwegen. Seid froh und dankbar, daß ich nicht vorhabe, dem König von eurem Fehltritt zu berichten.«

Das schöne weiße Kleid wurde ihr angezogen, und danach wurde sie vom Ankleidetisch auf den Boden gesetzt. Dort stand sie ganz still, während ihr Haar gekämmt und mit einem Blumenkranz geschmückt wurde. Es war kein gewöhnlicher Blumenkranz, stellte sie fest. Er war mit Stahldraht geflochten, so daß er sich nicht auflösen und herabfallen konnte. Aber es war auch nicht der Kranz aus der Domkirche, den Ingeborg damals getragen hatte. Vielleicht würde sie den zur Hochzeit tragen dürfen.

Auch die Festlichkeiten enttäuschten sie sehr. Eberstein begleitete sie in den großen Festsaal, und alle erhoben sich, als sie hereinkam. Aber es gab weder Musik noch einen Bräutigam. Da sie ihre Arme nicht beugen konnte, blieb ihr nichts anderes übrig, als still neben ihrem Vater zu sitzen, der ihr das Essen in kleine Stücke schnitt und sie wie ein Baby fütterte.

Das hier entsprach so überhaupt nicht ihren gespannten Erwartungen.

Das einzig Spannende war, wie sich Eberstein vor ihrem Vater verneigte. Sie verneigte sich so tief, daß man ihre großen weißen Brüste sehen konnte, die von dem zur Seite fallenden Halstuch entblößt wurden. Ihre Brüste sahen aus wie riesige weiße Tauben. Als sie sich wieder aufrichtete, schaute sie ihm in die Augen. Margarete folgte ihrem Blick und beobachtete das Gesicht ihres Vaters. Seine Wangen waren gerötet, und sein Mund stand offen. Aber er sagte nichts. Statt dessen griff er unbeholfen nach seinem Becher und stieß ihn dabei um. Er war leer und wurde sofort von einem Diener mit Wein gefüllt. Schnell nahm er einige Schlucke und wandte seinen Blick von Eberstein ab. Margarete vergaß das Geschehene sofort wieder.

Sie bekam ein Glas Wein mit Wasser verdünnt und mit Honig gesüßt. Plötzlich trat ein Mann an ihre Seite und las laut einen langen Brief vor. Danach tat ihr Vater das gleiche, und zum Schluß wurde ihr ein Ring überreicht. Da dieser aber viel zu groß für sie war, verwahrte ihn Vater in einem kleinen Kästchen. Schließlich zeichnete er den Brief mit seinem Siegel, und der Fremde tat es ihm nach.

Mutter saß still an der Tafel und aß nur wenig. Vater wachte die ganze Zeit über ihre Bewegungen. Sie achteten nicht auf Margarete, die Kristoffer am anderen Ende des Tisches zuwinkte. Er lächelte und winkte zurück, obwohl er immer ängstlich darauf bedacht war, nicht zu jung und kindlich zu wirken, wenn fremde Menschen dabei waren.

Die Stimme ihres Vaters weckte sie auf. Er war wütend. Sie erinnerte sich langsam, wo sie waren und daß sie nun verlobt war. Und trotzdem hatte sich nichts geändert.

»Ich lasse dich nicht gehen«, sagte er. Er mußte ganz in der Nähe sein, und sie machte sich ganz klein und versteckte sich unter den Decken. Sie standen mitten im Zimmer, Vater und Mutter. Ihre Mutter trug ein langes weißes Nachtkleid, ihr Vater war nackt.

»Ich lasse dich nicht wieder davongehen«, sagte er, während er versuchte, sie in den Arm zu nehmen. Aber sie wand sich aus seiner Umklammerung, schlug stumm und verbissen nach ihm. Er drehte ihr beide Arme auf den Rücken, und sie sank mit einem merkwürdigen, halberstickten Laut auf die Knie. Er kniete sich neben sie, und seine langen weißen Arme umschlangen sie.

»Ich lasse dich nicht gehen«, wiederholte er. »Es gibt nichts, was ich nicht kann. Es gibt keinen, den ich nicht erreichen kann.«

»Ja, Eberstein hast du auch erreicht«, sagte Margaretes Mutter und warf ihren Kopf nach hinten. Ihr langes schwarzes Haar floß über den Steinfußboden, und sie ließ sich nach hinten auf den Rücken sinken. Mit ausgebreiteten Armen lag sie da, ihren Kopf warf sie von einer Seite auf die andere und lachte dabei. Er legte seine Hand auf ihren Mund und sagte ihr, sie solle leise sein. Er streckte sich neben ihr aus, legte eine Hand um ihren Nacken und zog sie zu sich heran. Leise flüsterte er auf sie ein, während heftige Zuckungen und Stöße durch ihren Körper gingen. Zum Schluß zuckten nur noch ihre kleinen nackten Füße.

Dann hob er sie hoch und trug sie zum Bett. Sie mußte schwerer sein, als sie wirkte, denn er ließ sie ins Bett fallen.

»Aber ich will keine toten Kinder mehr haben«, sagte er dann, drehte sich um und ging zur Tür hinaus. Einen Augenblick später war es wieder ganz still.

2.

Wie eine geschlossene Front kamen sie auf sie zu. Sie erkannte nur Eberstein, die allerdings hinter den beiden schritt, als hätte sie keinerlei Bedeutung. Das verhieß nichts Gutes. Es trat dann jedoch Eberstein zu ihr, verneigte sich und fragte, ob sie Zeit habe, die beiden Gäste zu begrüßen. Sie kämen von ihrem Herrn.

Sie liebte dieses Wort, schließlich war es das einzige, was sie von ihm besaß. Håkon hatte sie noch nie gesehen, und das schöne Kleid war gleich nach der Verlobung weggeschlossen worden. Sie würde es wohl nie wieder tragen. Die ganze Verlobung hätte auch ein Traum gewesen sein können, wenn nicht ihr Vater ständig ihren Herrn in der Ferne erwähnen würde. Håkon war in Norwegen, ihr Vater auch, und in Schweden herrschte Krieg. Mehr wußte sie auch nicht. Die Verlobung hatte aber auch etwas Gutes nach sich gezogen. Jeden Tag wurde sie nun von einem Mönch aus Roskilde unterrichtet, der ihr beibrachte, Dänisch zu lesen und zu schreiben.

Die zwei Fremden betrachtete sie sehr eingehend, denn wenn sie eines Tages nach Norwegen kommen würde, wären sie auch dort. In den ersten Tagen nach der Verlobung hatte sie alle Leute, auf die sie traf, gefragt, ob sie nach Norwegen fahren oder von dort kommen würden, doch alle hatten nur verneinend mit dem Kopf geschüttelt. Darum fragte sie auch dieses Mal die große schlanke Frau, die sich vor ihr verneigte, ob sie aus Norwegen käme – allerdings mit wenig Hoffnung, eine positive Antwort zu bekommen. Im Gesicht der Frau erwachte etwas, sie schien nicht auf eine Frage gefaßt gewesen zu sein. Sie blieb in der Hocke sitzen und sah Margarete fest in die Augen, ohne den Blick zu senken. So sah ihr Vater sie an, wenn er glaubte, einer Lüge auf der Spur zu sein. Seinem Blick konnte sie nie standhalten.

»Nein, ich komme aus Schweden, aber wir sind im Gefolge von Königin Blanka auf dem Weg nach Norwegen«, antwortete sie. »Sie hat mir die Aufgabe zugedacht, Ihre Hausverwalterin zu sein. Wir werden gemeinsam nach Norwegen reisen.«

»Wie heißen Sie?« fragte Margarete. Namen hatten vor der Verlobung keinerlei Bedeutung für sie gehabt. Sie selbst war immer sie selbst gewesen. Vater war Vater und Mutter war Mutter gewesen. Nun hatten sie alle auf einmal Namen erhalten: Valdemar, Helvig, Håkon. Und sie war mit einem Schlag zu Margarete geworden.

»Ich bin Merete Ulfsdotter«, antwortete die Frau. »Mein Vater war Ulf Gudmarsson, Stadtvorsteher in Östergötland, und meine Mutter ist Birgitta Birgersdotter aus Finsta. Aber ich komme nicht in eigener Angelegenheit zu Ihnen. Ich bitte Sie, meinen Schwager zu empfangen und anzuhören.«

Margarete sah ihr in die Augen: Diese große, erwachsene Frau hatte sie um einen Gefallen gebeten. Frau Merete hatte weder Vater, Mutter noch den Kanzler gefragt. Statt dessen war sie zu ihr gekommen. Sie wandte ihren Blick dem Mann zu, der etwas abseits gewartet hatte. Er kam näher und sank auf sein Knie.

Sie erkannte sofort, daß ihm dies Schwierigkeiten und Schmerzen bereitete. So hatte sich ihr Vater bewegt, als er aus Jütland wiederkam, wo er im Kampf verwundet worden war. Sie streckte ihre Hand aus und berührte sein Knie.

»Sind Sie verletzt?« fragte sie ihn.

Seine Augen leuchteten auf, und er lächelte, ergriff ihre Hand und küßte ihre Finger.

»Nein, kleine Königin, aber ich habe jetzt eine ganze

Woche im Sattel gesessen, auf der Flucht vor meinen Feinden in Schweden«, antwortete er.

Er schien immer noch ganz außer Atem zu sein. Der Geruch von Pferden hing in seinen Kleidern. Doch Margarete mochte ihn, er mischte sich mit dem Herings- und Salzgeruch Kopenhagens.

Diese zwei Menschen hatten sie aufgesucht, weil sie ihnen helfen konnte – soviel hatte sie verstanden. Es hatte mit ihrem Herrn und mit Norwegen zu tun. Aber das konnte einfach nicht stimmen, sie mußten sich irren. Sie konnte doch gar nichts tun, sie hatte noch nicht einmal ihren Verlobungsring. Dennoch bat Eberstein sie, ihr in den kleinen Kräutergarten zu folgen. Sie setzte Margarete zwischen die beiden Fremden auf die Bank unter den Apfelbäumen. Sie wußte selbst nicht, warum, aber sie war weder beunruhigt noch ängstlich. Im Gegenteil, sie fühlte sich sicher und geborgen bei ihnen. Sie waren Gesandte der neuen Welt, in die sie sich bald begeben würde, nach der Hochzeit mit Håkon.

Darum betrachtete sie die beiden jetzt eingehender: Der Mann war viel schlanker und zarter als ihr Vater, und sie war sehr überrascht, daß er weder Mönch noch Priester war. Er war sogar schlanker als die beiden Frauen an seiner Seite. Sie hatte zuvor noch nie ein so schönes Gesicht gesehen. Sie hatte große Lust, es zu berühren: seine schmalen, mageren Wangen, die langen Wimpern, die dunklen Augen und das goldgelockte schulterlange Haar.

»Mein Schwager, Bengt Algotsson, wurde aus seiner Heimat Schweden aufgrund nicht bewiesener Gerüchte vertrieben«, sagte Frau Merete.

Margarete überlegte, was diese Worte bedeuteten

»Meine Flucht hat König Magnus daran gehindert, zur Verlobung nach Kopenhagen zu kommen«, fügte der Mann hinzu.

König Magnus war ihr Schwiegervater und König von

Schweden. Seinetwegen hatten sie das Kleid umgenäht. Es gab für sie keinen Grund, ihn gern zu haben. Ihre Schwiegermutter war Königin Blanche aus Namur und wurde Blanka genannt. Margarete hatte bisher noch keinen von ihnen kennengelernt. Ihr Vater hatte ihr lediglich geraten, sich an die Königin zu halten, sollte sie bei Margaretes Ankunft in Akershus ebenfalls noch in Norwegen sein. Sie hatte daraufhin gefragt, warum der König und die Königin von Schweden in Norwegen leben würden.

»Sie wurden aus ihrem Reich vertrieben«, hatte ihr Vater kurz angebunden geantwortet. Sie erfuhr jedoch nicht, von wem. Doch sie erinnerte sich noch, daß die jütländischen Adligen ihren Vater vertreiben wollten. Das war dasselbe Wort, es mußte auch dasselbe bedeuten. Diese Jütländer hatten ihren Vater in einer Schlacht verwundet. Er besiegte sie zwar, aber sie blieben gefährlich. Vielleicht hatten sie zuvor Magnus und Blanka aus Schweden vertrieben. Sie wollte später Vater dazu befragen.

»König Magnus wurde von seinem eigenen Sohn Erik vertrieben. Håkon hat seinen Eltern in Norwegen Bleiberecht gewährt. Aber das kann er nicht auch für mich tun. Ich muß mich versteckt halten, und König Valdemar hat mich hier unterkommen lassen. Doch ich kann hier nicht für immer bleiben. Ansonsten riskiert er einen Krieg mit den schwedischen Adligen und Krieg mit Erik. Ich besitze nichts mehr, mein Eigentum in Schweden wurde mir genommen. Ich kann nur in Norwegen in Sicherheit sein – wenn die zukünftige Königin von Norwegen mir Asyl gewährt.«

Trotz seiner Beschwerden kniete er erneut vor ihr nieder, so elegant er konnte.

Ihr Blick blieb an seiner Kleidung hängen. Er mußte tatsächlich sehr arm sein. Ihr Vater liebte es, sich mit Rüstungen, großen viereckigen Helmen mit gewaltigen Aufsätzen, schweren und pelzgefütterten Mänteln herauszuputzen. Er trug bevorzugt Kleidungsstücke, die seine Größe betonten.

Aber wenn diese Pracht entfernt wurde, kamen die bunten Lappen, die zerrissenen Strümpfe und die alten Hemden zum Vorschein. Der Anblick, den andere zu sehen bekamen, der sollte erhaben und großartig sein, das, was keiner sonst sah, durfte ruhig abgetragen und schäbig sein.

Bei diesem Flüchtling nun war es genau andersherum. Seine Kleidung war schäbig und zerschlissen, aber er trug sie, als bestünde sie aus Seide, Brokat und teuersten Pelzen.

»Wer sind Sie?« fragte sie schließlich, und Frau Merete kniete sich neben ihn: »Das ist der Bruder meines Mannes, Bengt Algotsson«, erklärte sie und legte eine Hand auf seinen Arm. »Er wurde der schlimmsten Sünden wider die Natur angeklagt und aus seiner Heimat vertrieben. Liebe kleine Königin, werden Sie ihm in Norwegen Asyl gewähren?«

Sünden wider die Natur, das war etwas Neues. Ihre Mutter hatte etwas Häßliches über ihre Schwiegereltern gesagt, als sie über die Verlobung gesprochen hatten. Aber mehr wußte sie nicht. Vielleicht sollte sie einen ihrer Lehrer fragen. Aber nein, der Ausdruck klang so grauenerregend, daß er ihn erschrecken könnte. Sie würde auch das ihren Vater fragen, und keinen sonst.

»Ich bin Herzog von Finnland«, fügte er mit einem schiefen Lächeln hinzu, »und Statthalter von Schonen. Aber dort hat der neue schwedische König Erik ein Kopfgeld auf mich ausgeschrieben. Kleine Königin, ich habe die Meinen verraten, im Dienste und zum Guten des Königs, des rechten Königs, des Freundes Ihres Vaters und des Vaters Ihres Mannes. Werden Sie mir Obdach geben?«

Sie nahm ihren ganzen Mut zusammen und legte ihre Hand auf seine Wange. Mit Erstaunen stellte sie fest, daß seine Haut so weich wie ihre eigene war. Sie hörte nicht auf, ihn zu streicheln, er lachte leise und legte schließlich seine Hand auf die ihrige. Sie würde ihm mit dem größten Vergnügen Schutz und Bleibe gewähren, aber sie war doch ihrem Vater und Håkon untergeben, und die hatte der Herzog von Finnland bestimmt noch nicht gefragt. Sie waren zu ihr gekommen, weil sie noch ein Kind war.

Sie erkannte ihn wieder, den schönen Mann, den Herzog von Finnland. Er saß auf der Bank zwischen den Rosen. Die hatte Vater in Avignon vom Papst geschenkt bekommen, aber sie wollten hier in Kopenhagen nicht so recht wachsen. Sie sah ihn dort sitzen, nachdem sie die Turmtreppe heruntergelaufen war und mit großer Mühe die schwere Tür zum Garten geöffnet hatte. Sie verstand selbst nicht, warum sie ihn nicht sofort grüßte, sondern sich versteckte. Aber ihr war auf einmal bewußt, daß er nicht auf sie gewartet hatte.

Er saß sehr aufrecht und angespannt auf der Bank. Er erinnerte sie an Kristoffer, wenn Vater mit ihm schimpfte. Das Schwert hatte er zwischen seine Beine gestellt und die Hände auf den Schaft gestützt. So saß er und schaute gedankenversunken in den Garten.

Jemand kam die Treppen vom Salzhaus herunter. Es war König Magnus, ihr Schwiegervater. Er trug kein Schwert und war mit einem schweren zerschlissenen Gewand und langen Stiefeln für einen langen Ritt bekleidet. Der Herzog von Finnland sprang von der Bank auf und ließ sein Schwert fallen. Sie gingen aufeinander zu, als aber Magnus die Arme ausbreitete, um ihn zu begrüßen, stürzte der Herzog vor ihm auf die Knie und küßte seine Hand.

»Mein teurer Herr«, sagte er und sah zu ihm hoch.

Sie hörte Geräusche hinter sich und schloß die Tür, so leise sie konnte, und drehte sich kampfbereit um. Sie war bereit, sich jedem in den Weg zu stellen, der diese beiden Männer, die sich im Garten ihres Vaters getroffen hatten, stören wollte. Mein teurer Herr, das war die schönste Anrede, die sie jemals gehört hatte. So wollte sie Håkon begrüßen.

3.

Eines frühen Morgens auf Vordingborg bemerkte Margarete, daß sich etwas verändert hatte. Eberstein war damit beschäftigt, ihre Sachen durchzusehen. Alle Spielsachen waren in einen Sack gesteckt worden; die sollten bei ihrer Abreise an die Waisenkinder in den Klöstern verteilt werden. So hatte es der König befohlen, wie Eberstein ihren Vater nannte. Ihre Stimme hatte dabei immer einen drohenden Klang. Nie nannte sie ihn Valdemar, sie sprach immer nur vom König. Aber Margarete wollte an ihren Vater nicht als den König denken, und auch Valdemar klang so groß, kalt und angsteinflößend, daß sie dabei immer ihren Vater auf dem schwarzen gepanzerten Streithengst vor der Zugbrücke von Vordingborg sah.

»Muß alles weg?« fragte sie vorsichtig, und Eberstein nickte nur.

Margarete wußte genau, daß es keinen Zweck hatte, zu weinen und zu klagen, wenn ihr Vater einen Befehl gegeben hatte. Es war besser, gar nicht erst anzusehen, was Eberstein ihr alles wegnahm, und darum ging sie aus dem Zimmer. Von nun an würde das viele Gepäck, das ihr von Burg zu Burg folgte, immer weniger werden. Wenn sie doch nur schneller wachsen würde. Sie war immer noch so klein.

Als sie zurückkehrte, standen zwei Priester bei Eberstein und warteten auf sie. Eberstein wirkte erleichtert, sie zu sehen, und erklärte ihr, daß diese beiden Priester ihre Lehrer für Deutsch und Latein sein würden. Der König hätte es so bestimmt, da ihr diese Sprachen später von Nutzen sein würden. Im stillen hatte sie gehofft, daß Håkon doch noch erscheinen würde, aber er war nicht nach Vordingborg gekommen.

Als sie nach ihm fragte, erfuhr sie, daß sein Bruder Erik, der zum Aufstand gegen seinen eigenen Vater angestiftet hatte, tot sei. Möglicherweise hatten die Aufständischen sich seiner entledigt, vielleicht hatte ihn die Größe seines Vergehens und seiner Sünden umgebracht. Er war auf jeden Fall tot. Und dasselbe Schicksal hatten auch seine Frau Beatrix und die Zwillinge ereilt, die sie kurz vorher zur Welt gebracht hatte. Es hieß, daß die Pest in Schweden wütete. Beatrix war zuerst krank geworden und hatte ihren Mann angesteckt, als er sie und seine Söhne besuchte.

»Und warum kommt Håkon nicht?« platzte es aus ihr heraus. Eberstein reagierte, wie sie es immer tat. Sie zuckte mit den Schultern und verwies sie an ihren Vater. Margarete war sich sicher, daß Håkon, wäre es nach ihrem Vater gegangen, bereits bei dem mißglückten Verlobungsfest hätte anwesend sein sollen. Es mußte etwas anderes dazwischengekommen sein.

Als ihr Vater gegen Schonen in den Krieg zog, blieb sie zum ersten Mal in atemloser Spannung zurück. Bei seinem Feldzug gegen die aufständischen Jütländer hatte sie keinen Augenblick an seinem Sieg gezweifelt, aber sie hatte auch nicht die geringste Ahnung gehabt, was Krieg bedeutete. In den schönen Büchern jedoch, mit denen sie nun lesen lernte, waren Bilder vom Krieg. Das alles mußte ihr Vater also erleben, Kämpfe mit Lanzen, Streitpferden und Waffen. Die Schläge mit den Schwertern waren nicht so wie auf den Wiesen von Vordingborg. Das waren nur Übungen. Im Krieg aber konnte man sterben.

Es ärgerte sie, daß sie Merete Ulfsdotter und den Herzog von Finnland, an dessen Namen sie sich nicht mehr erinnerte, nicht mehr zu Gesicht bekommen hatte, bevor der

Hof Kopenhagen verlassen hatte und nach Vordingborg zurückgekehrt war. Sie hatte ihrem Vater die Bitte vortragen wollen, obwohl sie vermutete, daß er sie ablehnen würde. Ansonsten wären die beiden doch bestimmt sofort zu ihm gegangen.

Nein, Håkon war derjenige, den sie fragen mußte, aber ihn konnte sie nicht erreichen. Noch nicht einmal mit dem Brief, den sie mit soviel Mühe geschrieben hatte. Ihr Vater hatte zwar seine Kuriere, aber sie traute sich nicht, zu ihnen zu gehen und sie zu bitten, den Brief nach Norwegen zu bringen. Håkon müßte doch in Norwegen sein, oder? So sicher war sie sich auf einmal nicht mehr. Sie wollte nach Vaters Rückkehr aus dem Krieg den richtigen Augenblick abwarten und den Brief dann mit einem seiner Kuriere nach Norwegen schicken. Dagegen konnte er doch nichts haben.

Den Brief hatte sie mit ihrem eigenen kleinen Siegel versehen, den Eberstein zusammen mit dem Verlobungsring unter Verschluß hielt. Sie hatte sie gefragt, ob sie sich das Siegelbild ansehen dürfe, und Eberstein hatte ihn ihr ausgehändigt, begleitet von vielen Ermahnungen, damit vorsichtig umzugehen. Aber eigentlich vertraute Eberstein ihr, obwohl sie ganz anders als die milden Mädchen war, die vor der Verlobung auf sie aufgepaßt hatten. Eberstein war barsch, immer ein wenig abwesend und liebkoste sie nur, wenn sie sehr krank war.

Kristoffer erklärte ihr den Zusammenhang zwischen dem Verschwinden der Spielsachen und der Ankunft der Lehrer. Er war sieben Jahre alt gewesen, als er dasselbe erleben mußte. Das machten alle Eltern mit ihren Söhnen so. Ihr Vater hatte damals sogar erwogen, ihn zum Kaiser nach Prag zu schikken, um ihn dort bei sehr guten Erziehern aufwachsen zu lassen. Aber er mußte dann aus gesundheitlichen Gründen zu Hause bleiben, er war ständig krank und wollte nicht recht wachsen. Außerdem war er auch der einzige Erbe. Ingeborg dagegen waren nie die Spielsachen weggenommen worden. Aber mit Margarete sei das eben etwas anderes. Ingeborg lebte ja schon mit ihrem Mann in Mecklenburg. Margarete aber sollte schließlich eines Tages die Königin von Norwegen werden.

»Da wieder Frieden herrscht und Vater Schonen zurückerobert hat, kann es durchaus sein, daß er mich jetzt reisen läßt«, sagte Kristoffer. Sie erkannte plötzlich, daß er, wie eigentlich alle, die sie kannte, immer zuallererst an sich dachte. Sie war sich noch nicht im klaren, ob sie jetzt schon nach Norwegen gehen wollte. Aber sie wußte ganz sicher, daß sie Håkon nun endlich kennenlernen und ihm den Brief schicken mußte. Wenn er ihn nicht bald bekäme, könnte es zu spät sein.

Sie sprach später an diesem Tag noch einmal mit Kristoffer darüber. Alle hatten versprochen, daß ihr Vater sehr bald aus dem Krieg zurückkehren würde. Schonen war mit Leichtigkeit zurückerobert worden, und so war er weiter nach Gotland gezogen und hatte dort die große und bedeutende Handelsstadt Visby eingenommen. Nun waren offenbar alle Kriege überstanden, und er befand sich wohlbehalten auf dem Heimweg.

Ihre Mutter hatte sie seit der Verlobung nicht mehr gesehen. Sie wußte noch nicht einmal genau, wo sie wohnte. Kristoffer hatte gefragt und als Antwort erhalten, sie würde sich an einem Ort aufhalten, der zu ihrem Besten sei. Daraus hatten die Geschwister geschlossen, daß sie immer noch krank war. Aber vielleicht würde Vater sie wieder zurückholen, jetzt, wo er mit guten Neuigkeiten heimkehrte. Die trostlosen Tage waren endlich vorbei, diese Tage voller Ungewißheit.

Aber es kam anders. Kristoffer legte zur Feier des Tages seine schönsten Kleider an, dieselben, die er auch bei der Verlobung getragen hatte. Eberstein hatte sich geweigert, ihr Ingeborgs weißes Kleid anzuziehen. Er kam in dem dichten Nebel auf sie zu, nahm sie an der Hand und ging mit ihr in das Zimmer, das Eberstein ihr vor einigen Tagen eingerichtet hatte. Sie wohnte jetzt in einem der Holzhäuser, die sich an die Innenmauer von Vordingborg schmiegten.

»Ich habe einen Brief von Vater erhalten«, sagte er und wartete, bis sie sich hingesetzt hatte. Dann ging er zum Fenster, um den Brief in dem spärlichen Licht, das von dort ins Zimmer fiel, zu lesen. Es war zu kalt, um draußen zu stehen, und in den Räumen war es zu dunkel, um lesen zu können.

»Die Schweden können König Magnus nicht verzeihen, daß er Vater Schonen so kampflos überlassen hat«, sagte er und faltete den Brief zusammen. Seine Hände zitterten, und er mied ihren Blick. Etwas Fürchterliches mußte geschehen sein. Etwas, das gegen sie gerichtet war.

»Es hat sich eine neue Gruppe von Aufständischen gebildet. Dieses Mal ist Håkon ihr Anführer. Er hat mit Vater gebrochen und die Verlobung aufgehoben. Er fordert den Ring zurück und zertrennt das Band zwischen Dänemark und Norwegen.«

Nun hatte sie Håkon verloren. Ohne ihn war sie nichts. Merkwürdigerweise hatte sie nie darüber nachgedacht, was sie gemacht hätte, wenn Håkon gestorben wäre.

»Es gibt noch so viele andere gute Ehemänner auf der Welt«, sagte Kristoffer schnell. »Vater hat mir bereits eine Liste mitgeschickt, an die ich mich halten kann. Er benötigt neue Bundesgenossen. Den englischen König beispielsweise kennt er gut, vielleicht wirst du statt dessen die Königin von England. Wer braucht schon Norwegen?«

»Hat er sich mit einer anderen verlobt?« fragte sie. Sie spürte, daß er Zeit gewinnen wollte und daß es noch weitere schreckliche Nachrichten gab. Kristoffer errötete und faltete den Brief wieder auseinander. Dann kam er zu ihr, setzte sich neben sie und sprach mit weicher, kindlicher Stimme. Aber das konnte sie jetzt nicht gebrauchen. Ihre Welt war gerade zusammengestürzt, und er verhielt sich, als hätte ihre Puppe einen Arm verloren.

»Elsebeth von Holstein befindet sich auf dem Weg nach Norwegen«, lautete seine knappe Antwort.

»Wie alt ist sie?« Margarete blieb hartnäckig.

»Sie ist so alt wie Håkon«, räumte er ein. Das war zuviel. Margarete sprang auf, prallte dabei gegen sein Knie und stöhnte vor Schmerzen. Sie stieß die Tür auf und rannte den ganzen Weg bis zur Spitze des Turms, ohne daß sie jemand aufhielt. Hinter einer großen Kiste versteckte sie sich. Die Kälte drang durch jede Faser ihrer Kleidung und machte sie zittern, aber sie rührte sich nicht von der Stelle.

Er hatte sich also eine erwachsene Frau genommen, die er sofort heiraten konnte. Eberstein hatte ihr vor einiger Zeit eröffnet, daß sie erst dann nach Oslo fahren könne, um auf Akershus Königin zu werden, wenn sie mannbar sei. Und keinen Tag vorher.

Seitdem hatte sie alle jungen Frauen genau beobachtet und Eberstein gefragt, ob diese oder jene mannbar sei. Kristoffer war bei ihrer Frage feuerrot geworden und hatte ihr erklärt, daß eine Frau erst dann heiraten könne, nachdem sie die monatliche Heimsuchung bekommen hätte. Das hatte sie allerdings auch nicht viel klüger gemacht. Zu guter Letzt fragte sie ihre Lehrer, aber die waren entsetzt über ihr Interesse an diesem Thema und weigerten sich strikt zu antworten.

Elsebeth von Holstein war ohne Zweifel mannbar. Elsebeth war eine erwachsene Frau, mit der Håkon sofort Kinder bekommen konnte. – Margarete wäre ihm zuliebe so gerne schneller gewachsen, aber das ging wohl nicht. Ansonsten hätte Kristoffer bestimmt längst ein paar Ellen zugelegt.

Erst am nächsten Morgen traf ihr Vater in Vordingborg ein. Er hatte Kristoffer in einem weiteren Brief mitgeteilt, daß er auf Gurre sein Lager aufgeschlagen hatte. Vielleicht war das der Ort, an dem ihre Mutter untergebracht worden war.

Gurre war abgelegen. Tief in den Wäldern versteckt, ragte sein hoher Turm auf, der von einer dichten Mauer mit kleinen Türmchen geschützt wurde. Sie mochte diesen Ort nicht so gerne, aber Vater zog Gurre all seinen anderen Burgen vor, denn hier konnte er allein sein. Auf Gurre vermißte sie all das, wovon er frei zu sein sich wünschte. Schon als sie hörte, daß der Brief aus Gurre geschickt worden war, wußte sie, daß etwas bevorstand, was weit dramatischer war als Håkons Aufstand gegen seinen Vater. Und sie erwartete das Schlimmste, auch wenn er ja eigentlich als Sieger heimkehrte.

Er ritt zwar mit fliegenden Fahnen auf Vordingborg ein, aber übersah Margarete und Kristoffer, die im Burghof zur Begrüßung standen. Er ging einfach an ihnen vorbei und lief geradewegs in die Burg. Nur wenige folgten ihm. Sie aßen allein mit Eberstein und den drei jungen Schildknappen, die Vater Kristoffer in seiner Abwesenheit zur Seite gestellt hatte. Es herrschte keine Heiterkeit und keine Feststimmung, weder der Sieg noch die Rückkehr des Königs wurden richtig begangen. Drei lange Tage dauerte es, bevor Kristoffer und Margarete wieder hoch in die Burg umzogen. Sie verstanden das nicht, schließlich herrschte doch jetzt Frieden im Land, sogar in Schweden war wieder Frieden eingekehrt, Schonen war zurückgewonnen, und Gotland gehörte zum dänischen Reich. Gerade jetzt konnte man doch aus den klammen Steinhäusern der inneren Burg hinunter in die warmen Holzhäuser der Vorburg ziehen. Dort gab es mehr Platz, es war nicht so laut, und im Sommer war es schön kühl. Das ganze Jahr über in den Steinhäusern zu wohnen war gleichbedeutend mit Unfrieden – das hatten die beiden mittlerweile gelernt.

Margarete sah ihren Vater erst, als sich der gesamte Hof im Hauptsaal zum Essen versammelte. Er selbst aß nicht viel, trank nur Wasser und sprach mit niemandem. Es schien, als sei es ihm beinahe zuwider, überhaupt jemanden in seiner

Nähe zu haben. Margarete vergaß vor Aufregung zu essen, obwohl sich die Tafel unter den herrlichsten Gerichten förmlich bog. Sie hatte nur Augen für ihren Vater.

Etwas an ihm war gänzlich verändert. Sie hatte junge Knappen in den Krieg ziehen und zurückkehren sehen, entstellt durch furchtbare Verletzungen, verstümmelte und fehlende Gliedmaßen. Die Verwandlung ihres Vaters war nicht so offensichtlich. Aber es war etwas geschehen. Etwas, das sich in all seinen Zügen widerspiegelte: Seine Schultern, die früher so breit und kräftig gewesen waren, fingen an rund zu werden. Seine geraden langen Beine waren vom vielen Reiten ganz krumm. Der Bart war lang und voll, aber sein Kopfhaar lichtete sich und wurde dünner. Er sah keinem ins Gesicht, auch ihr nicht. Er verließ den Saal und ging in Begleitung eines Priesters, den sie noch nie zuvor gesehen hatte, in die Kapelle und schloß sich dort ein.

»Vater wird bestimmt bald wieder auf Reisen gehen«, sagte Kristoffer voller Zuversicht nach dem Essen, das sie so traurig gemacht hatte. Kristoffer schien nichts bemerkt zu haben.

»Du wirst doch nicht einen Aufstand gegen Vater anstiften, so wie Håkon?« fragte sie ernst und zog an seinem Ärmel, um ihn festzuhalten.

»Die Schweden schaffen das schon allein«, antwortete er. Sie verstand seine eigenartige Sorglosigkeit nicht. Sah er denn nicht, was sie sah?

»Was ist dort auf Gotland geschehen?« fragte sie. Vielleicht konnte sie Kristoffer dazu bringen, ihr Dinge zu erzählen, für die sie laut Eberstein noch zu jung war, um sie zu verstehen.

»Er hat Visby eingenommen«, sagte er ausweichend und wollte sich frei machen. Aber sie ließ ihn nicht los, und so fuhr er fort: »Die Bauern haben sich gegen sein Heer erhoben, die Stadt aber nicht. Als das Bauernheer dann auf der Flucht um Hilfe bat, gewährte ihm die Stadt keinen Schutz. Vaters Männer haben sie alle getötet.«

»Alle Bauern Gotlands?« fragte sie entgeistert und ließ seinen Ärmel los.

Gemessen an der Ermordung aller gotländischen Bauern, war ihr Wunsch, Håkon den Brief über den Herzog von Finnland zu schicken, eine sehr kleine Sünde. Eigentlich könnte sie die Kuriere jetzt sofort aufsuchen. Vielleicht würden sie sich weigern, einen Brief zu einem Mann zu bringen, mit dem sie gar nicht mehr verlobt war. Aber sie mußte es wenigstens versuchen.

4.

Margarete hatte sich damit abgefunden, nun nicht mehr Håkons Verlobte, sondern nur noch Tochter und Schwester zu sein. Das war ihr im ersten Jahr sehr schwer gefallen, und zwischendurch hatte sie mit Bemerkungen immer wieder ihre Gedanken verraten. Eberstein hatte sie dann kurz und schnell berichtigt, Vater hingegen hatte ihr immer und immer wieder erklärt, daß die Hoffnung noch nicht verloren war. Doch Margarete hoffte schon lange nicht mehr.

Die schwedische Gesandtschaft traf eines späten Abends auf Vordingborg ein. Ein kalter Regen hatte alle schon seit langem ans Haus gefesselt. Der Winter wollte einfach nicht kommen. Statt des erwarteten Schneefalls regnete es in Strömen, dazu kamen Schneeregen und Hagel. Jeden Morgen mußte Margarete daran denken, ganz vorsichtig zu gehen, wenn sie das Haus verließ und auf die Grasfläche zwischen den Häusern in der Vorburg trat. Das Gras war vollkommen durchweicht, der Schlamm widersetzte sich jeglicher Trokkenlegung, obgleich jeden Tag Sand und Kies gestreut wurden.

Sie hatte bis zu diesem Tag keine Antwort auf ihren Brief an Håkon erhalten. Mit großer Sorgfalt hatte sie damals das Siegel unter das Schriftstück gesetzt, damit es aussah wie ein offizielles Schreiben. Der Kurier war zurückgekehrt, und sie hatte ihm zur Belohnung einen kleinen Ring gegeben, den sie vor langer Zeit von ihrer Mutter geschenkt bekommen hatte. Er hatte sich geweigert, ihn anzunehmen. Vor ihr kniend, hatte er beteuert, daß es seine Pflicht und Schuldigkeit sei, dem König und seinen Kindern zu dienen. Aber sie hatte ihm dennoch den Ring überreicht, und nun trug er ihn.

Sie vermißte den Ring, schließlich hatte sie so wenig Dinge, die sie an ihre Mutter erinnerten. Aber sie hatte dem Kurier doch ein Geschenk geben müssen. Sie konnte nicht einfach allen Leuten befehlen, dies oder jenes für sie zu tun, so wie ihr Vater es tat.

Nun stand sie also vor dem Haus in dieser feuchten Luft, die sich auf ihre Haut legte und ihr Haar schwer machte, und sie beobachtete, wie die Fremden auf Vordingborg eintrafen. Die drei vordersten Pferde trugen große Decken, die vor Nässe nur so trieften. Wie schwer das für die Tiere sein mußte, überlegte Margarete. Die Pferde wirkten sehr erschöpft und trotteten mit hängenden Zügeln umher. Nur der Reiter an der Spitze des Zuges schien sich sehr genau umzusehen. Margarete war davon überzeugt, daß der Reiter eine Frau war, obwohl die Person in viele Lagen Kleider und Mäntel gehüllt war. Sie ließ sich als erste vom Pferd gleiten und zog sich die Handschuhe aus.

Margarete war neugierig und ängstlich zugleich. Die Fremden mußten ohne das Wissen ihres Vaters gekommen sein, er hätte seinen Hof ansonsten auf sie vorbereitet. Dann hätte nämlich jemand die Gäste in Empfang genommen und ihr Banner neben dem des Königs auf dem Turm gehißt.

Vater hielt sich zur Zeit meistens oben in der Burg auf und zeigte sich sehr selten. Er hatte sich von seiner Umwelt zurückgezogen, war nur von wenigen Dienern umgeben, und nahm seine Mahlzeiten allein im Turm ein. Aber spätestens jetzt müßte er sich doch zeigen, dachte sie, er müßte herunterkommen und seine Gäste willkommen heißen. Es waren schließlich vornehme Leute.

Sie waren lange und ohne großes Gefolge unterwegs gewesen. Nur fünf Pferde trugen Spaltsattel, die mit Gepäck beladen waren. Sie führten weder Wagen noch Pferde zum Wechseln mit sich, darum waren die Tiere auch so erschöpft.

Verlegene Stalljungen und Knappen tauchten auf und nahmen sich der Pferde und Gäste an, die nur zögernd ihre Füße auf das matschige Gras von Vordingborg setzten. Aus der Burg war noch immer niemand heruntergekommen. »Ist denn keiner in der Burg?« fragte die Frau. Sie ging ein wenig auf und ab, mit den Handschuhen in der einen Hand. Schließlich griff sie mit der anderen nach einem Stalljungen. Ob denn der König nicht in der Burg sei, fragte sie erneut. Er zeigte wortlos und mit roten Wangen auf das Banner und führte ihr Pferd an den Zügeln fort. Das genügte ihr nicht als Antwort. Sie raffte ihre langen Röcke zusammen, die ihre Füße umwallten. Alles war schon ganz steif vom Schlamm, aber sie wollte es wohl nicht noch schlimmer kommen lassen.

Sie hatte Margarete entdeckt, die sich in diesem Moment wünschte, gar nicht erst aus dem Haus gegangen zu sein. Vom Fenster aus hätte sie alles sehr gut unbeobachtet verfolgen können. Nun würde sie wieder für etwas herhalten müssen, wie damals, als der Herzog von Finnland sie aufsuchte. In diesem Augenblick kam ein Mädchen aus Ebersteins Haus vorbei, und Margarete fragte sie, wer die Fremden seien.

»Das sind Schweden«, sagte sie und rümpfte die Nase.

Das konnten doch unmöglich ihre Schweden sein, schoß es ihr durch den Kopf. Sie war noch nicht bereit dazu. Sie hatten sie ohne Freude angenommen, waren zu ihrer Verlobung gar nicht erst erschienen und hatten ohne jede Erklärung mit ihr und ihrem Vater gebrochen und den Ring zurückgefordert. Und jetzt suchten sie sie hier auf. Die wollen sich absichern, dachte sie, und sie entführen, so wie in den Märchen und Liedern, die sie kannte. Bald würde sie in Schweden sein, wo alle machen durften, was sie wollten, sogar sich gegen den eigenen Vater auflehnen und ihn aus dem Land jagen.

Sie konnte nicht mehr fliehen. Die Frau in den wallenden Gewändern stand bereits direkt vor ihr. Margarete wollte sie nicht grüßen. Vielleicht würde die Fremde auch glauben, sie sei ein Bettelkind. Aber nein! Die Frau hatte schon alle ihre Röcke angehoben und ging in diesem Augenblick vor ihr in die Hocke.

»Wie du doch deiner Mutter ähnelst«, sagte sie und streckte ihr eine Hand entgegen. »Du bist meine kleine Schwiegertochter. Ich heiße Blanka und bin Håkons Mutter, einst Königin von Schweden und nun Regentin von Norwegen. Komm mit mir, mein hübsches Mädchen, wir werden gemeinsam deinen Vater suchen.«

Die Hand, die ihre ergriff, war klein, aber kräftig. Ihre Augen waren wie die von Margaretes Mutter, schmal und dunkel, aber offen und lebendig. Ihr Gesicht war rund und glatt, doch als sie lächelte, tanzten tausend kleine Falten darauf. Sic war doch nicht so jung, wie Margarete zuerst gedacht hatte.

Hand in Hand gingen sie hinauf zur Burg. Margarete sah über ihre Schultern zurück, aber Blanka hielt sie fest an der Hand und zog sie weiter.

»Sei vorsichtig, kleines Mädchen, damit du nicht stolperst«, sagte sie. Margarete jedoch begriff, daß es um etwas anderes ging. Nur mit ihr an der Hand konnte Blanka überhaupt bis zum König gelangen und dort Gehör finden. Es war kein Zufall, daß ihr Vater die Schweden so lange in der Vorburg hatte warten lassen. Er ließ seine Handlungen nicht von so einem unberechenbaren Besuch steuern.

Während sie zur Burg hochstiegen, merkte sie auf einmal, wie die Kälte vom Wasser herüberkam. Der Regen wurde von einem kalten Wind getragen, und kleine Schneeböen schlugen gegen ihre Rücken. Blanka nahm ihren Pelzmantel ab und legte ihn um Margarete, so daß sie vor dieser unwirtlichen Welt versteckt und geschützt war.

Ihr Vater stand draußen vor dem Turm, die Hände in die

Seiten gestemmt, und wartete ungeduldig, was die Fremde ihm zu sagen hatte. Er trug sein langes Schwert, wie Margarete verwundert feststellte. Ob er auch die Rüstung unter seinem Gewand anhatte? Seinen Bart hatte er wohl gestutzt, denn er sah wieder so aus wie vor dem Krieg auf Gotland. Aber damals hätte er diese Gäste mit Respekt empfangen. Nun tat er so, als würden sie ihm seine kostbare Zeit stehlen.

Blanka kniete vor ihm nieder, und Margarete tat es ihr nach. Lieber wollte sie knien, als neben ihr mit dem schweren Pelzmantel auf den Schultern stehen zu bleiben.

»Magnus, Håkon und ich sind gekommen, um die Gnade des dänischen Königs zu erbitten«, sagte sie mit ihrer süßen singenden Stimme. »Unsere Jungfrau Maria hat mir meine Schwiegertochter geschickt, das erste freundliche Gesicht im Hause der dänischen Krone.«

Blanka ließ sie nicht los. Margarete bewegte sich nicht und merkte, wie Kälte und Feuchtigkeit aus den runden Steinen durch Strümpfe und Kleider drangen und sich um ihre Beine legten. Der Schnee wirbelte um den Turm. Ihr Vater stand geschützt, aber der Schnee legte sich auf Blankas dunklen Mantel und auf ihren Hut, der ihr Haar verbarg. War sie genauso schwarzhaarig wie ihre Mutter Helvig? Wenn Vater sie doch nur endlich hereinbitten würde. Aber er schwieg.

»Wir haben keinen Ort, an dem wir uns ausruhen und Schutz vor diesem Wetter finden können«, sagte Blanka schließlich. »Wir haben keine anderen Freunde und keinen, bei dem wir Zuflucht finden können. Unsere Pferde sind am Rande der Erschöpfung. Bitte gestatten Sie uns Einlaß, vergeben Sie uns, und gewähren Sie uns Unterschlupf.«

»Vergebung, Obdach, Schwägerschaft, Geld, Heer und Verhandlungsbeistand«, erwiderte ihr Vater. »Wir haben Ihnen Zugang zu Vordingborg gewährt, der Rest wird folgen.«

Blanka erhob sich sofort, als hätte sie keine andere Antwort erwartet. Dennoch ließ sie Margaretes Hand nicht los.

Sie aber wollte viel lieber zurück in die Vorburg und endlich Håkon sehen. Er war doch auch in ihrem Gefolge. Sie mußte dafür sorgen, daß er nicht sofort wieder aus ihrem Leben verschwand.

Als sie sich gerade umdrehen wollte, um die beiden zu verlassen, traf ihr Blick den ihres Vaters, und sie gab ihr Vorhaben augenblicklich auf. Das würde er nicht billigen.

»Es ist so lange her seit meinem letzten Besuch auf Vordingborg«, sagte Blanka. »Vergeben Sie mir, aber ich kann mich nicht erinnern, wo sich die Wohngemächer der Königin befinden.« Der Gastgeber überhörte diese Anspielung und machte keinerlei Anstalten, sie hinunterzubegleiten.

»Wir haben sie nicht benutzt, seit Helvig umgezogen ist«, antwortete er in einem Tonfall, als würde er jede weitere Unterhaltung verhindern wollen. »Die Wohngemächer der Königin befanden sich in dem langen Gebäude.« Er zeigte in die Richtung des Hauses.

Blanka war nicht hoch gewachsen, aber wenn sie aufrecht stand, war sie durchaus eine imposante Erscheinung.

»Es ist doch sicherlich nicht so schlecht um sie bestellt, daß man diese Räume nicht wieder öffnen könnte für die Königin von Schweden, ihre Zofen und ihre Schwiegertochter.« Auf einmal sprach da nicht mehr eine demütige Bittstellerin.

Und schon war sie auf dem Weg zum besagten Haus, und Margarete folgte ihr, gleichermaßen verzückt und verschüchtert. Ihr Vater ließ sich von Blankas Benehmen nicht beeindrucken, aber er wußte offenbar auch nicht, wie er sie zum Schweigen bringen konnte.

In dem Augenblick, als sie beide das Haus betraten, konnte sich Margarete plötzlich erinnern. Es war, als hätte Blanka ein Buch für sie geöffnet, das sie vor langer Zeit einmal gelesen hatte. Hier hatte sie ihre ersten Lebensjahre verbracht. Sie erinnerte sich an die großen Kleiderkisten, die an den Wänden standen, an die gemalten Blumenranken, die jedes der schmalen Fenster umrahmten, und an die gelben Steine im Boden.

Blanka sah sich im Raum um und zog sich ihre feuchten und schmutzigen Überkleider und Mäntel aus, eine Schicht nach der anderen. Sie war offenbar nicht zufrieden mit dem, was sie vorfand.

»Hier müssen doch Teppiche an den Wänden hängen, schließlich ist es Winter«, sagte sie. »Irgendwo wird er sicher die schönen Möbel von früher versteckt haben. Es ist ja recht und billig, daß er hervorhebt, ein Freund des Kaisers zu sein! Aber er hat keine Zeit, sich um seine Kinder zu sorgen. Komm her, mein kleines Mädchen, sonst erfrierst du noch.«

Sie wickelte Margarete in ihren Mantel und setzte sie in eine Ecke des Raumes. Dann machte sie sich daran, die Kisten zu öffnen und nach den Wandteppichen zu suchen. Zwei junge Männer kamen herein und brachten neue Kisten, die sie in der Mitte des Raumes abstellten. Blanka rief sie zu sich und wies sie an, die verstaubten Teppiche an die Wände zu hängen und Möbel zu holen.

»Wenn ihr keine finden könnt, dann fragt euren König«, fügte sie spöttisch hinzu. So hatte Margarete noch niemanden über ihren Vater sprechen hören. Ihn fürchteten doch alle – alle außer dieser schwedischen Dame.

Bei ihrem geschäftigen Treiben in den Wohngemächern kam Blanka immer wieder bei Margarete vorbei und lächelte ihr zu. Zum Schluß ging sie vor ihr in die Hocke und legte ihre schmalen Hände auf ihre Schultern. Ihre Finger gruben sich in ihre Haut. Blankas Augen funkelten. Alle sagten, daß ihre Mutter so überirdisch schön sei, aber Blankas Gesicht war noch schöner als das der Jungfrau Maria in der Kapelle von Vordingborg. Man konnte die Augen nicht von ihr lassen. Margarete versuchte, sie zu berühren, und streckte ihre Hand aus. Die schöne zierliche Frau lachte auf, griff nach ihrer Hand und küßte ihre Fingerspitzen.

»Du wunderschönes Kind, man könnte meinen, du seist meine Tochter«, sagte sie. »Du ähnelst deinem Vater nicht im geringsten. Man würde erwarten, daß Valdemar nur große und helle Töchter bekäme. Du wirst einmal eine anmutige und reine Jungfer, aber groß wirst du wohl nie werden.«

Sie nahm einen großen Ring von ihrem Finger und legte ihn in Margaretes Hand, mit dem Gebot, ihn niemandem außer ihrem Vater zu zeigen.

»Wir haben leider so wenig zu geben«, sagte sie. »Aber ich bin so froh, daß mein Jüngster eine von Valdemars Töchtern zur Frau bekommen wird. Håkon ist so schön wie sein Vater. Ihr werdet ein wundervolles Paar. Wenn du zwölf wirst, können wir euch zum Brautbett führen. Wir haben keine Zeit zu verlieren, wir brauchen dringend einen Erbfolger.«

Blanka nahm sie an die Hand und führte sie zu einer der Kisten. Sie kletterten hinauf und saßen mit ausgestreckten Beinen wie zwei Kinder nebeneinander und unterhielten sich. Margarete erzählte Blanka, was für Spiele sie spielte und daß alle ihre Spielsachen von Eberstein weggeräumt und verschenkt worden seien.

»Na ja, eine Puppe dann und wann wird der Königin von Norwegen schon nicht schaden«, sagte Blanka und lachte. »Ich werde dir alle Puppen beschaffen, die du haben möchtest. Ach, ich würde dich so gerne mit nach Tunsberghus in Norwegen mitnehmen. Dort werde ich zusammen mit Håkon wohnen. Tunsberghus gehört mir, weißt du?«

Sie erzählte und erzählte. Über Burg Akershus zum Beispiel, die sie am Anfang so an die Burg ihrer Mutter in Namur erinnert habe, wie sie da erhaben über der Stadt lag. Ihre Mutter, Marie von Artois, habe alles für sie getan, als der junge König Magnus Eriksson mit seinem Gefolge auf Brautsuche nach Namur gekommen sei. Ihre Familie habe nur gewußt, daß Namur mit Schweden viel Handel treibe. Und da stand nun der König dieses Landes in ihrem Empfangssaal. Sie habe noch nie zuvor einen so schönen Mann gesehen und wollte ihn, vom ersten Augenblick an.

Magnus habe besser getanzt als jeder Mann, den sie je zuvor getroffen habe. Am dritten Tag seines Aufenthaltes in Namur habe er sie im Rosengarten aufgesucht und sie ganz zart auf den Mund geküßt. So zärtlich. Und dann habe er um ihre Hand angehalten. Denn er wollte nicht, daß seine Ratsherren für ihn entscheiden. Er hatte sich Blanka ausgesucht und wollte auch, daß sie ihn erwählte.

Margarete lauschte ihr gebannt und verwundert. Sie hatte immer gedacht, daß alle Menschen auf dieselbe Art und Weise zueinander fanden wie sie und Håkon, daß immer die Eltern bestimmten, was gut und nützlich war. Aber sie konnte gut verstehen, daß sich Magnus in Blanka verliebt hatte. Ihre Liebesgeschichte klang wie eine wunderschöne Tanzmelodie.

Die gesamte schwedische Gesandtschaft hatte sich zum Essen in dem großen Saal versammelt. Blanka und sie gingen direkt von den Wohngemächern dorthin. Blanka schien offensichtlich davon ausgegangen zu sein, daß die vornehmen Gäste gebührend gefeiert würden, und glücklicherweise war der dänische König derselben Ansicht gewesen. Blanka hielt Margaretes Hand immer noch fest in ihrer, als sie in den Saal traten. Sie grüßte mit einem anmutigen Nicken nach rechts und links und steuerte zielstrebig zu den vornehmen Plätzen am Tischende neben dem Thron. Der eine Platz neben dem Thron blieb leer.

Margarete bekam den Platz zwischen zwei Männern zugewiesen, von denen sie nur einen kannte. Das mußten König Magnus und sein Sohn Håkon sein. Erst jetzt konnte sie sehen, wie hübsch sie alle waren, die Fremden. Nachdem ihre Mutter verschwunden war, hatte Schönheit keinen Platz mehr gehabt in der Welt ihres Vaters. Der Krieg hatte Valdemars Zeit geraubt, die Wohngemächer der Königin waren verschlossen worden, ihr Hofstaat wurde aufgelöst, und Eberstein war allein verantwortlich für Margaretes Erziehung. Es gab am dänischen Königshof keine Mätressen, keine Hofdamen und Zofen und keine jungen Frauen für ihre Erziehung und Betreuung. Jetzt erkannte sie, was ihnen die ganze Zeit gefehlt hatte. Sogar die Männer besaßen diese außergewöhnliche Schönheit, die ihr auch schon bei dem Herzog von Finnland aufgefallen war.

»Ist sie das?« fragte der jüngere der beiden Männer Blanka. Sie antwortete nur mit einem Nicken.

Erst jetzt wagte sie es, ihn anzusehen. Håkon, der sie und ihren Vater verraten hatte, von dem sie die ganze Zeit versucht hatte, sich ein Bild zu machen: Er war ein erwachsener Mann – und so schön. Er ähnelte seiner Mutter, groß, schlank und dunkel war er, aber seine Gesichtszüge waren die seines Vaters. König Magnus war ein wenig gebeugt und grauhaarig, aber seine Züge waren noch feiner als die seines Sohnes. Auch sein Blick war fest auf sie gerichtet. Sie fühlte sich von allen dreien beobachtet und begutachtet.

»Hättest du gewußt, was für ein bezauberndes Mädchen das ist, das du da verschmäht hast, hättest du doch bestimmt nicht versucht, Elsebeth von Holstein an ihrer Statt zu bekommen, nicht wahr, Håkon?« sagte König Magnus lachend.

Håkon antwortete nicht, sondern sah sie nur lächelnd an. Seine Augen waren wie die Blankas, groß, dunkel und leuchtend.

»Du hast mir einen Brief geschrieben«, sagte er und strich mit seinem Zeigefinger über ihre Hand, vom Handgelenk bis hinauf zum Nagel ihres Mittelfingers. »Ich habe dir den Rücken gekehrt, aber du hast mir trotzdem geschrieben. ›Mein teurer Herr‹ hast du geschrieben. Darf ich es überhaupt wagen zu hoffen, daß du mich immer noch als deinen ›teuren Herrn‹ ansiehst?«

Sie errötete. Eine gewaltige Hitze strömte in ihr Gesicht, es pochte in ihrer Kehle und an den Schläfen. Als sie den Kopf fortdrehen wollte, hielt er mit einer Hand ihr Kinn fest und blickte ihr in die Augen.

»Du hast mich gebeten, den Herzog von Finnland zu beschützen, als er auf der Flucht war«, sagte er. »Aber du hast auch hinzugefügt, daß ich mich so entscheiden soll, wie ich es für richtig halte. Du bist wirklich die Tochter deines Vaters.«

Er beugte sich zu ihr, schloß die Augen und küßte sie mit einem kleinen Seufzer auf die Stirn. In diesem Augenblick hätte sie alles gegeben, um endlich erwachsen zu sein. Es würden noch so viele Jahre vergehen, bis sie mannbar wäre. So lange konnte er bestimmt nicht warten.

»Was ist aus deiner Braut Elsebeth geworden?« fragte sie, denn der Name war wie ein Blitz in sie gefahren. »Hast du sie geheiratet?«

»Ach nein, das haben Gott und der Erzbischof von Lund geregelt«, antwortete Håkon leise. »Der Wind und die starke Strömung haben ihr Schiff an die Küste Schonens getrieben. Sie ist jetzt wieder zurück in Holstein, und ich bin hier bei dir.«

Sie errötete erneut, senkte den Kopf und starrte auf den Tisch. Vielleicht könnte ihr Vater dafür sorgen, daß sie schneller mit Håkon verheiratet wurde.

Noch immer sehr verwirrt, sah sie sich die Gesichter der hier Versammelten an. Heute abend waren wenigstens auch Frauen am Tisch, Blanka mit ihren zwei Zofen und Eberstein. Die übrigen Gäste waren Männer. Sie hoffte so sehr, daß ihr Vater jetzt endlich erkennen würde, was ihrem Haus fehlte.

Kristoffer fehlte.

Sie hatte ihn ganz vergessen, ihre Gedanken an Håkon hatten ihn verdrängt. Kristoffer war gleichzeitig mit ihr in Vordingborg angekommen. Vielleicht war er wieder krank geworden. Der Sommer war sehr hart für ihn gewesen. Er war bei der Überquerung des Flusses vom Pferd gefallen und hatte sich danach nicht mehr richtig erholt, war sehr kränklich und schweigsam geworden. Vater hatte ihn auch zum wiederholten Male darauf hingewiesen, daß er kein kleiner Junge mehr sei, sondern ein erwachsener junger Mann von zwanzig Jahren, der schon längst hätte verheiratet sein sollen.

Sie wollte ihren Vater nach Kristoffer fragen, aber der war in ein Gespräch vertieft. Der Anblick seines lebhaften und frohen Gesichtsausdruckes überwältigte sie vor Freude. Ja, genauso war er früher gewesen, als sie noch ein Kind war und bevor ihre Mutter krank wurde. So hatte er damals gelacht, lauthals, und mit seinem Lachen alle Gespräche übertönt. Er unterhielt sich mit Blanka in einer Sprache, die sie nicht verstand. Aber sie erkannte, daß es Französisch war. Dann hatte er doch nichts gegen Blanka, wie sie zuerst gedacht hatte. Das war gut so, jetzt hatte sie Håkon endlich wieder zurück.

»Holt die Musiker herein!« rief ihr Vater auf dänisch und erhob sich. Jetzt sah er wieder aus wie der alte König Valdemar, und das war Blanka zu verdanken. Drei kleine Männer näherten sich der Tafel mit Laute, Harfe und Trommeln. Sie verneigten sich tief vor dem König und der schwedischen Königin. Sie erhob sich nicht, sondern neigte zur Begrüßung nur ihren Kopf mit geschlossenen Augen. Sie muß sehr müde sein, dachte Margarete. König Magnus war mit den Speisen beschäftigt, doch als er die Musiker mit ihren Instrumenten sah, lehnte er sich an Blanka vorbei hinüber zu König Valdemar.

»Woher kommen Ihre Musiker?« fragte er interessiert, während Valdemar wieder Platz nahm. »Sind sie aus Paris oder Reims? Unsere letzten Musiker kamen aus Reims, nicht wahr?«

Zum ersten Mal seit Ankunft des Besuches wirkte Margaretes Vater verwirrt. Er sah zu den Musikern hin und biß sich auf die Lippen. Dann plötzlich kehrte sein Lächeln zurück, und er lehnte sich mit einer solchen Wucht auf den Tisch, daß das Holz nur so krachte.

»Ich glaube, sie stammen alle aus Randers!« rief er heiter und winkte sie herbei, um Genaueres zu erfragen.

Margaretes Blick ruhte unbeirrt auf Blankas Gesicht. Diese lehnte mit ausgestreckten Armen und geschlossenen Augen in ihrem Stuhl, so als würde sie nichts von dem wahrnehmen, was um sie herum geschah. Aber ein Lächeln hatte sich auf ihrem Gesicht ausgebreitet. Es war eine Mischung aus Zärtlichkeit, die man für ein Kind empfindet, und leisem Spott für jemanden, von dem man weitaus mehr verlangen kann, als man es tut.

»Wie viele Pferde haben Sie bei sich?« fragte König Valdemar, während er sich das Essen munden ließ. Er kaute fröhlich drauflos und schaute erwartungsvoll zu König Magnus. Nun war es an ihm, sich ratlos im Saal umzuschauen, als sei von dort eine Antwort zu erwarten.

»Weißt du das, Blanka?« fragte er schließlich. Blanka legte ihr feines kleines Silbermesser auf den Teller, nahm ihre Serviette, tupfte damit beide Mundwinkel ab und steckte sie wieder zurück in ihren Ärmel, bevor sie anfing, alles aufzuzählen, was sie in ihrem Gefolge mit sich führten. König Magnus entfuhr ein erleichterter Seufzer, und er nahm einen großen Schluck von dem Rheinwein. Margarete beobachtete, wie er seine Augen vor Genuß schloß und bald darauf den Zeremonienmeister zu sich winkte, um den Becher auffüllen zu lassen. Blanka bemerkte das alles nicht, sie arbeitete.

5.

Der Nebel lag noch immer dicht und schwer über der ganzen Gegend. Valdemar ritt ohne Hast, und der Falke auf seinem Arm behielt seine Haube auf. Schließlich hielt er an und gab den Vogel an den Falkner zurück. Das verwirrte Margarete. Diese Jagd war ihr zu Ehren veranstaltet worden, denn sie hatte am selben Morgen ein Geschenk von Håkon erhalten, als Besiegelung ihrer Verlobung. Das Geschenk war ein weißer isländischer Jagdfalke, und sie hatte das wertvolle Präsent sehr stolz mitgenommen. Es war das erste Mal gewesen, daß ihr Vater sie mit auf eine Jagd nahm.

»Weiß!« hatte ihr Vater ausgerufen, als das Geschenk überreicht wurde. Er selbst liebte schwarze Pferde und schwarze Jagdhunde – Hunde, so schwarz wie ein Heer des Teufels aus der Dunkelheit, hatte sie andere sagen hören. Es schien, als ob er dieses Geschenk als persönliche Kränkung empfand. Und darum hatte er jetzt auch keine Lust, mit ihm jagen zu gehen.

Es begann wieder zu regnen. Er kam auf sie zugeritten und ergriff ihre schlaff herunterhängenden Zügel. Sie würden auf der Stelle zur Burg zurückkehren. Auf dem Heimweg machten sie halt unter ein paar großen Bäumen und warteten, geschützt von ihren hochgeschlagenen Kragen und Kappen, daß der Regen nachließ. Sie spürte, daß ihr Vater das Gefühl hatte, er würde seine Zeit vergeuden. Wenn er unzufrieden war, strahlte er die Unruhe eines wütenden Tieres aus.

»Nun bist du mit einemmal wichtig für sie geworden«, sagte er, während der Eisregen auf sie niederging. Ihr Vater merkte das gar nicht, aber Margaretes Kappe war durchnäßt, und die eisige Feuchtigkeit kroch ihr den Nacken und Rükken hinunter.

»So wichtig, daß sie ihren Sohn auf dich loslassen wie einen Birkhahn auf eine Henne! Du sollst wissen, daß ich ihnen nicht vertraue. Wir müssen zusehen, daß wir dich bald mit ihm verheiraten, auch wenn es vielleicht ungehörig wirken mag. Aber sonst laufen wir Gefahr, daß sie sich wieder nicht an die Absprache halten. Verstehst du das?«

Das traf sie wie ein Peitschenschlag. Sie nickte betroffen. Der Jagdfalke auf ihrem Arm war schwer, sie würde das Geschenk von Håkon leider nicht ausprobieren können.

»Du hast ihm doch damals geschrieben, als er dich verraten hatte«, sagte er dann in einem milderen Tonfall. »Was hast du ihm eigentlich geschrieben?«

»Der Herzog von Finnland hatte mich um Asyl gebeten«, antwortete sie. Ihren Vater konnte sie nicht anlügen. Er würde die Wahrheit früher oder später sowieso erfahren.

Sie hatte nicht erwartet, daß er plötzlich in schallendes Gelächter ausbrechen würde. Er griff ihren Arm und schüttelte sie sanft.

»Oh, du süßes wunderbares Mädchen, die es allen recht machen will!« sagte er. »Sogar dem Liebhaber von Håkons Vater wolltest du helfen. Jetzt weiß ich, daß alles gutgehen wird. Mein kleines gutes Mädchen! Gott sei's gedankt, daß du ihm nicht noch mehr geholfen hast. Sie erschlugen ihn, als er sich nach Schonen wagte.«

Dann gab er seinem Pferd die Sporen und machte sich auf den Weg zurück zur Burg. Die Heiterkeit kam und ging bei ihm in schnellem Wechsel. Margarete wußte nicht, was sie noch hätte sagen können. Sie wünschte sich nur, daß er sie so schnell wie möglich Håkon zur Frau geben würde.

Diese Reise nach Kopenhagen unterschied sich sehr von den vorherigen. Sie wachte sehr aufmerksam über Håkon, er sollte sie nicht noch einmal so enttäuschen. Und auch ihren Vater nicht. Da Blanka so gut reiten konnte, wollte es Margarete ihr nachtun und bestand darauf, ebenfalls den ganzen Weg zu Pferde zu bestreiten.

»Ein sehr kluger Entschluß. Dann können die Leute dich sehen«, sagte ihr Vater. Sie erkannte, daß er eigentlich eine Möglichkeit suchte, ihr ein Lob auszusprechen.

Einst waren sie so viele am dänischen Königshof gewesen. Nun gab es nur noch Kristoffer und sie. Kristoffer ritt nicht selbst, er lag auf einer Trage, die von Pferden gezogen wurde. Margarete genoß während der gesamten Reise die größte Aufmerksamkeit, denn Blanka wich keinen Augenblick von ihrer Seite.

Blanka war auch diejenige, die das etwas mitgenommene weiße Kleid wiederentdeckte, das Margarete zur Verlobung getragen hatte. Sie zog es mit einem erfreuten Ausruf aus einer der Kleiderkisten hervor und hielt es ihren Zofen hin, damit sie es bewundern konnten.

»Es ist nur eine Schande, daß sie es so verschnitten haben«, sagte sie. »Aber in der Stadt muß es ähnliche Stoffe geben. Schaut nach, ob die Bischöfe Mäntel aus dem gleichen Stoff haben. Das Kleid muß überall verlängert werden, und unten an den Saum soll eine Bordüre genäht werden.«

Vielleicht würde sie doch noch als Braut in Ingeborgs Kleid zum Altar geführt werden. Sie verfolgte, wie die Zofen sich förmlich darum schlugen, den entstandenen Schaden auszubessern. Sie trennten alle Nähte auf und machten sich daran, den Stoff zu verlängern, zu heften und zu besticken. Blanka steuerte ein feines Leinentuch aus ihren Beständen bei. Sollte es keinen perlenbesetzten Stoff geben, würde man eben welche aufsticken müssen.

Obwohl sie noch nicht wieder Frieden mit ihrem Land geschlossen hatten, wollte Blanka wohl unbedingt beweisen, daß sie so gut und edel wie ihre Gastgeber waren.

Nur Kristoffers Krankheit warf einen Schatten auf die Vorbereitungen zu dem großen Fest. Sie hatte ihn seit ihrer Ankunft in Kopenhagen nicht mehr gesehen. An dem Tag, als Blanka mit einer großen Menge weißen, edlen Stoffes aus der Stadt kam, um das Kleid fertigzustellen, beschloß sie, ihn zu suchen.

Sie tat das nicht nur für sich oder um seinetwillen. Sie machte sich auch auf die Suche nach ihm, weil sie vor kurzem Blanka und König Magnus belauscht hatte, als sie darüber sprachen, wer Dänemark eines Tages regieren würde. »Wenn Kristoffer stirbt, dann wird Ingeborg als älteste Tochter nachrücken«, hatte Magnus gesagt, ganz ruhig, so als ob er sich sehr sicher war, daß Kristoffer nicht mehr lange leben würde.

»Und sie kann dann ohne Schwierigkeiten alle Länder vereinen«, hatte Blanka mit leiser, spitzer Stimme erwidert. »Sie und die Mecklenburger, sie und der eingebildete Sohn deiner Schwester. Diese Untauglichkeit in Person. Wenn doch nur Valdemar weiser gewesen wäre bei der Wahl des Bräutigams für seine älteste Tochter. Dann hätte sie jetzt zwei Söhne haben können. Es wird noch Jahre dauern, bis uns das kleine Mädchen hier nützen kann.«

Damit war sie gemeint.

Aber die meiste Zeit hatten sie über Kristoffer geredet.

Ihr war der Gedanke gekommen, daß Kristoffer vielleicht die Pest hatte. Schließlich hatten sie ihn von den anderen isoliert. Vielleicht würde er eines Tages einfach spurlos verschwinden, so wie ihre Mutter plötzlich verschwunden war.

Sie fand ihn in der Kammer, in der er immer wohnte. Hier lag er, ganz allein. Als sie die Tür öffnete, kam ihr nicht der bekannte Gestank von Krankheit und Tod entgegen. Und sie konnte keine Anzeichen von Pest entdecken. Es war ganz still im Raum, und er wirkte, als hätte er sich gerade hingelegt, um sich kurz auszuruhen. Sie haben gelogen, erkannte sie, natürlich, was sonst? Sie haben gelogen, um die Gäste in die Irre zu führen.

Sie setzte sich neben ihn aufs Bett und erzählte, was so alles geschehen war. Daß Blanka ihr Kleid von der Verlobung umnähen ließ, daß ein Turnier zur Hochzeit stattfinden und es auf dem Burgberg Tanz geben werde. Und vielleicht würde auch ihre Mutter kommen dürfen.

»Das glaube ich nicht«, unterbrach Kristoffer ihren Erzählstrom. Sie schwieg und sah ihn an. In dem grauen und diesigen Licht wirkte er gar nicht so schwach und farblos wie in ihrer Erinnerung. Aber er hatte sehr abgenommen. Er war jetzt zwanzig Jahre alt und ein erwachsener Mann. Als ihr Vater so alt war, regierte er schon als König. Einen Kopf größer als alle anderen war er gewesen, der Königssohn ohne Land, der Prinz ohne Vermögen. Er hatte die Gelegenheit beim Schopf gefaßt, als der Kaiser sich seiner Sache annahm. Er war nach Norden gezogen, hatte Helvig von Südjütland geheiratet und sich zum König von den Teilen des Landes gemacht, die er erobern konnte.

Kristoffer hatte nur sein Bett und seinen Beichtvater.

»Mutter ist in Ringsted, sagen sie«, fügte Kristoffer hinzu. »Ihr geht es gut, dort, wo sie ist. Sie konnte Vater nicht wiedererkennen, als er sie das letzte Mal besuchte. Aber wenigstens ist sie keine Gefahr mehr für sich selbst.«

»Wenn ich Vater darum bitte, würde er sie dann zum Fest kommen lassen?« fragte sie.

»Nein. Er hat sich entschieden, und sie ist nicht mehr Teil seiner Welt«, antwortete Kristoffer.

Unwillig begriff sie, was er ihr eigentlich sagte: Vater sprach mit ihm wie mit einem erwachsenen Mann, wie mit seinem Erbfolger, trotz alledem. Kristoffer sagte er Dinge, die er ihr nicht sagen konnte, weil sie noch ein Kind war.

In diesem Augenblick kam er herein. Sie drehte sich um und erwartete das Schlimmste, aber er hatte keine Augen für sie, sah nur seinen Sohn.

»Hoch mit dir und raus aus dem Bett. Laß ein bißchen Farbe in dein Gesicht«, sagte er. »Es ist ein schöner Tag und Zeit, sich hinauszuwagen. Die Bürger wollen ihren Prinzen sehen. Und die jungen Mädchen wollen ihn erst recht sehen.«

Wie immer gehorchte Kristoffer. Er kletterte vom Bett und stellte sich auf den Boden. Sein Vater half ihm beim Anziehen des schweren Lederrockes. Er selbst zog sich zuvor das dünnere Unterkleid über den Kopf und schnürte es fest um die Arme. Voll bekleidet, gegürtet und geschmückt mit dem Lederrock sah er sehr erwachsen aus, fand Margarete.

»Steh gerade!« befahl der Vater und schlug ihm seine Knöchel zwischen die Schulterblätter. »Alle Blicke werden auf dich gerichtet sein, wenn du mit mir die Burg verläßt. Es wird Zeit, daß du zeigst, wer du bist. Gegen deine Größe kann man nichts ausrichten, aber gegen deine krumme Haltung!«

Kristoffer gab sich große Mühe. Aber er wußte, daß es nicht genug war.

»Nimm dich zusammen!« schrie sein Vater und stieß ihm mit seinen harten Fingern gegen das Schlüsselbein. Kristoffer sackte zusammen und mußte sich wieder aufs Bett setzen, verwirrt und schamrot. Er sank zur Seite, schüttelte den Kopf und stöhnte vor Schmerzen.

»Schon gut, schon gut!« sammelte er sich und erhob sich, fiel aber sofort wieder um. »Mir ist so schwindlig, gib mir einen Augenblick, bis ich mich wieder erholt habe.«

»Raus mit dir! Liegst hier rum und trödelst wie eine kranke alte Nonne!« schrie sein Vater. Er riß die Tür zum Söller auf und ließ kühle Luft herein, die angenehm süß duftete. Es wurde gerade Brot für die Hochzeit gebacken. Kristoffer erhob sich erneut, aber war immer noch sehr wacklig auf den Beinen. Er mußte sich festhalten, und es gab keinen anderen als seinen Vater, der ihn stützen konnte. Sein großer, stählerner Arm beugte sich, und Kristoffer hing an ihm wie ein Schiffsbrüchiger. Wieder knickte er ein, verbarg sein Gesicht in den Händen und blieb wimmernd auf der Bettkante sitzen.

Keiner von beiden hatte bis dahin Margarete beachtet. Als ihr Vater nun einen Schritt auf Kristoffer zu machte, um ihn zu greifen und zu schütteln, krabbelte sie blitzschnell quer übers Bett. Sie erreichte ihn in letzter Sekunde und schlug mit ihrer geballten Faust gegen seine Brust, um ihn aufzuhalten.

»Nein, Vater!« sagte sie mit fester klarer Stimme. Er sah sie an, starr vor Verwunderung. Dann verschloß sich sein Blick, und sein Gesicht wurde ausdruckslos. Das geschah so schnell, als hätte jemand eine Kerze ausgeblasen. Ihr stand es eigentlich nicht zu, ihn zurechtzuweisen. Aber er hörte auf sie.

6.

Håkon war nicht auf Akershus, obwohl sich der gesamte schwedische Hof in Norwegen aufhielt. Wenn sie nach ihm fragte, bekam sie nur halbe oder ausweichende Antworten. Sie war ein Kind, das es zu schonen galt. Das Königskind, wurde sie genannt.

Schon am Hochzeitstag hatte sie ihren Håkon über die Mecklenburger befragt, und es war ihr gelungen, einige wenige, aber wichtige Informationen aus ihm herauszulocken. Die Schwester seines Vaters war verheiratet mit dem Herzog von Mecklenburg. Diese Ehe schien damals eine gesunde Allianz, da Schweden in Magnus nur einen Kindskönig hatte, der seit seinem dritten Lebensjahr sowohl König von Norwegen als auch von Schweden war.

»Mein Großvater, Herzog Erik, wurde von seinem eigenen Bruder, König Birger, auf Nyköpinghus ermordet. Aber das weißt du sicherlich schon längst«, hatte ihr Håkon erklärt. Doch sie hatte keine Ahnung, hatte weder von einem Herzog Erik noch von einem König Birger aus Nyköping gehört.

Später wurde es immer offensichtlicher, daß die Mecklenburger die Hoffnung hegten, Schweden zu unterwerfen, um sich daran zu bereichern. Leider waren die Adligen unzufrieden mit König Magnus gewesen und hatten sich zuerst an den einen seiner Söhne, dann an den anderen und schließlich an die Mecklenburger gewandt, um ihn loszuwerden.

Das hatte irgend etwas mit dem Herzog von Finnland zu tun. Aber sie traute sich nicht mehr zu fragen, denn die

Schweden reagierten merkwürdig, wenn sie seinen Namen nannte.

Sie ließ sich von ihrem Pferd gleiten, um endlich Akershus in Besitz zu nehmen, das Haus ihres Mannes, Håkons feste Burg.

Vater hatte oft von dieser uneinnehmbaren Burg gesprochen, aber erst jetzt begriff sie, was er damit gemeint hatte. Sie sah aus wie eine geballte Faust. Man konnte nicht direkt bis in die Kernburg reiten, sondern mußte durch viele Gänge mit Falltüren, Fallgittern und steilen Treppen, um in ihr Inneres zu gelangen.

Sie hatte gedacht, daß in Dänemark soviel Unfriede herrschen würde, vor dem man sich schützen mußte – hier schien es noch viel schlimmer zu sein. Sie hatte gedacht, Dänemark sei nach der Pest und all den Bürgerkriegen vor der Regentschaft ihres Vaters vollkommen verarmt. Ein Irrtum.

Blanka hatte zwar versucht, sie schonend auf das vorzubereiten, was sie hier in Norwegen erwarten würde. Aber sie war auf der Hochzeit zu benommen gewesen vor Freude über das weiße Kleid, den goldenen Kranz von der Jungfrau Maria, Håkons schöne schlanke Gestalt an ihrer Seite. Während der langen Messe war sie eingeschlafen und das Kleid verrutscht, auf das ihr vorher Rote Bete gefallen war. Aber Håkon hatte sie zum Tanz geführt. Er hatte sie auf seinen Schultern getragen und war mit ihr durch die Menge getanzt.

Oslo löste in ihr keine Begeisterung aus. Die Stadt war klein und lag fast ängstlich hinter der Burg. Es gab nur wenige Häuser, und die Kirchen waren nach der Pest nur noch halb voll. Eine der größeren Kirchen war bereits ganz baufällig, gewaltige Holzgerüste im Chorraum drohten jederzeit einzustürzen, und die Fenster waren mit Brettern vernagelt. Sie mußte Håkon bitten, dagegen etwas zu tun, wenn er zurückkehrte. Wie kostspielig das wohl sein mochte?

Wenn doch nur Blanka bei ihr sein würde. Sie hatte versprochen, daß sie auch nach Oslo kommen würden. Schließlich hatten sie und König Magnus nicht so viele andere Orte, an denen sie sich niederlassen konnten. Kristoffer hatte Margarete mit aufrichtiger Sorge in der Stimme gefragt, ob sie denn wirklich mit ihrer Schwiegermutter unter einem Dach wohnen wolle. Sie hatte nur gelacht und ihm erklärt, daß es noch Jahre dauern werde, bevor sie ihre eigene Herrin sei, auch wenn sie schon Königin war. Auf Akershus regierte Frau Merete, und sie würde sicherlich dafür sorgen, daß es noch lange so bliebe.

Blanka hatte Margarete ihren mit Marderfell gefütterten Mantel geschenkt. Das himmlisch weiche Fell erinnerte sie an Blanka, sie fand sogar, daß der Mantel immer noch ihren süßen Duft ausströmte. Wie mußte Håkon glücklich sein, daß er sein ganzes Leben lang so eine Mutter gehabt hatte.

Aber Blanka war nicht da, und keiner machte sich die Mühe, ihr zu erklären, wo sie sich gerade aufhielt. Sie hatte die ganze Zeit auf Akershus und auf Tunsberghus gelebt und ihrem jungen Sohn beim Regieren geholfen. Håkon war auch nicht da, er hielt sich in Bergen auf und versuchte, ein Heer für seinen Vater aufzustellen, der Schweden zurückerobern wollte. So als hätte er noch ein schlechtes Gewissen wegen seines Verrats. Sie wußte, daß er ihr gegenüber eines hatte, und das stimmte sie mild.

Frau Merete erwartete sie im engen, inneren Burghof. Margarete kam schlechtgelaunt aus den verwinkelten Ecken der Burg, sah sich um, hielt die Luft an und dachte: Das kann einfach nicht wahr sein. Hier kann man nicht leben! Der höchste Turm nahm ihnen sowohl die Luft als auch das Licht, er beugte sich förmlich in den Burghof, massiv und schwer.

Frau Merete hatte sich nicht im geringsten verändert. Sie war noch immer dieselbe große schöne Frau wie auf ihrem Verlobungsfest in Kopenhagen.

Margarete wollte gern ein paar Worte über ihr Wiedersehen und über Norwegen sagen, aber Frau Merete hatte keine Zeit für so etwas. Sie habe ja nun Margarete unter ihrer Aufsicht, teilte sie ihr mit. König Håkon habe ihr die Erziehung seiner Königin übertragen.

Erziehung? dachte Margarete. Sie war doch bald erwachsen. Sie hatte genug Zeit gehabt, sich ein Bild vom Leben in Norwegen zu machen, und Blanka war dabei sehr wichtig gewesen. Von Håkon ganz zu schweigen. Wenn sie noch Erziehung benötigte, dann könnten die beiden das übernehmen. Mutter und Sohn.

Norwegen hatte sie mürrisch gemacht. Das Land sah so anders aus als das, was sie darüber wußte. Die Ankunft hatte sie sich auch anders vorgestellt, so wie die Einfahrt in den Hafen von Nyborg oder Vordingborg. Sie war irritiert von dem Anblick, der sie erwartete. Die Stadt lag eingeklemmt im Fjord, zu allen Seiten erstreckten sich Berge, die soviel höher waren als die zu Hause. Nun war es Sommer, aber im Winter und bis weit ins Frühjahr hinein lag Schnee auf den Felsen. Während sie vom Hafen zur Burg hochritten, hatte sich Margarete sehr genau umgesehen. Sie würde viel ausreiten und die Umgebung erkunden müssen. Aber es schien, als ob gleich hinter den Städten und der grauen Kirche in Aker die dichten Wälder beginnen würden.

Vater kannte die ganze Welt. Er war sogar schon in Jerusalem gewesen, am Heiligen Grab, und in Deutschland, Frankreich und England. Sie hingegen war auf die Bilder in den Büchern der Priester und an den Wänden der Kirchen angewiesen gewesen. Norwegen hatte nichts gemein mit diesen bunten Bildern. Vater hatte versucht sie auf seine nachlässige und abgehetzte Art vorzubereiten. In ihrer neuen Heimat sei fast jeder zweite Mensch der Pest zum Opfer gefallen, das Land habe seit über vierzig Jahren keine eigene Regierung mehr gehabt, die Armut habe sich darin ausgebreitet und sogar schon die großen Städte erreicht. Das einzig Gute daran,

Königin von Norwegen zu sein, wäre, daß es dort keine Adligen und Fürsten geben würde, die so brutal und hochmütig wie die Schweden waren.

Sie versuchte sich an all das zu erinnern, während sie da vor Frau Merete stand, die unbeirrt ihre neuen Pflichten aufzählte. Frau Merete war Schwedin. Auch in Margaretes Wohngemächern gab es keine einzige Norwegerin, abgesehen von den Dienstmädchen, die in der großen Burgküche arbeiteten. Und in den Wohngemächern herrschte Frau Merete. Diese Frau hatte nicht die Absicht, auch nur einen Zoll zu weichen, und schon gar nicht einem Kind, das sie nun unter ihrer Aufsicht hatte.

Frau Merete beendete ihre Anweisungen zum korrekten Verhalten, räusperte sich, faltete ihre Hände im Schoß zusammen und sagte mit verräterisch milder Stimme: »Und nun wird uns Margarete erfreuen, indem sie zeigt, wie gut sie zugehört hat, und alles wiederholt, was ich soeben gesagt habe.«

»Ich kann mich nicht an jedes Wort erinnern«, antwortete sie mit dünner, ängstlicher Stimme und wußte sofort, daß sie damit keinen guten Eindruck machte.

»Dann müssen Sie das dort eben jeden Tag lernen«, sagte Frau Merete mit derselben Stimme und wies mit einer ausladenden Handbewegung hinauf zu den Steinhäusern. Auf Akershus wohnte man offenbar das ganze Jahr über in der inneren Burg und nicht in den gemütlichen, geräumigen und licht- und luftdurchfluteten Häusern in der Vorburg. Margarete war auf das Schlimmste gefaßt. Von nun an mußte sie auf der Hut sein und verhindern, daß Frau Merete ihre Fehler und Versäumnisse entdeckte.

»Meine Mutter, Frau Birgitta, hat mich gelehrt, nicht sparsam zu sein mit der Rute, wenn man sie mit Liebe benutzt und damit das Gute zum Vorschein bringt«, erklärte Frau Merete und zeigte dabei auf die lange Rute, die deutlich sichtbar an der Innenseite der Tür hing.

Margarete atmete erleichtert auf. Das war alles? Sie hatte gedacht, Frau Merete spreche von ausgeklügelter Rache und Strafe. Die Schläge mit der Rute würde sie allemal ertragen.

Zu ihrer Überraschung entdeckte sie in den Wohngemächern sowohl Webstuhl als auch Spindel. Es schien, als ob Frau Merete und ihre Damen sich die Zeit damit vertrieben, wie Bäuerinnen zu arbeiten. An den Wänden hingen Teppiche, also mußte Blanka hier gewohnt haben. Aber Margarete konnte sich einfach nicht vorstellen, daß sich Blanka an einem solchen Webstuhl verausgaben würde. Oder gar ihre eigene Mutter.

Von den Wohngemächern gingen sie weiter zum Kronsaal. Frau Merete öffnete die Tür und hieß sie eintreten, die Stimme voller Stolz. Mit gutem Grund, denn der große Saal war prächtiger und größer als der Saal auf Vordingborg und viel heller. In die eine Giebelwand war ein Fenster in Form einer Rose eingelassen. So etwas Schönes hatte sie bisher nur in großen Kirchen gesehen. Die Wände waren allesamt so bemalt, daß es aussah, als würden daran kostbare Teppiche an vergoldeten Haken hängen. Norwegen mußte einst, als diese Halle gebaut wurde, sehr reich gewesen sein, mit Adligen und einem stolzen Hof.

Als Margarete nun aber durch den Saal wanderte, wirkte er verstaubt und ungenutzt. Håkon und sie würden ihn wieder öffnen und Gäste zu Hof bitten, denn der Saal war das einzig Schöne hier auf Akershus. Warum sollte ausgerechnet er verschlossen bleiben und verrotten?

Von dort gingen sie zurück zu den Wohngemächern, und Margarete setzte sich so weit wie möglich entfernt vom Webstuhl an eines der großen Fenster. Sie hatte ihre Lehrer aus Vordingborg mitgenommen, und zu dieser Zeit hatte sie üblicherweise Unterricht. Sogar auf dem Schiff hatten sie diese Routine nicht unterbrochen. Es wunderte sie auch, daß Frau Merete kein Fest anläßlich ihrer Ankunft vorbereitet hatte. Es gab keine Gäste auf Akershus und kein Bankett.

»Die kleine Königin kann jetzt hinausgehen und spielen«, wies sie Frau Merete an, »sie wird dann gerufen, wenn es Zeit für das Abendbrot ist.«

Spielen? dachte sie mit Grauen und erhob sich. Sie hatte nicht mehr gespielt, seit Eberstein ihr die Spielsachen weggenommen hatte. Nun sollte sie also auf einmal wieder Kind sein. Das würde nicht einfach werden. Plötzlich vermißte sie Eberstein, die zwar nie besonders liebevoll zu ihr gewesen war, aber wenigstens so schnell wie möglich aus Margarete eine Erwachsene hatte machen wollen.

Sie hatte Frau Merete so verstanden, daß sie auch gern die Gemächer verlassen dürfe, und so zwängte sie sich schnell durch die schwere Holztür hinaus in den Burghof. Dort prallte sie mit einem großen blonden und etwas drallen Mädchen mit strahlend blauen Augen zusammen. Ihr geflochtener Zopf hing ihr über die Schulter, die Kleider waren überall ausgebessert, und ihre Schürze hing – viel zu kurz – über ihren Knöcheln.

Margarete dachte, sie sei eines von den jungen Mädchen, die für Frau Merete arbeiteten, und wollte an ihr vorbeigehen. Die Blonde aber hielt Margaretes Arm mit einer gebieterischen Geste fest.

»Wo willst du hin?« fragte sie mit einer singenden Stimme. »Suchst du mich? Ich bin Ingegerd!«

Margarete machte sich von ihr los und strich ihre Ärmel glatt. Frau Merete würde sie sicher bestrafen, wenn sie ihre Kleider zerriß. Keiner hatte von einer Ingegerd gesprochen, und sie mochte auch nicht so festgehalten werden.

Sie hatten ihr Håkon und Norwegen versprochen, doch alles, was sie bekommen hatte, war eine verlassene Burg, die auf den nächsten Krieg wartete, eine Erzieherin, die sie für ein ungehorsames Kind hielt, und grenzenlose Einsamkeit. Sie fühlte sich wie die Jungfrau, die in einem Berg gefangengehalten wurde. Und jetzt kam auch noch diese Ingegerd daher.

»Hat sie dich schon mit der Rute geschlagen?« fragte Ingegerd. »Sie hat dich noch gar nicht geschlagen? Oh, du Glückliche. Sie hat die ganze Zeit davon gesprochen, daß sie dir deinen Stolz schon noch austreiben werde. Könige und Königinnen sollen Demut zeigen. Wo ist denn dein Buch mit den Stundengebeten?«

Margarete begriff nur, daß sie bisher offensichtlich Glück gehabt hatte und noch keinen größeren Fehler begangen hatte. Stundengebete, dafür hatte man doch Priester und Mönche, dachte sie. Ihr Vater hatte oft die Messe frühzeitig verlassen. Die eine sei wie die andere, hatte er einmal gesagt. Da zog er es vor, neue große Glocken für die Klöster in Lund und Sorø gießen zu lassen.

Sie hatte kein Gebetbuch. Vielleicht war das auch ein großer Fehler. In Frau Meretes Gegenwart war sie tatsächlich wieder zum Kind geworden. Und zwar ein Kind, das sie vorher nie gewesen war, das vollkommen machtlos war. Dieses Mädchen hier war der einzige richtige Mensch, den sie bisher auf Akershus getroffen hatte.

»Nein, sie hat mich noch nicht geschlagen«, antwortete Margarete. »Darf ich dein Gebetbuch borgen?«

»Man muß sich einfach nur selbst kneifen, wenn sie einen schlägt«, sagte Ingegerd, »dann tut es nicht so weh.«

»Wer ist eigentlich Frau Birgitta?« fragte Margarete.

»Sie ist meine Großmutter!« erwiderte Ingegerd voller Stolz. »Und Frau Merete ist meine Mutter. An mir hat sie den Umgang mit der Rute zuerst geübt. Traust du dich, oben auf dem Dach vom Wagehals zu tanzen? Einer der Gesellen hat es versucht. Aber er war betrunken, ist runtergefallen und hat sich das Genick gebrochen. Sie haben drei Tage lang gebraucht, um das Blut wegzuwaschen.«

7.

Jede Übertretung von Frau Meretes Regeln wurde hart bestraft. Aber Margarete würde niemals Schwäche zeigen. Das hatte sie sich beim ersten Mal geschworen. Frau Merete hatte ihr befohlen, ihre Hände auf den Tisch zu legen, und hatte dann die Rute geholt. Sie war nicht wütend oder genoß etwa das Schlagen. Es war ein Prinzip. Es half leider nur für einen kurzen Augenblick, sich zu kneifen. Der Schmerz, der den Schlägen folgte, drang durch Mark und Bein.

»Viele Schläge für kleine Sünden, wenige für große Sünden. Denn ein gutes Kind wird die großen Sünden ohnehin bereuen, aber die kleinen, die können noch wachsen«, sagte Frau Merete mit ihrer singenden Stimme. Und dann erzählte sie, daß sie genauso von ihrer Mutter, Frau Birgitta, erzogen worden war.

Nach einiger Zeit ermüdeten Margarete die Geschichten von dieser Frau Birgitta, die niemals gefehlt hatte. Diese prächtige Frau hatte kein Gesicht für sie, obwohl Frau Merete die Mädchen jeden Tag einige Kapitel aus den Offenbarungen ihrer Mutter laut vorlesen ließ. Margarete fand viele Übereinstimmungen zwischen den beiden: Frau Birgitta war – genauso wie Frau Merete – Burgfräulein gewesen. Sie hatte gewußt, wie man Butter herstellt und die Reife von Getreide bestimmt. Sie erzählte davon, wie die Geburt eines Kindes den Körper der Mutter vor Schmerzen zerriß und wie Sorgen schmeckten.

Einmal jedoch geschah etwas Unvorhersehbares.

Margarete las nuschelnd und wie im Halbschlaf den Text vor. Sie wachte erst auf, als sie Frau Merete vor sich stehen sah, leichenblaß und mit schmalen bebenden Lippen. Margarete ließ ihren Blick über die Textstelle und die schönen und so sorgfältig geschriebenen Buchstaben gleiten: Frau Birgitta hatte nicht gewollt, daß ihre jüngste Tochter den Mann heiratete, in den diese sich verliebt hatte. Aber Birgittas Mann, Herr Ulf, mochte diesen Hurensohn gern, setzte sich durch und ließ seine Tochter ihn heiraten. In der Hochzeitsnacht schloß sich Frau Birgitta ein. Und während sie Gott darum bat, sie sterben zu lassen, begann eine noch unentdeckte Leibesfrucht sich in ihrem Körper zu regen und um ihr Leben zu bitten.

»Das war meine Schwester Cecilia«, sagte Frau Merete mit gepreßter Stimme und nahm Margarete das Pergament aus den Händen. »Das ist eine Geschichte, die für Kinder nicht von Nutzen ist und die sie nicht verstehen«, fügte sie hinzu. Das verwunderte Margarete noch mehr. Normalerweise erklärte Frau Merete sich nie, sie schlug.

»Und wer war die jüngste Tochter, die ihren Verführer heiratete?« fragte Margarete nichtsahnend.

Sie schaffte es nicht mehr, die Augen zu schließen, bevor Frau Meretes Hand ihre Wange traf. Sie stöhnte auf und hielt sich beide Hände vors Gesicht, um sich vor einem weiteren Schlag zu schützen.

Die Tochter war Frau Merete selbst, schoß es ihr durch den Kopf – wie ein Echo der Ohrfeige.

Die zwei Mädchen kletterten jeden Tag auf das Dach des Wagehals und saßen dort im Windschatten und genossen den Ausblick über Fjord, Stadt und Felsen. Sie konnten die Kirche in Aker sehen, den Stadtrand im Norden und die Klostergärten, in denen die Nonnen arbeiteten, an deren schwarzen Kleidern und Kopftüchern der Wind zerrte. Sie konnten den Reisenden auf den hellen Wegen folgen, die sich durch die Landschaft zogen, und die Schiffe sehen, die sich dem Hafen näherten.

Als sie zum ersten Mal dort oben waren und Margarete sich in dem steifen Wind das Reich ansah, das sie vor kurzem erst betreten hatte, hatte Ingegerd ihre Arme ausgebreitet und sich johlend im Kreis gedreht.

Margarete sah mit den Augen ihres Vaters, daß die Burg gut lag und man von hier aus alle Wege in den Norden Norwegens beherrschen konnte.

Wenn doch nur Håkon endlich kommen würde.

An seiner Statt kam ein Kurier und brachte Briefe von ihrem Vater. Mitunter vergaß er in seinen Briefen, wem er eigentlich schrieb, und gab Befehle oder stellte Fragen. Diese leitete sie dann an Frau Merete weiter. Er erzählte auch nur wenig davon, wie es König Magnus in Schweden ergangen war, aber aus dem bißchen konnte sie erkennen, daß er sich offensichtlich noch immer auf der Flucht befand. Warum kam er dann nicht nach Akershus, wunderte sie sich. Er sollte auf jeden Fall Blanka mitbringen. Blanka würde es nicht dulden, daß Frau Merete die norwegische Königin verprügelte.

Aber Frau Merete verbat es sich, über Blanka zu sprechen, und so wappnete sich Margarete mit Geduld.

In einem der Briefe erwähnte Vater, beinahe wie in einem Nebensatz, daß ihr Bruder Kristoffer seiner »Entkräftung« erlegen und in Roskilde begraben worden sei. Er habe Glück gehabt und ein englisches Grabmal bekommen können, das günstig zu erstehen gewesen sei. Im Vergleich zu den Grabmalen der englischen Könige sei dies zwar nicht so prächtig, aber es sei besser als alles andere, was er zuvor in Dänemark gesehen habe.

Vater hatte Kristoffer damit zwar das Begräbnis eines Thronerben zukommen lassen, aber sie konnte zwischen den Zeilen seine schuldbewußte Erleichterung über Kristoffers Tod lesen. Er habe ferner, schrieb Vater weiter, die Absicht, nun bald nach Krakau zu reisen, zur Hochzeit des Kaisers, seines Freundes. Auf dem Weg könne er neue Freundschaften schließen, alte auffrischen und die Kunst des Burgenbaus studieren. Auf seinem Heimweg habe er vor, dem Papst in Avignon einen Besuch abzustatten.

In dem Brief klang es so, als sei der Papst ein enger Freund von ihm und hätte ihn auf Knien gebeten vorbeizukommen, um einige wichtige Dinge für ihn zu erledigen. Ihr Vater war Ritter des Heiligen Grabes in Jerusalem und hatte das geteilte Reich seines Vaters zurückerobert. So kannte der Papst ihren Vater, dachte Margarete, aber er wußte nicht, wie arm und bedroht er war.

Sie wurde weder zum Begräbnis noch zur Reise eingeladen. Aber immerhin hatte er ihr davon erzählt.

Sie las seine Sätze wieder und wieder, bis sie sich ihre Bedeutung wirklich eingestanden hatte. Da spülte eine Welle des Zorns durch ihren Körper.

Warum hatte er sie nicht gebeten, mit auf die Reise zu kommen? Warum hatte er sie nicht früher von den Geschehnissen unterrichtet? Warum wurde Kristoffer überhaupt in Roskilde begraben und nicht wie sein Großvater in Ringsted oder gar in Sorø? Warum hatte er ihr das Recht abgesprochen, bei Kristoffer zu sein? Vater hatte gewiß Ingeborg einen Boten geschickt und sie und ihren Mann und Schwiegervater, Albrecht von Mecklenburg, den neuen König von Schweden, zu sich gebeten. Mit denen wollte er sich gut stellen.

Daheim in Dänemark war vor kurzem ihr einziger Bruder gestorben, und sie konnte noch nicht einmal ihrem Vater einen Brief schreiben. Sie konnte nur im Dunkeln sitzen, die Arme eng um ihre Beine geschlungen, und versuchen sich an die Vergangenheit zu erinnern.

Es war noch nicht einmal ein Jahr vergangen seit ihrer Hochzeit in Kopenhagen, von der sie sich so viel versprochen hatte. Und nun saß sie hier, allein. Ihre einzige Gesellschaft bestand aus Ingegerd und Frau Merete, die nur ihre Gebete aufsagte, schlug und strafte, geizte und sparte und graue Wollkleider nähte.

Nun war ihr Vater gezwungen, einen Erben einzusetzen. Die Mecklenburger drängten ihn bestimmt schon. Sie hatten Glück gehabt. Sie würden wohl Ingeborgs Sohn zum Thronfolger machen. Er war bestimmt ein hübscher kleiner Junge. Und wer würde dann nach dem Tod ihres Vaters Dänemark regieren? Ingeborg, ihr Mann und deren Söhne. Lauter Deutsche, deutsche Hauptmänner als Landesherren und Gebieter über die Burgen, deutsche Bischöfe. So war es schon einmal gewesen, damals, als das Reich aufgeteilt und ausgeblutet wurde. Ihr Vater und ihre Lehrer hatten ihr von diesen schrecklichen Jahren erzählt, in denen Bürgerkrieg, Hungersnöte und Krankheiten herrschten. Das Elend währte so lange, bis ihr Vater Dänemark zurückgewonnen hatte.

Margarete erwachte von einer zarten, ungewohnten Berührung. In den letzten Jahren hatte sie keiner gestreichelt, und auf einmal waren da diese weichen, zärtlichen Hände, die ihr das Haar aus dem Gesicht strichen. Der Zopf, den sie am Abend so stramm geflochten hatte, hatte sich gelöst.

Verängstigt setzte sie sich auf und wollte schnell ihre Haare neu flechten, um einer weiteren Strafe zu entgehen. Aber es war nicht Frau Merete gewesen, die sie geweckt hatte. Ein Mann im Reisemantel saß auf ihrer Bettkante. Er zog seinen Hut vom Kopf, und sie erkannte ihn. Stürmisch warf sie sich an seinen Hals.

»Meine süße kleine Frau!« sagte er und lachte. Er zögerte etwas, bevor er seine Arme um sie schlang, und sie wußte, daß er enttäuscht sein würde. Sie war nicht viel gewachsen, und ihre Brust war noch so flach wie am Hochzeitstag. Nach jedem Bad hatte sie ihren nackten, mageren Körper inspiziert. Aber er schien unveränderbar.

In diesem Augenblick war ihr das vollkommen unwichtig. Håkon war wieder bei ihr, er atmete, er war echt und sorgte sich um sie. Das genügte ihr.

»Laß mich dich richtig anschauen«, sagte er und löste erst

seine und dann ihre Umarmung. »Bist du gewachsen seit dem letzten Mal?«

Sie hatte Angst ihn zu enttäuschen, kletterte aber trotzdem vom Bett auf das Podest. Sie wollte sich nicht auf den Boden stellen, denn dann hätte er sehen können, wie klein sie war. Voller Angst sah sie zu ihm hoch.

»Bleibst du bei uns?« platzte es aus ihr heraus. Er nahm seinen Mantel ab, und sie versank in seinem Anblick. Er hatte dieselben eleganten, feinen Bewegungen wie Blanka und war der schönste Mensch, den sie je gesehen hatte.

»Wir bereiten einen Feldzug gegen Albrecht vor«, sagte er – wie zu sich selbst – und wandte sich zu ihr um. »Du weißt doch, daß Albrecht von Mecklenburg jetzt König von Schweden ist? Zusammen mit deinem Vater wollen wir ein Heer aufstellen, gegen ihn ziehen und dann meinen Vater als rechtmäßigen König wiedereinsetzen.«

»Bleibst du denn jetzt bei uns?« fragte sie erneut.

»Ich könnte dich mitnehmen. Frau Merete sagt, daß du wie ein Mann reiten kannst«, antwortete er. Sie konnte zwar sehen, daß ihm der Gedanke erst in diesem Moment gekommen war, freute sich aber dennoch über den Vorschlag. Er umfaßte ihre Taille, hob sie zu sich hoch und setzte sie auf sein Knie. Das war ein schöner Ort, sie lehnte sich an seine Brust und konnte seinen Atem spüren. Er war echt, und er gehörte ihr.

»Hast du mich so sehr vermißt?« fragte er verwundert und nahm ihre Hand in seine, ohne zu wissen, was er damit anstellen sollte. Sie drückte ihr Gesicht an seinen Hals und schloß die Augen. Wie konnte er daran nur den geringsten Zweifel haben, sie hatte hier doch niemanden und nichts.

König Magnus war nur noch Haut und Knochen. Er saß, in viele Mäntel eingehüllt, im Wohngemach von Frau Merete, das Essen und das Bier vor sich auf dem Tisch hatte er noch nicht einmal angerührt. Es waren die gleichen kargen Speisen, die auch ihr jeden Tag serviert wurden, seit sie auf Akershus angekommen war. Es war kein schöner Anblick, ihren Schwiegervater so gealtert zu sehen. Seine Augen waren gerötet und lagen tief in ihren Höhlen, in seinem feinen Gesicht lagen die Falten wie ein dichtes Netz um die Wangen.

Håkon hatte Frau Merete gebeten, seiner Frau, der Königin, die besten Kleider anzuziehen. Aber Frau Merete wollte die guten Sachen, die Margarete aus Dänemark mitgebracht hatte, nicht verschleißen. Und darum stand Margarete also in denselben grauen Wollkleidern vor ihrem Schwiegervater, die sie jeden Tag trug, und ihr Haar war zu einem strammen langen Zopf geflochten. König Magnus starrte sie an, als könne er sie nicht wiedererkennen. Dann verbeugte sie sich tief, viel tiefer, als Frau Merete sich jemals vor ihr verneigt hatte, nahm seine Hand und küßte sie.

»Aber sie ist ja überhaupt nicht gewachsen!« rief Magnus mit seiner hellen Stimme. Er zog sie hoch und ließ seine Hände über ihren Körper gleiten. Sie erzitterte und wollte sich aus der Berührung befreien, aber Magnus hielt sie am Handgelenk fest.

»Vielleicht hast du recht«, sagte er in einem ruhigeren Ton. »Wir können sie auf jeden Fall schon vorzeigen, als Valdemars Tochter, so daß die Leute sehen, daß wir mit seiner Unterstützung rechnen können. Aber Söhne wird sie in nächster Zeit gewiß nicht bekommen.«

Endlich ließ er sie los und wandte sich an Frau Merete, die blaß und mürrisch hinter ihnen gestanden und ihre Hände geknetet hatte.

»Ingegerd Knutsdotter ist ein hübsches Mädchen«, sagte er zu ihr. »Hat sie vielleicht vor, Håkons Mätresse zu werden? Es gibt ja noch keine anderen Erben. Alle schwedischen Adligen behaupten zwar, sie seien Nachfahren meiner Familie, aber wir haben gleichwohl noch keinen rechtmäßigen Erben.«

Sein Blick blieb auf Frau Merete haften, die steif und unbeweglich stehen blieb und nach einer Antwort suchte. Ihr Mund bebte, und sie räusperte sich, aber gab keine Antwort.

»Weißt du eigentlich, kleines Mädchen, wie ihre Mutter, die heilige Frau Birgitta, deine Hochzeit mit Håkon genannt hat? Ein Spiel mit Puppen. Und sie war der festen Ansicht, daß die Vereinigung zu nichts Gutem führen würde. Nun verhält es sich aber so, daß alles, was Frau Birgitta als schädlich für unser Reich ansieht, in meinen Augen in höchstem Maße förderlich ist. Ich hoffe sehr, daß mein Sohn nicht zu früh ein Kind mit dir zeugt, so daß du im Wochenbett stirbst und das Kind mit dir nimmst. Wir brauchen so dringend einen Erben. Gib ihr noch ein Jahr. Dein Bruder, Håkon, hatte es mit seiner Beatrix zu eilig.«

Margarete sah heimlich von Vater zu Sohn. Sie ähnelten sich und gleichzeitig auch nicht. König Magnus sah in ihr gewiß nur Valdemars Tochter, ein unreifes zwölfjähriges Mädchen, eine Figur in einem großen Spiel. Vielleicht waren alle Menschen einfach nur Spielfiguren für ihn.

»Wer regiert denn das Reich, wenn Vater im Ausland ist?« fragte sie.

Diese Frage hatte sie beschäftigt, seit sie den Brief über Kristoffers Tod und sein Begräbnis erhalten hatte. Ihre Mutter war fort, ihre Schwester Ingeborg war mit den Feinden aus Mecklenburg verheiratet, und sie saß hier und war von keinerlei Nutzen.

Håkon und Magnus wechselten schnell einige Blicke, dann winkte Magnus sie zu sich und erklärte ihr, daß man für solche Zwecke und Aufgaben einen Drost habe. Henning Podebusk heiße dieser Hofverwalter ihres Vaters. Er stamme von Rügen, und sein Name sei eigentlich von Puttbus. König Valdemar habe den Namen zunächst nur zum Scherz ins Dänische übersetzt, ihn aber seitdem nur noch den Podebusk genannt.

»Dann herrscht wieder Frieden zu Hause«, entfuhr es ihr.

»Meine Mutter regierte damals an Vaters Statt, als er nach Jerusalem zog, um Ritter des Heiligen Grabes zu werden.«

Darauf war sie so stolz, aber Magnus' ausdrucksloser Blick veränderte sich kein bißchen. Er hatte sein eigenes Reich nicht erobern und gewinnen müssen, es war ihm einfach geschenkt worden. Valdemar aber hatte damals alles auf einmal bewältigen müssen: heiraten, Erben zeugen, sein Reich zurückkaufen und erobern, seinen Nachbarn Respekt einflößen und sich in Europa behaupten. Aber das imponierte Magnus nicht im geringsten.

»Henning Podebusk«, sie ließ den Namen leise auf der Zunge zergehen, nachdem Magnus das Gespräch auf andere Themen gelenkt hatte. Das war so ein schöner Name, den durfte sie nicht vergessen. Und dieser Mann regierte also das Reich, während ihr Vater fort war, und träumte offensichtlich auch nicht davon, sich Albrecht von Mecklenburg zu Hilfe zu rufen, so wie es die schwedischen Adligen getan hatten.

Sie suchte in jedem Haus und in jedem einzelnen Zimmer auf Akershus. Sie suchte nach ihrem Mann und war zutiefst erschrocken, als ihr in einem Gang plötzlich Ärzte entgegenkamen. Sie versuchte ihren schnellen Schritt abzubremsen, aber sie hatten sie bereits gesehen und verneigten sich tief vor ihr. Keiner auf Akershus zollte ihr soviel Respekt, und sie mußte unwillkürlich lächeln. Sie nickte zur Begrüßung leicht mit dem Kopf und versuchte den Blick eines jeden einzelnen zu fangen, so wie sie es bei ihrem Vater beobachtet hatte.

»Ich sehe, daß die Königin gekommen ist, um ihre Schwiegermutter zu sehen«, sagte der älteste der weißgekleideten Männer und öffnete die Tür. Sie befanden sich im Wagehals. Jetzt, da König Magnus sich wieder bei ihnen einquartiert hatte, war fast die gesamte Burg bewohnt, und die Menschen schliefen an den eigentümlichsten Orten. Sie hatte sich noch nicht einmal den Geheimgang entlangschleichen können, um ungehindert die Geschehnisse in der Vorburg zu beobachten. Überall waren die Fremden.

Blanka lag in einem kleinen Raum mit einem runden Fenster. Hier hatte man ausnahmsweise richtiges Glas eingesetzt, richtiges Glas mit einem Bild einer Heiligen, die Margarete nicht kannte. Das Licht aber, das durch das Bild der Heiligen ins Zimmer fiel, tauchte ihre Schwiegermutter in blutrotes Licht. Im Bett lag eine kleine zerfallene Frau mit grauem Haar.

Es gab keine weiteren Möbel im Raum, nur ein Kreuz hing an der Wand, so als hätte man Blanka damit strafen wollen, ihr Sterbelager in eine Klosterzelle zu verwandeln. So hatte Frau Merete doch noch ihre späte Rache bekommen.

Margarete griff sich draußen auf dem Gang einen dreibeinigen Schemel und setzte sich ganz dicht an Blankas Bett, nahm ihre Hand und fing an, vom schönen Wetter zu berichten.

Blanka lag mit dem Gesicht zur Wand und bewegte sich nicht. Schließlich sagte sie, langsam und mit gepreßter Stimme: »Ja, das habe ich mir schon gedacht, als ich das Kleid der heiligen Cecilia habe leuchten sehen. Etwas anderes bekomme ich hier oben ja nicht zu sehen. Sie wagen nicht, das Fenster zu öffnen, aus Angst, ich würde fortgeweht werden.«

Sie lachte und mußte husten. Margarete sprang vom Schemel auf und wollte sie an den Schultern stützen, aber das magere, gelbgefleckte kleine Gesicht verzog sich vor Schmerzen. Blankas Augenlider waren blau, und der Mund lag eingefallen in dem blassen Antlitz. Nur die Augen waren so dunkel wie früher, aber beunruhigend groß.

»Ich habe auf dem Weg hierher so wunderbar geträumt. Ich träumte davon, daß ich wieder zu Hause auf meiner Burg in Namur wäre«, sagte sie lächelnd und war für einen kurzen Augenblick wieder die alte Blanka. »Von dort kann man Vaters ganzes Reich sehen, alles ist so freundlich dort. So ganz anders als hier. Ich habe Håkon gesagt, er solle dir ein guter Mann sein. Ich selbst habe alles verkehrt gemacht und Großes verbrochen, ich wage kaum, daran zu denken, wie viele Jahre ich für meine Sünden im Fegefeuer sitzen werden muß. Die schlimmsten Sünden jedoch, derer man mich beschuldigt, habe ich gar nicht begangen. Aber ich bin so oft mit ihnen belastet worden, daß ich mittlerweile selbst glaube, daß ich schuldig bin. Du weißt doch sicherlich, was Frau Birgitta über mich gesagt hat: Ich sei eine untreue Frau, die ihren eigenen Sohn getötet hat, um ihrem nutzlosen Mann zu helfen. Schlimmere Vorwürfe kann man wohl kaum erheben. Aber ich kann nicht verurteilt werden, denn ich hatte gute Gründe für die Sünden, die ich tatsächlich begangen habe, auch wenn sie im Vergleich zu Birgittas Anschuldigungen geradezu klein und ärmlich wirken.«

Margarete hieß sie sich zu beruhigen und legte ihre kühlen Finger erst auf Blankas Stirn und dann auf ihre Lippen. Es mußte einen anderen Weg geben, der nicht in Sünde und Verdammnis endete.

Ihr Vater und König Magnus waren so unterschiedlich, aber keiner von beiden war besonders froh oder heiter. Ihr Vater war ein guter König, Magnus hingegen ein schlechter, den sein Volk abgesetzt hatte. Und nun lag Blanka hier, krank und aus ihrem Land vertrieben. Sie konnte unmöglich schuld an allem sein.

»Sind wir auf Tunsberg?« fragte Blanka und drückte Margaretes Hand mit aller Kraft. Ihre Hände waren eiskalt und steif, aber ihre Haut war klebrig vor Schweiß. Sie wurde in regelmäßigen Abständen von Schüttelkrämpfen erfaßt, und ihre Zähne klapperten, so als könne sich ihr Körper nicht entscheiden, ob er auf Wärme oder auf Kälte reagieren solle.

»Ich habe Tunsberghus so gemocht«, sagte sie. »Ich habe die Burg damals als Morgengabe von meinem teuren Herrn bekommen. Es bedrückte ihn so, daß ich sterben werde. Grüße ihn von mir und bitte ihn für mich um Vergebung. Was haben sie dir als Morgengabe geschenkt, die reichen Folkunger?«

»Schweden, glaube ich«, antwortete Margarete, ohne nachzudenken.

Blanka lachte ein trockenes Lachen, fing wieder an zu husten und drückte Margaretes Hand. »Ja, das glaube ich gerne. Sie schenken immer Dinge, die sie gar nicht besitzen. Versuche das herauszubekommen, kleines Mädchen, bevor es zu spät ist. Deine Morgengabe können sie dir nicht mehr wegnehmen, noch nicht einmal, wenn Magnus und Håkon entmachtet werden und fliehen müssen. Magnus sieht es nicht gerne, daß wir uns unterhalten. Ich habe einen schlechten Einfluß auf dich, denkt er. Wenn Magnus noch immer glaubt, ich hätte Erik und seine Frau getötet, wird es Zeit, daß er diesen Gedanken aufgibt. Ich war bereit, es zu tun, ja, das war ich, aber die Pest ist mir zuvorgekommen. Ich hatte das Gift dabei, aber Erik lag bereits im Sterben, als ich kam. Und kurze Zeit später starben auch seine kleine Frau Beatrix und ihre zwei Neugeborenen. Wenn er noch immer glaubt, daß ich es war, mußt du ihn eines Besseren belehren.«

Margarete versprach es, konnte sich aber beim besten Willen nicht vorstellen, wie Magnus und sie jemals ins Gespräch über Blankas tatsächliche und erdichtete Verbrechen kommen sollten. Magnus sah in ihr doch beständig den von Valdemar gesandten Spion – ein unbedachtes Kind, das ihm noch zu nichts nutze war, aber das sicher jede Unterhaltung wortwörtlich niederschrieb und als Brief zu seinem Vater schickte.

»Weißt du, wie Frau Birgitta deinen Vater nannte?« fragte Blanka mit ihrer schwachen, aber singenden Stimme. »Dein Vater sei der Wolf, der Schweden und Magnus eines Tages roh verschlingen werde. Sie hat sich geirrt. Ihre eigenen Genossen sind die Wölfe. Du, kleines Wolfsjunges, bist das Beste, was meiner Familie widerfahren ist, seit ich Håkon zur Welt gebracht habe.«

Blanka konnte unmöglich so krank sein, wie alle behaupteten, dachte Margarete erleichtert.

In der Nacht wurde sie von Lärm, Schreien und Gepolter im Hof und in der Vorburg geweckt. Sie war allein, also kletterte sie aus dem Bett und öffnete die Fensterläden. Durch den Nebel sah sie das kleine Gefolge, das mit Fackeln durch den Geheimgang zog. Sie dachte zuerst, es sei eine Gruppe auf dem Weg zu einem nächtlichen Treffen, die über den bevorstehenden Feldzug von König Magnus beraten wollte. Dann fiel ihr Blick auf das längliche Bündel, das sie mit Würde zu tragen versuchten, das aber immer wieder ihren Händen entglitt und zu der einen und der anderen Seite rutschte. Schließlich warf sich einer der Männer das Bündel über die Schulter. Erst in diesem Augenblick begriff Margarete, daß Blanka gestorben sein mußte.

So trugen sie also Königin Blanka aus der Burg Akershus und hatten weder Geld für eine Totenfeier noch für ein Grabmal. Warum bestatteten sie Blanka nicht in der Kapelle im Wagehals, dort war genug Platz. Sie hätte so gern die jährliche Totenmesse für ihre Schwiegermutter gesungen.

Von König Magnus bekam sie später ein kleines zerkratztes Kästchen, das alles enthielt, was Blanka ihr vererbt hatte. Blanka wurde »auf eigenen Wunsch« in der Kapelle von Tunsberghus beigesetzt.

Auch diese Beisetzung hatten sie ihr, Margarete, verwehrt. Was hätte dagegen gesprochen, daß sie ihre Schwiegermutter auf ihrer letzten Reise nach Tunsberghus begleitete? Und das Erbe lastete wie eine schwere Anklage auf Blankas Angehörigen. Sie war damals mit der größten Morgengabe nach Schweden gekommen, die man je gesehen hatte. Kisten, gefüllt mit Seide, prächtige Streitpferde, Wagen und Sänften, Kronen und Edelsteine hatte sie mitgebracht, und alle waren überzeugt, daß mit ihrer Ankunft nun für alle eine großartige Zeit bevorstand. Jetzt fand ihr ganzes Leben, das sie in Schweden verbracht hatte, in einer kleinen schäbigen Schachtel Platz.

Margarete fing an zu weinen, als sie da mit Blankas Habseligkeiten saß. Sie wollte nicht, daß auch nur ein Laut über ihre Lippen kam, aber ihre Schultern zuckten. König Magnus war ihr gleichgültig, aber Blanka mußte gerächt werden.

Das Testament war zum Jammern: Blanka hatte geglaubt, daß sie reiche Geschenke zum Grab von Karl dem Großen nach Aachen schicken lassen könnte, einen goldenen Kelch etwa – aber woher sollte der kommen? Solch einen Kelch würde sie eines Tages für ihre Schwiegermutter überbringen, schwor sich Margarete. Auch wenn sie nicht wußte, wie sie jemals die Mittel und die Gelegenheit bekommen sollte, um durch Europa zu reisen.

Blanka hatte wenig besessen: einige zerschlissene Leinenballen, zwei alte Tischtücher, eine kleine Decke für die Füße, zwei Messer und vier Silberlöffel, ein paar feine Stoffe und ein Kleid für den Kirchgang, ein Stück Seide aus Paris und dazu grobes Seidengarn, einen kleinen Schrein, dessen Schloß mit drei kleinen Smaragden besetzt war, und schließlich eine Schale mit Silberdeckel sowie Kräuter für Arzneien. Das Kleid für den Kirchgang war bereits so abgetragen, daß sich alle Querfäden an der Armunterseite aufgelöst hatten. Während ihrer Flucht hatte sie wohl angefangen, aus den feinen Stoffen und der Seide neue Kleidungsstücke zu nähen, war aber nicht weit gekommen.

Als Margarete diese kläglichen Besitztümer in den Kleiderkisten im Wagehals verstaute, spürte sie zum ersten Mal jene Bitterkeit gegen die Mecklenburger in sich aufsteigen, die ihr Mann und ihr Schwiegervater fortwährend hegten. Wenn man sich mit den Mecklenburgern anlegte, konnte man genauso elendig enden wie Blanka. Das hatte sie nicht vor. Wenn der Tag kommen würde, wäre sie bereit, den Kampf mit den Mecklenburgern aufzunehmen. Und sie würde kämpfen, bis sie sich ergäben.

Noch blieb ihr nur, um ihre Schwiegermutter zu trauern, die aus ihrem Leben gegangen war. Blankas zwei kleine, gichtgeplagte Hunde aus Namur suchten überall wimmernd nach ihr und wollten weder fressen noch trinken. Sie wimmerten auch noch, wenn sie sich am Fußende des Bettes zusammengerollt hatten und schliefen.

»Wenn Håkon zurückkehrt und sich hier niederläßt, darf ich dann bei euch bleiben?« fragte Ingegerd eines Nachts, als sie zusammen im selben Bett schliefen.

»Wir werden dich nicht entbehren können, wenn Håkons Söhne und Töchter großgezogen werden«, sagte Margarete und fand, daß sie wie Frau Merete klang. »Dann haben wir endlich einen richtigen Hof, wie damals zu Hause. Wir werden Frauengemächer haben und Frauen, die ornamentieren«, fügte sie hinzu. Sie wußte gar nicht genau, was dieses Wort bedeutete, aber sie hatte so eine Vorstellung davon, daß Königin Blanka ihre Tage als junges Mädchen mit ebensolchen Dinge zugebracht hatte.

»Wir werden Turnierspiele veranstalten und Musiker auftreten lassen«, plapperte sie weiter, »dann öffnen wir den Kronsaal und laden alle norwegischen Adligen ein. Es wird Tanz geben auf dem Burgberg, und französische Köche sollen uns verwöhnen. Wir werden Kirchen bauen lassen und zur Messe nach Oslo fahren. Es wird alles gut.«

»Aber ich soll ins Kloster«, unterbrach sie Ingegerd.

Margarete wurde abrupt aus ihren Träumen gerissen. Ingegerd lag neben ihr, lang, schmal und steif vor Furcht, Margarete konnte nicht an sie herankommen. Wir liegen hier wie zwei Skulpturen auf einem Grab, dachte sie.

Als sie ein ganz kleines Mädchen war, hatte Vater ihr alle Gräber in Ringsted und Sorø gezeigt, die Grabmale aller Familienmitglieder, auf die er sehr stolz war. Damals schon hatte sie gedacht, wie schrecklich es sei, sein Abbild dort verewigt zu haben. In Hunderten von Jahren würden die

Menschen noch vorbeigehen und ihre steinernen Familienmitglieder anstarren. Das Schlimmste daran war aber, daß sie im Boden eingelassen waren. So wollte sie nicht begraben werden, da war sie fest entschlossen.

Unter der Decke suchte sie nach Ingegerds Hand, und dann lagen sie ganz still, Hand in Hand. Aber das war auch keine Lösung, dachte Margarete. Frau Merete hatte offensichtlich schon ihre Entscheidung getroffen.

»Wohin?« fragte sie.

»Großmutter will Tante Katarina zur Äbtissin in Vadstena berufen, also wird es wohl Vreta werden«, flüsterte Ingegerd. »Vater ist nicht mit Magnus zurückgekommen, er würde es nicht zulassen, mich ins Kloster zu stecken, das weiß ich.«

»Magnus hat deine Mutter gefragt, ob sie dich mit nach Akershus genommen hat, um dich zu Håkons Mätresse zu machen«, sagte Margarete in die Dunkelheit. Ingegerd ließ ihre Hand los und setzte sich auf, um ihr in die Augen zu sehen, aber es war zu dunkel.

»Das hätte ich dir doch niemals angetan!« rief sie mit belegter Stimme.

»Wo liegt Vreta?« fragte Margarete. Im Gegensatz zu Vordingborg gab es keine einzige Karte auf Akershus.

»Vreta liegt in Östergötland. Die Familie meines Vaters hat früher von dort immer Nonnen entführt und sie dann geheiratet«, fügte sie hinzu, wie um sich damit ein wenig aufzuheitern. »Wo ist nur Vater? Warum ist er nicht mit den anderen heimgekommen?«

»Vielleicht ist er bei Blanka«, sagte Margarete und legte ihre Arme um Ingegerd. Zwar wohnten die beiden zusammen, schliefen in einem Bett und wurden gemeinsam unterrichtet und bestraft, aber sie waren sich noch nie so nah gewesen wie in diesem Augenblick. Margarete mit ihrer zerbrechlichen Freude und Ingegerd mit ihrer plötzlichen Angst.

»Wenn Håkon und ich einen Sohn bekommen haben, dann schicken wir den schönsten norwegischen Adligen nach Vreta, um dich zu entführen«, versprach sie und strich die Tränen von Ingegerds Wangen.

Männer trafen selbst die Entscheidung, ins Kloster zu gehen, und sie wurden aufgenommen, ohne dafür bezahlen zu müssen. Frauen und Mädchen wurden von ihren Familien ins Kloster geschickt und mußten auch noch dafür bezahlen.

Ingegerd hatte an ihrer Aussteuer genäht, seit sie fünf Jahre alt war und eine Nadel halten konnte. Sie hatte Margarete beigebracht, daß Nähen nicht zwangsläufig eine langweilige Zeitverschwendung sein mußte. Sie konnte dabei wunderschön singen und Märchen erzählen, und sie tanzte so wunderbar und leicht auf ihren kleinen Füßen.

»Die alte Äbtissin Ingrid wurde damals als Novizin von Folke Algotsson entführt«, flüsterte Ingegerd, und ein wenig Hoffnung schwang in ihrer Stimme mit. »Sie bekamen Kinder und waren auf der Flucht. Als er starb, kehrte sie zurück und wurde Äbtissin. Sie hat alles haben dürfen. Warum kann ich das nicht?«

Sie konnte nicht aufhören, zu weinen und von ihrer Mutter und Großmutter zu erzählen. Sie hätten selbst wählen dürfen. Frau Birgitta sei damals, als sie Witwe wurde, nicht ins Kloster gegangen, sondern in die weite Welt hinausgezogen. Das letzte, was sie von ihr gehört hätten, sei, daß sie in Neapel lebe und es sich dort am königlichen Hof gutgehen lasse. Wenn Frau Merete einst Witwe werden würde, könnte sie sich nach Vreta zurückziehen.

»Und wenn ich dann Nonne werde, ist Mutter sicher Äbtissin. Ich komme niemals von ihr los!« schluchzte sie. Margarete streichelte über ihr heißkaltes Gesicht, legte ihr die Finger auf die Lippen und beruhigte sie. Aber ihre Gedanken waren nicht bei Ingegerd.

8.

Am nächsten Tag traf Ingegerds Vater auf Akershus ein.

Er hatte einen kleinen Trupp von Reitern im Gefolge, einer von ihnen trug das Banner des schwedischen Königs. Ingegerd hatte die ganze Zeit auf dem Dach Wache gehalten und kam nun durch den kleinen Burghof gestürzt. Sie verlangte mit lauter Stimme, in die Vorburg gelassen zu werden. Margarete schloß sich ihr an, denn sie war neugierig und wollte endlich Ingegerds Vater kennenlernen. Frau Meretes Ehemann zu sehen lohnte sich bestimmt.

Sie hatte es nicht so eilig wie Ingegerd, die auf ihrem Weg zu den Reitern über ihre Füße und Röcke stolperte. Der vorderste Reiter, der auf einem großen schwarzen Pferd saß, das sich eher für Turnierspiele als für lange Ritte zu eignen schien, sprang herunter und lief Ingegerd mit ausgebreiteten Armen entgegen. Er fing sie auf, umarmte sie und wirbelte sie herum. Margarete blieb kurz stehen und ging dann den Neuankömmlingen würdevoll entgegen. Sie war trotz allem eine Königin. Außerdem wollte sie Ingegerd und ihrem Vater genügend Zeit lassen, sich zu begrüßen.

Sie kamen ihr entgegen, Hand in Hand, und in diesem Augenblick brach die Sonne zwischen den Wolken hervor.

Sie hatte dem Wetter bis dahin keine Aufmerksamkeit geschenkt, aber die Sonne schien alle Farben um sie herum zu entzünden, das Gras und die Mauern, die Pferde und die Waffen. Alles um sie herum erzitterte mit einemmal in gleißender Schönheit, bis genauso plötzlich alle Farben wieder verblichen.

Vor ihr stand ein Mann, an den sie sich gut erinnern konnte. Darum blieb sie abrupt stehen und starrte ungläubig auf dieses Gesicht aus ihrer Vergangenheit. Es war der Herzog von Finnland, der sie damals in Kopenhagen aufgesucht hatte. Damals war sie sechs Jahre alt gewesen.

Er schien ihre Verwirrung bemerkt zu haben und kniete nieder, beugte sich vor und legte die Hände an seine Brust. »Ich grüße die Königin von Norwegen und danke ihr, daß sie meiner Frau und Tochter Obdach gewährt hat«, sagte er und sah ihr in die Augen.

»Und ich glaube mich recht zu erinnern, daß die Königin einst meinen Bruder Bengt Algotsson, den Herzog von Finnland, getroffen hat, damals im Jahr vor seinem schändlichen Tod in Schonen«, fuhr er fort. Erleichterung durchströmte ihren Körper, und ihre Glieder entspannten sich wieder. Sie lächelte, nickte und reichte ihm ihre Hand.

Ingegerd hatte ihr eines späten Abends alles erzählt, was sie von Bengt Algotsson wußte, dem Herzog von Finnland. Jung und hübsch war er an den Hof gekommen, und König Magnus hatte sich in ihn verliebt. »Aber das ist doch unmöglich«, hatte Margarete lachend erwidert, »Männer verlieben sich in Frauen und umgekehrt, so steht es doch auch in den Liedern.« Aber Ingegerd blieb dabei, König Magnus hatte sich in Bengt verliebt und wollte mit ihm leben. Und Blanka hatte sich ebenfalls in diesen Bengt verliebt, ohne einen Verdacht zu schöpfen. So hatten sie alle wider die Natur gesündigt. Nun endlich verstand Margarete diesen Ausdruck, über den sie sich schon bei der Lektüre der Offenbarungen von Frau Birgitta gewundert hatte.

Auch König Magnus zeigte keinerlei Anzeichen von Wiedererkennen oder Zärtlichkeit, als Knut Algotsson ihn in Frau Meretes Gemächern zusammen mit seiner Tochter und Margarete aufsuchte.

König Magnus hatte endlich wieder angefangen, die kargen Speisen, die auf Akershus serviert wurden, zu sich zu nehmen. Er schlief lange, ging ab und zu zur Messe und saß die restliche Zeit mit seinen Beratern über den Rechnungen und Schriftwechseln, ohne daß dabei besonders viel herauskam. Margarete bemerkte, wie selten er einen Boten auf den Weg schickte und wie wenig Besuch er bekam. Sie kannte es anders von ihrem Vater, bei dem es überall, wo er sich aufhielt, immer sehr geschäftig zuging.

König Magnus aber war träge und kraftlos, auch als er Knut Algotsson empfing, der ohne Umschweife anfing, ausführlich und eifrig von den Vorbereitungen für den kommenden Kriegszug zu erzählen.

Auch Håkon saß still und untätig dabei. Und als Margarete ihn bat, mit ihr hinauszugehen, schien er beinahe erleichtert zu sein. Das verstand sie noch weniger, schließlich war doch Akershus seine Burg, Norwegen sein Land, und dennoch saß er bloß stumm daneben und ließ andere die Entscheidungen treffen. Sie nahm ihn mit hinauf zur Kronhalle und stieß die Tür auf, so daß er vor ihr eintreten konnte.

»Wir müssen hier dieses Jahr ein richtig großes Weihnachtsfest veranstalten«, sagte sie und zog ihn in die Mitte des Raumes. »Wenn du zu Hause bist, können wir Bischöfe und Adlige einladen. Ich kenne keinen hier in Norwegen, und du warst so lange fort.«

»Warum möchtest du denn so unbedingt, daß wir ein Weihnachtsfest machen?« fragte er und lachte.

»Menschen, dann kommen endlich Menschen«, antwortete sie eifrig.

»Aber wer?«

»Na, die norwegischen Adligen«, antwortete sie. Håkon schüttelte den Kopf. »Die norwegischen Könige haben diese Kronhalle gebaut, als Norwegen sehr reich war. Jetzt gibt es kaum noch norwegische Adlige, ich bezweifle, daß wir diesen Saal überhaupt mit Gästen füllen können.«

Er sah sich um und wirkte dabei sonderbar niedergeschlagen. All die Dinge, die sie sofort in diesem Raum gesehen hatte, schienen ihm völlig verborgen zu bleiben. Er sah nur die Armut und die immergleichen Speisen, die tagaus, tagein in den Holzschüsseln serviert wurden.

»Wir könnten doch Frau Meretes Damen bitten, im Kräutergarten Kohl anzubauen«, schlug sie vor. »Und auf dem Burgberg könnten wir Schafe halten und in der Vorburg Hühner und Gänse. Das ist doch nicht so teuer. Wir haben kein Vieh, also auch keine Milch, und müssen jeden Herbst Fleisch für den Winter kaufen. Du weißt doch selbst, wie es um unsere Speisekammern bestellt ist.«

Håkon hockte sich vor ihr nieder und schlang seine Arme um sie. Sie war tatsächlich ein wenig gewachsen, und darum sah sie nun auf sein lachendes Gesicht hinab.

»Du nimmst einem den Atem, meine kleine Frau«, sagte er. »Du kommst ganz nach deinem Vater.«

»Tust du das auch? Nach deinem Vater kommen?« fragte sie. Er verstummte sofort, als hätte jemand das Licht gelöscht. Sie hatte das Falsche gefragt. Wenn sie nur endlich anfangen würden, ihr alles zu erzählen, was sie wissen mußte. Doch sie war meist die letzte, die etwas erfuhr. Sie, die Wolfsbrut.

»Was war meine Morgengabe?« fragte sie ihn statt dessen. Håkon hob seine Augenbraue und lachte sie an, aber sie blieb ernst und bestimmt – das war sie Blanka schuldig.

»Wer hat dir von deiner Morgengabe erzählt?« fragte er zurück.

»Keiner, darum frage ich auch, denn du solltest es doch wissen«, antwortete sie und sah ihm voller ängstlicher Hoffnung ins Gesicht.

»Die Region Bohus mit dem dazugehörigen Lehen und der Burg Bohus, Värmland, Dalsland und einen Teil von Västergötland. Und keiner kann dir diese Morgengabe wegnehmen«, sagte er. Wenn er es doch so genau wußte, warum hatte er ihr nie erzählt, daß sie etwas besaß, was ihr keiner nehmen konnte?

Knut Algotsson und Frau Merete trafen sich erst später, und gewiß war es nicht vorgesehen, daß Margarete oder Ingegerd an diesem Treffen teilnehmen sollten. Margarete wußte, daß sie nicht an Türen lauschen durfte. Aber wenn sie nicht ab und zu lauschte, erfuhr sie nie etwas.

Knut Algotsson trug noch immer seine Reisekleidung und die schweren Stiefel, aber den Mantel hatte er schon abgenommen. Er war der erste Mann, den Margarete in Norwegen gesehen hatte, der sie an ihren Vater erinnerte. Und dann war er dieses unheimliche Abbild seines Bruders.

Das Eigentümliche an diesem Treffen war aber keineswegs Knut Algotsson, sondern Frau Merete. Margarete hatte sie bisher nie als eine Frau betrachtet, die sich mit ihrer Mutter oder Blanka hätte messen können. Sie war nur eine Festung aus Drohungen, Strafen und Kontrolle gewesen. Und nun sah Margarete eine ganz andere Frau vor sich. Frau Merete hatte sich ihre schönsten Kleider angezogen, das Haar neu geflochten und sich mit gestärktem Kopftuch und einem goldenen Gürtel geschmückt. Sie wirkte so jung. Erwartungsvoll wie eine Braut ging sie auf ihren Mann zu. Sie verneigte sich nicht und blieb auch nicht stehen, sondern schwebte förmlich in seine ausgebreiteten Arme.

»So lange ist es her«, sagte sie, doch er legte seine Finger auf ihre Lippen und fragte, wie es ihr ergangen sei, ob die zwei Mädchen sie sehr geplagt hätten. Frau Merete schüttelte den Kopf und verschloß seinen Mund mit ihren Lippen. Sie küßte ihn auf eine ungewöhnliche Art, von unten. Sie stand auf den Zehenspitzen und zog ihn zu sich herunter.

Sie küßten sich nicht mit dem schnellen Streifkuß auf Wangen und Mund, so wie es üblich war zwischen Familienmitgliedern und Ehepartnern. Sie taumelten engumschlungen durch die Tür von Frau Meretes Schlafzimmer. Die Tür wurde geschlossen – und verriegelt. Das erinnerte Margarete ein wenig an das heimliche Treffen von König Magnus und Bengt Algotsson damals in Kopenhagen.

Håkon hatte einen Brief von ihrem Vater mitgebracht. Darin wurde sie in großen Zügen über das Wichtigste informiert. Ihre Mutter war in das Zisterzienser-Kloster in Esrum verlegt worden, wo es ihr offenbar sehr gutging. Ingeborg hatte mit ihrem mecklenburgischen Mann einen zweiten gesunden Sohn bekommen. Margarete wunderte sich, warum sich ihr Vater keine neue Frau genommen hatte, als er in Krakau beim Kaiser gewesen war. Schließlich ließen sich doch alle Ehen auflösen, und ihr Vater schien doch mit dem Papst in Avignon auf gutem Fuß zu stehen.

All das hätte sie so gern mit ihrem Mann und Schwiegervater besprochen, aber sie brachte es nicht fertig, ein so erwachsenes Gespräch einzuleiten. Obwohl sie wußte, daß die beiden sicherlich die Antworten auf die Fragen hatten, über die sie sich Tag und Nacht den Kopf zerbrach.

Håkon hatte ihr zwar sein Siegel und damit das Recht gegeben, seine Kuriere zu benutzen. Und er versicherte ihr auch, daß er sein Versprechen, sie auf die nächste Reise mitzunehmen, nicht vergessen hatte. Aber Akershus hatte sich nicht grundlegend verändert, nur weil der schwedische Hof nach Oslo verlegt worden war. Im Gegenteil, die Armut wurde nur noch unerträglicher, weil es nun mehr Menschen geworden waren, um das Wenige zu teilen.

Håkon wunderte sich, daß sie in der langen Zeit, die sie schon auf Akershus lebte, nie die Erlaubnis erhalten hatte, Oslo zu besuchen. Ob denn Frau Merete sie tatsächlich wie eine Gefangene auf der Burg gehalten habe, fragte er sie im Scherz, aber sie nahm seine Frage wörtlich und nickte ernst. Sie, die so gut und sicher reiten konnte, hatte ausschließlich zusammen mit solchen Männern ausreiten dürfen, die Frau Merete vorher für gut befunden hatte – alte Männer, die gemächlich ausritten. Darum war sie auch nicht mehr so gewandt und sicher, als sie mit ihrem Mann die Burg verließ und gen Stadt ritt.

Frau Merete hatte sie zwar seit Håkons Ankunft nicht

mehr geschlagen, und ihre wunden Hände waren verheilt, aber sie wußte genau, jedes noch so kleine Vergehen könnte neue Strafen nach sich ziehen.

Es war viel einfacher, die Zügel mit Händen festzuhalten, die nicht aufgeplatzt und geschwollen waren. Håkon mochte wohl ihren Beteuerungen, daß sie gut reiten könne, nicht so ganz glauben. Vielleicht hatte er auch die Befürchtung, daß der große Hengst, den Knut Algotsson sonst ritt, zu ungestüm und gefährlich für sie sein könnte. Aber das Tier benahm sich sanft und aufmerksam, so als hätte es begriffen, daß mit der leichteren Last auch eine geringere Stärke einhergehen würde.

Ihr war sehr daran gelegen, Håkon die verfallene Hallvardskirche zu zeigen, die ihr so ans Herz gewachsen war. Zwei Jahre lang hatte Margarete nun schon mit dem Wissen von dieser baufälligen Kirche leben müssen, und jetzt gab es endlich die Möglichkeit, etwas für sie zu tun. Und für die Priester, die beim Anblick der beiden auf die Straße liefen. Keiner in der Stadt würde sich an sie erinnern, weil ihr letzter Besuch so lange her war, aber Håkon erkannten sie sofort wieder.

Håkon hob sie von dem großen Pferd und blieb neben ihr stehen, mit der Hand auf ihrer Schulter. Margarete zog sich schnell die Handschuhe aus, denn drei Priester standen schon in Reih und Glied zur Begrüßung vor der Kirchenpforte, und weitere fanden sich ein.

»Das ist der König!« schrie ein Mann, der ganz in der Nähe stand, so laut, daß es ihr in den Ohren klingelte. Sie lachte, aber Håkon sah blaß und angespannt aus. Er wandte sich zu dem Mann um und legte seine Hand an sein Schwert.

»Und das kleine dänische Mädchen ist seine Königin!« rief eine kleine dicke Frau mit einem Korb voller Fische im Arm. Ihre kugelrunden Augen musterten Margarete von oben bis unten.

»Das ist aber ein schöner Mann«, sagte sie zu den Männern, die sich hinter ihrem Rücken versteckten.

»Ja, er scheint sich zumindest etwas aus Frauen zu machen – ganz anders als sein Vater«, sagten sie.

Der älteste der Priester begrüßte Håkon formvollendet und begann in der singenden Mundart dieser Region seine Freude darüber auszudrücken, den König endlich in Oslo willkommen heißen zu dürfen. Endlich? dachte Margarete. Hatte er die Stadt wirklich nicht besucht, bevor sie ihn heute hierhergelockt hatte? Vielleicht meinte er auch, daß Håkon die Armut und den Mangel in den Kirchen zum ersten Mal sah. Aber beides konnte ja schließlich behoben werden.

Sie unterbrach den Redefluß des Priesters, nahm Håkon an der Hand und bat darum, ihnen die zerstörten Glasfenster zu zeigen. Es wurde ihnen erzählt, daß ein Sturm die Fenster zerstört und man alle Scherben aufgesammelt habe, aber nun leider keine Mittel da seien, sie wieder in die Fenster einsetzen zu lassen. Englische Glasbaumeister hätten damals diese außergewöhnlichen Fenster im Chorraum angefertigt, aber es wäre kein Geld da, um heute ausländische Meister anzufordern.

»Wir haben großartige Glasbaumeister in Roskilde, ich könnte meinem Vater einen Boten senden und ihn bitten, uns einen zu schicken«, unterbrach sie irritiert.

Nur wenige Augenblicke später verstand sie, daß sie schon wieder eine ungeschriebene Regel gebrochen hatte. Verzweifelt wanderte ihr Blick von den Priestern zu Håkon. Sie hatte geglaubt, daß sie über ihr Angebot erfreut sein würden, aber das Gegenteil war eingetreten.

Als Håkon sie wieder auf Knut Algotssons Pferd hob, sagte er wütend: »Sprich nie wieder von ›wir‹, wenn du von den Dänen redest. Die Norweger haben nichts, die Dänen alles, dank deines Vaters.«

Am Abend saß Margarete noch lange bei Håkon und schaute ihm zu, wie er mit seinem Vater Brettspiele spielte. König Magnus fiel es schwer, sich zu konzentrieren. Er kam oft vom Thema ab und genoß es aber, sich selbst reden zu hören. Håkon unterbrach ihn selten, er gab nur kurze, bekräftigende Laute von sich, die Magnus eher anspornten fortzufahren.

So viele Fragen brannten Margarete auf der Zunge. Wenn sie ihr schon nicht mehr über Norwegen erzählen wollten, so könnten sie ihr wenigstens erklären, was es mit dem Krieg auf sich hatte, den sie vorbereiteten. Schließlich war das doch der Grund für König Magnus' Anwesenheit auf Akershus.

Kurz darauf wurde König Magnus wütend, weil er nicht gewann, schlug das Spielbrett zu und verließ den Tisch. Ein schlechter Verlierer, dachte sie. Etwas so Unwichtiges wie ein Brettspiel dürfte einen nicht so aus der Fassung bringen, da gab es im Moment weitaus wichtigere Dinge.

So kam es, daß sie wieder das Thema ansprach, das ihr so am Herzen lag: die Fenster der Hallvardskirche. Sie hatte kein Gespür für Geld, schon gar nicht in diesem Land, doch wußte sie immerhin, daß sie es nicht im Überfluß hatten.

»Können wir nicht meine Mitgift benutzen, um den Priestern von der Hallvardskirche zu helfen? Alle in Oslo werden es sehen können, alle werden erfahren, daß wir die Fenster haben reparieren lassen.«

»Deine Mitgift?« wiederholte Håkon und fing an, die kleinen Spielfiguren zusammenzusammeln. »Davon ist nichts übrig. Ich habe fast alles verpfändet: meine Krone, deinen Verlobungsring, meinen goldenen Gürtel mit dem Edelstein und den Schmuck meiner Mutter.«

»Und das alles nur für deinen Vater!« sagte sie. Sie wollte den bitteren Unterton in ihrer Stimme unterdrücken, aber die Tränen schossen ihr in die Augen. Er würde alles Erdenkliche für seinen Vater tun, aber nichts für sie oder für Norwegen. Solange sie hier in der Burg wohnten und nichts für die Stadt taten, würden sie als Fremde betrachtet werden. Warum verstand er das bloß nicht? Und warum war das für sie so klar und deutlich? Du kommst ganz nach deinem Vater.

»Wir müssen doch Einnahmen aus der Landsteuer haben? Treibt ein König nicht Steuern in seinem Reich ein?« flüsterte sie. Håkon starrte auf die Tischplatte, sein schönes Gesicht war bleich und angespannt.

»Wir haben alles für die Aufstellung des Heeres verwendet, mit dem wir Schweden wiedergewinnen wollen«, flüsterte er. »Und dennoch haben wir Schulden. Aber wenn Vater Schweden zurückerobert hat, sind wir Herren über alle Lehen und Burgen dort und können im ganzen Land Steuern eintreiben. Dann werden die guten alten Zeiten wiederkehren.«

Håkon hatte ihr sein Wort gegeben, sie nie wieder allein in Akershus zurückzulassen. Mit diesem Versprechen nahm er es offenbar nicht so genau. König Magnus und er schmiedeten Pläne für ihren gemeinsamen Feldzug, und die bezogen sie in keiner Weise mit ein. Natürlich nicht, dachte sie, wütend über ihre eigene Dummheit. Was sollten die auch im Krieg mit einem Kind anfangen, obendrein noch mit einem Mädchen?

Einen Tag bevor Håkon und Magnus Akershus verlassen wollten, kam das Geschenk von König Valdemar. Margarete hatte zwar die Aufregung in der Vorburg bemerkt, aber Frau Merete wollte ihr nicht erklären, was dort geschah. Schließlich ging sie zu Knut Algotsson, und er nahm sie an die Hand und begleitete sie hinunter.

Sie erkannte die drei großen Pferde wieder, sie stammten vom Streithengst ihres Vaters ab, waren auf Vordingborg gezeugt und aufgezogen worden. Knut Algotsson ließ ihre Hand los, um sich die Tiere genauer anzusehen. Er setzte sich in die Hocke und berührte ihre kräftigen Beine und bewunderte ihre gebogenen Rücken und die schönen schmalen Köpfe. Ihr Vater wußte, daß sie eine gute und begeisterte Reiterin war, und vielleicht war es ihm zu Ohren gekommen, was sie hier in Norwegen für ein bescheidenes Leben führte. In einem

Weidenkorb saßen drei kleine bellende langhaarige Hunde aus Frankreich. Die solle sie besser nur in der inneren Burg laufen lassen, sonst würden die Wach- und Jagdhunde sie in Stücke reißen, sagte Knut Algotsson. Dafür würde ihr aber bestimmt der dritte Teil des Geschenkes am meisten Freude bereiten: Stoffe für neue Kleider und ein pelzgefütterter Mantel mit einer Silberschnalle.

Die Pferde und Hunde waren wenigstens lebendige Wesen, die waren ihr zur Freude und zum Nutzen, doch wer würde sie schon in den neuen Kleidern betrachten können? Jemand mußte Vater von ihrer Armut erzählt haben, aber wer? Sie grübelte darüber nach, während sie die Geschenke in ihre Gemächer schleppte. Håkon kam herunter, um sie sich anzusehen. Er fingerte lange an den dünnen ausländischen Stoffen herum und stand eine Zeitlang mit der silbernen Mantelschnalle in der Hand still da.

»Ich dachte, ihr hättet das Heer schon zusammengestellt«, sagte sie und sah ihm in die Augen. Er ließ den Mantel sinken und traf ihren Blick, merkwürdig schuldbewußt.

»Warum sagst du das?« fragte er.

»Für diese Schnalle wirst du nicht viele Söldner bekommen«, sagte sie gerade heraus.

»Aber ich habe keinen Augenblick daran gedacht, sie dir zu stehlen. Das schwöre ich dir!« rief er und klang ehrlich erschrocken. Sie war sich allerdings nicht im klaren, ob er über sich oder ihren Vorwurf entsetzt war. Eigentlich hätte sie es besser gefunden, wenn er sich aufgebracht verteidigt hätte. König Magnus hingegen war äußerst zufrieden mit den Geschenken für seine Schwiegertochter: So habe sie wenigstens eine Beschäftigung, solange sie fort wären. Und sie würde standesgemäß als Königin von Norwegen auftreten können, wenn seine erneute Thronerhebung in der Domkirche zu Uppsala gefeiert werde.

Das sagte er bei einem Mittagessen, und alle verhielten sich wie immer und begleiteten die Prophezeiungen des Königs mit kleinen beifälligen Zwischenbemerkungen. Sogar Knut Algotsson machte mit.

War sie wirklich die einzige, die Zweifel hatte? Warum gab es so wenige schwedische Adlige im Kreis um König Magnus? Warum kamen nie schwedische Geistliche zu Besuch? Woher sollte die Unterstützung kommen, die ihm helfen sollte, das Reich zurückzuerobern?

Alle diese Gedanken mußte sie für sich behalten, Håkon konnte sie unmöglich fragen. Sie hatte ihn schon ausreichend verletzt, als sie ihn des Diebstahles ihrer Geschenke verdächtigte. Ingegerd würde kein Wort verstehen und nicht wissen, worum es hier ging. Wenn sie ihrem Vater schriebe, könnte der Brief unter Umständen von Magnus' Feinden abgefangen werden. Und Frau Merete würde sich die Finger blutig schlagen, wenn sie nur ihre Gedanken erführe.

Also nahm sie gesittet und still auf dem Burgberg Abschied von ihrem Mann, verhüllt von dem großen Mantel, den ihr Vater geschickt hatte. Håkon schien der Abschied schwerer zu fallen als ihr. Er beugte sich vom Pferd herab, hob sie hoch und küßte sie. Ihr blieb nichts anders übrig, als ihn fest zu umklammern.

Mit einem Fuß fand sie endlich im Steigbügel Halt. Er küßte sie erneut, so wie Knut Algotsson seine Frau geküßt hatte. Seine sonst so sanften Lippen öffneten sich, und als er sie von ihr löste, legte er ihren Kopf an seine Brust, so daß sie spüren konnte, wie er vor Verlangen brannte.

»Wenn wir uns wiedersehen ...«, hörte sie ihn flüstern, »meine teure Frau.«

Ich bin doch schon zwölf Jahre alt, dachte sie, als er sie wieder auf den Boden gehoben und, ohne sich noch einmal umzudrehen, aus der Burg geritten war. Ich bin doch schon zwölf Jahre alt! Er hätte mich schwanger zurücklassen können, statt dessen ist er jetzt fortgeritten und tut die Dinge, die er mir versprochen hatte, nicht zu tun. Und das nur, weil sein Vater es ihm befohlen hat.

Ingegerd reiste mit zwei gesattelten und bepackten Pferden nach Vreta. Ihr ganzes Hab und Gut war verstaut worden. Es schien, als ob Frau Merete jede Spur ihrer Tochter auf Akershus und in Margaretes Erinnerung auslöschen wollte.

Ingegerd und Margarete hatten tränenreich Abschied voneinander genommen in dem kleinen Kräutergarten, den König Magnus hatte anlegen lassen. Als sie sich dann später unter Frau Meretes Beobachtung Lebewohl sagten, gelang es Margarete, kühl und ruhig zu wirken. Sie wollte Frau Merete nicht die Genugtuung gönnen, sie trauern zu sehen.

Nachdem Ingegerd abgereist war, blieb ihr nur eines, auf das sie warten und hoffen konnte, Briefe von Ihrem Vater und Håkon. Es wunderte sie jedoch, daß ihr keiner von beiden schrieb. Jede Nacht schreckte sie aus dunklen Träumen hoch. Was würde mit ihr geschehen, wenn Håkon fallen sollte? Gab es außer Håkon noch andere, die das Erbe Norwegens antreten konnten? Würden die Mecklenburger mit ihrem Heer in Norwegen einfallen?

Dieser Mann, den sie mehr fürchtete als das Böse selbst und den sie noch nie zu Gesicht bekommen hatte, dieser Albrecht von Mecklenburg, war der Sohn von König Magnus' Schwester. Ja, er würde gewiß eine Flotte nach Oslo schicken, sie gefangennehmen und Håkon entmachten. Ihre ganze Welt würde damit zusammenstürzen.

Weder Heer noch Helfer standen ihr zur Seite. Und ihr Vater war weit weg und antwortete nicht auf ihre Briefe. Und so wanderten die immergleichen Gedanken durch ihren Kopf, während sie still den Kräutergarten bewirtschaftete, nähte und stickte, die Bücher las, die ihr die Lehrer gaben, und mit ihrem kleinen Hausstand und Frau Merete zu Tisch saß.

Wenn sie entmachtet würde, bliebe ihr nur die Hoffnung, daß König Valdemar einen neuen Ehemann für sie suchen würde. Witwe und Jungfrau, dachte sie, das war also alles, was das Leben für sie bereithielt.

Wenn sie doch bei Håkons Abreise nur schwanger gewesen

wäre. Aber davor hatte sein Vater ihn bestimmt gewarnt. Wenn sie schwanger wäre, könnten sie sie nicht ohne weiteres loswerden, falls sich ein noch aussichtsreicherer Bund ergeben sollte. Vielleicht stand Elsebeth von Holstein noch zur Verfügung.

Eines Tages, ein Sturzregen hatte den Kräutergarten in ein Meer aus Schlamm und Morast verwandelt, zerstörte sie voller Zorn alle Beete mit den feinen Kräutern und Blumen. Sie verschonte nur den Kohl, den würden sie im Winter bitter nötig haben, um nicht nur von schmierigem Brei und ranzigem Speck leben zu müssen. Durchnäßt und wütend ging sie zurück in die Kernburg, zog sich um und setzte sich hin, um an ihren Vater und Håkon zu schreiben, dessen Aufenthaltsort sie nicht kannte. Sie hatte schon so viele Briefe an Håkon geschrieben und sie nie abgeschickt, sondern allesamt versteckt.

Da kam ihr der Gedanke, dem Drost ihres Vaters, Henning Podebusk, einen Brief zu schicken. Sie wollte Podebusk bitten, ihr Neuigkeiten über ihren teuren Herrn zu berichten und über seinen und König Magnus' Krieg.

Sie brachte den Brief ordnungsgemäß versiegelt zum Boten und ging dann nach oben, um mit Frau Merete und dem Gesinde zusammen das Abendbrot einzunehmen. Es würde sich niemals irgend etwas ändern. Hier würde sie nun bis an ihr Lebensende als Jungfrau leben müssen.

Während sie bedächtig die grobe Grütze aß und das Bier trank, das bitter schmeckte, obwohl es mit Wasser verdünnt war, kam ihr allmählich der Gedanke, daß sie keine wirkliche Gefangene war und Akershus jederzeit verlassen könnte. Sie hatte zwar kein Geld, aber immerhin Pferde und Kleidung. Und schließlich war sie die Tochter des Königs von Dänemark, der jeden großzügig belohnen würde, der sie sicher zu ihm brachte.

Frau Birgitta hatte sich nie einsperren lassen. Margarete hatte die Offenbarungen von Frau Meretes Mutter verlangt und eine Ausgabe erhalten, die von ihrem Beichtvater überarbeitet und in Vadstena ins reine geschrieben worden war. Aufgrund der engen Verwandtschaftsverhältnisse hatten sie für das schöne Buch nicht bezahlen müssen, und Margarete las gierig, denn dies hier war ganz neu und unberührt.

Unter Frau Meretes Regime hatten Ingegerd und sie zwar jeden Tag einen Auszug aus den Werken Frau Birgittas lesen müssen, aber erst jetzt lernte Margarete diese stolze Frau wirklich kennen. Der Alltag bot sonst so wenig Abwechslung. Als Blanka noch lebte, hatten sich wenigstens ab und zu Sänger und Musiker bei Hofe sehen lassen, und auf Festen hatte man ihnen, der Eriks-Chronik und den Eufemia-Weisen gelauscht. Nun war es still auf Akershus, keine Sänger, keine Musik, keinerlei Zerstreuung, abgesehen von dem alten kahlen Priester, der in der Kapelle seine Messen sang.

Birgittas Sprache war schonungslos und traf den Leser beinahe so unvorbereitet und hart wie Frau Meretes Schlag mit der Rute. Eine alte Wut lag zwischen den Zeilen und schwelte, eine Wut, die Margarete nicht begriff. Sie selbst hatte immer die Hoffnung, daß die Zeit das Unerträgliche auflösen würde. Aber Frau Birgitta hatte nie genug Zeit gehabt und erst als Witwe das Recht bekommen, über sich selbst zu bestimmen. Es wurde Margarete deutlich, daß das Recht, über sich selbst zu bestimmen, das einzige Recht war, das Birgitta hochachtete.

Sie ließ durchaus Gott und die Heilige Jungfrau Maria sprechen, aber in der Tiefe ihres Herzens war sie eine Adlige, stolz, selbstbewußt und gebildet. Warum hätte sie schweigen sollen, sich den Unwürdigen beugen, sich nach dem Willen anderer richten sollen?

Birgitta hatte sehr jung einen Mann heiraten müssen, für den sie keine Achtung aufbringen konnte. Er war dumm, ungebildet und konnte kaum seinen Namen schreiben, und dennoch sollte er Statthalter einer großen Region werden, um dort Recht zu sprechen, auch in komplizierten Gesetzesfragen. Birgitta hatte viele Kinder geboren und gehofft, diese würden ihre Familie wieder zur alten Stärke führen.

Sogar über Frau Merete hatte Birgitta in ihren Offenbarungen geschrieben. Es stimmte tatsächlich, daß sie sich zwei Mal gegen den Willen ihrer Mutter verheiratet hatte. Das erste Mal in ganz jungen Jahren. Ihr Vater hatte es ermöglicht, daß sie den Mann bekam, in den sie sich verliebt hatte, obwohl Frau Birgitta ihn sowohl ihrer Tochter für unwürdig als auch politisch für gefährlich hielt. Margarete war auf Frau Meretes Seite, auch wenn sie verstand, wie unsäglich Frau Birgitta unter dem Verrat der Tochter gelitten hatte. Aber sie erkannte auch die Ähnlichkeiten zwischen Mutter und Tochter. Sie beide waren rücksichtslos und gleichgültig. Schmerz hatte keine Bedeutung, solange er nur andere traf.

Frau Merete hatte sich nicht wohl gefühlt, ihr das Buch mit den Aufzeichnungen ihrer Mutter zu überlassen. Aber Margarete hatte ihr lächelnd versichert, daß dieses Buch die Bibliothek der Königin von Norwegen begründen werde.

Hier las sie auch die Geschichte von Blanka und dem Herzog von Finnland. Laut Frau Birgitta, die Blankas Hofmeisterin gewesen war, hatte Blanka es nach der Geburt ihrer zwei Söhne abgelehnt, weiterhin mit ihrem Mann zusammenzuleben. Sie sei überhaupt nur nach Schweden mitgekommen, um »Früchte zu tragen«. Ihr keusches Leben aber sei keineswegs eine fromme, sondern eine selbstsüchtige Wahl gewesen.

König Magnus habe sich daraufhin einem jungen Mann zugewandt, den er über alle anderen hob und aus tiefstem Herzen liebte. Dieser sei ein Diener des Teufels und schöner als alle anderen Männer gewesen. Wenn Magnus sich nicht von ihm löste, würde er von den furchtbarsten Plagen heimgesucht und schließlich aus seinem Reich vertrieben. König Magnus' Schwäche für den schönen Bengt Algotsson hatte ihm bei Frau Birgitta den Beinamen Smek eingebracht.

Drei Teufel herrschten in Schweden, hatte Frau Birgitta

geschrieben: die Trunksucht und die Wollust, aber der dritte sei der schlimmste, denn er verführe Männer zu diesem unnatürlichen Umgang mit anderen Männern.

Magnus nun war nicht aufgrund seiner Liebe zu Bengt Algotsson verbannt worden, sondern weil er seine Schulden beim Papst nicht beglichen hatte. Sogar die Pest legte Frau Birgitta als Strafe für die Lebensweise des Königs aus. Aber wen hatte Gott dann in Dänemark bestrafen wollen, fragte sich Margarete. Wie der Pflug des Zorns solle nach den Worten Frau Birgittas der Herr über Schweden hinwegziehen. Aber Norwegen war von allen Ländern am härtesten von der Pest getroffen worden. Und Frau Birgitta schien überaus zufrieden angesichts der vielen Toten. Frau Birgitta peitschte die Welt aus, Frau Merete ihre Mädchen.

»Wenn Schweden wieder unser ist, werden mein teurer Herr und ich für die Heiligsprechung von Frau Birgitta sorgen«, hatte sich Margarete einmal erlaubt zu sagen. König Magnus verabscheute Frau Birgitta und sprach nie von ihr. Er hatte ihr vor dem Ausbruch der Pest die schönste Burg seiner Familie, Vadstena, geschenkt, damit sie dort ein Kloster einrichtete. Seine Hoffnung war, daß seine Nachkommen die Klosterkirche einst als Begräbniskirche nutzen könnten. Aber Frau Birgitta hatte die Adligen gegen ihn aufgebracht und war selbst geflohen.

Frau Birgitta würde zu guter Letzt doch gewinnen, daran hatte Margarete keinen Zweifel. Denn sie kämpfte nicht mit einem Söldnerheer, sondern saß in Rom und Neapel und schrieb wütende Briefe über die schwedischen Taugenichtse. Doch Jesus Christus hatte sie auserwählt und sandte seine Botschaften durch sie in die Welt. Zumindest in den Teil der Welt, zu dem Schweden und Norwegen gehörten.

Bei genauer Betrachtung war Frau Birgitta allerdings ihre Feindin. Birgitta hatte schließlich die Hochzeit in Kopenhagen als ein »Spiel mit Puppen« verurteilt. Sie hatte vorausgesagt, daß aus dieser Ehe keine Kinder entspringen würden und daß dies das Unglück des ganzen Landes begründen werde. Margarete wollte alles tun, um ihr das Gegenteil zu beweisen. Birgitta nannte ihren Vater in den Offenbarungen einen »Wolf«, und Albrecht von Mecklenburg war der »Fuchs«. Und sie, Margarete, sie war dann die Wolfsbrut? Und doch schien sie, die machtloseste von ihnen allen, Frau Birgitta in ihrem Exil einige Sorgen zu bereiten. Birgitta mißtraute der Krone, soviel hatte Margarete begriffen. Nach Birgittas Vorstellung sollte der König das willige Werkzeug seiner Adligen sein, ein gehorsamer Junge, der die Befehle ohne Widerworte entgegennahm, seine freien Stunden im Gebet verbrachte und sein Schwert auf dem Kreuzzug schwang. Der König sollte am liebsten arm sein und in seiner Burg frieren, so wie Håkon.

Margarete schloß das Buch und strich über den schönen Umschlag, den die Nonnen in Vadstena angefertigt hatten. Sie hatte bisher noch nie Widerstand gespürt gegen eines der Bücher, die sie gelesen hatte, um eine bessere Regentin zu werden. Den heiligen Augustin zum Beispiel hatte sie bedächtig und verwundert gelesen. Aber Frau Birgitta hatte einfach nicht recht! Sie wollte nur die alten Verhältnisse zurück, Schweden von Adligen regiert, jede Region selbständig, mit eigener Rechtssprechung und Verwaltung. Aber wem würde das nutzen?

Es wunderte sie, als Frau Merete sie noch zu so später Stunde hinunter in ihr Wohngemach rufen ließ. Aber sie legte ihre Bücher beiseite und gehorchte. Sie konnte dem alten krummbeinigen Mann, der ihr die Tür öffnete, bereits ansehen, daß Frau Merete wütend war.

Margarete war wachsam und verbeugte sich andächtig, bevor sie sich dem Tisch näherte. Zur Sicherheit hielt sie einen großzügigen Abstand und verschränkte die Hände vor dem Bauch. Die vielen Schläge pochten noch in ihren Fingern. Vor Frau Merete auf dem Tisch lag der Brief an den Drost, das Siegel war gebrochen. Sie hatte vier der großen Kerzenständer aus der Kronhalle herbeigeschafft und alle Kerzen angezündet. Im ganzen Raum roch es nach Talg und Rauch. Langsam erhob sie sich und zeigte mit dem Finger auf den Brief, als ob Margarete nicht schon längst verstanden hätte, worum es hier ging.

»Nach alldem, was ich getan habe, um ihr Anstand beizubringen, schreibt sie ihren dänischen Freunden und verrät uns«, sagte Frau Merete. Sie hatte sich gut vorbereitet, daran bestand kein Zweifel. Und dennoch versagte ihr die Stimme.

»Mein Vater ist im Ausland, und der Drost vertritt ihn und lenkt die Geschicke des Landes«, sagte Margarete. Mehr mußte Frau Merete nicht erfahren.

»Der dänische König ist vom Heer der Hansestädte vertrieben worden«, fiel ihr Frau Merete ins Wort, »Holstein und Mecklenburg haben sich gegen ihn zusammengeschlossen, und Schweden führt nun Krieg gegen Dänemark. Der König ist nach Deutschland geflohen, um dort Hilfe zu erbitten, aber das Schloß in Kopenhagen soll niedergerissen werden. Die jütländischen Adligen haben sich gegen ihn gestellt. Um Ihren Vater steht es schlimmer als um König Magnus. Und Sie schreiben dem Drost von unseren kleinen Nöten!«

»Warum habe ich davon nichts erfahren?« fragte Margarete. »Warum hat mich mein Vater nicht gewarnt?«

Ihr wurde schwindlig, doch sie fing sofort an, nach einer Lösung zu suchen. Wenn sie doch nur etwas gewußt hätte, dann hätte sie sich vorbereiten und ihm helfen können. Nun kamen von allen Seiten Feinde mit Schild und Schwert auf sie zu, und sie hatte nur ihr Hemd, in dem sie sich verstecken konnte. Sie vertrieben ihren Vater, wie sie auch König Magnus vertrieben hatten. Und nun war nur noch Norwegen übrig, mit Håkon und Akershus.

»Wann werden sie hiersein?« fragte sie. Dies schien ihr jetzt die einzige sinnvolle Frage zu sein. Leider überrumpelte das

Frau Merete, und sie wählte wie so oft den leichteren Weg und wurde wütend.

»Wie viele waffenfähige Männer stehen uns zur Verfügung?« fragte Margarete unbeirrt weiter. »Wie viele Bogen und Pfeile haben wir? Die Burg kann lange einer Belagerung standhalten. Wir sind es ja gewohnt, von Brunnenwasser und Brei zu leben. Wir müssen neue Vorräte beschaffen und in Oslo junge Männer anwerben.«

Frau Merete stand auf und griff Margarete wie ein ungehorsames Kind am Arm. Margarete wehrte sich, schließlich hatten sie keine kostbare Zeit zu verlieren, sie mußten die Burg befestigen und sich gegen den Angriff des Hanseheeres, der Mecklenburger, all ihrer Feinde rüsten. Sie wollte nicht von Frau Merete mit der Rute geschlagen werden, nie wieder. Sie riß sich los und schlug nach der großen Frau.

Die Rute traf sie zuerst mitten im Gesicht, und sie konnte für einen Moment nichts mehr sehen. Aber das steigerte noch ihre Wut und ihren Trotz. Sie war früher oft ärgerlich gewesen, wenn Ingegerd und sie sich gestritten hatten, aber so eine unbändige Wut hatte sich ihrer vorher noch nie bemächtigt. Der zweite Schlag traf ihre Arme und Hände. Sie ballte ihre Fäuste und verschränkte die Arme vor dem Gesicht. Mit dem Rücken zur Wand ließ sie sich auf den Boden gleiten und versuchte sich, so gut es ging, gegen die Schläge zu schützen.

Zum Schluß warf Frau Merete die Rute von sich und ging weinend zum nächsten Stuhl. Erschöpft setzte sie sich hin und betrachtete ihr Werk.

»Ich will nicht mehr geschlagen werden«, sagte Margarete hinter ihren immer noch erhobenen Armen. Die Schläge hatten die Nähte an ihren Ärmeln platzen lassen, und die langen roten Striemen brannten und schmerzten.

»Ich bin die Königin von Norwegen, ich will nicht mehr geschlagen werden!« wiederholte sie. Es kamen keine weiteren Schläge, und darum ließ sie die Arme sinken und befühlte ihr Gesicht. Es war nicht so schlimm, wie sie befürchtet hatte. Wie üblich hatten die meisten Schläge ihre Arme und Hände getroffen.

Frau Merete weinte noch immer und hörte nicht zu, was Margarete sagte. Vielleicht war die Gefahr nun verzogen. Aber Margarete war sich nicht ganz sicher. Sie wagte es nicht, sich in Sicherheit zu fühlen. Man riskierte unter Umständen, daß alles wieder von vorn begann, fürchterlicher noch als beim ersten Mal. Aber sie mußte sich setzen. Vorsichtig nahm sie auf einer wackligen Kiste vor dem Fenster Platz und betastete ihre Arme. Sogar auf den Handgelenken waren Spuren zu sehen, es blutete aus vielen kleinen Wunden.

»Wenn Håkon zurückkehrt«, begann sie in die Stille zu sprechen, aber Frau Merete unterbrach sie, und erst jetzt begriff Margarete, wie es zu dieser Mischung aus Wut, Trauer und Schlägen kommen konnte: »König Magnus ist gefangengenommen worden, und sein Sohn hat sich dem flüchtigen dänischen König angeschlossen. Keiner weiß, was mit Knut geschehen ist, und Ingegerd ist krank. Wir haben nichts mehr.«

Auch Frau Meretes Welt war zusammengebrochen und zerstört, dachte Margarete. Alles, was sie mit nach Norwegen gebracht hatte, war mit der gescheiterten Rückeroberung von König Magnus Eriksson untergegangen.

II.
Valdemars Tochter

1.

Håkon kehrte allein zurück. Schweigsam und verschlossen brütete er über der Niederlage, für die er sich die Schuld gab. Und Valdemar Atterdag. Margarete folgte ihm leise, in der Hoffnung, daß er sich früher oder später öffnen und sie sein Vertrauen wiedererlangen würde.

König Magnus saß nun als Gefangener im Schloß von Stockholm. Und solange König Albrecht – sogar Håkon nannte Albrecht mittlerweile »König«, wenn auch äußerst widerwillig – den entmachteten König gefangenhielt, war an einen neuen Feldzug nicht zu denken. Sie fürchtete die Tage, an denen Briefe aus der Gefangenschaft eintrafen, und Håkon sich nach der Lektüre der Klagen einschloß, um allein zu sein. Sein alter Vater lag in Eisen in irgendeinem Kerker, obwohl alle erwartet hatten, daß er ohne Ketten in einem Turm untergebracht und einem König angemessen behandelt werden würde.

Nur ein einziges Mal wagte sie es, ihren Mann geradeheraus zu fragen, warum er alles auf eine Karte gesetzt hatte, um seinem Vater beizustehen. Håkon sah sie verständnislos an.

»Ich verdanke meinem Vater alles«, antwortete er.

Aber König Magnus hatte nichts für sie getan oder ihnen gar Norwegen überlassen, dachte sie gereizt. Hatte Håkon auch nur ein einziges Mal überlegt, ob sein Vater diese ganzen Anstrengungen wert war? Sie würde auch für ihren Vater kämpfen, aber Dänemark war im Moment nicht ihre vorrangige Verpflichtung, sondern Norwegen. Aber das schien Håkon nicht so sehr zu kümmern.

Sie sah seine Bitterkeit, mit der er ihr eine Kopie des Vertrages zwischen den Mecklenburgern und ihrem Vater vorlegte. Es klang so, als könnte Valdemar König bleiben und sowohl Gotland als auch die Burg Varberg behalten. Im Gegenzug hatte er den Mecklenburgern, weil er selbst keinen männlichen Nachkommen vorweisen konnte, die Thronfolge an Heinrich, den Sohn Albrechts II., abtreten müssen, der mit Ingeborg verheiratet war.

Auf ebendiesen Abschnitt kam Håkon immer wieder zurück, während er mit den Fingern auf das Pergament schlug.

»Und das alles nur, weil wir keinen Sohn haben!« stieß er schließlich hervor.

Margarete sah verwundert zu ihm auf.

»Das ist doch nicht der Grund, warum sie deinen Vater in Ketten gelegt haben«, erwiderte sie leise. »Der Grund ist doch, daß meine Schwester Ingeborg mit Albrechts Bruder verheiratet ist.«

In einem Punkt mußte sie ihm allerdings recht geben. Sie sollten wirklich bald Söhne bekommen.

Schließlich brachte sie ihn dazu, sie hinunter in die Stadt zur Hallvardskirche zu begleiten. Dort hatten die Glasermeister aus Hamar die Fenster instand gesetzt, und das Licht fiel wieder durch die alten Fensterbilder auf den Altar. Die Priester im Chor würden sicherlich am meisten Freude an den schönen Fenstern haben. Håkon nickte wohlwollend, tat so, als bestaune er die Arbeit, und wechselte einige Worte mit den Priestern. Doch er war ohne Leidenschaft, schien keinem Menschen Freude zeigen zu wollen. Als könnte sie ihn bloßstellen. Seine Gleichgültigkeit war von einer anderen Natur als die von König Magnus, doch nicht minder gefährlich.

Auch den Garten bewunderte er auf dieselbe Art und Weise. Diesem Garten war es zu verdanken, daß sie fast das ganze Jahr hindurch frisches Gemüse zu essen hatten. Und dank der fleißigen Hühner konnten sie sich Eier und raffinierte Pasteten munden lassen.

Der Brief aus Dänemark trug ein anderes Siegel als das ihres Vaters, und sie befürchtete das Schlimmste. Sie hatte zunächst überlegt, den Brief so lange liegenzulassen, bis sie genügend Mut gesammelt hatte, ihn zu lesen. Aber die Erfahrung hatte sie gelehrt, daß es einfacher war, schlechte Nachrichten vollkommen unvorbereitet anzunehmen.

Der Brief war vom Drost, der sie in ihrer Eigenschaft als norwegische Königin und Valdemars Tochter anschrieb. Er sprach sie mit ihrem ganzen Namen an, und der Schreiber hatte sich viel Mühe mit der Ausführung gegeben. Sie ließ ihren Zeigefinger über die lateinischen Buchstaben gleiten. Margarete von Norwegen, Valdemars Tochter.

Es ging darum, daß ihr Mann einen neuen Bund mit den Hansestädten geschlossen hatte. Ihr hatte Håkon gesagt, daß dieses Bündnis die einzige Möglichkeit gewesen sei, seinem Vater in der Gefangenschaft zu helfen, und sie hatte dies als Entschuldigung angenommen.

Doch dieser neue Pakt brachte Valdemar in eine bedrohliche Lage. Anstatt sich um Aussöhnung und Gemeinschaft zwischen den beiden Reichen zu bemühen, war Håkon nur auf seinen eigenen Nutzen bedacht. In dem Brief ging der Drost Punkt für Punkt die unheilvollen Folgen der kopflosen Handlungen ihres Mannes und seiner Familie durch. Es war nicht gut, daß sie durch den Drost in Dänemark von den politischen Dummheiten ihres Mannes erfahren mußte.

Sie faltete den großen Brief zusammen und legte ihn zu den anderen Briefen aus der Heimat, die sie alle in einer Kiste in ihrer Kammer aufbewahrte. Da lagen mittlerweile einige Briefe, die kein anderer sehen sollte, nicht einmal Håkon. Ein Kälteschauer durchfuhr sie. Sie verbarg ihre Hände in den langen Ärmeln und blieb einen Augenblick so stehen, während ihr Blick durch das halboffene Fenster auf das Wasser fiel.

In Håkons Augen war sie noch immer ein Kind. Dabei war sie nun schon vierzehn Jahre alt, und Frau Merete hatte ihr mit ernster Miene erklärt, daß sie nun mannbar sei, da sie vier Tage im Monat blutete. Viele Frauen in ihrem Alter hatten bereits Kinder. Sie aber schlief noch immer allein, wachte allein auf und wurde im Hause ihres Mannes wie ein Gast behandelt.

Damit mußte es ein Ende haben.

Sie mußte ihn dazu bringen, sie als seine Vertraute zu sehen. Ohne Vertrauen war sie nicht seine Frau und keine Königin, sondern so machtlos wie jede beliebige Mätresse.

Sie wollte alles sorgfältig planen, wollte sich hingeben, als würden sie erst jetzt ihre Hochzeit feiern.

Die Vorfreude war unerwartet süß, endlich hatte sie etwas gefunden, in das sie ihre ganze Kraft stecken konnte. Sie hatte Kisten mit alten Kleidern entdeckt, Hinterlassenschaften von Herzogin Ingebjørg, der Mutter von König Magnus. Die Seide war zwar verschlissen und die Stoffe brüchig, aber man konnte durchaus von einer Schatzkiste sprechen.

Sie breitete die herrlichen Überkleider auf dem großen Tisch der Frauengemächer aus und bewunderte die edlen Stickereien. Norwegen war einst ein sehr reiches Land gewesen, und Ingebjørg hatte nur die vorzüglichsten Waren besessen.

»Frau Ingebjørg Håkonsdotter hat ihre Pflichten ihren Kindern gegenüber vernachlässigt«, sagte Frau Merete wütend, als ob es sich um ein Vergehen handelte, das erst unlängst verübt worden war.

»Sie wollte anstelle ihres Sohnes Reichsverweser werden, und sie begehrte den Hauptmann von Burg Varberg, Knud Porse. Seinetwegen hat sie beide Kinder im Stich gelassen. Sie hat andere dazu gebracht, ihren Geliebten zum Herzog zu ernennen, damit sie ihn heiraten konnte. Die Söhne, die sie mit Porse bekam, hat sie geliebt. Zu guter Letzt haben wir ihn aber bezwungen, und die Hündin ist mit ihren Welpen nach Samsø geflohen und hat dort bei König Valdemar Zuflucht gesucht.«

Margarete wollte ihr Interesse an der verschwundenen Ingebjørg verbergen und blickte darum nur still zu Frau Merete hoch und schwieg. Wenn diese vornehme Dame von »wir« sprach – soviel hatte Margarete schon gelernt –, meinte sie »die schwedischen Adligen auf der Seite von Frau Birgitta«. Und die hatten das Recht auf jede noch so große Skrupellosigkeit. Sie konnte sich sehr gut ausmalen, wie sie einen Mann wie Knud Porse ins Grab gejagt hatten. Vielleicht lebte Ingebjørg noch. Leider konnte sie weder Frau Merete noch Håkon danach fragen, denn die Folkunger sprachen nicht gern von ihren Familienmitgliedern.

Ingebjørgs Kleider waren damals für eine große schlanke Frau genäht worden, mit ganz engen Unterhemden aus Seide, die man auf der nackten Haut trug. Darüber wurden große steife Überkleider aus schwerem Stoff getragen, die anstelle der Ärmel weite Öffnungen hatten. »Höllenfenster« nannte Frau Merete sie. So etwas trüge man seit der Pest nicht mehr. Die Krankheit sei nämlich damals durch diese Höllenfenster und durch die dünnen Hemdchen aus Seide in den Körper eingedrungen.

Margarete bat eine der schönen jungen Zofen, an ihrer Statt Ingebjørgs Kleider anzuziehen. Sie errötete bei ihrem Anblick. So würde sie sich doch niemals unter Håkons Augen wagen, der Schnitt des Kleides sollte nur eines bezwecken – die Schönheit der Brüste und Hüften hervorheben, die von herrlicher Seide umschmiegt wurden. Das Hemdchen würde sie tragen können, beschloß sie, als sie sich später in ihrem Zimmer auszog und die kühle vornehme Seide überstreifte. Aber das Kleid war viel zu lang, das würde sie kürzen müssen. Auch die Ärmel waren zu lang, aber die könnte sie hochkrempeln. Wenn er sie erst im Seidenhemdchen sah, mußte er endlich verstehen, daß sie kein Kind mehr war.

Am Abend desselben Tages zog sie das Seidenhemd wieder an und verhüllte sich mit dem großen Mantel, den ihr Vater vor dem letzten Krieg geschickt hatte. Mit fest zusammengepreßten Lippen ging sie barfuß von ihrem Zimmer zu Håkons Räumen. Frau Merete hatte es auf Akershus von Anfang an so eingerichtet, daß sie getrennte Wohnbereiche hatten. Sie sagte, daß so »jeder sein Gefolge um sich haben kann«. Aber König und Königin sollten doch zusammenleben!

Sie öffnete leise die Tür und sah sich vorsichtig in Håkons Zimmer um, in dem sie zuvor noch nie gewesen war. In ihrer Phantasie hatte sie sich ausgemalt, daß Håkon bei ihrer Ankunft schlafen und sie ihm einer Traumgestalt gleich erscheinen würde, wie in einem dieser Minnelieder. Aber Håkon saß vollbekleidet auf einem großen, massiven Stuhl, den sie vorher schon einmal in der Vorburg gesehen hatte. Den mußte er sich in die Kernburg geholt haben, weil es hier so wenige Möbel gab. Auf der Kiste vor dem Fenster standen drei Kerzen, und vor ihm ausgebreitet lagen einige Briefe.

Er sprang auf, als er sie erblickte, und ein Brief fiel ihm aus der Hand. Er beugte sich vor und hob ihn auf, ohne den Blick von ihr zu lassen. Seit ihrer Hochzeit hatte er ihr offenes Haar nicht mehr gesehen. Schwarzes Haar galt als nicht besonders anziehend, das wußte sie nur allzu gut. Sie hatte ihr Haar gewaschen, über Nacht mit vielen kleinen Zöpfen geschlafen und es dann eine Stunde lang gekämmt. Nun war es lockig und umspielte ihr Gesicht.

»Willst du zu mir?« fragte er stockend. »Ist etwas geschehen? Brauchst du meine Hilfe?«

Sie mußte den nächsten Schritt machen, einen nach dem anderen. Etwas ängstlich näherte sie sich ihm, den Mantel im Arm und jederzeit bereit, sich darin einzuhüllen. In dem Dämmerlicht konnte sie den Ausdruck in seinen Augen nicht erkennen, sie sah aber, wie sein Gesicht zuckte. Er war verunsichert und hielt die ganze Zeit die Augen fest auf sie gerichtet. Es ist doch eigenartig, schoß es ihr durch den Kopf, immer wenn ich mir meiner Sache sicher bin, hat er Zweifel.

Sie blieb vor ihm stehen und ließ den Mantel aus der Hand gleiten, denn er sollte schließlich das Seidenhemd zu sehen bekommen. Als er immer noch keine Anstalten machte, streckte sie sich auf die Zehenspitzen und wollte ihn küssen. Doch sie reichte nicht an seinen Mund. Wenn sie sich auf seine Füße stellte, müßte es gehen.

Ihr Vater hatte sie früher, als sie klein war, auf seine Füße gestellt, sie an den Händen gefaßt und war mit ihr über den Burgberg auf Vordingborg gelaufen. Sie hatte gejauchzt vor Glück und Freude über die Riesenschritte, die er machte.

Wenn sie sich an seinem Gürtel festhielte und streckte, könnte sie es schaffen. Endlich legte er seine Arme um sie, aber er berührte sie ganz vorsichtig, suchte nach der richtigen Stelle, war ängstlich, etwas falsch zu machen und ihr weh zu tun. Seine duftenden Lippen tasteten vorsichtig über ihr Gesicht, bevor sie die ihren fanden und er sie fest in seine Arme schloß. Sie hielt die Augen geschlossen und öffnete ihre Lippen. Er hob sie hoch und trug sie wie ein Kind, ohne seine Lippen von ihren zu lösen. Über ihren Mantel stolpernd, trug er sie zu seinem Bett und legte sie hinein.

Erst jetzt öffnete sie ihre Augen für einen kurzen Moment und bemerkte, wie sich sein Gesichtsausdruck verändert hatte. Für Håkon, dem es immer so schwerfiel, Entscheidungen zu treffen, war der Moment gekommen, den er so lange und von ganzem Herzen ersehnt hatte. Seine langen Finger rissen und zerrten an seinen Kleidern. Er verletzte sich im Eifer sogar mit dem Siegelring, gab aber keinen Schmerzenslaut von sich. Warm und wohlriechend legte er sich neben sie, sein Gesicht vergrub er in der Seide, sein Arm ruhte auf ihrem Bauch.

So lag er sehr lange, ohne sich zu bewegen, und sie verlor den Mut. Wollte er sie doch nicht? Sie griff mit einer Hand in sein Haar und streichelte es. Er schluckte, nahm ihre Hand und küßte sie. Dann zog er sich zu ihr hoch, stütze die Arme neben ihrem Kopf auf und senkte seine Lippen erneut auf ihren Mund. Seit sie ein Kind war, hatte sie kein Mensch so zärtlich berührt. Erst jetzt brach Håkon mit König Magnus, dachte sie beglückt, erst jetzt ließ ihr getreuer Mann die Zugbrücke herunter, zog in die Burg ein und hißte ihr Banner auf dem höchsten Turm.

Håkon schlief, und sie lag auf seinem ausgestreckten Arm, konnte aber keine Ruhe finden. Sie hatte doch eben bewiesen, daß sie recht gehabt hatte. Erst in dieser Nacht war sie wirklich zur Königin von Norwegen geworden. Nun würde sie nie wieder jemand schlagen oder blutige Spuren der Wut in ihrem Gesicht hinterlassen. Sie war zur Frau geworden, und das war nicht zu übersehen.

Sie würden nicht nur den einen Sohn haben, von dem er immerzu sprach, sie würden viele Kinder haben, jedes Jahr einen weiteren schönen Sohn und ein Mädchen, um sich Bundesgenossen zu sichern. Ihrer Mutter war es leichtgefallen, Kinder zu gebären, für sie würde es auch einfach werden. Nun kannte sie den Weg, der Lust waren Zügel angelegt, und sie stand nun im Dienste des Guten. Das war keine Wollust, versicherte sie sich. Sie wandte das Gesicht zu Håkon und küßte seinen Arm. Da konnte Frau Birgitta sagen, was sie wollte, das hier war keine Sünde, sondern Nähe und Zuneigung. Es war keine Sünde, denn sie waren verheiratet.

Sie glitt lautlos aus dem Bett, hob ihr Seidenhemd auf, legte es zusammen und suchte nach einem Nachttopf. Sie wollte dabei aber keinen Lärm machen, darum beschloß sie, sich beim Schacht am Ende des Ganges zu erleichtern, den auch die Wachen benutzten. Es war ein heimlicher Schacht, dessen Ausgang sich im Wallgraben befand. Auf dem Weg mußte sie an der Kiste mit den Briefen vorbei. Der oberste, den er gelesen hatte, als sie zu ihm kam, weckte ihre Aufmerksamkeit.

Es war der Brief vom Drost aus Dänemark.

Sie hob ihn auf. Darunter lagen noch weitere Briefe, von ihrem Vater, die sie Håkon nie gezeigt hatte. Sie alle hatten in der Kiste in ihrem Zimmer gelegen. Frau Merete mußte sie ihm ausgehändigt haben, denn sie war die einzige, die noch einen Schlüssel dafür hatte, den sie am Schlüsselbund an ihrem Gürtel trug.

Ein alter Schmerz stieg wieder in ihr hoch. Er hatte ihre Briefe gelesen, bevor sie sich vereint hatten, ohne sie zu fragen. Er glaubte sich im Recht, dies zu tun. Sie lehnte sich gegen die klamme Mauer im Gang und spürte, wie die Tränen in ihr aufstiegen. Doch gerade jetzt wollte sie von Schwäche nichts wissen. Er hatte ihr mißtraut, Folkunger trauten einander nicht. Sie mußte einfach alles versuchen, um sein Vertrauen zu gewinnen.

Am nächsten Tag suchte sie Frau Merete auf und forderte im Namen ihres Gatten den Bund mit allen Schlüsseln von Akershus ein. Frau Merete überließ ihr die Schlüssel, zögerlich und widerwillig. Ihr war offensichtlich kein Argument eingefallen, um diese Bitte zurückzuweisen. Verwundert betrachtete sie Frau Meretes große harte Hände, die sie geschlagen und gehalten hatten.

Noch am selben Tag bat Frau Merete König Håkon darum, sie von ihrem Treuegelübde zu befreien, damit sie zu ihrer Tochter Ingegerd nach Schweden reisen könne. »Möge ich bloß vom Schicksal des Orm Eynsteinssøn verschont bleiben«, sagte sie. Der Name sagte Margarete nichts, und sie vergaß diese Äußerung sofort wieder.

Sie ließ den großen Saal im zweiten Stock öffnen und ihn wieder als Frauengemach nutzen, so wie zu der Zeit der letzten norwegischen Könige. Die norwegischen Adligen nahmen die Einladung zum Weihnachtsmahl mit Freuden an, und sie beschloß, frühzeitig mit den Vorbereitungen zu beginnen. An ihrer Seite hatte sie einen schönen verliebten

Ehemann. Nach wie vor wich Håkon vor jeder Entscheidung zurück, machte sich unnötige Sorgen und versuchte verzweifelt, es allen recht zu machen und niemanden vor den Kopf zu stoßen.

Mitunter kam ihr der Gedanke, sie hätten die Rollen getauscht, sie sei der König und er ihre Königin. Immer saß er versunken, grübelte und hatte Zukunftsängste. Aber worüber sorgte er sich? Gemeinsam hatten sie die Kraft und die Vernunft, die ein König benötigte.

2.

Auf der Schiffsreise nach Bergen bemerkte sie, daß sie schwanger war. Seit Håkon und sie zusammenlebten, hatte sie die Tage zwischen ihren Blutungen gezählt und gespannt auf das erste noch so kleine Zeichen gewartet. Nun konnte sie ganz sicher sein, und es hätte dafür keinen besseren Zeitpunkt geben können.

Gerade jetzt war ihr Vater in größter Not. Alle Feinde hatten sich gegen ihn zusammengeschlossen, und es lag in den Händen von Henning Podebusk, den Frieden zu verhandeln. Die Hansestädte und die Schweden würden sehr bald von ihm verlangen, daß er nun endlich den Sohn von Ingeborg als rechtmäßigen Erben und Thronfolger anerkannte – denn es gab keine andere Wahl.

Obwohl Håkon mit ihr nicht darüber sprach, hatte sie den Eindruck, daß ihr Vater und König Magnus ursprünglich geplant hatten, ihre Reiche untereinander aufzuteilen, und daß Magnus daran gescheitert war. Die Feinde von König Valdemar wollten daraufhin den Kunstgriff der schwedischen Adligen wiederholen und den König entmachten. Aber ihr Vater war nicht so leicht zu überrumpeln. Er war im Unterschied zu Magnus nicht verhaßt beim Volk und bei den Adligen. Sie fürchteten Valdemar, aber sie wußten, daß es besser war, ihn zu haben, als ganz ohne König zu sein.

Ihr Vater würde einen Sohn von Margarete jederzeit dem Nachwuchs von Ingeborg vorziehen. Das wäre auch im Sinne der norwegischen Adligen. Ihr Sohn könnte einst ebenso wichtig für das Reich sein wie damals König Magnus, als seine Eltern starben und er nicht einmal drei Jahre alt war. In den alten Familien gab es kaum geeignete Thronanwärter.

Sie sah noch keine Veranlassung, andere in ihre Zukunftspläne einzuweihen, bald würde ihr Zustand ohnehin sichtbar werden. Nach dem Weihnachtsfest könnte sie das Schweigen brechen. Auf den Namen des Kindes hatte sie sich schon vor langer Zeit festgelegt, und darüber würde sie auch nicht mit sich handeln lassen. Ein Sohn würde Olav heißen, nach dem heiligen norwegischen König. Dieser Name war nach dessen Heiligsprechung kaum noch benutzt worden. Eine Tochter würde sie nach Magnus' Mutter Ingebjørg nennen. Diese war die letzte norwegische Königstochter gewesen – eine Frau, die zuerst ihr Land und dann ihre Kinder verlassen hatte, um ein besseres Leben zu führen.

Sie wollte sich während der Seereise nicht die ganze Zeit unter Deck aufhalten. Darum setzte sie sich jeden Morgen, fest in ihren Pelzmantel gehüllt, auf Deck und spähte hinüber zur Küste, die von Nebel und tiefen Regenwolken verhangen war. Sie hatte immer geglaubt, sie würde das Gesicht Norwegens kennen, aber sie hatte sich getäuscht. Dieses Land war weitaus abwechslungsreicher als Dänemark. Wenn ihr Vater von einer Provinz in die nächste gesegelt war, hatte er sie immer an Deck geholt und ihr das Land gezeigt. Er kannte die Namen von jedem Wald, jeder Bucht und jeder Stadt. Damals hatte sie gedacht, ihr Vater wüßte einfach alles, wie Gott. Nun verstand sie, daß die Sehnsucht nach seiner Heimat ihn dieses Wissen hatte zusammentragen lassen. Eine Sehnsucht, die im Exil bei seiner Schwester in Brandenburg gewachsen war, wo er seine ganze Kindheit verbringen mußte.

Håkon war besorgt, daß sie krank werden könnte, wenn sie sich die ganze Zeit in dem rauhen Wetter an Deck aufhielt. Aber er konnte sie nicht überreden, sich unter das schützende Deck zu begeben. Sie wußte, daß es keinen guten Eindruck auf das Gefolge machte, wenn sie uneinig waren, doch sie wollte sich nicht fügen.

Oslo und Akershus waren zwei getrennte Welten auf beiden Seiten der Bucht. Bergen hingegen hatte von beidem etwas: die schmalen hohen Lagerhäuser am Kai, Kirchen so hoch und schön wie in Oslo und eine Burg mit einer Halle, die mindestens genauso groß und beeindruckend war wie die auf Akershus.

Margarete war vollends damit beschäftigt, im Hafen das Löschen der Lebensmittel, Getränke und sonstigen Dinge zu leiten. Darum war ihr überhaupt nicht aufgefallen, daß die Bischöfe sich bereits versammelt hatten, um sie und Håkon zu begrüßen. Alle Blicke hingen an ihr. Der Bischof von Hamar nahm sie bei der Hand und ging zusammen mit ihr durch die Straßen der Stadt hoch zur Burg.

Sie trug weder großartigen Schmuck, noch war sie besonders aufsehenerregend gekleidet. Aber als sie an der Hand des Bischofs durch die Straßen ging, umgeben von jungen bewaffneten Männern, die er seine Leibgarde nannte, bemerkte sie, wie viele Menschen in der Stadt waren: Bürger, Mönche, ausländische Kaufleute, Wirtsfrauen, Wachen von Bergenhus, Bettler und Kranke. Sie alle waren nicht etwa aus ihren Häusern und Schänken geströmt, um ihr zu huldigen, wie es die Bürger damals bei ihrem Vater getan hatten, wenn sie ihn johlend und schreiend bei seiner siegreichen Rückkehr nach Vordingborg begrüßten – diese hier glotzten und gafften nur. Sie kletterten auf Tonnen und Schultern und hingen auf den Schwalbengängen und in den geöffneten Fenstern, um besser sehen zu können. Da sie in der ersten Reihe ging, erregte sie die größte Aufmerksamkeit. Sie hörte ihren Namen oft. Sie erkannten sie. Und das war weit mehr, als sie zu hoffen gewagt hatte.

Der Hauptmann von Bergenhus empfing sie und den Bischof bereits beim ersten Tor zur Burg. Er kniete nieder und überreichte ihr die Schlüssel der Burg. Danach wartete er ein wenig verwirrt auf die Ankunft des Königs, wiederholte seinen Kniefall und schwor ihm ewige Treue. Margarete war verwundert: Warum hatte Håkon seinen Hauptmännern nicht schon längst den Treueschwur abgenommen?

Nachdem sie sich davon überzeugt hatte, daß die Kleiderkisten einen guten Platz in den Frauengemächern auf Bergenhus erhalten hatten, eilte sie hinunter in den Burghof. Sie wollte dafür sorgen, daß alle Kisten, Fässer und Möbel aus Akershus an die richtige Stelle in der Burg gelangten, und sie zählte die Einheiten durch, um sicherzugehen, daß nichts auf der Reise verlorengegangen war. Da das Königspaar keine Mittel für eine Haushälterin hatte, mußte die Königin selbst zugreifen und Haus und Hof leiten.

Håkon war allein hinauf in die Kronhalle gegangen. Sie fand ihn dort, noch in Mantel und Stiefeln an dem großen langen Tisch sitzend. Die Dämmerung brach herein, und der Saal wirkte grau und staubig. Sie wußte, daß sie ihm seine Beklommenheit wegen all der neuen Gesichter nicht vorwerfen durfte. Sie ging zu ihm und war erleichtert, als er sie an den Händen zu sich auf die Knie zog und seine Arme um ihre Taille schlang.

»Es heißt, die Bürger mögen ihre Königin«, sagte er schließlich. »Es heißt, sie sei gut, mild und schön. Wie die Himmelskönigin, sagt der Bischof von Hamar. Aber das überrascht uns ja nicht besonders!«

Erst jetzt konnte sie sich entspannen. Håkon hieß ihr Verhalten also gut und war nicht gekränkt, daß sie die ganze Aufmerksamkeit auf sich gezogen hatte.

»Aber versprich mir bitte eines: Daß du dich nie länger mit dem Bischof in einem Raum aufhältst«, fügte er hinzu und lachte. »Er ist mir ein bißchen zu sehr in deine Gesellschaft verliebt.«

Sie lachte erleichtert, nahm sein Gesicht in ihre Hände und küßte ihn. Wenn sie daran dachte, wie sehr seine Eltern in ihrem Alter gesündigt hatten, besaß seine Eifersucht etwas rührend Unschuldiges.

Håkon beklagte sich jeden Abend, wie erschöpft er sei und wie unsinnig diese lange Reise gewesen war. Die Untergebenen hätten ihm schließlich auch auf Akershus den Treueschwur leisten können.

»Wir haben ein Beispiel gegeben. Wir haben unser vertrautes Nest verlassen und sind auf Reisen gegangen, so wie es sich für Könige gehört«, sagte sie.

Håkon verstand sie nicht, oder er wollte sie einfach nicht verstehen. Er hatte sich ihren Wünschen gebeugt, denn es war gewiß nicht sein größtes Verlangen, sich ständig mit fremden Menschen zu umgeben. Immerhin nahm er jeden Tag am gemeinsamen Festmahl teil und verhielt sich so, wie sie es von ihm erwartete. Solange er nichts tun mußte, als seine Schönheit und seine guten Manieren zu zeigen, lief alles wie gewünscht. Blanka war ihm eine gute Lehrerin gewesen.

Margarete legte besonders großen Wert darauf, ihm ab und zu sein schönes Lächeln zu entlocken. Auf Vorschlag des Bischofs hatte er sich sogar von seinem Thron erhoben und unter dem Thronhimmel auf das Wohl seiner Frau getrunken. Er tat dies mit einem Becher aus Horn, den der Bischof aus Nidaros mitgebracht hatte. Auch Margarete trank daraus auf das Wohl des Bischofs, es war die reinste Verbrüderung. Sie wußte nur zu gut, daß Priester den Ruf eines guten Mannes schädigen konnten, doch die hier Anwesenden sollten keine Gelegenheit bekommen, ihrem Mann übel nachzureden.

Da Håkon keine Fragen mehr stellte, wußte er auch nicht, woher der etwas sonderbare Thronhimmel stammte. Sie hatte ihn aus Kleidern zusammennähen lassen, die seine Großmutter hinterlassen hatte. Das Fleisch für das Festmahl wiederum hatte sie in großen Mengen von Höfen aus der Nähe von Bergen gekauft, so daß es frisch war und nicht den langen Weg aus Oslo oder anderen Provinzen hatte zurücklegen müssen. Lediglich das gute deutsche Bier hatte sie in Oslo erstanden. Die Wochen vor ihrer Abreise waren mit fieberhaften Vorbereitungen vergangen, doch das Weihnachtsfest mit den üppigen Speisen und den herzlichen Gästen war ein angemessener Lohn.

Sie hatten kein Geld gehabt, um die Kronen wieder einzulösen. Darum mußte Håkon eine Heiligenkrone aus der Domkirche leihen. Margarete trug als Ersatz das Kleid ihrer Mutter. Königin Helvig hatte es mit Golddraht bestickt, der ihre Hände zerschnitten hatte, und auf dem Kopfüberwurf waren die Konturen einer Krone zu sehen. Das mußte genügen.

Håkon hatte vielleicht ihren Eifer bei den Vorbereitungen für das Fest bemerkt, doch kein Wort darüber verloren. Sie war sich auch nicht sicher, ob er bemerkte, was ihr am meisten schmeichelte: Denn alle schienen sie anmutig, ehrgebietend und bezaubernd zu finden. Möglicherweise sehen sie in mir auch nur König Valdemar, ermahnte sie sich selbst. Aber wenn wirklich alle sie mochten, konnte sie sich sicher fühlen.

Am letzten Abend des Weihnachtsfestes in der Kronhalle hatte der Bischof aus einem Horn getrunken, das Bergenhus noch nie verlassen hatte und das Håkons Großvater hatte aufwendig verzieren lassen. Es war viel zu groß und schwer für sie, und der Bischof half ihr dabei, während sie gierig trank. Das ist sicher mein Kind, das so großen Durst hat, schoß es ihr durch den Kopf. Sie sollten es bald alle erfahren!

Während sie trank, betrachtete sie die Umstehenden. Håkon kümmerte sich nicht um seine Gefolgsleute, die ihm damals auch nicht nach Akershus gefolgt waren. Bei ihrer Ankunft auf Bergenhus hatte sie verwundert festgestellt, daß er nur zwei von ihnen grüßte, Ogmund Finnsøn, der sein Drost war, und Alf Haraldsøn Bolt. Obwohl Ogmund Drost war, hielt er sich nicht die ganze Zeit – so wie Henning Podebusk – an der Seite des Königs auf. Sie hatte den Eindruck gewonnen, daß Håkon Ogmund lediglich als seinen verlängerten Arm, aber nicht als Ratgeber und Helfer einsetzte. Alf Haraldsøn vertraute er, weil dieser Mann König Magnus auf einem seiner mißglückten Kriegszüge gegen Albrecht von Mecklenburg begleitet hatte.

Aber ihr Blick war an einer anderen Person hängengeblieben: Amund Bolt war nur unwesentlich älter als sie, ein junger Mann mit langen lockigen kornfarbenen Haaren, die ihm ins Gesicht fielen. Als der Bischof das Trinkhorn sinken ließ, lachte sie, tupfte ihre Mundwinkel sauber und fragte, ob sie das Horn nicht selbst tragen könne. Denn sie würde so gern mit Gästen auf ihr Wohl trinken und sich bedanken, daß sie zum Weihnachtsfest ihres treuen Herrn gekommen seien.

Amund Bolt sprang sofort auf, als sie auf ihn zukam. Er errötete und nahm das Horn entgegen, ohne ihr in die Augen zu schauen. Margarete sah zu ihrem Mann hinüber und hoffte, er würde verstehen können, was sie bewegte: Wenn Amund Bolt Hauptmann auf Akershus werden würde, dann hätte sie jemanden, der ihr beim täglichen Geschäft zur Hand gehen könnte. Eigentlich war Knut Algotsson der Hauptmann von Akershus, da er aber die ganze Zeit damit beschäftigt war, den nächsten Krieg gegen Albrecht vorzubereiten, kam er seinen Pflichten nicht mehr nach.

Håkon saß steif und mit ausdrucksloser Miene auf seinem Stuhl, aber sie wußte, daß er sie beobachtete.

»Würde die Königin auch mir die Ehre erweisen, mit mir anzustoßen?« hörte sie eine Stimme hinter sich sagen. Eine Hand legte sich auf ihren Arm und zog sie herum. Ein blonder junger Mann stand vor ihr und strahlte über das ganze Gesicht. War Amunds Antlitz voller lieblicher Schönheit und Jugend, so hatte dieses Gesicht schon einiges erlitten. Ein Pfeilschuß hatte die Wange aufgerissen und ein Auge entstellt. An seinen Namen konnte sie sich erinnern: Gaute Galtung war mit der Schwester des Drostes verheiratet und einer der wenigen reichen Adligen, die dem König Geld leihen konnten. Ihm vertraute Håkon ebenfalls. Darum trank sie auf sein Wohl und verließ ihn danach mit einem vielsagenden Lächeln.

Dem Bischof von Bergen gefiel es so gut auf dem Fest, daß er zuviel Wein trank. Als er sich erheben wollte, taumelte er nach hinten und konnte sich gerade noch an einem der schweren Stühle festhalten. Margarete tat, als hätte sie es nicht gesehen. Der Mann war ihr Freund und das Festmahl eine gute Möglichkeit, ihre Zukunft zu festigen.

»Er trinkt!« sagte Håkon höhnisch, als sie zu Bett gingen. Und was war daran so schlimm, dachte sie, solange der Bischof ein nützlicher Freund war?

»Es ist eine abscheuliche Sünde, mit Gaben Gottes nicht Maß halten zu können. Keiner tut gut daran, sich auf einen Mann zu verlassen, der kein Maß halten kann«, fügte Håkon hinzu und verzog verächtlich den Mund.

Plötzlich fiel Margarete der Satz ein, den Frau Merete zu ihr gesagt hatte, als sie Akershus verließ, und sie fragte ihn, ob keiner der Söhne von Orm Eynsteinssøn zum Weihnachtsfest gekommen sei. Håkon erhob sich abrupt und stellte sich hinter ihren Rücken. Margarete war gerade dabei, ihre Zöpfe aufzulösen, um ihre Haare zu kämmen. Er legte seine Hände auf ihre Schultern, so daß sie innehalten mußte, und fragte sie, wer mit ihr über Orm Eynsteinssøn gesprochen habe. Sie antwortete ihm ruhig und wahrheitsgetreu.

»Dann hat sie dir vielleicht auch erzählt, daß meine Mutter, die du so sehr verehrst, mich gezwungen hat, den Herrn Orm hinrichten zu lassen. Mein Vater und Orm Eynsteinssøn waren verfeindet, und er gab mir den Befehl, ihn gefangenzunehmen und hinrichten zu lassen. Ich habe vorher noch nie einer Hinrichtung beigewohnt. Auf dem ganzen Weg zum Richterblock schrie und weinte er und bat um sein Leben. Erst nach seinem Tod ist meine Mutter nach Norwegen gekommen. Jetzt weißt du es genau, bist du jetzt zufrieden?«

Bei diesen Worten ließ er sie los und stieß sie wütend von sich.

Sie waren an einem Ort untergebracht, der vorher sicher noch nie als königlicher Schlafraum gedient hatte. Einige Bretterwände waren zu diesem Zweck eilig aufgestellt und gekalkt worden. Nachdem sie entdeckt hatte, wie viele Häuser und Räume in der Burg verschlossen waren, ging es ihr langsam auf, daß der Vogt der Burg sie hatte beeindrucken wollen. Darum hatte er sich entschieden, die großen, repräsentativen Räume leer zu räumen, statt die kleineren unbenutzten Häuser instand zu setzen. So war es also bestellt um das Reich ihres Mannes, und ihm war das alles gleichgültig.

Håkon saß in der tiefen Fensternische und sah hinaus ins Dunkel. Das Wetter hatte sich die gesamten Weihnachtstage hindurch von der schlimmsten Seite gezeigt, eine klamme Kälte, die sich als Rauhreif sogar an den Wänden niederschlug. Und er hatte Sorge gehabt, daß sie krank werden könnte, wenn sie ein bißchen an Deck saß!

Auch wenn er sich um den Ablauf des Abends nicht gekümmert hatte, begegnete er ihr wie immer freundlich und zuvorkommend. Sie wollte diese Eintracht nicht mit Fragen trüben und setzte sich still neben ihn. Da er nichts gegen ihre Nähe zu haben schien, setzte sie sich auf seinen Schoß und küßte seine Mundwinkel. Auch das wehrte er nicht ab. Als sie sich aber erhob, um ihn zu dem gemachten Bett zu ziehen, machte er sich los und schüttelte entrüstet den Kopf. Während der Weihnachtstage hatten sie jede Nacht keusch nebeneinandergelegen und gehorsam die Nächte mit Schlaf verbracht. Sogar Frau Birgitta wäre zufrieden gewesen. Margarete hatte das Verbot nicht vergessen. Sie hatte sich nur gedacht, daß sie wohl ein einziges Mal die Vorschriften übertreten könnten.

»Verführ mich nicht! Wir haben immer noch Feiertag«, sagte er leise, als würde ihm das Aussprechen der Worte große Mühe bereiten. Margarete ging zurück zu ihm, nahm seine schlaffe Hand und blieb am Fensterrahmen stehen. Ihre entblößte Haut war kühl, doch ihr Inneres erregt.

»Außerdem muß ich morgen zur Beichte zum Erzbischof«, sprach er weiter. »Was soll ich ihm dann sagen? Daß ich noch nicht einmal zu Weihnachten der Fleischeslust entsagen kann? Und was wird zu Ostern sein? Wollen wir uns auch an den Meßtagen wie heidnische Tiere paaren?«

Wie Tiere, dachte sie. Die Tiere hatten doch keine andere Verbundenheit als die Paarung. Was konnte er damit meinen? Ob er vielleicht heimlich die Aufzeichnungen von Frau Birgitta gelesen hatte?

»Wenn wir wieder zu Hause sind, können wir miteinander schlafen, aber nicht jetzt«, sagt er. Er sprach mit ihr wie mit einem Diener, der einen Befehl mißverstanden hatte und sich eine Zurechtweisung durch seinen Herrn gefallen lassen mußte. Vielleicht war es ein Fehler gewesen, ihn zu dieser Reise nach Bergen zu überreden. Aber das Weihnachtsfest war erfolgreich und notwendig gewesen.

»Und du wirst auch deine Ziele nicht erreichen, indem du dich mir darbietest. Ich weiß sehr wohl, daß Gaute Galtung für sein Leben gerne Ritter wäre. Aber ich verteile keine Ritterschaft mit leichter Hand. An dem Tag, an dem er meinen Vater unbeschadet und sicher in sein Reich zurückbringt, werde ich ihn zum Ritter schlagen, vorher nicht«, fügte er hinzu.

3.

Es war ihr letzter Tag in Bergen, und sie hatte beschlossen, ihren Abschied auf besondere Weise zu begehen. Håkon hatte sie nicht mehr gesehen, seit er Bergenhus verlassen hatte, um zur Beichte beim Erzbischof zu gehen. Die Stadt war trotz des Feiertages munter.

Es war schon so lange her, daß sie auf eigene Faust eine Stadt erkunden konnte. Oslo hatte sie nie erobern können, und als Kind war sie ununterbrochen unter Aufsicht gewesen. Was für andere langweilig wäre, war für sie eine größere Herausforderung als jede Messe oder Prozession. Und so wagte sie sich zu Fuß hinunter in die Stadt, begleitet vom Vogt, vier norwegischen Zofen und zwei halbwüchsigen Jungen, die Håkon in seine Dienste genommen hatte, nachdem ihre Familien nach Bergen gereist waren, um ihm den Treueschwur zu leisten. Norwegen war auf dem besten Wege, wieder einen richtigen Hof und eine Königsfamilie zu bekommen. Das war ihr erster Gedanke, als sie die zwei Jungen begrüßte, die vor lauter Ehrfurcht erröteten.

Sie schlenderte von einer Gasse zur nächsten und balancierte über Bretter, die den Matsch im Rinnstein verdeckten. Sie stellte fest, daß die vielen verschlossenen Luken zu Buden gehörten, die ansonsten den ganzen Tag geöffnet waren, sie besuchte eine Kirche und sprach mit allen, die es wagten, mit ihr zu sprechen.

Was sie hier tat, war die eigentliche Aufgabe eines Königs. Er sollte für das Gleichgewicht zwischen Bürgern, Bauern, Kirche und Adligen Sorge tragen. Ein König sollte sein Reich mit seinen Burgen und seiner Rechtsprechung beherrschen und Gerechtigkeit walten lassen. Ihr Vater hatte immer die Meinung vertreten, daß es das Schlimmste für ein Land sei, wenn Gewalt vor Recht gehe.

Sie war voller wunderbarer Erlebnisse, als sie nach Bergenhus zurückkehrte. Dort empfing sie ein blasser Håkon, der ihr vorwarf, sie überall gesucht zu haben. Was er denn gedacht habe? fragte sie ihn. Womöglich, daß sie nach Dänemark geflohen sei?

Am meisten Unbehagen bereitete ihr jedoch, daß er ihr bereits im Burghof entgegengekommen war, wo alle ihrem Gespräch lauschen konnten.

»Man hat mir gesagt, daß du abgereist wärest«, sagte er anklagend. »Man sagte mir, daß dein Vater dich zurück nach Dänemark gerufen hätte, um die Ehe wegen Kinderlosigkeit für nichtig erklären zu lassen.«

»Und wer hat so etwas gesagt?« fragte sie ihn mit kühler Stimme.

Håkon wurde rot, nahm sie am Handgelenk und zog sie die Treppe hinauf.

»Ich war unten in der Stadt«, sagte sie außer Atem. »Ich bin dort dir zuliebe gewesen und für uns und unsere Kinder.«

»Unsere Kinder, die in Sünde gezeugt werden sollen«, erwiderte er.

»Wir sind keine Bauern«, wandte sie ein. »Wir haben andere Pflichten, aber auch andere Rechte. Uns wird vergeben, wenn wir uns für eine gute Sache versündigen.«

»Und Vater, wird ihm ebenfalls vergeben werden?« fragte Håkon und richtete seinen finsteren Blick auf sie. Da verstand sie, daß er offensichtlich erneut einen Brief voller Wehklagen aus der Gefangenschaft erhalten hatte. »Kann einem König vergeben werden, daß er sich wider die Natur versündigt hat, oder dessen Gattin, daß sie für die Krone ihren eigenen Sohn getötet hat? Kann meiner Großmutter vergeben werden, daß sie ihre Kinder im Stich gelassen hat, oder dem Bruder meines Großvaters, daß er seine Brüder ermordet hat? Es hat sich bereits so viel Sünde angesammelt, daß selbst hundert Jahre Keuschheit sie nicht fortwaschen könnten.«

»Wir sind nicht wie sie«, wiederholte sie und griff nach seinen Händen. Doch er wehrte ihre Berührung ab.

»Du kannst doch nicht den Brudermord mit dem Wunsch gleichsetzen, an einem Feiertag miteinander zu schlafen!« sagte sie dann. In Håkons Kopf hatten sich schon wieder wirre Gedanken festgesetzt, eine Mischung aus schlechtem Gewissen, Frau Birgittas Regeln und dem Gefühl von Einsamkeit. Jeden konnten solche Wahnvorstellungen über Sünde und Vergeltung heimsuchen, aber er mußte darüber mit seinem Beichtvater, dem Erzbischof von Nidaros, sprechen. Frömmigkeit und die treue Einhaltung der Gesetze waren gute und edle Eigenschaften, aber nicht, wenn sie dem König alle Kraft raubten und ihn daran hinderten, klar zu sehen.

»Das heißt, ich muß erst Reue zeigen und Buße tun, wenn ich meinen Bengt Algotsson gefunden habe?« fragte er mit einem unbeholfenen Lächeln. »Erst, wenn ich schlimmer noch gesündigt habe als mein Vater? Willst du mich dahin bringen? Du, meine fromme, schöne und kluge Frau!«

Dann verließ er sie und glitt wie ein Schatten den Gang entlang.

Sie wandte sich auf dem Treppenabsatz um, weil sie sich versichern wollte, daß die Kleiderkisten für die Abreise ohne Zwischenfall hinabgetragen wurden. Gleichzeitig zog sie sich die neuen Handschuhe an und setzte einen Fuß auf die nächste Stufe. Aber ihr Fuß in den engen Lederschuhen traf die Stufe nicht, er trat ins Leere, und sie stürzte. Sie versuchte sich mit beiden Händen abzustützen, aber sie fiel und fiel, immer weiter, Stufe für Stufe, ohne Halt zu finden. Ihr Rock wickelte sich um ihre Beine, und der Mantel öffnete sich. Endlich blieb sie auf einem Absatz liegen, verletzt und verstört, bis ihr fremde Hände aufhalfen. Sie fühlte sich, als hätte sie der Sturz wie eine Holzpuppe in drei Teile gebrochen.

»Es ist nichts geschehen«, versicherte sie den Herbeigeeilten, die ihr wieder den Mantel über die Schultern legten. Warum war er auf einmal so schwer? »Sagen Sie nichts zu meinem teuren Herrn, er soll sich nicht unnötig Sorgen machen.«

Die Blicke bohrten sich in sie hinein. Zwar gingen der norwegische König und seine anmutige kindliche Braut zärtlich und liebevoll miteinander um, aber dennoch herrschte ab und an Uneinigkeit zwischen ihnen. Uneinigkeit zwischen Ehepartnern gab Außenstehenden immer Raum für Spekulationen. Keiner sollte ihr etwas anmerken, darum erhob sie sich, legte sich den Mantel sorgfältig über die Schultern und setzte ihren Weg fort.

Aber sie kam nicht weit. Sie konnte nichts mehr sehen, der Schmerz umschloß sie und machte sie fast blind. Er begann zwischen den Hüften, zog hoch zum Bauch und schnitt in die Taille, so daß sie sich zusammenkrümmen und nach Luft schnappen mußte.

Es konnte doch unmöglich sein, daß ihr Kind aus ihr herauswollte? Sie hatte kein Verbrechen begangen, das erklären würde, warum Gott ihre Leibesfrucht aus seiner geschützten Höhle jagen sollte. Norwegen verlangte nach einem König.

Helvig, dachte sie benommen vor Schmerz, Helvig hatte drei Kinder an die Pest verloren und bekam mich dafür. Darum liebt sie mich so sehr. Dann kamen die Zwillinge auf Vordingborg zur Welt, die starben. Mein Kind ist nun auch tot, aber es ist noch kein richtiges Kind. Es ist ein Heide, der sich in mir eingerichtet hat. Es würde weder getauft noch in geweihter Erde begraben werden.

Sie versuchte sich an den Umstehenden festzuhalten. Dann sank sie zu Boden, umhüllt von dem summenden, stechenden Schmerz, der ihr in den Fingerspitzen pochte.

Håkons Stimme im Nebenraum weckte sie. Sie schlug die Augen auf und spannte ihre Muskeln an, um erneut dem Schmerz zu begegnen, den sie erwartete. Aber er war verschwunden. Nur eine große Müdigkeit war zurückgeblieben. Und Furcht, als sie Håkons Stimme vernahm. Er schrie und weinte, als sei sie gestorben und mit ihr das Kind.

Sie wünschte sich, bereits auf dem Schiff zu sein. Mit einem Gefühl von Geborgenheit erinnerte sie sich, daß der Winter regnerisch und mild gewesen war. Darum konnten sie auch ohne weiteres im Januar den Oslofjord befahren, der sonst zu dieser Jahreszeit immer vereist war. So entgingen sie der anstrengenden Reise durchs Landesinnere, durch die dunklen, endlosen Wälder, in denen man verlorengehen konnte und einem die Sinne abhanden kamen. Sie würden also das Schiff nehmen können, und sie hätte die Möglichkeit, sich auszuruhen und wieder zu Kräften zu kommen. Dann würde alles gut werden.

Neben ihrem Bett saß eine Frau, die ein Tuch in eine Schale mit kaltem Wasser tauchte, in dem Eisstücke schwammen. Mit diesem kalten Tuch betupfte sie Margaretes Gesicht und Hals. Die Berührung war angenehm. Sie war davon überzeugt, daß sie überleben und bald wieder gesund sein würde. Als hätte sich ihr Körper von etwas Unerwünschtem gereinigt. Von einem Fremdkörper. Håkon müßte sich doch darüber freuen und nicht trauern. Wenn es ihr so gutging, warum teilte er dann nicht ihre Freude über ihr Wohlbefinden?

Die Frau an ihrer Bettkante erhob sich, sie war groß und rund und stapfte zu der kleinen verschlossenen Tür, hinter der Håkon sein mußte. Seine Schreie und Schluchzer ebbten ab, und Margarete hörte seine belegte Stimme, mit der er der Frau immer und immer wieder dieselbe Frage stellte. Kurz darauf kam er herein und setzte sich zu ihr ans Bett. Sein Gesicht war blaß und eingefallen, er sah aus, als würde er sich kaum rühren können vor Gram und Sorge. Es war wie so oft zuvor ihre Aufgabe, seine Hand zu nehmen und sie unter ihre Felldecke zu ziehen.

»Ich werde wieder gesund«, flüsterte sie.

»Aber mein Sohn nicht.« Seine Stimme kam von weit her, er preßte die Worte in ohnmächtiger Wut heraus. Gleichzeitig wurde sein Griff um ihr Handgelenk fester, und sein Körper wurde von Krämpfen der Wut und Verachtung geschüttelt.

»Meine Mutter hat ihren Sohn aus Liebe zu ihrem Mann getötet, was ist deine Entschuldigung? Daß du erneut durch die Straßen laufen und dich von den Wirtshausleuten und Bettlern anstarren lassen willst? Soll ich dir deinen Sohn zeigen, willst du ihn sehen?«

Sie schüttelte den Kopf. Blanka hatte niemanden umgebracht. Und wie konnte sie ihm nur verständlich machen, daß sie sich befreit und gereinigt fühlte? Da erhob er sich, zog angeekelt seine Hand weg und griff nach einem verschlossenen Eimer, der hinter einem Besen versteckt stand. Der Inhalt des Eimers sollte möglichst bald weggeworfen werden, soviel war ihr klar. Håkon nahm den Deckel ab und hob ein viereckiges Stück Tuch heraus, das ganz steif war von dunklem geronnenem Blut. Sie hatte keine Kraft, sich abzuwenden und ihn daran zu hindern, ihr das winzige Wesen zu zeigen.

»Die Strafe«, stieß er hervor.

Sie sah, daß dem Fötus beide Arme fehlten. Dann hatte sie sich nicht geirrt. Dieser arme kleine Krüppel war aus ihrem Körper vertrieben worden. Gott der Herr hatte sie beschützt, indem er ihr auf der Treppe von Bergenhus den Boden unter den Füßen fortgerissen hatte. Zaghafte Dankbarkeit durchströmte sie. Sie wollte Gott für diese unerwartete Güte und Gnade danken, aber nicht, solange Håkon bei ihr war.

4.

Das erste, was sie registrierte, als das Schiff an der Küste entlangsegelte, war die neue Wetterfahne auf dem Bergfried. Auch wenn Vordingborg nicht so einsam und erhaben lag wie Akershus, so kannte Margarete doch keine andere Burg, die so stolz aufragte wie diese.

Fast alles hier trug die Handschrift ihres Vaters. Riberhus, Kalundborg, Nyborg und Skanderborg hatte er von seinem Vater und dessen Vorgängern übernommen, das waren alte Burgen wie Bergenhus und Akershus. Vordingborg hatte sich durchaus messen können mit den großen Burgen, in denen er auf seinen Reisen als junger Mann gewohnt hatte. Hier wollte er den deutschen Kaiser empfangen, den englischen König – oder sogar den Papst, wenn es sein mußte, dachte sie und lächelte. Und nun kam die norwegische Königin mit ihrem Mann zu Besuch.

Der Bergfried war mit einer klobigen goldenen Wetterfahne in Form einer Gans, die mit den Flügeln schlug, versehen worden. Margarete hatte von dem Streit ihres Vaters mit den Hansestädten gehört, und sie erkannte, daß er mit diesem Wetterhahn darauf anspielte und sich über sie lustig machte. Der Krieg war noch lange nicht entschieden, aber Valdemar glaubte fest an seinen Sieg. Er hatte schließlich noch nie zuvor einen Krieg verloren. Wenn ihr Vater jemals an seinem Sieg gezweifelt hätte, so hätte er dies gewiß niemals anderen gezeigt.

Sie hatte sich nach allen Regeln der Kunst geschmückt und schön gemacht für dieses Treffen mit ihrem Vater nach all den Jahren. Ihr Gesicht war umrahmt von gekräuseltem Leinen, das eine höchst elegante Nachahmung von lockigem Haar war. Es sollte keiner sehen können, daß der norwegische Hof arm war. Im Morgenlicht hatte sie ihr Spiegelbild in einer der Tonnen an Deck, die mit Regenwasser gefüllt waren, begutachtet. Ein ihr fremdes rundes Gesicht mit glühenden dunklen Augen hatte ihr entgegengesehen. Es war nicht mehr das Gesicht eines Kindes.

Håkon war immer noch nicht an Deck erschienen. Ihr Vater hatte sicher Wachen auf den Türmen plaziert, die nach dem norwegischen Reichsbanner Ausschau halten sollten. Und plötzlich gellten von Turm zu Turm Signale – der dänische König empfing seine Tochter und seinen Schwiegersohn mit aller Pracht und Ehrerbietung. Es lief ihr vor Freude heiß und kalt den Rücken hinunter, und sie verschränkte die Arme über ihrer Brust, während sie still in sich hineinlächelte.

Er empfing sie in der Kernburg. Die Pferde hatten sie im Burghof zurückgelassen, auf dem großen grasbewachsenen Schweinekamm gegenüber dem Bergfried mit den Gänsen und der Kapelle. Fort waren die Bescheidenheit und Genügsamkeit, die geherrscht hatten, als Blanka und Magnus das erste Mal zu Besuch waren. Dieser Mann, der alle und jeden gegen sich hatte, griff mit seiner Großzügigkeit dem kommenden Sieg und dem Friedensschluß bereits voraus.

Håkons schöner Mund verzog sich zu einem bemühten Lächeln, als er seinen Schwiegervater umarmte und ihm den symbolischen Friedenskuß gab. Margarete konnte Håkons Unzufriedenheit deutlich spüren, als sie in den Armen ihres Vaters versank, der sie erst auf beide Wangen und dann auf den Mund küßte. Er hielt sie an den Schultern ein Stück von sich weg und sah ihr aufmerksam ins Gesicht.

»Du bist ja wie eine Rose erblüht«, sagte er. »Aber gewachsen bist du nicht sonderlich! Wie kann es nur sein, daß ich eine so kleine, zarte Tochter bekommen habe?«

Er hatte sich sehr verändert, auch wenn er viel tat, um sein

Alter zu verheimlichen. Er hatte zugenommen, sein sehniger Körper war füllig geworden. Seine Haare waren immer noch lockig, aber sie waren ergraut und im Nacken gestutzt. Sein Bart warf lediglich einen blassen Schatten auf sein Kinn und den dünnen und schlaffen Hals.

Er beugte sich zu ihr und nahm sie so heftig in den Arm, daß sie vor Schmerz leise stöhnte. Der dänische König war zu grob und unbeholfen, aber gleichzeitig zu gefühlsbetont. Wie mußte das auf Håkon wirken: Trompetensignale, die von allen Türmen schallten, die Burg herausgeputzt mit wehenden norwegischen Reichsbannern? Sie wußte genau, was er über ihren Vater dachte: ein lauter Mensch, ohne Gespür für den guten Geschmack, durch den sich das Geschlecht der Folkunger auszeichnete.

Valdemar schenkte seinem Schwiegersohn keine besonders große Beachtung. Er hatte sich nach seiner Tochter gesehnt. Das hatte sie die ganze Zeit gewußt, doch sie hatte die Hoffnung gehabt, daß er Håkon mit soviel Ehrerbietung behandeln würde, daß dieser seine Vorurteile vergessen könnte. Wenn ihr Vater nur wüßte, wie lange sie ihren Mann hatte bitten und locken müssen, damit er an ihre Seite und in ihr Bett zurückkehrte. Eine tatsächliche oder nur vermeintliche Kränkung durch ihren Vater könnte die beiden wieder auseinanderbringen.

Während des ausgedehnten Abendessens wurde sie die Angst nicht los, daß zwischen ihrem Vater und ihrem Ehemann Unstimmigkeiten entstehen könnten, doch es geschah nichts Unangenehmes. Im Gegenteil, ihr Vater unterhielt sich mit Håkon wie mit seinesgleichen. Sie betrachtete die beiden wichtigsten Männer in ihrem Leben – und konnte keine Übereinstimmungen entdecken. Vielleicht hatte Valdemar denselben Gedanken, denn bei Gelegenheit prostete er Håkon mit einem breiten Lächeln zu und bemerkte, daß Håkon besser aussehen würde, als er es in seinem Alter getan habe.

»Als ich so alt war wie du«, sagte er ein wenig sticheld,

»hatte ich schon vier Kinder und ein Reich, um das ich in jeder Minute kämpfen mußte. Ich war dünn wie ein Jagdhund. Machst du regelmäßig deine Waffenübungen?«

Sie wußte, daß Håkon dies nicht tat. Es war bereits eine kleine Ewigkeit her, seit sie ihn draußen auf dem Hügel hatte üben sehen. Er würde an keinem Turnier teilnehmen oder gar das neue schwere Zweihandschwert im Kampf führen können. Doch Håkon lächelte nur steif und höflich und log ihn an.

»Du hast keinen, der dir seinen Atem in den Nacken bläst«, wandte Valdemar ein. »Du Glücklicher!«

Sie fand ihren Vater im Garten, den ihre Mutter und ihre Zofen einst angelegt und so liebevoll gepflegt hatten. Nun war er in einen nutzbringenden Kohl- und Kräutergarten mit schnurgeraden grünen Beeten umgestaltet worden. Den Garten umschloß noch immer eine kleine Mauer, und in den schattenspendenden Bäumen saßen Vögel und Eichhörnchen. Von der Bank aus, auf der sie saßen, konnten sie die neue goldene Wetterfahne sehen, die alle nur »Die Gans« nannten.

»›Mein Freund, der Kaiser‹ – nichts ist groß genug für diesen Mann«, hatte Håkon gespottet. »Eine goldene Wetterfahne auf dem Turm und eine Burg, die halb leer steht, weil sie größer sein sollte als Windsor. Was will er denn als nächstes haben, Norwegen vielleicht?«

Er war müde und durcheinander von der langen Reise gewesen. Doch sie hatte ihn schnell wieder beruhigen können, nachdem sie ihm bewiesen hatte, daß sie zuallererst seine Frau und dann erst Valdemars Tochter war. Als er in der Nacht aufwachte und sich behutsam von ihren Beinen befreite, hatte er sogar vergessen, wo sie waren, und von Akershus gesprochen. Er hatte Heimweh!

Nun saß sie endlich allein mit ihrem Vater, der mit einem geschnitzten Ast in der Erde herumstocherte.

»Hält dein vorsichtiger Mann nichts von meiner Gans?« fragte er. Seine hellen Augen waren noch bohrender als sonst, und sie hatte Schwierigkeiten, seinem Blick standzuhalten. Er wollte ihr mit dieser Frage nur zeigen, daß Håkon ihn mit seiner Ablehnung nicht beeindruckte.

»Schnatternde Gänse, das sind sie. Ich pfeife auf ihre Argumente und Verhandlungen«, brach es aus ihm heraus, und sie begriff, daß er von den Vertretern der Hansestädte sprach. »Die glauben, ein Wort ist ein Wort. Podebusk kann so ernst und schuldbewußt aussehen, wenn er will. Er bindet ihnen einen Bären auf. Aber er ist ein Mann, den sie verstehen, er ist ihnen ähnlich. Ich würde alles zerstören bei den Verhandlungen in Stralsund. Mir trauen sie nicht über den Weg, Podebusk vertrauen sie blind. Sollen sie! Sie werden erleichtert aufatmen, weil ich ihnen die geforderten Sonderrechte einräume. Ich habe endlich meinen Frieden, und sie bekommen etwas, was sie für besonders kostbar halten. Aber sie ahnen nicht, was es ist. Laß sie die Städte und Burgen von Schonen behalten. Ich werde mir alles wieder zurückholen, genauso wie ich es mit Gotland getan habe. Solange wir die verfluchten Mecklenburger zum Narren halten können, ist noch nichts verloren. Albrecht glaubt wirklich, daß ich mein Versprechen ernst meine, daß der Sohn von Heinrich und Ingeborg mein Nachfolger werden wird. Der Dummkopf hat vergessen, daß in Dänemark der König gewählt wird. Kannst du dir einen Mecklenburger auf dem Thingplatz vorstellen, wie er den Ständen befiehlt, ihn zu wählen?«

Er lachte ein kleines hartes Lachen. Ihm ging es wie ihr, ihm fehlte ein Vertrauter. Der Drost war in Stralsund, um den Frieden mit den Hansestädten zu verhandeln. Podebusk sei ein Mensch, sagte ihr Vater, der in der Lage sei, den Gesandten der Hanse mit angemessener Ehrerbietung zu begegnen. Er selbst könne das nicht mehr. Daß er auf die Hanse pfeife, hatte er auch dem kaiserlichen Gesandten gesagt. Dieser Satz hatte Eingang in einen Spottgesang gefunden und so auch die Vertreter der Hanse erreicht. Nun wußten sie, was er von ihnen hielt. Und sollten sie noch Zweifel haben, könnten sie sich durch die Gans auf dem Turm vergewissern.

Er lachte über sich selbst und wartete nicht auf eine Antwort von ihr. Er war es gewohnt, dachte sie bei sich, von lauter stummen Untergebenen umringt zu sein.

Ihr war aufgefallen, daß er ein wenig hinkte. Es quälte ihn bestimmt, auf diese Weise seine Schwäche zeigen zu müssen. Aber schließlich war er schon fünfzig Jahre alt und hatte, seit er mit zwanzig nach Dänemark zurückgekehrt war, keinen Tag Ruhe gehabt. Unzählige kalte und feuchte Nächte auf Pferderücken, und immer diese Furcht vor Überfällen und Verrat. Sie hätte nie gedacht, daß das Alter ihres Vaters sie in irgendeiner Form berühren würde, aber auf einmal breitete sich in ihr eine sonderbare Zärtlichkeit aus, ein Beschützerdrang, den sie Håkon gegenüber noch nie empfunden hatte.

»Und du, kleine Königin, du hast wohl nichts auf dem Gewissen, was dich aus dem Himmelreich verstoßen könnte?« fragte er. Sie schüttelte den Kopf, durchforstete aber dennoch ihr Gedächtnis. Nein, sie habe keine großen Sünden begangen, es seien nur kleine unschuldige Lügen gewesen.

»Ich habe dich in eine gute Schule geschickt«, lachte er laut. »Aber versuche, deinen teuren Håkon bei Laune zu halten, er ähnelt seinem Vater. Ich habe mich noch nie so plump und linkisch wie ein Bauernknecht gefühlt wie an dem Tag, an dem ich König Magnus und seinem Hof zum ersten Mal begegnet bin. Wir waren arm, führten Krieg und lebten auch so. Wir empfingen König Magnus, seine Blanka, seine Minnesänger, seine französischen Turnierpferde, die Mundschenke und Lautenspieler. Alle trugen Seide, sowohl die Frauen als auch die Männer, und die schönste aller Frauen war ein Mann, der anmutige Bengt Algotsson. Wir trockneten unsere Finger am Tischtuch ab, sie hatten kleine Schalen mit Wasser, auf dem Rosenblätter schwammen. Sie sprachen in einer fremden Sprache miteinander, tanzten kunstvolle Tänze und verrichteten kein Tagewerk. Dein Håkon hat mit dir bestimmt alles, was er begehrt. König Magnus verhehlte nie, wen er am meisten liebte. Ich fragte ihn einmal, ob er nicht das Jüngste Gericht fürchte. Und Magnus, dieses bezaubernde Wesen, behandelte mich mit großer Nachsicht, er ist ja ganze drei Jahre älter als ich! Ich erzählte ihm, wie Königin Isabella von England ihren Mann, König Edward, beseitigt hatte: Sie hatte ihn an einen Tisch fesseln und dann von zweien ihrer Ritter mit einer glühenden Eisenstange durchbohren lassen. Magnus erblaßte zuerst, dann lachte er und sagte, er sei klüger gewesen als König Edward. Er habe nämlich eine Frau geheiratet, die ihn liebe. Wie hätte ich ahnen können, daß er tatsächlich fähig war, sich in diesem Maße gegen sich und andere zu versündigen? Er, der über alle gebot, hätte wissen müssen, daß man der Sünde kaum entgehen kann, wenn man solch ein Amt bekleidet.«

Visby, dachte sie mit einem Anflug von Traurigkeit. Als er zusehen mußte, wie das Bauernheer bis auf den letzten Mann vor den verschlossenen Toren der Stadt niedergemetzelt wurde, verlor er seine Jugend und seine Unschuld – und gewann die Schlacht. Aber da hatte Helvig bereits seine Welt verlassen, und er hatte mit ihr seine Vertraute verloren. Er würde niemals Håkon direkt angreifen, er konnte seine Tochter nur warnen und hoffen, daß sie verstand.

»Laß ihn niemals das große Reichssiegel benutzen«, sagte Valdemar mit ernster Stimme. »Das ist der Schlüssel zum Reich, die Clavis Regni. Laß ihn immer nur das kleine Alltagssiegel verwenden. Dein guter Mann ist so rechtschaffen, daß man Angst um seine Gesundheit bekommt. Man muß alles mit dem rechten Maß einsetzen, auch die Redlichkeit. Wenn er zu Verhandlungen dazugerufen wird, versuche sie so lange wie möglich hinauszuzögern und hole in der Zwischenzeit von kluger Seite Rat ein. Dein Mann muß Taktiken und Kunstgriffe lernen, da er keine der Eigenschaften hat, die einen großen König ausmachen.«

Valdemar hatte sich mit zwanzig Jahren mit einer jungen Frau verheiratet, die er vorher noch nie gesehen hatte. Sie gab ihm als Mitgift ein kleines Stück des Reiches und den Frieden mit ihren holsteinischen Brüdern.

Er hatte keine konkrete Vorstellung von ihr als Frau gehabt, bis er ihr am Tag der Verlobung auf Sønderborg begegnete. Dort stand sie vor ihm: klein, dunkel und verschüchtert. Sie war mit Hieben und Schlägen erzogen worden. Keiner hatte sich darum bemüht, ihr Lesen und Schreiben beizubringen. Ihre Familie hatte sich sehr darüber gewundert, daß Valdemar sie tatsächlich heiraten wollte, denn in ihren Augen war sie dumm, scheu und obendrein zu schwach und kränklich, um Kinder zu bekommen.

Er sah ihr tief in die Augen, nachdem sie sich vor ihm verbeugt hatte. Und dort sah er alles, wofür sie sich selbst schämte und was sie zu verstecken suchte. Er erkannte, daß ihre Brüder recht hatten, aber auch, daß Helvig anders und besser war, als sie begreifen konnten. Sie hatte zwar Angst vor ihm, aber konnte lernen, dieser Furcht zu trotzen, denn ihre Neugierde war größer als ihre Furcht. Es könnte für ihn von großem Nutzen sein, eine Frau wie Helvig an seiner Seite zu haben, eine zerbrechliche Frau, der Böses und Schlechtigkeit nicht unbekannt waren. Er selbst hatte so ungestüme Hände und neigte so schnell dazu, seine Kraft zu mißbrauchen. Mit ihr könnte er lernen, vorsichtiger zu Werke zu gehen. Sie würde ihm nicht unumwunden recht geben, wenn er den härtesten Weg einschlug, sondern an seine Güte und Milde appellieren. Wie beim Jüngsten Gericht, da sich der strenge Richter an die Muttergottes wendet, um von ihr die Fürbitte für die Schwachen zu hören.

Valdemar also kniete vor ihr nieder und küßte ihre Hand,

obwohl sie ihn gerade mit einer untertänigen Geste begrüßt hatte. Alle im Saal lachten und fanden diese Zeremonie hübsch anzusehen, aber ein wenig übertrieben. Doch sie wußten ja, daß er seine Erziehung im kaiserlichen Haus genossen hatte.

Während des Verlobungsfestes versuchte er ihr zu signalisieren, daß sie ihm sehr gut gefiel. Sie verbeugte sich musterhaft und sittsam vor ihm und dankte ihm für die Gnade, die er ihr erwiesen hatte. Danach ließ er ihre Hand keinen Augenblick mehr los. Während der Feierlichkeiten saß sie wie versteinert neben ihm. Zuerst hatte er gedacht, daß sie Angst vor ihm habe. Aber der wirkliche Grund war, daß ihre Familie in Holstein ihr viele Lügengeschichten über ihren Bräutigam erzählt hatte, von diesem einfältigen Jungen aus Brandenburg.

Er, der sich eigentlich kaum an das Land seiner Väter erinnern konnte, aber alles daransetzte, es ohne Geld, Namen und Ruf zurückzuerobern. Wie lange würde er das durchhalten können, und wie weit würde er kommen? Wenn sie keine Kinder mit ihm haben würde, könnte sie nach seinem Tod einen viel besseren Ehemann finden.

Aber dann hatte sie Valdemar wirklich kennengelernt. Er hatte sich bis zu diesem Zeitpunkt niemals Gedanken darüber gemacht, wie er auf andere wirkte, er stand noch ganz am Anfang seiner Laufbahn. Daß er jemandem imponieren konnte, wußte er zwar schon, daß sich aber jemand in ihn verlieben und sich ihm in vollkommenem Vertrauen hingeben könnte, war für ihn unvorstellbar gewesen.

Nach den vielen Jahren der Demütigungen war Helvig endlich in einen geschützten Hafen eingelaufen. Während er sah, daß sie ein kleiner eingeschüchterter Vogel war, der fortfliegen würde, wenn man nicht auf ihn achtgab und über ihn wachte, konnte sie ihm ihre Güte und Besonnenheit darbringen. Allerdings nach seinen Regeln.

Das alles hatte Margarete aus ihrem Vater bei ihrem Besuch auf Vordingborg herausbekommen, als sie ihm offenbarte, daß sie gedachte, ihre Mutter im Kloster bei Esrum zu besuchen.

Nicht Valdemars fehlende Liebe hatte Helvig fortgejagt. Vielmehr war es das gewesen, was er anderen angetan hatte: Visby, Mätressen, Mord an politischen Feinden, Lüge und Verrat. Sie hatte eine solche Angst vor König Magnus und Blanka gehabt. Für sie waren die beiden die personifizierte Sünde, die unweigerlich zur Verdammnis führte. Blut, Tod, Schuld und Wollust hatten sie verängstigt und diese unablässige Unsicherheit, ob ihr Mann lebend oder tot von seinen Kriegen zurückkehren würde.

Margarete hatte nicht in Erfahrung bringen können, wie es Helvig ging. Aber sie hatte sich die ganze Zeit gedacht, daß ihre Mutter noch ungefähr so sein müßte, wie sie in ihrer Erinnerung war: abwesend, ängstlich und zerbrechlich. Ihr Vater hatte versprochen, sie niemals aufzugeben.

Aber als sie im Kloster ankam, begriff sie, daß er sie schon vor langer Zeit aufgegeben hatte. Er hatte eine Wahl treffen müssen und sich für die richtige entschieden. Der Abt empfing sie mit all der Ehrerbietung, die auch Valdemar zuteil geworden wäre. Er hatte offensichtlich nicht gewußt, wie er den Besuch der norwegischen Königin zu verstehen hatte. Darum wurde sie an üppig gedeckte Tische gesetzt und erhielt eine ausgiebige Führung durch das Kloster und das Krankenhaus.

Nach einer guten und reichlichen Mahlzeit lud der Abt sie ein, die Gartenanlagen mit Gewürzkräutern und Heilpflanzen aus der ganzen Welt zu besichtigen. Margarete hatte kein großes Bedürfnis, ihre Zeit damit zu verschwenden, entlang der gerade gezogenen Beete zu wandern. Alle Mönche arbeiteten auf den Feldern, eifrige Männer jeden Alters, in brauner handgewebter Kleidung und mit tonsurierten Häuptern. Sie sahen aus wie eine Herde Vieh, einer glich dem anderen.

Margarete hatte noch nie einen Mönchsorden von innen gesehen. Die Nonnen vom Kloster Nonneseter in Oslo kannte sie von früher, aber Mönche gewährten Frauen eigentlich keinen Zutritt. Die norwegische Königin und Valdemars Tochter aber konnte verschlossene Klostertüren öffnen.

Während sie unter den Bäumen entlangspazierten, erfuhr Margarete, daß sich ihre Mutter mittlerweile sehr gut zurechtfand in ihrem neuen Leben, obwohl sie sich nicht bewußt sei, wo sie untergebracht war. Sie würde die ganze Zeit davon sprechen, daß sie so gerne nach Flynderborg gehen wolle. Margarete konnte sich gut an Flynderborg, die kleine Burg bei Helsingør, erinnern und an den frischen Wind vom Øresund, der an den Häusern rüttelte und durch die Türen und Fensterläden zog. Auf Flynderborg war auch das erste der drei Kinder gestorben, die Helvig an die Pest verloren hatte.

»Ihr geht es jetzt besser, aber man kann nie wissen«, sagte der Abt und rasselte mit dem Schlüsselbund. »Gott sei Dank verletzt sie sich nicht mehr so sehr wie am Anfang. Mehr können wir für sie nicht tun.«

Der Gestank eines ungewaschenen weiblichen Körpers schlug ihr entgegen. Unwillkürlich blieb Margarete im Türrahmen stehen und zögerte hineinzugehen. Der Abt warf ihr einen verwunderten Blick zu, worauf sie entschieden diese Welt ihrer Mutter betrat und versuchte, sich in dem halbdunklen Raum zu orientieren. Er war schmutzig und stickig. Die Fenster waren beschmiert und trüb.

Ihr erster Blick fiel auf die Möbel, alle waren mehr oder weniger beschädigt, und auf dem großen Bett türmten sich Decken und Kissen. Auf allen Gegenständen lag eine feine Schicht von grauem Staub. In einer Ecke des Raumes bewegte sich etwas, und der Abt ging darauf zu, beugte sich hinab und sprach laut und deutlich, wie zu einem unartigen Kind.

»Jetzt müssen Sie aufwachen, Ihre Tochter ist hier, um Sie

zu besuchen. Setzen Sie sich hin und machen Sie die Augen auf. Sehen Sie uns an.«

Er konnte sie doch zumindest mit Namen ansprechen und ihrem Rang Respekt zollen, dachte Margarete gekränkt. Sie näherte sich, aber der Abt verscheuchte sie mit einer Handbewegung. Dann erst sah sie die Fußfessel, die um den schönen schmalen und schmutzigen Knöchel gelegt war. Ihre Füße hatten viel zu lange Nägel und waren wie im Krampf verdreht. Ihre dunklen, merkwürdig gleichgültigen Augen tasteten über Margaretes Gesicht, wandten sich aber bald wieder ab und stierten auf einen Punkt an der Wand hinter Margarete.

Helvig saß auf dem Fußboden, nur bekleidet mit einem grauen Hemd, dessen Bündchen aufgegangen waren. Auch die Ärmel waren zerrissen und entblößten die magersten Arme, die Margarete je gesehen hatte. Sie waren mit langen Narben und blauen Flecken übersät, die von alten Schlägen zeugten.. Ihre Hände hingen schwer herunter. Auf dem Fußboden neben ihren Beinen lagen einige kleine farbige Perlen, mit denen sie gerade gespielt hatte. Ihr Haar war sehr kurz geschnitten und ganz grau und steif vor Dreck. Der Gestank ging nicht allein von ihr aus, er hing im ganzen Raum.

Hier konnte sie die Unkosten in Augenschein nehmen, von denen ihr Vater immer gesprochen hatte.

»Sie ist heute sehr friedlich«, sagte der Abt, der nahe bei ihr stehenblieb, wachsam und bereit, jederzeit mit dem Stock in seiner rechten Hand einzugreifen. »Vielleicht spricht sie sogar mit uns. Man kann nie wissen. Sie hat manchmal helle Tage, und dann können wir ihr auch Essen geben. Aber dann wieder gibt es Tage, an denen sie alles erbricht. So als würde sie Gott nicht annehmen können, weil sie nicht versteht, was vor sich geht. Sie ist auf jeden Fall nicht von Dämonen besessen, wir haben eine Austreibung versucht, doch es hat nichts an ihrem Zustand verändert. Wir können uns nicht erklären, was mit ihr ist, es scheint, als habe sie in einer anderen, uns unbekannten Welt Zuflucht gefunden.«

Margarete näherte sich ihrer Mutter, ohne zu wissen, wie sie sich verhalten sollte. Sie öffnete die Spange vom Mantel, zog ihn aus und legte ihn in der Hoffnung über ihren Arm, daß ihre Mutter sie so leichter wiedererkennen würde. Aber Helvig hatte sie das letzte Mal als kleines Kind gesehen.

Margarete beachtete die Worte des Abtes und kniete in sicherem Abstand nieder. Dann streckte sie vorsichtig eine Hand nach ihrer Mutter aus, so wie man es mit einem bissigen Hund macht, dessen Freundschaft man mit Futter zu gewinnen versucht. Allerdings hatte sie auf keinen Fall vor, ihrer Mutter Essen zu geben oder ihr beim Essen zuzusehen. Helvig war umgeben von Speiseresten, Knochen, Federn und zersprungenen Schüsseln.

»Königin Helvig«, sagte sie und versuchte ihre Stimme wie früher klingen zu lassen. Die Jahre in Norwegen hatten ihre Stimme, ihre Melodie verändert, und ihr Vater hatte lachend festgestellt, daß sie nun durch und durch norwegisch geworden sei.

»Ich überbringe Grüße von König Valdemar, seiner Tochter Margarete und ihrem Gatten König Håkon von Norwegen«, sagte sie. Was hätte sie sonst sagen sollen? Daß sie wieder schwanger war, oder daß die großen Pläne ihres Vater doch glücken könnten, auch wenn die Kosten enorm gewesen waren? Das würde Helvig doch alles nicht begreifen. Margarete wünschte sich, sie zu sich selbst zurückholen und ihr so wieder Würde verleihen zu können.

Helvig blickte sie nicht an, sondern begann schneller zu atmen und streckte Margarete ihre Hände entgegen. Vielleicht geht es doch, dachte Margarete und näherte sich ihr, obwohl der Abt warnend den Stock hob. Helvig sah ihr auch jetzt nicht ins Gesicht, aber ihre Hand berührte behutsam Margaretes. Eine glühend heiße knochige Hand betastete die ihre, wanderte weiter zu ihrem Arm, ihrer Taille und krallte sich plötzlich an ihrem Rock fest, genau dort, wo sie ihr Kind trug. Unwillkürlich stieß Margarete einen Schreckenslaut aus, für den sie sich sofort schämte. Erst als sie ihren Griff gelöst und einen Schritt nach hinten in Sicherheit getan hatte, begegnete sie zum letzten Mal dem leeren Blick ihrer Mutter.

5.

Nachdem ihre Schwangerschaft nicht mehr zu verbergen war, zog Håkon sich vollkommen zurück und verließ das gemeinsame Schlafzimmer auf Akershus. Sie vermißte ihn. Er müßte doch wissen, daß sie nicht vorhatte, ihn zu verführen und zur Sünde zu verleiten. In den letzten Wochen im gemeinsamen Schlafzimmer hatte sie die Nächte damit verbracht, ihn zu beruhigen und ihm seine Ängste auszureden. Håkon hatte Angst, daß sie bei der Geburt sterben könnte oder das Kind wieder ein Krüppel werde. Er hatte Angst vor seinen Nächsten, vor der Zukunft und dem Ungewissen.

Er verließ die Burg, um im Reich die Steuern einzutreiben, und sie blieb mit halbleeren Speisekammern zurück. Sie selbst verfügte nur über äußerst bescheidene Mittel. Doch sie würden das schon schaffen, schließlich ging sie mit dem kommenden König Norwegens schwanger. Und Håkon würde lange vor der Niederkunft wieder zurück sein.

Dennoch war ihr schwer ums Herz, als sie auf den Mauerzinnen vom Wagehals stand und die Schiffe drüben bei Hovedøya im Nebel verschwinden sah. Sie blieb so lange dort oben stehen, bis sie durchgefroren war und ihre Beine fast nicht mehr spürte.

Die Zeit verging, der Herbst löste den Sommer ab, es wurde regnerisch und kalt. Margarete war allein auf Akershus. Sie schlief lange, doch wachte sie erschöpft und mutlos auf. Was sie sich auch vornahm, es verursachte Schmerzen im Rücken und im Bauch. Ihre Brüste brannten, und die geschwollenen Beine quälten sie. Sie eignete sich überhaupt nicht zum Schwangersein, dachte sie. Und zum Alleinsein erst recht nicht.

Margarete erwartete das Kind zu Weihnachten. Auch wenn dieses Jahr nicht wieder ein großes Fest gefeiert werden sollte, so mußten dennoch genügend Vorräte für den Rest des Winters besorgt werden. Sie schickte Håkon einen Brief nach Tunsberg, wo sie ihn vermutete, und schrieb darin, daß man bald Vorräte für den Winter kaufen müsse, da der kalte Sommer die Preise für Vieh, Schwein und Getreide in die Höhe treiben werde. Sie schrieb auch Briefe an die Kaufleute in der Stadt, aber ihre Antworten waren überheblich: Sie würden Barzahlung bevorzugen, ließen diese Kaufleute sie wissen.

Jeden Tag rechnete sie alles aufs neue durch, in der Hoffnung, sich verrechnet oder eine Lösung übersehen zu haben. Sogar unter Berücksichtigung der uralten Vorräte von Frau Merete würden sie es nicht schaffen, die Bewohner der Burg über den Winter zu bekommen.

Jeder Tag brachte schlechte Neuigkeiten, entweder hatte sich einer der Diener aus dem Staub gemacht, oder etwas Kostbares war gestohlen worden. Sogar die Kiste, in der früher einmal das Silber des Königs verstaut war, wurde aufgebrochen. Ein erfolgloses Unternehmen, da das Silber schon vor langer Zeit an die Hanse verpfändet worden war. Auch der feine silberdurchsponnene Stoff von einem der Kleider der Herzogin Ingebjørg verschwand spurlos.

Aber der Tropfen, der das Faß zum Überlaufen brachte, war, als ihre zwei Knechte, die ihr im Garten zur Hand gingen, unverrichteter Dinge aus der Stadt zurückkehrten. Sie hatte sie mit dem Auftrag losgeschickt, eine Speckseite auf Kredit zu kaufen. Es war Lukastag, sie war im achten Monat, und ihre geschwollenen Füße und Hände machten ihr sehr zu schaffen.

Die zwei Männer waren mit der schlechten Nachricht zu

ihr in die Wohngemächer gekommen. Sie waren enttäuscht und verwundert darüber, daß sie für so wenig Ware keinen Kredit erhalten hatten, obgleich das Haus des Königs sich für das Darlehen verbürgte.

»Das ist doch kein Darlehen, das wir erbitten, sondern nur ein vorläufiges Pfand, das mein teurer Herr umgehend ausgleichen wird, wenn er zu Weihnachten zurückkehrt«, sagte sie. Allen hatte sie versichert, daß Håkon mit ihr Weihnachten feiern würde, obgleich keiner wußte, ob er beabsichtigte, rechtzeitig nach Akershus zurückzukommen. Seine Briefe, die sie nur unregelmäßig erreichten, waren unpersönlich und handelten von nichts anderem als von Geld und Vorräten.

Anders als bei den Gutshöfen der Adligen gehörten zu Akershus keine großen Felder, auf denen man Getreide anbauen und das Vieh grasen lassen konnte. Dem König blieben nur die Steuern, die er ausschreiben und eintreiben konnte. Die Schloßlehen warfen keine Gewinne ab, und das Reich hatte beinahe die Hälfte seiner Bevölkerung durch die Pest verloren. Darum waren auch die Einnahmen des Königs äußerst gering, und alles, was entbehrlich war, ging sofort in die Kriegskasse für den nächsten Feldzug von König Magnus. So sah ihre Welt aus.

Ihr wurde bewußt, daß sie keine Macht mehr über Håkon hatte, daß sie ihn niemals hätte fortreisen lassen dürfen. Sie schämte sich für ihre Armut und Hilflosigkeit. Er hatte diese Not vorausgesehen und sich jeder Verantwortung entzogen.

»Wie heißt der reichste Kaufmann der Stadt?« fragte sie die zwei Knechte, die einen kurzen Blick wechselten und wie aus einem Mund Meister Westfal nannten.

»Dann werden wir ihn mit einem Brief an meinen teuren Herrn aufsuchen«, sagte sie, ließ Håkons Schreiber rufen und diktierte ihm einen neuen Brief. Sie beteuerte zunächst, daß es ihr gutginge, und sie hoffe, er könne dasselbe von sich sagen. Aber er solle dennoch in Kenntnis gesetzt werden darüber, daß sie und ihre Diener größte Hungersnot litten. Und darum bitte sie ihn, ihren teuren Herrn, einen Ausweg aus dieser mißlichen Lage zu finden, damit sich ihre treuen Gefolgsleute nicht aus Angst vor dem Verhungern von ihr trennen mußten.

Besonders ersuchte sie ihn, dem Kaufmann Westfal in Oslo zu schreiben und ihn darum zu bitten, daß sie bei ihm alle notwendigen Waren erstehen könne. Er solle versichern, daß er dieses Darlehen bei seiner Rückkehr umgehend ausgleichen werde. Es war besser, ein Darlehen auch beim Worte zu nennen, als es zu beschönigen.

Ermuntert von dem Wortlaut des Briefes, der alle Sorgen aussprach, über denen sie so lange gebrütet hatte, beendete sie ihn mit den üblichen Worten: »Gott sei mit Ihnen, mein teurer Herr.« Daraufhin erhob sie sich und wollte gehen, als ihr mit einemmal noch andere Dinge einfielen, die ihr die Einsamkeit so verpestet hatten, und sie diktierte weiter. Håkons Strenge und Unerbittlichkeit hatten sie vor seiner Abreise sehr verunsichert, und nun wollte sie die Gelegenheit nutzen, ihn darum zu bitten, bei seinen Urteilen Gnade und Vernunft walten zu lassen. Er solle keine Männer des Landes verweisen, wenn es an ihrer Schuld auch nur den geringsten Zweifel gab. Vielleicht erinnere er sich an ihren Vater, der nach der Pest alle zum Tode Verurteilten begnadigt hatte? Warum solle man diejenigen hängen, die von der Pest verschont worden waren?

Doch nachdem sie den Brief endgültig fertiggestellt hatte, verließ sie der Mut. Sie fror, war hungrig, und das Kind lag schwer in ihr. Das einzige, was Håkon ihr zurückgelassen hatte, war der Siegelring. Bestimmt hatte er nicht gedacht, daß sie ihn jemals einsetzen würde. Sie schloß die linke Hand um den Ring zu einer Faust. Nun würde Håkons Würde auf dem Prüfstein stehen – und seine Kreditwürdigkeit.

Verbissen und frierend machte sie sich auf den Weg zum Kaufmann. Sie stolperte aus dem Geheimgang und ließ sich beim Aufsitzen helfen. Die zwei Knechte führten die Zügel und bahnten sich und der Königin den Weg hinunter in die Stadt. Sie würde ohne Gefolge kommen, in stolzer Demut.

Sie hatte sich nicht die Zeit genommen, sich aufwendig zu kleiden, aber der große Mantel aus Nidaros verdeckte ihr graues Kleid. Nur an dem bescheidenen ungestärkten Kopftuch, das sie um ihren Kopf gelegt hatte, konnte man ablesen, daß sie soeben gearbeitet hatte. Außer dem Ehering und dem Siegelring trug sie keinerlei Schmuck.

Ein anderes Gefühl noch als der Hunger, der in ihr nagte, beherrschte sie. Die Freude darüber, endlich handeln zu können, war so überwältigend, daß sie den Tränen nahe war. Håkon würde sicherlich fassungslos sein ob ihres eigenmächtigen Handelns.

Sie ritt die Strecke bis Oslo im Schritt und wurde von ihren Begleitern bis zum Hof des Kaufmannes Westfal geführt. Sie ließ sich beim Absteigen helfen, betrat dann mit vorgeschobenem Bauch den Laden und entfaltete den Brief an Håkon, so daß der Kaufmann ihr Siegel sehen konnte.

Westfal war beinahe doppelt so groß wie sie, ein hagerer Mann, der von nichts so leicht beeindruckt war. Dennoch las er den Brief sorgfältig, hob manchmal den Kopf und ließ seine kalten, undurchdringlichen Augen auf ihr ruhen. Zum Schluß faltete er den Brief wieder zusammen, überreichte ihn ihr und verbeugte sich tief, bevor er fortging und sie im Laden allein stehenließ. Ein zweiter, weitaus jüngerer Mann kam herbei und war augenscheinlich erschrocken darüber, die Königin stehend vorzufinden, hochschwanger und gekleidet wie eine Bauersfrau. Er schleppte sofort einen dreibeinigen Schemel herbei, stützte sie, während sie sich setzte, und fragte, ob er ihr einen Becher vom guten Lübecker Bier bringen dürfe. Damit könne sie sich erfrischen, während die Gehilfen die gewünschten Waren zusammenstellten.

»Welche Waren?« fragte sie. Das Bier kam ihr zwar nicht

ungelegen, aber sie mußte zuerst wissen, was diese Männer vorhatten.

»Mein Meister hat angewiesen, von allem genug für die kleine Königin zu verladen«, sagte der junge Mann verlegen. »Aber wenn Eure Hoheit eine Liste schreiben würden, können wir bestimmte Dinge zusätzlich berücksichtigen. Wenn die Königin bitte ihr Siegel unter den Schuldbrief setzen würde. Majestät sind kreditwürdig.«

Sie hatte bereits die Schreibtafel in der Hand und listete alles auf, was ihrem Hof fehlte: Kerzen, Decken, englisches Tuch, Schweinespeck, Bier, Zucker, Honig und Wein.

»Der Königssohn wird zu Weihnachten zur Welt kommen, und mein Mann muß sehr wichtigen Geschäften nachgehen«, erklärte sie dem schüchternen jungen Mann.

Westfal kehrte mit demselben düsteren Gesichtsausdruck zurück und begleitete sie schweigsam zu dem wartenden Pferd. Er hob sie auf den Sattel und versicherte sich, daß ihre kleinen Füße in den Steigbügeln Halt fanden.

»Sagen Sie dem König, daß meine Eltern zwar aus Deutschland stammen, wir aber nicht wie seine norwegischen Adligen sind«, sagte er schließlich und klopfte ihrem Pferd auf den Hals. »Uns ist es eine große Ehre, mit der norwegischen Königin Handel zu treiben. Und wir wünschen nicht, daß die Königin Not leidet.« Erst dann ließ er sie nach Akershus zurückreiten.

Sie hatte ihre Kräfte überschätzt, denn als sie zu Hause vom Pferd glitt, fiel sie und blieb auf dem Rücken liegen, bedeckt von dem mächtigen Mantel. Sie krabbelte auf allen vieren den Geheimgang hinauf und in ihre Gemächer, ließ sich aufs Bett fallen und schloß dankbar die Augen. Alles schmerzte, von ihrem geplagten Kopf bis zu den geschwollenen Füßen.

»Achte darauf, an wen Westfal unseren Schuldschein verkauft. Mein Vater wurde damals in die Verbannung geschickt, weil er sein Darlehen beim Papst nicht zurückzahlen konnte«, schrieb Håkon in einem aufgebrachten Brief an sie, der weder Datum noch Ort trug. Aber sie vermutete, daß er aus Bergen kam. Er warnte sie davor, sich den deutschen Einwanderern zu sehr anzuvertrauen, sie könnten schließlich Spione der Mecklenburger sein.

Nun hatte sie wenigstens eine Ahnung, wo Håkon gerade hofhielt. Merkwürdig fand sie nur, daß König Magnus nicht wegen seines Liebesverhältnisses zu Bengt Algotsson verbannt worden war. Geld war offenbar bedeutsamer als die rechte Natur. Der restliche Inhalt des Briefes, die Warnung, bekümmerte sie weniger. Sie hatte die zwei hübschen Töchter des Kaufmannes Westfal in ihre Dienste genommen, sie arbeiteten jetzt als Zofen auf Akershus.

König Magnus habe, schrieb Håkon, sowohl die schwedische als auch die norwegische Krone in der Hansestadt Lübeck verpfändet. Nun sei also die norwegische Krone in Stralsund gelandet. Wenn er nur wüßte, wie gleichgültig ihr das alles war. Sie würde der Stadt Stralsund von Herzen gern die Krone schenken, wenn nur sicher wäre, daß Håkon vor Weihnachten nach Akershus zurückkäme. Eines Tages würde sie dann für den Sohn, den sie erwartete, eine angemessene Krone beschaffen. Eine richtige Krone, die keiner jemals verpfänden dürfte.

Sie betrachtete sich schon lange nicht mehr in dem kleinen Silberspiegel, den ihr Blanka hinterlassen hatte. Das runde Gesicht mit den großen, schwarzen Augen hatte seine schöne Form verloren. Es war bleich und dick geworden, und die Augen verschwanden förmlich in dem fleischigen Antlitz. Das Wasser hatte sich in ihrem Körper gesammelt und ihn aufgeschwemmt. Wenn sie doch einfach aus ihrem schwangeren Körper entfliehen könnte. Zur Zeit blieb ihr jedoch nichts anderes übrig, als die meiste Zeit des Tages in Pelzdecken gehüllt zu sitzen und zu warten. Sie wartete darauf, daß ihr Kind und die Zeit reiften.

Sie saß gerade in der kleinen Kapelle im Turm vom Wagehals, als das Wasser abging. Frau Merete hatte sie auf so einiges vorbereitet, aber nicht auf den Verlauf einer Geburt. Blanka hatte mit ihr über Vergangenheit und Zukunft gesprochen, aber nicht über die Niederkunft. Es bestürzte sie, daß nun das ganze Wasser, das in ihrem Körper herumgeschwappt war, sie auf so unwürdige Weise verließ.

Sie stolperte aus dem See, der sich unter ihren Füßen gebildet hatte, während das Wasser unaufhörlich an ihren Beinen herunterrann. Es war eine heiße und unwillkommene Feuchtigkeit, die sie an das Blut erinnerte, welches in Bergen ihren kleinen Krüppel aus ihr herausgeschwemmt hatte.

Bei ihr war ein junger Kanonikus der Mariakirche, den Håkon beauftragt hatte, sich bis zur Niederkunft um ihr Seelenheil zu kümmern. Als hätte sie dunkle oder häßliche Gedanken, über denen sie brütete. Er war viel verstörter als sie. Unbeholfen schritt er über die Pfütze hinweg und faßte sie um die Schultern.

»Es ist viel zu früh«, stammelte sie und ließ sich zu der Bank an der Wand führen, auf die sie niedersank. Sie verschränkte ihre Arme über dem Bauch und konnte den ausgestülpten Bauchnabel unter dem Kleid sehen. Mit ihrer Schönheit und Jugend war es vorbei, und nun schien auch noch die Geburt zu mißlingen.

Der Kanonikus hockte sich vor sie hin, nahm ihre Hände und sagte, sie solle keine Angst haben, seine Mutter habe zwölf Kinder geboren, und jedesmal hätte sie das Wasser auf dieselbe Art und Weise verlassen.

»Wie heißen Sie?« fragte sie außer Atem und hielt seine Hände fest. Sie konnte spüren, wie erschrocken er war, und seine Angst war viel größer als ihre eigene.

»Meine Name ist Vinald Henriksøn«, antwortete er.

»Ich brauche Hilfe, Vinald«, sagte sie und schüttelte ihn sanft. »Holen Sie schnell jemanden.«

Es ist viel zu früh, und ich bin viel zu alt, dachte sie,

während sie ihm hinterhersah. Sie war schon siebzehn, die meisten Frauen bekamen ihr erstes Kind mit vierzehn. Aber ihre Mutter war zwanzig gewesen, als sie endlich heiratete, und bei ihr waren die Geburten doch immer glücklich verlaufen.

Für die Geburt war natürlich noch nichts vorbereitet worden. Sie blieb auf einem Schemel sitzen, während ihre Zofen das Bett neu bezogen und den Geburtsstuhl holten, auf dem auch schon Blanka ihre Kinder zur Welt gebracht hatte. Sie hatte ihn aus Namur mitgebracht, als sie König Magnus heiratete. Zwar hatte sie nur zwei Mal entbunden, aber er hatte ihr gute Dienste geleistet.

Es war eine solche Erleichterung, ausgezogen und in die weichen Decken gebettet zu werden. Sie war umgeben von dem Zauber sauberer Wäsche und frischer Düfte. Von zu Hause kannte sie den Brauch, Äpfel zwischen die Wäschestücke zu legen, um ihnen einen guten und fruchtigen Geruch zu verleihen, da nicht alle Sachen immer frisch gewaschen sein konnten. Eberstein hatte ihn eingeführt. Seit Jahren hatte sie nicht mehr an ihre Wächterin aus Kindheitstagen gedacht, und nun überkam sie die Erinnerung, begleitet von einer unerklärlichen Sehnsucht.

Ingegerd hätte bei ihr sein sollen. Erst kürzlich war ein trauriger Brief von ihrer Freundin gekommen, die sich offenbar mit dem unausweichlichen Gedanken anfreundete, ins Kloster von Vadstena einzutreten. Sie haderte noch immer mit dem Armutsgelübde und hatte sich ein kleines Stück Silberstoff aufbewahrt, den sie jeden Morgen aus ihrem Versteck holte und gegen das Licht im Fenster ihrer Zelle hielt. Die Sonnenstrahlen verwandelten die Fäden in alle Regenbogenfarben und erinnerten sie an den Reichtum, auf den zu verzichten sie geschworen hatte.

Worauf werde ich wohl verzichten müssen, dachte Margarete und lehnte sich in die Kissen, die hinter ihrem Rücken aufgestapelt waren. Im selben Augenblick durchschoß sie ein unbekannter Schmerz. Es war, als ob ein Draht ihr Rückgrat spannte und ihr Innerstes zusammenzog. Der Schmerz kam so plötzlich, daß sie seinen Ursprung nicht bestimmen konnte. Das seien die Geburtswehen, und den Rest müsse sie nun allein machen, sagten die Hebammen. Wenn es stimmte, was die Leute sagten, dann würde es nicht lange dauern.

6.

Er lag in der Wiege neben ihrem Bett, ein kleines weißes Paket. Sie konnte sich nicht entscheiden, wem von ihnen er ähnlicher sah, aber er schien ein großes Kind zu sein, obwohl er zu früh gekommen war. Ungeduldig war er, das war das Erbe ihres Vaters. Er hatte entsetzlich laut geschrien, nachdem er auf die Welt gekommen war, sich aber geweigert, seine Augen zu öffnen. Auch darin ähnelte er Valdemar. Als er sie dann schließlich doch aufschlug, sah sie in ein dunkles Paar Augen. Sie wollte diesem heidnischen Blick, der aus einer anderen Welt kam, nicht begegnen.

Direkt nach der Geburt war ihr Körper zwar mürbe und schlaff von den erlittenen Schmerzen, aber er war widerstandsfähig und kam schnell wieder zu Kräften. Mit seinem schönen Sohn im Arm wollte sie Håkon in der Vorburg begrüßen. Lang und schmal war er, mit einem kleinen Büschel schwarzer Haare auf dem Scheitel und schwarzen Augen. Sie versuchte in seinem kleinen verschrumpelten Gesicht Züge von König Magnus und Blanka zu entdecken. Er durfte gerne so schön werden wie sein Vater, so stattlich wie sein Großvater Valdemar, so dunkel wie seine Mutter und Blanka und so sanft wie sein Großvater Magnus.

Nun endlich hatte sie den Sohn bekommen, um den sie Valdemar bei ihrem Besuch auf Vordingborg so dringlich gebeten hatte. Als Antwort auf die Forderungen der Mecklenburger. Die Dänen würden Ingeborgs Sohn niemals als rechtmäßigen Nachfolger akzeptieren, wenn es eine andere Möglichkeit gab. Und die gab es nun: Olav von Norwegen.

Der junge Kanonikus, der den Erben des norwegischen Reiches taufen sollte, hatte zunächst angesichts ihrer Namenswahl gestutzt. Dann aber lächelte er sie mit strahlenden Augen an. Vinald war Norweger und verstand ihre Geste, einen Namen zu wählen, der seit Jahrhunderten nicht vom Königsgeschlecht benutzt wurde. Der Junge sollte nicht nach seinen Großvätern oder der schwedischen Königsfamilie benannt werden, sondern rein norwegisch sein. Ein neuer Olav, so wie der Schutzheilige des Landes und wie der König, der einst das Land zum Christentum geführt hatte. Sie hatte Håkon in ihren Briefen dargelegt, daß der Name Olav am besten passen würde, hatte aber keine Antwort erhalten.

Immer wieder fiel sie in einen süßen leichten Schlaf. Sie genoß es, sich unbeschwert im Bett drehen und wenden zu können. Mit einem Ohr aber wachte sie die ganze Zeit über Olav.

Vinald hatte versprochen, sich in der Stadt nach einer Amme umzusehen, und er wollte schon am nächsten Morgen den Bischof kommen lassen. Entschieden wies sie es zurück, den Bischof im Bett liegend zu empfangen. Und kostete es sie noch soviel Anstrengung, sie wollte ihn unbedingt standesgemäß empfangen. Sie wollte auch nicht länger als üblich unrein bleiben und gedachte, am erstmöglichen Meßtag wieder in die Kirche geführt zu werden. Außerdem waren da die ganzen Bestellungen bei Westfal, sie mußte schnell wieder auf die Beine kommen, um die Vorbereitungen und Geschäfte zu überwachen.

Eine Unruhe im Haus weckte sie mitten in der Nacht auf. Hunde bellten, und Menschen riefen durcheinander. Sie mochte ihren Ohren nicht trauen: Ihr Vater war gekommen. Er mußte gespürt haben, daß ihre Zeit gekommen war, und hatte sich von Vordingborg auf den Weg gemacht, um mit ihr und ihrem Sohn Weihnachten zu feiern. Sie setzte sich im Bett auf und machte sich bereit für seine ungestüme Umarmung.

Die Tür ging auf, aber es war nicht ihr Vater, der dort im Türrahmen stand.

Es war ein Mann in einem blauen Mantel mit aufgesticktem Wappenzeichen, ein bärtiger Mann mit magerem Gesicht und starren schwarzen Augen. Er zog seinen Hut vom kurzen Haar und warf seine Handschuhe auf eine Bank, dann streifte er sich seinen Mantel ab und kam auf das Bett zu. An der Art, wie er ging, erkannte sie ihn.

»Wo ist er? Was fehlt ihm, daß ihr ihn vor mir versteckt?« rief Håkon. Die zwei Frauen, die ihm gefolgt waren, nahmen Olav aus seiner Wiege und reichten ihr das Kind.

»Sieh ihn dir an, deinen kleinen Sohn, er ist so vollkommen und fein«, sagte sie, und begann mit klammen Fingern das Kind auszuwickeln. Olav wachte dabei auf, sperrte seine Augen auf und protestierte. Håkon blieb ungeduldig an der Bettkante stehen, während sie ihn sorgfältig von den vielen Tüchern befreite. Dann legte sie ihn neben sich aufs Bett und spielte mit seinen Armen und Beinen, streichelte sein Gesicht und seine Lippen.

»Und er hat gute Lungen!« sagte eine der Frauen.

Håkon näherte sich vorsichtig und warf einen zaghaften Blick auf seinen Sohn.

»Während ich in Schweden und Dänemark war, um Vaters Freiheit zu erwirken, hast du einen Sohn geboren. Ich habe meinen Vater verraten wie damals Erik. Vater wird frei sein, aber Albrecht hat ihn auf Lebenszeit entthront. Im Gegenzug erhalten wir das Lehensrecht über drei schwedische Provinzen. Wir werden wieder wie in alten Zeiten leben können. Doch zu welchem Preis! Nun kann ich wenigstens meinen Sohn nach seinem Großvater Magnus taufen, wohl wissend, daß er niemals der König von Schweden werden wird.«

»Dein Vater hatte zwei Söhne, der eine sollte der norwegische, der andere der schwedische König werden«, erwiderte Margarete und griff nach seiner Hand. Er sah sie noch immer nicht an, darum fuhr sie fort: »Unser nächster Sohn wird

Magnus heißen. Aber dieser hier heißt Olav, und er ist Norweger. Er wird einmal alles erben, was wir haben.«

Håkon schnaubte und fuchtelte mit den Armen. »Oh, wir haben ja soviel an unsere Kinder zu vererben, nicht wahr? Ich habe nicht das Recht, einen Sohn zu haben. Ich bin auserwählt, um die Sünden meiner Familie zu büßen. Hast du das noch nicht begriffen? Und du taufst meinen Sohn Olav, so als hätte Norwegen irgendeine Bedeutung für meinen Vater, jetzt, da ich ihn verraten habe.«

Mit diesen Worten ging er, genauso plötzlich, wie er gekommen war. Die Frauen wickelten den schreienden kleinen Olav wieder ein. Margarete lehnte sich ruhig und gelassen in die Kissen. Håkon würde schon wiederkommen.

III.

Die kleine Herrin von Norwegen

1.

»Es hat sich doch vieles zum Guten gewendet«, dachte Margarete, während sie Olav zu bändigen versuchte, der wie immer die Kernburg nicht verlassen wollte. Sie trug ihn auf dem Arm durch den Geheimgang, der ihm angst machte, aber er schrie und weinte trotzdem. Darum legte sie ihre Hand über seine Augen, aber er schob sie fort, als würde er sich lieber fürchten als nichts zu sehen. Sie preßte sein Gesicht an ihren Hals und deckte seinen Kopf mit einem Zipfel ihres Kopftuches zu.

Sie war zwar noch nie mit ihm im Arm gestürzt, aber sie hatte die größte Angst davor. Seit sie die Amme weggeschickt hatte, kümmerte sie sich selbst um ihren kleinen kränklichen Sohn. Sie rettete ihn vor einem Sturz in den Burgbrunnen, fand ihn, als er sich im Waffenlager verirrt hatte, und gewöhnte es ihm ab, Erde und Hühnerfedern zu essen.

Olav erinnerte sie an Kristoffer.

Heute schien die Sonne, der Frühling war unbestritten auf dem Vormarsch. Vor einer Woche war der letzte Schnee gefallen, er hatte sich auf Fensterscheiben und Dächer der Häuser von Akershus gelegt. Nun konnte man sich bald wieder im Freien bewegen, und sie konnte Håkon durchs Land schicken, um Steuern einzutreiben.

Sie passierten die Gemächer von König Magnus, in denen es ganz still war. Offenbar hatte er im Augenblick nichts, worüber er jammern und klagen konnte. Nachdem sie so entschieden gehandelt hatte und zum Kaufmann Westfal gegangen war, hatte er angefangen, giftige Bemerkungen zu machen. »Wenn die kleine Königin es erlaubt«, sagte er des öfteren spitz, bevor er sich an seinen Sohn wandte. Håkon gab ihm immer recht und verteidigte ihn.

Sie trug Olav die gefährliche, rutschige Treppe hinunter. Außerhalb der Burgmauern empfing sie ein frischer Wind. Sie verabscheute diese erste Strecke über die Klippen, die ungeschützt an der Mauer mit den Stufengiebeln entlangführte. Einmal hatte ihr Pferd an dieser Stelle gescheut, und nur mit großer Mühe hatte sie sich auf dem Sattel halten können.

Sie ging um die Burg herum und gelangte schließlich in den Windschatten. Hier schien die Sonne warm auf das frische Gras, und Olav fing sofort an zu spielen und vergaß seine Mutter für einen Augenblick. Margarete blieb stehen und sog die Luft tief ein, während sie ihren Blick hinüber zur Stadt schweifen ließ. Kein Nebel beeinträchtigte die Sicht, das Licht war funkelnd und klar.

Die Pflege der Kontakte zur Stadt und den Kaufleuten hatte sie Håkon überlassen. Aber sie vermißte ihre Ausritte entlang der Bucht und die Besuche in der Hallvardskirche. Statt dessen lud Håkon jetzt die Priester und Kanoniker nach Akershus ein. Er hatte endlich begriffen, was es hieß, ein König zu sein.

Sein Selbstvertrauen war gestiegen, seit es ihm gelungen war, die Kronjuwelen von den Stralsunder Kaufleuten auszulösen. Wie gut ihm sein Strahlen gestanden hatte, als der Bischof von Bergen und der Erzbischof von Nidaros erschienen, um ihm die Herrlichkeiten zu überreichen. Er war so schön, fröhlich und wach gewesen, und sie konnte ihre Augen nicht von ihm lassen. Das Alter schien seine Schönheit noch zu steigern, als würden sich in ihr Blankas Anmut und Magnus' Zartheit vereinen. Das Gesicht, das sie nur des Nachts liebkosen durfte, bewunderte sie am Tage. Und dieser vollkommene Mund, den sie nur im Dunkeln küßte, hatte sich endlich einmal zu einem Lächeln geformt.

Doch dann war König Magnus zurück nach Akershus gekehrt, und ihr ganzes Werk versank im Nichts. Sie hatte es so sehr genossen, ihren heiteren, ausgeglichenen Mann an ihrer Seite zu wissen. König Magnus aber nahm ihm seine Unbefangenheit und seine Sicherheit.

Sie setzte sich auf einen großen Stein und beobachtete Olav, der lachend und plappernd im Gebüsch herumraschelte. Welch unerwartetes Glück, keine Aufgaben erledigen zu müssen. Håkon hatte sich auf ihr Drängen an die Abrechnungen und Berichte von den Burgen im Norden des Landes gesetzt, und das würde ihn den ganzen Tag in Anspruch nehmen. Wenn sie ihn am Abend aufsuchte, würde er seine Ergebnisse vor ihr ausbreiten und sie um Rat bitten, denn er traf nicht gern allein Beschlüsse.

Genaugenommen war sie diejenige, die für ihn die Entscheidungen traf.

In der Ferne sah sie Reiter in bunten Trachten, die auf geschmückten Pferden, wehende Banner in der Hand, nahten. Sie waren sicherlich auf dem Weg nach Oslo, vielleicht Gäste des Bischofs, oder wollten sie doch nach Akershus? Sie hatte jedoch nichts davon gehört, daß Gäste oder Kuriere erwartet wurden. Die Reiter konnten auch aus Schweden kommen oder von ihrem Vater. Von ihm hatte sie schon seit Monaten nichts mehr gehört.

Olav hatte einen toten, vertrockneten Frosch gefunden, der schon seit letztem Herbst in der Böschung gelegen haben mußte. Er reichte ihr den Frosch, während sie ihm gedankenverloren übers Haar strich. Da sie sein Geschenk nicht sofort entgegennahm, fing er an zu jammern. Ein Frosch war ein böses Omen, darum nahm sie ihn und schleuderte ihn fort. Wenn man Vorzeichen nicht beachtete, hatten sie auch keine Wirkung.

Das Jammern des Jungen störte sie, es erinnerte sie zu sehr an König Magnus. Olav wurde wütend, schrie und schlug auf ihr Knie. Sie versuchte indes die Wappen der Reiter zu erkennen, deren Banner in dem frischen Frühlingswind flatterten. Es gab keinen Zweifel, sie waren auf dem Weg um die Bucht herum und wollten also nach Akershus.

Für einen Moment spürte sie nur ihre eigene Erschöpfung, die Schmerzen im Kreuz, die Müdigkeit nach dem langen Winter, den sie in der Burg eingesperrt verbracht hatte. Dann schüttelte sie sich, kniete sich hin und legte ihre Hände auf Olavs Schultern.

»Sieh mal, wir bekommen Gäste!« sagte sie und zeigte in die Richtung, aus der die Reiter kamen. »Kannst du die Reiter sehen, die unsere Bucht entlangreiten?«

Olav schüttelte den Kopf, drehte sich zu ihr und legte seine Arme um ihren Hals. Der starke süße Duft des Kindes überwältigte sie.

»Auf den Arm!« sagte er. Sie hob ihn hoch und setzte sich wieder auf den Stein. Hier würde sie die Reiter angemessen empfangen können.

Als sie näher kamen, versuchte sie erneut, die Wappen und Banner zu erkennen. Sie vermutete, daß sie Gesandte aus Dänemark waren, aber wer sollte sie aufsuchen? Und warum kamen sie ohne Ankündigung und mit wehenden Fahnen?

Die Reiter verlangsamten ihr Tempo. Nun konnte sie auch sehen, wie viele es waren. Den vier Vorreitern, von denen einer das Banner trug, folgte ein Ritter auf einem Pferd mit dem Skaberak in den Farben des Banners. Dahinter befanden sich acht bewaffnete Knappen samt Pferden mit Spaltsätteln. Die Gäste schienen einen längeren Aufenthalt zu beabsichtigen. Die Reiter waren nicht mit Speer und Lanze bewaffnet, das verhieß eine freundliche Absicht. Und schließlich erkannte sie auch das Wappen: Henning Podebusk war auf dem Weg zu ihnen.

Sie erhob sich, nahm Olav an der Hand und ging hinunter zum Weg.

Die Reiter hielten an, und der Ritter ließ sich vom Pferd

gleiten. Bis auf den fehlenden Helm trug er eine vollständige Kriegsrüstung. Sie war neugierig auf das Gesicht dieses Mannes, von dem sie so viel gehört hatte. Sie sah eine abgemilderte Version ihres Vaters, obwohl ebenso groß, schlank und langbeinig. Er war kein richtiger Krieger, sondern trug schwer an dem ganzen Eisen und hatte das Schwert gar am Sattel hängen lassen.

Podebusk blieb etwas zögerlich vor seinen Reitern stehen und schien nicht recht zu wissen, ob er seine Handschuhe zur Begrüßung ausziehen sollte oder nicht. Das Sonnenlicht fiel ihm in die Augen, und er blinzelte Margarete entgegen.

Olav brach das Schweigen, er wollte unbedingt zu den Pferden, aber Margarete hielt ihn fest an der Hand, und er brach in lautes Geheul aus. Plötzlich begriff sie die verwunderten Blicke von Podebusk. Sie stand dort in ihrem braunen groben Kleid und dem weißen, steifen Kopftuch wie eine einfache Bauersfrau. Nur die goldene Spange unter ihrem Kinn verriet, daß sie nicht arm war. Olav war genauso bescheiden angezogen, wie sollte Podebusk erkennen, wen er da vor sich hatte?

Dennoch machte er einen Schritt auf sie zu und sprach sie mit ihrem Namen an: »Margarete, Valdemars Tochter?« Er kniete nieder und verbeugte sich tief. So war sie gegrüßt worden, seit sie sechs Jahre alt war. Sie blieb stehen und nickte, so daß ihr die Zipfel des Kopftuches über die Schultern fielen.

»Vergeben Sie mir, aber ich hatte nicht erwartet, daß mich die norwegische Königin am Wegesrand empfangen würde«, sagte er, und sie konnte an seiner Aussprache hören, daß er tatsächlich Deutscher war.

Sie mußte lächeln, denn es waren Jahre vergangen, seit sie das letzte Mal dänisch gesprochen hatte, und nun würde sie gleich hören, wie norwegisch sie geworden war. Das Lächeln berührte Podebusk, und er reagierte auf ihre Geste, näherte sich und nahm ihre Hand in seine. Er betrachtete Olav, der entzückt zu ihm hochschaute.

»Ich habe sowohl gute als auch schlechte Nachrichten«, sagte er und ließ ihre Hand los.

Sie hieß ihn in Norwegen willkommen und bot an, ihn zu König Håkon zu bringen.

»König Håkon sei ihm gleichgültig, hat König Valdemar gesagt«, unterbrach er sie. »Ich wurde gesandt, um mit der Königin von Norwegen zu sprechen.«

Daraufhin drehte er sich um und machte eine kleine Handbewegung. Einer der Knappen brachte den riesigen Streithengst herbei, auf den Podebusk sie hob. Olav nahm er auf seinen Arm und trug ihn bis zur Burg.

Sie führte Podebusk durch den Geheimgang und versuchte dabei Olav zu beruhigen, der wieder weinte und seine kleinen Fäuste gegen ihre Brust stemmte.

Auch Håkon konnte sie nicht in seinen Gemächern finden, sie vermutete, daß er wieder bei seinem Vater saß. Zum Glück war der Kronsaal aufgeräumt, und so führte sie Podebusk dort hinein. Das Treffen sollte nicht in den Frauengemächern stattfinden, sondern an einem ehrwürdigen Ort.

Es gelang ihr, Bier und Essen für die Männer in seiner Begleitung aufzutreiben, dann setzte sie sich in den reichverzierten Stuhl, um die Nachrichten zu erfahren. Es konnte sich unmöglich um einen erneuten Krieg handeln, in dem Fall hätte Podebusk umgehend Håkon aufgesucht.

Er hatte nur eine persönliche Mitteilung für sie. Ihre Mutter war in Esrum verstorben und in großer Eile beigesetzt worden. Valdemar hatte wertvolle Geschenke an das Kloster gegeben und sofort beschlossen, daß er selbst in der Kapelle auf Vordingborg beigesetzt werden würde.

Zuerst verstand sie nicht, was sie hörte. Seine Eltern waren in Sorø begraben worden, er hatte unter großem Aufwand zwei prachtvolle Grabmale besorgt, die mit Figuren und einem Baldachin aus Goldbrokat verziert waren. Und auch das Kloster in Sorø war von ihm reich beschenkt worden. Daß er sich nun aber für Vordingborg entschied, zeigte nur, daß nicht mal der Tod seinen Eigensinn brechen konnte.

Sie wollte fragen, warum sie erst nach der Beerdigung von dem Tod ihrer Mutter erfuhr.

»Wir waren in Esrum, und der König bat mich, nach Norwegen zu reisen, um nach seiner Tochter zu sehen. Er sagte zu mir: ›Niemand wird jünger, und ich habe zwei Erben, vielleicht drei. Sieh dich um und erzähl mir, wer Norwegen regiert.‹«

Ihre Blicke trafen sich wie zwei Klingen, die aneinanderschlagen und Funken sprühen, und sie setzte sich unruhig auf ihrem Stuhl zurecht. Im selben Augenblick kam Håkon mit Olav herein.

Der kleine Junge kam auf sie zugerannt, aber sie beachtete ihn nicht, obgleich er sich an ihrem Kleid festhielt. Es stand so viel auf dem Spiel, Håkon durfte auf keinen Fall diese Situation mißverstehen und wütend werden.

Sie sprang auf und tat etwas, was sie selten wagte. Zart nahm sie seine Hände, stellte sich auf die Zehenspitzen und drückte ihre Lippen auf seinen Mund. Das Wunder geschah! Er schloß sie sanft in die Arme und erwiderte ihren Kuß mit einem kleinen verschmitzten Lachen.

Erleichtert und mit einem aufmunternden Lächeln drehte sie sich zu Podebusk, der sich gerade erhoben hatte. Håkon hielt ihre Hand und stupste den kleinen Olav vor sich her, während er auf den Thronsessel zuging.

»Meine schöne Ehefrau hat also heimliche Treffen mit dem dänischen Drost«, sagte er mit der hellen, heiteren Stimme, die sie liebte. Heute strahlten seine Augen, und er war ein aufmerksamer und gelassener König. Als sie an seiner Seite Platz nahm, küßte er ihre Hand, und in seinem Blick war keine Spur seines üblichen Argwohns. Aus Blankas dunklen Augen unter langen Wimpern betrachtete er sie mild.

Jetzt würde er das Gespräch führen. Podebusk war unverkennbar verwirrt, er schien nicht erwartet zu haben, den norwegischen König so zugänglich und freundlich vorzufinden. Vielleicht waren ihm Gerüchte zu Ohren gekommen. Sie hatte ihrem Vater keine Einzelheiten erzählt, aber sie ging davon aus, daß die Gerüchte trotzdem nach Süden gelangten. Im Zweifelsfall durch die Bischöfe, die untereinander im regen Briefwechsel standen. Wäre Podebusk vor einem Monat gekommen, hätte er einen schweigsamen, schwermütigen Håkon vorgefunden, der allein in seinen Zimmern über dem Geheimgang saß und grübelte. Jetzt saß ein anderer vor ihr.

Allerdings bemerkte sie, daß Podebusk ab und zu über die Ausdrücke und Redewendungen stolperte, die Håkon verwendete. Sie hatte ihn dazu gebracht, die norwegischen Adligen zu Weihnachten und anderen Festen auf die Burg einzuladen, doch das hatte seine Haltung ihnen gegenüber nicht wesentlich verändert. Noch immer rümpfte er die Nase über sie und sah auf sie herab. Sie wohnten in Gutshöfen, die aus Holz und nicht aus Stein gebaut waren wie die schwedischen. Auch die norwegischen Klöster waren viel kleiner als die schwedischen. Und ihre Kirchen waren von Engländern errichtet worden und nicht von französischen Architekten wie die Domkirchen in Uppsala und Linköping.

So wie er würde ihr Vater niemals über sein Volk reden, noch nicht einmal über die verbohrten Jütländer. Er hatte sie verfolgt, einsperren und töten lassen, aber er hatte niemals den Fehler begangen, sie zu verachten. Sie sah den starren Ausdruck in Podebusks Gesicht und erkannte, daß er ihre Verwunderung über diesen König teilte, der sein Volk geringschätzte und daraus auch keinen Hehl gegenüber ausländischen Gesandten machte.

Olav verhielt sich ruhig und spielte leise mit den bunten Murmeln, die ihm Håkon gegeben hatte. Podebusk sah immer wieder zu dem kleinen Jungen hinüber. Margarete wußte genau, warum. Valdemar von Dänemark hatte nicht seine rechte Hand nach Norwegen geschickt, um eine Nachricht zu übermitteln, die jeder Knappe hätte überbringen können. Er war persönlich gekommen, um Olav als potentiellen Thronfolger zu beurteilen. – Und Håkon als König.

Als Speisen und Getränke hereingetragen wurden, erhob sich Podebusk und ging zu Olav, um ihm formell seine Aufwartungen zu machen. Olav war in sein Spiel versunken, und als Margarete die Murmeln zusammensammelte, löste das einen gewaltigen Protestschrei aus. Er griff nach ihrer Hand und versuchte, ihre Faust zu öffnen.

»Aber, Kristoffer!« sagte Podebusk lachend.

Ihre Blicke trafen sich, und er sog scharf die Luft ein, weil er seinen Fehler erkannte. Auch er hatte in dem kleinen wütenden Jungen ihren Bruder Kristoffer gesehen.

Um sie herum wurde es kalt und schwarz, und die Schönheit des Tages war wie weggefegt.

Kurz vor seiner Abreise stand Podebusk mit Margarete auf dem Giebeldach des Wagehals. Das Morgenwetter war schön, der Wind mild, und die Sonne wärmte ihre Rücken.

»Die Zeit verrinnt«, hob er an. »Die guten Zeiten, da Valdemars Leute sich sofort mit Waffen und schnellen Pferden einfanden, wenn er sie rief, sind vorbei. Er weiß es selbst, darum schickte er mich. Er würde niemals einräumen, daß ihm die Zeit davonläuft, aber seit Frau Helvigs Tod hat er sich sehr verändert. Er wollte mich zuerst nach Avignon schicken, um seine Privilegien bestätigen zu lassen.«

Diese Privilegien kannte sie nur zu gut. Schon als junger Mann hatte er dem Papst bestimmte Sonderrechte abgetrotzt. Unabhängig von der Art seines Todes hatte er unter anderem das Recht zugesprochen bekommen, seinen persönlichen Beichtvater zu haben und vollkommene Vergebung in seiner Todesstunde zu erhalten. Er durfte daher auch Messen an Orten abhalten lassen, die ansonsten mit dem päpstlichen Interdikt belegt waren.

Darüber hinaus durfte er seinem Heer schon vor Tagesanbruch die Messe lesen und die Fastengebote brechen. Den Geistlichen in seinem Dienste war es erlaubt, Einkünfte aus Ämtern zu beziehen, die sie nicht selbst bekleideten, sondern die eine Art Treuegeschenk des Königs waren. Auf diese Weise sammelte er einen klerikalen Stab um sich und war nicht mehr von der Kirche abhängig.

»Der Bischof von Roskilde schickt ebenfalls Grüße an die Königin von Norwegen«, sagte Podebusk und holte ein kleines Geschenk hervor, das sorgsam in ein Tuch gewickelt war. Sie wickelte das Päckchen aus – es war eine kleine Goldspange in Form einer Frau, die eine Lilie in beiden Händen hielt. Sie war gerührt, obgleich sie wußte, daß an das Geschenk eine Bedingung geknüpft war.

»Der Bischof von Roskilde, Niels Jakobsen, bittet die Königin von Norwegen darum, sich reisebereit zu halten«, sagte er, schloß dabei ihre Hand um die Spange und hielt sie ihr vors Gesicht. Sie verstand.

»Der König wird erfreut sein zu hören, daß sein Schwiegersohn bei guter Gesundheit ist«, fügte er hinzu.

In der Gewißheit, daß nun alles gesagt war, machte sie sich daran, vom Wagehals wieder hinunterzusteigen. Aber er hielt sie zurück.

»Mit Olav ist hoffentlich alles in bester Ordnung?« fragte er, und mit dieser Frage wich er zum ersten und einzigen Mal von König Valdemars Vorgabe ab.

Olav weinte viel und war sehr ängstlich, aber das konnte sich noch ändern. Es gab keine Veranlassung, deswegen einen neuen Kristoffer in ihm zu sehen. Doch das konnte sie ihm unmöglich sagen. Deshalb antwortete sie ihm, daß Olav mit der Zeit bestimmt noch kräftig wachsen werde.

»Wir haben keine Zeit zu verlieren«, sagte Podebusk. »Ein zweiter Sohn würde doppelte Sicherheit bedeuten. Seit Valdemar den Schiffbruch als einziger überlebt hat und seine Frau Helvig ihn mit seiner kleinen Tochter im Arm empfing, denkt er, daß sie einmal seine Rettung sein werde.«

Sie konnte ihn nicht ansehen, ihr Blut pochte in der Kehle, und ihr Mund war wie ausgetrocknet. Ihr Vater hatte ihr oft erzählt, wie er damals seinen Versuch aufgab, die Kogge zu retten, und als einer der ersten von Bord sprang, wie er sein Pferd rettete, aber das Kästchen mit dem königlichen Siegel und den eingetriebenen Steuern untergehen ließ. Frierend und erschöpft war er an Land geklettert und hatte zusehen müssen, wie seine Männer ertranken und tot an Land getrieben wurden.

Das einzige, woran er denken konnte, war Helvig und seine kleine Tochter, die ihnen geschenkt worden war, nachdem sie drei Kinder an die Pest verloren hatten.

Margarete erinnerte sich sehr genau an die toten Zwillinge und den leblosen Ausdruck in den Augen ihrer Mutter. Helvig hatte nicht viel von den Kindern gehabt, die sie geboren hatte. Außer Margarete waren alle kränklich gewesen und nur mit einem kurzen Leben gesegnet. Sogar die gesunde, starke Ingeborg, das einzige Kind, das ihrem Vater ähnelte, war vor vier Jahren gestorben.

Valdemar hatte den Mecklenburgern Freundschaft vorgespielt, indem er ihnen Ingeborg gab. Margarete hatte sich immer darüber gewundert, nun aber verstand sie seine Beweggründe: Ein Herrscher mußte imstande sein, seine Nächsten zu opfern, um weitsichtig denken und langfristig handeln zu können. Er durfte nicht auf seinen eigenen Vorteil bedacht sein, sondern vor allem auf das Wohlergehen seines Reiches. Ingeborg hatte seine östliche Flanke gesichert, sie selbst hatte ihm für Norwegens Loyalität gebürgt.

Nun bot er Margarete Dänemark an, wenn sie nur einen zweiten Sohn bekäme, der ihm die nötige Sicherheit garantieren würde.

Wenn es Nacht wurde, gehörte Håkon ihr. Im Dunkeln legte sie sich neben ihn und ließ ihre Hände über seine weiche warme Haut gleiten. Sie legte ihren Mund auf seinen und überließ ihm alles Weitere. Früher oder später gab er nach. Sorgfältig achtete sie allerdings darauf, sein Glied nicht zu berühren, noch nicht einmal seinen Bauch oder die Hüften. Einmal nämlich hatte er ihre Hand wütend weggestoßen, war aufgestanden und hatte sich tagelang nicht mehr sehen lassen. Sie hatte keine Erklärung dafür, aber es gab soviel Unerklärliches bei Håkon.

Doch wenn es Nacht wurde, gehörte Håkon ihr. Mit grenzenloser Dankbarkeit nahm sie seine Zärtlichkeiten entgegen. Sie sprachen kein Wort. Wenn er sich entschieden hatte anzunehmen, was sie ihm anbot, dann kam er über sie wie ein Sturm und raubte ihr den Atem. Danach fiel er in einen tiefen Schlaf, ihren Körper fest mit Armen und Beinen umschlungen. Oft mußte sie sich vorsichtig aus dieser Umklammerung befreien, damit auch sie zur Ruhe fand.

Sie war immer wieder überrascht von der Weichheit seiner Haut, sie war weicher noch als ihre, und sogar sein Schweiß hatte einen süßen, angenehmen Geschmack.

2.

Die Leiche von König Magnus wurde in einer dürftig zurechtgezimmerten Kiste in die Kapelle des Wagehals getragen. Margarete lauschte, wie die vier Träger sich gegenseitig Anweisungen gaben. Als sie durch die Eisentür zum Treppenhaus gehen wollten, stießen sie dagegen, und Margarete hörte, wie der tote Körper gegen die Kistenwand rollte. Sie wollte keinen Blick auf die Überreste ihres Schwiegervaters werfen, der erst nach langer Zeit an Land gespült worden war. Håkon jedoch ließ die Kiste aufbrechen und blieb lange neben seinem Vater sitzen.

König Magnus verströmte einen unbehaglichen Geruch.

Zwölftausend Mark wertvollen Silbers hatten sie bezahlen müssen, um ihn damals aus der Gefangenschaft freizukaufen. Dafür hätten sie eine Burg bauen oder die königlichen Speisekammern auf Jahre füllen können. Den Domkirchen hätte man großzügige Geschenke machen und damit die Dankbarkeit der Bischöfe gewinnen können. Und sie hätten eine neue Krone kaufen können. Das Silber war ein Darlehen und mußte mit den Einnahmen in den schwedischen Provinzen, die König Magnus zugesprochen bekommen hatte, getilgt werden. Wenn sie sich nicht irrte, hatte König Valdemar die günstigen Bedingungen für Magnus mitzuverantworten.

Und dann hatte er das gleiche getan wie so oft zuvor. Er hatte sie erneut verlassen, um Schweden zurückzuerobern. Doch er war nicht weiter als bis zum Bømmelfjord gekommen, wo ein Unwetter sein Schiff zum Kentern brachte. Er konnte sich an Land retten, während alle anderen ertranken. Bauern hatten ihn im Schlamm gefunden und wollten ihn in Sicherheit bringen, als er von Krämpfen geschüttelt und ohne priesterlichen Beistand am Ufer starb.

Nun saß sein Sohn in der Kronhalle im Dunkeln. Es war Dezember, und ein Schneesturm zog über das Land. Der Frost hatte die Leiche gut erhalten. Sie müßten ihn bald begraben, aber Håkon konnte sich nicht entscheiden, wo sein Vater seine letzte Ruhestätte finden sollte. Sie setzte sich neben ihn und fragte, ob die Schweden wohl fordern würden, König Magnus ausgeliefert zu bekommen.

»Albrecht? Albrecht würde es doch niemals in den Sinn kommen, den Bruder seiner Mutter zu ehren«, erwiderte Håkon. »Aber jetzt werden sich vielleicht die Bauern in Uppland erheben, sie wünschten sich schließlich den ehrlichen und guten König Magnus zurück. In Småland begehrten die Bauern gegen die Mecklenburger auf, und in Uppland wollten sie Magnus den Guten befreien. Er wollte es doch nur allen recht machen.«

Warum hatte ihr niemand davon erzählt? Warum hatten sie ihr wichtige Mitteilungen dieser Art verschwiegen? Wie sollte sie um alles in der Welt in Erfahrung bringen, was die Bauern in Uppland von ihrem entmachteten König hielten? Und warum hatte sich König Magnus nicht auf die berufen, die Håkon »unsere Bauern« nannte, als er immer wieder versuchte, sein Reich zurückzuerobern? Hatte er ihre Unterstützung nicht gewürdigt? Er wollte es doch allen recht machen. Forderte er von den Bauern niedrigere Steuern, machte ihn das arm und schwach, sicherte ihm jedoch die Gunst der Bauern. Bestrafte er die Adligen und verhinderte ihre gewalttätigen Gelage, taten sie sich zusammen und entmachteten ihn.

»Wie schade, daß Frau Birgitta den Tod meines Vaters nicht erleben und sich darüber freuen darf«, sagte Håkon mit scharfer Stimme und erhob sich abrupt. Sie reagierte zu spät, und er war schon aus der Tür hinaus. Konnte Magnus auch jetzt, nach seinem Tod, noch seinen Schatten auf sie werfen?

Für sie war es auch wie ein Wunder, daß sich Gott durch Frau Birgitta gezeigt und durch sie gesprochen hatte. Gott klang wie ein schwedischer Fürst, wenn er sich zu erkennen gab. Aber Gott müßte doch wissen, wie schwer es war, ein Land zu regieren, besonders wenn die Adligen die Autorität des Königs nicht anerkannten.

Margarete schlug Håkon vor, Magnus Eriksson in der Kapelle von Tunsberghus neben seiner Frau Blanka zu bestatten. In erster Linie wollte sie ihn nicht in ihrer Nähe wissen, aber sie wollte auch die Gelegenheit nutzen, um das Grab ihrer geliebten Schwiegermutter zu besuchen. Vielleicht würde sie eines Tages Geld haben, um Blankas Grab zu schmücken. Sie hatte sich sagen lassen, daß es nur mit einem groben Stein, der eine kurze Inschrift trug, versehen war.

Es gab keine Zeit zu verlieren, darum wies sie eigenmächtig die Vorbereitungen für die Abreise nach Dänemark an. Die Dienerschaft auf Akershus erhielt den Auftrag, so zu packen, als würden sie den Hof nach Bergen oder Tunsberg verlegen. Alle gehorchten, ohne auch nur einen Augenblick zu erwägen, den Befehl beim König zu überprüfen. König Håkon benötigte viel Zeit, um sich für etwas zu entscheiden, das hatte man mittlerweile gelernt.

Höchstwahrscheinlich würden sie nicht alles benötigen, was sie nun sorgfältig in den Kisten verstauten, denn Valdemar war nicht so arm wie der norwegische König. Aber sie hatte vor, Eindruck zu machen, und würde sie in Dänemark in Sack und Asche auftreten, wäre es viel einfacher, sie abzuweisen.

Sie erklärte Håkon in wenigen Worten, was sie vorhatte, und sah, wie er erblaßte. Erneut hatte sie eilig einen Beschluß gefaßt und in seinem Namen Anweisungen gegeben. Die Reise nach Dänemark würde hart und kalt werden, denn der

Herbst war schon beinahe vorbei. Wenigstens sträubte er sich nicht gegen ihr Vorhaben, er erkannte offensichtlich, wie wichtig es war.

Wenn die Mecklenburger Dänemark erobern könnten, wären sie umringt und gefangen. Im Laufe eines halben Jahres nur würden sie das dänische Heer aufstellen und Norwegen erobern.

»Wir holen uns Schweden zurück!« sagte Håkon. Natürlich dachte er wieder nur daran, Schweden zurückzugewinnen. Vorläufig jedoch lagen die Mecklenburger bleischwer auf dem Land und ließen die Adligen gewähren, solange sie nur ihren Gewinn daraus hatten. Sie wollte sich gar nicht vorstellen, was die schwedischen Adligen tun würden, wenn Håkon die Mecklenburger herausforderte. Manchmal wunderte sie sich darüber, daß er krankhaft daran glaubte, eines Tages Schweden zu regieren.

Während Margarete ihren Zofen half, die Kleider für die Reise zu verpacken, wurde ihr mit einemmal bewußt, daß sie vielleicht nie wieder hierher zurückkehren würde. Sie unterbrach ihre Arbeit und ging hinauf in ihr Gemach, um aus dem Fenster über die Bucht zur Stadt hinüber zu sehen. Seit ihrem zehnten Lebensjahr hatte sie hier gelebt. Zwar fühlte sie sich auf Vordingborg daheim, aber auf Akershus war ihre Ehe zu Hause.

Olav weinte ausnahmsweise nicht, sie hatten ihn gut eingepackt. Nur sein Köpfchen ragte aus den Decken hervor. Sie zog seine Mütze über seine dunklen Locken und nahm den plappernden Jungen auf den Arm, obwohl er sehr schwer war. Die Diener waren dabei, zwei Kisten durch den Geheimgang zu tragen, der vom Regen naß und rutschig war. Sie war ungeduldig und wollte eilig den Gang durchqueren, als sie einen Knall hinter sich hörte und sich umdrehte. Einer der Diener hatte eine Kleiderkiste beim Brunnen fallen lassen.

Sie merkte, wie ihr Fuß auf dem glitschigen Boden wegrutschte, und versuchte, sich an der Wand abzustützen. Aber das Gewicht des Jungen zog sie hinunter, sie schlug hart mit dem Rücken gegen die Mauer und taumelte zur Seite. Olavs Beine und Füße schrammten über die harten Steine entlang, und sie drückte ihn fest an ihre Brust, damit er beim Aufschlag auf den Boden geschützt war.

Sofort standen viele Menschen um sie herum, nahmen ihr den Jungen aus den Armen und halfen ihr auf. Ihr Körper schmerzte, aber Olav hatte keinen Schaden genommen, er weinte noch nicht einmal. Später auf dem Schiff hörte sie, wie zwei Frauen über ihren Sturz redeten. Sie habe nicht achtgegeben, sagten sie verärgert. Aber genau das hatte sie ja getan, sie hatte auf die Diener achtgegeben, und so war es zu ihrem Sturz gekommen.

Sie erreichten Kalundborg, nachdem sie sich durch einen Sturm nach dem anderen gekämpft hatten. Seit Land in Sicht war, hatte sie, so wie sie es immer tat, auf einem großen Stuhl an Deck gesessen. Nun endlich kehrte sie heim.

In Mecklenburg nannten sie Ingeborgs zehnjährigen Sohn bereits »König der Dänen«. Sie dankte Gott, daß Ingeborg nicht mehr am Leben war und sie so wenigstens nicht gegen die eigene Schwester antreten mußte.

Sogar dem deutschen Kaiser hatte sie einen Brief geschrieben, um sich seine Unterstützung zusichern zu lassen. Aber es war nur ein offizielles Schreiben zurückgekommen, das besagte, daß Ingeborgs Sohn der legitimierte Nachfolger sei, da König Valdemar keinen männlichen Thronfolger hinterlassen habe.

Sie hatte keine Vorstellung davon, was sie erwarten würde. Sie war lediglich den Anweisungen gefolgt, die ihr Vater gegeben hatte. Doch nachdem sie an Deck Platz genommen hatte und ihren Blick die nebelverhangene Küste entlang streifen ließ, wußte sie, daß es nicht einfach werden würde. Sie war zurückgekehrt, um zu kämpfen.

Niemand auf Schloß Kalundborg war auf ihr Kommen vorbereitet, und sie wurden mit Verwunderung und unverhohlenem Widerwillen aufgenommen. Es war richtig gewesen, fast alles aus Akershus mitzunehmen, denn dieses Schloß hier war nahezu leer, und mit den Vorräten stand es auch nicht zum besten.

Als erstes kümmerte sie sich um Håkons Wohlergehen, sie stellte ihn dem Vogt vor und sorgte dafür, daß er in der schönsten und wärmsten Kammer untergebracht wurde, mit Teppichen an den Wänden und seinen eigenen Möbeln. Dann vertraute sie ihm Olav an und machte sich auf den Weg, mit zweien ihrer Begleiterinnen und dem Vogt die Vorratskeller zu besichtigen. Da keiner sie erwartet hatte, gab es weder genug Vorräte für das Gefolge noch ausreichend Futter für die Pferde. Dann würden sie eben so verfahren müssen wie in Oslo und bei den Kaufleuten in der Stadt leihen – Håkon würde dafür mit seinem Namen bürgen, schlug Margarete vor.

»Aber der norwegische König befindet sich nicht in Norwegen, Sie sind hier in Kalundborg. Und wir leihen nichts und kaufen nicht auf Wechsel«, erwiderte der Vogt sanft.

Sie hatte bisher noch keine Zeit gehabt, sich von ihrem schweren Reisemantel zu befreien, den sie das letzte Stück der Seereise getragen hatte. Er drückte sie zu Boden, dabei wollte sie gerade in diesem Augenblick größer wirken.

»Dann leihen Sie im Namen des Bischofs von Roskilde. Er ist mein Freund«, sagte sie bestimmt und zog aus der Manteltasche sein Geschenk hervor, die Spange in Form der kleinen Lilienfrau. Der Bischof von Roskilde betrieb ganz reguläre Geldgeschäfte, meist für den König, aber auch für Adlige in Geldnot. Die Lilienfrau verstand sie als ein Zeichen der Unterstützung. Plötzlich jedoch wurde ihr bewußt, wie kindisch ihr Verhalten und diese demonstrative Geste wirken mußten, und sie errötete.

»Nun, es gibt da leider das nicht unbedeutende Hindernis,

daß der Bischof von Roskilde und der dänische König zur Zeit über die Gebiete Sømme und Ramsø sowie über das Lehnsrecht für Kopenhagen streiten.«

»Der Bischof von Roskilde befindet sich auf dem Weg zur Verhandlung mit den Gesandten der Hansestädte, die auf Burg Gurre stattfindet«, unterbrach sie ihn mit lauter Stimme. Sie war gezwungen, auf die Methoden von Frau Merete zurückzugreifen, die ihre Widersacher einfach übertönt hatte. »Es wird ein leichtes sein, ihn vom König von Norwegen fragen zu lassen, ob dieser seine Leute mit Hilfe der Mittel des Bischofs verpflegen darf. Ich werde nachher einen Kurier zu ihm schicken, doch jetzt müssen erst die wichtigsten Angelegenheiten geregelt werden.«

Der Vogt ließ seinen Blick kurz von der Spange zu Margarete wandern, sah sich dann aber genötigt, die fehlenden Dinge aufzuschreiben. Ihre verzweifelte Flucht nach vorn hatte gewirkt. Er glaubte ihr vielleicht nicht, hatte sich aber gefügt.

»Wie lange wird der königliche Aufenthalt denn währen?« fragte er mit unverhohlenem Spott in der Stimme. Sie konnte ihm unmöglich sagen, daß sie den Tod ihres Vaters und die darauf folgende Königswahl abwarten mußte und daß Kalundborg günstig lag für die Verhandlungen, die sie in Zukunft würde führen müssen. Sie würden zunächst für ein Jahr bleiben, mehr mußte er nicht erfahren.

»Dann gehen wir davon aus, daß der großmächtige König Håkon und sein Sohn ein langfristiges Darlehen vom Bischof benötigen werden«, sagte er, ohne seinen Blick von der Liste zu heben. Sie antwortete nicht.

Sie gingen hinauf in den Burghof, wo sie sich vergewissern konnte, daß der Vogt tatsächlich seine Leute antrieb, die notwendigsten Dinge herbeizuschaffen. Endlich durfte sie den Reisemantel abstreifen. Eine unermeßliche Müdigkeit überkam sie, sie zitterte am ganzen Körper, obwohl der Raum geheizt war.

Doch zuerst mußte sie all ihren Pflichten nachkommen. Zwei wichtige Briefe galt es noch zu schreiben. Mit dem einen wollte sie den Bischof von Roskilde dazu bewegen, den Streit zwischen ihm und ihrem Vater beizulegen. Den anderen wollte sie an Podebusk richten, denn seiner letzten Botschaft zufolge war ein Abgesandter auch auf dem Weg zu ihrem Vater.

So merkwürdig es auch erscheinen mochte, die Interessen der Hansestädte und die ihren entsprachen sich in diesem einen Punkt. Sie mußte beginnen, sich Königin von Dänemark, Norwegen und Schweden zu nennen. Sie hatte zwar noch nicht das Recht auf diesen Titel, aber es war besser, so früh wie möglich ihre Absichten unmißverständlich zu erklären. Die norwegische Königin hatte das Erbrecht für Dänemark und Schweden, und je schneller die Mecklenburger das begreifen würden, um so besser wäre es.

Nachdem sie die Briefe geschrieben hatte, ging sie hinauf zu Håkon und ihrem Sohn. Jemand hatte ihnen Speisen gebracht, und Håkon saß zusammen mit Vinald Henriksøn am Tisch und unterhielt sich. Das verhieß Gutes.

Håkon hatte sowohl die Kronen als auch die Kronjuwelen mitgenommen, so daß er als König auftreten konnte. Er würde der einzige König sein, der es wagte, bei der Wahl persönlich zu erscheinen. Albrecht von Schweden würde höchstens seinen kleinen Sohn schicken, begleitet von einer mit Gold und Edelsteinen behängten Abordnung.

»Hat er schon entschieden, wo er begraben werden will?« fragte Håkon. Er hatte eine Scheibe Brot in der Hand, die er in kleine Stücke brach – die Kruste aß er, die weichen Krümel gab er Olav.

Ihr Vater wolle auf Vordingborg begraben werden, doch sie habe vor, ihn in Sorø bei der Grabstätte seiner Familie bestatten zu lassen. Er solle ein Grabmal bekommen, das jenes seiner Eltern übertreffen werde.

»Aber wovon sollen wir das bezahlen? Von Norwegens Steuern vielleicht?« fragte er. Er war nicht wütend, in seiner Stimme lag nur die übliche Skepsis, mit der er ihrem Vater begegnete. Sie ging nicht weiter darauf ein, sondern erzählte ihm, was sie in den folgenden Tagen für Pläne hatte. Zuallererst würde sie so schnell wie möglich nach Gurre reisen und ihren Vater dort aufsuchen.

»Ohne Olav?« fragte er.

König Valdemar wollte Olav nicht sehen, er hatte seinen Drost schreiben lassen, daß ihnen nicht mehr viel Zeit bliebe. Und Håkon war gar nicht erst erwähnt worden.

»Aber du mußt König Valdemar aufrichtig von mir grüßen, da ich leider nicht mitkommen kann, sondern das Kind hüten muß«, sagte er gereizt. »Ich gehe aber doch davon aus, daß ich die Erlaubnis habe, mich auch außerhalb der Burg zu bewegen?«

3.

Sie hatte nie die Liebe ihres Vaters zu Gurre verstanden. Erst jetzt begriff sie, daß er die Burg Gurre für sich selbst gebaut hatte. Vordingborg war sein ganzer Stolz, Gurre war aus reinem Vergnügen gebaut worden. Es war schwierig, den ganzen Hof hier unterzubringen, im Hauptturm und in den vier kleinen Türmen auf den schmalen Mauern war nicht genug Platz für die vielen Menschen. Auch in den Stallungen und in den Lagerhallen war kein Platz, und darum hatten sie Zelte um die Hallen herum aufgestellt. Sie erkannte einige der bunten Zelte von den Turnierspielen, obwohl sie inzwischen schon ziemlich zerschlissen waren. Kisten stapelten sich in die Höhe, die Schreibstuben waren in den Gängen und auf dem Dachboden untergebracht. Die Stimmung war bedrückt, alle sprachen leise.

Ihr Vater lag im größten Raum von Gurre. Der Saal war vollkommen leer, abgesehen von dem großen Bett, dessen Vorhänge nur flüchtig hochgebunden waren. In einer Ecke am Fenster, wo genug Licht zum Lesen war, saß ein junger Geistlicher, leise betend. Er erhob sich sofort, als sie hereinkam, schloß sein Buch, nachdem er sorgsam sein Lesezeichen eingelegt hatte, und trat auf sie zu. Er verbeugte sich nicht vor ihr, sondern starrte ihr ungeniert ins Gesicht. Da er nur eine Handbreit größer war als sie, konnte sie ihm direkt in die Augen sehen. Aber das ließ ihn nicht zurückweichen.

»Gnädige Frau wundern sich über meine Anwesenheit«, sagte er steif und deutete eine Verbeugung an, ohne den

Blick von ihr zu wenden. »Ich bin Peder Jensen vom Domkapitel in Roskilde, und mein Bischof bat mich mit Nachdruck, mich umgehend an die norwegische Königin zu wenden, wenn sie hier auf Gurre eintreffe.«

Die ganze lange Reise über hatte sie jede Form von Sorge und Angst um ihren Vater beiseite geschoben, aber nun wollte sie keine Zeit mehr verlieren. Sie griff seinen Arm und schob ihn mit einer einzigen gebieterischen Bewegung zur Seite, die ihn kurz aufstöhnen ließ. Dennoch verließ er den Raum nicht. Er setzte sich auf die Bank neben der Tür, mit seinem Gebetbuch auf den Knien. Seine kleinen Füße schauten unter dem Ordenskleid hervor.

Ihr Vater schlief, er nahm so wenig Platz in diesem riesigen Bett ein, daß sie zuerst nicht glauben konnte, daß er es war. Dieser Mann, der immer einem Turm geglichen hatte, war nun vollkommen in sich zusammengeschrumpft. Dünn, ausgezehrt und erbärmlich sah er aus, sein Bart war weiß und fleckig, seine Wangen waren eingefallen. Sie wußte nicht, wo sie ihn berühren sollte, ob er es mißbilligen würde, wenn sie vor ihm knien und ihn küssen würde. Er mußte doch begreifen, was mit ihm geschah. Sie kniete sich neben das Bett und küßte seine Hand. Der Geruch von nicht gewechseltem Stroh und ungewaschener Haut stieg ihr in die Nase. Vielleicht trauten sie sich nicht mehr, ihn zu bewegen und umzulagern, weil es ihm so schlechtging. Aber wie sie ihren Vater kannte, würde er das bis zum Schluß bestreiten.

»Es geschah ohne Vorwarnung«, sagte die Stimme an der Tür. Als hätte sie um einen Kommentar gebeten.

»Er war wie immer auf die Jagd geritten, mit Habicht und Falke. Sie brachten ihn zwischen zwei Pferden aufgebahrt zurück.«

Sie tat so, als habe sie ihn nicht gehört. Podebusk hatte nicht übertrieben.

»Hat er seine Sakramente schon erhalten?« fragte sie, ohne ihn anzusehen, und ihre Stimme klang rauh und fremd.

»Er hat sich bis jetzt dagegen gewehrt«, flüsterte der Geistliche, »er sagte, er wolle auf seine Tochter warten und Sorø einen weiteren Altar stiften, wenn der Herr auch dieses Mal seinen Willen erfülle.«

Er ist es gewohnt, seinen Willen zu bekommen, dachte sie und mußte lächeln. Sie legte ihre Hand auf seine, die nur noch Haut und Knochen war. Den Siegelring hatten sie ihm abgenommen und wahrscheinlich beim Truchseß hinterlegt. Zurückgeblieben war Valdemar, gesalbt und gekrönt, doch so nackt wie ein Neugeborenes.

Der Geistliche kam zu ihr und reichte ihr einen dreibeinigen Schemel. Sie überlegte, ob er ein Spion des Bischofs war. Vinald Henriksøn hätte es niemals gewagt, sie so zu behandeln, wie es dieser dänische Geistliche tat. Aber er sah auch so ganz anders aus als ihr frommer Gottesdiener aus Oslo. Dieser hier war rund, blaß und blond und hatte große blaue Augen, eine große Nase und einen großen Mund. Auch große Hände hatte er. Er war ein Bauernsohn. Ihr Vater hatte immer eine besondere Vorliebe für diese Sorte von Pfaffen gehabt, auch wenn er ihnen selten die höchsten Ämter zuwies. Begabte Bauernsöhne seien ein wahrer Segen für einen vielbeschäftigten König, hatte er einmal gesagt.

Mit einemmal überkam sie Wut. Daß ihr Vater hier in seiner Hilflosigkeit liegen mußte, erniedrigt und fremden Menschen ausgeliefert! Sie konnte ihren Vater aber nicht mehr beschützen. Endlich öffnete er die Augen und sah sie an. Sie beugte sich zu ihm hinunter und wollte die vielen Kissen um seinen Kopf zurechtrücken. Aber als sie seinen Kopf anhob, der im Nacken naß und verschwitzt war, verzog sich sein Gesicht vor Schmerz und Qual.

»Ich habe von dir geträumt und von einem Schiffbruch«, flüsterte er. Seine Stimme war so schwach und heiser, daß sie halb auf das Bett klettern und ihr Ohr an seinen Mund legen mußte, um etwas zu hören.

»Du bist also doch gekommen. Ich habe es mir gedacht,

daß du dich beeilen würdest. Podebusk hat mir von dir erzählt. Er war nicht mehr so bekümmert über die Zukunft.«

Sie wußte nicht, ob sie ihn unterbrechen sollte, denn das Sprechen kostete ihn ganz offensichtlich große Mühe. Aber er hatte so lange auf sie gewartet, er hatte ihr so viel zu sagen, ihr allein. Es röchelte und sang in seiner Kehle, wenn er flüsterte, sein Mund war trocken, und ihm entwich ein scheußlicher Geruch, seine Lippen waren aufgesprungen und grau.

»Die Ehe scheint dir gut zu bekommen«, sagte er und versuchte zu lachen, fing aber statt dessen an zu husten. Sie merkte, daß er die Hand heben wollte, und nahm sie in ihre Hände. Er aber schüttelte sich frei und strich ihr mit dem Zeigefinger über die Wange.

»Keine einzige Falte hat sie bekommen, und das nach all den Ehejahren. Ich hatte Angst, daß du es schwer haben würdest mit Magnus' Sohn. Du hältst viel von ihm, das habe ich wohl verstanden. Aber laß ihn nicht zu nahe an dich herankommen. Keiner kann einen mehr verletzen als der, den man zu nahe an sich heranläßt.«

Sie fragte ihn, ob er Olav sehen wolle, aber er schüttelte den Kopf und schloß die Augen. Die Augenlider waren blaugrau und seine Wangen merkwürdig rotgefleckt. Die Haut um seinen Mund war weiß geworden, und die Lippen traten dunkel und scharf hervor. Er war nicht mehr er selbst.

»Ich hatte angefangen zu glauben, ich wäre unsterblich, aber nein«, sagte er, als würde er bereits wissen, was sie dachte. »Ich war zwanzig, als es ernst für mich wurde. Dir habe ich besser helfen können als mir selbst. Halte sie alle zum Narren, lüg sie an, heuchle ihnen was vor, aber vergiß nie, was du selbst willst und wohin du gehen sollst.«

4.

Aufmerksam wanderte ihr Blick von einem Gesicht zum nächsten. Sie standen dicht gedrängt in dem kleinen Saal von Gurre, direkt unter Valdemars Sterbelager. Diese erwachsenen Männer, die alle größer waren als sie, blickten sie mit ernster Miene an. Ihr wurde bewußt, wie wenige Dänen sie kannte. Podebusk war der wichtigste von ihnen, denn er gab den anderen Gesichtern Namen.

Der vierschrötige stämmige Mann in der Ecke, der seinen Brustharnisch nicht abgenommen hatte, war Marschall Evert Moltke. Er verfügte über dieselbe kräftige Statur, die ihr schon bei dem Geistlichen Peder Jensen aufgefallen war. Neben ihm stand der größte von allen, Tuve Galen, der Statthalter von Schonen. Ob ihr Vater seine Männer danach ausgewählt hatte, daß sie ihm direkt in die Augen sehen konnten? Der Marschall war glattrasiert wie ein Bischof, die anderen trugen kurze Bärte wie ihr Vater.

Der Bischof von Roskilde, Niels Jakobsen, grüßte sie freundlich wie ein alter Bekannter, als würde er den anderen gern zeigen, daß er schnell war und sich das Vertrauen der norwegischen Königin bereits gesichert hatte.

Er hatte sich noch gar nichts gesichert, dachte sie.

»Wir wollen zuallererst den Thronfolger sehen«, rief der Marschall und wandte sich zu seinen Gefährten, die laut Beifall klatschten. Das hatte sie nicht erwartet. Doch sie würde sich ihrem Wunsch beugen, Håkon und Olav aus Kalundborg holen lassen und das Beste hoffen.

Während sie Peder Jensen den Brief an Håkon diktierte,

stellte sich Evert Moltke zu ihnen. Ein kleines verdutztes Lächeln lag auf seinem Gesicht. Als sie fertig war und den Brief mit Håkons Siegel geschlossen hatte, trat er näher.

»Was gedenkt die kleine Herrin von Norwegen zu tun, wenn die Mecklenburger mit einem Heer zum Landthing erscheinen?« fragte er.

»Dann werden Sie ein Heer für mich aufstellen«, antwortete sie ihm.

»Die Jütländer haben dem König noch nicht die Toten bei Middelfart und die Brandschatzungen verziehen«, setzte er nach. Sie spürte, daß er sie einer Prüfung unterzog.

»Die Jütländer folgen dem Meistbietenden«, antwortete sie.

»Unser teurer Herr ist im Begriff, unrechtmäßig erworbene Güter an ihre rechtmäßigen Eigentümer zurückzugeben«, sagte er, und sie mußte ein Lächeln unterdrücken, weil der Marschall ihre liebevolle Bezeichnung für Håkon für ihren Vater verwendet hatte. »Er bittet alle um Vergebung, die er gekränkt haben könnte. Die Burgen in Schonen und das Land gehören noch der Hanse. Und ihre Vertreter sind der Auffassung, daß unser teurer Herr seine Vorrechte in Schonen mißbraucht hat.«

»Der König soll alle Burgen des Reiches besitzen oder ihr Vermögen nutzen, um geschehenes Unrecht gegen sein Volk ungeschehen zu machen. In der Hand des Königs sind die Burgen das Werkzeug, um den Frieden zu sichern«, antwortete sie.

»Und Sie glauben, daß die Bauern es vorziehen, eher Steuersklaven der Krone als Eigentum der Adligen zu sein?« fragte er.

Sie lächelte, sagte aber nichts, er kannte die Antwort wohl selbst. Ihr Vater hatte hohe Steuern verlangt, aber auch für einen Wohlstand gesorgt, der die Abgabe der Steuern ermöglichte.

»In diesem Fall wünsche ich der kleinen Herrin von Norwegen auf dem Landthing alles Glück der Welt«, sagte er.

Peder Jensen stand regungslos an der Tür und sah auf den Federhalter in seiner Hand. Er verriet durch nichts, daß er sich bewußt war, bei welch bedeutendem Gespräch er gerade Zeuge gewesen war. Doch sie wußte genau, daß er jedes Wort mitbekommen hatte. Er hatte den Brief an Håkon säuberlich gefaltet und wollte den Raum verlassen, als sie ihn zurückrief.

»Ich habe Verwendung für einen Priester, der meine Kanzlei leitet«, sagte sie. Eigentlich hatte sie eine ausführliche und vernünftige Erklärung vorbereitet, aber sie war zu müde.

»Werden Sie dann vielleicht auch meine Studien zahlen?« platzte es aus ihm heraus. »Meine Verwandten arbeiten in den Stallungen auf Kalundborg, diese Neuigkeit wird Sie sehr freuen. Alle Leute auf Kalundborg halten große Stücke auf die kleine Herrin aus Norwegen. Und der Bischof sagt, daß ich es noch weit bringen werde, und ...«

»Wenn Sie lernen zu schweigen, aber nun gehen Sie«, sie mußte gegen ihren Willen lachen. Aber sie hatte die Dankbarkeit in seinen Augen gesehen, daß nun endlich jemand gekommen war, der seine Begabungen erkannte und bereit war, ihn zu fördern und seinen Weg zu ebnen. Ihr sollte das nur recht sein.

Das Gesicht ihres Vaters hatte neue Farben und Formen angenommen: Die Wangen hatten noch mehr rote Flecken, der Mund war aufgeschwollen, die Lippen waren blau. Das schien ihn nicht mehr zu interessieren, er hatte Wichtigeres vor, und dafür benötigte er einen Geistlichen.

Er kniete mit dem Rücken zu Margarete auf dem Bett und wühlte in einer kleinen Kiste mit Dokumenten. Peder Jensen tat so, als hätte er sie zum ersten Mal gesehen, und verbeugte sich tief und ehrfürchtig. Doch es gab keine Zeit zu vergeuden mit zuviel Höflichkeitsformeln, der König war ungeduldig und hatte es eilig.

»Sieh her, mein Mädchen«, sagte er und zog sie am Handgelenk zu sich hinunter. Seine Finger waren hart, kalt und knochig wie die einer alten Frau, und er zeigte mit ihnen auf die Dokumente, die er selbst nicht mehr lesen konnte.

»Hiermit übergebe ich dir und meinem Priester die Vollmacht, über mein Archiv zu verfügen und damit zu tun, wozu ihr Lust habt«, sagte er.

»Ich habe einen Brief an meine Freunde in England geschrieben«, fuhr er mit zitternden Lippen fort, während seine Hände große Kreise beschrieben.

»An den Herzog von Lancaster, John von Gaunt, Sohn von König Edward und Königin Philippa«, warf Peder Jensen erklärend ein. Er war gleichzeitig diskret und aufmerksam, und es wunderte sie nicht, daß ihr Vater große Stücke auf ihn hielt.

»Da herrschte immer ein wildes Durcheinander mit all ihren Kindern – so eine Ehefrau hätte ich auch gerne gehabt. Sie war nicht schön und hätte sich niemals mit deiner Mutter messen können. Aber sie war eine, wie nennt man das, Peder?«

»Eine gute Frau?«

»Nein, nein, du weißt doch, was ich sagen will. Natürlich war sie eine gute Frau, aber davon gibt es schließlich viele. Sie war eine wirkliche Königin. Sparsam, aber mit erlesenem Geschmack, fruchtbar und niemals krank. Sie war ihrem Mann eine Stellvertreterin und nicht seine Feindin. Ich traf sie damals auf Windsor.«

Margarete kannte diese Geschichte auswendig, wie er bei einem Besuch auf Windsor, das König Edward zum Teil entworfen hatte, Feuer gefangen und beschlossen hatte, Vordingborg nach diesem Vorbild zu bauen. Nur König Edward in England und der Kaiser in Prag besaßen Burgen, die sich mit seiner Burg messen konnten. Es schmerzte ihn sehr, daß er niemals wieder den Weg zu Kaiser Karls Hradschin hinaufreiten, oder auf einem der alten Türme von Windsor stehen und mit König Edward und dessen wunderbarer Frau

Philippa über die grünen Felder blicken würde. Er hatte einfach nie damit gerechnet, daß auch sein Leben einmal zu Ende sein würde.

Und nun lag er hier auf Gurre und starb. Ihr blieben sein Archiv und die Briefe, die er Königin Philippa und dem Herzog von Lancaster geschrieben hatte.

»Man gewöhnt sich so sehr daran, daß noch genug Zeit ist«, sagte er leise, wie zu sich selbst. »Ich habe immer gedacht: Wenn es heute nicht gelingt, morgen ist auch noch ein Tag. Mich daran zu gewöhnen, daß keine Zeit mehr bleibt, fällt mir schwerer, als ich dachte.«

Seit der Morgendämmerung hatte sie am Bett ihres Vaters gesessen. Er sprach kaum noch, lag mit geschlossenen, eingefallenen Augen da und atmete flach. Das Atmen schien ihn viel Kraft zu kosten.

Alle warteten mit einer Mischung aus Unruhe, Angst vor dem Ungewissen und erschöpfter Erwartung auf seinen Tod. Alle waren der Meinung gewesen, daß König Valdemar unzerstörbar wie ein Fels sei, niemand hatte damit gerechnet, daß er jünger sterben würde als König Magnus. Der Tod auf dem Schlachtfeld, niedergestreckt vom Feind, wäre eines Valdemar Atterdag angemessen gewesen. Aber auf dem Siechbett zu sterben – dieses Schicksal hatte er nicht verdient.

Und doch kam es ihr so vor, als ob der Tod, dieser mächtige Schlichter, ihren Vater jetzt wieder mit König Magnus vereinte, der vor einem Jahr gestorben war. Vor zwei Jahren war Margaretes Welt noch beständig und verläßlich gewesen, nun befand sich alles wieder in Auflösung.

Podebusk huschte nervös um sie herum und sprach mit gedämpfter Stimme von der Abordnung der Hansestädte, die sie jederzeit erwartete. Sollte der König vor deren Ankunft sterben, würde sie nicht bis zur Königswahl auf dem Thing damit warten können, den Vertrag mit der Hanse zu ratifizieren. Mit Rücksicht auf das Wohl des Reiches und vor allem des neuen Königs müßte das Abkommen augenblicklich bekräftigt werden. Und so wie es im Moment um König Valdemar stünde, würde er keine Abordnung empfangen können.

Podebusk war der Drost des Reiches und ausersehen, in so einer Lage Macht und Befehlsgewalt zu übernehmen. Unter keinen Umständen dürfte das Reich wieder ohne Krone und Führung sein.

Sie vertraute Podebusk blind. Dem Marschall und den Vertretern Schonens hingegen begegnete sie mißtrauisch, wenn diese sich an sie wandten. Ihr blieb zu wenig Zeit, um herauszufinden, was deren wahre Beweggründe waren. Ihr Vater könnte schon in einigen Stunden tot sein, dann würde es sich zeigen, ob diese Männer die Mecklenburger ihr vorziehen würden.

Vorerst tänzelten noch alle um sie herum, waren höflich und interessiert, aber dennoch beobachtend und abwägend. Besonders der Marschall hatte angefangen, mit ihr zu reden wie mit einer alten Bekannten. Das irritierte die Schonen und den Bischof von Roskilde. Sie waren in einen Wettstreit um ihre Gunst getreten.

Nur einer Sache war sie sich bereits jetzt sicher: Sie vermißte schon jetzt ihren Vater, einen Vertrauten, der nicht nur aus Eigennutz handelte.

Håkon kam früher als erwartet. Sie hatte seit Stunden am Sterbebett gesessen und auf die Zeilen im Gebetbuch gestarrt, die ihr vor den Augen verschwammen. Sie legte das Buch beiseite und machte sich auf den Weg die Treppe hinunter, wobei sie sich zur Sicherheit mit beiden Händen an den Wänden abstützte.

Håkon stand neben seinem Pferd, als sie im Burghof ankam. Sie ging wie immer auf ihn zu, grüßte ihn mit der gewohnten Anrede und stellte sich auf die Zehenspitzen, um ihn zu küssen. Doch er erwiderte ihren Kuß nicht. Er wich zurück und sah sie mit einer Mischung aus Mißtrauen und Abscheu an. Ohne ein Wort zu sagen, ging er an ihr vorbei zum Turm, gefolgt von Tuve Galen, dem Vertreter Schonens.

Sie wagte es nicht, sich umzusehen, wußte sie doch, daß alle seine Ablehnung gesehen hatten. Da keiner sie gebeten hatte nachzukommen, hielt sie sich fern. Sie durfte unter keinen Umständen Håkons Zorn erregen, selbst wenn sie das die letzten Stunden mit ihrem Vater kosten würde.

Sie waren außerhalb der Burg in einem großen Zelt untergebracht worden. Håkon hatte zwar verlangt, in der Burg wohnen zu dürfen, aber Podebusk hatte sich viel Zeit genommen und ihm sorgsam erklärt, warum sich das nicht machen lasse: Man erwarte die große Abordnung der Hansestädte. Er habe im Namen König Valdemars komplizierte Verhandlungen über die Einnahmen und die Verwaltung der Schlösser in Schonen geführt, und das bevorstehende Abkommen bedeute einen ungeheuerlichen Fortschritt. Die Hansestädte hätten ihre wichtigsten politischen Persönlichkeiten gesandt, und ihnen könne man unmöglich den König von Norwegen als den neuen ungewählten König vorstellen. Auch nicht, wenn dessen Sohn womöglich der nächste König sein würde.

Margarete saß still daneben, während Podebusk ihrem Mann die Lage der Dinge erläuterte. Sie war dankbar, daß sie diese Aufgabe nicht übernehmen mußte. Aber Håkon war auch Podebusk gegenüber steif und unfreundlich und antwortete nicht auf dessen Ausführungen, sondern drehte nur an seinen Ringen und lächelte höhnisch. Da er sie so feindselig begrüßt hatte, wagte sie nicht, Podebusk zu unterstützen oder gar die Beschlüsse zu entschuldigen, die Håkon als kränkend empfinden mußte.

»Man kann in den Wäldern um Gurre ausgezeichnet jagen«, sagte Podebusk, der Håkons Schweigen als Zeichen wertete, daß dieser sich gebeugt hatte. »Der norwegische König könnte sich ohne weiteres dort die Zeit vertreiben, bis die Gesandten eingetroffen sind. Wenn alles andere erledigt ist, wäre es für alle Parteien hervorragend, wenn der norwegische König die Gesandten träfe.«

»Ich bin also nur nach Dänemark gekommen, um zu jagen?« brach es aus Håkon hervor. Er warf seine Handschuhe auf den Tisch, stand auf und verließ den Raum. Margarete hastete ihm hinterher.

Håkon schritt aufgewühlt in der warmen Herbstsonne auf und ab. Er war ins Selbstgespräch vertieft und bemerkte Margarete zuerst nicht.

»Er hat mich einmal verraten, und verrät mich jetzt aufs neue«, preßte er hervor und zeigte in Richtung Turm. »Er hat meinen Vater und Norwegen verkauft, um Frieden zu haben, und hat mir noch nicht einmal einen Brief geschickt und es erklärt. Und jetzt wiederholt er es. Valdemar erweist den Mecklenburgern die Ehre und läßt uns in die Falle laufen, so daß sie uns auf Kalundborg einsperren können – wie damals meinen Vater.«

Sie wußte, daß er sich über die Verhandlungen beklagte, die bereits über zehn Jahre zurücklagen. Um ihn zur Vernunft zu bringen, legte sie ihre Hand sanft auf seinen Arm, er aber zuckte zusammen und riß seinen Arm wie zum Schlag in die Luft.

»Man kann nur von seinen Nächsten verraten werden – die anderen brechen nur ihren Treueschwur, sie sind keine Blutsverwandten«, sagte er wütend, drehte sich jählings um und verschwand in Richtung der Zelte.

Als die Dämmerung hereinbrach, folgte sie Håkon, der einen Umzug in die Burg erzwungen hatte. Alles, was sie aus Norwegen mitgebracht hatten, wurde in einen der viereckigen Türme getragen, in denen es nicht so feucht und kalt war wie in den Zelten. Ihr war es gleich, wo sie schlief, aber wenn Håkon sich durch den Aufenthalt in den Zelten so benachteiligt fühlte, war es das klügste, seinem Willen nachzugeben.

Sie hatte keine Zofe bei sich, weder für das Ankleiden noch für ihr Haar oder die Kopfbedeckung. Wenigstens war das Bett zurechtgemacht, und eine kleine Kerze stand auf dem Tisch. Sie waren allein. Håkon hatte Olav in Kalundborg gelassen, Podebusk hatte Eberstein dorthingeschickt, um sich seiner anzunehmen. Margarete hatte ihn bis zu diesem Augenblick nicht vermißt, jetzt aber waren sie und Håkon sich selbst überlassen, und sie hätte gern ihren Sohn bei sich gehabt.

Im Dunkeln überraschte er sie mit einer stürmischen Umarmung, sie rang nach Luft, schloß die Augen und ließ sich zum Bett tragen. Er strich mit den Händen durch ihr aufgelöstes Haar und liebkoste ihr Gesicht und ihre Schultern, küßte sie aber nicht und schob ihre Hände immer wieder beiseite, wenn sie ihn zu berühren versuchte. Erst als sie endlich seine Lippen fand, gab er mit einem kleinen Stöhnen nach. Sie ließ ihre Fingerspitzen über seine seidenweiche Haut wandern und strich mit den Wangen entlang seiner festen Schenkel. Wenn er auch nichts anderes von ihr wollte, so nahm er doch wenigstens ihren Körper.

Was auch geschehen mochte, sie mußte Håkon an ihrer Seite behalten. Der Kampf um Dänemark war weitaus wichtiger und schwieriger als der um Norwegen.

5.

Marschall Evert Moltke half ihr vom Pferd. Nicht etwa, weil er sich vordrängen wollte, er stand einfach am nächsten. Sie waren es nicht gewohnt, eine Königin in ihren Kreisen zu haben. Der Hof ihres Vaters hatte sich seit Helvigs Krankheit sehr verändert. Erst als sie in Begleitung von Håkon eingetroffen war, waren sich die hohen Herren des ziemlich rauhen Tons bewußt geworden, den sie täglich pflegten.

Evert Moltke trug sie mit Leichtigkeit, sie war wie ein Kind in seinen Händen. Lachend dankte sie ihm, und er trat einen Schritt zur Seite und lächelte, überrascht von seinem eigenen Mut. Sie wollte sich nach ihm umdrehen, ihr Blick blieb jedoch an Håkon hängen, in dessen Augen grenzenlose Verachtung und bodenlose Kränkung standen.

Tuve Galen, der hinter dem Marschall stand, lachte laut auf.

»Laß sie, Evert, sie hat alles, was sie braucht«, sagte er schroff.

Håkon machte einen Schritt nach vorn und griff nach Margaretes Ellenbogen.

»Sie können machen, was Sie wollen – aber sie gehört mir«, zischte er.

Sie waren umringt von staunenden Gesichtern.

»Meine kalte weiße Lilie«, sagte Håkon, während er sie zur Burg hinaufzog. »Nicht eine Träne hat sie um ihren Vater auf dem Sterbebett geweint. Aber sie bietet sich feil. Wie sollen sie Respekt vor uns gewinnen, wenn du dich überall aufdrängst?«

Sie biß sich auf die Unterlippe, um nicht in Tränen auszubrechen, und folgte ihm mit schnellen kleinen Schritten, damit von weitem keiner erkannte, daß er sie gegen ihren Willen hinter sich herzog.

In einer Ecke am Turm sah sie die zwei Geistlichen stehen, Peder Jensen und ihren Kanonikus Vinald. Håkon hatte mit ihnen seit seiner Ankunft kein einziges Wort gesprochen. Er hielt nichts von den Dänen, und er wollte sich nicht vor seinen wenigen Freunden diese Blöße geben, mit Dänen umzugehen. Und sie mißverstand er vollkommen, sie bot sich nicht feil, sie versuchte nur zaghaft, wichtige Freundschaften zu schließen.

Sie mußte Håkon etwas Großes und Unerwartetes geben. Als er sie ins Zimmer hineinzerrte und die Tür hinter sich zuschlug, wußte sie mit einemmal, was es sein würde. Wenn ihr Vater starb, mußte sie sich umgehend im Namen ihres Sohnes den Titel der Königin von Schweden geben. Wenn Albrecht von Mecklenburg Dänemark an sich reißen würde, müßte sie Krieg führen – auch um Olavs Machtstellung und um Schweden.

Sie hörte, wie ihr Vater die große Kirchglocke Maria Laura beschwor, die er damals der Domkirche zu Lund geschenkt hatte. Er beschwor auch die großzügigen Gaben, die er den Klostern Esrum und Sorø vermacht hatte, alles Schenkungen, die einen unbarmherzigen Gott milde stimmen sollten. Doch er starb nicht im Schlaf, wie sie es für ihn gehofft hatte. Er starb bei wachem Verstand, verängstigt und von Schmerzen gequält, weil er keine Kraft mehr hatte, um zu atmen. Der Wolf mußte sich ergeben.

Frau Birgitta hatte in Valdemar den Wolf gesehen, weil er Schweden unter König Magnus nicht geschont hatte, sondern die Schwäche des Freundes ausgenutzt und Schonen zurückerobert hatte. Aber die Schweden hatten ihren König selbst geschwächt, lautete Margaretes Verteidigung, und außerdem hatten die Schweden damals die Unterlegenheit Dänemarks ausgenutzt und Schonen zuerst unterworfen.

Ihr Vater starb nicht wie ein Heiliger, sondern wie ein schuldbewußter, einsamer und ängstlicher Mensch, der sich an eine winzige Hoffnung auf Vergebung klammerte.

Von dem Sterbebett ihres Vaters ging sie direkt in ihr eigenes Bett und schlief tief und fest, bis die Nacht hereinbrach. Der Regen hatte zugenommen und legte sich wie ein eiskalter Teppich über die Burg und den Wald und fegte die rotgelben Blätter von den Bäumen. Sie spürte keine Trauer, nur den Schmerz von Verlust und Ungewißheit. Wie das Reich jetzt ohne König war, so war auch sie nun herrenlos und ausgeliefert. Die Leiche ihres Vaters mußte im Turmbett liegenbleiben, denn die Gesandten der Hansestädte in Begleitung von Podebusk wurden schon am nächsten Tag erwartet. Alle mußten bei diesem großen Betrug mitspielen.

Ihr Vater hatte sie angewiesen, sich unmittelbar nach seinem Tod als Königin von Dänemark, Norwegen und Schweden zu bezeichnen. Vielleicht war das der reine Wahnsinn, aber es war sein letzter Wille, und sie hatte vor, ihn zu erfüllen.

Sie diktierte Peder Jensen einige Dinge, die sofort in die Wege geleitet werden mußten. So wollte sie zum Todestag des Königs in Slagelse, Næstved und Lund Totenmessen ausrichten lassen. Dann wollte sie ein großes Bild ihrer Eltern oben an die Triumphmauer in der Sankt-Peters-Kirche in Næstved malen lassen, so wie sie schon in Ringsted verewigt waren.

Ihr großer, stattlicher Vater sollte als junger Mann abgebildet werden, aus der Zeit, in der er noch viele Kinder hatte und in der Blüte seines Lebens stand, weit vor der alles verändernden Schlacht vor den Mauern von Visby. Dort würde er für immer mit ihrer Mutter vereint sein. Sie wollte beweisen, daß ihr Vater in einer engen Verbindung zu Gott stand und zeit seines Lebens ein frommer Mensch gewesen war. Die Bilder ihrer Eltern müßten nicht der Wirklichkeit entsprechen. Ihr Vater hatte einmal von einem Besuch beim Kaiser in Prag ein kleines Holzbild mitgebracht, auf dem der Kaiser dargestellt war. Er behauptete, daß das Bild dem Kaiser sehr ähnlich sehe, und das war eigentlich nicht üblich, denn die Menschen wußten schließlich, wie ihre Könige oder Kaiser aussahen.

Sie fragte sich, an wen sie sich würde wenden können, um ihre Pläne in die Tat umsetzen zu lassen? Sie kannte niemanden mehr im Reich ihres Vaters.

Sie war so unendlich müde, als hätte ihr Vater sie mit seiner Krankheit angesteckt. Ganz gleich, wie lange sie schlief, die Müdigkeit wollte nicht von ihr weichen, sie saß in ihren Knochen und floß in ihren Adern. Doch ausgerechnet jetzt benötigte sie all ihre Kraft.

Zusammen mit Gisela Podebusk, der Frau ihres Drosts, saß sie in der kleinen trüben Turmkammer, in der Håkon sie untergebracht hatte. Während Gisela die verschiedenen Aufgaben und Bereiche aufzählte, die für den Haushalt am Hofe unverzichtbar waren, schweiften Margaretes Gedanken unablässig ab. Sie hätte so gern an dem Treffen des dänischen Reichsrates mit den Gesandten teilgenommen. Wenn sie Verdacht hegten, könnte ein neuer Krieg ausbrechen, das Reich ohne König würde besetzt werden, und sie, Håkon und Olav würden zu Gefangenen der Hansestädte werden. Sie klammerte sich an die Beteuerung von Podebusk, daß die Hanse selbst größtes Interesse daran habe, an der Illusion des lebenden und regierenden Königs auf Gurre festzuhalten.

Unvorstellbar schien es ihr, daß die Hanse die Mecklenburger als Herrscher über Dänemark vorziehen könnte. Diese geldraffenden, rücksichtslosen Menschen, die Schweden nur als Pfand betrachteten und ausbeuteten. Die Hanse konnte nicht wollen, daß eine fremde gierige Familie alle nordischen

Reiche unterwarf. Hätte man erst die Herrschaft über den Norden, könnte man den Øresund für die Hanse unpassierbar machen. Und die Mecklenburger würden ohne Zweifel alles tun, um noch mehr Geld an sich zu reißen.

Wie gut war es, daß Podebusk wieder zurückgekehrt war, mit Håkon konnte sie nicht über die Dinge sprechen, die sie beschäftigten. Ihr blieb nur Peder Jensen, und der wußte nicht, welche Neuigkeiten es von den Adligen des Reiches gab, denen sie ganz und gar nicht trauen konnte.

Sie wollte Peder Jensen und Henning Podebusk etwas zum Dank für ihre Treue schenken. Peder Jensen stammte aus einer armen Familie, die früher einmal wohlhabend gewesen war und unter dem Wappen des Königs Valdemar, des Siegreichen, gekämpft hatte. Als sie ihn zu sich hereinbat, erwartete er die Zuteilung neuer, alltäglicher Aufgaben wie Urteilsverkündigungen, die Bearbeitung von Bittgesuchen und die Ausfertigung von Übertragungsurkunden. Doch sie begann, ihm Fragen zu seiner Geschichte zu stellen, die er offenherzig beantwortete. Einige seiner Verwandten arbeiteten als Stalljungen auf Kalundborg, und er sei stolz und dankbar, daß der König ihm dennoch die Stelle des Kanonikus übertragen habe. Er sei bei seinem Vater, einem armen, aber freien Bauern, aufgewachsen. Als Junge habe er Gänse auf Gut Gjorslev gehütet, das Valdemar dem Bischof von Roskilde geschenkt hatte. Dort sei der Bischof auf ihn aufmerksam geworden und habe ihn schließlich auf die Schule in Roskilde geschickt und ihn danach zum Meßdiener gemacht. Sein größter Wunsch sei es, Bischof von Roskilde zu werden, aber er wisse auch, daß dies noch nie zuvor ein Bauernjunge geschafft habe.

»Vater glaubt fest daran«, sagte er fast entschuldigend. Er errötete, denn ihm wurde mit einemmal bewußt, daß er viel zu lange geredet hatte, und er bat die Königin um Vergebung.

»Es ist wohl an der Zeit, daß Ihr Vater wieder die Möglichkeit bekommt, dem König zu dienen«, sagte sie unbeirrt und reichte ihm ein Papier, das sie vorbereitet hatte.

König Valdemar hatte ihr einiges bewirtschaftetes Land hinterlassen, darunter auch Gut Ubby bei Kalundborg, das ganz in der Nähe des heruntergewirtschafteten Hofes lag, der Peders Onkel gehörte. Diese Auskünfte hatte sie ohne fremde Hilfe zusammengetragen, und sie war stolz auf sich, aus ihr hätte ein guter und fleißiger Geistlicher im Dienst der Krone werden können.

»Es ist wohl auch an der Zeit, daß Sie und Ihr Vater sich ein Wappen zulegen«, sagte sie, während er mit geröteten Wangen versuchte, ihr Gekritzel zu enträtseln. »Ich habe Sie oft zusammen mit ihren Verwandten bei den Stallungen stehen sehen. Setzen Sie doch einen ihrer Lodenhüte als Wappenzeichen ein, dann wird Sie niemand verwechseln können.«

Verwirrt sah er zu ihr auf und schob die Übertragungsurkunde zurück auf den Tisch. Dann besann er sich und nahm sie erneut an sich. Er war durcheinander, war sich nicht sicher, ob sie das wirklich ernst meinte. König Valdemar hatte ihn damals zum Kanonikus gemacht, und seine Tochter hatte nun vor, ihn zum Vorstand ihrer Kanzlei zu ernennen.

»Aber ich habe mich doch Ihrer Majestät noch in keiner Weise nützlich erwiesen«, flüsterte er.

»Nur gemach, dazu werden Sie noch Gelegenheit haben«, antwortete sie und lachte ihn an.

Wie würden die hohen Herren gucken, wenn der Kanonikus in den Burghof zu seinen Verwandten lief, um ihnen die Urkunde zu zeigen und ihnen mitzuteilen, daß sie frei und unabhängig seien und sein Vater Besitzer von Gut Ubby werde. Ohne Zögern würde er das Wappenzeichen wählen, das sie ihm vorgeschlagen hatte. Er war ihr ergeben, mit Haut und Haaren.

Podebusk war bei weitem nicht so leicht zu beglücken. Das mußte sie erkennen, als sie ihm – noch beschwingt von dem Treffen mit Peder Jensen – Schloß Holbæk sowie drei seeländische Territorien übereignen wollte. Daran geknüpft war lediglich eine einmalige Zahlung von 400 Mark, denn sie benötigte dringend bares Geld.

Er wirkte verlegen, als sie die Unterlagen vor ihm ausbreitete und ihn bat, sein Siegel unter einen Vertrag zu setzen, den sie als ein gutes Geschäft verstand.

»Aber ich hätte der kleinen Herrin aus Norwegen auf dem Thing gerne ohne große Gaben gehuldigt«, wandte er ein. Sie wußte, daß er das ernst meinte, er hatte diesen Beschluß bereits damals gefaßt, als er sie in Norwegen aufgesucht hatte. Nicht Olav hatte er nach Dänemark bringen wollen, sondern sie. Darum legte er die Papiere wieder beiseite und erklärte mit fester Stimme, daß er ihre Kandidatur zur Königin befürworten würde – und zwar auch von Schweden und Norwegen. Das solle auch Håkon wissen.

Erst dann dämmerte es ihr, daß sich in ihm die Meinung verfestigt hatte, daß sie fast alle wichtigen Entscheidungen im Namen Dänemarks ohne den Rat ihres Mannes traf. Gerade heute morgen hatte sie ihn auch auf die Jagd geschickt, er brauchte dringend Bewegung und Ablenkung nach all den Tagen, die sie auf Gurre förmlich eingesperrt gewesen waren. Hier auf Kalundborg ging es ihm besser, aber sie war wachsam und vorsichtig. Keiner durfte ihn so kennenlernen, wie er wirklich war. Der Håkon, den sie den Dänen vorführte, war der verliebte und immer etwas abwesende Ehemann der Königin.

Sie hatte Podebusk angewiesen, daß er seine tägliche Arbeit fortsetzen solle, als würde er weiterhin König Valdemar beraten. Gleichzeitig beschlich sie das seltsame Gefühl, daß er sie beobachtete und beurteilte und daß sie in seinen Augen den Platz ihres Vaters nicht genügend ausfüllte. Podebusk hatte nur eine einzige Bitte an sie gehabt. Seine Frau Gisela solle ihre Hausverwalterin werden. Denn die Königin beabsichtige doch sicherlich, bald wieder einen richtigen Hof zu haben, mit jungen Mädchen, die ihr zur Hand gingen und dafür Geld und Ausbildung erhielten. Ein Hof mit Festen, Tanz auf dem Burghof, schöner Musik und guten Jagdpartien? Dafür würde sie überhaupt keine Zeit haben, dachte sie wie gelähmt. Alle hatten sich erhofft, daß die Tochter des Königs ihnen das geben würde, was sie seit Helvigs Tod vermißt hatten. Die Wahrheit war aber, daß Margarete das allein bewältigen mußte, was sich vorher König und Königin geteilt hatten!

Frau Gisela war größer als ihr Mann und hatte ein scharf geschnittenes Gesicht mit großen, weit auseinanderstehenden Augen, die ihr Gegenüber offen und ohne Scheu anblickten. Margarete machte sich nicht viel aus ihr, wußte aber, daß sie mit ihr viel Umgang haben würde. Sie würde in ihr sicherlich eine strebsame und pflichtbewußte Hausverwalterin haben, eine neue Frau Birgitta. Und genau das benötigte sie auch, keine liebevolle und verständnisvolle Freundin.

Ihre vordringlichste Pflicht aber war der Entwurf eines Friedensangebots an die Hanse im Namen des norwegischen Königs. Sie mußte Podebusk bitten, eine Vorlage anzufertigen.

Olav interessierte sich nicht für die Fremden und suchte bei seinem Vater Zuflucht, da seine Mutter den ganzen Tag mit den verschiedensten Sachen beschäftigt war. Er machte sich auch nichts aus dem neuen Namen, mit dem ihn die anderen ansprachen. Er hieß Olav und nicht Oluf.

Sie mußte langsam damit beginnen, den Jungen an Fremde zu gewöhnen. Er sollte doch schon im Frühjahr auf den Thingplätzen des Landes vorgezeigt werden. Aber sie hatte nicht vor, aus seinem Leben zu verschwinden. Dies war eine Zeit des Überganges, bald würde alles wieder an seinen angestammten Platz fallen.

Nachdem sie alles erledigt hatte, begann sie die Kleiderkisten zu sichten, die aus Esrum und Gurre nach Kalundborg gebracht worden waren, das Erbe ihrer Eltern. Frau Gisela zog sich den schwarzen Überwurf aus, der ihren Körper verdeckte, und zum Vorschein kam eine schlanke und muskulöse Frau in einem ärmellosen Seidenhemd. Das war das erste Mal, daß Gisela Podebusk die Arbeit einer Zofe verrichten mußte, und es schien ihr nicht leichtzufallen.

Als Helvig in jungen Jahren mit Valdemar nach Ålborg gekommen war, hatten sie nicht im Überfluß geschwelgt, und darum hatte Helvig alle Kindersachen selbst genäht. In einem großen Durcheinander lagerten in den Kisten zerschnittene Kleider, halbe Hemden, aufgetrennte Hosen und zerschlissene Schuhe.

Kopfschüttelnd begann sie, die unbrauchbaren Kleider von denen zu trennen, die noch zu retten waren. Sie zog Kleider heraus, die schlampig zusammengenäht waren und Flecken hatten, die unter Flicken versteckt werden sollten. Davon gab es viele, weil Helvig schwanger gewesen war und keine Zeit gehabt hatte, ganz neue Kleider zu schneidern. Darum waren in die alten Gewänder große Stoffkeile in mehr oder minder passenden Farben eingesetzt worden. Aus den Kisten stieg ein süßlicher Geruch von Rauch und Kräutern – Helvig hatte Thymianzweige hineingelegt. Dazwischen lagen zerschlissene Kinderschuhe, das verfärbte Wickeltuch von Kristoffer und Pilgerabzeichen, die sie gesammelt hatte, um ihre Kinder zu beschützen.

Margaretes Hände begannen zu zittern, und ihr Mund war wie ausgetrocknet. Wieviel ihr doch in Erinnerung geblieben war. Sie schloß die Augen, drückte ihr Gesicht tief in die Kleider und versuchte, den vertrauten Geruch in sich einzusaugen. Damals hatten sie ihr die Mutter weggenommen, jetzt kam sie zu ihr zurück, ein in Kisten aufbewahrtes Vermächtnis, bitter und süß zugleich.

Gisela war eine kühle und praktische Frau, sie trennte mit

schnellen Bewegungen das Brauchbare vom Unbrauchbaren und hielt die ausgewählten Stücke an Margaretes Körper, um Maß zu nehmen. Helvig war größer gewesen als ihre Tochter. Das sei sehr gut so, sagte Gisela froh, dann könne man die kostbaren erhaltenen Kleider auftrennen, die einzelnen Stoffstücke kürzen und daraus ein neues Kleid zusammennähen.

Margarete würde goldene Kleider für die Huldigungsreise benötigen, keiner würde einer norwegischen Königin folgen, wenn sie alltäglich aussah. Sie mußte aussehen wie die Muttergottes vom Altar in der Domkirche.

Sie waren auf dem Weg von Kalundborg nach Vordingborg, und sie hatte gehofft, daß die lange Reise sie von allen Pflichten entbinden würde. Ihr Körper hatte sich wieder daran gewöhnt zu reiten, auch wenn sie auf einem der riesigen schwarzen Pferde von König Valdemar saß.

Podebusk ritt an ihre Seite und fragte, ob sie es sich gut überlegt habe, einen Kanonikus wie Peder Jensen allen anderen vorzuziehen.

»König Valdemar hatte ihn bereits an sich gebunden«, erwiderte sie. Das entsprach zwar der Wahrheit, doch sie war sich bewußt, daß die Zeit bald vorbei sein würde, in der sie alle Verantwortung ihrem verstorbenen Vater zuweisen konnte.

Seine Bemerkung über Peder Jensen überraschte Margarete nicht weiter, sie hatte durchaus registriert, wieviel Neid ihren Schützling in letzter Zeit traf.

»Der, der im Namen des Königs regiert, darf doch wohl eher etwas bestimmen, nicht wahr?« sagte sie halb im Scherz.

»Bestimmt die kleine Herrin von Norwegen nicht schon genug?« fragte Podebusk. Die Sonne blendete sie, und sie hob die Hand, um ihre Augen zu schützen. Valdemars Pferd spürte sofort die nachlassende Kraft in den Zügeln und wurde schneller.

»Ich tue mein Bestes«, sagte sie, nach Luft ringend, nachdem sie die Zügel mit beiden Händen angezogen und die Geschwindigkeit des Pferdes wieder gedrosselt hatte. Der Hengst schüttelte sich, schnaubte und wurde ruhiger.

Podebusk mußte doch wissen, daß sie noch viel zu lernen hatte. Die Zeit in Norwegen war so lehrreich für sie gewesen, doch sie zweifelte daran, ob sie das dort Erlernte hier würde verwenden können. Sie wünschte sich nichts sehnlicher, als sich der täglichen Pflichten zu entledigen und wie ihr Vater den Blick nur noch auf die großen Ziele und Pläne zu richten und ausschließlich danach ihr Handeln zu bestimmen.

Sie aber mühte sich tagtäglich ab, und die Zeit zerrann ihr in den Händen. Die einzige Zerstreuung waren die Messen. Bei jedem Brief, der ihr vorgelegt wurde, mußte sie aufs neue anfangen, um die Zusammenhänge zu begreifen, in den Messen aber hatte alles seinen geregelten und bekannten Ablauf.

Gegen Abend würden sie auf Antvorskov ankommen, dann würde sie sich in die Spätmesse setzen und sich davontragen lassen von dem wunderbaren Männergesang, und sie könnte geläutert ins Bett sinken.

Der Regen wollte nicht aufhören, alles wurde feucht, sogar das Pergament, auf dem die Hanse ihre Forderungen geschrieben hatte. Margarete fror und wünschte sich, das bevorstehende Treffen verschieben zu können. Doch Podebusk hatte ihr davon abgeraten und gesagt, sie müsse die Gesandten beeindrucken. Und so saß sie im Kronsaal auf Vordingborg, während der Regen gegen die Mauern peitschte, durch die Fensterläden drang und an den Wänden herunterlief. Valdemars Jagdhunde lagen zusammengerollt zu einem schwarzen übelriechenden Bündel an der Tür, zwei kleinere Hunde krochen schutzsuchend auf ihren Schoß. Margarete kraulte ihnen das Fell und war froh darüber, daß sie Handschuhe trug.

Henning Podebusk nahm ihr gegenüber Platz und legte seine Hände auf einen Stapel von Briefen, die er sich aus dem

Archiv in Kalundborg hatte schicken lassen. Nach dem Tod ihres Vaters hatte sie aus praktischen Überlegungen zunächst alle Archive und Briefsammlungen auf die Burg bringen lassen, in der Håkon und sie sich eingerichtet hatten. In Zukunft sollten dann alle Dokumente, die das Reich betrafen, an einer einzigen Stelle, nämlich in ihrer Kanzlei unter der Leitung von Peder Jensen, aufbewahrt werden. So konnte der König, der Drost oder sie selbst jederzeit eingehende Forderungen überprüfen und mit besiegelten Briefen belegen.

»König Valdemar hatte eine bemerkenswerte Fähigkeit, wichtige Briefe verschwinden zu lassen, wenn dies zu seinem Vorteil gereichte«, sagte Podebusk und legte weitere acht Briefe auf den Tisch. Sie konnte sie nicht lesen, aber sie sahen echt aus.

In Håkons unsortiertem Archiv auf Akershus hatte sie einige ungeschickte Fälschungen gesehen, und sie betrafen fast ausnahmslos angebliche Landschenkungen des Königs an einen Adligen. Als Håkon nach dem Tod seiner Mutter Alleinherrscher wurde, benötigte er Jahre, um durch das Land zu reisen und sein Eigentum zurückzufordern.

»König Valdemar setzte sehr fleißig die Landthinge und Zwangsverpfändungen als Mittel ein, Geld einzutreiben, ganz zu schweigen von den freiwilligen Geschenken, die er entgegennahm. Obgleich die Freiwilligkeit nicht beiderseitig war. Ich schlage vor, daß wir einige der hübschen Schenkungen an die Krone den ehemaligen Besitzern zurückgeben, bevor sie von der Kirche als ungültig erklärt werden oder gar in Jütland erneut zum Aufstand führen«, führte Podebusk ruhig aus.

Jütland war der Schlüssel für den Frieden. Im Jahr vor der Geburt ihres Sohnes hatten die jütländischen Adligen versucht, ihren Vater zu vertreiben, und es war ihnen gelungen, eine Burg nach der anderen zu erobern. Aber Valdemar schloß Frieden mit seinen Feinden, die feierlich erklärten, daß sie bereit seien, die Burgen zurückzugeben und beim Wiederaufbau der königlichen Macht zu helfen, die sie vorher so vehement geschwächt hatten. Die jütländischen Adligen kämpften zwar bis zum letzten Blutstropfen, aber man konnte sie bezwingen, sie locken und an sich binden. Es war nicht aussichtslos, denn sie waren nicht töricht und wollten auch nur ihre Einnahmen und Besitztümer sichern.

»Im Moment können wir uns ihnen nicht nähern, aber die Zeit dafür wird kommen«, sagte Podebusk.

»Sie haben dreimal zum Aufstand gegen meinen Vater aufgerufen, und in mir sehen sie nur seine Tochter!«

»Ist es so wenig, die Tochter von König Valdemar zu sein?« fragte er, und sie sah ihn scharf an. Einer der Hunde vernahm ihren Stimmungswechsel und sprang winselnd von ihrem Schoß.

»Dann liegen sie vielleicht gar nicht so verkehrt, wenn sie in Ihnen Valdemars Erbin sehen«, sagte er nach einer Weile. »Ihr letzter Aufstand hat die königliche Kasse geleert. Die Einnahmen von den Schloßlehen sind nicht hoch genug, um ein neues Heer aufzustellen. Das könnten die Jütländer zu ihren Gunsten nutzen, wenn sie nicht bereit sind, Oluf anzuerkennen.« Seit sie in Dänemark waren, hatte Podebusk begonnen, ihn Oluf zu nennen, und auch Margarete nannte ihn nun so.

Aber warum sollten sie ihn ablehnen? fragte sie sich. Nur sie konnte der Grund sein. Die Männer, die dreimal gegen ihren Vater gekämpft hatten, saßen nämlich noch immer im Rat. Claus Limbek würde als Wortführer seiner Genossen auftreten. Er war den weiten Weg nach Vordingborg gekommen, um sie zu treffen, nicht Oluf. Es würde eine schwere Prüfung werden, sich mit einem Mann wie Claus Limbek zu messen.

In seiner ganzen pelzbekleideten Gewaltigkeit türmte er sich vor ihr auf und starrte auf sie hinab. Er erwartete sicherlich, daß sie ihn zuerst grüßen würde, da sie aber Olufs Stellvertreterin war, bekleidete sie einen höheren Rang als er. Doch sie erkannte sofort, daß ein Claus Limbek sich niemals beugen und sie angemessen begrüßen würde, und sie versuchte, die in ihr aufsteigende Wut zu unterdrücken. Denn wenn er sie zuerst grüßte, hätte er sie damit auch als Lehnsherrin angenommen.

»Sie haben einen weiten Weg auf sich genommen, um den Jungen zu sehen, dem die Seeländer und Fünen als ihrem König gehuldigt haben«, sagte sie statt dessen und legte ihre rechte Hand auf Olufs Kopf. Er sah zu ihr hoch, zeigte sein lieblichstes Lächeln und spielte unbeirrt weiter.

»Ja, man will sich doch davon überzeugen, daß der Junge brauchbar ist«, sprach es aus dem Menschenberg vor ihr. Sie bat ihn, Platz zu nehmen, und ließ ihm das gute, starke Bier in einem Kelch bringen, nicht wie üblich in einem der schlichten Becher.

Er war, wie er aussah: grob und einfach. Umständlich versuchte er seine ehrlichen Absichten als jütländischer Fürst zu erklären. Er sei verantwortlich für das Wohl seiner Pachtbauern, betreibe selbst Vieh- und Pferdezucht. Seine Spezialität seien Einjährige, die er an die Hanse verkaufe.

Ihr wurde mit einemmal deutlich, daß Limbek aufgrund seiner Herkunft der Hanse weitaus näher stand als seinem König. Er hegte die Überzeugung, daß er als Hauptmann eine ganze Provinz vertrat, aber in Wirklichkeit war er zum Rohlieferanten der Hanse degradiert worden. Wenn der König ihn in Frieden ließe, könnte er so ein Vermögen verdienen – und zwar ein weitaus größeres, als es der König durch die Einnahmen der Schloßlehen erhielt. Einerseits war sie angewiesen auf die Höfe, die ihr Vater sich unrechtmäßig angeeignet hatte, andererseits mußte sie ihren Großmut beweisen und solchen Männern wie Claus Limbek zeigen, daß sie in der Lage war, alte Fehler zu korrigieren.

»Da nimmt die junge Dame ihren Mund aber ganz schön voll«, bemerkte Claus Limbek, als sie ihm die ›freiwillige‹ Schenkungsurkunde an König Valdemar vorlegte. Sie gedenke, die Urkunde für ungültig zu erklären, so daß Limbek die Besitztümer zurückerlange, die er damals als Strafe für seine Teilnahme am Aufstand hatte abtreten müssen.

»König Valdemar kam als rastloser und tatkräftiger junger Mann hierher, keiner hatte je für möglich gehalten, daß er ausgebrannt und gebrochen sterben würde«, sagte er und legte seine riesige zerkratzte Hand auf die Urkunde. »Wird eine junge Frau für uns wertvoller sein?«

»Ich bin seine Tochter«, antwortete sie nachdrücklich.

Nach dem Treffen mit Claus Limbek hatten die bevorstehenden Verhandlungen mit den Gesandten der Hanse ihren Schrecken für Margarete verloren. Oluf blieb bei ihr, schließlich war sie nur seine Stellvertreterin. Keiner kümmerte sich darum, daß sie sich Königin von Dänemark, Norwegen und Schweden nannte. Sie hatte Podebusk gegenüber eingeräumt, daß sie zwar nur Norwegens unangefochtene Königin sei, aber daß ihr Vater ihr vor seinem Tod geraten habe, alle drei Länder im Titel zu tragen. Und Schweden schulde sie ihrem Mann und ihrem Sohn.

Der Staatsrat trat zusammen und begann wie üblich mit seinen Reden, ohne ihre Anwesenheit zu beachten. Dann kamen die Gesandten der Hanse hinzu. Sie hatte keine Vorstellung davon, wie ihr Vater diese Treffen abgehalten hatte.

»Und was hat die kleine Herrin von Norwegen denn zu diesen Streitsachen hier zu sagen?« fragte Evert Moltke und warf ihr einen Stapel Briefe hin. Er fuhr sich mit der Zunge über die Zähne und schmatzte, während er sie unverhohlen und neugierig anstarrte.

Er, seine Freunde und Tuve Galen hatten der Krone in Odense eine große Scholle Land entzogen, die sich König Valdemar damals unrechtmäßig angeeignet hatte. Evert Moltke hatte angeführt, daß Henning Podebusk ihm die Vollmacht dafür erteilt habe und er darum rechtmäßig im Namen des Königs gehandelt habe.

Aber Henning Podebusk war nicht der Regent des Landes, er war lediglich König Olufs Drost, oder vielmehr ihr Drost und nicht ihr Stellvertreter. Evert Moltke mußte wissen, daß sie von seinen Diebstählen in Odense erfahren hatte, aber er zeigte keine Anzeichen von Furcht oder Unsicherheit. Was will er denn von mir hören? fragte sie sich. Will er etwa, daß ich ihn um Rat bitte, wie diese Streitfälle einzuschätzen sind? Niemals! Entschlossen zog sie den Stapel Briefe zu sich heran und begrüßte die zwei Gesandten der Hanse, die sie noch immer keines Blickes gewürdigt hatten.

Im ersten Klagebrief ging es um Güter, die in Schonen gestrandet waren. Woher sollte sie wissen, was mit der Ladung, den Fässern und dem Geschirr geschehen war. Irgend jemand hatte die Sachen wohl an sich genommen.

»Schonen wird zur Zeit von Albrecht von Mecklenburg beherrscht, deshalb geht uns diese Angelegenheit nichts an, und wir weisen die Forderungen zurück«, sagte sie und legte den Brief beiseite.

Evert Moltke sah belustigt aus und reichte ihr das nächste Schreiben, während die Gesandten ihr den Fall beschrieben. Ein deutscher Ritter, der während des jütländischen Aufstandes im Dienste ihres Vaters gestanden hatte, hatte nach seinem Tod Schulden in Höhe von 600 Nobel für den Kauf von Streithengsten hinterlassen.

»Die Pferde hat er doch sicherlich gekauft, als er noch ein Feind des Reiches war, und gestorben ist er später im Dienste meines Vaters. Richten Sie also Ihre Forderungen an die Erben des Ritters und nicht an das Reich und das Volk meines Sohnes.«

Es glitzerte in Evert Moltkes Augen vor Begeisterung, aber die Gesandten waren überhaupt nicht erfreut. Ein dritter Brief wurde hervorgeholt. Ein Schloßherr, der von jütländischen Aufständischen eingesetzt worden war, hatte ein Schiff der Hanseflotte gekapert, das Wein geladen hatte.

»Wer kann es sich leisten, eine ganze Schiffsladung mit

Wein zu kaufen?« fragte sie ehrlich überrascht. »Ganz bestimmt nicht der dänische König! Es würde mich nicht wundern, wenn Albrecht von Mecklenburg diese Ladung zur Freude der Reichsgegner nach Stockholm bringen ließe.«

Der letzte, ungleich schwierigere Fall betraf eine Geldschuld, die damals zwischen dem Bischof von Århus und ihrem Vater aufgeteilt worden war. Es ging um eine hohe Summe. Sie konnte den Bischof nicht öffentlich beschuldigen, mit ihrem Vater Wucher getrieben zu haben, während er von den Aufständischen bedrängt wurde. Sie würde gezwungen sein, neue Schulden zu machen, um ihre alten Schulden oder vielmehr die ihres Vaters begleichen zu können.

»Wieviel können wir jetzt sofort bezahlen?« fragte sie Peder Jensen, der seine Papiere durchsah und ihr eine Zahl auf die kleine Schreibtafel schrieb, die zwischen ihnen lag.

»Wenn der Bischof die Hälfte des Betrages beisteuert und wir ein Drittel des Restes, dann ist doch ein erster Schritt gemacht. Was die anderen Fälle betrifft, bitte ich darum, in Zukunft eindeutigere Beweise vorgelegt zu bekommen, bevor ich jemandem Geld bezahle, der behauptet, ich würde ihm welches schulden.«

Plötzlich merkte sie, daß ihre Hände zitterten. Sie wußte nicht, ob sie diese Prüfung bestanden hatte.

6.

Der Tag war lang und beschwerlich gewesen, und sie hatte sich danach gesehnt, sich zurückziehen, die schweren Kleider abstreifen und in einem warmen Bett versinken zu können. Aber Håkon hatte sie mit seinem weichen Mund und seinen starken Armen empfangen und sie viele Stunden wach gehalten. Als er erschöpft in tiefen Schlaf fiel, blieb sie mit offenen Augen liegen und ging alles durch, was an diesem Tag geschehen war und was sie gesagt hatte.

Mitten in der Nacht erwachte sie und wälzte sich hin und her. Es war dunkel und kalt. Sie wickelte sich fest in die Decke ein und hörte, wie Oluf nach seinem Vater rief. Schlaftrunken tastete sie auf dem Laken nach Håkon, doch seine Seite war leer und kalt. Verwirrt erhob sie sich und hielt sich am Bettpfosten fest. Die Mecklenburger sind gekommen! dachte sie und kleidete sich schnell an.

Draußen im Söller war alles voller Fackeln, auch die Stadt war hell erleuchtet. Die Knechte schrien wild durcheinander. Im Burghof erkannte sie die große schlanke Gestalt von Frau Gisela, die mit gebieterischer Stimme Befehle gab. Etwas war geschehen, aber es war weder ein Krieg noch ein weiterer Aufstand noch ein Überfall. Gisela kam, so schnell sie konnte, den Söller herauf, legte ihre Arme um Margaretes Schultern und schob sie zurück ins Dunkel des Zimmers.

Mit halbem Ohr hatte sie vernommen, daß Olufs Weinen aufgehört hatte. Es gab folglich keinen Grund, sich Frau Gisela zu fügen. Margarete machte sich mit Gewalt frei, stolperte nach hinten und hielt sich schwer atmend an den Säulen fest. Sie wollte achtunggebietend aussehen.

»Es ist nichts geschehen, worüber sich die kleine Herrin von Norwegen Sorgen machen müßte«, versicherte ihr Frau Gisela.

»Ich will wissen, was vorgefallen ist«, erwiderte Margarete.

Frau Gisela hielt kurz inne, als müsse sie etwas überdenken, lächelte dann und hielt Margarete ihre Hände entgegen: »Ich bin mir nicht so sicher.«

Ein Mann, den Margarete als Hauptmann von Kalundborg wiedererkannte, kam den Söller entlang auf sie zu.

»Er ist über die Brücke bis in die Stadt gegangen, bevor jemand Verdacht schöpfte, aber wir haben ihn gefunden!« sagte er mit lauter, rauher Stimme zu Frau Gisela. »Ihm geht es gut. Zwar hat er uns nicht erkannt, aber er hat keinen Schaden erlitten.«

Håkon, der großmächtige norwegische König! hämmerte es in ihrem Kopf. Der Mann machte einen weiteren Schritt auf sie zu, und ihre Blicke trafen sich. Erst jetzt erkannte er sie und verbeugte sich verlegen. Dann drehte er sich schnell um und rannte die Treppe hinunter. Margarete folgte ihm, und sie durchquerten gemeinsam mit Frau Gisela den Burghof. Sie rutschte mehrmals auf ihren dünnen glatten Schuhen aus, stürzte jedoch nicht, sondern raffte ihr langes Kleid und den Mantel, damit sie nicht im Schnee und Dreck schleiften.

Am Tag zuvor noch war Håkon mit ihr und Podebusk zusammengewesen, und er hatte ihnen den Entwurf für die Handfeste vorgelesen, deren Beglaubigung die Seeländer vor Olufs Königswahl wünschten. Ausführlich und mit wachsender Begeisterung hatte er von Norwegen gesprochen und von der idealen Vereinbarung zwischen Adligen, Kirche und König, die er weitaus gelungener fand als die dänische. Dänemark sollte ein Erbreich sein, wie Norwegen. Das wäre einem Königreich würdiger, so wie es schon Frau Birgitta in ihren Ratschlägen an die schwedischen Adligen geschrieben hätte.

Eiskalter Schnee drang durch ihre Schuhe, der Saum des Rockes war vollgesogen und schwer, und sie fror an den

Beinen. Zuerst tat es noch weh, dann verlor sie jedes Gefühl in den Füßen, und der Schmerz ließ nach.

Håkon stand zwischen den Fackelträgern und lächelte, als hätte er nicht erwartet, daß sie nach ihm suchen würden. Sein Blick fiel auf Margarete, und er hob seine Hand und winkte zum Gruß.

»Ja, wen habt ihr da alles geweckt?« fragte er und lachte. »Und wo ist meine Frau?«

Er hatte sie nicht erkannt, denn er kam auf Frau Gisela zu, die erschreckt zurückwich und auf die Knie sank. Margarete humpelte zu ihm hin und nahm seine Hand. Er war glühend heiß und aufgeregt, doch sein Gesicht war grau und seine Augen glanzlos. Nun könnten sie endlich nach Hause gehen, verkündete er, nicht einmal drei Schritte würde man hier in Kalundborg machen können. Sie seien Gefangene des dänischen Drostes.

»Nun sind wir beide arme vaterlose Teufel«, sagte er, hielt sie mit eiserner Hand fest und zog sie mit sich.

»Nun wird sie keine Briefe mehr von ihrem geliebten Vater erhalten, die dann bei Tisch laut vorgelesen werden. Nun war sie die längste Zeit das Sprachrohr des angebeteten Vaters. Wir sind Waisen und stehen ganz allein. Wir haben keine Geschwister mehr und kaum Verwandte, und mit denen, die uns noch geblieben sind, führen wir Krieg. Mein Bruder hat seinen Vater verraten, meine Mutter hat diesen Sohn getötet, und nur Gott allein weiß, welches Glück Olav seinen Eltern bringen wird. Und nun danke ich allen, die uns bei dieser schwierigen Aufgabe beigestanden haben«, lachte er und fuchtelte mit den Armen. Mit dem einen Arm schlug er Margarete ins Gesicht, sie versuchte dem Schlag auszuweichen und taumelte nach hinten, aber er traf sie dennoch mit ganzer Wucht. Håkon hatte nicht bemerkt, daß er sie getroffen hatte, er drehte sich um, sah sie überrascht an, griff erneut ihre Hand und zerrte sie in die Schreibstube der Geistlichen.

Keiner mischte sich ein oder stellte sich dazwischen. Podebusk wußte sicher Bescheid, nur sie ahnte wie gewöhnlich nicht, was hier geschah.

Der Raum war dunkel, aber sie konnte im schwachen Licht von den gekalkten Wänden die Schatten der Schreibpulte erkennen.

Håkon umarmte sie still, sie war nicht darauf vorbereitet und stolperte unter dem schweren Gewicht des großen Mannes, der sich auf sie stützte. Er weinte nicht und sagte kein Wort. Ein alter Schmerz durchströmte sie und füllte ihre Augen mit Tränen. Tiefe Wunden, die sie nicht berühren und darum nicht heilen konnte. Aber sie legte ihre Hände auf sein Gesicht, und er beugte seinen Kopf tief zu ihr herunter, bis seine Stirn die ihre berührte. Endlich fing er an zu weinen, in krampfhaften Zuckungen ergab er sich seinen Tränen. Erschöpft sank er auf die Knie, hatte keine Kraft mehr, sich aufrecht zu halten. Sie versuchte, ihn zu beruhigen, und legte ihre Arme um seine Schultern und drückte seinen Kopf an ihre Brust. Jetzt war er wieder ihr Håkon.

Er kam wieder zu sich und begann, ihr ins Ohr zu flüstern. Sie versuchte, seinen Mund mit ihren Lippen zu verschließen, aber er machte sich frei und redete weiter. Das meiste verstand sie nicht, halbe Sätze und Andeutungen über Dinge, in die er sie nie eingeweiht hatte. Mit der Zeit konnte sie aber die verschiedenen Personen unterscheiden, von denen er sprach. Immer wieder kam er auf seinen Bruder Erik und seinen Vater zu sprechen, über die er schon so lange kein Wort mehr verloren hatte. Ihr Vater hatte sie früher einmal davor gewarnt, die Schuld der Folkunger zu ihrer eigenen zu machen.

»Mich hat Vater nie wahrgenommen, nur Erik«, sagte Håkon. »Brudermord, Frauen, die ihre Kinder töten, Thronräuber, mein Vater hat niemals dafür gebüßt, und wir können es nicht für ihn tun.«

»Ich muß nicht jede häßliche Einzelheit kennen«, flüsterte Margarete.

Plötzlich sprang er auf und verließ den Raum, von derselben Unruhe besessen, die ihn schon hinunter in die Stadt getrieben hatte. Als er die Tür öffnete, fiel für einen kurzen Moment das Licht herein. Da sah sie in der Ecke ein erschrockenes Gesicht. Hinter dem Schreibpult saß Peder Jensen, mit einer Decke über den Schultern, offensichtlich hatte er sich nach seiner Arbeit an Ort und Stelle schlafen gelegt. Vielleicht hatte er gar keinen anderen Platz zum Schlafen, schoß es ihr durch den Kopf. Was wußte sie eigentlich schon vom Alltag ihres Geistlichen? Sie würde ihm am nächsten Tag eine bessere Unterkunft besorgen.

Jeden anderen hätte sie fortgeschickt, aber Peder war ungefährlich. Sie versuchte aufzustehen, war aber zu schwach. Er kam ihr zu Hilfe und legte ihr seine Decke über die Beine. Dann half er ihr, die durchnäßten Schuhe auszuziehen.

Peder wickelte die Decke um ihre Füße und rieb sie warm. Er stand mit entblößtem Oberkörper vor ihr, aber sie wagte nicht zu fragen, ob er friere, das hätte er als Kränkung aufgefaßt.

Ihre Blicke trafen sich, wie alt er wohl war? So alt wie sie oder jünger? Sie waren die einzigen jungen Menschen unter lauter Älteren, erfahrenen Männern und Frauen. Sie musterte sein glattes bartloses Gesicht mit den großen glitzernden Augen, den vollen Lippen und dem lockigen Haar. Unter der dünnen bleichen Haut spielten die Muskeln. Er hatte sich ihr ergeben, und sie hatte sich verpflichtet, die Nähe, die zwischen ihnen entstanden war, niemals zu mißbrauchen.

»Helfen Sie mir, ich muß zurück ins Bett. Ich muß zurück!« sagte sie.

Ohne Widerspruch zog er ihr seine Schuhe an, als hätte er Oluf vor sich auf dem Tisch sitzen. Er legte seinen Arm um sie, und sie lehnte sich gegen ihn. Im Dunkeln verschmolzen sie zu einem Schatten im Burghof. Sie konnte seinen Atem und Puls spüren. Er drückte sie fest an sich, ihr Kopf lehnte an seinem Hals, und sie sog seinen Duft tief ein.

Sie lag wach, wie so viele Nächte zuvor, gefesselt von ihren Sorgen. Es ärgerte sie, daß sie nirgends Ruhe oder Rat finden konnte. Als sie versucht hatte, ein Gespräch mit Håkon zu beginnen, während er sich auskleidete, sah er verwundert auf und schüttelte mit dem Kopf.

»Solche Sachen mußt du Henning Podebusk fragen«, sagte er und gähnte. »Wofür hat ihn dein Vater denn zum Drost ernannt? Er soll sich nützlich machen. Gib ihm die nötige Ruhe und Zeit dazu. Zu Hause sitzt mein Drost Ogmund Finnssøn, und ich habe volles Vertrauen zu ihm.«

Aber Norwegen hat auch keinen Albrecht von Mecklenburg zum Feind, dachte sie.

Und dann legte sich Håkon ins Bett, als gäbe es keine Sorgen auf der Welt. Drost Ogmund war sicherlich ein Segen für ihren Mann, aber er half ihr hier in Dänemark nicht im geringsten.

Albrecht III. hatte sich tatsächlich zum rechtmäßigen König von Dänemark ausgerufen, und es war ihm sogar gelungen, den Kaiser auf seine Seite zu ziehen. Sie wiederum hatte sich einen päpstlichen Notar kommen lassen, um sich die Unterstützung des Papstes zu sichern. Sie konnte danach Papiere mit dem päpstlichen Siegel vorlegen, die bezeugten, daß sie Olufs Vormund und somit rechtmäßige Erbin des Reiches war. Ferner hatte sie den Erzbischof von Lund zum Primas von Schweden ernannt, da die Mecklenburger angefangen hatten, ihre eigenen Verwandten als Bischöfe in den schwedischen Domkirchen einzusetzen und sich vom Papst Priesterämter zu kaufen.

Denn leider Gottes stimmte es nicht, obwohl sie nicht müde wurde, es zu behaupten, daß es keine Königsnachkommen außer Oluf gebe. Denn in Mecklenburg gab es viele einflußreiche Familien, die durchaus Ansprüche erheben konnten.

Und sie lebten hier auf Burg Nyborg, und zwar immer noch auf Kosten des Bischofs – sie mußte einen Ausweg finden.

Sie wollte aufstehen und war darauf bedacht, Håkon nicht zu wecken. Doch ihr rechter Fuß traf nicht den Fußboden, und sie schlug lang hin. Sie hatte vergessen, daß sie auf Nyborg waren und im Bett von Erik Glipping schliefen. König Eriks riesiges Bett, in dem es nach Mäusekot und Feuchtigkeit roch, stand auf einem dreistufigen Podest, wie ein Thronsessel. Doch endlich wußte sie, was sie zu tun hatte – es galt, keine Zeit zu verlieren. Sie erhob sich mühsam und warf sich den großen gesteppten Mantel über, den Håkon vorher auf die Bank neben das Bett gelegt hatte.

Es war eine pechschwarze Nacht, aber sie nahm keine Kerze mit, sondern tastete sich an den Mauern entlang die Treppen hinunter, durchquerte den Burghof und steuerte auf die Holzhäuser zu, in denen Podebusk und seine Geistlichen untergebracht waren. Sie öffnete die entsprechende Tür, die laut knarrte, und trat in das dunkle Zimmer. Die Holzhäuser erinnerten sie an den Burghof von Akershus. Es war so lange her, daß sie in einem Holzhaus gewohnt hatte, daß die Erinnerung an die Geräusche und Gerüche sie überwältigte. Eine weiche Wärme und der Duft von Wacholder umhüllten sie, und auf der Feuerstelle in der Mitte des Raumes lag noch Glut.

Henning Podebusk setzte sich senkrecht im Bett auf, die rechte Hand griff zu seinem Schwert, das an der Wand hing. Mit dem Schwert in der Hand sprang er aus dem Bett und stand vor ihr, so nackt, wie Gott ihn geschaffen hatte.

Unter den Decken erwachte eine Frau, die sich umdrehte und ihre langen geflochtenen Zöpfe über ihre Schultern legte. Frau Gisela blinzelte gereizt, sie ließ sich nicht gern überraschen, auch nicht von ihrer Herrin.

Margarete wußte nicht, was sie tun sollte. Sie verbeugte sich tief. Der Drost legte das Schwert aufs Bett und griff nach einem Laken, um sich zu verhüllen.

»Ich habe lange überlegt, was wir gegen Albrecht ausrichten könnten«, sagte Margarete hastig und stolperte über ihre

Worte. »Und ich habe den Beschluß gefaßt, daß wir nicht hier sitzen und auf seinen Angriff warten dürfen. Wir müssen ihm zuvorkommen, wir müssen seine Feinde aufsuchen und uns hinter seinem Rücken mit ihnen verbünden. Podebusk, Sie haben den Herzog von Pommern seinen Feind genannt, mit ihm müssen wir uns in Verbindung setzen, bevor Albrecht den Kaiser überredet hat, ihn zu unterstützen. Und Sie haben einmal erwähnt, daß unter den Hansestädten keine unverbrüchliche Einigkeit herrscht. Lassen Sie uns die ausfindig machen, die der allgemeinen Meinung entgegenstehen, und sie mit Privilegien und Vergünstigungen belohnen. Aber Pommern hat meiner Ansicht nach Vorrang.«

Sie erwartete, daß Podebusk sie unterbrechen würde, er aber nahm nur schwerfällig auf der Bettkante Platz und gab ein törichtes, albernes Lachen von sich. Es lief ihr eiskalt den Rücken herunter, hatte ihr Drost womöglich den Verstand verloren?

»Habe ich es dir nicht gesagt?« wandte er sich an seine Frau. »Früher oder später wird Valdemar in ihr erwachen, und dann beginnt alles von vorne!«

Margarete räusperte sich. Sie hatte nicht die Absicht gehabt, ihren verzweifelten Vorschlag belächeln zu lassen.

»Ziehen Sie sich an, und folgen Sie mir, wir haben keine Zeit zu verlieren! Wir müssen an die preußischen Hansestädte schreiben und eine Delegation nach Pommern zusammenstellen. Der neue Tag bricht bald an, und Sie werden im Morgengrauen abreisen.«

Er sah sie an, und sie beobachtete, wie sich Begeisterung auf seinem müden Gesicht ausbreitete.

»Aber nicht einmal die Mönche sind schon wach«, warf Frau Gisela mürrisch ein.

»Sie ist Valdemars Tochter«, sagte Podebusk und legte beruhigend eine Hand auf den Arm seiner Frau. »Das habe ich schon gedacht, als ich sie das erste Mal in Norwegen traf. Durch und durch die Tochter Valdemars, nicht wahr? Als erste zuschlagen, hart und vor allem unerwartet. Wecken Sie meine Bediensteten und lassen Sie Lichter bringen, meine kleine Herrin von Norwegen. Ich komme zu Ihnen, wenn ich mich angekleidet habe.«

Erst jetzt konnte sie ihnen verzeihen, daß sie Håkons Krankheit vor ihr geheimgehalten hatten, erst jetzt konnte sie sich wirklich in die Arbeit stürzen. Und auf einmal glaubte sie wieder daran, daß doch alles gelingen könnte, sogar Olufs Huldigung auf den Thingen des Landes.

IV.
Die Stellvertreterin

1.

Margarete erwachte von dem Läuten der Glocken. Die Stadt Kopenhagen und ihre Bewohner feierten noch immer ihren unerwarteten Sieg über Albrecht von Mecklenburg. Es war alles so schnell gegangen, daß sie kaum gewagt hatte, der Nachricht zu glauben.

Heute würde sie zum ersten Mal jenen Albrecht treffen, den sie seit ihrer Kindheit gefürchtet hatte. Endlich würde aus der Angstgestalt ein wirklicher Mensch werden. Nun würde er seine Macht verlieren, wie in der Geschichte vom Schwanenritter, dem sein Schwert im Kampf aus der Hand fiel, weil sein Gegner ihn bei seinem Namen nennen konnte.

Sie stand auf, wusch sich das Gesicht und rief Frau Gisela und ihre Zofen herein, damit sie ihr beim Ankleiden der kostbaren und aufwendigen Tracht halfen, in der sie Albrecht beeindrucken und den Sieg feiern wollte. Die Glocken hörten nicht auf zu läuten, denn eine Kirche folgte dem Aufruf der nächsten und ließ ihre Glocken ertönen. Frau Gisela öffnete die zwei kleinen Fenster, so daß der Wind und die Sonne das Zimmer durchströmten und hell erleuchteten.

Sie hatte sorgfältig geplant, wie sie auftreten würde: Die Stadt Kopenhagen sollte sie als die milde Mutter und die schwache Frau sehen, die nur mit Gottes Hilfe den Sieg über einen fremden Herrscher errungen hatte. Albrecht hatte abgelehnt, das Erbrecht ihres Sohnes anzuerkennen, und ein Heer gegen sie aufgestellt, doch er war gescheitert. Und nun mußte er zu ihr nach Kopenhagen gekrochen kommen und um Versöhnung bitten.

Es klopfte an der Tür, und Bischof Niels Jakobsen trat herein. Der Wind zog die Tür hinter ihm zu und zerrte an ihrem dünnen seidenen Unterkleid. So wie der Bischof ihr seine Stadt geliehen hatte, so hatte ihr Frau Gisela ihr Brautkleid geliehen, goldene Seide in unzähligen Schichten. Die Seide klebte an ihrem Körper, umschmiegte ihre Beine, Hüften und Brüste, dem Bischof verschlug es die Sprache, und er starrte sie unverhohlen an.

Erst als sie ihn begrüßte, besann er sich, wedelte hilflos mit den Armen und lachte unsicher. Seit Håkons Wanderungen durch Kalundborg war schon über ein Jahr vergangen, und sie hatte sich längst daran gewöhnt, an seiner Stelle Regentin zu sein. Nur ihre Umwelt behandelte sie mitunter noch so, als sei sie eine Traumgestalt, eine vergängliche Erscheinung.

»Dem armen Albrecht werden vor lauter Staunen die Augen aus dem Kopf fallen«, sagte der Bischof, und Margarete wandte sich um zu den drei Frauen, die ihr mit dem Kleid geholfen hatten. Frau Gisela knickste nicht einmal, sie stand ganz still und war tief in ihre Arbeit versunken. Ihr Blick glitt über das Kleid und suchte nach Fehlern, die sie noch ausbessern mußte.

Da die Hanse Schonen noch fest in ihrem Griff hatte, waren Margarete und ihre Familie zwar arm und auf Anleihen angewiesen, aber das Glück war ihr hold. Margarete hatte vermocht, die drohende Kriegsgefahr in eine bevorstehende Begegnung der Versöhnung umzuwenden. Sie hatte Zeit gewonnen, und Zeit war mehr wert als Gutshöfe oder ganze Provinzen, die würde sie auch bald wieder zurückbekommen. Sie hatte alle Unterlagen eingefordert über jene unrechtmäßigen Beschlagnahmungen von Gutshöfen, die nach dem Tod ihres Vaters von den Adligen vorgenommen worden waren. Sie würde sich auf dem Thing in Kalundborg das zurückholen, was sie ihr und der Krone gestohlen hatten.

Einen Mann hatte sie verloren – Tuve Gale, ein Verwalter aus Schonen, hatte sich Albrecht und seinen Leuten angeschlossen und saß nun in Wismar. Er hatte zusammen mit anderen geschworen, den jungen Albrecht auf den Thron zu bringen. Doch sie hatten sich geirrt, und Margarete hatte sie des Landes verwiesen. Je früher sich Untreue zeigte, um so besser.

Sie mußten Albrecht auf offener Straße treffen, denn der Bischof hatte gerade begonnen, Vordingborg wiedererrichten zu lassen, nachdem die Hanse es geschleift hatte. Die Tatsache, daß die Begegnung mit Albrecht in der Stadt erfolgte, unterstrich, daß sie im Frieden mit der Kirche war und ein Freundschaftsverhältnis zum einflußreichsten Bischof des Landes pflegte.

Wenn sie den Bischof richtig einschätzte, dann hatte er vor, seine Gäste mit leiblichen Genüssen zu überschütten. So wie sie beabsichtigte, Albrecht in weiblicher Sanftmut ertrinken zu lassen.

Sie machte sich nur über Håkons Verhalten Sorgen. Als sie ihm gegenüber von einem möglichen Treffen mit Albrecht gesprochen hatte, war er wutentbrannt aus dem Zimmer gestürmt, und sie hatte bitten und betteln müssen, bis er endlich einwilligte. In den letzten Tagen hatte er zwar kaum ein Wort mit ihr gewechselt, aber die Aussicht, als König von Norwegen auf dem Marktplatz der Stadt auftreten zu dürfen, schien ihn milde gestimmt zu haben.

Frau Gisela brachte ihr das steife Überkleid und schnürte es fest um ihren Leib. Der Bischof von Roskilde nahm ihre Hand und geleitete sie hinaus.

Das Wetter war so besonders wie der Tag selbst. Die Sonne schien auf ihr goldenes Kleid und wärmte die Haut. Einerseits fühlte sie sich genauso eingesperrt wie damals als kleines Kind, denn das steife Kleid diktierte jede ihrer Bewegungen. Andererseits erleichterte eben das einiges, denn sie war schließlich nicht in eigener Sache dort, sondern als Stellvertreterin des Königs.

Zwei Ausgaben des Albrecht von Mecklenburg kamen ihr in der Tyskmannegade entgegen, Vater und Sohn. Zwei spindeldürre bärtige Männer, die sie nicht sofort voneinander unterscheiden konnte.

Der Bischof ließ ihre Hand los, und sie blieb abwartend stehen, die Hände gefaltet. Auch die Mecklenburger waren stehengeblieben – sie standen sich wie zwei Heere gegenüber, Auge in Auge.

Laut Abkommen sollte sie jetzt von den Mecklenburgern den Treueschwur verlangen, den ihr Vasallen erwiesen. Sie mußten Olufs Erbrecht auf Dänemark anerkennen, vor ihm niederknien und den Eid schwören, den die Unterhändler zusammen mit Podebusk Wort für Wort verfaßt hatten. Danach sollten sie ihre Hand küssen, und erst dann würde Margarete die beiden willkommen heißen.

Sie hatte alles sorgsam vorbereitet, und es war keine Abweichung vorgesehen. Doch nun standen sie hier in der Tyskmannegade, und sie hielten sich nicht an die Absprache.

Frau Gisela hatte ihr das gestärkte Kopftuch so gewickelt, daß es sich wie ein weicher Bausch um ihre Wangen und ihren Hals schmiegte. Der Wind spielte damit und wehte ihr einen Zipfel des Kopftuches über den Mund, als würde er verhindern wollen, daß sie etwas Falsches sage.

Der junge Albrecht, der sich König von Schweden nannte, löste sich von der Seite seines Vaters und kam zögernd zu ihr, kniete elegant nieder und nahm ihre Hand. Das war ebenfalls nicht Teil der Absprache, er sollte Oluf ewigen Gehorsam schwören und nicht ihr, sie war nur Olufs Vormund, seine Stellvertreterin. Doch Oluf stand neben seinem Vater, den Albrecht nicht als König anerkennen wollte. Denn damit würde er gleichzeitig Håkons Erbrecht auf Schweden anerkennen.

War das wirklich alles, was es zu verstehen gab? Sie hatte die Mecklenburger und ihre Verschlagenheit so sehr gefürchtet. Und nun war ihr Verhalten so durchschaubar wie das eines kleinen Kindes.

Er sah ihr ungeniert in die Augen und sagte jene Sätze auf, die er für den Treueschwur auswendig gelernt hatte, während er dabei ihre Hand streichelte. Für ihn war das keine verbindliche Zeremonie, sondern eine Begegnung mit einer jungen Frau. Sie begriff, daß er die Feierlichkeit seines Schwures nicht ernst nahm. Ihr Vater hatte immer behauptet, daß man nur Gelübde ableisten sollte, deren Einhaltung einem Vorteile versprachen.

Mit einem strahlenden, aber falschen Lächeln hieß sie ihn und sein Gefolge herzlich willkommen. Mit einem Seitenblick streifte sie Håkon, der Oluf beide Hände auf die Schultern gelegt hatte. Trug Albrecht der Jüngere seine Krone mit Ironie und Überheblichkeit, so war Håkon in reiner norwegischer Würde erstarrt. Albrecht hatte sich offensichtlich entschieden, Oluf nicht weiter zu beachten, denn er hatte ihr und nicht Oluf Treue geschworen. Er war sich offenbar sicher, daß Margarete in wenigen Jahren aus den Regierungsgeschäften entfernt sein würde. Und Håkon schuldete er nichts, er verachtete ihn sogar, so wie sein Vater König Magnus verachtet hatte.

Glücklicherweise war Oluf nicht schlechter Laune, er hatte gelernt, sich ohne Scheu zwischen Fremden zu bewegen. Er schaute unablässig auf Albrechts langen Dolch, der an seinem Gürtel hing und bei jedem Schritt gegen seinen Schenkel schlug. Albrecht folgte dem Blick des Jungen, schnallte daraufhin Dolch und Scheide vom Gürtel ab und überreichte sie Håkon, der ungläubig auf dieses unerwartete Geschenk starrte.

Hinter Albrecht dem Älteren folgte der Rest der Familie. Ingeborgs Witwer Heinrich drängte sich nach vorn, umarmte Margarete etwas zu herzlich und stellte ihr seine kleine

Tochter Marie vor. Sie war ein dünnes hochgewachsenes Mädchen von zwölf Jahren, die sich so tief verneigte, daß sie Schwierigkeiten hatte, sich wiederaufzurichten. Mit geröteten Wangen stand sie vor der Königin.

In ihrem Gesicht hatten sich alle Züge der Familien vereinigt: Die zarte Schönheit des Geschlechts der Folkunger, die Stärke ihres Vaters und die Schlankheit und die dunklen Farben der Mecklenburger. Sie würde später einmal so groß werden wie die Männer in ihrer Familie.

Sowohl Albrecht der Jüngere als auch der Ältere waren beide keine Schönheiten, Marie aber könnte so schön werden wie Blanka; mit ihren dunklen schrägen Augen, den hohen Wangenknochen und dem schweren blonden Haar, das ihr Ingeborg und Valdemar vererbt hatten. Margarete hatte befürchtet, daß Marie von dem Lärm und den vielen fremden Menschen Angst bekommen könnte. Ihr aber schien es sehr gut zu gefallen, für sie war es einfach ein herrliches neues Abenteuer.

»Ich würde gerne Maries Erziehung an meinem Hof übernehmen. Marie ist eine Augenfreude, und wir werden ihre Gegenwart bei uns sehr zu schätzen wissen«, sagte Margarete zu Heinrich, der vor Stolz errötete.

Albrecht der Jüngere hatte nicht die Absicht, Margaretes Aufmerksamkeit auch nur für einen Augenblick an die ansprechenderen Familienmitglieder zu verlieren. Er griff ihren Ellenbogen und ließ einige scherzhafte Bemerkungen über König Magnus fallen.

»Denn im Gegensatz zu meinen Vorgängern schätze ich den Umgang mit Frauen sehr«, sagte er zum Abschluß und sah unschuldig nach vorn.

Sie waren auf dem Weg in den Garten des Bischofs, und der Duft von guten Speisen und frischen Laken wehte ihnen entgegen. Margarete überging Albrechts Bemerkung und wandte sich an den Bischof, der sie zu ihrem Ehrenplatz führen würde.

Ihr Blick fiel auf Albrecht den Älteren, der mit verschränkten Armen darauf wartete, zu Tisch gerufen zu werden. Er hatte sich bei der ersten Begegnung sehr zurückgehalten, doch seinen frohgemuten Sohn keine Sekunde aus den Augen gelassen. Das ausgezehrte Gesicht des alten dünnen Mannes ließ vermuten, daß er in seinem Leben sehr selten gelacht hatte. Aber das Verhalten seines Sohnes schien ihn offensichtlich zu erheitern.

Sie wußte, daß die Zeit für sie arbeitete. In ein paar Jahren würden die schwedischen Adligen aufwachen und erkennen, daß es ein unverzeihlicher Fehler gewesen war, diese Aasgeier in ihr Land zu lassen.

Allein darum war der Friedensschluß in Kopenhagen so wichtig. Sie hatte in die Zukunft geblickt, denn die vereinten Reiche würden eine unüberwindbare Macht bedeuten. Das begriffen die Mecklenburger offenbar nicht. Sie waren nur habgierig und zufrieden, wenn sie an Bestehendem festhalten konnten. Wie beschränkt im Geiste sie waren! Herrscher durften sich niemals mit dem Erreichten zufriedengeben. Das war doch der Sinn des Regierens, immer in die Zukunft zu blicken und sich unablässig zu bemühen, Verbesserungen zu erreichen. Das war der große Unterschied zwischen ihrem Vater und den Mecklenburgern. Er hatte ein Ziel gehabt und dieses bis zu seinem letzten Atemzug verfolgt.

Am anderen Ende des Tisches erblickte sie ein junges lebhaftes Gesicht, das sie anstrahlte. Peder Jensen, in zerschlissenem Mantel und Mönchskutte, hob den Arm zum Gruß. Sein Anblick versetzte ihr einen kleinen Stich, denn sie hatte bisher noch keine Zeit gefunden, mit ihm über seine Zukunft zu sprechen. Schon bald würde sie Abschied von ihm nehmen müssen. Um eines Bischofsstuhls würdig genug zu sein, mußte er im Ausland studieren. Gewiß war das die Erfüllung seiner Träume, aber sie würde ihn schmerzlich vermissen.

Sie hatte darum gebeten, wieder ein eigenes Gemach zu beziehen, und niemand hatte sich über ihren Wunsch gewundert.

Der Abgeschiedenheit ihres Gemachs wohnte eine sonderbare Heilkraft inne. Seit Olufs Huldigung hatte sich ihre Welt vollkommen geändert. Sie schlief nicht mehr so lange wie zuvor, ohne den langen Schlaf jedoch zu vermissen. Sie aß weniger und verspürte nur selten Hunger, obwohl die Speisen fertig angerichtet auf dem Tisch standen und der Wein ihr in Kelchen gebracht wurde.

Auf der Bettkante sitzend, versuchte sie, ihre Abendgebete aufzusagen, aber die Worte verschmolzen in ihrem Mund. Würde es nicht genügen, an die Gebete zu denken und andere für sie beten zu lassen? Sie schwang ihre Beine aufs Bett und ließ sich auf den Rücken sinken – ihre Augen fielen zu, und sie merkte, wie ihr Körper nachgab. Aber nur für einen kurzen Augenblick, dann riß sie die Augen wieder auf, und die Muskeln spannten sich an. Sie hatte sich fallenlassen, dafür aber war keine Zeit.

Zuweilen wurde sie von einer Schwermut erfaßt, deren Ursache sie nicht kannte. Dann half ihr nur, sich in die Arbeit zu stürzen. Und sie hatte ausreichend Arbeit, drüben in der Kanzlei von Peder Jensen lagen noch genügend unerledigte Schriftstücke vom Vortag. Peder Jensen schlief bestimmt schon in einem der Häuser des Bischofs. Sie könnte ihn zu sich rufen lassen und wie so oft die Nacht durcharbeiten, bis sie umfiel.

Doch dieses eine Mal tat sie es nicht. Sie stieg aus dem Bett, verschränkte die Arme und ließ die Kälte ihren Körper erobern. Dann kniete sie sich neben dem Bett nieder und sang eines der Gebete, die Frau Merete damals ihr und Ingegerd beigebracht hatte, um Kälte, Hunger und Traurigkeit zu vertreiben. Da sie früher gewirkt hatten, würden sie es vielleicht auch jetzt wieder tun. Sie mußte stark sein und ihre Schwäche weit von sich schieben. Niemals zweifeln, niemals bereuen.

Schließlich ließ sie Marie von Mecklenburg zu sich bringen, damit sie die Nacht in ihrer Kammer schlief. Das junge Mädchen war neugierig, gehorsam und kindlich. Sie plauderte wild über alles, was ihr in den Sinn kam, plapperte Dänisch und Deutsch durcheinander und war unendlich dankbar über Margaretes Einladung in ihre Gemächer. Das ungezwungene Kind machte Margarete ganz schläfrig.

Als sie damals nach Akershus kam, war sie nicht so kindlich und unerfahren gewesen wie Marie jetzt. Und in Maries Alter war sie bereits seit vielen Jahren die Königin von Norwegen gewesen.

2.

Margarete saß allein in dem großen lichtdurchfluteten Zimmer auf Nyborg. Die Sonne schien auf den langen Tisch, so daß sie jeden Fleck auf den Pergamenten sehen konnte, die vor ihr ausgebreitet waren.

Peder Jensen schubste Oluf in den Raum hinein.

»Deine Mutter ist allein«, hörte sie Peder Jensen sagen, und Oluf schaute sich vorsichtig im Raum um, ob Jensen ihn auch nicht angelogen hatte. Er verneigte sich tief vor seiner Mutter und sah danach sofort zu seinem Lehrer hoch, ob er auch alles richtig gemacht hatte.

Jeden Tag, der ins Land ging, ähnelte Oluf seinem Vater ein bißchen mehr. Margarete wunderte sich, wo sie und ihr Vater sich in seinem Wesen niedergeschlagen hatten. Oluf war ein richtiger Folkung, zerbrechlich, blaß, zart und anmutig, mit dunklen Augen und blondem Haar.

Oluf erblickte den norwegischen Reisealtar, den Margarete auf den Tisch gestellt hatte, und er bat Peder, ihn zu öffnen.

Der Reisealtar war einer der wenigen Gegenstände, die Håkon nicht an die Hanse verpfändet hatte, und sie hatte dafür Sorge getragen, daß er auf die Reise ans Sterbebett seines Vater mitgenommen wurde. Auf Akershus hatte sie versucht, Oluf die Heiligengeschichten der feinen, kleinen weißen Figuren beizubringen, aber er verwechselte sie ständig und wollte lieber, daß sie ihm Abenteuergeschichten erzählte, während er mit den Figuren spielte.

Margarete kam diese Unterbrechung nicht gelegen, doch sie ließ es sich nicht anmerken. Darum legte sie ihren Stift beiseite, dehnte ihre steifen Finger, lehnte sich nach hinten und streckte ihre Füße aus.

»Wir haben Olufs Rätsel gelöst«, sagte Peder Jensen, nachdem er die Werke aufgezählt hatte, die er dem kleinen König seit seiner Krönung vorgelesen hatte.

»König Oluf hört schlecht«, sagte er ganz ruhig und legte dabei seine Hände auf Olufs Kopf. Dieser strahlte wie eine kleine Sonne.

»Ein König wird dadurch nicht vom Regieren abgehalten«, sagte Peder Jensen, mehr zu Oluf als zu ihr. »Denn ein König kann allen befehlen, sehr langsam und deutlich mit ihm zu sprechen. Eigentlich kann sich Oluf Håkonssøn glücklich schätzen, als Sohn eines Königs geboren worden zu sein und bereits jetzt schon selbst König zu sein.«

Margarete war nicht so sicher, ob das ein Glück für ihn war.

»Ansonsten ist er ein äußerst fleißiger kleiner Junge, der schnell lernt«, versicherte ihr Peder.

Oluf sagte nuschelnd seine lateinischen Verse auf. Er gab sich bei ihr immer die größte Mühe, denn er liebte und fürchtete sie gleichermaßen.

Er redet so undeutlich, weil er so schlecht hört, dachte sie. Ich habe Dänemark einen kleinen halbtauben König geschenkt.

In einem Jahr nur würde sie Peder auf die Universität von Prag schicken und später nach Rom. Bis dahin müßte Oluf ausreichend Latein und Französisch gelernt haben, damit er mit einem neuen Lehrer weiterarbeiten konnte.

Ihr Sohn lernte den Stoff eines Chorknaben, aber nicht den eines Königs. Was nützte es ihm, fließend Griechisch und Latein sprechen zu können, dazu hatte ein König seine Geistlichen. Håkon hätte ihm schon längst die Kampfkunst beibringen sollen, aber Håkon kümmerte sich nur um seine eigenen Angelegenheiten, und die fanden nicht außerhalb der Burgmauern oder gar im Burghof statt.

Ihre Finger trommelten im Rhythmus der Verse. Wenn er doch nur schon fertig wäre, dann könnte sie weiterarbeiten und ihren dringenden Pflichten nachkommen.

Er ist Kristoffer wirklich auffallend ähnlich, dachte sie, während sie ihn betrachtete.

Peder Jensen strich Oluf übers Haar, als er fertig war und erwartungsvoll auf seine Mutter blickte. Margarete sah verwirrt von einem zum anderen. Was wollten sie von ihr, Dankbarkeit, Bewunderung? Doch sie fragte nur, ob sie denn schon Håkon etwas vorgetragen hätten, und dann verließen sie Margarete wieder, Hand in Hand, der kleine und der große Mann.

Der Brief des Papstes lag vor ihr auf dem Tisch, sie hielt sein großes Siegel in der rechten Hand. Sie war endlich wie ihr Vater ein Freund des Papstes geworden. Er hatte ihr die Erlaubnis erteilt, in der Fastenzeit Fleisch und Milchspeisen zu essen. Von nun an würde die Fastenzeit im Frühjahr Oluf und sie nicht mehr so sehr schwächen.

Der Lärm vom Graswall ließ sie aus dem Fenster sehen. In der Regierungszeit ihres Vaters hatten sie nie ausreichend Geld gehabt, um alle Fenster auf Vordingborg mit Glas versehen zu lassen, man hatte mit Fensterläden vorliebnehmen müssen. Anfang des Jahres hatte Margarete beschlossen, zumindest die Fenster im größten Haus mit echtem Glas ausstatten zu lassen. Es belustigte sie jedesmal aufs neue, wenn Frau Gisela die Fenster wie in alten Zeiten öffnete und verwirrt vor den Glasscheiben stand.

Das Frühjahr hatte Einzug gehalten, es duftete betörend, und die Brise, die Vordingborg immer steif und kühl durchzog, war heute süß und erfrischend.

Frau Gisela kam mit Marie an der Hand herein. Margarete verdeckte den Brief vom Papst und erhob sich. In dem Jahr, das sie bei ihren Verwandten in Dänemark verbrachte hatte, war ihre Nichte nicht viel reifer geworden. Sie fiel übertrieben auf ihr Knie, als würde sie vor einer Heiligen stehen und nicht vor ihrer Tante. Margarete hob sie lachend hoch und umarmte sie. Marie küßte sie mit spitzen Lippen und blieb still stehen, Tränen in den Augen.

Marie war ein wirkliches Wunderwerk an kindlichem Liebreiz und Übermut gewesen, als sie damals auf Vordingborg ankam. Sie hatte gesungen wie ein Engel und getanzt, bis sie umfiel. So eine Tochter hätte sich Margarete gewünscht, zwölf Jahre und schon im heiratsfähigen Alter.

»Bist du traurig, daß du uns verlassen mußt?« fragte Margarete und hob ihr Kinn mit dem Zeigefinger.

Marie riß ihre Augen auf und schluchzte laut.

»Ich will nicht fort von meiner lieben Tante«, sagte sie mit belegter Stimme.

Törichtes kleines Kind, dachte Margarete und umarmte sie erneut. Dann schob sie sie in die Arme von Frau Gisela zurück und sagte ihr Lebewohl. Marie plapperte und weinte den ganzen Weg die Treppe hinunter. Margarete begrüßte es sehr, daß das Mädchen nach Hause zurückkehrte, solange sie noch Jungfrau war.

Die Mecklenburger hatten Marie zurückgerufen. Sie wollten sie mit dem älteren Herzog von Pommern verheiraten. Margarete hatte sofort erkannt, was sie im Schilde führten. Margarete hatte damals versucht, die Uneinigkeit unter den Hansestädten auszunutzen, und hatte in Vartislaw von Pommern einen Verbündeten gefunden. Dieser hatte nun seine Gesandten losgeschickt, um ihm eine neue Ehefrau zu besorgen. Die Hochzeit würde in Mecklenburg stattfinden, und von dort würde Marie nach Darlowo weiterreisen.

Die Mecklenburger rechneten wohl damit, daß sie den Dänen auf diesem Wege Pommern als Verbündeten abspenstig machen könnten. Aber Margarete hatte früh begonnen, Marie für sich zu gewinnen, und sie bei jeder Gelegenheit an ihr enges Familienverhältnis erinnert. Sogar Oluf hatte geweint, als er hörte, daß Maries Abreise bevorstand.

Margarete war sich ganz sicher, daß Marie dieses Gefühl mit sich nehmen und niemals böse Absichten bei ihrer Tante vermuten würde. Mit ihr hatte sie eine Fürsprecherin bei Vartislaw von Pommern. Schon Valdemar Atterdag hatte mit den pommerschen Fürsten freundschaftliche Bande geknüpft. Seine Mutter Eufemia stammte sogar aus Pommern, und deren Vater wiederum war einst der Herzog von Bugislaw gewesen. In Wahrheit nahm Margarete lediglich bestehende Kontakte wieder auf und bekräftigte alte verwandtschaftliche Beziehungen. Das konnte ihr keiner zum Vorwurf machen.

Sie sah in seine grauen Augen und suchte nach einer Veränderung darin. Sie wünschte sich, dieses kleine störende Körnchen zu entdecken und es entfernen zu können. Sie wurde den Eindruck nicht los, daß Håkon langsam von innen verfaulte. Das Weiße in seinen Augen hatte sich verfärbt und war von einem trüben Schleier überzogen. Er sprach mit der Wand hinter ihr, aber nicht mit ihr.

In den letzten zwei Jahren hatte sie ihn auf Kalundborg wohnen lassen, weil er sich dort wohl und geborgen fühlte, während sie ihre Reisen durchs Land fortsetzte. Ihre Besuche bei ihm hatte sie ein ums andere Mal verschoben, sie wollte nicht an seinen Zustand erinnert werden.

Als sie das Zimmer ihres Mannes betrat, sprang ihr eine kleine Ratte über den linken Fuß. Unwillkürlich zog sie den Rock hoch und drückte sich an die Wand. Nicht die Ratte, vielmehr ihre Angst vor ihr färbte auf Håkon ab, der auf einem Schemel am Fenster mit einem Buch auf den Knien gesessen hatte. Er sprang auf, stieß dabei den Schemel um und verkroch sich in die dunkelste Ecke des Raumes.

In diesem Augenblick fühlte sie sich an ihre Mutter im Kloster Esrum erinnert, und sie wandte sich im Innersten endgültig von Håkon ab. Nun verstand sie, warum ihr Vater damals so gehandelt hatte.

Håkon begann plötzlich zu schreien und versuchte, auf die

Spitze eines Bücherstapels zu klettern, der auf dem Boden lag. Schnell war sie bei ihm, verdeckte seine Augen mit ihren Händen und flüsterte ihm ins Ohr, daß er keine Angst mehr haben müsse, sie habe Katzen dabei und die würden den Ratten zu Leibe rücken.

Sie hielt ihn im Arm und strich ihm übers Gesicht, dann nahm sie seine Hände und versuchte, sie warm zu reiben. Er hatte sich beruhigt und erzählte von Erik, seinem schönen Bruder, und von seinem Vater. Zwischendurch lachte er ein schrilles und höhnisches Lachen und sog scharf die Luft durch die Nase ein.

Sie mußte ihn wieder verlassen, konnte sich aber nicht von dem schmerzhaften Anblick lösen, wie Håkon mit kleinen ängstlichen Bewegungen durch das Zimmer schlurfte, ohne die Füße zu heben.

Wie lange würde er noch so leben können, in sich gefangen und von jedem menschlichen Umgang ausgeschlossen? Warum nur hatte Gott ausgerechnet ihn ausgewählt, den einzigen unschuldigen Verwandten aus dem gesamten Geschlecht der Folkunger. König Magnus hatte niemals daran gezweifelt, im Recht zu sein, Håkon hingegen hatte sein ganzes Leben im Zweifel verbracht und nach einer eindeutigen Antwort gesucht. Und nun hatte er sich in sein inneres Dunkel geflüchtet. Seine Tage waren Bußtage geworden. Und doch schien es Margarete, daß er es im Dunkel seiner Welt besser hatte als im Licht ihrer Welt.

Nur zwei Jahre war es her, daß er in ihrem Namen die Verhandlungen mit den Gesandten der Hanse geführt hatte. Sie war mit schwierigen Sitzungen in Holbæk beschäftigt gewesen, während er die Gesandtschaft hier in Kalundborg empfangen hatte. Und er hatte alles mit großem Selbstvertrauen gemeistert, so als hätte es ihm vorher nur an einer bedeutenden Aufgabe gefehlt. Dann waren sie auf die Huldigungsreise durch das Land aufgebrochen, und danach hatte er begonnen, sich von ihr zurückzuziehen.

Die Ratten waren fortgejagt, dafür wimmelte es jetzt von Katzen auf Kalundborg. Oluf wollte sie zähmen, und er hatte Glück mit einer braungrauen Katze, die sich ergeben von ihm herumtragen ließ. Margarete ließ ihn gewähren, dann fragte er nicht so oft nach seinem Vater. Håkon hatte nämlich Angst vor Katzen. Vor einiger Zeit war es ihm gelungen, eine der großen schwarzen Katzen zu fangen. Er hatte sie in Olufs Anwesenheit am Schwanz gepackt und gegen die Wand geschleudert. Die Katze überlebte zwar, aber Oluf war so verstört, daß er stundenlang weinte und schrie.

Ihr Schlaf war tief, und sie träumte vom Geheimgang auf Akershus. Sie rutschte aus und stürzte in ihrem Traum, fand keinen Halt und fiel durch das feuchte Dunkel, Oluf glitt aus ihren Armen, und das Schwarz der Nacht umschloß sie. Als sie erwachte, war sie schweißgebadet. Sie stand auf und wanderte durch das Zimmer und sprach laut mit sich selbst, um die Angst zu verscheuchen. Doch diese war hartnäckiger als ihr Wille und blieb an ihren Gedanken kleben wie getrocknetes Blut.

Die Tür öffnete sich, und sie erkannte seinen Duft. Früher einmal hatte sie sich danach gesehnt, daß er zu ihr kam, nun aber drehte sie sich kampfbereit zu ihm um und überlegte schnell, ob sie Hilfe herbeiholen sollte.

Vielleicht war es besser, daß er zu ihr kam und nicht ziellos durch die Stadt streifte. Sein Gesicht war grau und bleich, Augen und Mund waren dunkle Höhlen.

Langsam ging sie auf ihn zu und streckte ihm ihre Hände entgegen, bemerkte jedoch gleich, daß er durch sie hindurchschaute. Als sie direkt vor ihm stand, ergriff er ihre Hände, und sie stellte sich auf die Zehenspitzen, um ihn zu küssen. Sein kalter Mund erwachte und erwiderte den Kuß. Sie wußte, daß es gefährlich war, doch sie konnte nicht widerstehen und glitt in seine Umarmung.

Seine Furcht war plötzlich aus ihm gewichen, stellte sie

verwundert fest. Er hielt sie fest im Arm, und sein Mund küßte ihre Stirn und Augenlider. Er war der alte Håkon, ein größeres Geschenk hätte man ihr nicht machen können.

»Ich habe die Lösung gefunden«, flüsterte er und küßte ihr Ohr. »Ich weiß, was zu tun ist. Warum hat das nur so lange gedauert? Ich weiß jetzt, wie ich dich stützen kann, damit du so stark wirst, wie du sein mußt. Ich will dir alles geben, was du brauchst.«

Sie wollte fragen, was er damit meinte, aber er verschloß ihren Mund mit seinen Lippen und hob sie hoch, so daß ihre Gesichter auf gleicher Höhe waren. Seine Augen waren noch immer trübe, aber er sah nicht mehr durch sie hindurch.

»Warte nur, es wird alles gut werden«, sagte er und stellte sie wieder auf den Boden zurück.

Er wollte nicht, daß sie ihm folgte, darum setzte sie sich auf die Bettkante. Es war wie ein weiterer Traum gewesen, nur daß sein Duft noch im Raum und an ihrem Körper hing. Der Wahnsinn hatte ihn für einen Moment entkommen lassen.

Auf dem Gang hörte sie schnelle Schritte, etwas stieß gegen eine Tür, es polterte. Sie wartete einen kurzen Moment und trat dann auf den Söller. Ein herber Geruch schlug ihr in die Nase, sie tastete sich entlang der Mauer, bis sie den Wachgang erreichte, von wo aus sie einen besseren Blick auf die Burganlage hatte. Alle übrigen Bewohner schienen friedlich zu schlafen. Die Herrin war ja auf der Burg, die Herrin samt ihrem Drost, dem Marschall und ihrem Gefolge.

Sie öffnete die erstbeste Tür und schlug sie bei dem Anblick, der sich ihren Augen bot, sofort wieder zu. Ihre Hände ruhten auf dem Holz der Tür und auf den edlen Eisenbeschlägen: Sigurd Fafnerbane trank das Blut des Drachens und konnte den Gesang der Vögel verstehen. Sie erinnerte sich an das Bild aus ihrer Kindheit.

»Wir müssen ihn verstecken. Wir müssen dafür sorgen,

daß selbst Gott seine Schuld nicht sieht. Er hat fürwahr eine Lösung gefunden – aber nur für sich selbst«, flüsterte sie.

Wen könnte sie rufen? Nur Peder Jensen würde sie verstehen und ihr helfen. Sie riß sich zusammen und rief mit klarer Stimme die Wachhabenden unten beim Burgtor. Ein großer junger Mann kam zu ihr die Treppe hochgelaufen und verneigte sich, ohne den Blick von ihr zu lassen. Dann wurde ihr klar, warum er sie so verwundert musterte, sie war nur mit einem dünnen Hemdchen bekleidet. In seinem Gesicht stand jedoch weder Scham noch Scheu, sondern vielmehr verdutzte Erwartung. Glaubte er denn etwa, daß sie ihn gerufen hatte, weil sie sich einen Mann in ihrem Bett wünschte?

Sie richtete sich auf und bat ihn, ihren Mantel aus dem Schlafzimmer zu holen. Er gehorchte, ohne ein Wort zu sagen, und legte ihr den Mantel behutsam über die Schultern.

»Wecken Sie Peder Jensen, er schläft mit den anderen in der Schreibstube, und bringen Sie ihn zu mir«, sagte sie und legte ihre Hand auf seinen Arm. Nun errötete er, und ein zartes Lächeln huschte über sein Gesicht. Er mochte sie, und sie verstand nicht recht, warum sie das milde stimmte, denn eigentlich hätte sie ihn für seine Unverfrorenheit bestrafen müssen.

Der junge Mann lief behende die Treppen hinunter, vorbei an seinem neugierigen Gefährten rannte er hinüber zur Amtsstube. Margarete blieb unbeweglich stehen, niedergedrückt von der warmen Schwere des Mantels, und wartete. Doch es dauerte nur wenige Augenblicke, und die Tür der Schreibstube wurde aufgestoßen, und Peder Jensen stürmte barfuß heraus, noch schlaftrunken, spärlich bekleidet und noch ein bißchen angetrunken von dem Bier, das er am Abend zuvor genossen hatte. Den viel zu kleinen Rock hatte er sich eilig über den nackten Körper gezogen, und nun versuchte er unbeholfen, ihn vor die Brust zu schlagen. In der Eile hatte er offensichtlich die Kleidung eines Gefährten gegriffen.

Er kniete vor ihr nieder und sah sie mit ernster Miene an. Dann öffnete sie ohne Vorwarnung Fafnerbanes Eisentür.

Peder ging direkt auf Håkon zu und berührte ihn mit zitternden Fingern. Die Leiche begann sich durch seine Berührung langsam zu drehen. Peder trat einen Schritt zurück, nahm das einzige Möbelstück im Raum, einen umgestoßenen dreibeinigen Stuhl, stieg darauf und schnitt Håkon vom Balken ab.

Er wollte Håkon festhalten, doch die Leiche war zu schwer für ihn und fiel zu Boden. Margarete konnte ihm nicht zu Hilfe kommen, da sie an der Tür stand und sie versperrte. Der dumpfe Laut vom Aufprall des Körpers versetzte ihr einen solchen Schrecken, daß sie zu Boden glitt und sich in die Hand biß, um nicht laut aufzuschreien.

Peder beugte sich über den Toten und entfernte mit zuverlässigen, genauen Bewegungen den Gürtel, den Håkon als Schlinge benutzt hatte. Er streckte Håkons Arme und Beine, legte seinen Kopf auf ein Kissen und schloß seine Augen und den Mund. Letzteres gestaltete sich schwierig, denn die Zunge des Toten quoll immer wieder zwischen den Lippen hervor. Schließlich band er den Gürtel um Håkons Kopf, um dessen Mund zu verschließen, legte seine Arme über Kreuz auf die Brust und zog ihm die Schuhe von den noch warmen Füßen.

Sie verhielten sich wie zwei kleine Kinder, die alle Spuren ihres wilden Spiels beseitigen wollten, bevor die Eltern sie entdeckten. So hatte Margarete einmal gesehen, wie Kristoffer fieberhaft und mit hochrotem Kopf Scherben einer Kanne unter sein Wams steckte.

Margarete blieb bewegungslos auf dem Boden sitzen und lauschte Peders Stimme, die einen unerklärlichen Gesang anstimmte. Langsam begriff sie, daß er Håkon die letzte Ölung gab und ihn besang, als wäre er noch am Leben und könnte den Segen und die Vergebung empfangen. Er verheimlichte Håkons Tod und log sogar vor seinem Gott.

Es war richtig gewesen, sich damals für Peder Jensen zu entscheiden.

Erst jetzt werde ich erfahren, was es wirklich bedeutet, eine Königin zu sein, dachte sie. Bisher habe ich versucht, alles richtig zu machen, aber ohne Kosten und Leiden. Nun würde sie die Herausforderung annehmen und das Werk fortsetzen. Håkon hatte das gewußt.

Sie erhob sich und scheuchte dadurch eine Katze auf, die kreischend in die Dunkelheit floh und sie von dort mit ihren gelben Augen anstarrte. Auf einmal war Margarete umringt von Katzen, als hätte Håkons Tod sie geweckt. Eine gelbe Katze umstrich ihre Beine und stolzierte dann hinaus in den Söller, zwei schwarze Katzen kreuzten ihre Wege.

Und uns hat Frau Birgitta Wolfsbrut genannt, dachte sie bitter und verbarg ihr Gesicht in den Händen.

3.

Sie erkannte seine helle, fröhliche Stimme. Er versuchte erst gar nicht, seine Freude zu dämpfen, er war endlich wieder heimgekehrt, lang ersehnt.

Ohne ihren Gesichtsausdruck zu verändern und ohne richtig von den Akten aufzusehen, die ihr Podebusk gebracht hatte, sagte Margarete zu dem Geistlichen, der vor ihr saß, daß sie den Kanonikus Peder Jensen zu sehen wünsche, der gerade aus Prag von der Universität heimgekehrt sei.

Sie hatte ihn schmerzlich vermißt und sich über seine knappen Briefe gewundert. Geld und Geschenke hatte sie ihm geschickt, denn sie wußte ja, daß seine Familie nichts besaß und überdies noch geizig war. Sie waren nicht so weitsichtig wie Margarete und hatten nicht so große Hoffnungen wie er.

Er mußte sich sehr beeilt haben, nach Hause zurückzukommen, Petrus Joanis, wie er sich jetzt nannte. So sehr beeilt, daß sie sich nicht hatte vorbereiten können. Das stimmte nicht ganz, sie hatte gewußt, daß er aus Prag aufgebrochen war. Am Abend zuvor noch hatte sie begonnen, einen Brief an ihn zu verfassen, wußte aber nicht, wo er sich nach seiner überstürzten Abreise gerade aufhielt. Sie hatte ihm unbedingt schreiben wollen, denn es waren zwei wichtige Briefe eingetroffen, einer aus Växjö und einer aus Rom. Peder Jensen hätte kaum zu einem günstigeren Zeitpunkt zurückkehren können.

Die Tür öffnete sich, und mit ihm kam die Sonne herein und erfüllte den großen Saal auf Vordingborg. Sein Gesicht lag im Schatten, sie mußte gegen das Licht blinzeln. Sie streckte ihm beide Hände entgegen.

Der Geistliche neben ihr sah verschreckt auf und flüsterte: »Sollte König Oluf nicht ...«, doch er verschluckte den Rest des Satzes.

Er eilte über den ockerfarbenen Fliesenboden auf sie zu, beinahe lautlos, denn er trug weder Schwert noch Sporen, und sein dunkelblauer Reisemantel umwehte seinen Körper. Kurz vor ihren ausgestreckten Händen hielt er inne und sank formvollendet auf das Knie und grüßte sie.

Als sich ihre Blicke trafen, sah sie, wie sehr er sich verändert hatte.

Die zwei Jahre hatten ihn reifen lassen. Das weiche Jungengesicht war straff und glatt geworden und hatte die Züge eines erwachsenen Mannes angenommen. Zwischen den hellen Augenbrauen und an seinem starken sonnengebräunten Hals hatten sich kleine Falten gebildet. Der Bauernjunge war verschwunden, vor ihr kniete ein junger ehrgeiziger Geistlicher. Aber er betrachtete sie mit derselben strahlenden Aufmerksamkeit wie früher.

»Schreiben Sie in die Chronik, daß am heutigen Tage meine teurer Freund Peder Jensen, Kanonikus in Roskilde, zum Hof zurückgekehrt ist«, sagte sie ihrem Geistlichen, der, dankbar, eine Aufgabe zu haben, nach dem großen, ledergebundenen Buch griff. Sie hatte es sich angewöhnt, dort alle Begebenheiten von Bedeutung hineinzuschreiben.

»Peder Jensen Lodenhut«, korrigierte der kniende Mann. Sie streckte ihm erneut die Hände entgegen, und dieses Mal ergriff er sie und stand auf. Er war ihr schon lange über den Kopf gewachsen, aber seine Hände und Augen waren die gleichen geblieben. Am liebsten hätte sie sich auf die Zehenspitzen gestellt und ihn wie damals ihren teuren Herrn geküßt. Aber das ging nicht. Sie hätte eigentlich auch seine Hände sofort wieder loslassen müssen. Aber das ging auch nicht.

So standen sie eine Weile und schauten sich an, ohne ein Wort zu sprechen. Schließlich mußte er lächeln, ein unsicheres Lächeln, und dann zog er ihre Hände an seine Brust.

»Hat denn die Königin von Norwegen nach zwei Jahren der Trennung nichts zu sagen?« fragte er.

Sie nahm auf ihrem Stuhl Platz, während sich Peder Jensen auf der Bank vor ihr niederließ.

Über seine Zukunft hatte sie sich viele Gedanken gemacht und bereits einiges in die Wege geleitet. Nur seine überstürzte Abreise aus Prag hatte es verhindert, daß sie ihn in ihre Pläne einweihen konnte. Der Bischof von Växjö war gestorben, und das Kapitel hatte einen »gelehrten Mann«, wie sie es nannten, einen gewissen Henrik Karlsson, zu seinem Nachfolger gewählt. Als ob sie für »gelehrte Männer« auf ihren Bischofsstühlen Verwendung hätte!

Alle Kanoniker hatten für ihn gestimmt, mit einer Ausnahme. Diesem einen Mann hatte Margarete eine hohe Summe gezahlt, damit er in größter Eile den weiten Weg nach Rom auf sich nahm, um der Gesandtschaft des Kapitels zuvorzukommen.

Der Papst hatte ein entsprechendes Entgelt verlangt für die unkonventionelle Ernennung, um die sie ihn ersuchte.

Margarete hob die Ernennungsurkunde mit Peder Jensens Namen darauf triumphierend in die Luft und wedelte damit vor seiner Nase herum. Sie wollte es genießen, wie er jubelte, sich bedankte und wieder christlich bescheiden wurde. Anstelle dessen blickte sie in ein versteinertes Gesicht. Er saß still, kaute auf den Lippen und spielte mit den Fingern am ledernen Geldbeutel, den er wie ein Pilger am Gürtel hängen hatte.

»Växjö!« stieß er hervor, befeuchtete seine Lippen und versuchte, seine Hände ruhig zu halten.

»Wo liegt Växjö? Mitten in Schweden, oder? Ist es notwendig, mich so weit fortzuschicken?« fragte er.

»Ich benötige jemanden dort, der die Lage in Schweden beobachten kann und für mich neue Freundschaften schließt«, erklärte sie ihm irritiert. Verstand er nicht, was für eine wichtige Aufgabe das war? Er sollte ihre Augen, Ohren und offenen Arme dort ersetzen und sollte den schwedischen Adligen ein anderes Bild von ihr vermitteln als das, welches Albrecht von Mecklenburg verbreitete. Podebusk hatte diesen Plan sofort begriffen und sie gelobt, was sehr selten vorkam. Sie wäre niemals zum Äußersten gegangen und hätte sich über eine gültige Bischofswahl hinweggesetzt, wenn nicht Olufs und ihre Zukunft und auch die Schwedens auf dem Spiel stünde.

»Växjö!« wiederholte er. »Ich hoffe, daß das Kapitel mir auch freundlich gesinnt ist, nachdem seine Wahl für ungültig erklärt worden ist?«

Was für ein dummes Zeug redet er, dachte sie ärgerlich. Für das Benehmen des Kapitels ihm gegenüber konnte sie nicht auch noch Sorge tragen. Sie hatte ihm eine Aufgabe gegeben, und er sollte sie lösen.

Als er ging, nahm er erneut ihre Hände und drückte sie an seine Brust. Doch er schaute ihr nicht in die Augen.

»Ich habe einen anderen Empfang erwartet«, sagte er mit leicht abgewandtem Kopf. Enttäuscht und mit hochgezogenen Schultern verließ er sie. Sie blieb verständnislos zurück. Warum hatte er sich nicht mehr über ihr grenzenloses Vertrauen gefreut?

Oluf hatte seit seinem zehnten Lebensjahr fleißig seine Waffen- und Reitübungen absolviert. Nun, fünf Jahre später, war er endlich erfahren genug, um an seinem ersten Turnierspiel teilnehmen zu können. Als Margaretes Vater noch lebte, wurden auch Turnierspiele veranstaltet, aber nur anläßlich einer Hochzeit oder anderer großer Feierlichkeiten. Eigentlich hatte sie vorgehabt, ein solches Fest erst zu Olufs Hochzeit auszurichten, doch er hatte sie mit seinem Bitten erweicht.

Sie nahm auf dem großen, schweren Stuhl Platz, der den

weiten Weg aus dem Kronsaal die Treppe hinunter bis in den Burghof getragen worden war. Die Erde war noch immer sehr feucht von dem letzten Frühjahrsregen, so daß die Stuhlbeine tief im Schlamm versanken. Dadurch rutschte sie auf der Sitzfläche und saß schief. Sie hoffte, dennoch würdig genug auszusehen.

Einen kleinen eifrigen Mann hatte sie da großgezogen. Dieses Wesen, das sich in ihrem Körper versteckt und sich zum denkbar günstigsten Zeitpunkt herausgezwängt hatte, war nun sein eigener Herr geworden. Er würde nie so groß wie sein Vater oder ihr Vater werden, aber er war schon größer als sie und sehr kräftig.

Glücklich und verschwitzt, mit dem Helm unter dem Arm, kam er auf sie zu. An der Art, wie er seine Rüstung trug, konnte man bereits ahnen, was er bald sein würde: ein volljähriger und mutiger junger König.

»Mit wem übst du?« fragte sie ihn, als er vor ihr stand, ihre Hand in seine eisernen Handschuhe gelegt. Sein Gesicht leuchtete, und er wandte sich um und winkte einem jungen Mann zu, der seinen ungestümen Hengst zu beruhigen versuchte.

»Komm herüber zu uns, Åge, Mutter möchte dich kennenlernen«, rief Oluf ihm zu. Ein ihr unbekannter Tonfall war in seiner Stimme, der Margarete dazu brachte, den heranreitenden jungen Mann genauestens zu betrachten. Aber er war ein ganz und gar harmloser, rotwangiger blonder Junge, der etwas unbeholfen niederkniete und Margarete grüßte und noch unbeholfener versuchte, seine Person und seine Herkunft zu beschreiben.

Oluf stand mit vor Stolz geschwellter Brust neben ihr und hörte Åge zu. Als dieser mit seinen Ausführungen fertig war, hieß Margarete die beiden mit ihren Übungen fortfahren. Oluf legte seine Hand auf Åges Schulter, und dann gingen sie Seite an Seite zurück zu ihren Pferden, schubsten sich sanft und lachten übermütig.

Über Håkon redete sie selten mit Oluf, und nur dann, wenn jemand anderes die Sprache darauf brachte, und nur, wenn es Norweger waren. Ansonsten war Håkon aus ihrem Leben verschwunden. Sie hatte die wenigen Erinnerungsstücke nicht zurück nach Akershus schicken wollen: den Reisealtar, die Trinkhörner und den Schrein mit Blankas Erbe. Aber sie benutzte die Dinge nicht und hatte sie darum in einer Kiste hier auf Vordingborg verstaut.

Es würde der Tag kommen, an dem sie Oluf allein in den Norden schicken und ihn ohne ihren Beistand König spielen lassen mußte. Mit Podebusk hatte sie bereits über ein Schreiben gesprochen, das sie zusammen verfassen und ihm auf seine Reise mitgeben wollten, damit er stets ein Regelwerk zur Hilfe hatte und in Gesellschaft neuer Verhandlungspartner nicht ratlos sein würde.

Daß Oluf aus dem richtigen Holz geschnitzt war, entdeckte sie, als sie gemeinsam nach Helsingborg reisten, um dort von der Hanse die Rückgabe der schonischen Heringsmärkte einzufordern. Die fünfzehn Jahre Frist, die ihrem Vater auferlegt worden waren, waren nun verstrichen, und Oluf und sie hatten einen erzürnten Brief an die Hanse geschrieben. Schonen gehöre ihr, und in einem Jahr würde Oluf Anspruch darauf haben.

Um ihn darauf vorzubereiten, hatte sie ihn mit Streithengsten, Lanzen, Streitäxten und den guten englischen Rüstungen ausgestattet. All das würde er eines Tages benötigen.

Sie nahm ihn auch mit nach Sorø, wo ihr Vater und sein Vater begraben lagen.

»Warum hast du mich nicht nach deinem Vater Valdemar genannt?« fragte er, als sie zurückkehrten. Sie erklärte ihm, daß ihre Lage damals sehr schwierig gewesen sei und Håkon und sie nur die eine Hoffnung hatten: Norwegen zu behalten. Er habe deshalb den ältesten norwegischen Königsnamen bekommen, der auch ein dänischer Name sei.

»Und ein schwedischer«, fügte Oluf entschlossen hinzu.

In diesem Moment erinnerte er sie sehr an Håkon, und sie verdrängte diesen Gedanken schnell wieder. Sollte sie wirklich seinen Wunsch schüren, Schweden zurückzuerobern? Wem würde das nützen? Selbstverständlich war sie wachsam und würde sofort zuschlagen, wenn Albrecht eine Schwäche zeigen würde. Aber solange Albrecht in Schweden eine gesicherte Position hatte, würde sie das Leben keines einzigen Kriegers im Dienste der Folkunger aufs Spiel setzen.

Und nun saß sie auf ihrem schweren Stuhl im Schlamm und bewunderte ihren Sohn, wie er das große stürmische Pferd bändigte. Im Galopp ritt er zwischen den Stangen durch und machte abwechselnd mit Schwert und Streitaxt alle seine Feinde unschädlich, ohne seinen Schild zu benutzen, der auf seinem Rücken hing. Er schien es zu genießen, und Margarete empfand seine Begeisterung und sein Können als großes Geschenk.

Vielleicht hatte ihm Podebusk doch einmal von Kristoffer erzählt. Genau an dieser Stelle war Kristoffer damals weinend unter den Schlägen des stumpfen Schwertes seines Vaters zusammengebrochen und hatte schreiend seine Waffen von sich geworfen.

Oluf kam zurück zu ihr geritten und griff auf dem Weg die Lanze, die Åge lächelnd zusammen mit den anderen Waffen bewachte. Ohne anzuhalten oder seine Geschwindigkeit zu drosseln, spießte er mit der Lanzenspitze einen Blumenkranz von einer der zerfetzten Feindpuppen auf und ritt im großen Bogen um den Sessel seiner Mutter und hielt davor an. Er ließ sein Pferd sich aufbäumen und warf im selben Augenblick den Blumenkranz zu ihr hinunter. Peder Jensen war schneller als Margarete, fing den Kranz mit seiner linken Hand und legte ihn ihr zufrieden lächelnd in den Schoß. Er hatte allen Grund, zufrieden zu sein, denn Oluf hatte sich seine Freunde sorgsam ausgesucht, und Peder war einer von ihnen.

Oluf hatte Peder Jensen sehr vermißt in den zwei Jahren, die er in Prag verbracht hatte. Für sie waren seine Reisen und Beobachtungen jedoch unschätzbar wertvoll. Er hatte gelernt, ihr seine Augen und Ohren zu leihen.

Peder hatte es immer vermocht, sie zu überraschen, doch nie war es so freundlich und angenehm gewesen wie bei ihrem Besuch in Århus, als er dort nach den zwei Jahren in Växjö zum Bischof gekürt worden war. Er war nun nicht mehr ihr wilder junger Freund, sondern ein Bischof in vollem Ornat, gesalbt und gesegnet – und geweiht. Die gestärkten und kostbar verzierten Paramente auf Altar und Kanzel hatten einen sanften Duft von Reinheit und Entsagung verströmt. Sein Kopf mit der perfekt geschnittenen Tonsur hatte sich verändert, alles Überflüssige war fort – auch die süßen jungenhaften Züge.

Darum hatte sie sich bei der Begrüßung vor Ehrfurcht tief verbeugt, und er hatte ihr lachend seine Hand entgegengestreckt. Sie hatte seinen Siegelring geküßt, das Symbol seiner neuen Würde, und ihn noch kniend gebeten, daß er bis ans Ende ihres Lebens ihr Beichtvater sein möge. Seine neue Würde verschüchterte sie ein wenig – sie erinnerte sie zu sehr an sein entschlossenes Handeln, als sie Håkon fanden. Er hatte damals entschieden, sie zu schützen und ihr zu helfen, auch wenn er damit gegen die Gesetze seiner Kirche verstoßen hatte.

Sie hatte im Laufe der Zeit gelernt, bei der Auswahl und Ernennung ihrer Kanoniker gewissenhafter zu sein. Niels Rusare zum Beispiel hatte wie ein vernünftiger Mann gewirkt, er hatte unter Peder Jensen als ihr Vogt gearbeitet. Aber er war nicht besonders gelehrt gewesen, und außerdem hatte er zuviel getrunken. Sie hatte ihn als Erzbischof in Nidaros eingesetzt, weil sie davon ausgegangen war, daß er wußte, wie man ein Schloßlehen verwaltete. Nach sehr kurzer Zeit kehrte er mit zwei großen Schiffen voller Diebesgüter nach Dänemark zurück. Daraufhin mußte sie einen besseren Mann finden, und sie entschied sich für Vinald, der sich als ein ausgezeichneter Kirchenfürst behauptete.

Wie sie dort so in der Frühjahrssonne saß, umgeben von ihrem vielversprechenden Sohn und ihren besten Freunden, wagte sie zu hoffen, daß das Leben doch gerecht sei. Endlich war sie aus dem dunklen Geheimgang entkommen. Es gab keine verborgenen Geheimnisse mehr, keine Gefahren, keine Mecklenburger.

Aber sie würde bald eine passende Braut für Oluf finden müssen. Sie wünschte sich eine englische, französische oder aragonische Ehefrau für ihn, am liebsten eine Frau, die älter war als er. Als sie vor kurzem Podebusk um seine Meinung zu Olufs bevorstehender Eheschließung bat, versuchte er ihr das Versprechen abzunehmen, daß sie ebenfalls bald wieder heiraten würde.

»Ein neuer Mann wäre mein neuer Herr«, hatte sie halb im Scherz gesagt. »Meinen Sie denn, daß ich einen neuen Herrn benötige?«

»Bedenken Sie, daß Oluf in nur zwei Jahren selbst die Zügel in die Hand nehmen kann«, hatte Podebusk erwidert. Sie lachte ihn an, allerdings blieb ein schwaches Gefühl zurück, daß sie diesen Gedanken bisher verdrängt hatte.

Oluf stand neben Peder Jensen in der strahlenden Sonne, und der Bischof von Århus erklärte ihm etwas mit ausladenden Handbewegungen. Oluf hatte einen Fuß auf die oberste Stufe der Treppe gestellt und lauschte gespannt. In der Hand hielt er die reich bestickten Handschuhe und nestelte gedankenverloren daran herum. Nur sein helles, fröhliches Lachen unterbrach ab und zu Peder Jensens Ausführungen, der seinen Titel und sein Alter vergessen zu haben schien. Neben Oluf wurde er selbst wieder zum Jungen. Er gab Oluf einen freundschaftlichen Schubs und legte dann seine Hand auf dessen Rücken. Als Oluf den Burghof verließ, drehte sich

Peder Jensen zu Margarete um, zwinkerte ihr zu und verneigte sich leicht.

Wenn ich wieder heiraten sollte, dann würde ich ihn erwählen. Wir würden glücklich werden und wunderschöne Kinder bekommen, dachte sie und genoß das befreiende Gefühl, von etwas Unmöglichem zu träumen.

4.

Sie hörte Pferde wiehern, klappernde Hufe, lautes Gebrüll und das Geräusch von aufeinanderschlagendem Stahl. Sie lief die Frauengemächer entlang, vorbei an der Kanzlei und dem Gänsehof, und blieb dann vor der Kapelle stehen. Es war nichts zu sehen, aber die Bewohner kamen herbeigeeilt: die jungen Zofen, die Geistlichen des Königs und sogar Peder Jensen tauchten auf.

Dann erst erschien der Reiter, der die Ursache für den Lärm gewesen war. Er war ohne Gefolge gekommen, ein junger Mann ohne Helm, aber schwer bewaffnet auf seinem schwarzen wilden Pferd, das an Nüstern und Brust blutete. Er gab seinem Pferd die Sporen und ritt, wild umherblikkend, quer über den Grashügel hinüber zu den Frauengemächern. In der einen Hand hielt er sein Schwert, mit der anderen versuchte er, seinen aufgebrachten Hengst zu bändigen.

Peder Jensen lief auf die beiden zu, griff nach dem Zaumzeug und rief die Umstehenden zur Hilfe herbei. Mit vereinten Kräften schafften sie es, das wild gewordene Tier zum Stillstehen zu bringen.

Dieser Bischof von Århus war auch praktisch veranlagt und kannte sich sehr gut mit Pferden aus, dachte Margarete stolz. Die meisten anderen Geistlichen in meinen Diensten hätten sich sofort in einem Mauseloch verkrochen.

Der junge Reiter wechselte einige Worte mit dem Bischof, übergab ihm dann sein Schwert und glitt vom Pferd, das nun endlich stillstand. Der Bischof ließ die Zügel los und umarmte den jungen Mann. Er mußte Schwede sein, überlegte Margarete, Peder Jensen hatte während seiner zwei Jahre in Växjö viele Freundschaften geschlossen. Sie kamen auf sie zu, der junge Mann humpelte stark und hatte seinen Arm um Peder Jensens Nacken gelegt. Sie sahen aus wie Vater und Sohn.

Sie blieben in angemessenem Abstand von ihr stehen, der junge Mann löste sich aus der Umarmung, hinkte ein paar Schritte auf sie zu und kniete dann unbeholfen nieder. Das Haar fiel ihm ins Gesicht, als er sich zum Gruß die Hand auf die Brust legte und sich verneigte. Dann richtete er sich auf.

»Ich bin Abraham Brodersen Båd, komme aus Schweden und bin Nacht und Tag durchgeritten. Der schwedische Drost ist tot und hat seinen Reichtum, ein Drittel von Schweden, seinen unmündigen Kindern hinterlassen! Albrecht hat er nichts vermacht. Jetzt ist die Zeit gekommen! Schweden ruft seinen König! Wo ist er, führt mich zu König Oluf!«

Es war kühn von ihm, so mit ihr zu sprechen. Sie sah ihn etwas genauer an: Er war doch nicht so jung, wie sie zuerst gedacht hatte. Sein Gesicht – lang und fein geschnitten – hatte die Form eines Stundenglases. Seine Haut fiel unter den hohen Wangenknochen stark ein, was seine Augen merkwürdig schräg erscheinen ließ. Die kräftigen Kiefer umrahmten große blasse Lippen. In seinem Blick lag wilde Verzweiflung, als würde sein Leben in ihren Händen liegen, als könnte ein Lächeln oder ein Kopfschütteln unendliches Leid oder unfaßbares Glück besiegeln.

Sie sah hinüber zu Peder Jensen, der amüsiert schien und sich nicht entscheiden konnte, ob er die Botschaft abschwächen sollte oder ob Margarete verstand, was sie zu hören bekam. Daß Peder Jensen und Abraham Brodersen sich aus der Zeit in Schweden kannten, war deutlich zu sehen.

»Schweden ist nach Vordingborg gekommen«, sagte Peder vermittelnd und lachte. »Das ist der verrückteste Halländer des schwedischen Reiches, Abraham Brodersen aus dem Geschlecht der Båd. Seine Freunde und Feinde nennen ihn das Höllenpferd«, fügte der Bischof hinzu. Peder Jensen kannte die Schweden gut, besonders die schwedischen Adligen. Håkon hatte sie gehaßt und gefürchtet, Magnus hatte sie verachtet. Und nun kamen sie zu ihr und hatten den bemerkenswertesten Vertreter gesandt: den wilden, übermütigen und wahnsinnigen Abraham Brodersen.

Darum reichte sie ihm die Hand und lächelte ihn an. Er versuchte – noch immer verunsichert –, ihr Lächeln zu erwidern. Mit Hilfe des Bischofs zog Margarete Abraham Brodersen zu sich hoch, worauf er jeden einzelnen Finger ihrer Hand küßte.

Sie wußte durchaus, wer er war. Schließlich war das alles damals ihr Einfall gewesen. Abraham Brodersen hatte früh Freundschaft mit den Seeräubern geschlossen, die in der Ostsee die Hanseschiffe kaperten. Zusammen mit Niels Svarteskåning hatte er sich auf deren Koggen spezialisiert. Die Seeräuber verfügten über eine gewaltige Flotte von über vierhundert Schiffen, mit der sie die anderen Schiffe kaperten, ausraubten und so die Ausbeute der Hanse in Schonen deutlich einschränkten. Natürlich konnte sie sich öffentlich nicht zu einer engen Verbindung zu der Seeräuberflotte bekennen, aber ein Großteil deren Einnahmen floß in ihre Kasse. Sie konnte Svarteskåning unmöglich unterstützen, geschweige denn belohnen für seine nützlichen Taten. Aber sie hatte Abraham Brodersen Güter geschenkt und Rechte eingeräumt, ohne ihn persönlich zu kennen. Genaugenommen hatte sie ihn auf den Weg gebracht, den er nun so sorgsam beschritt.

Sie folgten ihr hinauf in die Wohngemächer.

Der Drost von Schweden, Bo Jonsson Grip, war tot. Dieser Mann, Halländer wie Abraham Brodersen, hatte eine Mecklenburgerin geheiratet, Geld von der Kirche geliehen, um schwedische Krongüter aufzukaufen, und war der eigentliche Herrscher des Landes gewesen, nicht Albrecht. Mit seinem Tod war mit einemmal über die Hälfte des bewirtschafteten Landes mitsamt Mühlen, Burgen und Erzstollen herrenlos. Sollte es sich erweisen, daß sich dieser Drost auf Kosten des Landes und des Königs bereichert hatte, war mit seinem Tod das Erbrecht verwirkt und würde zurück an die Mecklenburger fallen. Albrecht hätte sicherlich vor Margarete von den neuen Ereignissen erfahren, wäre Abraham Brodersen nicht wie der Teufel durch das Land zu ihr geritten.

Peder Jensen schüttelte den Kopf, als Abraham Brodersen ganz gekrümmt vom langen Ritt die kleine Treppe heraufgestolpert kam. Er hatte die langen Sporen noch nicht abgenommen, sie schepperten hinter ihm her.

Oluf würde ihn großartig finden. Er machte sich nicht so viel aus ihrem alten, vorsichtigen Berater Podebusk. Da sich dieser in der Sommerhitze nicht wohl fühlte, würde er ihr sicherlich vergeben, daß sie die ersten Verhandlungen mit den schwedischen Adligen ohne ihn und nur in Begleitung ihres Sohnes, des Bischofs und Abraham Brodersens führte.

Oluf nahm die Botschaft schweigsam, aber aufmerksam auf. Er saß zurückgelehnt, seine rechte Hand, die auf der Tischplatte lag, hatte er zur Faust geballt. Sie fragte ihn, was er von den großen Neuigkeiten aus Schweden halte, und er sah sie an, als erwache er in diesem Augenblick aus einem Traum.

»Ich bin es meinem Vater schuldig, sein Reich zurückzuerobern«, sagte er.

Gegen Abend, als die Hitze von einer süßen Kühle abgelöst wurde, saß sie zusammen mit Abraham Brodersen an der Tafel im Kronsaal und ließ ihn von sich und seinem Leben erzählen. Er aß mit großem Appetit, was sie nicht weiter überraschte, aber den Bischof amüsierte. »Das Höllenpferd ist immer noch nicht ausgewachsen«, sagte er liebevoll.

Sie versuchte, seinen Blick aus den hellblauen Augen zu

erhaschen. Ihr ganzes Leben war sie von schönen und wohlerzogenen Menschen umgeben gewesen, aber Abraham Brodersen war anders. Seine Wildheit übte eine unwiderstehliche Anziehung auf sie aus.

Nachdem sie die Geschichten von seiner Familie aus Schonen gehört hatte, fragte sie ihn, warum er sich als Repräsentant der schwedischen Adligen verstand.

»Oh, ich habe überall Familie«, sagte er ausweichend. »Aber seit meiner Heirat habe ich mich die meiste Zeit in Schweden oder auf See aufgehalten.«

»Abraham hat eine – wie sagt man – sehr reife Frau«, warf der Bischof schmunzelnd ein.

Vor vier Jahren hatte Abraham Brodersen eine sechzig Jahre alt Frau geheiratet, die große Güter in den Provinzen Halland, Värend und Finnvid besaß. Ihren Familiensitz Piiksborg hatte er zu einer Festung umbauen lassen und Wälle angelegt, so daß er einer Belagerung standhalten konnte. Das war so üblich bei den schwedischen Adligen, und er hatte schließlich mit den Wölfen heulen müssen.

Von Margarete hatte er vor geraumer Zeit einen Anteil der Burg in Kungsbacka erhalten. Doch die sei, ließ er verlauten, in einem bedauernswerten Zustand. Wüßte er die gesamte Burg in seinem Besitz, würde er sie so instand setzen lassen, daß sie dort auf einer Reise durch Schweden residieren könnte.

»Vielleicht meint der junge Mann, dem König von Norwegen und Dänemark gehöre ganz Schweden und er könne darüber verfügen?« sagte der Bischof leise.

»Das meinen viele«, antwortete Abraham umgehend, die leise Zurechtweisung prallte an ihm ab. »Schweden benötigt eine harte Hand und einen Herrscher, der Recht von Unrecht zu unterscheiden weiß. Viele glaubten, darunter auch mein Vater, daß Albrecht von Mecklenburg uns die guten alten Zeiten zurückgeben würde, in denen die Hauptmänner die Ländereien unter sich aufteilten.

»Wenn die Schweden Oluf als König wollen, müssen sie zuerst zugeben, daß sie einen großen Fehler begangen haben.« Abraham Brodersen verstummte und betrachtete sie mit ernstem Blick.

»Wir sind eine neue Generation, die nicht mehr an die Erzählungen von den guten alten Zeiten glaubt«, sagte er dann. »Stellen Sie uns auf die Probe!«

Seit Magnus' Tod hatten Håkon und daraufhin sie selbst und auch Oluf bewußt den Titel »Rechter Erbe von Schweden« geführt. Sie hatte gelernt, mit dieser Irritation zu leben, wie mit einem Stein im Schuh, und hatte niemals erwartet, daß jemand für sie diesen Stein entfernen würde. Nun saß er da, ihr wilder, wahnsinniger Schwede, und bot ihr einfach so das Reich an. Es konnte unmöglich so mühelos sein.

»Da der Drost sein Vermögen in die Hände der zehn Ratsherren gelegt hat, die das Erbe aufteilen und verwalten sollen, bedeutet das offenbar nicht, daß seine großen Besitztümer an Albrecht zurückfallen, oder?« fragte sie vorsichtig, während ihre Finger mit dem dünnen Messer auf dem Tisch spielten.

»Nein, zum Teufel!« brüllte Abraham Brodersen und lachte laut. »Die werden schon dafür sorgen, daß diese großnasigen Deutschen auf Abstand gehalten werden! Das ist das einzige Ziel dieses Testamentes und die Hauptaufgabe der zehn Männer, die er als dessen Vollstrecker ernannt hat. Der schwedische Drost starb enttäuscht und wütend. Er wollte Albrecht aus dem Land verjagen und hatte zum Glück genügend Kraft, um dieses Testament zu schreiben.«

»Und der neue König von Schweden könnte das Erbe des Drosts beschlagnahmen?« fragte sie zögernd. Sie traute ihm noch nicht über den Weg und war sich selbst nicht sicher, wie sie dazu stehen sollte. Aber in Gedanken war sie bereits dabei, dem Herzog von Lancaster einen Brief zu schreiben.

»Der neue König von Schweden könnte den Besitz des Drosts der Krone zurückgeben, der er rechtlich auch gehört«, sagte Abraham Brodersen prompt und hob grinsend den Becher, aus dem er in großen Schlucken trank.

»Aber welchen Preis werde ich dafür zahlen müssen? Ich gehe davon aus, daß die Adligen mich nicht mit ausgebreiteten Armen an der Grenze bei Finnvid empfangen werden?« wandte sie ein.

»Nein, sicherlich, wir haben doch auch unseren Stolz! Herrin, warum bin ich wohl in einer solchen Eile nach Vordingborg gesandt worden? Im Laufe eines Jahres wird das Land von Albrecht abfallen. Er wird die zehn Männer, die das Erbe des verstorbenen Drosts verwalten, nach Stockholm beordern und von ihnen Beweise für diese Besitztümer verlangen. Doch keiner von ihnen wird erscheinen. Albrechts deutsche Vögte haben große Schwierigkeiten, Steuern einzutreiben. Er ist ärmer, als es jemals ein König von Schweden vor ihm war.«

Sie saß allein auf dem Boden im Schlafzimmer. Der Raum war beinahe leer, abgesehen von dem Kreuz an der Wand, das Ingegerd aus Vadstena geschickt hatte. Das Bett war frisch bezogen mit Seidendecken aus Burgund, es lockte sie zu sich, weiß, rein und kühl, aber sie hatte kein Verlangen zu schlafen.

Sie hatte bereits alle ihre Gebete aufgesagt, auf dem Boden kniend, das Gebetbuch vor sich aufgeschlagen, obwohl sie die Worte auswendig kannte. Doch ihr Herz und ihre Gedanken waren nicht bei der Sache.

Seit zehn Jahren hatte sie unermüdlich und freudig gearbeitet und alle neuen Herausforderungen gemeistert. Sie war mit ihrer Aufgabe gewachsen. Sie wußte, daß Schweden ihr Leben auf immer verändern würde, und sie war sich nicht sicher, ob sie jetzt irgendeine Veränderung wollte. Die würde unweigerlich eintreten, wenn Oluf das Alter erreicht hatte, um die Herrschaft zu übernehmen. Und danach? Nichts? Akershus? Oder ein süßes und geruhsames Dasein auf Koldinghus oder gar versteckt in einem Kloster?

Nachdenklich wickelte sie eine Strähne ihres langen schwarzen Haares um die Finger. Gisela schickte immer eines der jungen Mädchen, um ihr Haar zu kämmen, aber heute abend wollte sie es nicht von fremden Händen berühren lassen. Ihr Haar war noch immer dick und schwer, obgleich es die meiste Zeit von dem gestärkten Kopftuch verdeckt war. Aber an den Schläfen entdeckte sie neue graue Haare. Die mochte sie nicht sehen, und so begann sie eines nach dem anderen herauszureißen, auch wenn ihr dabei vor Schmerzen die Tränen in die Augen schossen. Abraham Brodersen hatte sie mit gierigen Blicken angesehen, er sollte nicht eine alternde Gebieterin und Königsmutter sehen, sondern eine junge begehrenswerte Frau.

In Ystad hatte sie Oluf mit einem Gefühl von Stolz verabschiedet, und sie hatte diesen Stolz in seinem glückseligen Jungengesicht widergespiegelt gesehen. Alles an ihm hatte geleuchtet: Das helle Haar, sein glückliches Gesicht, der Stoff der schweren silberdurchwirkten Tracht, und sogar der Schmuckschild, den er am Arm trug, hatte geglitzert.

Sie hatte ihn allein nach Falsterbro gesandt und nach Skanør, zum großen Heringsmarkt. Sie selbst sei verhindert wegen der Geschehnisse in Schweden, so ihre Ausrede. In Wirklichkeit wollte sie ihn endlich in die Welt entlassen, damit er dort seine eigenen Erfahrungen machen konnte. Und sie hatte ihn dafür sehr gut vorbereitet, denn während seines gesamten Aufenthaltes in Schonen hatte er noch keinen falschen Schritt getan.

Schonen war der wichtigste Teil vom Norden des Reiches und der Schonenmarkt in Skanør der wichtigste Teil von Schonen. Hier verdiente der König von Dänemark sein Geld. Ihr Leben hatte sich vollkommen geändert, seit sie Schonen zurückerhalten hatten. War sie früher so arm gewesen, daß sie ständig Anleihen aufnehmen mußte, so konnte sie nun so leben, wie es ihrem Stand entsprach. Podebusk hatte sich im ersten halben Jahr nach der Wiedereingliederung Schonens über ihre Gleichgültigkeit amüsiert, mit der sie eintreffende Rechnungen zur Kenntnis nahm.

Nur ein einziges Mal herrschte Unstimmigkeit zwischen ihr und Oluf. Sie hatte ihm ihr Verhältnis zur Hanse erläutert, denn er würde ganz gewiß Gesandte aus Lübeck auf dem Fischmarkt in Skanør treffen. Der Junge hatte seine großen Augen auf sie gerichtet und ihr seine Enttäuschung darüber dargelegt, daß sie untätig zusehe, wie die Seeräuber in der Ostsee ihr Unwesen treiben. Er fand es eines Königs unwürdig, sich solcher Mittel zu bedienen.

Er meinte das ernst, das wußte sie. So dachte man wohl, wenn man siebzehn Jahre alt war. Reinheit, Entschiedenheit und keine verborgenen Motive und Methoden. Sie verstand ihn so gut, dennoch war sein Einwand lächerlich. Ohne Skrupel hatte sie der Hanse vorgegaukelt, daß sie sich bemühte, diese Unholde auszurotten. Konnte sie denn zur Verantwortung gezogen werden für das Benehmen von Niels Svarteskåning und der anderen Wilden in der Ostsee? Sogar der Herzog von Lancaster glaubte ihr, wenn sie ihre Unschuld beteuerte. Nur ihr Sohn durchschaute sie.

Die Heringe standen so dicht vor Skanør, daß man Schwierigkeiten hatte, mit einem Boot durch die Schwärme zu rudern. Das fette Fleisch des Herings verdarb schnell, darum waren große Menge von Salz zu dessen Konservierung notwendig. Die Hansestadt Lübeck versorgte den Markt mit dem Salz. Skanør hätte durchaus zu einer Hansestadt werden können, wie Visby oder Bergen, aber die Stadtoberen wollten das nicht. Dennoch hatte sich der Markt zu einem internationalen Umschlagsplatz entwickelt, auf dem auch mit Wein, Holz, Eisen, Fellen, Wolle, Kräutern, Pferden und Ochsen gehandelt wurde.

Auf dem Skanørmarkt konnte Oluf gar nicht vermeiden, mit vielen verschiedenen Menschen in Berührung zu kommen. Im Alltag lebte er viel beschützter, als sie es jemals gedurft hatte. Aber in seinem Alter war sie auch schon die Königin von Norwegen gewesen.

Sie hätte ihn gern beobachtet, wie er zwischen den eilig zusammengebauten geteerten Buden herumwanderte und über Bretter balancierte, die ausgelegt worden waren, damit die Kunden nicht im Schlamm versanken. Und überall würde es nach Wirtshäusern, Bordellen und Salzfässern stinken. Ganz zu schweigen von dem Gestank der Heringe. Als Kind hatte sie gefunden, daß Kopenhagen unerträglich nach Fisch stank, aber da hatte sie auch noch keinen Fischmarkt besucht. Der Gestank stand wie eine Mauer um einen herum, man atmete förmlich den rohen Fisch ein, alles schmeckte nach Salz und Hering, und die Kleidung und Schuhe sogen den Geruch auf und bewahrten ihn für lange Zeit.

Dort konnte sich Oluf seine Sporen verdienen, und nicht auf einem dieser Turniere, von denen er ständig erzählte.

Nachdem er ihre, wie üblich ereignislose Beichte abgenommen hatte, fragte Peder Jensen sie, warum sie diesen Abraham in die Burg geholt habe. Sie antwortete nach einem kurzen Zögern, Abraham habe alles, was ihr fehle.

»Er ist mein zahmer Wolf«, setzte sie mit einem versöhnlichen Lächeln hinzu. »Die Wolfsbrut muß doch einen Wolf zum Schutz haben.«

»Ja, das erklärt selbstredend alles«, erwiderte Peder säuerlich.

Ab und zu erinnerte sie Abraham an Valdemar. An den Valdemar vor Helvigs Krankheit.

Von Peder Jensen ging sie direkt zu ihrem zahmen Wolf. Er wollte ihr seine englischen Bogenschützen vorstellen, deren Stahlpfeile mühelos durch die alten Panzerkleider dringen und sowohl Pferd als auch Reiter aus großer Entfernung töten konnten. Er sei in Frankreich gewesen, erzählte er ihr, und dort habe er erlebt, wie die englischen Bogenschützen eine Salve ihrer Pfeile abschossen. Er versuchte ihr das unheimliche Geräusch von tausend Stahlpfeilen zu beschreiben, die ihr nächstes Opfer suchten. Sie würden diese englischen Pfeile und Bogen benötigen, um Albrechts deutschen Rittern widerstehen zu können.

Abraham hatte eine Kanone mitgebracht, die er aus einer gesunkenen Hansekogge geborgen hatte. Er behauptete, sie sei eine tödliche Waffe in den Händen des Richtigen, und sie zweifelte keinen Augenblick, daß er der Richtige war.

Mit einer solchen Kanone, die zwei Männer in ihrer Mitte trugen, könne man Mauerwerk und Rüstungen aus großer Entfernung in Stücke reißen. Schießpulver und Kugel einführen, anzünden, abfeuern, abkühlen, neu laden. Je mehr Kanonen man besäße, desto härter könne man den Feind treffen.

Sie wollte sich nicht überzeugen lassen, berührte aber verzaubert das kalte harte Wesen. Es hatte eine unscheinbare Größe und ließ sich gewiß ohne weiteres von zwei Soldaten tragen oder an einem Spaltsattel befestigen.

Abraham ließ die Kanone auf ein Stativ stützen. Nachdem sie geladen war, wurde die Lunte angezündet, und plötzlich schoß die Kugel mit einem Feuerschweif davon.

Margarete war auf den Knall nicht vorbereitet gewesen. Sie hatte den Mund in einem stummen Schrei aufgerissen und erst dann vermocht, sich beide Hände auf die Ohren zu pressen. Die Vögel im Baum über ihnen stoben mit lautem Geschrei auf und flogen fort. Die Pferde wieherten. Die Menschen blieben abrupt stehen und vergewisserten sich, ob etwa ein Gewitter aufzog. Doch einen solchen Lärm konnten nur Menschen erzeugen. Sie zitterte trotz der vielen Kleider, die sie trug, ihre Knie gaben nach, und die Haut war eiskalt und schweißbedeckt. Der Rauch biß in ihren Augen, sie fingen an zu tränen.

»Verzeihen Sie, Herrin, ich wollte Sie nicht erschrecken«, sagte Abraham Brodersen entsetzt.

Er wollte sie berühren, traute sich aber nicht und zog seine Hand zurück. Sie hielt sich noch immer mit beiden Händen die Ohren zu und versuchte sich zur Ruhe zu zwingen. Nun hatte sie die Stimme der Zukunft gehört, und sie gefiel ihr nicht besonders.

Die Kugel hatte sich, ganz so wie es Abraham vorhergesagt hatte, tief in den Erdwall gebohrt. Die Hansekoggen hatten damit offenbar ihre Schiffe bestückt, um andere Schiffe zu versenken. Die Kanonen paßten in Abrahams Welt, er durfte sie gern behalten und bedienen.

»Wie viele haben wir davon?« fragte sie und nahm die Hände von den Ohren, der Knall hallte noch immer in ihnen nach. Abraham Brodersen kam zu ihr und stellte sich vor sie. Er traute seinen Ohren nicht.

»Wie viele können wir davon besorgen?« fragte sie nun. »Wenn wir Albrecht mit seiner ganzen Sippe aus Schweden vertreiben wollen, dann müssen wir hart zuschlagen. Pfeile sind billiger als gepanzerte Pferde und Ritter. Und Kanonen sind billiger als dänische Ritter. Besorgen Sie uns so viele wie möglich.«

Daraufhin drehte sie sich auf dem Absatz um und ließ ihn zurück mit der glühenden Kanone. Vom Haus beobachtete sie mit Genugtuung seine Ratlosigkeit. Er, der sie so oft in eine ähnliche Lage gebracht hatte, war nicht darauf vorbereitet gewesen, es mit gleicher Münze heimgezahlt zu bekommen.

5.

Henning Podebusk hatte in den letzten Monaten oft gekränkelt, er war sehr mager geworden und sah blaß und fahl aus. Seine Augen waren glanzlos, und sogar sein Schnurrbart hatte viele graue Stellen bekommen. Doch erkundigte sie sich nach seiner Gesundheit, spielte er ihr den Gesunden vor.

Als er sie im Garten des Bischofs von Lund aufsuchte, begriff sie, daß es ihm tatsächlich sehr schlechtging. Das dünne Haar klebte schweißnaß am Kopf, sein Gesicht war aufgequollen, und er sprach langsam, stammelte, stotterte und hustete.

Er habe Angst davor, daß sie Oluf jetzt schon für mündig erklären und zum König ernennen wolle, da er die Waffenreife erreicht habe und volljährig sei. Viele junge Fürsten hätten zwar mit ihrem siebzehnten Lebensjahr die Regierung übernommen, aber Oluf sei in seinen Augen noch nicht soweit.

»Außerdem haben wir ihn doch schon überall herumgezeigt. Alle wissen doch, daß er weder ein Narr noch ein Zwerg ist und nicht von der Thronfolge ausgeschlossen werden kann«, sagte Podebusk.

Sie hatte ihn vor sich auf der Bank Platz nehmen lassen. Der Erzbischof von Lund war ein Geizhals, die gesamte Einrichtung stammte noch aus der Zeit des Bischofs Asser, in der kräftige Männer bei Zusammenkünften in der Hocke saßen. Podebusk schien seiner Umgebung keine weitere Aufmerksamkeit zu schenken, er war zu sehr mit sich beschäftigt. Es geschah zum ersten Mal, daß dieser Mann Angst zeigte. Margarete hatte sich an die ewigen Einwände und seine Vorsichtigkeit gewöhnt, aber diese Angst stand ihm nicht gut.

»Auch als Zwerg oder Narr könnte Oluf König sein«, sagte sie. Oluf hörte zwar schlecht, aber alle wußten es und nahmen auf diesen kleinen Fehler Rücksicht. Außerdem hatte sich sein Gehör in den letzten Jahren nicht im geringsten verschlechtert. Soweit sie wußte, war sonst alles in Ordnung mit ihm, er war ein hübscher und gut entwickelter junger Mann. Die Waffenübungen, das Reiten und die Reisen hatten ihn sehnig und stark werden lassen.

»Aber was für ein König?« fragte Podebusk.

Ein Diener des Erzbischofs kam in den Garten und brachte ihnen Bier und Becher, und Podebusk trank in großen Schlucken.

»Was wird geschehen, wenn er überstürzt handelt?« stieß er hervor, ohne sie anzusehen. Er hielt den Kelch zwischen den Händen, drehte ihn gedankenverloren und starrte auf seine mageren, knotigen Finger.

»Nehmen wir einmal an, die Königin ziehe sich zurück und überließe ihrem Sohn Dänemark und Norwegen«, sagte er beinahe lautlos. Seine Stimme betonte jedes einzelne Wort, so daß sie seinen deutschen Akzent hören konnte. »Nehmen wir einmal an, der junge Mann sieht sich plötzlich vor schwierigen Verhandlungen mit der Hanse oder den Mecklenburgern und trifft in seinem Eifer eine falsche Entscheidung, die einen Krieg auslöst. Setzen wir einmal voraus, daß dieser Krieg große Verluste in den Reihen der Edlen des Landes hinterlassen würde. Setzen wir ferner voraus, die Königin säße auf Akershus und kümmere sich dort um ihre Angelegenheiten. Wenn eine Handvoll dänischer Adliger sie dort aufsuchen würde, damit sie wieder für Recht, Ordnung und Frieden sorge, was würde sie denen sagen?«

»Daß sie keinen Bürgerkrieg in ihren Reichen wolle«, flüsterte sie.

Sie wußte, daß Podebusk recht hatte. Aber er sollte einfach nicht recht behalten.

Sie zog sich die dunkle Kappe von ihrem weißen Kopftuch, das dreckig und verschwitzt war von dem langen Ritt. Die Kirche in Falsterbro war groß und reich ausgestattet, der Fischmarkt hatte den Reichtum in die Stadt gebracht. Die Kirche ragte über ihr empor, weiß, imposant und anmutig.

»Hierhin werde ich in meinem ganzen Leben nie wieder kommen«, murmelte sie.

Er lag auf dem Sarg. Sie wußte, daß alle von ihr erwarteten, sofort zu ihm zu gehen, aber sie zögerte und verneigte sich anstelle dessen tief vor dem Bischof von Roskilde. Nicht er hätte sie hier empfangen sollen, sondern der Erzbischof von Lund, dachte sie verwirrt und ärgerlich. Aber der war sicher noch in Lund, um dort die Huldigungsfeier für Oluf vorzubereiten.

Die Jahre waren auch an Niels Jakobsen nicht spurlos vorübergegangen. Er war alt und gebrechlich geworden, aber seine dunklen Augen hatten noch denselben wachen Glanz wie bei ihrem ersten Treffen. Er nahm ihre Hand und zog sie mit der ihm eigenen Eleganz zu sich hoch. Doch dieses Mal war kein aufmunterndes Lächeln in seinem Gesicht. Ihre Ratlosigkeit und Trauer spiegelten sich in seinem Antlitz wider.

Oluf war wohlauf gewesen, als er Ystad verlassen hatte. Er war regelrecht ausgelassen vor Freude gewesen. Bekleidet mit der englischen Rüstung, hatte er auf dem prächtigen Pferd gesessen, das Abraham Brodersen ihm geschenkt hatte, und war an der Spitze seines Gefolges unter dem Banner des dänischen Königs aus der Stadt geritten.

Nachdem sie Abrahams Kanonen ausprobiert und daraufhin mit Podebusk konferiert hatte, war ein Brief von Oluf eingetroffen, in dem er ihr seine täglichen Aufgaben beschrieb. Kurz darauf war Podebusk aufgebrochen, um Olufs Huldigung auf dem Thing bei Lund vorzubereiten.

Auch Podebusk hatte ihr geschrieben: Wenn Oluf in das kastilische Königshaus einheiraten würde oder eine Tochter aus dem Hause Lancaster zur Frau nähme, würden die Fremden mehr Macht über die Reiche erhalten. Ob sie wirklich glauben würde, daß sie bei solch einer Ehe die fremden Geschlechter ohne weiteres aus ihrem Reich und von der Regierung fernhalten könne? Ob sie wirklich glaube, daß der schwache, milde Oluf einer unerwünschten Einflußnahme etwas entgegensetzen könne?

Die Nachricht von Olufs Tod erreichte sie, bevor sie den Brief von Podebusk zusammengefaltet hatte.

Der Bischof umarmte sie und wollte sie wie eine Tochter trösten. Aber sie konnte sein freundschaftliches Mitgefühl nicht ertragen, ihr Körper wehrte sich gegen jede Berührung.

»Wir haben ihn schon geöffnet und einbalsamiert, wie es sich für einen König gehört«, flüsterte er ihr zu. »Und wir haben sein Gesicht unbedeckt gelassen, damit alle ihn sehen können.«

Damit alle sehen können, daß er keine Wunden hat, zumindest keine im Gesicht. Aber wer würde einen König schon töten, indem er ihm ins Gesicht stach, dachte sie. Am Arm des alten Bischofs ging sie zu ihrem Sohn. Es waren die schwersten Schritte, die sie je getan hatte. Sie starrte nieder auf Olufs Gesicht, das so weiß war wie sein Seidenhemd. Die Sonne fiel durch die langen Fenster und ließ alle Farben erstrahlen, nur Oluf war aus Alabaster, ein gefrorenes Bild seiner selbst.

Sie kniete nicht nieder, sondern zog das Hemd an seinen Armen hoch. Sie wollte seine Hände sehen, diese ungewöhnlich schönen Hände, kalt und glänzend. Sie hatten ihm einen purpurfarbenen Rock übergezogen, umrandet von feinen bestickten Borten.

»Wir haben seine Eingeweide nach Lund zum Teilbegräbnis geschickt«, flüsterte der Bischof, aber in der vollkommenen Stille der Kirche wirkte seine Stimme viel zu laut. »So ist es üblich, wenn ein König unerwartet stirbt. Ich gehe davon aus, daß der junge König in Sorø bei seinem Großvater begraben werden soll?«

Sie hatte noch keine Entscheidung getroffen. Auf dem Weg nach Ystad hatte sie ununterbrochen versucht sich einzureden, daß ihr Sohn aufwachen werde, wenn sie ihn berührte. Ihr Fleisch und Blut konnte nicht einfach so schnell und ohne Sinn ausgelöscht werden.

Der Gedanke an Sorø versetzte ihr einen Schock, und sie griff nach Olufs Hemd und zerrte verzweifelt daran. Der Bischof nahm erneut ihre Hand und zog sie vom Sarg fort.

»Vor dem Altar der Heiligen Jungfrau soll er liegen«, hörte sie sich sagen. Mitten in der Kirche sollte es sein, so daß die Bischöfe und Kanoniker ihn grüßen mußten, bevor sie ihre Plätze einnahmen.

Das war der richtige Ort, dort würde auch sie eines Tages ihre Ruhestätte haben. Ihr eigener Todestag war mit einem Schlag sehr nahe gerückt. Das nächste Mal würden die Glocken für sie schlagen, nun verkündeten sie mit tiefen langen Schlägen, daß der König von Norwegen und Dänemark gestorben war.

Und sie hatte ihn allein nach Falsterbo geschickt.

Alle sprachen nur von seinem Tod, aber nicht von der Todesursache. Auf dem Fischmarkt von Skanør verschwanden laufend Tausende von Menschen, ohne daß dies Sorgen oder Elend verursachte. Der Tod ihres Sohnes jedoch könnte Krieg bedeuten, den Einmarsch fremder Mächte, Hungersnöte und Leid und den Tod Zehntausender unschuldiger Menschen. Warum nur hatte der Herrgott ihren Versuch nicht für würdig gehalten, diese Gefahren von ihrem Reich abzuhalten?

Vor vier Tagen noch war Oluf gesund und fröhlich gewesen. Kein einziges Zeichen von Pest hatte sie an seinem Körper gesehen. Gestern nun war er in den Armen seines Begleiters gestorben, schreiend vor Schmerzen. Ihren Namen hatte er geschrien.

Er war in den Armen seines Kammerdieners Folmer Jacobsen gestorben. Dieser war kein gewöhnlicher Diener, sondern gehörte zu den reichsten Adligen des Landes und war mit dem Bischof von Roskilde und Podebusk verwandt. Sie hatte ihn damals zu den Verhandlungen mit dem Deutschen Orden gesandt und in Betracht gezogen, ihn zu ihrem Drost zu machen, wenn Podebusk etwas zustoßen sollte. So hatte sie ihre Pläne für die Zukunft geschmiedet und alle Möglichkeiten berücksichtigt. Nur diese eine nicht, daß Oluf vor ihr sterben würde.

Wenn sie nur Luft bekäme, um klar denken zu können. Das war im Moment wichtiger als alles andere. Sie öffnete den schweren verschwitzten grauen Reisemantel. Vielleicht hinderte sie die Spange, die den Mantel auf der Brust zusammenhielt, frei zu atmen. Sie stieg über den Mantel, der zu Boden geglitten war, und wollte sich umdrehen, doch sie verwickelte sich im Stoff und stürzte lang hin. Sie konnte sich gerade noch mit den Händen abstützen, beide Handflächen klatschten auf den eiskalten glatten Boden. Ihr Mund schlug mit Wucht auf, und ihre Lippen bluteten.

Sie würde Olufs Leiche nicht berühren können, das wußte sie. Håkon hatte sie nach seinem Tod ebenfalls nicht mehr berührt. Auch ihn hatten sie gewaschen, einbalsamiert und seine schöne Leiche ausgestellt. Sie hatte neben seinem Sarg gekniet, Gebete mit den Kanonikern gesungen und Totenwache gehalten, ohne ihn berühren zu wollen. Ohne zu wagen, ihn zu berühren.

Jemand war für Olufs Tod verantwortlich, so wie auch sie sich noch immer für Håkons Tod die Schuld gab.

Albrecht von Mecklenburg ist der Schuldige, dachte sie wütend, während der Bischof sie vorsichtig aufsetzte und ihren zerschundenen Mund untersuchte. Albrecht von Mecklenburg hatte seine Hand ausgestreckt und ihr seine Macht gezeigt. Sie war naiv gewesen und hatte übersehen, wie weit seine Hinterhältigkeit reichen würde. Aber damit würde jetzt für immer Schluß sein.

Sie griff nach dem Handgelenk des Bischofs, schüttelte seinen Arm und drehte ihren Kopf zum Sarg ihres Sohnes.

»Bis ins siebte Glied werde ich ihn treffen, Albrecht und seine Familie«, flüsterte sie. »Ich werde ihn jagen, bis er vor mir zu Boden sinkt, und ihn dann erneut aufscheuchen. Diese Rache gehört mir allein. Ich habe nichts mehr, und ich werde jeden rächen, den er mir genommen hat. Erst wenn er mit seiner ganzen Brut in der Hölle brennt, werde ich Ruhe geben, aber keinen Tag vorher.«

Erschreckt legte der Bischof seine Finger auf ihre Lippen.

»Königin, Sie sollten mit mir kommen, Sie müssen sich erholen«, sagte er. Doch sie hatte sich bereits entschieden. Oluf war hier in guten Händen, er brauchte sie jetzt nicht mehr. Hier vergeudete sie nur wertvolle Zeit, und Schweden war noch in Albrechts Hand. Jetzt war es Zeit, sich aufzumachen, Briefe an ihre Freunde und Förderer zu diktieren und England für ihre Sache zum Kampf zu rufen.

Ich bin keine Königin, ich bin weniger als eine Königin, dachte sie. Und doch mehr, als Oluf je wurde, weil ich ihm im Weg stand.

Sie schwebte über sich, sah alles von oben, als würde sie in den Dachbalken der Kirche sitzen: Die einzige Überlebende aus Valdemars stolzem Geschlecht. Die heilige Birgitta hatte es vorhergesehen, die Saat ihrer Ehe würde keine tiefen Wurzeln schlagen. Hier lag er nun, der letzte teure Königssohn, und sie wußte, daß sich Albrecht in diesen Stunden den Titel des rechtmäßigen Königs von Dänemark verlieh und das dänische Wappen auf sein Banner sticken ließ. Ihre drei Löwen, Valdemars springende Löwen. Er würde das Banner tragen, das ihr als kleines Kind verraten hatte, daß ihr geliebter Vater zurück auf Vordingborg war.

»Die Königin ist noch jung genug«, hörte sie Niels Jakobsen neben sich flüstern, während er sie langsam zum Ausgang der Kirche begleitete. Der Bischof begann von neuen Ehen und Kindern zu sprechen, von Söhnen und der Freude, einen geliebten Partner an der Seite zu wissen. Das hatte sie alles gehabt, und Stück für Stück war ihr das Glück genommen worden.

Nein, sie war nicht schwach, Olufs Tod hatte sie gestärkt.

V.
Das Höllenpferd

1.

Wie vom Blitz getroffen stürzte ihr Pferd; sie glitt mit einer beinahe anmutigen Bewegung vom Sattel, löste ihre Füße aus den Steigbügeln und fing ihren Aufprall mit beiden Händen auf. Bevor sich das Pferd aufgerappelt hatte und ihr jemand zu Hilfe geeilt war, stand sie wieder auf den Beinen. Sobald der Pferdeknecht den Gurt festgezurrt hatte, saß auch sie wieder im Sattel. Aber ihr tat der ganze Körper weh, sie hatte sich wieder einmal zuviel zugetraut. Im rechten Bein pochte das Blut, und der Knöchel schmerzte. Die Sonne schien warm und trocknete den Schlamm an Brust und Flanke ihres Schimmels.

Sie hatte eine Woche Zeit. Eine Woche, um zu verhindern, daß Albrecht von Mecklenburg erst Schonen und danach den Rest ihres Reiches an sich reißen würde. Norwegen könnte er mit Leichtigkeit erobern. Glücklicherweise war ihr neuer Erzbischof von Nidaros, Vinald, nach Lund gekommen. Ihn würde sie dort benötigen. Vinald hatte ihr damals, als sie Oluf zur Welt brachte, das Leben gerettet.

Es war gut und richtig, daß sie selbst in Schonen war. So konnte sie jede einzelne Stadt verteidigen, denn es würde keine zähen Verhandlungen geben, nicht mit Albrecht.

Während der Reise wandte sich keiner aus dem Gefolge an sie, sie blieb ungestört und allein mit ihren Gedanken. Das gestürzte und verdreckte Pferd begann zu taumeln, ein zweites wurde aufgesattelt und ihr bereitgestellt.

Warum nur hatte sie Olufs Leiche nicht untersucht und sich vergewissert, daß er es wirklich war. Er hatte diese drei kleinen braunen Male hinter der rechten Schulter und eine dünne Narbe über dem linken Knie, wo ihn eine von Håkons Katzen gekratzt hatte. Sie hätte sich versichern müssen.

Nichts war ihr geblieben, das sie lieben konnte und wofür sie sich opfern wollte. Dafür hatte sie nun etwas vor, womit sich Frauen angeblich schwertaten: Erobern, Schlagen, Vernichten.

Sie mußte sich auf den jungen Mann stützen, der ihr Pferd am Zaumzeug hielt, während sie abstieg. Ihre Beine waren weich, und das Pferd blutete am Maul, doch sie konnten beide noch aus eigener Kraft aufrecht stehen. Und es gab keine Zeit zu verlieren.

Sie hob ihre Röcke an, die ganz steif und schwer vom Schlamm waren, und stolperte zur Treppe, die zum Garten des Bischofs führte. Im selben Augenblick, als sie zwei Gestalten am Treppenabsatz erblickte, begann sie mit lauter, aber brüchiger Stimme zu reden. Sie hatte so lange schweigen müssen, hatte nur ihren eigenen Gedanken nachgehangen.

Sie streckte Erzbischof Vinald ihre Hand entgegen und sprach weiter – die Gedanken bahnten sich ihren Weg und drangen aus ihr heraus.

»... Norwegen können sie sogar ohne Widerstand erobern, aber wir werden uns dagegenstemmen, wir haben einen Vorsprung, und sie müssen zuerst durch die Wälder. Wir müssen Abraham Brodersen rufen, er kann sie aufhalten.«

Vinald ergriff ihren Arm und versuchte, ihr die Treppe hinaufzuhelfen. Ein plötzlicher Schwindel zwang sie in die Knie, und er legte zur Sicherheit seinen Arm um sie.

Als sie in der Steinhalle angekommen waren, sank sie in ihren schmutzigen, zerrissenen Kleidern zu Boden. Sie waren alle da: Peder Jensen, Podebusk und eine Reihe von Männern, deren Gesichter sie wiedererkannte. Vinald ging neben ihr in die Hocke.

»Wir haben eine Woche Zeit«, wiederholte sie, als sie nach Vinalds Schulter griff und dann auch Peder Jensen zu sich hinunterzog. Sie hoben sie hoch und führten sie behutsam zu einem Stuhl und gaben ihr mit Eis gekühlten Wein zu trinken. Erst in diesem Augenblick bemerkte sie den warmen Strom, der zwischen ihren Beinen hinabfloß, wie damals in Bergen, als sie Olufs Geschwisterchen verloren hatte. Ob es ein Junge oder ein Mädchen gewesen war, wußte sie nicht mehr. Welche Ironie, daß ihr Körper sie ausgerechnet jetzt daran erinnerte, daß sie noch immer in der Lage war, einen Erben zu gebären. Sie könnte den Wunsch all ihrer Berater also erfüllen. Doch das würde Jahre dauern.

Und sie hatte nur eine Woche Zeit. Würde es ihr nicht gelingen, in dieser Zeit die Landthinge für sich zu gewinnen, würde sie mitansehen müssen, wie ihr Lebenswerk und das ihres Vaters vom Mecklenburgischen Sturm in Stücke zerrissen wurde. Sie hörte schon, wie Albrechts Vater sein Urteil fällte: »So kommt es, wenn man Frauen und Kinder regieren läßt.« Aber er irrte sich. Er hatte sich immer in ihr geirrt, und das sollte ihm schmerzlich in Erinnerung gebracht werden.

Sie öffnete den versiegelten Brief und las die Sätze, die ihr eine Gänsehaut über den Körper jagten, obwohl sie diese Zeilen so oft gelesen hatte. In diesem Augenblick war ihre Kanzlei dabei, Kopien von dem Brief zu verschicken. Sie mußte unbedingt auch ihren Verbündeten in England schreiben.

Die Adligen hatten sich ihr tatsächlich ergeben. Als sie sich auf dem Thing in Lund erhoben hatte, schwarz gekleidet und voller Trauer, hatte sie über ihre Köpfe hinweggesehen. Vor ihr hatten nur Männer gestanden: Bischöfe, Erzbischöfe, Adlige aus Dänemark und Schonen. Wohin das Auge sah, blickte es in verwitterte, harte Gesichter.

»Ich stehe nicht als sorgende Mutter vor euch, sondern als Valdemars Tochter, Håkons Witwe und die Mutter des Königs. Als Landesfürstin.« Sie hatte ihnen ihr Anliegen unterbreitet, nicht um ihre Gunst gebettelt.

Die Rede hatte sie selbst geschrieben und auswendig gelernt. Sie war kurz und klar gewesen. Erst zum Schluß hatte sie sich bewegt und ihre Arme ausgebreitet, wie der Priester beim Segen. Die heißen Tränen waren ihr die Wangen hinuntergelaufen, ihre Augen brannten in dem gleißenden Sonnenlicht.

Das folgende Gejohle verwirrte sie vollkommen. Sie hatte erwartet, daß die Versammlung auf dem Thing sich auflösen würde und die uneinigen Parteien erst nach zähen Verhandlungen und Zusammenkünften mit einem Angebot an sie herantreten würden.

Aber sie johlten ihr zu. Zuerst dachte sie, sie würden vor Wut brüllen. Sie blieb mit ausgebreiteten Armen stehen und sah sich um. Erzbischof Vinald beugte lächelnd den Kopf und nickte ihr freundlich zu. Dann erst begriff sie. Diese Männer vertrauten ihr. So hatten die Thinge ihrem Vater niemals gehuldigt. Wie ungerecht!

Als sie zur Messe in der Domkirche als letzte eintraf, war ihr sofort aufgefallen, daß die hohen Herren sich Stühle mitgebracht hatten, so daß sie während des Festaktes und Chorgesangs bequem saßen. Doch nun erhoben sie sich alle, und im selben Augenblick stimmten die Kanoniker hinter dem Chorgitter den Lobgesang an. Die vielen klaren Männerstimmen erfüllten den Raum, aber sie hörte dennoch das Raunen und Wispern um sich herum, und ihr war unbehaglich zumute. Zögernd trat sie durch die hohe Kirchentür und begab sich auf den langen Weg hinauf zum Chor und zu dem großen Stuhl, den man für sie bereitgestellt hatte.

Plötzlich wurde ihr bewußt, daß sich diese tausend Menschen in der Kirche nur ihr zu Ehren erhoben, und ein Schauer überkam sie. Sie ehrten sie, wie die Adligen ihren

Vater zu Lebzeiten nie geehrt hatten. Nicht mit nachsichtiger Verachtung, sondern mit stillem Respekt. Sie setzte ihren Weg zum Thron fort, es war, als schreite sie zu ihrer Krönung, die sie jedoch niemals erleben würde. Ihre Wangen leuchteten vor Stolz, und die Tränen rannen ihre Wangen hinunter. In diesem Moment vermißte sie Håkon, ihren Vater, Oluf und Kristoffer. Sie vermißte jemanden, mit dem sie diesen Moment der Erhabenheit teilen konnte.

Vinald zelebrierte die Messe, er war der Primus inter pares. Er beglaubigte bei Gott, daß sie an diesem Tage, dem 10. August 1387, zu Dänemarks bevollmächtigter Reichsverweserin, zu dessen hochmächtiger Frau und Vorsteherin gewählt worden sei.

Sie war alles, nur keine Königin.

Als sie sich von ihrem Stuhl erhob, um vor Vinald niederzuknien, sah sie in sein schmales Gesicht. Er war sonnengebräunt und mager von seiner Reise nach Genua zurückgekehrt, wo er soeben den päpstlichen Segen für sein Amt erhalten hatte. Zur Zeit gab es zwei Päpste, einen in Rom und einen in Avignon. Aber es gab nur einen Erzbischof von Nidaros, und dieser war vom römischen Papst bestätigt worden.

Sie hatte Vinald bei sich in Dänemark haben wollen. Er war ihr Freund, eigentlich viel mehr als das, er war bei der Geburt von Oluf dabeigewesen. Vor ihm kniend, wußte sie, daß er ihr gehörte. In seinen steifen goldenen Paramenten beugte er sich zu ihr herunter und zog sie hoch, sanft und ehrfürchtig. Sie hatte ihn nicht gekauft, sie hatte ihm geholfen, das zu werden, was er war, und darin lag der große Unterschied.

Es war also möglich, Macht auszuüben, ohne die Reinheit zu verlieren, ohne anderen zu schaden. Heute hatte sie diese Gewißheit erlangt, und sie erfüllte Margarete mit einer Erregung, die sie am Sarg ihres Sohnes nicht für möglich gehalten hatte. Dieses wunderbare Gefühl war die Kehrseite ihrer Trauer und hatte dennoch denselben Ursprung.

Die Sonne ging sehr schnell unter an diesem besonderen Tag. Sie würden wohl bald die Kerzen anzünden müssen.

Sie arbeitete zwar den ganzen Tag lang, bevorzugte jedoch die hellen Stunden, in denen sie alle Papiere auf ihrem Tisch deutlich vor sich liegen sehen konnte.

Sie streckte ihre Arme über den Kopf und dehnte ihre langen, schmalen und doch kraftvollen Finger, die sie nicht gern in Handschuhen versteckte. Zum Glück waren sie noch nicht von Gicht geplagt. Wie sehr sie das Gefühl genoß, auf niemanden Rücksicht nehmen zu müssen. Von nun war sie ihr eigener Herr, sie war die bevollmächtigte Reichsverweserin. Es gab niemanden, der ihr das streitig machen konnte.

Sie hatte sich nach allen Seiten abgesichert und war nun bereit, ihre Kraft und Aufmerksamkeit auf den bevorstehenden Krieg gegen Albrecht zu richten.

»WIR SIND, da Königin Margarete König Valdemars Tochter und König Olufs Mutter ist, die beide unsere Herren waren und von uns gegangen sind – Gott hat ihre Seelen zu sich genommen –, und wegen der Tatkraft und Gunst, die sie uns allen auf so unterschiedlichen Wegen erwiesen hat,

WIR SIND in Übereinstimmung mit ihr und sie mit uns zu dem Beschluß gekommen, daß wir keinen Herren, Hauptmann oder einen anderen Mann zum König wählen werden und so auch keinen anderen Mann in Dänemark einziehen lassen und auch keinen anderen Mann zu Hilfe holen ohne ihre Einwilligung und ihren Ratschlag. Das gleiche hat auch sie uns gelobt.«

Endlich hatte sie Albrecht und seiner Sippschaft einen Riegel vorgeschoben. Als Gegenleistung hatte sie geloben müssen, niemanden zu ehelichen, der dem Volk mißfiel.

In Zukunft hätte sie weitaus freiere Hand als vorher, Podebusk hatte alle Stände von ihrer Willenskraft und ihrer Sparsamkeit überzeugen können. Seit Margarete Olufs Vormund war, hatte sie die großen teuren Gelage auf Nyborg vermieden. Sie hatte sie für unnötig befunden. Und auch ihre anderen, weiblichen Tugenden hatten Anklang gefunden.

Hier stand sie nun, im großen Saal von Nyborg, mit ihrem Huldigungsbrief in der Hand – und überall sah sie Olufs Schatten. Um sie war es leer und kalt: Helvig und Valdemar, Magnus und Blanka, Håkon und Oluf, sie waren alle von ihr gegangen. Sie war einsam.

Sie müßte jemanden haben, ein Kind, in dessen Namen sie ihre Arbeit fortsetzen könnte.

Ich bin durch und durch die Tochter meines Vaters, dachte sie. Das gleiche hatte Podebusk den Ständen gesagt: »Sie ist sehr viel mehr Valdemars Tochter als sie selbst.« Aber das wußten sie bereits, nach den vielen Jahren guter und redlicher Führung.

Außerdem hatten die Stände auch keine große Wahl. Es gab nur Albrecht und sie.

»Unsere Freunde und wir werden mit ihr leiden und sterben. Sie hat uns versprochen, daß wir ihren Schutz genießen und unsere Privilegien behalten, die uns ihre Vorfahren und ihr Sohn gegeben haben.«

Das waren Podebusks Worte. Er war so bewegt gewesen, als er den Huldigungsbrief laut vorlas, daß sie befürchtete, er würde in Tränen ausbrechen.

Wenn Albrecht die Kopie dieses Briefes las, würde er ihn zu Recht als Kriegserklärung verstehen. Und er würde die Namen der Unterzeichneten sehen und begreifen, daß alle Adligen hinter ihr standen. Sie würde ein dänisches Heer aufstellen können, unzählige Reihen bewaffneter Reiter zu ihrer Verteidigung, ohne etwas dafür zu bezahlen. Aber Albrecht würde für jeden seiner Reiter, für jedes Pferd und Schwert bezahlen müssen.

Am Ende hatte Olufs Tod doch einen Sinn gehabt.

2.

Um die schweren Mauern des Wagehals fegte Schneegestöber. Alles war so wie bei ihrer Abreise damals, als wären die vergangenen Jahre ein bunter, phantastischer Traum gewesen. Und doch hatte sich so vieles verändert, wie sie erkannte, als sie ins Innere der Burg kam. Sie hatten den Kronsaal verschlossen und würden die Huldigung wohl im Rittersaal im vernachlässigten Südflügel abhalten müssen. In den Jahren, die sie auf Akershus verbracht hatte, war der Rittersaal nie benutzt worden.

Aber sie verlangte, daß der Kronsaal aufgeschlossen und gereinigt werde, denn nur dort wollte und konnte sie ihre norwegischen Adligen und Bischöfe empfangen. Wenn Håkon und sie es vermocht hatten, auch in den schlimmsten und ärmsten Jahren ihr Weihnachtsfest im Kronsaal zu feiern, dann sollten sie ihn nicht ausgerechnet jetzt verschlossen halten.

Während sie darauf wartete, daß der Saal wieder benutzbar wurde, ging sie hinauf in ihre alten Wohngemächer, besah sich die verbliebenen Kisten, öffnete alle Fenster und ließ den kühlen Wind vom Bjørviken den Raum erfrischen. Sie zog weder Handschuhe noch Mantel aus, denn sie war nicht zurückgekehrt, um wieder hier zu wohnen.

In einer der Kisten fand sie Olufs Kindersachen. Sie warf einen kurzen Blick darauf und verschloß sie dann schnell wieder.

Erst gestern nacht war sie von Schreien aufgeschreckt worden. Sie hatte stundenlang steif und ängstlich im Bett gelegen, bis Frau Gisela ihr erzählte, daß die Tochter des Kochs einen unehelichen Sohn geboren hatte. Margarete schenkte daraufhin der jungen Frau einen Ring und bat darum, daß das Kind auf den Namen Oluf getauft werde.

Sie vermißte Abraham Brodersen. Die Männer in ihrer Umgebung waren alle vernünftige und kluge Menschen und ähnelten Podebusk. Sie verband der gleiche ernste Respekt vor ihr und ihrem Amt. Podebusk hielt seit Olufs Tod beinahe ängstlichen Abstand zu ihr.

Ungeduld und Neugierde führten sie auf das Dach vom Wagehals. Früher einmal war sie die Treppe lachend und behende hochgelaufen. Jetzt empfand sie ihren Körper nur als nutzlosen Ballast, sie spürte ihre fünfunddreißig Jahre in allen Knochen.

Sie hätte schon längst Enkelkinder haben können, wenn sie schneller gehandelt und für Oluf eine Braut gefunden hätte. Aber sie war so stolz gewesen und hatte unbedingt eine englische Königstochter für ihn haben wollen.

Seit Marie von Mecklenburg mit Vartislaw von Pommern verheiratet war, hatte sie nur einen einzigen Brief von ihrem Schützling erhalten.

Auf dem Weg nach Aachen hatte Margarete einen Umweg gemacht und war nach Pommern gefahren, um Marie wiederzusehen. Das war zwei Jahre her, im Jahr vor Olufs Tod, es war ihre einzige große Pilgerfahrt gewesen, zum Grab von Karl dem Großen. Vartislaws Hauptmann auf Burg Darlowo hatte sie etwas verwirrt empfangen und ihr eröffnet, daß sie zu spät komme. Marie war bereits vor drei Wochen bei der Geburt ihrer kleinen Tochter gestorben. Man hatte Margarete nur zu ihrem Grabstein in der Kirche von Darlowo führen können. Die Kinder waren bei Vartislaws Schwester untergebracht worden.

Der Gedanke, Maries Kinder zu sich zu nehmen, war ihr bei der Huldigung auf dem Thing in Schonen gekommen.

Sie sah vom Dach das kleine Gefolge die Bucht entlangreiten. Dann war ihre Nachricht, die sie aus Oslo gesandt hatte, doch in Darlowo angekommen. Sie beeilte sich, die Treppen hinunterzulaufen, denn sie wollte vor ihnen im Burghof sein und die Kinder voller Würde empfangen, nicht verschwitzt und außer Atem.

Während sie die lange Treppe hinabstieg, überkam sie mit einemmal Zweifel an der Richtigkeit ihrer Taten. Sie ging in die kleine Kapelle von Akershus und sank vor dem Altar auf die Knie. Sie hatte es sich angewöhnt, ihre Bischöfe um Rat zu fragen, denn Gott antwortete ihr oft zu langsam und undurchschaubar und nicht immer zu ihrem Vorteil.

Allen anderen konnte sie Befehle erteilen, die schnell und genau ausgeführt wurden. Mit Gott verhielt es sich da anders. Er hatte ihr die Mutter, den Bruder, den Vater, den Mann und den Sohn genommen. Gewissenhaft hatte er sie stets an ihren verletzlichsten Stellen getroffen. Er hatte offensichtlich etwas mit ihr vor und hatte darum den Wald um sie herum abgeholzt, bis sie ganz allein dastand. Das hatte ihr viele Schmerzen bereitet und sie hart werden lassen.

Sollte Maries kleiner Sohn, Bugislaw von Darlowo, sterben, war nur noch seine große Schwester Katarina übrig. Sollte Margarete auch sie verlieren, wäre das Königsgeschlecht ausgestorben, und sie müßte sich wieder verheiraten und Kinder zur Welt bringen. Und das würde bedeuten, daß sie die Macht und das Recht, Entscheidungen zu treffen, abgeben müßte. Ein unerträglicher Gedanke.

Das letzte Stück des Weges ging sie langsam und würdevoll. Sie trat hinaus in den Burghof und ließ ihre purpurfarbene Schleppe über die Steine fließen. Es sah aus, als würde sich Blut mit Regenwasser vermischen. Margarete war bereit, ihre Zukunft in der Gestalt von Vartislaws Sohn auf Akershus zu empfangen, dort, wo sie so unzählige Male hungrig zu Bett gegangen war. Sollte ihr Entschluß sich als falsch und Bugislaw sich als ungeeignet für ihre Absichten erweisen, könnte der Junge in Norwegen bleiben und hier aufwachsen.

Die Kinder kamen aus dem Geheimgang und betraten den Burghof. Zuerst erschien ein großes blondes Mädchen, das ihrer Großmutter sehr ähnelte, doch am meisten ihrer Mutter, der fröhlichen, unbeschwerten Marie.

Sie blieb in der Sonne stehen, blinzelte ins Licht und verneigte sich vor Margarete, ohne den Blick abzuwenden. Das war ein Mädchen, das noch von großem Nutzen sein würde.

Das Geräusch von Kinderschluchzen erreichte sie, und Katarina stürzte zurück in den Geheimgang. Schreie, Gebrüll und Schläge folgten, woraufhin Katarina wieder aus dem Gang auftauchte, diesmal mit unordentlichem Haar und einem kleinen Jungen an ihrer Hand. Er ähnelte keinem aus der Familie und sah viel jünger aus, als er war.

Er hielt eine Hand vors Gesicht, während ihm Sturzbäche aus den Augen schossen. Als er jedoch Margaretes gewahr wurde, hörte er für einen Moment auf zu weinen und spreizte ein wenig die Finger, um durch die Lücke besser sehen zu können. Katarina zerrte an ihm und wollte ihn dazu bringen, sich anständig zu verbeugen, woraufhin er sein Geschrei wiederaufnahm.

Er war klein und stämmig und hatte dunkle lockige Haare. Ein kleiner plattfüßiger Junge, ein Wechselbalg, dachte Margarete mit Schaudern und machte einen Schritt auf die Kinder zu. Bugislaw fing laut an zu schreien und wollte zurück in den Gang, aber Katarina hielt ihn fest, stieß ihn vor sich her und zischte ihm etwas in ihrer eigenen Sprache ins Ohr.

Sie sprachen eine eigentümliche Sprache, die Margarete vorher noch nie gehört hatte, eine undeutliche dunkle Sprache. Das mußte sie ändern, je eher desto besser. Der Junge schien ein und dieselbe Frage zu wiederholen, und Margarete fragte Katarina, was er denn wissen wolle.

»Wo die Trompeten sind«, flüsterte sie beschämt, »er fragt:

›Wo sind die Trompeten, wo sind die Ritter mit ihren Rüstungen und Bannern?‹ Das ist Vaters Schuld! Er hat gesagt, daß wir Pferde, Löwen und Turnierspiele sehen werden.«

Sie hatte vieles befürchtet, aber nicht, daß Bugislaw ein verschrecktes, unwilliges Kind sein würde. In all ihrer Pracht ging sie in die Hocke und breitete die Arme aus. Katarina schüttelte ihn und flüsterte ihm erneut etwas ins Ohr. Daraufhin nahm er beide Hände vom Gesicht, das vollkommen verschmiert war von Tränen, Rotz und Blaubeeren. Sie hatte bereits den Entschluß gefaßt, ihm einen neuen Namen zu geben, den Namen eines nordischen Königs sollte er tragen, Erik. Dennoch verstieß sie gegen ihre eigene Regel und sprach ihn mit seinem alten Namen an, Bugislaw.

Das Unerwartete geschah: Bugislaw taute auf, und ein sonderbares Koboldlächeln tauchte hinter der Mauer aus Trauer, Leid und Ablehnung auf.

Er war es gewohnt, wegen seiner Niedlichkeit vergöttert zu werden, dachte sie. Er kam auf sie zu, streckte seine kleine braune Hand aus und berührte ihre Hand, drehte an ihrem großen Siegelring und berührte verzückt den Hermelinpelz an ihren Ärmeln.

Schließlich gab er seinen Widerstand restlos auf, und sie schloß ihn vorsichtig in ihre Arme, ließ ihn jedoch sofort wieder frei. Seine kindliche Kraft hatte sie so verstört, diese kleinen starken, runden Arme, die sie umarmten, und der kleine schnaufende Körper, der sich gegen ihren preßte, sein Mund und sein duftendes Haar. All das gehörte ihr, ein unerwartetes Geschenk, ein Kind ohne Schwangerschaft, ohne die Geburt und die Angst, es zu verlieren. Er war ein kleiner mutterloser Junge. Er war so aufdringlich echt. Schamerfüllt gestand sie sich ein, daß sie sich nur ein Werkzeug gewünscht hatte, kein Kind. Sie hatte einen zweiten Oluf gewollt, und nun hatte sie etwas vollkommen anderes bekommen. Das war wohl die Strafe oder Belohnung, die Gott dieses Mal für sie vorgesehen hatte.

Bugislaw war schwer, und es war umständlich, ihn zu tragen. Aber Margarete konnte seine Ärmchen nicht lösen, die er fest hinter ihrem Nacken verschränkt hatte, und so schleppte sie ihn in ihre Gemächer, dicht gefolgt von Katarina, die ihren kleinen Bruder nicht aus den Augen ließ. Und was für Augen sie hatte: Groß, mandelförmig und leicht schräg gestellt blickten sie unter den geschwungenen Augenbrauen hervor. Mit ihren offenen gelockten Haaren und der zarten Haut sah dieses Mädchen ganz einzigartig aus. Für Katarina hatte sie Verwendung. Der englische König suchte eine Frau, und die dürfte doch gern schön sein. Das Geschlecht der Folkunger gab seine Züge nicht so leicht auf. Ihre Spuren ließen sich Generation für Generation zurückverfolgen, Margarete hatte dieselbe edle Anmut von Katarina schon bei König Magnus gesehen. Nur bei Bugislaw hatten diese Züge neue und ungewohnte Formen angenommen.

Es gelang Margarete schließlich, seine Umarmung zu lösen, als sie ihn auf den großen Tisch in ihrem Gemach setzte. Sie öffnete seine Hände und begann, sie zu waschen, während er in seiner Sprache losplapperte. Die würde er bald vergessen haben, beschloß Margarete. Sie verstand kein Wort und tat so, als würde sie nicht wissen, daß er mit ihr sprach. Wütend und enttäuscht zog er an ihrem Kopftuch. Sie nahm seine nassen Finger, sah ihm tief in die Augen und schüttelte den Kopf. Bugislaw verstand sofort und schenkte ihr sein großes, unschuldiges Lächeln. Sie konnte den Kindern nicht vorwerfen, daß sie in der Familie von Vartislaw vorbehaltlos geliebt und bewundert worden waren.

Das Lächeln hatte er allerdings von seiner Mutter, Marie von Mecklenburg.

3.

Podebusk hatte sich seit Olufs Tod immer mehr zurückgezogen und starb dann ebenso still und leise. Margarete wollte an seiner Beerdigung nicht teilnehmen, bat aber um eine Kopie seines Testamentes.

Sie hatte nicht erwartet, daß Frau Gisela sie mit ihren Söhnen aufsuchen würde. Gisela wirkte noch stolzer als zu Lebzeiten ihres Mannes, sie hielt eine kleine Ansprache, titulierte sich selbst als Drostin und ließ einige Worte über ihre berühmte Herkunft fallen. Ihre Familie ließ sich zurückführen auf eines der unehelichen Kinder von Valdemar, dem Siegreichen.

Nun sah Frau Gisela ihren Dienst als Hofmeisterin als beendet an und hatte vor, in Zukunft die großen Güter und vielen Höfe zu verwalten, die Podebusk seiner Familie hinterlassen hatte. Margarete beschloß sofort, diesen Hochmut zu bestrafen und aus Podebusks Hinterlassenschaft die fünfzehn reichen Höfe auf Seeland fortzunehmen, die Frau Gisela sich widerrechtlich von der Krone hatte übertragen lassen, während ihr Mann auf dem Krankenbett lag.

Frau Gisela beging jedoch einen viel größeren Fehler, den Margarete ihr nicht vergeben konnte. Sie trug die Äußerungen ihres sterbenden Mannes vor. »Der plötzliche Tod des jungen Mannes, der all unsere Pläne hätte zunichte machen können, führte am Ende doch zu einem unvorhersehbaren Sieg«, sollte er gesagt haben. »Sag meiner kleinen Herrin von Norwegen, daß sie mir meine Taten vergeben möge, die ich begangen habe, um sie zu beschützen und damit sie dort bleiben konnte, wo sie zu Hause war und dem Reich am besten dienen konnte«, zitierte Gisela ihren Mann und hielt Margaretes Blick stand.

Bis zu diesem Tag hatte Margarete regiert, ohne zu Mitteln wie Mord, Massakern oder Kriegen greifen zu müssen. Sie hatte keine Todsünden begangen und niemanden dazu aufgefordert. Und dennoch schien Podebusk vor seinem Tod von furchtbaren Schuldgefühlen gequält worden zu sein.

Sie wollte Frau Gisela keine weiteren Neuigkeiten abpressen, keinen Verdacht in sich aufkommen lassen. Keiner sollte sich ihrem Schmerz um Oluf nähern, denn sie selbst vermochte nur, den Zweifel weit von sich zu schieben, auch in diesem Moment. Erwartete Frau Gisela wirklich Dankbarkeit dafür, daß sie ihren Mann des Mordes beschuldigte und Margaretes alte Trauer erneut wachrief?

Der Sohn der heiligen Birgitta, Birger Ulfsson, behandelte sie mit ausgesuchter Freundlichkeit, als sie die schwedischen Adligen, ihren Reichsrat, auf Dalaborg traf. Sie waren alle gekommen. Margarete ließ ihren Blick über sie schweifen, sie erinnerten sie an die Ratsmänner ihres Vaters. Bielke, Blå, Lejon, Natt och Dag, Oxenstiuerna, Puke, Sparre, Sture und Örnfot – sie konnte ihre Namen an den Bannern und Waffenschildern ablesen, die sie bei sich trugen. Als sich die Männer etwas widerstrebend, aber mit neugierigem Blick vor ihr verneigten, wurde ihr plötzlich bewußt, daß diese Adligen auch sie zum ersten Mal sahen – die sie gedachten nach Schweden zu holen, um die Schäden zu beheben, die sie ihrem Land selbst zugefügt hatten.

Birger Ulfsson war es auch gewesen, der die Bedingungen für ihre Wahl zur bevollmächtigten Reichsverweserin Schwedens formuliert hatte. Diesen Titel hatte Margarete damals auf dem Thing in Lund scherzhaft ihrem Drost Henning Podebusk vorgeschlagen. Doch Birger Ulfsson meinte es ernst.

So einen Mann könnte sie gut als Drost gebrauchen.

Es überraschte sie, daß ihr diese selbstbewußten schwedischen Männer ohne jeden Vorbehalt zusätzlich zur schwedischen Krone alle Besitztümer des verstorbenen Drostes Bo Jonsson Grip in Schweden und Finnland überließen. Den Rest des Landes, den Albrecht noch beherrschte, gelobten sie mit allen Mitteln zurückzuerobern. Margaretes Versprechen lautete, daß alle Schweden über ihre Güter und Höfe in den anderen Reichen uneingeschränkt verfügen dürfen.

Sie unterließ jede Anspielung auf Albrecht und seine Regierungszeit, sie wußte allzu gut, daß diese Männer bitter enttäuscht waren von ihrem deutschen Herrn. Sie hingegen verehrten sie ganz offensichtlich, und dennoch traute ihnen Margarete nicht über den Weg. Schließlich hatten Frau Birgitta und ihre Sippe König Magnus aus dem Land getrieben. Aber Margarete sonnte sich in der Bewunderung, die ihr entgegengebracht wurde, und die schwedischen Adligen waren dankbar, daß sie nicht nachtragend war.

Am Ende der Zusammenkunft überreichte Birger Ulfsson Margarete eine zerkratzte Truhe, die einst mit feinem Silber beschlagen und mit dem Bild eines Heiligen, wahrscheinlich Schwedens Schutzheiligem Erik, geschmückt gewesen war. Nur der Umriß seines Kopfes und die Reste der vergoldeten Krone waren noch zu sehen. Sie öffnete den Schrein und erblickte die strahlende Krone von König Magnus.

»Diese Krone wurde vor sehr langer Zeit für die Krönung von König Valdemar, des Sohnes Birger Jarls, geschmiedet«, erklärte Birger Ulfsson eifrig und drehte die Krone in seinen Händen. Die Edelsteine, die ursprünglich die Krone schmückten, hatte Birger Jarl von russischen und byzantinischen Kaufleuten erstanden. Nach seiner Krönung hatte König Valdemar die Steine herausnehmen lassen und sie seiner Frau geschenkt. »Wir werden sicherlich einige Bergkristalle einfassen lassen können, bevor dem neuen König an der Wahlstätte bei den Morasteinen vor Uppsala gehuldigt werden wird«, fügte Birger Ulfsson leise hinzu.

»Wir werden etwas Besseres finden als Bergkristalle«, unterbrach ihn Margarete, hob die Krone hoch und stellte sie vor sich auf den Tisch. Sie war nicht mehr als ein zerkratzter wertloser Gegenstand, solange Albrecht noch über das Land herrschte.

Der kleine Bugislaw verfolgte Margarete auf Schritt und Tritt, seine kleine verschmierte Hand fest in ihren Rock gekrallt. Das Zutrauen und die Liebe des kleinen Jungen waren ihr unbegreiflich. Sie würde ihm nie die Mutter ersetzen können, die er so früh verloren hatte. Sie hatte keine Liebe und Zärtlichkeit, die sie ihm geben konnte, er war lediglich ein Werkzeug ihrer Macht. Doch der kleine Erik, wie sie ihn beharrlich nannte, unterlief ihre unerbittliche Haltung mit seinem lieblichen Kinderduft und seinen Versuchen, sie in seinen Bann zu zwingen.

Erik hatte seine gesamten Spielsachen bei seinem Vater in Pommern zurückgelassen, er war nun sieben Jahre alt und kein kleines Kind mehr. Er müßte bereits von Männern ausgebildet werden, und seine Tage sollten ausgefüllt sein mit Waffen- und Reitübungen. Aber er war noch immer kleinwüchsig, und sie wagte es nicht, ihn wegzugeben. Er verwendete alle möglichen Dinge als Spielsachen: Steine, kleine Zweige, Käfer und Kröten. Solange er so spielte, würde er nicht erwachsen werden und könnte sich nicht von Pommern und seinem machtlosen Vater trennen.

Eines Tages sah Margarete auf Varberg, wie Erik im Burghof in der Hocke saß und mit einem Zweig in der Hand in einem kleinen braunen Schmelzwassersee stocherte. Entschlossen zog sie ihn zu sich hoch, entwendete ihm den Zweig, zerbrach ihn und warf ihn fort. Dreimal schlug sie ihm ins Gesicht, damit er begriff, daß sie sein Verhalten nicht billigte.

Das kleine dunkle Gesicht zeigte zuerst nur Verwunderung, dann kamen die Tränen. Er stampfte mit beiden Füßen in der Pfütze herum und schrie aus Leibeskräften. Aber er schien nicht aus Wut oder Schmerz zu schreien, er fühlte sich ertappt.

Margarete las gerade Briefe und Berichte ihrer Vögte, als Peder Jensen die Tür öffnete und sie wissen ließ, daß Abraham Brodersen an der Spitze von zwanzig bewaffneten Männern eingetroffen sei und sie augenblicklich zu sprechen wünsche.

Abraham wartete nicht, bis sie ihn zu sich rief, sondern kam zu ihr in seinen schweren, von Schnee durchnäßten Reisekleidern. Er stieß den Bischof im Türrahmen beiseite und trat auf sie zu. Seine Anwesenheit verschlug ihr den Atem.

Sein Haar hatte er auf seinem Weg zur Burg nicht verdeckt, jeder auf Varberg sollte sehen, wer da geritten kam. Steifbeinig und ohne die Handschuhe auszuziehen kam er auf sie zugewankt, er trug noch seine Beinschienen und Eisenstiefel. Wäre er nicht so wütend gewesen, hätte sie bei seinem lächerlichen Anblick lachen müssen. Aber sie wußte sich zu hüten.

»Wer wird Parow vom Schlachtfeld tragen, wenn er gefallen ist?« fragte er und warf die Handschuhe auf den Tisch mit den Dokumenten. Es sah Abraham ähnlich, weder Grußworte noch einen ordentlichen Bericht vorzutragen, in ihrer Nähe benahm er sich, als wäre er bei sich zu Hause. Aber seine Wut hatte sich bisher noch nie gegen sie gerichtet.

Heinrich Parow hatte sie sehr bewußt ausgewählt, er war ein erfahrener Ritter aus Mecklenburg, der seinem früheren Herrscher abgeschworen und sich mit Leib und Seele in ihre Dienste gestellt hatte. Er war ihr nun schon drei Jahre aufrichtig ergeben, und sie hatte noch keine Anzeichen von Untreue oder Feigheit bei ihm feststellen können. Aber schon seine Herkunft war für einige eine Provokation. Heinrich Parow hatte damals Olufs Waffenübungen geleitet, und sie hatte ihn zum Hofmeister des Königs ernannt. Keiner in ihrem Gefolge hatte sie vor Parow gewarnt oder etwas Schlechtes über ihn gesagt. Und nun kam ausgerechnet Abraham angestürmt und tat so, als müßte er sie vor den Wellen der Sintflut retten.

»Er hat geschworen, in erster Reihe Albrechts mecklenburgischem Heer entgegenzureiten, um Albrecht von seinem Pferd zu stoßen. Aber was ist mit dem Rest des Heeres?« rief er aufgeregt und zeigte mit seinen langen Fingern auf sie. Sie habe eine falsche Wahl getroffen. Sie hätte einen Mann wählen müssen, der siegen und überleben wolle. Einen ehrlichen Tod, den könne man fortwährend sterben. Aber einen ehrenvollen Sieg zu erringen, davon könne man leben, bis man alt werde, fügte er hinzu.

Sie dachte, er würde eine Antwort erwarten, er aber griff nur nach seinen Handschuhen, die wie zwei abgeschlagene Hände auf dem Tisch lagen, und stampfte zur Tür hinaus, um zu seinen Männern zurückzukehren.

Dann war sie mit einemmal allein, und nur die Kälte und der schwache Duft von Abraham erinnerten sie daran, daß er soeben bei ihr gewesen war. Zurückgeblieben waren die Tropfen von geschmolzenem Schnee auf den Dokumenten und der Geruch von Leder, Pferden und kaltem Frühjahr.

Der Herold betrat selbstbewußt den grauen Saal auf Burg Varberg, er trug die besondere Tracht, die ihm Schutz und Neutralität zusicherte. Mit ausdruckslosem Gesicht sah er von einem der schwedischen Adligen zum anderen, und sein Blick blieb schließlich an Abraham Brodersen hängen. Abraham war einen Kopf größer als die anderen, und er stand auch gern aufrecht, da so seine Größe noch besser zur Geltung kam.

Margarete saß in dem schweren Stuhl mitten im Raum, an ihre Seite hatte Birger Ulfsson die schwedische Krone in Reichweite plaziert. Sie hatte die Krone mit farbigen Glassteinen verzieren lassen, und nun lag sie auf einem Kissen neben ihr, wie ein Beweis, daß nicht Albrecht, sondern sie das

Reich besaß. Der Krieg gegen ihn würde nur eine Formsache sein.

Es überraschte sie, daß Albrecht nicht einen seiner Adligen als Boten gesandt hatte. So gehörte es sich unter Herrschern. Sie würde Abraham Brodersen schicken, wenn sie Albrecht eine Nachricht überbringen wollte. Der Besuch eines Herolds deutete darauf hin, daß Albrecht ihre Kriegserklärung verstanden hatte.

Der Herold trug einen Gegenstand unter seinem eisenbewehrten Arm, den sie nicht erkennen konnte. Er trat an ihren Thron heran und verneigte sich mit einer Ehrfurcht, die von seiner Erfahrung und Bildung zeugte. Dann nahm er das Geschenk, das er mitgebracht hatte, und legte es mit einem leidenschaftslosen Gesichtsausdruck vor ihr auf den Tisch. Er strahlte eine ungeheuerliche Sicherheit aus.

»König Albrecht und sein Sohn Erik, der rechte Erbe von Schweden, senden ihre Grüße an Frau Margarete, König Valdemars Tochter und König Håkons Witwe. Die gnädige Frau hat in letzter Zeit dem König von Schweden einige Schriftstücke gesandt, in denen sie die Übergabe des Reiches forderte. Der König von Schweden fühlt sich in keiner Weise verpflichtet, den Forderungen und Drohungen einer alternden Frau Gehör zu schenken oder gar ihnen nachzukommen. Der König von Schweden wünscht vielmehr, daß sich die Witwe des Håkon Magnusson mit Tätigkeiten beschäftigt, die sich nach dem Gesetz für eine Frau ziemen.«

Ohne mit der Wimper zu zucken, hielt sie seinem Blick stand. Er war auch Deutscher wie Albrecht, aber kein Mecklenburger. Nicht er hatte diese Worte gewählt, sie konnte vielmehr Albrecht in jeder Zeile hören: gekränkt, anmaßend und unverbesserlich selbstsicher. Um keinen Preis wollte sie ihre Wut zeigen. Darum fragte sie den Herold, ohne eine Miene zu verziehen, was ihr Albrecht als Geschenk mitgegeben habe.

»Einen Schleifstein, damit die Witwe ihre Nähnadeln wetzen kann«, antwortete er und zog das edel verzierte Tuch vom Stein fort.

Neben dem Stein lag ein weiteres, zusammengefaltetes Stoffstück.

»Und was ist das?« fragte Margarete in unverändertem Tonfall, obgleich ihre Wangen vor Zorn zu brennen begannen.

»Eine Fahne, die die Witwe als Banner vor ihrem Heer führen soll«, sagte er mit schmalen Lippen. Margarete merkte deutlich, daß ihm dieser Teil der Botschaft unangenehm war. Wenn sich Herrscher gegenseitig demütigen wollten, sollten sie das seiner Meinung nach persönlich tun.

»Faltet meine Fahne aus, damit wir sie gebührend bewundern können«, sagte sie. Abraham Brodersen trat vor, nahm die gefaltete Fahne, schlug sie mit einer höhnischen und jähzornigen Bewegungen aus und legte sie Margarete zu Füßen.

Auf der Fahne war eine nackte Frau abgebildet, einer Meerjungfrau ähnelnd, die von einem Abt umarmt wurde. Die lateinische Inschrift legte dar, daß die Mönchshure Margarete ihr Heer nur deshalb in Albrechts Erbland führen wolle, weil ihr Geliebter, der Abt von Sorø, ihrer überdrüssig geworden sei.

Abraham Brodersen faltete das Fahnentuch wieder zusammen und warf es dann mit einer abfälligen Geste auf den Boden.

»Müll zu Müll«, sagte er, ohne den Herold eines Blickes zu würdigen.

»Haben Sie noch weitere Neuigkeiten von meinem teuren Freund Albrecht?« fragte sie, und der Herold räusperte sich und bejahte.

»Der König von Schweden hat seinen getreuen Genossen geschworen, daß er seinen Hut nicht eher aufsetzen werde, bevor er nicht die Feinde des Landes überwunden habe«, fuhr er steif fort. »Er hat gesagt: ›Kein Mann soll mir nachsagen können, daß ich vor einer Frau Angst gehabt habe.‹«

Margarete ließ einen kurzen Augenblick verstreichen, dann erhob sie sich mit einem Ruck und faltete die Hände im Schoß, so daß die weit ausgeschnittenen Ärmel auf beiden Seiten des Rockes hinabfielen. Wegen der Kälte auf Burg Varberg hatte sie ihre weißen Handschuhe anbehalten, und so war nur ihr Gesicht unter dem weißen Kopfleinen unbedeckt. Der Thron stand auf einem Podest inmitten des Saals, so daß sie auf derselben Höhe war wie der neben ihr stehende Abraham Brodersen. Der Rock ihres Kleides war so lang, daß er die Stufen des Podestes hinunterfloß und sie beinahe unwirklich groß machte.

Die Vertreter des Reichsrates, die Margarete bei Eintreffen des Herolds gebeten hatte, Platz zu nehmen, erhoben sich geräuschvoll und warteten gespannt. Sie kannten ihre zukünftige Herrscherin noch nicht – die Mönchshure Margarete.

»Ich danke meinem Freund Albrecht für seine schönen und ausgesuchten Geschenke«, sagte sie mit einem Lächeln und richtete ihren Blick auf den Herold. »Wir alle sind sehr froh, daß Albrecht unseren Einsatz würdigt und zufrieden damit ist. Ich kann ihm zusagen, daß ich auf dem Schleifstein einige Nadeln wetzen werde, die seinen Panzer durchbohren und ihn vernichten werden. Sag deinem König, wir schätzen seinen Witz, und sag ihm auch, daß er und die Seinen seine Freude an diesem Scherz teuer bezahlen werden. Wir werden seine Burgen schleifen und seine Familie auslöschen. Er und sein Sohn werden aus dem Land verjagt, das sie sich unrechtmäßig angeeignet haben. Im Gegensatz zu meinem teuren Freund habe ich keinen König verstoßen, der als Dreijähriger einstimmig gewählt worden war. Ich fordere lediglich, und hinter mir stehen Schwedens beste Männer, ich fordere nur das zurück, was dein sogenannter König unserem König Magnus, König Håkon und König Oluf, meinem Sohn, genommen hat. Überbring ihm das, Wort für Wort, und bitte ihn, sich darauf vorzubereiten, barhäuptig bis ans Ende seines Lebens im Kerker des Stockholmer Schlosses in Ketten zu liegen.«

Der Herold stand mit offenem Mund vor ihr und starrte sie an.

Sie hatte kein einziges Wort hinzuzufügen, der Zorn hatte sich zu einer glühenden Kugel in ihrer Brust geformt. Aber sie wußte, daß ihr Gesicht gefaßt wirkte und keinerlei Erregung zeigte.

Ein klirrendes Geräusch von Abraham Brodersens Schwert riß den Herold aus seiner Erstarrung. Er verneigte sich tief und versprach, umgehend den Mann aufzusuchen, der ihn gesandt hatte.

Nun gab es keinen Weg zurück. Sie hatte soeben ihre letzte Lektion gelernt: Nicht der Moment größter Raserei, sondern eine wohldosierte Wut sollte einen lenken.

An der Tür drehte sich der Herold erneut um und kam zurück, mit geröteten Wangen.

»Vergeben Sie mir, ich habe vergessen, die Antwort des Königs von Schweden vorzutragen, für den Fall, daß die Witwe Margarete sein Angebot ausschlage«, sagte er mit dünner Stimme, als fürchte er die Folgen seiner Worte. Vielleicht hatte Albrecht dem Herold dieses Spielchen vorgegeben, um sie zu täuschen.

»Der König von Schweden bat mich, die folgenden Worte zu Dänemarks Reichsverweserin zu sagen: Sie wird ihre übereilte Handlung bereuen. Wenn sie das Angebot, sich freizukaufen, abschlägt, wird der König von Schweden seinem Heer die Weisung geben, in der kommenden Schlacht keinen einzigen Gefangenen zu nehmen.«

Ein Raunen ging durch die kleine Versammlung der schwedischen Adligen. Keine Gefangenen, das bedeutete: Alle würden, ohne Gnade und unabhängig vom Rang, getötet werden. Keine Begnadigungen, keine Gnade für die Heeresführer.

»Wir streben nicht nach Krieg«, unterbrach sie ihn. »Wir

wollen Frieden und in Frieden die Krone tragen, die uns die anständigsten Männer Schwedens angeboten haben. Sollten aber dies die Bedingungen meines teuren Freundes sein, dann nehmen wir sie an. Bevor mein teurer Freund allerdings von meiner Begnadigung und meinem Freikauf zu reden beliebt, muß er sich zunächst in den Besitz meiner Person bringen. Wenn das geschehen ist, können wir über den Preis verhandeln. Ich bin nicht teuer, denn ich bestehe nur aus Vergänglichem, aus Fleisch und Knochen.«

Abraham Brodersen brach das folgende eisige Schweigen, indem er in schallendes Gelächter ausbrach und zu klatschen begann. Der Herold verabschiedete sich verwirrt und verließ den Saal.

Es war gut gewesen, Burg Varberg als Ausgangspunkt zu wählen. Von hier würde sie einfacher nach Norwegen flüchten können. Sollte Albrecht Schweden erobern und ihr Heer auslöschen, hätte sie immer noch Norwegen.

Nun hatte sie etwas getan, was sie ihr Leben lang verhindern wollte. Sie war gezwungen, alles auf eine Karte zu setzen, und sie konnte es nicht selbst durchführen, sondern mußte es anderen überlassen. Es war nicht ihr Werk und nicht ihre Schuld, aber ihre Verantwortung, und dieser Gedanke kreiste unaufhörlich in ihrem Kopf. Albrecht hatte sie dazu genötigt. Ohne seine Kränkungen wäre sie niemals so weit gegangen.

Abraham Brodersen hatte auf seinen Weg zur Burg Axvalla in Västergötland seinen Freund Niels Svarteskåning mitgenommen. Er schrieb Margarete bitterböse Briefe und beschwerte sich über die einfältigen Anweisungen des Feldherrn Heinrich Parow, die er nicht zu befolgen gedachte.

Der Hauptmann der Burg verteidigte Axvalla für Albrecht – er war Mecklenburger und eine der Ursachen dafür, daß so viele schwedische Adlige die Seite gewechselt und sich Margarete angeschlossen hatten.

Sie war nicht froh gewesen, Abraham ausgerechnet zu diesem Zeitpunkt fortzulassen, aber sie kannte ihn gut genug, um zu wissen, daß sie ihn bei Aussicht auf eine Schlacht nicht zurückhalten konnte. »Ein guter Tag mit vielen Toten«, nannte er das verträumt.

Am Tag, als er Varberg verlassen sollte, wagte sie sich im Schneetreiben in den Burghof und hinaus in die Vorburg, wo sein Pferd wartete. Er kniete nieder, küßte ihre Hand und sprang dann ohne Hilfe auf sein Pferd. Als er an ihr vorbeiritt, warf er ihr eine Kußhand zu, wie ein Mann, der seine Ehefrau verläßt. Sein Gesicht leuchtete vor erwartungsvoller Freude, nun würde er für sie sein Bestes geben können. Er ähnelte einem kleinen Jungen auf dem Weg zu seinem ersten Turnier.

Von Abraham erfuhr sie auch, daß Albrechts furchterregendes Heer auf dem Weg nach Axvalla war, um dort sein Hauptlager aufzuschlagen. Andere Zufluchtsorte standen ihm auch nicht zur Verfügung. Abraham hatte seine Verfolgung aufgenommen und hoffte, Albrecht würde umdrehen und auf Abrahams Heer treffen, bevor das mecklenburgische Heer voll ausgerüstet und kampfbereit war.

Am liebsten würde er Albrechts Heer aus dem Hinterhalt überraschen, aber so viel Glück sei wohl zuviel verlangt, schrieb er ihr. Es sei außerdem weitaus ehrenvoller, Albrecht in einer regulären Schlacht zu besiegen und ihn ein für allemal zu schlagen.

Tauwetter und schwerer Regen setzten ein, und Margarete hielt sich die meiste Zeit in der Burg auf. Es trafen nur wenige Briefe aus Dänemark und Norwegen ein, und sie hatte den Eindruck, daß alle – von Vinald in Nidaros bis Peder Jensen in Århus – bange auf Neuigkeiten aus Schweden warteten. Möglicherweise hatte Albrecht auch ihnen mitteilen lassen, daß er nach seinem Sieg Margarete und ihr Geschlecht ausrotten werde.

An St. Matthias brach endlich die Sonne wieder durch, eine müde Sonne, die den alten Schnee auf den Dächern der Burg nur schwerfällig zum Schmelzen brachte. Die Schneewehen lösten sich endlich und stürzten in großen Schollen hinab. Margarete schickte ihre Diener hinauf, um den Schnee wegzufegen. So taten sie etwas Sinnvolles und waren beschäftigt.

Sie wagte sich hinaus auf die Treppe, stellte sich mit geschlossenen Augen in die Sonne und genoß die wundervolle Wärme auf ihrer Haut.

Einem plötzlichen Gedanken folgend, ging sie hinauf in ihre Kammer und suchte den Spiegel hervor, den ihr damals Frau Merete Ulfsdotter auf Akershus geschenkt hatte. Sie hatte ihn nur selten verwendet, denn was für einen Unterschied machte es, ob sie schön oder häßlich war.

Nun aber starrte sie entsetzt in das verschwommene Bild eines ihr unbekannten Gesichtes, das auf sie abstoßend und gefährlich wirkte. Und doch war dieses Gesicht das ihrige, so sahen die anderen sie. Es lief ihr bei dem Gedanken kalt den Rücken hinunter. Die kleine Herrin von Norwegen war verschwunden. Sie sah einen kleinen runden Kopf mit großen, weiten und strahlenden Augen. Das Gesicht hatte tiefe Falten unter den Augen und an der Nasenwurzel. Die Haut war auffallend blaß, der Mund klein und ehrgeizig – sie war es gewohnt, als erste zu sprechen und so lange sie wollte. Ob sie irgendein Mann schön fand? Aber welchen Nutzen hätte sie schon davon?

4.

Bei Tagesanbruch erfuhr sie, daß sich ein Reitertroß mit Heinrich Parows Banner an der Spitze auf dem Weg nach Burg Varberg befand, und sie ging hinunter in die Kapelle und kniete nieder.

Die Kälte kroch an ihr hoch, ließ sie erzittern und hinderte sie daran, einen klaren Gedanken zu fassen. Nun mußte sie entweder alle Vorbereitungen treffen, um die Burg zu sichern oder über den Seeweg nach Norwegen zu flüchten. Oder sie würde nach Schweden vordringen und die Früchte des Sieges ernten können.

Doch in diesem Moment hatte sie nur das Bedürfnis, sich mit Gott einzuschließen. Er war schließlich der einzige, den sie nun um Rat und Hilfe bitten konnte, nur er war ihr ebenbürtig.

Aber ihre Gedanken konnten sich nicht auf die Gebete konzentrieren, sie horchte ununterbrochen auf die Gespräche vor der Tür, lauschte nach Signalen vom Burgturm. Es war, als hätte Gott seine Ohren verschlossen und wollte sie auffordern, es ihm nachzutun. Hier verschwendete sie ihre Zeit.

Sie entschied sich, hinaus aufs Feld zu reiten und denen entgegenzugehen, die möglicherweise diese Schlacht überlebt hatten. Dieser Krieg war von ihrem Hochmut ausgegangen und ihre größte Sünde, befürchtete sie.

Zum ersten Mal seit ihrer Schwangerschaft, als sie schwer und träge durch Akershus gegangen war, wurde ihr bewußt, daß ihr Geschlecht ein großes Hindernis war. Ein König wäre vor Ort gewesen, so wie Albrecht. Sollte sie noch einmal in den Krieg ziehen müssen, würde sie wie ein Mann handeln und das Heer anführen.

Der Frühling war viel zu früh hereingebrochen, mit Tauwetter, Nebel und lautem Vogelgezwitscher. Um sie herum roch es betörend nach Wachstum, und sie hatte den Eindruck, daß der Wald, durch den sie ritten, sie musterte. Die Bäume schienen bevölkert von Tieren, Kobolden und Zwergen, die ihr nicht wohlgesinnt waren.

Der Zweifel, den sie die ganze Zeit weit von sich geschoben hatte, umschloß sie mit einemmal wie eine Eisenkralle. Vielleicht wäre es besser gewesen, nicht nach Halland zu ziehen, sondern sich in Kopenhagen mit ihrem Heer zu verschanzen. Vielleicht hatte sie zum ersten Mal eine falsche Entscheidung getroffen.

Die Fahne des Trosses sah sie als erstes. Sie hatten recht gehabt, es waren die Farben von Heinrich Parow. Warum nur suchte er sie mit einem so kleinen Gefolge auf – es konnte doch nur daran liegen, daß die Schlacht verloren und er mit seinen engsten Vertrauten und der Fahne geflohen war. Offensichtlich hatte er dabei die schwedische Reichsfahne mit den drei Kronen verloren sowie die dänische Fahne mit den springenden Löwen, die ihr Vater damals durch Schonen, Jütland und Gotland getragen hatte. Der Danebrog war den Kreuzfahrern seinerzeit von Gott gegeben worden.

Die Sonne schien mild, es tropfte von den Ästen, und zu beiden Seiten des Weges flossen Bäche, nur ein kleiner Kamm alten Eises war noch nicht geschmolzen. Margarete trug einen schweren pelzgefütterten Mantel, der den Rücken und das Hinterteil des Pferdes verdeckte, aber sie schwitzte unter den warmen Kleidern und hatte Schwierigkeiten, das Pferd im Zaum zu halten, das zu den anderen Pferden vor ihm drängte.

Unter keinen Umständen wollte sie, daß der Reitknecht

ihr Pferd, wie bei einer alten Frau, die nicht mit einem übermütigen Pferd umgehen konnte, am Zügel nahm. Abraham Brodersen hatte ihr einen seiner Streithengste geschenkt, der Hengst hob den Kopf und wieherte, und die anderen Pferde erwiderten seinen Ruf. Schließlich resignierte sie und gab dem Pferd die Sporen, das sofort anfing zu traben.

Ihr wurde plötzlich bewußt, daß sie einen Fehler begangen hatte. Sie suchte ihren Heerführer auf, ohne die eigenen Waffen und ohne ihre Fahne. So als würde sie sich heimlich aus der Burg schleichen, um ihren Geliebten zu treffen.

Der erste, den sie erkannte, als ihr Pferd auf der Lichtung ankam, in der Parows Gefolge wartete, war Abraham Brodersen. Der Mann hinter ihm trug Parows Fahne im Gurt, und der Wind zerrte an dem schweren feuchten Stoff.

Abraham Brodersen trug den Überwurf mit seinem Wappen über dem Leibpanzer, und das deutete sie zunächst als ein gutes Zeichen. Die Rüstung ließ ihn noch viel größer wirken, ein grober Riese schien sich Margarete zu nähern.

Es gelang ihr, den Hengst herumzureißen, ihn zum Stehen zu bringen und zu verhindern, daß er sich aufbäumte. Das Pferd blieb schnaubend stehen und senkte den Kopf vor seinem früheren Besitzer. Abraham beeilte sich, aus seinem Sattel zu kommen. Sein Gang war schwer vom langen Ritt und der schweren Eisenrüstung, die an seinem Körper hing. Auf dem einen Bein humpelte er ein wenig.

Erst jetzt in der strahlenden Sonne sah sie, daß weder Regen noch Schmelzwasser es vermocht hatten, das Blut von ihm abzuwaschen. Auf seinem Überwurf, der Rüstung und dem weißen Fell des Pferdes waren schwarze Blutstropfen getrocknet. Für die Schlacht hatte er sich die langen lockigen Haare kurz geschnitten, damit er den Helm tragen konnte. Vorher hatte er ihr besser gefallen.

Ihre Begleiter hatten zu ihr aufgeschlossen, und der Hauptmann von Varberg legte seine Hand auf ihren Arm und wies mit der anderen auf ein reiterloses Pferd, das von einem von

Abrahams Knechten geführt wurde. Es war Heinrich Parows prächtiges jütländisches Streitroß. Sein edles fuchsrotes Fell war verklebt von getrocknetem Blut. Margarete war so sehr damit beschäftigt gewesen, Abraham Brodersen anzusehen, daß ihr entgangen war, wie zerrissen und erschöpft sein Gefolge war.

Nun hatte sie keinen Zweifel mehr: Sie stand hier vor der ärmlichen Zahl der Überlebenden, vor den wenigen Ehrlosen, die vor der Niederlage geflohen waren.

Abraham kniete vor ihr im Schlamm nieder und beugte seinen geschorenen Kopf.

»Ich sehe keinen Herold«, sagte sie. »Ist er nicht mit Euch gekommen, um das Lösegeld einzuklagen? Was hindert Albrecht daran, meine Auslieferung zu fordern?«

Der brüchige Klang ihrer Stimme ließ Abraham aufsehen, in seinem Blick lag weder Übermut noch Belustigung. Dieser Mann, der keine Ehrfurcht hatte vor nichts und niemandem, der immer laut und fordernd auftrat, hatte sich verwandelt. Er war ernster geworden, und in seine schönen Wangen hatte das Erlebte tiefe Furchen gezogen.

»Teure Herrin«, sagte er und sah sich um. Tatsächlich war er der einzige, der ihr von der vergangenen Schlacht Bericht erstatten konnte. Er stützte seinen Arm auf dem Knie ab, ruhte sich kurz aus und räusperte sich.

»Es ist meine Pflicht, Ihnen zu melden, daß unser Anführer, Heinrich Parow, gefallen ist, als er vorschnell versuchte, die mecklenburgische Fahne anzugreifen und sie mit stürmischer Hand zu nehmen. Ihm in den Tod gefolgt sind zwanzig dänische und schwedische Adlige, die alle ihren Rachegelüsten gefolgt sind.«

Sie schwieg. Was hätte sie auch sagen sollen? Daß Parow mit diesem Alleingang das ganze Heer und den Ausgang der Schlacht gefährdet hatte? Aber sie verstand Parow so gut, auch sie hätte alles auf eine Karte gesetzt. Es schien ihr besser, die Schlacht so entscheiden zu wollen. Aber Parow hatte verloren und damit das ganze Heer dem Tode geweiht, sie waren alle gefallen. Albrecht hatte ja versprochen, keine Gefangenen zu nehmen.

»Als unser Heer vor Jönköping lag, erfuhr Albrecht, wo wir stationiert waren. Er selbst befand sich auf dem Weg nach Axvalla, um dort sein Lager aufzuschlagen. Er änderte seinen geplanten Kurs und wagte sich hinein in eine Gegend, die er überhaupt nicht kannte. Unsere Soldaten aber waren Schweden, und wir hatten Fährtenleser dabei. In seiner Begleitung, teure Herrin, befanden sich sein Sohn, alle seine Vettern, der Bischof von Skara, der auch zu seiner Sippe gehört, sowie der Graf Gerhard von Holstein. Albrecht hatte es so eilig, endlich in den Kampf zu ziehen, daß seine Leute keine Zeit hatten, sich vorzubereiten. Sie konnten weder die Messe hören, noch wurde ihnen die Beichte abgenommen. Sie waren alle sehr müde nach dem zermürbenden Ritt durch die Wälder und den tiefen Schnee, wir aber hatten Zeit gehabt, uns zu erholen, gut zu essen, zu beichten und zu beten. In dieser Schlacht sind viele Seelen direkt in die Hölle gefahren!«

»Erhebe dich!« sagte sie. Das Aufstehen war für Abraham ebenso beschwerlich wie das Niederknien. Zwei seiner Begleiter eilten herbei, um ihn zu stützen, doch er schob sie beiseite. Er wollte aus eigener Kraft stehen, während er seiner Herrin Bericht erstattete.

»Wir wußten, daß das Tauwetter das Moor bei Falen unwegsam und gefährlich gemacht hatte, und auch Albrecht hätte dies mit eigenen Augen sehen können. Aber er baute seine kostbare Reiterei angriffsbereit vor uns auf. Wir schnitzten daraufhin Angriffspfähle und verankerten diese im Moor, in einem Halbkreis vor unseren Schützen mit englischem Pfeil und Bogen.«

Margarete sah es deutlich vor sich, vor allem Albrechts Übermut. Aber er schien sie dennoch alle überlistet zu haben: Heinrich Parow, das Heer und Abraham. Das verwunderte sie.

»Albrecht ging zum ersten Angriff über, schickte seine gesamte Reiterei gegen uns und sprengte zwei Verbände. In diesem Augenblick faßte Parow den Beschluß, das Steuer herumzureißen. Er griff Albrechts Banner an und zog die dänischen und schwedischen Männer mit sich. Das werde ich nie vergessen! Ganz Schweden war vereinigt, Pferd an Pferd, Lanze an Lanze, um unser Land zurückzugewinnen! Unsere verbliebenen Männer zogen sich zurück, um die Mecklenburger in dem Glauben zu wiegen, sie könnten erneut angreifen, da unser Anführer gefallen und wir geschlagen, verwirrt und verängstigt seien. Die deutschen Reiter erinnerten sich gegenseitig laut rufend, daß die Mecklenburger keine Gefangenen nehmen und als Höhepunkt die Hexe auf Burg Varberg aufspießen würden. Aber wir nahmen sie herzlich in Empfang, diejenigen, die dem Moor entkommen waren. Sie waren uns sicher dreifach an Zahl überlegen, aber das Moor hat sie gebrochen. Wir haben zweitausend Pferde erbeutet!«

Erneut fiel er auf die Knie und sah mit brennenden Augen zu ihr hoch. Sie wollte die Spange ihres Mantels öffnen, aber ihre Hände waren wie festgefroren an den Zügeln. Um sie herum war es totenstill, sie konnte die Tropfen von den Tannen fallen hören. Zweitausend Pferde, aber wo waren deren Reiter? Soweit sie gehört hatte, stiegen beispielsweise die englischen Adligen von ihren Pferden ab, wenn mit Pfeil und Bogen geschossen wurde, weil die kostbaren Pferde in Gefahr waren.

»Und dennoch kommen Sie allein zu mir, ohne Fahne?« sagte sie mit trockenem Mund.

»Dieser Tag gehört Ihnen, Herrin!« sagte er darauf und verzog sein Gesicht, denn große Tränen rollten seine Wangen hinunter. Er verneigte sich so tief, daß sein Kopf den Boden berührte, erhob sich dann mit einem unsicheren Lächeln und breitete seine Arme aus.

»So einen Sieg hat die Welt noch nicht erlebt. Albrecht von

Mecklenburg ist unser Gefangener, ebenso sein Sohn, seine Vettern, der Bischof von Skara, der Graf von Holstein sowie der Rest seines Gefolges, der nicht im Moor gefallen ist oder flüchten konnte. Einer der Männer, die Albrecht kurz vor der Schlacht zum Ritter geschlagen hatte, Gert Schnakenburg, ist mit sechzig Männern zu Fuß auf der Flucht. Wir haben den ganzen Troß, die Kanonen und die Kriegszelte, beschlagnahmt, das gesamte mecklenburgische Vermögen. Dieser Tag gehört Ihnen, Herrin! Dieser Tag gehört Ihnen und ab heute auch ganz Schweden!«

An Gert Schnakenburg konnte sie sich erinnern. König Magnus hatte ihm Burg Axvalla als Lehen zur Verwaltung gegeben, aber Schnakenburg hatte ihn verraten und die Burg widerstandslos an die Mecklenburger ausgehändigt. Die Feigheit des Flüchtenden überraschte sie darum nicht im geringsten. Der nur einen Tag alte Ritterschlag hatte nicht den Makel beseitigen können, der tief in seiner Seele verankert war.

»Wenn die sechzig Männer noch auf der Flucht sind, was machen Sie dann hier?« flüsterte Margarete. Diese sechzig Ritter könnten überall sein, im Hinterhalt auf sie und ihr kleines Gefolge warten. König Valdemar der Siegreiche war damals gefangengenommen worden, als er sich auf einem friedlichen Jagdausflug befand. Das gleiche könnte ihr und ihrem Gefolge geschehen, und wer sollte dann das Lösegeld bezahlen?

Abraham hielt ihr den Gegenstand entgegen, den er die ganze Zeit an seine Brust gedrückt hatte – ein verschmutztes Tuch, das bis vor kurzem das Banner von Albrecht von Mecklenburg und Schweden gewesen war. Sie ritt vorsichtig auf ihn zu, beugte sich hinunter und nahm das Banner in ihre rechte Hand. Im selben Moment entfaltete sich das Tuch und legte sich um ihren Arm, klebrig von Blut, entehrt und verwüstet.

Albrecht hatte geschworen, in dieser Schlacht keine Gefangenen zu nehmen und die Mönchshure abzusetzen und zu vernichten. Er hatte sie zudem noch eine Hexe genannt. Hexen verbrannte man doch öffentlich auf dem Scheiterhaufen. Sie würde es ihm nicht mit gleicher Münze heimzahlen.

Aber warum strömte das Glück nicht durch sie hindurch, fragte sie sich bange. Sie verspürte nur einen tiefen Respekt vor dem Geschehenen, vor diesem Wunderwerk, das Gott ihr geschenkt hatte – ihr, der Unwürdigsten von allen. Eine große Angst vor der Zukunft beschlich sie und das Gefühl, diesen außergewöhnlichen Sieg nicht verdient zu haben. Sie, die den Krieg so sehr gefürchtet hatte, sie hatte diese unverdiente Gabe erhalten, eine Gnade, die nur der eine Herr erweisen konnte.

»Wir müssen die Gefangenen nach Bohus bringen«, hörte sie sich selbst sagen. »Ich will mit meinem teuren Freund Albrecht unter vier Augen sprechen. Es gibt noch immer Burgen, über die er die Macht zu haben glaubt, und wir wollen keinen Kampf mit deren Hauptmännern, die den rechten König noch immer ablehnen.«

So sprach eine Königin, das wußte sie, nur vor ihr stand nicht ihr Reichsrat, keine Bischöfe, noch nicht einmal das vollzählige Heer. Sie sah nur in Abrahams leuchtendes Gesicht, dessen Augen nach Zeichen ihrer Freude suchten.

»Gelobet sei der Herr, der unerwartet den Sieg in die Hände einer Frau gab. Non nobis, domine«, sagte sie. Es war seltsam, daß ihr die Tränen kamen und kein befreiendes Lachen.

Als sie nach den Zügeln griff, strauchelte das Pferd, und sie konnte sich gerade noch an der Mähne festhalten. Der Sattel verrutschte, und ein scharfer Geruch von Pferdeschweiß stieg ihr in die Nase. Sie hustete. Albrecht und seine Deutschen hatten vergessen, zu beichten und zu beten, bevor sie in den Kampf zogen. Das hatte Margaretes Sieg besiegelt.

Auf dem Weg nach Bohus stießen sie auf ihr restliches Heer. Die Reiter trugen Lanzen und Streitäxte, die Schützen liefen zu Fuß mit Armbrust und Bogen, aber alle hatten denselben runden Eisenhelm auf. Es schien, daß sie kaum Verluste erlitten hatten.

Kaum hatten die Soldaten sie und ihr Gefolge erblickt, drängten sie in der feuchten Ebene des Lagers zusammen, die Bogenschützen und das Fußvolk schoben sich vor die Reiter, um besser sehen zu können. Abraham schloß zu ihr auf und erklärte, daß ihr Heer beinahe vollzählig versammelt sei.

»Ja, das kann ich sehen und auch hören«, sagte sie.

»Sie warten darauf, dem Sieger und der Mutter des Königs huldigen zu können.« Das war der Abraham Brodersen, den sie kannte. Seine Augen strahlten, denn dies hier war auch seine Schlacht, sein Sieg und seine Huldigung.

»Lassen Sie die Fahnenträger zuvorderst reiten«, rief sie und sah Abraham auffordernd an, der seinen Helm abnahm, damit ihn seine Männer erkennen konnten. Seine Wappentracht hatte er straff über seine Rüstung gezogen.

»Sie hatten eine solche Angst, die vornehmen jungen deutschen Krieger«, sagte er unbeschwert und fröhlich, während die Fahnenträger in die erste Reihe beordert wurden. »Ich habe zu meinen Männern gesagt: ›Wartet mit dem Angriff, bis sie so nah sind, daß wir ihre Gesichter treffen können. Vornehme junge Männer sind immer besorgt um ihr Aussehen.‹«

»Reiten Sie neben mir«, bat Margarete ihn und streckte ihm ihre Hand entgegen. Er nahm sie nicht, sondern verneigte sich ehrfürchtig und berührte dann mit zwei Fingern seines Handschuhs ihr weißes Kopfleinen, das Hals und Nacken bedeckte. Sie hatte nicht über ihre Erscheinung nachgedacht, nun aber sah sie sich mit den Augen eines Ritters. Eine kleine, unscheinbare Frau in einem grauen Mantel. Sie hatte ihren Männern nicht viel zu bieten.

Aber auch hier wußte Abraham Rat. Er rief einen seiner

Schildknappen zu sich, der, ohne ein Wort zu sagen, seine schwere Satteltasche öffnete und eine zerkratzte Truhe herausnahm, die sie bereits bei dem Treffen auf Dalaborg gesehen hatte.

Sie wußte nicht recht, wie ihr geschah, als Abraham das Schloß aufbrach. Auf einem Bett aus getrockneten Blättern lag die schwedische Krone, die sie mit dem heutigen Tag zurückgewonnen hatte.

Sie war nie gekrönt worden, auch in Norwegen nicht, und in Dänemark bestand ihre Herrschaft nur auf dem Papier. In der unerträglichen Wartezeit auf Burg Varberg hatte sie sich oft vorgestellt, daß Gott sie dafür strafen werde, daß sie ohne seinen Segen und seine Salbung regiert hatte.

Die schwedische Krone hatte sie an einen reichen Kaufmann der Hanse verpfänden müssen, der sie in seinem Schrank verschlossen hatte. Albrecht hatte sie ihm abgekauft. Nun war sie wieder in ihrem Besitz. Sie nahm die Krone in Eriks Namen entgegen, des schreienden Kindes auf Burg Varberg.

Bis zu diesem Augenblick war nur die ausgeübte Macht für sie Wirklichkeit gewesen: die Möglichkeit, zu sammeln, zu steuern, zu ordnen, Frieden zu schaffen und Streitigkeiten beizulegen. Macht bedeutete für sie, in die Zukunft eingreifen zu können, indem man unmittelbar handelte, unmißverständlich und klar, so wie Abraham sein Schwert benutzte. Macht konnte eine Wohltat, aber auch eine Plage und schwere Bürde sein. Und nun saß sie auf einem Pferderücken in Schweden, während der Wind durch die Baumwipfel pfiff und aus dem Moor und den Tümpeln der Geruch von Wachstum und Erde stieg. Als Birger Ulfsson ihr auf Dalaborg symbolisch die Verantwortung für die schwedische Krone übertrug, war ihr die Krone wertlos und seine Geste belanglos vorgekommen. Nun begriff sie, was die Krone war: das Zeichen für Beständigkeit und Sicherheit.

Sie wußte nur zu gut, daß man die Erlaubnis der Kirche

einholen mußte, wenn man sich auf dem Schlachtfeld krönen ließ, nachdem man seinen Vorgänger vertrieben hatte. Aber sie hatte keine Wahl. Ohne seine Handschuhe abzunehmen, setzte Abraham ihr die Krone auf das Haupt.

»Im Namen meines Sohnes«, flüsterte sie, »dies geschieht alles im Namen meines Sohnes.«

Dann nahm er ihren Mantel und tauschte ihn gegen seinen aus, dessen purpurnes Innenfutter er nach außen drehte.

»Reiten Sie neben mir«, wiederholte sie, und er nickte zustimmend und klopfte ihrem Pferd auf die Flanke. Es setzte sich in Bewegung, und sie nahm die Zügel in die linke Hand und ließ die rechte auf ihrem Oberschenkel liegen.

Ihre Reiter hatten lange genug warten müssen. Sie sah die Fahne vor sich, die springenden Löwen, die Fahne der Folkunger, König Magnus' Fahne. Ihr Pferd hörte den aufbrausenden Lärm, spitzte die Ohren, hob den Kopf und fiel in den Trab. Es biß auf das Zaumzeug und ritt, als würde es auf dem Weg in die Schlacht sein.

Ein ohrenbetäubender Jubel schlug ihr entgegen. Margarete schloß die Augen zu schmalen Schlitzen und drückte die Zügel fest an den Sattel. Sie hob ihre rechte Hand in die Luft, hoch über ihren Kopf, und alle verstanden, sie streckten einer nach dem anderen ihre Hände, ihre Schwerter, ihre Speere und Schilde in ihre Richtung.

An einem anderen Ort im Moor lagen Albrechts schwedische und deutsche Knechte, ihre aufgespießten Pferde und Knappen. Und sie feierte den vernichtenden Sieg, indem sie durch diese Menge ritt. Das war die wahre Süße des Sieges, die gefährliche Sünde der Huldigung. Sie erlebte die größte Stunde ihres Lebens, und dennoch konnte sie kein Lächeln auf ihre Lippen zwingen.

Sie weinte, leise und unsichtbar, denn Gott hatte nicht ihr diesen Sieg geschenkt, sie hatte nur das erhalten, wofür König Magnus und Håkon jahrzehntelang erbittert gekämpft hatten. An einem einzigen Morgen hatte sie alles bekommen.

Die blutverschmierten und johlenden Männer, die ihr Küsse zuwarfen, niederknieten und ihre zerrissenen Mäntel ausbreiteten, damit ihr Pferd nicht durch den Schlamm gehen mußte, diese Männer waren ihre fürchterlichen Werkzeuge gewesen.

Als der Lärm langsam abebbte, wußte sie, daß sie einen weiteren, unerwarteten Sieg errungen hatte. Nun würde sie ihr unüberwindbares Heer durchs Land führen, und jeder Mann, der ihr heute zugejubelt hatte, würde bereit sein, für sie die Morde und Massaker zu wiederholen.

»Männer, die gewohnt sind, in den Kampf zu ziehen, haben eine Schwäche für schöne Frauen, vor allem wenn sie furchtlos und stolz sind«, sagte Abraham und setzte sich seinen Helm wieder auf.

Sie hatte einen Fehler gemacht, als sie Heinrich Parow zum Heerführer ernannt hatte. Er hatte sich von seinem persönlichen Haß irreleiten lassen. Nur weil Abraham Brodersen seinen Fehler vorhergesehen hatte, war Parows Angriff nicht in Chaos und in eine blutige Niederlage für sie gemündet. Darum war es auch keine plötzliche Eingebung, die Margarete Seite an Seite mit Abraham Brodersen reiten ließ. Ihm würde sie die schwedische Krone wieder übergeben. Mit Gottes Willen würde sie an diesem Tag zum letzten Mal ihr Haupt geschmückt haben.

Der Teil des schwedischen Heeres, der nicht gefallen war, hatte sich widerstandslos ergeben. Die einzelnen, versprengten Gruppen von Flüchtlingen waren ohne Waffen und Pferde.

Das einzige Mal, daß sie mit dem Geschehen auf dem Schlachtfeld in Berührung kam, war, als sie auf vier deutsche Soldaten trafen, die sich ohne Pferde orientierungslos einen Hohlweg entlangschleppten.

Abraham rief seinen Männern einen Befehl zu, der sie ihre Visiere schließen ließ. Die Reiter zu Margaretes rechter und linker Seite senkten ihre Lanzen wie Schlagbäume, und sie alle ritten langsam weiter. Abraham ritt voraus, ohne Helm und Schild, erschlug die zwei verletzten Soldaten, drehte mit seinem Pferd am Waldrand um und jagte zurück. Das blutige Schwert warf er durch die Luft zu seinem Burschen, der sich sofort daranmachte, die Klinge zu säubern. Die zwei jüngeren und behenderen Deutschen, die in den Wald geflohen waren, ließ er laufen. Margarete verlor darüber kein Wort.

Sie ritten weiter und gelangten in eine vollkommen verwüstete, vor sich hin schwelende Gegend, in der ein ganzes Wäldchen abgebrannt war. In der Ferne konnte sie eine Ebene ausmachen und etwas, das wohl einst eine kleine Stadt gewesen war.

»Sie haben die jungen Bäume gerodet, um Holz für Lanzen zu haben«, erklärte Abraham Brodersen und wies auf die kahlen Lichtungen. Margarete befahl, den gesamten Troß anzuhalten, und ritt selbst hinunter zu der zerstörten Stadt.

»Das ist kein schöner Anblick«, warnte Abraham sie, doch sie sah ihn wütend an.

»Ist dies das Werk meines Heeres?« fragte sie.

Er zog die Schultern hoch: »Wer weiß das schon?«

»Reiten Sie nicht dorthin«, sagte er erneut, doch diesmal in einem anderen Tonfall, er versuchte, nach ihren Zügeln zu greifen. Auch ihr Vater wäre hier nicht umgekehrt, sie gab ihrem Pferd die Sporen.

Die Stadt war nahezu dem Erdboden gleichgemacht. Eine dünne Schneeschicht hatte sich milde über die Ruinen gelegt. Es war gewiß kein Lebewesen verschont geblieben.

»Die Tiere haben sie mitgenommen«, sagte Abraham. Margarete brachte ihr Pferd zum Stehen und ließ sich auf den Boden gleiten. Sie stocherte mit den Fußspitzen im Schnee, es war ein ungewohntes Gefühl, auf den eigenen Beinen zu stehen, anstatt auf einem Pferderücken zu sitzen. Es schien, als würde sie erst jetzt das Ausmaß des Unglückes begreifen, das diesen Ort heimgesucht hatte.

Der Schnee schmolz und drang in die feinen Nähte ihrer Schuhe, während sie langsam an den zerstörten Häusern entlangging.

Hinter sich hörte sie, wie ihr Abraham auf seinem Pferd folgte, er würde sie nie im Stich lassen, hatte aber kein Verlangen, abzusitzen und neben ihr durch die Straßen zu gehen. So nah wollte er nicht an das Geschehene herankommen.

Ein kleiner Schuppen, in einer Baumreihe versteckt, war verschont geblieben. Ein schwacher Geruch von verbranntem Fleisch stieg Margarete in die Nase. Sie entdeckte ein glimmendes Lagerfeuer und erkannte, daß hier noch Menschen lebten.

Sie blieb stehen, als ihr Blick auf zwei Frauen fiel, eine alte und eine junge. Die alte Frau, die weder Kopftuch noch Schuhe trug, wusch gerade das Bein der jungen Frau mit geschmolzenem Schnee ab. Als die junge Frau die Fremden sah, fing sie an zu schreien und klammerte sich verzweifelt an die ältere.

»Das ist eine Frau! Beruhige dich, sie wird uns nichts antun! Das ist eine Frau, das siehst du doch!« hörte Margarete die alte Frau sagen, aber die junge Frau in ihren Armen wollte sich nicht beruhigen.

Abraham war abgestiegen und zog Margarete wieder zurück zu den Pferden. Über die Schulter konnte sie sehen, wie der Schnee sich dort blutrot verfärbte, wo die Alte ihren Eimer ausgegossen hatte.

»Sie werden vor dem Morgengrauen tot sein, wenn wir nichts tun«, sagte sie. »Wir müssen sie mit nach Bohus nehmen, dort wird es ein Kloster geben, das sich ihrer annehmen kann.«

»Eine verrückte alte Frau und ihre Tochter, die geschändet worden ist?« fragte er spitz.

»Wenn nicht ein Kloster sich ihrer annehmen kann, wer dann?« fragte sie zurück.

Er zog erneut die Schultern hoch und wich ihrem Blick aus.

Sie trat nach ihm und ließ sich vom Pferd gleiten, blind vor Wut bückte sie sich nach einem Ast und schlug damit auf ihn ein, als würde sie ein Kriegsschwert führen. Er versuchte ihren Schlägen auszuweichen, doch sie hieb unaufhörlich auf ihn ein. Es gelang ihr nur, sein Gesicht zu streifen, bevor er den Ast ergriff und ihn zerbrach. Wütend warf sie die kläglichen Reste von sich und schrie ihn an: »Sie haben mich angelogen! Das Land ist gebrandschatzt! Sie haben das zugelassen!«

Mit einem Kloß im Hals und Tränen in den Augen legte sie ihre Arme auf den Sattel, verbarg ihr Gesicht darin und weinte, ohnmächtig vor Zorn.

Ihr Heer hatte eine Spur der Verwüstung hinterlassen: Städte wie diese mit niedergebrannten Häusern, Leichen, und den Überlebenden war alles genommen. Was für ein Recht hatte sie, ihr Heer brandschatzend, mordend und schändend durch ein fremdes Land ziehen zu lassen. Nun hatte sie das gesehen, was sie nie zu Gesicht bekommen sollte.

»Den Toten ist es gleich, wer ihre Häuser zerstört und ihnen ihr Leben genommen hat«, sagte Abraham später, und für sie war das ein halbes Schuldeingeständnis.

Als sie seine Worte hörte, beschloß sie, den Frauen, die während des Krieges erniedrigt oder verletzt wurden, ein Vermögen zukommen zu lassen. Ebenso beschloß sie, Totenmessen für diejenigen auszurichten, die ohne Gottes Gnade in den Tod gegangen waren. Besonders für jene, die unter Albrechts Banner gefallen waren, da er ihnen keine Zeit für ein letztes Gebet und eine letzte Beichte gelassen hatte. Das war seine größte Sünde gewesen, die sie nicht begreifen konnte: sich so sehr seinen Gefühlen hinzugeben – Heinrich Parow und Albrecht hatten sich darin in keiner Weise unterschieden. Und ausgerechnet der ungestüme, immer angriffsbereite Abraham Brodersen hatte einen kühlen Kopf bewiesen und richtig gehandelt.

Er wich auf dem Ritt nach Bohus nicht von ihrer Seite, erlaubte ihr jedoch nicht, erneut den Weg zu verlassen. Sie verstand das als Eingeständnis, daß ihr Heer in dieser Gegend weitere Verbrechen begangen hatte. Er wollte sie und damit auch sich schonen.

Gedankenverloren stieg sie auf Bohus vom Pferd ab. Sie war es nicht gewohnt, daß man ihr vom Pferd half, und fiel darum fast in die Arme von Abraham. Sie konnte ihm nicht in die Augen sehen.

5.

Wenn sie erst einmal auf Bohus sein würde, könnte sie endlich wieder zur Ruhe kommen, hatte sie sich eingeredet. Doch kaum war sie angekommen, überfielen sie eine böse Freude und ein fieberhafter Eifer. Sie wollte sich sorgfältig auf die Ankunft ihres Gefangenen Albrecht von Mecklenburg vorbereiten.

Als erstes würde sie ihm eine Mönchskappe überreichen, mit einem so langen Zipfel, daß er sich daran aufhängen konnte. Den längsten Zipfel der Welt sollte sein neuer Hut haben.

Und dann würde sie das Gegenteil von dem tun, womit er ihr gedroht hatte. Sie würde ihn in Gnade und Milde ertränken. Doch sie würde ihm Fußfesseln anlegen und ihn mit seinen Gefolgsleuten zusammenketten, damit sie seine Schmach miterlebten. Aber nicht im Traum dachte sie daran, sich mit seinem Blut zu beschmutzen, obwohl er schon alles verloren hatte.

»Ja, Albrecht hat viel mehr verloren, als ich gewonnen habe«, dachte sie mit einer Gänsehaut.

Abraham Brodersen zeigte ihr die Pferde, die sie erbeutet hatten: sowohl kleine langhaarige Lasttiere als auch prachtvolle Streithengste. Und mit den Pferden waren Margarete auch die Sättel, Geschirre sowie der Großteil des gegnerischen Trosses in die Hände gefallen.

Dieser plötzliche und unfaßbare Reichtum schlug über ihr zusammen, und sie wurde still und beinahe ängstlich, während Abraham stolz seine Beute vorführte. »Schuldbewußt ob der Vollkommenheit des Sieges«, wie es der Bischof von Linköping ausgedrückt hatte.

Es ärgerte sie, daß Abraham die Beute gewissermaßen als sein Eigentum betrachtete. Zum Beispiel das von Albrecht vernachlässigte schwedische Reichsarchiv, das durch den Sieg an sie gefallen war. Verärgert hatte sie ihm dargelegt, in was für einem schlechten Zustand die Sammlung sei. Abraham hatte daraufhin die Dokumente in der großen Halle auf Bohus gestapelt, so daß sie und ihre Geistlichen die wichtigsten Übertragungsurkunden, Schriftstücke und Pfandbriefe für die Ländereien und Güter finden konnten, die sich einst im Besitz der schwedischen Krone befunden hatten.

Abraham verstand Margaretes Unruhe nicht, sondern zog sie stolz ans Fenster und zeigte auf die Ställe mit den erbeuteten Pferden.

»Sie werden uns ein Vermögen einbringen«, sagte er aufmunternd und sah sie beschwörend an, um sie mit seiner Begeisterung anzustecken. »Wir können die Preise drükken, so daß sogar die jütländischen Adligen es merken werden!«

»Doch bis dahin müssen wir die Tiere füttern«, antwortete sie. »Es ist noch zu früh, um sie grasen zu lassen. Woher sollen wir Futter für über tausend Pferde bekommen? Und die Hengste können wir nicht in einem Stall stehen lassen.«

»Wir haben schon einige Pferde in der Stadt und auf dem Markt von Lödöse und Oslo verkauft«, hielt er ihr entgegen. Sie nickte zwar, war aber mit den Gedanken weit weg, im Moment interessierte sie etwas anderes.

Sie wollte endlich den Augenblick erleben, da Albrecht in Fußfesseln und mit der Narrenkappe, die sie für ihn hatte anfertigen lassen, vor ihr stand. Erst dann würde sie sich von seiner Ächtung befreit und gereinigt fühlen. Sie schämte sich für ihre Kleinlichkeit, aber Albrecht würde ihren Hohn nicht begreifen, wenn sie ihn nicht deutlich verspottete und erniedrigte. Erst dann hätte sie König Magnus, ihrem Mann und ihrem Sohn Genugtuung verschafft.

Abraham hatte Albrechts deutsche und französische Musiker ausgemacht, die im kleinen Saal vor dem brennenden Kamin auf Margarete warteten. Es waren gutgekleidete Männer, die alle ihre eigenen Instrumente bei sich trugen. Sie begrüßte sie der Reihe nach und versprach ihnen, daß sie ihre Stellung am schwedischen Hof behalten würden. Vorbei war die Zeit, in der ihr Vater zu Weihnachten rohe und laute Spieler nach Vordingborg eingeladen hatte. Es würden keine zahnlosen Harfenspieler aus Randers mehr auftreten.

Abraham Brodersen schien sich während ihrer Unterhaltung mit Albrechts Musikern ziemlich zu langweilen, sie besaßen weder Macht noch Reichtum, den er begehren könnte. Und Abraham begehrte vieles: Güter, Ruhm, Einfluß und ihre Aufmerksamkeit. Jede wache Minute waren sie zusammen. So viel Zeit hatte sie noch nicht einmal mit Håkon verbracht.

Es amüsierte sie, wenn er bedenkenlos davon erzählte, wie er seinen Stiefsohn dazu gezwungen hatte, ihm seine Besitztümer für eine unbedeutende Summe zu verpfänden. Podebusk wäre verärgert gewesen, ja entsetzt, daran zweifelte sie keinen Augenblick. Denn in Abrahams Erzählung spiegelte sich seine Weltanschauung wider: Der Klügere prellt den Dümmeren.

Nachdem sie Albrechts Musiker verabschiedet hatte, wollte sie in die Kapelle gehen und in aller Stille beten. Abraham jedoch teilte ihr mit, daß Kuriere mit wichtigen Nachrichten aus Dänemark eingetroffen seien, und sie gingen in das kleine Gemach, in dem sie die Boten zu empfangen pflegte. Sie würde noch genug Zeit haben, um in die Kapelle zu gehen, und nachdem sie die Tagesgeschäfte erledigt hatte, würde sie sich um die Überführung ihrer Gefangenen kümmern können, besonders um die von Albrecht. Was für ein Hochgenuß!

Es wunderte sie, daß kein einziger Kurier im Gemach wartete. Abraham schloß die Tür hinter ihnen, und sie waren allein in dem großen kalten Raum, in dem es nach Ruß und Rauch roch. Sie drehte sich um und prallte gegen seine Brust. Sie wollte sich abstoßen, doch er war schneller. Mit weit aufgerissenen Augen ließ sie sich Richtung Wand schieben. Sie griff seine Schultern und versuchte mit aller Kraft den Abstand zwischen ihnen aufrechtzuerhalten, mußte aber erkennen, daß er um ein vielfaches stärker war als sie.

So etwas war ihr noch nie passiert, und das Ungeheuerliche des Vorgangs lähmte sie. Kein Laut kam über ihre Lippen, sie biß die Zähne zusammen und hielt die Luft an. Sie begriff noch nicht, was er mit ihr vorhatte.

Dann spürte sie seine glühend heiße Hand an ihrem Oberschenkel und verstand. Sie ließ ihre Hände von seinen Schultern gleiten, ihre Muskeln entspannten sich. Das war es? Daran erinnerte sie sich wohl. Sein Mund wanderte über ihre Wangen und legte sich auf ihren. Doch er wartete, küßte sie nicht sofort, als würde er um Erlaubnis fragen. Auch seine Hand auf ihrem Schenkel bewegte sich nicht. Wie lange würde er warten, fragte sie sich erregt, prüfte er nur ihren Widerstand? Würde er gleich den Griff lockern und sich lachend zurückziehen, wenn er erfahren hatte, wie weit sie ihn gewähren ließ?

»Wie eine Klinge«, flüsterte er. »So rein und klar wie eine gezogene Klinge. Aber ich weiß es besser. Ich weiß es besser. Vertrau mir. Du wirst sehen, daß ich recht habe.«

Das hier war womöglich das Verkehrteste, das Verwerflichste, was sie je getan hatte, aber sie konnte sich nicht dagegen wehren. Sie legte ihre Arme um seinen Nacken, spreizte die Beine und ließ sich von der Leidenschaft davontragen. Das Verlangen war sehr vertraut, sie hatte es nur die ganze Zeit unterdrückt.

Mit welchem Recht weckte er diese Begierde in ihr, dachte sie, doch die Wut darüber fiel in sich zusammen, hatte keine

Macht mehr über sie. Dieser Mann, der sorglos in ihr Leben trat und wieder verschwand und der ihr schon so oft die Kontrolle entzogen hatte, meinte sich auszukennen. In diesem Moment gab ihr Körper ihm recht.

Sie saß allein im Badezimmer auf Bohus und betrachtete ihren Körper, als wäre er die Landkarte einer Gegend, die sie noch nicht richtig kennengelernt hatte, sondern nur unbewußt benutzt hatte.

Es schien ihr, als habe sie noch nie zuvor ihrer Haut Beachtung geschenkt, so weich, sinnlich und kälteempfindlich, wie sie war.

Sie erkannte sich nicht wieder. Ihr Gesicht gehörte einem anderen, fremden Menschen. Bisher war sie nur das Werkzeug ihres Willens gewesen, doch nun war etwas in ihr erwacht, sie war stark und schwach zugleich und nicht länger in Körper und Seele geteilt.

Gestern noch hatte sie sich über die Kraft ihres Körpers gefreut, sie war die ganze Strecke in einem Stück geritten, ohne zu stürzen. Ohne sich geschwächt zu fühlen oder Schwäche zu zeigen. »Eine Frau, für die Männer voller Stolz in den Krieg ziehen«, hatte Abraham gesagt.

Nun war alles anders. Sie sah sich prüfend an: Die mageren, beinahe männlichen Beine. Aber das verwunderte sie nicht, schließlich hatte sie die Arbeit eines Mannes verrichtet und war geritten wie ein Mann. Und die kleinen festen Brüste, die seit Håkons Tod keiner berührt hatte. Als sie Oluf geboren hatte, war sie jung und hatte kein Auge gehabt für die Veränderungen ihres Körpers. Sie hatte sich den Launen Håkons und der Natur unterworfen. Nun sah sie mit Verwunderung, was die Zeit vollbracht hatte. Die runden Schultern waren muskulös wie die eines Mannes, dazwischen ihr langer sehniger Hals, und ihre Finger schmückten viele Ringe. Ihr Körper erinnerte sie an den ihres Vaters, als sie mit Oluf unterm Herzen und Håkon an ihrer Seite nach Vordingborg gekommen war. Valdemar war zwar auf der Höhe seiner Macht gewesen, aber bereits geschwächt und gezeichnet vom Alter.

Wie konnte Abraham nur eine Frau begehren, die das Gegenteil von dem war, was sich Männer vermeintlich ersehnten – junge, weiche, liebliche und milde Frauen, Frauen wie Katarina und Marie. Mann und Frau sollten Gegensätze sein, sie aber war zur Hälfte zum Mann geworden und hatte auch keinen inneren Widerstand gegen ihre Verwandlung gespürt. Den empfand sie auch jetzt nicht, sie wunderte sich nur über Abrahams Wahl.

Peder Jensen kam nach Bohus, glücklich über ihren Sieg und erschöpft von der Reise. Er gönnte sich ein ausführliches Bad und viel Zeit, sich anzukleiden. Und er wartete bis zum gemeinsamen Abendessen, bevor er erschien.

Sie verstand seine Absicht: Kein Schwede sollte den Eindruck bekommen, daß die dänische Königin die gewaltsame Eroberung des Landes nur zusammen mit ihren dänischen Bischöfen und Ratgebern feiern würde. Peder war zu allen freundlich und zuvorkommend, besonders jedoch zu Birger Ulfsson. Abraham ließ sich beim Abendessen nicht blicken, sein Stuhl neben Margaretes blieb leer. Die Ungewißheit quälte Margarete, sie leerte einen Becher gesüßten Weins nach dem anderen, und ihr Fuß wippte ungeduldig zu der Musik.

Wenn er nun nie wieder versuchen würde, sie zu küssen. Das war ein unerträglicher Gedanke, aber sie hatte keine Möglichkeit, sich ihm von sich aus zu nähern. Sie war vollkommen abhängig von ihm, dessen wurde sie sich erst jetzt bewußt. Sie war abhängig davon, daß er die Regeln übertrat und sie in seine Welt entführte, in der offenbar nichts unmöglich war. Der Geschmack seines Mundes und der Duft seiner Haut und seiner Haare verblaßten langsam. Ob er sie vergessen hatte oder es gar bereute? Alles durfte er bereuen, nur nicht dies.

Die jungen Menschen im Gefolge wünschten, im langen Saal zu tanzen. Darum erhob sie sich und bat Birger Ulfsson, für den Rest des Abends ihr Stellvertreter zu sein, eine Pflicht, die er gern erfüllte. Sie spürte, daß sie Ruhe und Schlaf benötigte, ihr Körper schmerzte, der Kopf dröhnte, und ihr Mund war trocken.

Frau Birgitta hätte sie bestimmt aufgefordert, für das Verhör von Albrecht unter ihrem Seidenkleid ein wollenes Unterkleid zu tragen. In diesem Augenblick hatte sie den Eindruck, daß sie ein solches unsichtbares und wollenes Unterkleid seit Håkons Tod getragen hatte. Das sollte genügen.

Die Tür zum Söller wurde aufgerissen, Margarete mußte zur Seite springen, um nicht umgeworfen zu werden. Die Kälte von draußen schlug ihr entgegen – Abraham stand vor ihr, groß wie ein Turm und bekleidet mit einem Mantel, den er sich so um die Schultern gelegt hatte, daß seine Arme frei waren.

Sein Lächeln war das erste, was sie sah, und sie erkannte darin, daß er sich erinnerte und nichts bereute. Doch dann wurde ihm bewußt, daß sie nicht allein waren, und er grüßte sie, wie es sich gehörte. Hinter ihm traten vier schwedische Jungfrauen ein, die Margarete als Zofen eingestellt hatte, zwei von ihnen waren Töchter von Birger Ulfsson, hübsch und neugierig. Auch sie grüßten, kicherten aber fortwährend. Margarete drehte sich aufgebracht zu ihnen um und wollte sie zum Schweigen bringen, die Zofen der Königin sollten sich nicht so albern aufführen wie Bauernmädchen an einem Mitsommerabend.

Aber statt dessen erhaschte sie den Blick, den sich ihre zwei Männer zuwarfen.

Peder Jensen war für Abraham mittlerweile einer von den vielen Menschen geworden, denen er nur mit geringer Achtung begegnete und mit denen er sich so wenig wie möglich unterhalten wollte. Und dennoch nahm Abraham seinen Mantel ab und ging auf seinen ehemaligen Freund zu. Auf halbem Wege warf er einen Blick über die Schulter und lächelte Margarete an, sorglos und bewundernd. Dann verneigte er sich huldvoll, so daß alle sehen konnten, daß er seine Verehrung ausdrückte.

Auch Peder Jensen sah es.

Margarete wandte sich ab und sog tief Luft ein, bevor sie sich hinaus auf den Söller geleiten ließ. Nun wußte Peder es. Das Blut pochte an ihrem Hals. Nun wußte er es, und sie konnte es nicht mehr rückgängig machen. Sie würde Peder Jensens versteinertes Gesicht niemals vergessen. In seinen Augen hatte sie sich erniedrigt, indem sie diese Verehrung nicht zurückwies. Aber selbst er konnte nicht ahnen, was sie schon alles zugelassen hatte.

6.

Margarete hatte sich so auf das Wiedersehen mit ihrem bezwungenen Feind gefreut, daß sie ihre Enttäuschung nicht begreifen konnte. Albrecht stand vor ihr mit der Narrenkappe auf dem Kopf, die mit einem so langen Zipfel versehen war, daß er ihn um seinen Bauch legen konnte, aber nur sein Äußeres war lächerlich. Andere lachten über ihn, sie aber sah nur den jungen selbstherrlichen Mann, der ihr einst Anspielungen ins Ohr geflüstert hatte und versucht hatte, sie für sich zu gewinnen. In seiner Ratlosigkeit, seinen grauen Schläfen und steifen Beinen sah sie nur ihr eigenes Abbild und ihr Alter widergespiegelt. Als er sie bat, von den Fesseln befreit zu werden, schüttelte sie mit dem Kopf.

Der kleine Erik, der die vergangenen Tage nur geschmollt hatte, schien äußerst interessiert an den gefesselten Gästen zu sein, und besonders fasziniert war er von Albrecht, der seine Narrentracht mit einer Art verzweifelter Würde trug.

Erik ging auf ihn zu, legte seine kleine braune Hand auf sein Knie und zog mit der anderen an dem Zipfel der Kappe. Aber daran befanden sich keine Schellen, die Erik so liebte. Das enttäuschte ihn, aber er schenkte Albrecht dennoch ein paar Nüsse, bevor er zu Margarete zurückging.

Diese stand ganz still, bestürzt über ihre mangelnde Siegesfreude und sehr darum bemüht, Abraham Brodersens Blick auszuweichen.

Nein, versicherte sie sich, sie hatte nicht vor, sich ihm aufzudrängen. Wenn er sie haben wollte, müßte er sie wieder so nehmen, wie er es zuvor getan hatte.

Sie war noch ganz benommen von ihrem wortlosen Treffen in ihrem Gemach. Ihr Körper fühlte sich gleichzeitig weich und erschöpft, zum Leben erweckt und mißbraucht an.

Es war ihr, als wäre Håkons Geist zurückgekehrt und in sie gedrungen. Doch damals, als sie noch Håkons Frau gewesen war, hätte sie nie das gemeinsame Lager verlassen und die Kapelle aufgesucht. Damals war Liebe nicht etwas, zu dem man hinschleichen mußte oder das man sich von ihr nahm.

Sie hatte Abrahams Frau noch nie gesehen. Die Frau war vierzig Jahre älter als ihr Mann und sehr reich. Sie hieß Margareta. Doch Abraham hatte nie gewünscht, ihr seine Frau vorzustellen. Vermutlich war sie einer der vielen Gegenstände, die er sich im Laufe der Zeit zugelegt hatte, der arme Bauernsohn aus Halland.

Und sie hatte sich einen Geliebten zugelegt.

Margarete hatte die Abrechnung der heiligen Birgitta mit der leichtfertigen Königin Giovanna von Neapel gelesen, die es gewagt hatte, Birgittas hübschen Sohn Karl zum Geliebten zu nehmen. Sie hätte es besser wissen müssen.

Ich weiß es doch besser, dachte Margarete verwirrt. Und dennoch verlangte ihre dumme, leichtsinnige Haut nach mehr, ihre Wangen brannten, und ihre Lippen zitterten, wenn sich ihre Blicke trafen. Sie hatten ein Geheimnis, das sie beide stürzen und vernichten konnte.

Sie erläuterte Albrecht ihre Pläne. Unter Umständen würde ein weiterer Feldzug anstehen, da die deutschen Bürger von Stockholm unbeirrt an Albrecht festhielten und die Stadt nicht übergeben wollten. Um diesen Krieg bestreiten zu können, hatte sie eine Steuer erhoben, die von allen Schweden bezahlt werden mußte, vom ärmsten Bauern bis hin zu einem wie Abraham Brodersen. »Eine Steuer, die mit Gottes und Ihrer gnädigen Hilfe diesen großen Krieg möglich macht«, hatte sie auf Abrahams Vorschlag hin geschrieben.

Die Steuer würde gewährleisten, daß der Krieg ein gutes und schnelles Ende finde, so daß wieder Frieden herrsche im Lande und jeder auf seinem Grund leben und wohnen dürfe, so wie es schon in der guten alten Zeit gewesen sei.

Es war ihr unmöglich, Abraham zu bitten, das Geschehene zu wiederholen. Könige durften ohne weiteres Mätressen haben und Königinnen heimliche Geliebte, aber sie war weder das eine noch das andere.

Ein Herrscher darf sich nicht zum Boden beugen, dachte sie. Ich muß meine Handlungen vor Gott verantworten können, nur ihm muß ich Rechenschaft ablegen. Meine Handlungen waren alle meinem großen Ziel zweckdienlich. Nur die eine nicht. Daß ich mit Abraham geschlafen habe, das habe ich nur für mich getan, doch dieses Ich gibt es jetzt nicht mehr. Ich bin nur das Werkzeug der Macht, der Gerechtigkeit und des Friedens und darf keine lüsterne Frau sein, die einem schönen Mann hinterherläuft.

Und es war auch kein doppelter Ehebruch, schließlich war sie Witwe und konnte heiraten, wen sie wollte. Wenn Abraham nicht schon verheiratet wäre, könnte sie ihn zum Mann nehmen.

Es gab keinen, den sie um Rat fragen konnte. Das wurde ihr schmerzlich bewußt, als sie und ihr Vetter Albrecht in der Narrentracht sich Aug' in Aug' gegenüberstanden.

Abraham hatte sich selbst erfunden, Peder hingegen hatte ihr Vater entdeckt, und Margarete hatte ihm nur die Möglichkeit geschenkt, zu wachsen und das zu werden, was er heute war. Er würde niemals über sie herfallen, wenn sie allein in einem Raum wären – so wie Abraham.

Sie mußte die Sache mit Abraham vor anderen geheimhalten und auf Distanz zu ihm gehen. Aber jedesmal, wenn die Erinnerung das Geschehene streifte und sie vor Scham errötete, dachte sie lustvoll an seine Arme, seinen Mund, der sich verzweifelt an ihre Schläfen gepreßt hatte, und das feine Spiel der Muskeln unter seiner weichen blassen Haut. Seine schönen Lippen und flehenden Augen hatten sie so sehr an Håkon erinnert.

Ihr Vater hatte seine Frau nicht fortschicken und eine neue Frau heiraten wollen, als Helvig krank wurde. Er hielt die Einsamkeit aus. Sollte sie das nicht auch schaffen können?

Sie erkannte, daß sie heute nicht die nötige Härte hatte, um Albrecht zu bestrafen. Darum schickte sie ihn wieder in den Kerker zurück, um erst zu neuen Kräften zu kommen.

Zwischen Albrecht und ihr stand noch immer eine unausgesprochene Frage. Deshalb ließ sie ihn in ihre Gemächer bringen und bat Abraham Brodersen, sie zu begleiten und an dem gemeinsamen Abendessen teilzunehmen. Sie wollte ihn über die Burgen ausfragen, die noch von deutschen Vögten besetzt waren: Axvalla, Rumlaborg und Örebrohus.

Die Nacht brach herein. Auf dem Weg durch das kühle Dunkel ergriff Abraham ihre Hand, und sie ließ es zu. Das hatte er in letzter Zeit häufiger getan, auch wenn andere es sehen konnten, um die Fremdheit zwischen ihnen zu überbrücken. Das würde keinen größeren Schaden anrichten können, hatte sie beschlossen. Darum holte sie tief Luft und sog seinen verlockenden Geruch in sich auf, den Geruch seiner Haut, Lippen und Haare.

Als Albrecht umständlich Platz nahm und sich bückte, um seine Fußfesseln zu lockern, sah Margarete den verwunderten und sonderbar beherrschten Gesichtsausdruck ihres Geliebten.

»Wir werden den Kirchen und Klöstern in Schweden zehntausend Mark hochwertigen Silbers schenken«, sagte sie zu Albrecht, während dieser sich unbefangen über die Speisen und Getränke hermachte. Diese Neuigkeiten schienen ihn nicht besonders zu interessieren, er hatte aufgegeben. Ihr Vetter war ein guter und gehorsamer Gefangener geworden.

»Das ist der einzige Weg, wie wir uns die dauerhafte Unterstützung des Erzbischofs und seiner Bischöfe sichern können«, setzte sie fort. »Auf zehntausend Silbermark belaufen sich die jährlichen Einkünfte der Kirche aus allen ihren Besitztümern.

Skara wird einen neuen, schwedischen Bischof bekommen, und auf allen Burgen werde ich schwedische Vögte einsetzen.«

»Die werden sich bald gegenseitig die Köpfe einschlagen«, bemerkte Albrecht und nahm einige große Schlucke des lübschen Biers. »Sie sind alle miteinander verwandt und tragen ihre jahrhundertealten Fehden aus. Sie hassen sich, kreuz und quer durch die Familien. Ich bin nie aus ihnen schlau geworden. Ich dachte, sie würden uns als Herrscher den Dänen vorziehen. Viel Vergnügen mit diesen wilden Schweden! Ich gebe dir höchstens zwanzig Jahre, bevor sie sich wieder auflehnen werden. Sie wollen weder von ihresgleichen noch von Ausländern regiert werden – du hättest mich damals nach Håkons Tod heiraten sollen. Dann hätten wir die Reiche ohne Krieg und Blutvergießen vereinigen können. Keiner hätte uns besiegen können.«

Abraham Brodersen erhob sich, geschmeidig wie eine Katze, stellte sich hinter Albrecht und legte seine schmalen, aber kräftigen Hände auf dessen Schultern.

»Es ist wohl an der Zeit, den Herzog von Mecklenburg darauf hinzuweisen, daß es nicht lohnt, über verschüttete Milch zu klagen«, sagte er. Margarete sah, wie sich seine Hände in Albrechts Schultern gruben.

»Ich werde doch nicht an die Mauer gefesselt, oder?« fragte Albrecht blaß vor Angst und sah fragend von Abraham zu Margarete.

»So wie du es damals mit König Magnus in Stockholm getan hast?« fragte sie zurück und lächelte. »Wenn ich die Schlüssel von Axvalla, Rumlaborg und Örebro kampflos überreicht bekomme und wenn mein teurer Vetter alles versucht, um Stockholm zu befreien, können wir gerne über eine behagliche Gefangenschaft sprechen«, fügte sie hinzu.

Eine behagliche Gefangenschaft, Margarete begriff nicht, woher sie diesen Ausdruck hatte, aber auch sie hätte eine angenehme Gefangenschaft in Schweden einem schmachvollen Dasein in Mecklenburg als flüchtiger König vorgezogen.

»Ich erinnere mich, daß mein teurer Vetter mich eine Mönchshure genannt hat und in der Schlacht keinen Gefangenen nehmen wollte. Ferner erinnere ich mich, daß mein teurer Vetter mich der Willkür seines Heeres preisgeben und mich töten lassen wollte. Aber ich habe nicht im Sinn, seinem Vorbild zu folgen. Ich kann es mir leisten, Milde walten zu lassen.«

Ein plötzlicher Ekel stieg in ihr auf. Sie erhob sich abrupt, preßte ihre Hand auf den Mund und taumelte vor die Tür, wo ein eiskalter Wind sie empfing. Aber sie konnte sich nicht übergeben, um diesen widerlichen Geschmack im Mund loszuwerden. Es war, als würde etwas in ihr faulen.

Sie wollte Albrecht mit Milde und Güte strafen, wollte eine reine, gerechte Frau sein. Doch gleichzeitig beging sie Ehebruch und begehrte Ehre, Macht und Königreiche. Sie stand nun in vorderster Reihe, und auf sie war der vorwurfsvolle Blick Gottes gerichtet.

VI.
Die Wolfsbrut

1.

»Darf ich es wagen, die gnädige Frau daran zu erinnern, daß sie nun das größte Reich in der christlichen Welt regiert?« fragte Peder Jensen mit seinem vergnügten Lächeln, als sie sich im großen Turm von Helsingborg gegenüberstanden. In der kleinen Kapelle hatte sich ihr Kanzler und Beichtvater seine kleine Welt eingerichtet, und dort empfing er Margarete.

Sie versuchte, seinem bohrenden Blick auszuweichen, er hatte ihr Handgelenk ergriffen und ihr so tief in die Augen gesehen wie ein Ehemann, der das Gesicht seiner Frau nach langer Abwesenheit erkundet.

Am Morgen ihrer Ankunft in Helsingborg hatte sich Abraham erneut Zugang zu ihren Gemächern erzwungen. Er hatte sich nicht einmal darum gekümmert, die Tür hinter ihnen zu schließen oder gar zu verriegeln. Mit wildem Hunger und einer dreisten Sicherheit hatte er sie genommen. Margarete hatte sich diesmal nicht gewehrt, sondern sich ihm mit derselben Gier und Verzweiflung hingegeben. Ihre Begierde konnte sich mit seiner messen.

Sie war wie betäubt, genoß den Duft seiner Haut und spürte jeden Muskel in ihrem Rücken. Er hatte sie über und über mit Küssen bedeckt und gefleht und gebettelt, daß er sie am Abend wieder aufsuchen dürfe. Doch wie sollte sie das bewerkstelligen? Sie war es zwar gewohnt, Befehle zu erteilen und das Leben anderer zu bestimmen, aber für die Aufgabe, eine ganze Nacht mit ihrem Geliebten zu ermöglichen, fand sie keine Lösung. Doch sie wollte sich nicht länger vor Scham grämen. Abrahams Liebe war eng an ihren Sieg geknüpft, er war ihr Geschenk.

Peder Jensen schien ihre Unaufmerksamkeit nichts auszumachen. Er nahm ihr gegenüber Platz und begann, von den grauenvollen Ereignissen in Stockholm zu berichten.

Die Deutschen in Stockholm hatten sich zu einer Brüderschaft zusammengeschlossen, die sich die Hattebrüder nannte, nach dem Satz von König Albrecht, seinen Hut nicht eher aufzusetzen, bis er die Dänenkönigin Margarete überwunden habe. Sie verschleppten die schwedischen Bürger, die ihrem Wunsch Ausdruck verliehen, Stockholm unter Margaretes Führung zu sehen. Drei Anführer dieser Treuen waren bereits öffentlich als Ketzer verbrannt worden. Jene, die in den Kirchen und Klöstern der Stadt Zuflucht gesucht hatten, waren ohne Rücksicht auf das Kirchenasyl herausgetrieben und abgeführt worden. Dreihundert schwedische Bürger waren der Stadt verwiesen worden, und der mecklenburgische Kommandant hatte ihr Eigentum beschlagnahmt, um mit dem Erlös die Weiterführung des Krieges bestreiten zu können.

Peder Jensen versuchte nichts zu beschönigen, aber er wollte Margarete auch nicht unnötig ängstigen. Während sie seinen prosaischen Ausführungen lauschte, erwachte Margarete langsam aus ihrer Betäubung, Glied für Glied. Solche brutalen Übergriffe wie dort in Stockholm waren der Grund dafür gewesen, daß sie gegen Albrecht in den Krieg gezogen war. Gott hatte den Sieg bei Åsle in die Hand einer Frau gegeben, um diese Sünden zu bestrafen. Nun mußte sie erneut einen Krieg führen, erneut Abraham ins Feld schicken.

Unwillkürlich legte sie ihre Hände in den Schoß und fingerte an dem Gürtel um ihre Hüften. Während die Schlacht bei Åsle tobte, hatte der Hauptmann von Bohus den Schlüsselbund der Burg im Wallgraben verloren, und sie hatten ihn nicht wiedergefunden. Damit sie sich keine Sorgen machte, hatten sie dieses böse Vorzeichen vor ihr geheimgehalten. Erst nachdem sie Albrecht verhört hatte, wurde ihr diese Neuigkeit überbracht. Für Margarete war das kein böses Vorzeichen gewesen, sondern lediglich ein unglücklicher Zufall. Nicht alles hatte eine doppelte Bedeutung.

Im Dienste Gottes und als König hatte ihr Vater die schlimmsten Verbrechen begangen, doch ohne diese Freveltaten hätte er sein Amt nicht gut ausüben können. Nun stand sie, die Sündige, von neuem vor einer Herausforderung und mußte Kraft dafür aus dem Sieg schöpfen, den sie soeben gefeiert hatte.

»Wir müssen die Stadt belagern, die Wasserversorgung abschneiden und sie zur Aufgabe zwingen. Wenn das keine Wirkung zeigt, dann werden wir die Stadt in Brand stecken«, hörte sie sich sagen.

»Und wer soll diesen neuen Krieg anführen?« fragte der Bischof.

»Abraham Brodersen«, antwortete sie mit dünner Stimme.

Er sah sie mit hochgezogenen Augenbrauen an. Doch dann nickte er.

»Ja, das wird wohl die beste Lösung sein, dann sind wir für eine Zeit von ihm erlöst«, erwiderte Peder Jensen. »Abraham benimmt sich, als würde er an einem ewig währenden Turnier teilnehmen. Womöglich glaubt er auch, daß der Gewinn dieses Wettkampfs die Landesfürstin selbst sei.«

Margarete wagte nicht, ihn anzusehen. Er war ihr Beichtvater, und sie hatte ihm noch nie eine ihrer Sünden verheimlicht. Doch nun hatte sich alles umgekehrt.

Sie durchforschte ihre Seele, um einen Ausweg zu finden, sich dennoch von Peder Jensen die Beichte abnehmen lassen zu können. Doch sie sah keinen Ausweg. Sie mußte sich von ihm lösen und einen neuen Beichtvater finden. Der Abt von Sorø war so alt und schwerhörig, daß er ihre Bekenntnisse kaum bemerken würde. Und eine so ungeheure Sünde war ihr Vergehen auch nicht, verteidigte sich Margarete. Sie war Witwe, und Abraham lebte in einer kinderlosen Ehe, die darum jederzeit von der Kirche aufgehoben werden konnte. Es war kein richtiger Ehebruch, den sie begingen.

»Ist er wirklich ein so großer Feldherr, wie er selbst behauptet?« fragte der Bischof. »Ich habe gehört, daß er sich allein die Ehre des Sieges bei Åsle zuschreibt, alle anderen dagegen meinen, daß das unwegsame Falen-Moor den Untergang der Schweden besiegelte. Einige Stimmen behaupten sogar, daß Abraham sich auf dem Schlachtfeld verwerflich verhalten habe. Ein gegnerischer Adliger war so schwer verwundet worden, daß er sich ergeben wollte, aber Abraham hat ihn ohne Gnade mit seinem Schwert durchbohrt.« Abraham habe mit gespreizten Beinen über dem Verletzten gestanden, seine Schwertspitze auf dessen Kehle gesetzt und dem Griff einen lässigen, aber gleichwohl harten Stoß mit seiner geballten Faust versetzt. »Das Höllenpferd«, flüsterte Margarete. Peder Jensen wußte offenbar mehr über ihn als sie.

»Er ist nützlich«, erwiderte sie nur.

»Das sind wir hoffentlich alle«, sagte Peder.

Sie schwiegen beide. Margarete trommelte ungeduldig mit den Fingern auf dem Tisch, Peder Jensen hatte sie mit einem Anliegen zu sich gebeten, dann müßte er als nächstes sprechen.

»Hat die Königin von Norwegen und die Herrscherin von Dänemark und Schweden nichts zu beichten?« fragte er.

»Nur das Übliche«, begann sie. Peder Jensen amüsierte sich immer über ihre Beichte. Für ihn war sie wie eine fromme Novizin, die jeden ihrer Gedanken und jede ihrer Handlungen nach der kleinsten Spur einer Sünde durchforstete, um sie im Keim zu ersticken.

Eine ihrer Sünden habe darin bestanden, daß sie die Witwe des schwedischen Drostes, Grete Dume, mit harter Hand bestraft hatte. Ihr Mann Bo Jonsson Grip war ein häßlicher, verwachsener Krüppel gewesen, der kaum gerade auf einem Pferd sitzen konnte, aber im Laufe seines Lebens drei Ehefrauen verschlissen hatte. Als eine davon kurz vor der Geburt starb, ließ er ihren Bauch aufschlitzen und das Kind herausnehmen, nur um zu beweisen, daß sein Kind die Mutter überlebt hatte. Nur so nämlich konnte Bo Jonsson die verstorbene Ehefrau beerben.

Grete Dume war Mecklenburgerin. Bo Jonsson hatte sie in seinem Testament fast ohne Erbschaft zurückgelassen. Dennoch hatte Margarete sie und ihren Sohn zu sich gebeten, um alle Verfügungen in dem umstrittenen Testament zu bestätigen und anzuerkennen. Schließlich hatte sie geglaubt, innerhalb eines Jahres Stockholm erobern zu können, was sich jedoch nicht erfüllt hatte. Statt dessen hatte Margarete den beiden, Mutter und Sohn, ihr Erbe ganz aberkannt. Sie flüchteten und schlugen sich auf die Seite der Mecklenburger.

Das sei eine Sünde und ein großer Fehler gewesen, die sie nicht hätte begehen sollen. So lautete ihre Beichte. Peder Jensen schien jedoch nicht besonders beeindruckt zu sein und wechselte das Thema.

»Abraham Brodersen Båd ist nicht der rechte Umgang für eine Frau, die das größte Reich der christlichen Welt regiert«, sagte er. »Dieser Mann hat die Zeit zwischen seinen Diensten genutzt, um eine verheiratete Bürgersfrau aus Malmø zu verführen. Er hat versucht, sich von der Todsünde freizukaufen. Ihm wurde eine Buße von vierzig Tagen auferlegt, und dennoch aß er Fleisch und verzehrte Milch und Milchspeisen in dieser Zeit.«

»Er ist mein zahmer Wolf«, antwortete sie nur und faltete ihre steifen kalten Finger. »Er ist alles, was ich nicht bin. Er ist wahnsinnig und wild, aber er gehört mir. Niemand kann ihn ersetzen.«

Sie hatte nicht gelogen, aber auch nicht die Wahrheit gesagt, und das wußten beide. Peder Jensen antwortete nicht sofort, sondern sah sie nur streng an. Er erinnerte sie an ihren Vater, der nicht eher aufgab, bis er die ganze Wahrheit erfahren hatte.

»Eriks Schwester Katarina scheint mir sehr an Abraham interessiert zu sein«, bemerkte er ein wenig spöttisch. »Wenn

Sie ihn näher an sich binden wollen, dann lassen Sie ihn Katarina heiraten, wenn seine Frau stirbt. Sie soll im Sterben liegen, habe ich gehört.«

Warum nur hatte sie nichts von Abrahams Sünden gewußt, dachte sie verunsichert. Vorläufig aber beunruhigte sie das, was sie soeben über Katarina gehört hatte. An sie hatte Margarete in der Zeit während des Krieges keinen Gedanken verschwendet.

Von Abraham Brodersen nahm sie in aller Öffentlichkeit vor dem großen alten Turm auf Helsingborg Abschied. Sie wollte sichergehen, daß er sich nicht ihrer bemächtigen konnte. Jedesmal wenn dies geschah, benötigte sie viele Tage, um sich zu erholen. Und sie hatte niemanden, mit dem sie darüber sprechen oder den sie um Rat fragen konnte.

Abraham beugte sich zu ihr hinunter und küßte sie zart auf die Wange. Sie schloß die Augen und ließ es geschehen, da er sich aber nicht wieder aufrichtete, riß sie die Augen auf. Sein Gesicht war direkt vor ihrem, er küßte sie erneut, doch dieses Mal auf den Mund, ganz sanft, wie ein Sohn seine Mutter küssen würde. Nein, sie hätte Oluf niemals erlaubt, sie so zu küssen. Vielleicht würde Abraham auch das Kind Katarina so küssen, wenn sie ihm nahe genug käme.

Sie schickte ihn fort, damit er seinen wahren Wert unter Beweis stellen konnte, sie vertraute ihm die schwerste und wichtigste Aufgabe an, vor der sie jemals gestanden hatte: Stockholm von der Gewaltherrschaft zu befreien.

Wenn sie mit ihm in Ruhe hätte reden können! Aber immer wenn sie sich trafen, geschah das in wilder Eile, voller Schuldgefühl und Angst, entdeckt zu werden. Wenn sie es nur gewagt hätte, eine ganze Nacht mit ihm zu verbringen! Doch wie hätte sie das anstellen sollen, die Landesfürstin wanderte nicht einfach nachts im Söller umher, um bei einem Mann zu schlafen.

Er streifte ihren Arm mit seiner Hand, im Schutz ihres

Mantels ließ er seinen Zeigefinger an ihrem Arm entlangfahren, bohrte ihn in ihre Handfläche und zwang sie dadurch, ihn in einer unsittlichen Geste zu umfassen. Ihr Atem stockte vor Erstaunen und Entsetzen.

Dann löste er sich von ihr mit einem neckenden, eindringlichen Lächeln und stieg auf sein Pferd. Nicht weit von ihnen sah Margarete den kleinen Erik stehen, der alles genau beobachtet hatte. Abraham Brodersen beugte sich hinunter, um seinen rechten Fuß in den Steigbügel zu setzen, und sah Margarete dabei an. Aber sie blickte gebannt auf Erik.

Der kleine Junge kratzte Erde vom Boden und schmiß die dicken Klumpen wütend auf Abraham und sein Pferd. Immer und immer wieder.

2.

Wie lange war es her, daß sie Schweden durch die Schlacht im Falen-Moor gewonnen hatte?

Sie zählte mit den Fingern die Jahre: Sechs Jahre hatte Katarina nun in Vadstena verbracht, sechs Jahre hatte es gedauert, das Land und seine Menschen für sich zu gewinnen, und sechs Jahre lang hatte sie schon gewartet, daß Stockholm fallen oder sich ergeben würde.

Letztes Jahr hatte sie Albrecht von Mecklenburg freigelassen, er stellte keine Gefahr mehr dar. Sie hatte den Mecklenburgern Albrecht mit spöttischem Ton zum Kauf angeboten, für die ungeheure Summe von 50 000 hochwertigen Silbermark.

»Ist er wirklich so viel wert?« hatte Peder Jensen sie gefragt.

Um sicherzugehen, hatte Margarete ihn bis zur Zahlung im Turm von Vordingborg einsperren lassen. Die Mecklenburger hätten ihr statt des Geldes auch Stockholm übergeben dürfen. Albrecht stand frei zum Verkauf. Es sollte damit enden, daß sowohl Stockholm als auch dieses Vermögen in Margaretes Besitz übergingen.

Albrecht war zurück nach Hause gereist, mager und verbittert, hatte dort erneut geheiratet, um viele weitere Söhne zu zeugen, die in den Krieg geschickt werden konnten. Den einen hatte er sogar Erik genannt! Wie beschränkt und einfallslos!

Mit dem Alter war Margarete immer empfindlicher gegen Kälte geworden. Es war Mitsommer und wunderbares laues

Wetter, sie aber lag in ihrem Bett auf Kalmarhus und verlangte nach weiteren Decken und Kissen. So konnte sie ohne weiteres den ganzen Vormittag im Bett verbringen, umringt und gestützt von riesigen Kissen, und konnte in aller Ruhe die Listen und Briefe bearbeiten, bevor sie sich auf ihren schmerzenden Beinen in die Kapelle schleppte.

Sie vertraute den Schweden nicht. Gänzlich hatte sie das Land noch nicht unterworfen, sein Wesen war wie Abrahams, unberechenbar und ungestüm. Wenn sie durch Schweden reiste, hatte sie immer ein so großes Gefolge bei sich, wie sie es gerade noch vor den Burg- und Klostervorstehern vertreten konnte, die für die Verpflegung aufkommen mußten. Aber sie hätte niemals schwedische Adlige genötigt, sie als Gast zu empfangen. Margarete wußte, daß sie nicht besonders gelitten war, daß sie als Furie galt, als eine Naturkatastrophe, die das Land heimgesucht hatte. Darum wurde alles, was ihr Gefolge benötigte, von Burg zu Burg getragen. Kalmar hatte sie schließlich als festen Sitz gewählt, da die Burg gut erhalten und schwer einzunehmen war.

Als sie alle Adligen ihrer Reiche nach Kalmar einberief, hatte Margarete vor allem die Vergangenheit vor Augen gehabt. Die Schonen hatten sich damals, zu Lebzeiten ihres Großvaters, für König Magnus als Herrscher entschieden, um eine Zukunft als holsteinisches Pfandlehen zu verhindern; das entscheidende Treffen hatte auf Burg Kalmarhus stattgefunden. Nun wollte sie Ordnung ins Durcheinander der Geschichte bringen. Möglicherweise begriff keiner der Anwesenden ihre Beweggründe, aber das interessierte sie nicht.

Sie war mehr als bereit, Zugeständnisse zu machen, solange sie nicht zur Verabschiedung einer Handfeste gezwungen wurde. Wie töricht von den Adligen zu glauben, sie könnten ohne Margaretes Hilfe über drei Reiche gebieten, zumal die meisten es offenbar kaum fertigbrachten, ihren eigenen Hausstand zu führen. Sie müßte ihnen nur ein Stück

Papier überreichen, auf dem einige Rahmenbedingungen für die Lenkung eines Reiches stünden, und sie würden glücklich nach Hause reiten – in dem Glauben, sie hätten Margarete unterworfen. Sie war schließlich nur eine Frau, ungekrönt und ungesalbt. Keine Königin, kein König, noch nicht einmal eine Königsmutter. Aber da sie nie in ihr Amt eingesetzt wurde, konnte sie folglich auch nicht abgesetzt werden.

Die Adligen würden zahlreich erscheinen, das wurde bald deutlich. Nur die Norweger würden Eriks Krönung nicht in großer Zahl beiwohnen, sie hatten sich damit begnügt, ihren Reichskanzler und den Bischof von Orkney zu schikken. Der dänische Reichsrat hingegen traf vollzählig mit fünfundzwanzig Männern und ihrem Gefolge ein, das eine größer als das nächste. Sie schienen ihr alle Verbote verziehen zu haben, mit denen Margarete sie in letzter Zeit belastet hatte. Sie wollte ihnen die Burgen wegnehmen, denn wer benötigte Burgen, wenn sie doch für Frieden sorgte? Sie ganz allein!

Zusammen mit Erik natürlich. Sie durfte nicht vergessen, daß dies Eriks großes Fest war.

Es kam ihr gelegen, daß sich die Adligen alle uneinig waren. Dann könnten sie ihr nicht geschlossen eine Forderung aufzwingen, sondern waren genötigt, Margaretes Entwurf abzusegnen. Die Uneinigkeit anderer hatte sie immer zu ihrem Vorteil zu nutzen gewußt.

Peder Jensen war der einzige, den sie zu sich hereinließ, während sie im Bett saß, umgeben von all den Papieren. Im letzten Jahr war es ihr gelungen, ihn zum Bischof von Roskilde ernennen zu lassen. Ihr Verhältnis hatte sich dadurch glücklicherweise überhaupt nicht verändert.

Nach Eriks Krönung würde Peder Jensen öffentlich die Schulden des Königshauses beim Bischofsstuhl von Roskilde aufheben und alle Schuldbriefe für ungültig erklären. Das war sein Vorschlag gewesen, nicht ihrer. Angesichts des Reichtums des Bischofs war ihm dieses Angebot leichtgefallen.

Margarete beichtete ihm weiterhin fast alle ihre Sünden, und er leitete weiterhin ihre Kanzlei. Es war einsam um sie geworden, aber so mochte sie es am liebsten. Sie hatte weder einen Drost noch einen Marschall zu Hause in Dänemark, und auch in Norwegen und Schweden gab es dergleichen nicht mehr. Nach Roskilde war Jensen gerufen worden, weil sie den Papst Bonifatius so gut kannte und weil dieser seine Ämter mit großem Verantwortungsgefühl vergab. Gleichzeitig hatte sie sich das Recht gesichert, in ihrem Land Messen feiern zu dürfen, selbst wenn sie persönlich vom Bannspruch betroffen sein sollte. Man wußte schließlich nie, was für eine teuflische Hinterlist einen in der Zukunft erwartete.

Peder Jensen verneigte sich mit derselben Ehrerbietung vor ihr, als würde sie auf ihrem Thron im Saal sitzen. Dennoch sprach er mit ihr wie ein Mann mit seiner Frau. Die Jahre waren zwar nicht spurlos an ihm vorbeigegangen, aber er hatte sich nicht wesentlich verändert. Andere schätzten ihn nicht so sehr, er hatte den Stallburschen nie so richtig ablegen können. Margarete aber schätzte seine aufrichtige und unbefangene Art. Er wußte sich sowohl bei den schonischen Bauern als auch beim Papst zu benehmen. Doch für Margarete war er in erster Linie ein Freund.

Heute kam er nicht allein, ihm folgte Erik, der junge König. Ihn hatte sie nicht mehr gesehen, seit er im Morgengrauen mit seinen gleichaltrigen Freunden auf die Jagd geritten war. Erik grüßte sie, gab aber dem Bischof den Vorrang, ihr den Tagesplan sowie die zwei Briefe aus England vorzulegen.

Es bestürzte Margarete, daß Erik ihre Pläne für seine Zukunft nicht begeistert aufnahm, sie waren schließlich das Ergebnis langer und wohldurchdachter Überlegungen. Bisher hatte er alles, was sie ihm gegeben hatte, so angenommen, sogar seinen Platz in ihrem Herzen.

Nun aber marschierte er im Raum umher, ungeduldig und schmollend wie ein Kind. Und als der Bischof endlich ein Zeichen gab, daß er mit seinen Beschwerdepunkten vortreten dürfe, stampfte er mit dem Fuß auf den Boden und beklagte sich darüber, daß Margarete seine Krönung geplant habe.

Sie saß fassungslos im Bett und starrte den Jungen an. Er war noch nicht reif genug für die Aufgaben, die ihn erwarteten, auch wenn er ihr versicherte, daß er erwachsen genug sei, um zu regieren.

Er schrie sie an in seiner Wut: Warum er ausgerechnet auf Kalmarhus gekrönt werden solle und nicht in Oslo, Roskilde und Stockholm? Warum nicht in Nidaros, Lund und Uppsala? Warum an diesem entlegenen Ort? Und warum nur in Schweden? Warum sollte seine Krönung heimlich vollzogen werden und auch noch auf einer befestigten Burg und nicht in einer Domkirche?

Sie hätte ihm mühelos ihre Beweggründe für diese Entscheidung erklären können, aber sie glaubte nicht, daß er sie verstehen würde. Daß er sie verstehen wollte.

»Ist es nicht ein wenig zu spät, um sich über die Durchführung zu beklagen?« fragte sie darum.

»Was der junge König zum Ausdruck bringen möchte, ist vielmehr ein Protest gegen die Vorgehensweise«, erklärte Peder Jensen. »Ein dreifacher König sollte von den Erzbischöfen der drei Reiche gekrönt werden.«

Margarete betrachtete stumm ihren Adoptivsohn, der sich endlich gesetzt hatte. Hatte er wirklich gedacht, daß sie sich einschüchtern ließ und die Krönung im letzten Augenblick verschieben würde?

Erik, der bald schon volljährig sein würde, hatte sich in den letzten Jahren sehr verändert. Seine täglichen Übungen hatten sichtbare Spuren hinterlassen. Erst am Tag zuvor hatte sie ihn gesehen, wie er aus der Badestube kam und übermütig eine Birkenrute über den Köpfen seiner Genossen schwenkte. Das war, als hätte sie ihrem Vater in seinen jungen Jahren zugesehen.

Valdemar hatte einmal Kristoffers schlaffe Hand genommen, sie auf seinen eigenen Arm gelegt und seine gewaltige rechte Hand zur Faust geballt. »Dies ist der Arm eines Königs«, hatte er gesagt, und Kristoffer waren die Tränen in die Augen geschossen, denn er wußte, daß er dies niemals erreichen würde.

Erik hingegen hatte sich dank seiner Muskeln und seiner Geschicklichkeit zu einem wahren Enkelkind seines Urgroßvaters entwickelt. Aber im Geiste schien er noch empfindsamer zu sein als Kristoffer. Vielleicht hatte ein Reich gar kein Bedarf an Männern mit großer Kraft, wie ihr Vater immer gedacht hatte. Margarete selbst war auch nur Haut und Knochen, und dennoch war sie in der Lage, Aufgaben auszuführen, für die sich Erik nie geeignet erwiesen hatte.

Im vergangenen halben Jahr, seit seinem letzten unerwarteten Anfall kindlicher Undankbarkeit, hatte sie sich von ihm ferngehalten. Sie hatte ihn lediglich in Briefen ermahnt und ihn freundlich korrigiert, wenn er seine unvermeidbaren Fehler beging. Soweit Margarete wußte, hatte Erik ihre Kritik angenommen, ohne zu toben. Aber sie hatte vermieden, ihn persönlich zu sehen. Er war der einzige, der ihr widersprechen und seinen Willen durchsetzen konnte.

»Und du wirst mich auch nicht mehr zum Gehorsam zwingen«, schrie er ihr mit erstickender Stimme ins Gesicht. Sie begriff seinen Eigensinn und seine Leidenschaft nicht, wie Peder Jensen Eriks Verhalten beschönigend nannte.

Kalmarhus war Schwedens größte und herrlichste Burg, Margarete hatte sie von Abraham Brodersen mit den Mitteln einrichten lassen, die sie den Schweden so mühsam abgerungen hatten. War Erik womöglich zu sehr an Pracht, Reichtum und Größe gewöhnt, daß er alles als selbstverständlich betrachtete?

Es gab Wandteppiche aus Flandern, englische Möbel, italienische Musiker, französischen Wein, in den Fenstern saß kostbares Glas, das auch die Domkirche schmückte. Es fehlte an nichts: Abraham hatte Jagdhunde beim Herzog von Berry gekauft, Glasermeister aus London die große Halle ausschmücken lassen und sich Gemälde aus Italien besorgt. Das sollte alles bei der Krönung und dem Fest vorgeführt werden. Danach würden die Steuern und der Hofstaat in Eriks Besitz übergehen, Margarete würde dann nur noch mit ihrer eigenen Ausstattung durch die Lande reisen.

Sie hatte im Laufe der Zeit Freunde gewonnen, von denen Erik aber keine Notiz nahm. Der englische König nannte sie »unsere teure Schwester, die Königin von Norwegen, Schweden und Dänemark«. Aber Erik kommentierte diese Briefe von Richard II. aus dem Hause der Plantagenet mit der Bemerkung, sie würde zu Unrecht Königin genannt werden.

»Ich bin Königin von Norwegen«, hatte sie ihn berichtigt, aber Erik hatte das nicht interessiert.

»Meine teure Freundin sucht ihren Sohn zu gewinnen, indem sie ihm das gibt, was er schon im Überfluß besitzt«, bemerkte Peder Jensen nur halb im Scherz, als Erik sie verlassen hatte.

Die Krönung und das folgende Fest sollten ihn milde stimmen und ihm jene Größe und Macht vor Augen führen, die er von ihr erben würde. Zu gern wüßte sie, wie es in seinem verwirrten Kopf aussah, welche Gedanken dort umherjagten. Sie hatte geglaubt, ihn mit Turnierspielen und Wandteppichen begeistern zu können.

»Erik möchte gerne Darlowo besuchen«, erklärte ihr Peder Jensen. Offenkundig ging ihr Adoptivsohn mit seinen Klagen zu ihrem besten Freund. Peder Jensen hatte sich unverkennbar einen Platz zwischen ihnen erobert. Einen Platz, der nach ihrer Vorstellung eigentlich von Abraham besetzt werden sollte.

Den eigentlichen Hintergrund für das große Treffen in Kalmar schien Erik nicht zu begreifen. Sie hatte versucht, es ihm zu erklären, aber es hatte nicht gefruchtet. Leider bedeutete ihm der Königstitel etwas ganz anders als Margarete. Für sie war er mit Verantwortung, Bürden und Arbeit verbunden. Erik hingegen hatte der Titel Reichtum, Ehre, Bewunderung und schöne Pferde eingebracht.

Am Trinitatisfest nun, genau am 17. Juni des Jahres 1397, würden drei Reiche unter Eriks Herrschaft verschmelzen. Zwei Erzbischöfe würden ihn krönen, und er würde danach 133 Männer zu Rittern schlagen. Der Festzug sollte durch die Stadt führen und den Bauern und Bürgern den Reichtum und die Pracht ihrer Regierungsmacht zeigen. Danach sollten Turnierspiele für die neuernannten Ritter stattfinden.

»Erik hat eifrig geübt für diesen Wettkampf«, bemerkte Peder Jensen. Er wollte unbedingt eine gute Figur machen. Margarete zweifelte nicht daran, daß Erik gute Aussichten hatte. Er konnte sich in voller Rüstung ohne Hilfe auf den Sattel schwingen und liebte den Umgang mit der Waffe und die Spannung eines Wettkampfes.

»Sollte er jedoch auf Abraham Brodersen Båd treffen, dann würde seine Teilnahme nur von kurzer Dauer sein«, setzte Peder Jensen mit einem schiefen Lächeln fort. »Das Höllenpferd war schon immer unüberwindbar, wenn er vor schönen Frauen mit einer Lanze in der Hand kämpfte. Nur auf dem Schlachtfeld hat er sich nicht immer bewährt. Da gibt es auch nicht so viele Zuschauer.«

»Dann müssen wir die beiden voneinander fernhalten«, erwiderte Margarete.

Erik nannte Abraham abfällig »Mutters zahmer Wolf« und grüßte ihn nie, wenn sich ihre Wege kreuzten. Erik hatte ihr zu verstehen gegeben, daß sein Unmut gegenüber Abraham einzig und allein mit der Belagerung von Stockholm zusammenhing, aus der er nicht als Held hervorgegangen war.

Es war Margaretes Recht, die drei Männer Erik, Peder und Abraham voreinander zu schützen, sie waren alle notwendig und nützlich für ihr Imperium. Sechs Jahre lang war es ihr gelungen, sie auf Abstand zueinander zu halten, und wenn es nach ihr ginge, würde sie es auch bis ans Ende ihres Lebens so beibehalten.

»Mich wird er wohl nicht los, bis ich sterbe«, lachte der Bischof. Margarete hatte nie herausbekommen können, was Erik von Peder hielt. Für ihn war er sicherlich nur ein unverzichtbarer Bestandteil des mütterlichen Haushaltes.

»Mutters alte Männer«, hatte Oluf Podebusk und seine Genossen genannt.

Wenn Oluf noch leben würde, hätte sie Abraham schon längst heiraten können. Der Gedanke erzeugte ein Prickeln am ganzen Körper, bis in die Fingerspitzen. Da sie aber eigentlich mit den Briefen beschäftigt war, die Peder Jensens Kanzlei bestätigen sollte, biß sie sich auf die Lippen und versuchte, sich zu konzentrieren. Aber es war nun einmal eine Tatsache. Oluf hätte ihren neuen Mann zum Herzog ernennen können, es wäre eine leichte und annehmbare Lösung für alle gewesen. Sie wußte, daß sie nicht mehr lange alle Fäden würde zusammenhalten können. Außerdem hatte sie Erik als gehorsamen Lehrling verloren.

»Ich wundere mich über diesen jungen Hengst«, sagte sie. »Er ist gesund, stark und schön und bekommt alles, was er will, und ist dennoch nicht zufrieden.«

»Es ist doch begrüßenswert, daß ein junger Regent Träume für sich und sein Reich hat«, warf der Bischof ein. Margarete nahm an, daß er sich verpflichtet fühlte, so zu reagieren. Vielleicht beabsichtigte er auch nur, sie zu prüfen und sie in ein tiefergehendes Gespräch über ihren Adoptivsohn zu verwickeln. Aber sie hatte keine große Lust, sich mit Erik auseinanderzusetzen.

»Will er wirklich nur diese Turnierspiele und einen Purpurmantel mit Hermelin?« fragte sie. »Ich bin weder gesalbt noch gekrönt worden, und als ich Königin von Norwegen war, besaß ich nicht einmal eine Krone, ganz zu schweigen von einem sauberen Hemd. Und doch war ich mehr Königin, als Erik jetzt König ist.«

Peder Jensen sah zu ihr hoch, ohne zu antworten. Margarete las die Antwort in seinen Augen: Es gab einen großen Unterschied zwischen ihr und Erik. Aber bald würde es Eriks Aufgabe sein, die Reiche zusammenzuhalten, welche die Gesandten der Hanse in den lateinischen Dokumenten als ihr »Imperium« bezeichnet hatten. Aus Versehen war sie darin sogar als »Gnädige Königin« angesprochen worden.

»Ich vermisse Oluf, je älter ich werde, desto mehr vermisse ich meinen Sohn«, sagte sie leise und legte eine Hand über ihre brennenden Augen.

»Zum Glück gibt es noch die Jungfrau Katarina in Vadstena«, bemerkte Peder Jensen.

Margarete konnte den Namen nicht sofort einordnen, doch dann beschlich sie das wohlbekannte Unbehagen. Einer der Gründe für Katarinas Aufenthalt in Vadstena war gewesen, sie von Abraham fernzuhalten.

»Binden Sie Abraham an Ihr Haus, und geben Sie ihm Katarina zur Frau«, sagte Peder mit unglaublich sanfter Stimme.

»Nein«, murmelte sie leise. Dieser Gedanke war wie eine Tür, die zufiel und sich für immer schloß. Sie hatte ganz andere Pläne mit Eriks bezaubernder Schwester.

Die Krönung war ohne jede Störung verlaufen. Die Prozession durch die Stadt zur Hauptkirche war prächtig und würdevoll gewesen. Eriks großer weißer Hengst, ein Geschenk des englischen Königs, hatte zur Musik getänzelt.

Die Sonne hatte geschienen, die Bischöfe sangen wie Engel, und Erik zeigte sich von seiner besten Seite. Schön war er, und sanftmütig und anmutig lächeln konnte er auch. Sein Volk schien ihn nicht so sehr zu interessieren wie die schönen Kleider und die glanzvollen Zeremonien. Davon verstand er etwas, und sie würde seinen Hunger danach häufiger stillen müssen.

Margarete war müde.

Die letzten Jahre hatten an ihr gezehrt, ihre Kräfte waren aufgebraucht, sie hatte sich mehr zugemutet, als gut war. Sie fühlte sich nicht mehr jung und unerfahren, sondern stand fest im Leben. Nichts konnte sie überraschen, sie hatte schon alles gesehen.

Darum ließ sie Erik auf dem Thron am Tischende Platz nehmen und zog sich zurück, bevor das zweiundzwanzig Gänge währende Bankett sein Ende gefunden hatte. Sie bezweifelte, daß viele Gäste ihren Aufbruch und ihre Eile bemerkt hatten. Alle genossen das Fest, sie feierten ihren Sieg, den sie großzügig an ihren Sohn weitergereicht hatte.

An der Tür zu ihrem Schlafgemach schickte sie ihre Zofen fort, die zwei Töchter von Birger Ulfsson sollten nicht mehr von ihr erfahren als unbedingt notwendig. Margarete entdeckte Enttäuschung in ihren Gesichtern, als sie sich verneigten. Aber bereits am Treppenabsatz begannen die zwei blutjungen Jungfrauen wieder zu kichern. Es war doch verführerischer für sie, zu dem Festessen und den vielen jungen Männern zurückkehren zu können. Erik würde sicher bald die französischen Musiker hereinbitten, nachdem die Tische beiseite geräumt waren. Dann würden sie die burgundischen Hoftänze üben können.

Ohne meine Hilfe würden diese Mädchen, die ich bei mir eingestellt habe, ein stilles Leben auf den Höfen ihrer Väter führen, dachte Margarete und lächelte froh. Sie erinnerte sich an Blankas Feststellung, daß sie den Schweden nicht viel habe schenken können, aber sie habe ihnen einen königlichen Hofstaat zurückgegeben.

Wie sehr sich Erik auf die Wettkämpfe freute. Margarete gönnte es ihm.

Sie zündete die Kerzen auf beiden Seiten des schweren Tisches an, der in der Mitte des Zimmers stand. Danach löste sie die Vorhänge ihres Bettes, die an den Bettpfosten festgebunden waren. Auch das Bett war burgundisch, Peder Jensen hatte es von seiner Reise mit nach Hause gebracht. Es duftete noch immer süß nach frischem Holz. Die Holzschnitzarbeiten waren in kräftigen Farben bemalt und die Vorhänge aus purpurfarbener flämischer Wolle genäht.

Einer der jungen Männer saß in der Fensternische und schlief. Er sprang auf, als er sie sah, und kam schlaftrunken auf sie zu, zu verschreckt, um zu grüßen. Sie bat ihn, Abraham Brodersen Båd zu holen, sie hätte Wichtiges mit dem Herrn unter vier Augen zu besprechen. Und als wäre das nicht genug der Erklärung, zeigte sie mit der Hand auf den Stapel Briefe, der auf dem Tisch lag.

Nach all diesen Jahren konnte sie es endlich offenlegen, konnte Abraham zu sich bitten wie in einer Hochzeitsnacht.

Der Bursche wollte mit Abraham eintreten, dieser aber schloß die Tür vor seiner Nase und verriegelte sie. Nur seine zwei großen buschigen Hunde durften herein und verjagten augenblicklich Margaretes kleinen englischen Hunde von ihrem Platz auf dem Bett.

Abraham verneigte sich vor ihr und begann, seinen Bericht abzugeben. In der Umgebung von Kalmar seien Wölfe gesichtet worden, und er habe sich vorgenommen, ihnen zu Leibe zu rücken. Er habe seine Burschen große Fleischstücke am Waldrand auslegen und sie zuvor mit Nägeln und Eisenspänen versehen lassen. Die Wölfe würden das Fleisch fressen, worauf die Nägel ihnen ihre Gedärme zerreißen würden, so daß sie im Laufe weniger Stunden sterben würden. Abraham hatte eine gute Tat vollbracht und ihr damit ein Geschenk gemacht.

Ihr wurde mit Verwunderung bewußt, wie wenig sie ihn eigentlich kannte. Er war immer in ihren Gedanken, aber ging doch seiner eigenen Wege und gab ihr nur selten Ratschläge. Er fügte sich ihrem Willen auch nur dann, wenn es für ihn von Vorteil war. Keiner kannte ihn wirklich. Er war ihr zahmer Wolf, und keiner würde sie daran hindern, ihm auf jene Art und Weise zu danken, die er zu schätzen wußte.

Im schummrigen Licht erzählte er ihr von seinen überwältigenden Geschenken an die Kirche. Margarete war es gewohnt, daß er in ihre Arme stürzte, sobald sie allein waren, ihr die Kleider vom Körper riß und ihr mit seinen Küssen die Luft nahm. Sie wußte nicht, wie sie sich zu dieser gottesfürchtigen Ernsthaftigkeit verhalten sollte.

Nackt und außer Atem richtete er sich im Bett auf und zog einen großen Brief mit vier bischöflichen Siegeln hervor. Dieser Brief würde ihn von aller Schuld befreien, erklärte er ihr. Er habe seinen Seelenfrieden sichern müssen, darum habe er der Kirche vier seiner Höfe überschrieben, mehr als ein Siebtel seines Besitzes. Er habe versucht, sich in einem Brief an den Papst einzuschmeicheln und in Erfahrung zu bringen, wie hoch die Strafen für die verschiedenen Sünden seien. Er wollte wissen, was er bezahlen müsse, um dem Fegefeuer zu entgehen. Und der Papst habe ihm geantwortet – und ihm erlaubt, vor Tagesanbruch die Messe zu lesen und sogar während der Fastenzeit auf dem Feldzug Milchspeisen zu essen. Das könne im Kriegsfall so wichtig sein. Und das gleiche Recht gelte auch für seine Knechte.

»Beichtest du dem Bischof von Roskilde nicht mehr?« fragte er mit kindlicher Aufrichtigkeit. Margarete nickte und bedeckte ihre Nacktheit vor ihm.

»Beichtest du ihm alle deine Sünden?« setzte er fort, rückte nah an sie heran und legte seinen Kopf in ihren Schoß. Da lag er wie ein Kind und wollte getröstet werden. Margarete fuhr mit den Fingern durch seine Haare und versicherte ihm, daß Peder Jensen nichts wußte. Sie hoffte, daß sie sich nicht irrte.

Abraham befehligte mehr bewaffnete Männer als der schwedische König. Das hatte ihr Erik auf dem Weg nach Kalmar gesagt. Es war eine nur scheinbar zufällig gemachte Bemerkung, denn Erik sprach nicht ohne Hintergedanken über Abraham.

Für sie war Abraham noch immer der junge, unreife Mann, der eine erfahrene Hand benötigte. Aber er war so alt wie sie und keineswegs mehr ein Jüngling. Im Dunkeln war er noch immer der wilde, wahnsinnige Abraham, der mit seinem Pferd auf den Burghof von Vordingborg gestürmt kam. Aber im Morgengrauen entdeckte sie die weiche Haut an seinen kräftigen Armen, das graue Haar und die Falten, die sich über seine müder werdenden Gesichtszüge legten. Und ihr wurde bewußt, daß auch sie im selben Maße alterte wie er.

3.

Margarete hatte gehofft, daß Ingegerd, ihre Freundin aus der Kindheit, als Äbtissin in Vadstena zurücktreten, Katarina sich bald weihen lassen und dann als Äbtissin in den Orden eintreten würde. Dann hätte Margarete eine Informantin und heimliche Beobachterin in der schwedischen Kirche plaziert. Die Bischöfe des Landes befürchteten, daß sie ihre eigenen Geistlichen in die machtvollen Ämter einsetzen würde, so wie sie schon Dänen zu Vögten der schwedischen Burgen ernannt hatte. Die zehntausend Silbermark, mit denen sie nach ihrem Sieg die Kirchen und Klöster bedacht hatte, waren nicht genug gewesen, um sie für sich zu gewinnen.

Margarete reiste nach Vadstena, um Katarinas Nutzen in diesem Spiel zu prüfen und um die Klosterkirche der Birgittiner zu besuchen. Sie hatte einen nicht unbedeutenden Anteil an Frau Birgittas Heiligsprechung gehabt, und sie hatte aus ihrer Vorliebe für diesen Orden nie einen Hehl gemacht. Ihr Vater hatte die Bettelmönche gehabt, sie diesen Klosterorden.

Zum wiederholten Male mußte Margarete sich der Wirklichkeit beugen. Sie hatte sich so eine Art Familienbesuch vorgestellt und gehofft, daß Ingegerd sie mit Katarina allein reden ließe. Aber es kam anders.

Die Stadt, die um die Klosterkirche herum entstanden und gewachsen war, hatte sich für den Besuch der Königin ein neues Kleid angezogen und war wie verwandelt. Die Häuser waren mit Blumen geschmückt, und überall begegnete sie dem Wappen ihres Vaters, den springenden Löwen. Sogar in der Kirche, wo der Thronstuhl vor den Chorraum der Nonnen gestellt war. Sie sollte unter den Augen aller durch das gewaltige, breite Kirchenschiff schreiten und dort dem Gesang der einziehenden Mönche und Nonnen lauschen können.

Nach der langen Messe wurde Margarete von zwei kleinen Novizinnen hinüber in den Palas geführt, wo sich Ingegerd Gemächer eingerichtet hatte, die Margaretes Hof in nichts nachstanden. Eine dicke Frau, die ein faltenreiches dunkelrotes Kleid trug, saß in einem Stuhl vor einem mit Gartenfrüchten gedeckten Tisch. Der Rheinwein in der Kanne duftete verführerisch, und Margarete sah sich um. Vadstena hatte sich so sehr verändert, daß sie es nicht weiter verwunderte, daß Ingegerd sie von einer fremden, offensichtlich weltlichen Frau in Empfang nehmen ließ.

Die unförmige Frau versuchte, sich in ihrem Stuhl bequem hinzusetzen, und streckte Margarete aus den Tiefen ihrer Kleiderfalten eine Hand entgegen. Nun war es an Margarete, sich ihre Überraschung einzugestehen. Das Gesicht der Frau konnte sie wiedererkennen, oder vielmehr die Züge, die unter dem Fett verdeckt lagen. Ihre Augen waren noch die gleichen, aber tief im Fleisch versunken.

Ingegerd konnte nicht ohne fremde Hilfe aufstehen, darum beugte sich Margarete über sie, umarmte den massigen Körper und gab ihr einen Kuß auf die kalte aufgedunsene Wange.

»Kannst du diesen Leichnam wiedererkennen, der einst deine Spielkameradin war?« fragte Ingegerd. Die Stimme gehörte zwar ihr, aber auch sie wirkte wie vom Fett verschlungen. Dieser Leichnam ist alles, was Frau Merete von ihrer Tochter übriggelassen hat, dachte Margarete verbittert.

Ingegerd konnte stundenlang von ihrem Kohlgarten erzählen, dem schönsten Kohlgarten in ganz Östergötland, und Margarete überlegte, ob sie mit dem Besuch ihrer alten Freundin womöglich einen sehr großen Fehler begangen hatte.

»Laß bitte meine kleinen Täubchen herein«, sagte Ingegerd nach einer langen Pause und strich sich die Tränen von den Wangen.

Margarete begriff, daß sie gemeint war, und sah sich im Raum um. Es gab drei Türen, und da sie die eine selbst benutzt hatte, öffnete sie die beiden anderen. Ein Schwarm von kleinen Hunden und Katzen strömte herein, die alle auf Ingegerd zustürzten, an ihren Beinen hochsprangen und sich in den Stoffalten ihres Kleides vergruben. Ingegerd hob ein Tier nach dem anderen hoch, küßte es auf die Schnauze und nannte Margarete seinen Namen und seine Geschichte. Mit den herumtollenden Hunden und Katzen schien sich Ingegerd weitaus wohler zu fühlen.

Sie tranken den lieblichen kühlen Wein und sahen durch die geöffneten Fensterläden den Arbeiten in der Anlage und dem Kräutergarten des Klosters zu. Während sie den guten Duft von Wachstum und Reife genossen, der durch die Fenster zu ihnen hereindrang, beklagte sich Ingegerd über ihre schwedischen Ordensschwestern. Sie betrachteten sie als Margaretes Werkzeug und warfen ihr, wo es ging, Steine in den Weg. Eine schwedische Äbtissin forderten sie. Sie wollten keine Freundin der Königin.

Dagegen könne sie leider im Moment nicht viel ausrichten, ließ Margarete ihre Freundin wissen. Außerdem sei sie aus einem anderen Grund nach Vadstena gekommen. Sie wolle Katarina mitnehmen. Ingegerd sei doch auch der Meinung, daß Katarina sich nicht als Äbtissin eignen würde, da die Schwestern und Brüder des Ordens und deren vornehme schwedische Familien ausdrücklich eine Schwedin wünschten.

»Außerdem spricht sie fast nur deutsch«, fügte Ingegerd bekümmert hinzu. »Du kannst sie selbst in Augenschein nehmen, aber ich befürchte, wir müssen sie erst an die Welt gewöhnen, bevor wir sie freigeben können.«

»Ich habe vor, für Erik eine Braut in England zu finden, und werde ihnen zum selben Zwecke Katarina schicken, wenn sie dieser Aufgabe würdig ist«, sagte Margarete. Es war eine Erleichterung, mit offenen Karten spielen zu dürfen, und Ingegerd würde sicherlich nicht ihre Pläne vereiteln wollen.

»Würdig?« wiederholte Ingegerd und nahm einen Schluck aus ihrem Becher. »Ich bin mir nicht sicher, ob sie dieser Aufgabe gewachsen ist! Sie ist eine bemerkenswerte junge Frau, die unter meiner Aufsicht gut gediehen ist, aber eine Königin haben wir hier nicht aus ihr machen können.«

Woraufhin sie mit einer kleinen Glocke eine Novizin herbeirief und ihr den Befehl gab, Prinzessin Katarina zu holen.

Das große und schlanke Mädchen kam herein, flankiert von den zwei Novizinnen und bekleidet mit einer strahlend weißen neuen Nonnentracht. Margarete kam der Gedanke, Katarina habe sie sich aus Trotz so angezogen. Die Prinzessin verneigte sich zuerst vor der Äbtissin bis zum Boden. Dann wandte sie sich, ohne den Blick zu heben, hinüber zu Margarete und verneigte sich ebenso tief vor ihr. Sie verlor jedoch das Gleichgewicht und mußte sich mit schmaler Hand auf dem Boden abstützen. Margarete nahm die Gelegenheit wahr, kniete nieder, ergriff Katarinas Hand und half ihr auf, während sie ihre Adoptivtochter eingehend musterte.

Sie haben mit Katarina hier in Vadstena tatsächlich Wunderwerke vollbracht, dachte sie mit einem bitteren Gefühl. Eine schwache, aber fromme Frau sah mit einem entrückten Blick auf sie hinunter. Die breiten Augenbrauen wuchsen buschig in dem Gesicht, das ansonsten so rosig frisch wie das eines Kindes wirkte. Sie verbrachte den Tag offenbar damit, Blumen zu pflücken, den Altar zu schmücken, über die Wiesen zu hüpfen und schöne Lieder im Chor zu singen.

»Ihr habt Eure Arbeit gründlich verrichtet, wie ich sehen kann«, sagte Margarete und bat Katarina, auf dem freien Stuhl Platz zu nehmen. Sie tat, wie ihr befohlen, nachdem sie das Kissen entfernt hatte, da Nonnen solche Annehmlichkeiten nicht benötigten.

Margarete fühlte sich etwas wohler, als sie alle saßen, zumal Katarina dann nicht mehr auf sie herunterblicken konnte. Der Anblick des Mädchens hatte ihre Pläne zunächst zerschlagen und die liebevolle Zärtlichkeit getrübt, die sie gegenüber ihrer alten Freundin Ingegerd empfunden hatte.

Es war nur ein schwacher Moment gewesen, aber Margarete hatte dieses Gefühl genossen, daß jemand in ihr Leben zurückkehrte, der so lange von ihr getrennt gewesen war. Ihr Leben war wie das Treiben in einem Durchgangszimmer, die meisten Menschen kamen und gingen, nur ganz wenige waren an ihrer Seite geblieben. Sie hatte geglaubt, daß Ingegerd noch an ihrer Seite stand, aber das war ein Irrtum gewesen. Ingegerd hatte gegen sie gearbeitet, wenn auch ohne böse Absicht.

»Und was hält Katarina davon, ihren Bruder Erik nach seiner Krönung zu besuchen?« fragte Margarete, als redete sie mit einem Kind. »Ihren Bruder, der König dreier Reiche geworden ist und sich zur Zeit auf Freiersfüßen befindet?«

Katarina sah errötend von Margarete zur Äbtissin und wieder zurück. Sie hatte verlernt, Menschen in die Augen zu sehen, aber das würde ihr Margarete schnell wieder beibringen. Ein paar Reisetage zu Pferde würden das ausmerzen, woran es den Nonnen am meisten mangelte: körperliche Belastbarkeit. Sonst würde sie noch eines Tages enden wie der Fleischberg Ingegerd.

»Ich habe vor, aus dir eine Königin zu machen, so wie ich aus deinem Bruder einen König gemacht habe«, sagte Margarete.

»Bugislaw?« brach es aus Katarina hervor, worauf sie sich sofort ihre gepflegte Hand vor den Mund hielt.

»Erik heißt er jetzt, dein hübscher Bruder«, korrigierte Margarete sie. »Ihn hast du ja schon so lange nicht mehr gesehen. Gefällt es dir hier?«

»Zeige der gnädigen Frau dein Haar«, sagte die Äbtissin. Katarina befolgte den Befehl umgehend wie ein abgerichteter Hund und hob die Arme, um das Kopfkleid ihrer Tracht mit zaghaften Bewegungen abzunehmen.

Darunter tauchte ihr beinahe kahler Schädel hervor. Sie ähnelte jener Hexe, die Margarete in Malmö gesehen hatte, als diese von Kirchenmännern zum Scheiterhaufen geführt wurde, auf dem sie zusammen mit einem Zauberer verbrannt werden sollte.

»Sind deine Wunden verheilt?« fragte die Äbtissin in mildem Ton. Katarina nickte und entblößte ihre Arme, auf denen lange helle Narben zu sehen waren. Es waren nur noch schwache Linien, die quer zu den blauen Adern liefen.

»Ich bin heute gekommen, um dich mit nach Dänemark zu nehmen«, sagte Margarete, während Katarina sich langsam wieder anzog. »Du wirst dich umziehen müssen, denn du hast noch kein Gelübde abgegeben und bist keine Nonne. Du bist frei und unverheiratet, und ich habe vor, für dich eine große und prächtige Heirat auszurichten. Doch du mußt augenblicklich aufhören, dich selbst zu verunstalten und zu verstümmeln. Du bist anmutig und jung, und dein Körper ist eine Kirche, die Gott geweiht ist und nicht verletzt werden darf.«

Katarina starrte sie an, als sei ihr noch nicht bewußt, wen sie vor sich hatte. Dann sah sie verzweifelt zur Äbtissin, die jedoch nur kurz nickte und ihr ein Zeichen gab, den Raum zu verlassen. Mit dem Kopfkleid an die Brust gedrückt, taumelte sie zur Tür hinaus, begleitet von dem Bellen der Hunde.

Im Morgengrauen des nächsten Tages warteten die Pferde draußen vor dem Palas. Katarina trat hinaus und näherte sich mit winzigen Schritten, die Hände in weiten Ärmeln versteckt. Margarete ging ohne Zögern auf sie zu, nahm Katarina den Überwurf der Nonnen von den Schultern und tauschte ihn gegen einen ihrer Mäntel aus.

Katarina ließ es geschehen, dankte nicht, sondern setzte

den Weg zu ihrem Pferd mit trippelnden Schritten fort. An der Flanke des Pferdes, das ihr offensichtlich Angst einjagte, blieb sie stehen und wartete, wie sie es gewohnt war. Margarete hatte nicht vor, ihr zu helfen, und der Reiterknecht stand bei ihrem Pferd.

Schließlich kam Abraham Brodersen, der den Troß führen sollte, dem Mädchen zu Hilfe. Er sprang von seinem Pferd und stapfte hinüber zu der jungen Frau. Er bückte sich zu ihr hinunter, nahm mit der ihm eigenen Grobheit ihre Hände und legte diese auf den Sattel des Pferdes. Dann schloß er ihre linke Hand um den Sattelknauf, sah ihr in die Augen und lächelte.

»Ich kann nicht reiten«, flüsterte Katarina ängstlich.

Abraham lächelte erneut, zeigte auf den Sattel und beruhigte sie, daß man in diesem Sattel auf dem Pferderücken so sicher sitze wie in einem kleinen Turm. Dann ergriff er ihr Knie und ihren Knöchel und hob sie mit einer schnellen Bewegung hoch. Ein Schreckenslaut entwich ihr, aber sie saß fest und sicher im Sattel. Behutsam bedeckte Abraham ihre nackten Knöchel und Unterschenkel. Margarete bemerkte, daß Katarina keine langen Strümpfe trug und barfuß in den zerschlissenen Schuhen steckte.

Was sie ebenfalls bemerkte, war der Blick, den Katarina Abraham schenkte, als er ihr fast zärtlich die Zügel reichte und dem gutmütigen Pferd auf die Flanke klopfte.

Katarina saß wie eine verschreckte Dreijährige im Sattel – dieses Mädchen, das sie zu einer würdigen Königin von England verwandeln wollte. Aber sie hatte feststellen können, daß Abraham die Prinzessin nicht begehrte, und dafür wollte sie dankbar sein.

4.

Der englische König Richard II., der sie »unsere teure Schwester« genannt hatte, saß als Gefangener im Tower von London. Margarete hatte es lange so kommen sehen, gleichwohl hatte sie es nicht für möglich gehalten, daß auch die Engländer bereit waren, so schnell ihre Könige samt Sippschaft zu wechseln, wie es die Schweden getan hatten.

Henry, der Herzog von Bolingbroke und Lancaster, Sohn des John of Gaunt, welcher ein alter Freund ihres Vaters gewesen war, hatte den alten König vertrieben und sich selbst zum König ausgerufen. Doch diesen Umstand dürfte sie für ihre Zwecke nutzen können. Dieser Henry IV. benötigte nämlich dringend Unterstützung aus Europa, und eine Heirat mit einer französischen Königstochter könnte nur dann in Frage kommen, wenn die beiden Reiche vorher unter der englischen Krone vereinigt werden würden.

Aus der Sicht Englands mußte Margaretes Imperium darum wie ein friedvoller und zuverlässiger Hafen wirken. Eine Hafen des Wohlstandes und des Wachstums.

Gern wäre sie persönlich nach England gereist, doch das hätte womöglich zu aufdringlich gewirkt. Darum hatte sie Peder Jensen die Aufgabe übertragen, die englischen Gesandten zu betreuen. Peder Jensen konnte eine Offenbarung an Hilfsbereitschaft und Offenheit sein, wenn er es wollte, und Margarete hatte das große Bedürfnis, den vornehmen und gewandten Fremden zu beweisen, daß ihre Welt weder barbarisch noch rückständig war.

Erfreut nahm sie die verheißungsvolle Antwort aus England entgegen. Henry IV. zeigte sich sehr interessiert daran, Erik mit einer passenden Braut auszustatten, er habe sogar mehrere Töchter, schrieb er.

»Henry IV. ist kein Albrecht von Mecklenburg«, beruhigte sich Margarete, wenn Zweifel in ihr wuchsen. Er hatte keinen rechtmäßigen König verstoßen, vielmehr hatte Richard II. den Herrschaftsanspruch durch seine Mißwirtschaft verspielt. Henry war ein Ritter des Heiligen Grabes und, soweit das zu beurteilen war, ein fähiger und besonnener König, der seine Adligen nicht unnötig herausfordern wollte.

So standen die Dinge, als Margarete Kopenhagen verließ und zu Peder Jensen gen Süden nach Gjorslev aufbrach, um dort die englischen Gesandten zu empfangen.

Ihrem bischöflichen Freund schien sehr daran gelegen zu sein, ihr zu zeigen, welche Reichtümer sich sein Bistum hatte sichern können. Und so hatte er prächtige Burgen am Rande seines bischöflichen Bezirkes gebaut, Dragsholm und Gjorslev. Margarete hatte sich dafür entschieden, ihren englischen Gästen Burg Gjorslev zu zeigen. Peder Jensen hatte sich dort einen luxuriösen Aufenthaltsort bauen lassen, Margarete besaß nichts Vergleichbares. Ihre Burgen waren allesamt Behausungen für ihr Gefolge und die Kanzlei. Noch nicht einmal die anmutige Burg Gurre ihres Vaters konnte sich mit dem hochmütigen Reiz von Gjorslev messen.

Als sie Peder Jensen dort zum ersten Mal besuchte, war die Burg noch nicht fertiggestellt gewesen. Aus dem flachen nebelverhangenen Ackerland erhob sich damals nur ein gigantisches Rohgebäude. Je näher man kam, desto einladender, heller und freundlicher wirkte Gjorslev. Margarete hatte sich nur über die Höhe der Anlage gewundert, Peder Jensen hatte sich hier eine Art Kathedrale errichtet.

Sie hatte gerade das Verbot durchgesetzt, das Adligen den Burgenbau untersagte. Doch das hatte ganz offensichtlich Peder Jensen nicht veranlaßt, seine Baupläne zu verändern. Er hatte das Verbot umgangen, indem er ein Haus gebaut hatte, das weder eine richtige Burg noch ein Lustschloß wie Vadstena war.

Gjorslev war ein kreuzförmiges Haus mit großen Sälen und Wohnräumen. Es war ein Steinhaus mit Verteidigungsmauern, so daß es einer Belagerung und einem Beschuß standhalten konnte – doch es war gleichermaßen mit bezaubernden Zinnen geschmückt und mit einer weithin sichtbaren Skulptur der Muttergottes versehen, die ein Geschenk der ersten englischen Gesandtschaft gewesen war.

Die Fenster waren zwar klein, da jedoch die dicken Mauern in allen Himmelsrichtungen mit solchen Öffnungen versehen worden waren, fiel ausreichend Licht in die Räume. Das Haus war ziemlich vollgestellt, schließlich war sein Hauptzweck, Überfluß und Reichtum zu bezeugen. Ein genüßliches Leben sollte hier geführt werden können, mit Jagden im Sommer, kühlem Wein unter den schattenspendenden Bäumen und Tanz auf der Wiese. Es war eine Himmelsburg, die sowohl Margarete als auch den Himmel selbst herausforderte.

Im Vergleich zu den verwachsenen Burgen und grobschlächtigen Steintürmen der Adligen war Burg Gjorslev geradezu eine Offenbarung an Schönheit. Die jütländischen Adligen hatten sich Behausungen bauen lassen, in denen die Fenster wie ausgeschlagene Zähne in einem Mund aussahen. Peder Jensen hingegen hatte wie seine Standesgenossen in Frankreich und England gebaut.

Mit seiner Burg preist er die neue friedliche Zeit mit strenger Rechtsprechung in den Händen verantwortungsbewußter Fürsten und deren handverlesenen Ratgeber, dachte Margarete zufrieden, während sie ihm auf seiner Führung durch alle Räume folgte. Sie sollte ihre Adligen hierher einladen und ihnen zeigen, wie sie in Zukunft bauen sollten. Prächtige Häuser sollten sie errichten, die man den Gesandten des englischen Königs vorführen konnte. Sie würden nach Hause zurückkehren und berichten, daß in Margaretes Reichen

Milch und Honig flössen und daß die wichtigsten Männer des Landes in hellen Herrenhäusern lebten und nicht in dunklen Burgen, versteckt hinter Wallgräben und Zugbrücken.

Hätte jemand anderes ein solches Haus errichtet, Margarete hätte vielleicht verlangt, es niederzureißen. In diesem Fall hatte sie jedoch keine andere Wahl, als ihren ältesten und besten Freund zu seinem Erfindungsreichtum zu beglückwünschen. Sie riet ihm nur, einen weiteren Zugang zur Burg anfertigen zu lassen und jene viel zu enge Treppe zu ersetzten, die Peder Jensens vorsichtiger Architekt vorgesehen hatte. Der Bischof war nicht mehr so schlank wie in Jugendjahren und steckte nicht selten in dem schmalen Aufgang fest, aus dem er sich mit Drängen und Drücken befreien mußte.

Auf Gjorslev würden sich die Engländer wie zu Hause fühlen. Darum hatte sie darauf bestanden, daß das Treffen dort stattfinden würde. An nichts sollte dafür gespart werden, denn es stand die Zukunft der Union auf dem Spiel.

Nach den Verhandlungen würde Peder Jensen hoffentlich auch mit seinen versteckten Klagen aufhören, daß er Erzbischof von Lund werden wolle. Seit über zwanzig Jahren hatte sie ihm beständig jene Stellen zugewiesen, auf denen er ihr am nützlichsten sein konnte: Växjö, Århus und zuletzt Roskilde. Obgleich sie ihn mit ihrer Kanzlei sehr in Beschlag nahm, hatte sie doch beobachten können, daß die Bistümer, die er nach seiner Amtszeit wieder verließ, deutlich wohlhabender waren als vor seiner Ernennung. Aber sie war sicher, daß Roskilde seine bevorzugte Stadt war, hier wollte er alt werden, umgeben von dem Reichtum, den er für den Bischofsstuhl und für sich angehäuft hatte. Aber letztendlich war er nur ein vergänglicher Verwalter der Güter, die am Ende doch Gott allein gehörten. Peder Jensen hatte jedoch nicht die prächtige Domkirche zu Roskilde erwählt, um sie mit Kapellen und Altären auszuschmücken, er hatte sich für Gjorslev entschieden.

Auf Burg Gjorslev angekommen, ließ Peder Jensen Margarete nach burgundischem Vorbild einkleiden. Er hatte kurz zuvor Burgund einen Besuch abgestattet und eine vollständige Kopie des Kopfschmuckes der Isabella von Bayern mitgebracht. Dieser Hennin bestand aus einer hohen kegelförmigen Haube aus steifem Leinen, die lang und steil war wie eine Kirchturmspitze. Die dünne Haube wurde auf dem Kopf von einer kleineren Haube gehalten, die das Haar verdeckte. Und aus der Spitze des Hennins hing ein Seidenschleier herab, der bis zum Boden reichte.

Das enge Oberteil, das in Margaretes Jugend gewaltige Ärmel hatte, die sogenannten Höllenfenster, sahen der burgundischen Sitte gemäß ganz anders aus. Sie würde ein Schnürleibchen tragen müssen, und das Überkleid hatte sowohl am Rücken als auch vorn einen sehr tiefen Ausschnitt. Ein Gürtel unter der Brust hielt Unter- und Überkleid zusammen, nur an der Brust war das Leibchen zu sehen. Darunter quoll der dicke Stoff des Kleides hervor. Die Ärmel saßen stramm und reichten bis auf den Handrücken.

Margarete war sich bewußt, das ihr diese Tracht sehr gut stand, außerdem würde sie größer darin wirken. Unter dem langen Überkleid konnte sie Schuhe mit Absätzen tragen, und mit einer Schleppe würde sie noch größer aussehen.

Nachdem sie vollständig eingekleidet war, ließ man sie auf einem bequemen Stuhl Platz nehmen, der auf einem Podest in der Mitte des Raumes stand, den Peder Jensen den Versammlungssaal nannte. Die Säulen waren aus Italien gebracht worden, und die Wände hatte ihr Freund mit Blättern und Ranken bemalen lassen, aus denen junge fröhliche Heilige mit blauen Augen auf die Besucher niederblickten. Peder Jensen war zweifelsohne ein frommer Mann, und er hatte eine große Befähigung, alles und jeden mit seiner verhaltenen Heiterkeit anzustecken.

Margarete hatte erwartet, daß der Bischof von Bangor die englische Abordnung anführen würde. Als Peder Jensen in

Begleitung eines Mannes hereinkam, den sie nie zuvor gesehen hatte, war sie verwirrt. Der Engländer war wie sie in burgundische Tracht gekleidet, er trug ein weites Oberkleid aus schwerem Tuch mit einem Kragen, der eng um den Hals gelegt war. Die langen Ärmel liefen spitz zu und waren mit Marderfell gefüttert. An den Händen trug er Handschuhe und auf dem Kopf einen großen burgundischen Hut, dessen gleichfarbiges Band auf die Brust fiel. Warum nur hatten sie ihr einen burgundischen Bischof geschickt?

Er näherte sich mit so eiligen Schritten, wie es das edle Gewand zuließ, und verneigte sich tief vor ihr, ohne jedoch niederzuknien. Der unbekannte Bischof war noch nicht alt, ein wohlbeleibter Mann mit länglichem Gesicht, einer scharfen großen Nase und einem überraschend kleinen Mund.

Zum ersten Mal seit vielen Jahren redete jemand in lateinischer Sprache mit ihr. Der Gast, Henry Beaufort, Bischof von Winchester und Halbbruder des Königs, reiste unter fremdem Namen. Er hatte sich oft mit Peder Jensen getroffen, denn in England warb er für den sogenannten »dänischen Plan«.

Henry Beaufort war der angenehmste Mensch, den sie seit langem getroffen hatte. Er war gesprächig, aufmerksam und umgänglich. Mit Margarete wollte er über die Anliegen seines Herrn, König Henry IV., sprechen. Dieser König war, nach Aussage seines Halbbruders, ein stattlicher und kräftiger Mann, der die Jagd und Wettkämpfe mochte, aber nicht viel von Krieg hielt. Er ähnelte seinem Vater John of Gaunt nicht besonders, trug aber dieselbe Barttracht, einen kurzen gepflegten Gabelbart und einen kleinen lockigen Schnauzbart.

Margarete konnte es nicht leugnen, in ihren Ohren klang der Bericht so, als sei Henry IV. der bequeme Sohn eines großen Mannes, der bisher seine Fähigkeiten nicht vollends nutzen konnte. Er hatte die Krone und die Macht an sich gerissen, ohne die Tat moralisch zu hinterfragen. Ein Usurpator war er und stärker von ihr abhängig als sie von ihm. Diese Erkenntnis gefiel Margarete sehr.

»Ich ähnele meiner Mutter Katherine«, warf Henry Beaufort mit einem schiefen Lächeln ein. In diesem Augenblick erinnerte Margarete sich und nickte, mit einemmal war er ihr sehr nahe. Der Herzog John of Gaunt hatte im hohen Alter endlich die Konsequenz aus seinem dreißig Jahre dauernden Verhältnis mit Katherine Swynford gezogen. Henry Beaufort war einer der Kinder aus dieser Verbindung.

Katherine stammte aus einer armen Familie, ihr Vater hatte den Adelstitel auf dem Schlachtfeld gewonnen. Blanche von Lancaster, John of Gaunts erste Frau, hatte Katherine damals als Kindermädchen für die herzoglichen Nachkommen eingestellt. John of Gaunt hatte sich in sie verliebt und mit ihr viele Kinder gezeugt, auch während seiner Ehe mit einer spanischen Prinzessin. Als König Richard noch minderjährig war und blutige Aufstände das Land heimsuchten, hatte er sich genötigt gesehen, ihre Beziehung zu beenden.

König Richard hatte sich später die päpstliche Erlaubnis für mehrere Ehen sowie die Legitimierung seiner außerehelichen Kinder eingeholt. Der älteste Sohn, John of Beaufort, war sogar die Frucht eines doppelten Ehebruchs, da beide Eltern zum Zeitpunkt seiner Zeugung mit jeweils anderen Partnern verheiratet gewesen waren.

»Meine Mutter, die Herzogin von Lancaster, sendet ihre herzlichsten Grüße«, sagte Henry of Beaufort. »Sie ahnen nicht, wie sehr es meine Mutter getröstet und gefreut hat, daß Sie es als ganz selbstverständlich erachteten, sie in Ihren Briefen mit ihrem rechtmäßigen Namen anzusprechen. Während ihre angeblichen Freunde zu Hause ihre Gesellschaft mieden.«

Allen Briefen, die Margarete über die Jahre an John of Gaunt geschrieben hatte, waren stets Grüße an seine Frau Katherine beigefügt. Sie hätte nicht im Traum daran gedacht, daß diese Selbstverständlichkeit jemanden hätte verärgern oder sogar freuen können. Sie nahm die Gelegenheit wahr und ließ Katherine Swynford durch Henry of Beaufort zur Hochzeit von Erik und Philippa von Lancaster einladen.

Katherine würde sie gern persönlich kennenlernen, die anderen vornehmen Frauen des Hauses Plantagenet könnte sie entbehren. Sie hatten alles vererbt bekommen und niemals um etwas kämpfen müssen. Höchstwahrscheinlich würden sie Erik sehr ähnlich sein.

»Unser Herr, und Sie haben etwas Wichtiges gemeinsam«, erklärte der englische Bischof schmunzelnd, ließ aber sein Lächeln gleich wieder hinter einem ernsten Gesichtsausdruck verschwinden.

Es war schön auf Burg Gjorslev, aber sehr kalt. Margaretes weißer Rücken und Hals waren beinahe nackt in der neuen Tracht, und sie zitterte.

»Sowohl unser Herr, Henry IV., als auch Sie, gnädige Frau, haben einen abgesetzten König in Gefangenschaft«, setzte er fort.

Unwillkürlich zog Margarete beide Hände in ihren Schoß, sie war ganz anderer Meinung. Erstens saß Albrecht schon lange nicht mehr im Gefängnis, und zweitens waren die Umstände vollkommen unterschiedlich gewesen. Albrecht war ein Usurpator gewesen, der von aufständischen und eigenmächtigen Adligen ins Land gerufen worden war. Richard II. hingegen war schon als Kind gesalbt und gekrönt worden und erst später abgesetzt und gefangengenommen worden. Er würde wohl auch bald ermordet werden.

Die Einzelheiten der englischen Geschichte gingen ihr durch den Kopf, während sie die Umstände in Schweden darstellte. Schon lange vor dem werten englischen Besuch habe sie genaue Pläne für die zukünftige Ausbildung ihres Adoptivsohnes ausgearbeitet. Er solle zunächst nach Norwegen reisen, um dort die Regierungsgeschäfte zu erlernen, und nach der Hochzeit auf Akershus sei vorgesehen, daß sich Erik und Philippa in Schweden niederließen.

Henry of Beaufort lächelte ein unvergleichliches, wölfisches Lächeln.

»Wir mußten vor kurzem ein unangenehmes Zwischenspiel mit einem jungen Mann erleben, der durch die Straßen von London lief und behauptete, er sei König Richard«, erzählte er. »Mit diesen Narren kann man nur eines machen. Uns ist klar, daß es Albrecht kein zweites Mal gelingen wird, die Macht über Schweden zu gewinnen.«

Und mit seinen schönen ringbesetzten Händen zeigte er, wie man einem Vogel den Hals umdreht. Margarete zweifelte nicht, daß er diese Bestrafung sehr genießen würde.

Daraufhin bat der englische Bischof seine Begleiter, den Raum zu verlassen, was sie augenblicklich und ohne Protest taten, so als wären sie bereits vorher auf den Ablauf des Treffens vorbereitet gewesen. Margarete ließ es geschehen, war sie doch überzeugt davon, daß sie sich nun dem ernsthafteren Teil der Verhandlung widmen würden.

»Es ist notwendig, Klarheit über das Bündnis zwischen Ihren Reichen und dem Land meines Herrn zu schaffen«, sagte der Bischof mit eindringlicher Miene und legte die gefalteten Hände auf den Tisch.

König Erik müsse bereit sein, auf eine Geldsumme oder ein Geschenk zu verzichten, wenn er die Tochter Henrys IV. heirate. In England würden nur die ältesten Töchter eine Mitgift erhalten.

Ihr war das vollkommen unwichtig, und sie wußte auch, wie Erik dazu stand. Margarete war sogar bereit, Philippa von Lancaster zu kaufen, damit ihr Plan aufging, aber vorerst galt es, einen kühlen Kopf zu bewahren. Erik würde seiner Braut dennoch eine Morgengabe sowie einen königlichen Ruhesitz schenken, damit sie als Witwe Vermögen und eine Residenz hatte, um der Familie nicht zur Last zu fallen.

In Wirklichkeit wünschte sich Henry IV. jedoch ein Bündnis zwischen den Ländern, einen Zusammenschluß, den er im Laufe der Zeit zu einem starken Bündnis gegen Frankreich ausbauen wollte.

»Es erschien unserem Herrn und König die Thronfolgeregelung in Dänemark und Schweden zu unklar. Was sind Wahlkönigreiche? Soll etwa das Volk den König wählen? Das ist viel zu unsicher. Wir könnten uns darum vorstellen, sollte König Erik – das verhüte Gott – ohne Erben sterben, daß eines der Kinder zum Thronfolger gewählt wird, das seine Schwester Katarina mit dem ältesten Sohn des englischen Königs bekommt. Das hieße jedoch, daß man das Erbrecht für Frauen in Ihren Reichen einführen müßte, so wie es bereits in England besteht.«

Die letzten Worte sagte er mit einem verschmitzten Lächeln. Glaubte er wirklich, sie würde sich durch ein Gespräch über das weibliche Erbrecht auf ihre Seite locken lassen? Schließlich hatte sie die vollkommene Macht über das größte Reich der christlichen Welt.

Sie versicherte dem Bischof, daß Erik davon überzeugt war, nach ihrem Tod die Macht ohne Wahl, Krönung oder Salbung zu übernehmen, zumal er bereits in Kalmar zum Unionskönig gekrönt worden sei. Margarete wußte aber auch, daß Frauen in Norwegen kein Erbrecht besaßen, und auch Katarina hatte in Dänemark keinerlei Rechte. Als Margarete für sich den Titel des »rechten Erben« verwendet hatte, war das nur zum Zwecke der Einschüchterung gewesen. Denn auch im dänischen Reich gab es das Erbrecht nicht.

Der Bischof streckte seine Hand aus, eine Geste, als wolle er sie zurückhalten oder ihr etwas befehlen. Seine Bewegung brachte sie zum Lachen, und offensichtlich begriff er und entschuldigte sein Verhalten.

»Diese Angelegenheit ist zu heikel, als daß man sie in aller Eile bereinigen könnte«, gab er zu. »Die Tafel erwartet uns, und ich vermute, daß mein Bruder Peder Jensen ein wundervolles Mahl vorbereitet hat, um unsere künftige Verbindung zu feiern. Dennoch gibt es eine weitere delikate Sache, die zu klären mich mein Herr und König gebeten hat«, setzte er hinzu.

Margarete bat ihn, wieder Platz zu nehmen, blieb jedoch selbst stehen, damit er schnell und ohne Umschweife das Anliegen darlegte.

»Mein Herr und König ist Witwer, seit seine geliebte Frau Mary Bohun gestorben ist, da war er erst siebenundzwanzig Jahre alt«, begann er und stolperte über die Worte. Der Grund für sein Stammeln waren – in Margaretes Augen – weder Scham noch die Eile, die sie geboten hatte, sondern seine Angst vor ihrer Erwiderung. Darum also hatte König Henry IV. seinen Bastard von einem Bruder unter fremdem Namen nach Dänemark geschickt. Er sollte für ihn um ihre Hand anhalten!

Wie wunderbar war das Gefühl, das Ansinnen ablehnen zu können und am Abend mit Peder Jensen über das schmeichelnde Angebot sprechen und Abraham davon erzählen zu können.

»Die Kinder meines Bruders mußten bei Verwandten aufwachsen, auch während seiner Verbannung«, setzte er zögernd fort. »Der älteste Sohn, Henry of Monmouth, ist ein verschlossener und ernster Junge, der eine reife und schöne Ehefrau haben sollte. Eriks Schwester ist noch unverheiratet. Sollten Erik und Philippa keine Kinder bekommen, könnte Henrys Sohn durch Katarina alle nordischen Reiche erben. Mein Herr und König bittet die gnädige Frau zu überlegen, ihre Tochter Katarina Henry of Monmouth zur Frau zu geben, damit sie Königin von England werde.«

Margarete hatte alles wohl überlegt und abgewogen, das hatte sie zumindest gedacht. Sie hatte überlegt, ob Erik die älteste Tochter Blanche oder die jüngste Philippa heiraten sollte, auch die Bedeutung von Mitgift, Morgengabe, Aussteuer und Ruhesitz hatte sie berücksichtigt. Mit Peder Jensen und Abraham hatte sie sich besprochen. Aber sie hatte nicht erwogen, daß sie selbst in die Machenschaften hineingezogen werden könnte, die sie und König Henry ins Leben gerufen hatten. Oder daß Henry IV. ein Auge auf Katarina werfen würde.

Margarete wagte nicht, den Blick zu heben. Ausnahmsweise fehlten ihr die Worte. Die Freiung war keine bloße Formsache gewesen, Henry IV. meinte es ernst mit Katarina und schlug einen eleganten Tauschhandel vor. Und sie stand da und errötete wie ein junges Mädchen.

»König Henry leidet an Lepra«, sagte Peder Jensen mit nüchterner Stimme auf dänisch. »Sein Gesicht ist bereits in Mitleidenschaft gezogen, seine Nase ist deformiert und seine Haut angegriffen. Er wird wohl nicht mehr lange leben. Wenn sein Sohn seine Verpflichtungen im Krieg gegen Frankreich übernimmt, wird auch er bald sterben. Katarina würde ein langes Leben als Witwe verbringen.«

Aber Margarete hatte bereits einen Entschluß gefaßt.

5.

»Lassen Sie uns hören, was für gewichtige Entschlüsse meine teure Mutter für meine Zukunft getroffen hat«, sagte Erik und lachte. »Soll meine Schwester Königin von England oder von Frankreich werden, oder von beiden Ländern? Wie alt ist meine Braut denn – wenn sie denn überhaupt schon geboren ist?«

Erik lehnte sich gegen den Tisch und legte seine Handschuhe darauf. Er duftete nach Gras und feuchtem Hundefell. Margarete wußte, daß er sich nicht für die Einzelheiten der Verhandlungen mit den englischen Gesandten interessierte.

Erik verfügte über einen beißenden Witz, und wenn er sich zusammenriß, konnte er sogar erwachsen und reif wirken. Er war in Jahren des Reichtums und des Wohlstandes aufgewachsen, darum war er so verwöhnt und wählerisch. Margarete hatte ihn einmal beobachtet, wie er von einer Bauersfrau ein Geschenk überreicht bekam, das er mit abschätzendem Blick in den Händen gedreht hatte. Es war ein sorgfältig geschnitzter Holzkrug gewesen. Sie hatte Erik daraufhin beiseite genommen und ihm eingeschärft, daß er alle Geschenke mit Freude annehmen solle, wie schlicht und einfach sie auch seien, denn sie kämen immer von Herzen.

»Die Engländer glauben wohl, daß ich keine eigenen Beschlüsse fällen kann, nicht wahr?« sagte er scheinbar sorglos, nachdem Margarete ihm von den Punkten der Verhandlungen berichtet hatte, die ihn unmittelbar betrafen.

Hinter seiner Frage stand eine andere, die er nicht offen zu stellen wagte: Wann endlich trittst du in den Hintergrund und läßt mich König sein? Er fürchtete sie nicht mehr so wie einst als kleiner hitzköpfiger Junge, den man von seiner Familie und seinem Zuhause fortgerissen hatte. Aber er war ihrer überdrüssig, das spürte sie. Sie gewann jedes Spiel.

»Der Bischof von Winchester ist gekommen, um die Angelegenheiten im Namen seines Halbbruders zu klären«, warf Peder Jensen ungeduldig ein. Er wollte erreichen, daß Erik sie so schnell wie möglich wieder allein ließ. »Das weist doch unmißverständlich auf die Bedeutsamkeit der Verhandlungen hin. König Henry wünscht, mit dem Staatslenker zu verhandeln.«

»Meine Worte«, sagte Erik und lachte unsicher, erhob sich und gab seiner Mutter einen flüchtigen Kuß auf die Wange, bevor er zur Tür ging. Margarete ahnte, was in ihm vorging. Er hatte darum gebeten, freie Hand zu haben, nur dieses eine Mal.

»Darf ich den Namen meiner Braut erfahren?« fragte Erik im Türrahmen. Peder Jensen erwiderte, nur scheinbar bereitwillig, daß die Verhandlungen voranschritten, aber daß es sich womöglich als schwierig erweisen könnte, Katarina mit dem ältesten Sohn des englischen Königs zu vermählen, daß sie aber unter keinen Umständen ein geringeres Angebot annehmen würden.

»Ich habe nicht nach dem Bräutigam meiner Schwester gefragt«, insistierte Erik.

»Der König wird der erste sein, der dies erfahren wird«, sagte Peder Jensen. Jeder hätte gesehen, daß seine Geduld am Ende war, aber Erik ignorierte es und grinste.

»Das bezweifle ich sehr«, sagte er mißmutig und ließ die Tür hinter sich ins Schloß fallen.

Peder Jensen zeigte Margarete die Entwürfe des Grabmals, das sie in Lübeck bestellt hatte. Der Stein würde aus einem Steinbruch bei Lund kommen, aber der Steinmetz selbst hatte in Frankreich gelernt und arbeitete nun für die Hanse. Eigentlich hatte sie immer vorgehabt, in der Klosterkirche in Sorø begraben zu werden, wo auch ihr Vater und Großvater lagen. Aber vielleicht sollte sie doch eine Kirche in Kalmar errichten, für ihre neue Dynastie. So könnte sie auch den Schweden eine späte Anerkennung schenken und ihnen ihre Bewunderung ausdrücken.

Der Tonkopf brachte sie schnell auf andere Gedanken. Sie nahm die noch unfertige Form in die Hände und starrte auf das, was eine verkleinerte und entlarvende Ausgabe ihrer selbst zu sein schien. Es war nicht das Abbild einer Königin, sondern das getreue Portrait einer lebenden, lebendigen Frau, das in einem einzigen Moment eingefangen worden war.

Sie wußte, daß der Künstler ihre Züge genau getroffen hatte, schließlich hatte sie ihn einen Abdruck von ihrem Gesicht machen lassen. So würde sie in alle Ewigkeit auf ihrer Grabstätte liegen und wie eine sterbliche Frau und nicht wie eine große Fürstin aussehen.

»Ich möchte nicht so aussehen, wenn ich mich auf den Weg in die Ewigkeit begebe«, sagte sie und stellte die Form vor den überraschten Peder Jensen auf den Tisch.

»Erklären Sie dem Steinmetzen, daß ich einer jungen Muttergottes ähneln will, mit geschlossenen Augen. Ich möchte aussehen wie eine vornehme französische Dame. Er kann mir meinetwegen Schellen an die Ärmel machen, aber ich möchte eine Krone tragen und jung sein. Er soll einen Abdruck von Katarina machen und ihn als Vorbild benutzen.«

»Da wir schon von Katarina sprechen: Meiner Aufmerksamkeit ist nicht entgangen, daß die junge Dame nur zwei Leidenschaften hat: innige Gebete – und Abraham Brodersen«, warf Peder Jensen ein und erhob sich.

»Sind aus England schon Neuigkeiten eingetroffen?« fragte Margarete, um das Thema zu wechseln. Katarina war ein viel zu kostbarer Gegenstand, um ihn Abraham zu opfern. Sie war Margaretes Pfand auf eine andauernde Freundschaft mit England und dem Hause Lancaster. Erik würde nur ihr Nachfolger werden, wenn seine Schwester Königin von England wäre. Und Peder Jensen hatte vor, Katarina zu benutzen, um sie und Abraham auseinanderzubringen. Aber das würde sie nicht zulassen.

Auch Margarete erhob sich, und sie standen sich gegenüber und starrten sich an. Peder Jensen schwitzte und versuchte ihrem Blick standzuhalten. Schließlich gab er auf und schluckte.

»Ja, aber keine, die wir erwartet haben«, antwortete er dann flüsternd.

»Will König Henry jetzt doch keine neue Frau?« fragte sie lächelnd.

Das wäre zu schön, um wahr zu sein. Wenn doch König Henry nur begreifen würde, daß sie von ihrem vorgezeichneten Weg niemals abgehen würde. Sollte er wirklich um jeden Preis an seinem Plan festhalten wollen, dann könnte er durch ihre Ablehnung sehr verärgert werden. Und dann wären womöglich ihre Ehepläne für Erik und Katarina vereitelt.

»Es ist besser, wenn die gnädige Frau den Brief selbst liest«, sagte Peder Jensen und reichte ihr das Dokument.

»Er wurde nicht von der englischen Kanzlei geschickt«, erklärte er, als Margarete erst das unbekannte Siegel und dann ihn ansah. »Der Brief ist von einem englischen Kaufmann aus Danzig. Sie haben einen jungen Mann aufgegriffen, der sich König Oluf von Norwegen, Dänemark und Schweden nennt.«

6.

Margarete hatte alle Menschen zu sich gerufen, die kurz vor Olufs Tod in seiner Nähe gewesen waren. Auch den Kammerdiener Folmer Jacobsen hatte sie aufspüren lassen und verhört.

Während dieses Verhörs war Folmer Jacobsen starr vor Schreck gewesen, so als hätte ihn jemand gezwungen zu lügen. Er wiederholte immer wieder die gleichen Sätze, als hätte er sie auswendig gelernt: Oluf sei in seinen Armen gestorben. Drei Stunden vor seinem Tod sei er gesund und munter gewesen. Bei dem Vorfall seien ferner noch der Kaplan, der Mundschenk, der Hofmeister sowie der Küchenmeister anwesend gewesen.

Margarete konnte sich nicht erklären, was ausgerechnet der Küchenmeister und der Mundschenk am Bett ihres sterbenden Sohnes zu schaffen hatten, sofern nicht von Vergiftung die Rede war. Doch diese mögliche Todesursache hatte ihr gegenüber keiner erwähnt.

In ihr wuchs der Wunsch, nach Sorø zu fahren und Olufs Sarg mit eigenen Händen auszugraben. Sie hatte ihn doch in der Kirche in Falsterbro liegen sehen und sein Gesicht wiedererkannt. An seiner Beerdigung in Sorø hatte sie nicht teilgenommen, weil sie so sehr damit beschäftigt war, das Reich zu sichern. Aber sie hatte für ihn gebetet und große Totenmessen bezahlt. Sie wußte ganz sicher, daß Oluf tot war, sie würde, könnte, müßte es doch spüren, wenn er noch lebte. An seinem Tod hatte sie nie einen Zweifel gehegt.

Alle rieten ihr nun, wohlüberlegt zu handeln und sich nicht

dem falschen Oluf zu nähern. Margarete aber hatte gelacht und ihnen vorgeschlagen, den Rittern des Deutschen Ordens zu schreiben, daß sie mit Freuden den jungen Mann zum König ernennen wolle, doch ihn vorher treffen müsse.

Ob das nicht ein glänzender Einfall sei, hatte sie den Reichsrat gefragt.

Nach dem Gespräch mit Folmer Jacobsen trat Peder Jensen herein und verbeugte sich im Knien vor ihr. In seinen Augen standen Tränen, er hatte sie angefleht, den falschen Oluf nicht zu beachten und nicht zu antworten.

Die Türen zu dem gewölbten Kellerraum auf Kalmarhus öffneten sich. Drei Wachen begleiteten sie, ihre Fackeln spritzten und knisterten an ihrer Seite. Margarete wollte ihm nicht im Tageslicht begegnen, er gehörte für sie ins Dunkle.

Er saß in der Hocke mitten im Raum, ohne Fesseln und bekleidet mit einem einfachen Wollmantel, den er trug, als er verhaftet wurde. Er hatte keinen Widerstand geleistet, sondern den Wachen seine Arme entgegengestreckt, damit sie ihn zu seiner Mutter bringen konnten. Sein Haar fiel ihr als erstes ins Auge, es war fettig und schmutzig und an den Schläfen grau meliert, aber er hatte schöne Locken.

»Haben sie dir meine Briefe nicht gegeben, Mutter?« fragte er.

Margarete konnte die Stimme nicht wiedererkennen, außerdem sprach er plattdeutsch. Dieser erwachsene Mann, der sich als ihr Sohn ausgab, hatte keine Vorstellung davon, welche Sünde er damit beging. Sie hatte sich in ihrer Einsamkeit eingerichtet, und dann kam er einfach und drängte sich in ihre wohlgeordnete Welt mit seinen unverschämten Behauptungen.

»Ich habe keinen Brief gelesen«, antwortete sie, und das war die Wahrheit.

Peder Jensen hatte aus Danzig eine Kiste voller Briefe erhalten, die angeblich von diesem jungen Mann geschrieben worden waren. Aber sie hatte sie nicht lesen wollen. Was könnte er ihr auch schreiben, was sie nicht weit von sich weisen müßte?

»Dann haben sie dir die Briefe gestohlen!« sagte er. »Ich wollte gar nicht zurückkehren. Warum nur haben sie mich aus dem Kloster geworfen? Ich war ein guter Bettelmönch und wollte bei meinen Brüdern bleiben. Sie aber schickten mich vor die Klostertore, was hätte ich denn tun sollen? Ich habe doch nichts gelernt.«

Er umschlang seine Beine mit den Armen. In seinem Gesicht war kein Zeichen der Wiedersehensfreude zu sehen. Nur ein Hauch von Genugtuung über den Eindruck, den er trotz aller Zweifel auf Margarete gemacht hatte.

Für Margarete war es Håkon, der da vor ihr saß und sie anstarrte. Er ähnelte ihr nicht im geringsten, auch nicht dem blutjungen Oluf, dessen Bild sie nur mit viel Mühe wieder wachrufen konnte. Er war ein Abbild Håkons, sogar seine etwas lispelnde Stimme erinnerte Margarete an ihren verstorbenen Mann.

»Ich wollte wieder als Mönch leben, aber dann haben mich Leute angesprochen, als ich vor Kirchen bettelte. Und sie fragten mich, ob ich nicht aus dem Norden stammte, da ich Oluf Håkonssøn so ähnlich sehen würde. Ich verneinte und verneinte. Dann gaben sie mir sehr viel zu trinken. Ich hatte keine Ahnung, was ich ihnen sagte, was ich verraten habe. Aber nur wenige Tage später kamen sie zurück, kleideten mich in purpurne Gewänder und nannten mich König.«

»Wer bist du?« fragte Margarete, nahm eine der Fackeln und trat zu ihm. Eine der Wachen wollte sie zurückhalten, aber sie schüttelte seinen Arm ab, näherte sich dem Gefangenen und beugte sich zu ihm hinunter. Seine Augen folgten ihren Bewegungen, voller Ehrfurcht hob er seine Hand und berührte zuerst ihren Arm, dann ihr Gesicht.

»Das weiß ich selbst nicht«, flüsterte er. »Aber ich bin nicht mehr der Oluf, der ich einst war. Sie haben ein Siegel für mich herstellen lassen, und dann haben sie einen Brief in meinem Namen an den Papst geschrieben. Der Papst wollte mich nicht länger in Italien als Mönch leben lassen, er schickte mich zurück nach Dänemark, um dort mein Recht einzufordern. Meine Mutter sei ihm zu mächtig geworden.«

Erneut strich er mit einer verträumten und vorsichtigen Berührung über ihr Gesicht. Oluf hatte als Kind viel geweint und war Fremden gegenüber sehr scheu und unsicher gewesen.

Sie setzte sich in die Hocke, hob die Fackel ein wenig hoch und betrachtete sein Gesicht eingehend. Nein, er ähnelte dem Oluf, an den sie sich erinnerte, überhaupt nicht, er ähnelte vielmehr Håkon.

»Bist du nicht froh, Mutter?« fragte er und lächelte. Eine eiskalte Kralle schloß sich um ihr Herz. »Bist du nicht froh, daß du dein einziges Kind unversehrt nach all diesen Jahren wiedergefunden hast?«

»Du bist nicht mein Kind«, flüsterte sie, streckte ihre Hand aus und streichelte über seine Wange. Er schloß seine Augen, griff ihr Handgelenk und küßte ihre Handfläche.

»Hast du das Siegel dabei?« fragte Margarete. Er zog eine kleine Schatulle aus seinem Mantel, in der das Siegel auf einem Seidenkissen lag. Margarete nahm dies Lügensiegel, legte es auf den Boden und zertrat es mit ihren Schuhen.

»Mein Sohn ist so tot, so wie dieses Siegel zerbrochen ist«, sagte sie über seinen Kopf hinweg. »Ich habe nur einen Sohn, und er ist König von Dänemark, Schweden und Norwegen. Aber ich habe vom Hauptmann einen Gefangenen vorgeführt bekommen, einen Verleumder und Verräter, der sowohl mich als auch meinen Sohn verspottet und betrogen hat.«

Margarete wollte ihm nicht in sein nacktes, ihr zugewandtes Gesicht sehen, darum rauschte sie an ihm vorbei zur Tür hinaus und reichte der Wache die Fackel. Sie hob den knisternden Stoff ihres Kleides an, um auf der Treppe nicht zu stolpern, und holte am Treppenabsatz erleichtert tief Luft. In wenigen Augenblicken würde sie oben im Burghof stehen und den duftenden Spätsommer spüren können. Auf Kalmarhus warteten Gesandte der Hanse und des Deutschen Ordens auf sie, zusammen wollten sie eine Lösung für Gotland und Visby finden. Dieser Betrüger war nur eine ärgerliche Nebensache.

»Hast du denn vergessen, was die alten Männer meiner Mutter von mir gehalten haben? Sie waren der Ansicht, daß ich ungeeignet und untauglich sei«, schrie er ihr hinterher.

»Warum wagst du es nicht, mich zu fragen, Mutter? Hast du Angst davor zu hören, was ich weiß? Willst du lieber den Laffen aus Pommern als deinen eigenen Sohn? Willst du nicht einmal hören, wie mich dein Drost überfallen hat und mich fortgeschickt hat, damit er durch dich die Regierungsmacht behalten konnte? Oder wußtest du das schon von vornherein? Kam der Befehl dazu gar von dir?«

Margarete blieb mitten auf der Treppe stehen, aber nicht, um ihn besser verstehen zu können. Ihr ganzer Körper zitterte so stark, daß sie unfähig war, auch nur einen Schritt zu machen. Die Wachen kamen ihr nicht zu Hilfe, sie hätten es im Leben nicht gewagt, die Königin zu berühren.

»Ich will, daß Frieden herrscht in meinem Land«, rief sie hinunter in den Keller. »Gewalt soll nicht vor Recht gehen.«

»Frag doch die Schweden, ob du ihnen wirklich den Frieden geschenkt hast, wenn du selbst durch das Land nur in Begleitung deiner zweitausend schwerbewaffneten Reiter reist. Es ist schwer, etwas anderes darin zu sehen, als daß hier Gewalt vor Recht geht.«

Mit größter Mühe gelang es Margarete, die letzten Stufen zu gehen, sie war außer Atem, und ihr war schlecht. Ausgerechnet jetzt, da sie im Begriff war, ihr Werk mit Eriks Heirat zu vollenden, sollte sie zu Fall gebracht werden. Jemand mußte den falschen Oluf gekauft haben. Den würde sie ausfindig machen und bestrafen.

Die Nacht hindurch saß Margarete an ihrem Schreibtisch und stellte Listen mit Argumenten zusammen, warum dieser Fremde nicht ihr Sohn Oluf sein konnte. Was aber sollte sie nun mit ihm tun? Das vernünftigste wäre es, ihn nach Falsterbro zu bringen und ihn dort dem Gericht zu übergeben.

Aus verständlichen Gründen konnte Margarete nicht selbst ein Urteil fällen, das war eine Angelegenheit der Kirche. Sie würde ihm alle Briefe zurückgeben und ihm eine Narrenkappe aufsetzen lassen. Sein Geld sollte ihm abgenommen und an die umliegenden Klöster verteilt werden.

Am nächsten Morgen, gleich nach der Frühmesse in der Kapelle, bat sie Peder Jensen, sich im Namen der Kirche dieser Angelegenheit anzunehmen. Der Fremde sei schließlich nicht nur ein Schwindler, sondern hätte auch den Namen des Papstes zu seiner Verteidigung mißbraucht. Er sei ein Ketzer und müßte von der Kirche gerichtet werden.

»Wir haben noch nie einen Ketzer mit dem Tod auf dem Scheiterhaufen bestraft«, wandte Peder Jensen sanft ein. »Die Kirche verbrennt zwar manchmal Zauberer und Hexen, aber ihre Schuld ist schwer nachzuweisen, und wir können es nicht verantworten, Unschuldige hinzurichten.«

»Unschuldige!« stieß sie verächtlich aus.

In der Zwischenzeit hatte sich der Gefangene aus Decken ein kleines Nest in der hintersten Ecke des Raumes gebaut. Vielleicht hätte sie ihn doch in einem der Verliese unterbringen lassen sollen.

Margarete konnte sich von seinen leuchtenden, erwartungsvollen Augen nicht lösen. Er wollte sie grüßen, wie es sich gehörte, erhob sich und legte seine rechte Hand auf die Brust. Die Wachen waren offensichtlich nicht rücksichtsvoll mit ihm umgegangen bei seiner Verhaftung, er hatte einige Verletzungen davongetragen.

»Bist du wirklich zurückgekommen, Mutter?« fragte er und lachte auf. »Du bist zurückgekommen zu dem Betrüger, der dich verspottet hat? Hast du Henning Podebusk eigentlich jemals gefragt, ob er für alle seine Handlungen in deinem Dienst einstehen konnte? Hast du ihn jemals gefragt, welche einträglichen Angebote vom Papst und von den Erzbischöfen er ausgeschlagen hat? Hast du seine Witwe gefragt, ob er auf seinem Sterbebett etwas bereut hat?«

»Warum sollte der Papst mit mir unzufrieden sein?« fragte sie, ohne zunächst auf seine Worte einzugehen. »Warum sollte der Papst mich entmachten wollen? Und warum sollte Podebusk deinen Tod gewollt haben?«

»Frage in Avignon nach, und erkundige dich bei Gisela Podebusk«, antwortete er zurückhaltend und strich sich mit beiden Händen durch die Haare. »Könntest du unter Umständen ermöglichen, daß ich eine Schale Wasser bekomme, damit ich mich waschen kann? Wie sollst du deinen Sohn auch nach so vielen Jahren wiedererkennen können, wenn er so verdreckt ist und ungepflegt aussieht?«

Dieser junge Mann strahlte eine seltsame Anmut aus, die sie an das Geschlecht der Folkunger erinnerte. Er könnte ein Enkelkind von König Magnus sein. Natürlich ließ sie ihm Wasser und saubere Kleidung bringen.

Er zog sich langsam aus, warf die alten Kleider auf einen Haufen und begann sich zu waschen. Zuerst wusch er das Gesicht, dann die Hände und setzte mit der Reinigung des restlichen Körpers fort. Es war deutlich zu sehen, daß er bei Mönchen aufgewachsen war und diese Zeremonie gelernt hatte.

»Wie kann es sein, daß du ihm so ähnlich siehst?« fragte sie, während er sorgfältig den Schmutz von seinen langen glatten Beinen wusch.

»Wem?« fragte er scherzhaft.

»Håkon«, antwortete Margarete.

»Sehe ich meinem Vater so ähnlich?« fragte er erregt. Er vergaß seine Nacktheit, drehte sich abrupt zu ihr um und sah ihr ins Gesicht. Seine Lippen bebten, seine Augen füllten sich mit Tränen, die ihm die schmalen Wangen hinabrannen. Verlegen wandte Margarete den Blick von seinem Gesicht und ließ ihn unwillkürlich an seinem Körper hinabwandern. Er wirkte sonderbar unberührt und unverbraucht für einen Mann seines Alters. Nein, er hatte sicherlich weder Frau noch Kinder. Aber er schien auch noch nie in den Krieg gezogen zu sein, keine einzige Narbe zierte seine Haut.

Sein Körper erinnerte Margarete an den jungen Abraham Brodersen, seidenweiche Haut über festen, gespannten Muskeln. Seine Händen waren die schönsten, die sie seit langem gesehen hatte. Er hatte die langen, feingliedrigen Finger der Folkunger, Blankas Finger. Er trug nur einen einzigen, einfachen Ring mit einem grünen Stein, den sie jedoch nicht erkannte. Außerdem war Margarete ganz sicher, daß Oluf mit all seinen Ringen beerdigt worden war.

»Spiel nicht mit mir, Mutter, das tut mir weh«, flüsterte er.

»Du bist nicht mein Sohn. Du heißt Wolf und bist der Sohn einer Frau, die damals in Oslo Olufs Amme war«, flüsterte sie in gleicher Lautstärke zurück. Ein höhnisches Lächeln glitt über sein Gesicht, und er schüttelte den Kopf.

»Das kannst du besser«, sagte er. »Sieh mich an, Mutter. Können eine Bäuerin und ein armer deutscher Kaufmann so etwas Schönes erschaffen?«

Er ging einen Schritt zurück und streckte die Arme aus wie ein Gekreuzigter. Vor Margarete stand ein in seiner Schönheit vollkommener Mensch. Nur das Beben seines Zwerchfelles verriet seine Angst, er wußte, daß sein Leben in ihren Händen lag.

Mit zusammengebissenen Lippen nahm Margarete seinen rechten Arm und drehte seinen Körper ins Licht. Dann sah sie, was sie befürchtet hatte, er hatte die drei kleinen braunen Male auf der rechten Schulter, das eine etwas breiter als die beiden anderen.

»Glaubst du noch immer, daß ich der Sohn von Olufs Amme bin?« fragte er.

»Ich glaube nichts. Ich weiß es, mit Sicherheit. Ich weiß, wie alles zusammenhängt«, sagte sie.

»Wirst du mich in geweihter Erde begraben, nachdem du mich hast töten lassen?« fragte er dann. »Denn ich weiß, daß du Vater eine Beerdigung mit jeder erdenklichen Ehre bereitet hast, obwohl er in größter Sünde gestorben ist.«

Margarete taumelte nach hinten, doch er griff nach ihrem Arm, und auf einmal war seine zarte Hand eine glühend heiße Eisenkralle, die sie festhielt. Und sie war gezwungen, diese Herrlichkeit und Schönheit zu zerstören.

»Erinnerst du dich, Mutter, wie du mir die Heiligengeschichte beigebracht hast? Hast du noch den kleinen Reisealtar aus Norwegen mit den weißen Figuren?«

Margarete hatte gewußt, daß er zu einem Schlag ausholen würde, aber nicht geahnt, wo er ansetzen würde. Die Altartafel hatte sie nach Olufs Tod verschlossen und zunächst auf Kalundborg verstaut. Sie hatte die Tafel seit Håkons Tod ohnehin nicht mehr geöffnet, geschweige denn an sie gedacht. Aber der Namenlose, den sie im Keller von Kalmarhus gefangenhielt, wußte, wovon er sprach. Mit Hilfe der Altartafel hatte sie ihrem Sohn damals die Geschichte des heiligen Königs Olav erzählt. Noch nicht einmal die Amme hatte davon gewußt.

Als sie den Gefängniskeller verließ, war Erik bereits zur Stelle, um ihren Platz zu übernehmen. Er trug Handschuhe. Nur wenige Minuten nachdem die Tür hinter ihm zugefallen war, erschien er bereits wieder, wütend und blaß und damit beschäftigt, seine Hände an einem Tuch abzutrocknen.

»Keinen einzigen Augenblick verschwende ich mehr mit diesem Narren, wie kann man ihm nur glauben?« sagte er zu Margarete.

Sie sah ihn nur unverwandt an, bis er seinen Blick senkte.

»Mein Gott, dann hole ihn doch aus dem Keller und gib ihm seinen Platz und seinen Namen zurück!« sagte er entnervt und schlug mit den Armen aus. »Doch vergiß bitte nicht, daß du mich hast krönen und salben lassen. Wenn du mich loswerden willst, mußt du einen anderen Weg finden, als irgendeinen deutschen Mönch auftauchen zu lassen!«

Margarete nahm seine Hand, ging mit ihm in ihre Gemächer auf Kalmarhus und durchsuchte alle Kisten, in denen Hausrat verstaut war. Der Hof zog immer mit seinem gesamten Habe von Burg zu Burg, und sie hatte nie Zeit gefunden, die Gegenstände zu ordnen oder einige davon auszusortieren. Eine Kiste nach der anderen durchsuchte sie, bis sie endlich den Reisealtar in Händen hielt – die kleine weiße Altartafel, mit der sie damals Oluf die Heiligengeschichten beigebracht hatte.

Eriks Gesicht war gleichgültig, er sah sogar beinahe erleichtert aus. Dann nahm er Margarete und zog sie an sich. So hatte er sie noch nie gehalten, sie konnte sich nicht einmal daran erinnern, wann er sie zum letzten Mal berührt hatte. Nun benahm er sich wie der erwachsene Sohn, der seine verstörte Mutter beruhigen wollte. Aber in seiner Handlung lag keine Zärtlichkeit, er schien sie eher zur Ordnung rufen zu wollen.

»Jeder hätte ihm das erzählen können, das beweist überhaupt nichts«, sagte Erik. »Keiner kann beweisen, daß er der ist, der er vorgibt zu sein, und er am allerwenigsten. In Rußland gehen sogar Gerüchte um, daß König Håkon in einem Kloster in Nowgorod leben soll«, er versuchte ein Lachen. »Und ihn, liebe Mutter, hast du doch nun wirklich mit eigenen Augen tot gesehen. Du hast sogar seinen Leichnam gewaschen, bevor sein Körper in der Krypta der Marienkirche in Oslo versenkt wurde.«

Peder Jensen konnte oder wollte die Gründe für ihre Angst nicht verstehen. Der Fremde sei doch lediglich ein Verwirrter, der entfernt werden müßte, ebenso wie der Doppelgänger von König Richard in London. Es hatte ihn verunsichert, daß sie mit dem Fremden unter vier Augen gesprochen hatte, denn dadurch riskierten sie allerhand Getratsche und Gerüchte. Und er hatte kein Verlangen, ihn der Ketzerei zu beschuldigen und ihn öffentlich auf dem Scheiterhaufen hinzurichten.

Der Sommerwärme war es gelungen, durch die dicken Mauern von Kalmarhus zu dringen. Alle Fenster standen offen und ließen Vogelgesang und den Geruch von frischem Klee zu ihnen herein. Margarete aber fror.

Sie durfte nicht zulassen, daß sie geschwächt wurde. Wenn sie jetzt zusammenbrechen würde, das wußte sie, hätte sie keine Kraft, wieder aufzustehen. Und sie wurde gerade jetzt am meisten gebraucht.

»Schicken Sie ihn zurück nach Italien, wo er hergekommen ist. Außer Deutsch und Latein hat er alle Sprachen verlernt, schicken Sie ihn zurück zu den Bettelmönchen«, bat sie inständig. »Schicken Sie ihn noch heute nacht fort, und sagen Sie ihm, daß ich ihn – sollte er zurückkehren – auf dem Scheiterhaufen verbrennen lasse. Mir ist es gleich, wer und wessen Sohn er ist, aber schaffen Sie ihn mir bitte aus den Augen.«

Peder Jensens Gesicht verriet keine Regung. Es war ausdruckslos, blaß und versteinert. Zum ersten Mal seit Olufs Tod war Margarete offensichtlich vollkommen verwirrt. Da saß sie und bettelte um das Leben eines Wildfremden, der es nicht wert war. Er hatte sie angelogen, weil jemand seinen Kopf mit falschen Erinnerungen gefüllt hatte.

»Wir können unter Umständen eine andere Person finden, die ebenfalls einen jähen Tod verdient, aber wie sollen wir Zwischenfälle bei der Urteilsverkündung und bei der Bestrafung vermeiden?« sagte der Bischof schließlich.

»Ich habe die Angelegenheit aus meinen Händen gegeben, das ist jetzt Sache der Kirche«, sagte sie scharf. Warum begriff er nicht, daß sie gezwungen war, Wolf der Kirche zu übergeben? Der junge Mann hatte schon längst begriffen, daß er verloren war. Sie mußte ihn töten, wollte aber nicht selbst das Schwert führen. Es war unumgänglich, ihn wie einen Ketzer auf dem Scheiterhaufen zu verbrennen, um seine Forderungen für immer auszulöschen. Die Kirche müßte doch wissen, wie man da vorging. Nur so war sie in der Lage, kühl, ruhig und rein zu bleiben.

Nicht nur ihre Hände zitterten, sie fröstelte am ganzen Körper unter ihren vielen Kleidern. Die edle dicke Seide lag wie eine eiskalte Decke auf ihrer Haut. Früher hatte sie in großer Armut gelebt und lumpige, umgenähte Kleider getragen. Damals aber war ihre Seele rein gewesen. Mittlerweile lagerten in ihren Kleiderkisten goldene Gewänder aus Zypern, roter Samt, mit Perlen bestickte und mit Hermelin besetzte und rotgoldene Kleider mit glänzenden Bändern aus Venedig. Margarete besaß unglaubliche Reichtümer.

Die erste Trübung ihrer Seele hatte sie noch leichtgenommen. Nun aber war sie der Auffassung, daß sie ihre Seele vor lauter Fäulnis nicht mehr erkennen konnte.

Sie hatte immer geglaubt, daß sie es schaffen würde, Macht auszuüben, ohne zu sündigen. Doch das war unmöglich. Beinahe erleichtert erkannte sie, daß nun sie an der Reihe war, ihre Schulden zu begleichen. Schulden, die vor ihr König Valdemar und König Magnus für sie beglichen hatten.

Alle Regierenden hatten einen solchen schwarzen Schatten, der sie verfolgte: Richard II. auf Schloß Pontefract, der Herzog von Finnland, Helvig in Esrum. Und sie hatte ihr schlechtes Gewissen in den Keller auf Kalmarhus gesperrt.

Margarete wußte sich keinen Rat mehr. Wenn nur Abraham bei ihr wäre! Sie sehnte sich unendlich nach seinen weichen Lippen und seinem niemals schwindenden Selbstvertrauen. Abraham war kaum besorgt um die Reinheit seiner Seele.

Sie hatte so viel erreicht, darum war es nur angemessen, daß sie auch einen hohen Tribut zahlen mußte. In ihrem Herzen war genug Platz für Oluf, aber nicht in ihrer Welt.

Darum gab es nur diesen einen Ausweg, er mußte auf dem Scheiterhaufen verbrannt werden.

Ingegerd war nicht mehr Äbtissin in Vadstena, man hatte sie aufgrund ihrer Freundschaft mit der Königin abgesetzt. Die schwedischen Nonnen aus den vornehmen Familien hatten sie der Ungenauigkeiten in der Buchhaltung angeklagt. Und sie hatte noch nicht einmal die Hand ausstrecken können, um ihre einzige Jugendfreundin zu beschützen.

Margarete hatte sich damals als Laienschwester in Vadstena einschreiben lassen, und als sie nach ihrem Besuch abreiste, hatte sie sich von allen Nonnen und Mönchen die Hand küssen lassen. Die Gemeinsamkeiten, die sie meinte gespürt zu haben, hatten in Wirklichkeit nicht bestanden. Sie hatten in ihr nur einen Raubvogel gesehen, der sich an ihrem Land satt fraß. Was der falsche Oluf gesagt hatte, stimmte: In Schweden ging Gewalt vor Recht.

Sie würde dem englischen König schreiben, daß er seine Philippa sobald wie möglich zu ihnen senden solle und daß er sich Katarina und sie aus dem Kopf schlagen solle.

»Er hat sich wieder verheiratet«, kommentierte Peder Jensen ihre lauten Gedanken.

»Wer?« fragte sie irritiert.

»König Henry hat sich in die Mutter des Mädchens verliebt, die sein ältester Sohn zuerst heiraten sollte«, antwortete er und zuckte mit den Schultern. »Dann wurde sie Witwe, und nun hat er sie geheiratet. Johanna von Bretagne ist eine sehr schöne Frau, groß und stattlich, wie es sich für eine Königin geziemt. Der König verfolgt bestimmt den Plan, daß sein Sohn erst Frankreich erobern und danach eine Tochter des französischen Königs heiraten soll, um damit dieses Bündnis zu besiegeln.«

»Sie werden ihn auf dem Scheiterhaufen verbrennen«, pochte es dumpf in Margaretes Kopf, und es klang wie die Glocken, die bei einer Hinrichtung läuten.

Abraham kam zu ihr, noch bevor er sich umgezogen hatte. Er war verdreckt von der langen Reise und roch streng, doch seine Anwesenheit war für sie wie eine Erlösung.

Sie ging auf ihn zu und streckte sich auf die Zehen zu seinem Mund, so wie sie Håkon begrüßt hatte. Gleichzeitig ergriff sie seine Hände und legte sie um ihre Taille. Nein, er wehrte sich nicht, im Gegenteil, er nahm sie noch fester in den Arm. Es hatte sie viel Zeit gekostet, ihn so weit zu bringen.

Als er in sie eindrang, sah sie ein Bild von ihnen vor sich: Zwei nicht mehr ganz junge Menschen, die in einer niemals erklärten, versteckten Ehe miteinander lebten. In den vielen Jahren hatte sie ihn endlich für sich gewonnen und ihm beigebracht, sie nicht wie eine jener Frauen zu behandeln, die er während eines Feldzuges nahm. Sie wollte ihn für immer behalten, das mußte er endlich verstehen.

Margarete versuchte wach zu bleiben, während Abraham neben ihr schlief. Sie wollte keinen Augenblick seiner Nähe versäumen. Er durfte unter keinen Umständen den falschen Oluf sehen, bevor die Bischöfe ihn hingerichtet hatten. In diesem Moment erkannte Margarete, daß sie in Wirklichkeit Abrahams Geliebte war und nicht er ihr Geliebter, denn sie war von ihm viel abhängiger als er von ihr.

7.

Margarete ließ den Thronhimmel so umstellen, daß sie im Schatten saß und der scharfen Sonne entging. Der Sommer war trocken und heiß gewesen, mit strahlend blauem Himmel, bunten Farben und glitzernden Bächen. Wenn sie durch das Land reiste, genoß sie schönes Wetter. Im Moment genügte ihr allerdings die Feststellung, daß der Scheiterhaufen bei dieser Witterung gut und schnell brennen würde. Zusätzlich waren die Reisigbündel vorher gründlich mit Öl getränkt worden.

Sie hatte Peder Jensen gebeten, sich um die notwendigen Dinge zu kümmern, und wie gewöhnlich hatte er ihre Erwartungen wieder übertroffen. Vor ihr standen die vier Bischöfe in vollem Ornat, mit ihren emporragenden Hüten und den vergoldeten Hirtenstäben. Und sie sah den Scheiterhaufen. Der Angeklagte saß gefesselt mit verbundenen Augen und von Angstschweiß verklebten Haaren auf einer Bank. Er trug eine Krone aus Papier, und um seinen Hals hingen an einer Kette alle Briefe, die er ihr geschrieben hatte oder hatte schreiben lassen. Sie sollten mit ihm in den Flammen umkommen. Die Kleinode, die ihm seine Anhänger verehrt hatten, hatte Margarete bereits an die Klöster und Kirchen verschenkt, ohne ihre Herkunft zu erläutern.

Die Bischöfe hatten ihn sicherlich während der Verhöre gefoltert, doch Margarete wollte keine Einzelheiten erfragen. Diese Angelegenheit hatte sie bewußt in die Hände der Kirche gelegt, das hatte sie auch dem verschreckten Erik immer und immer wieder erklärt. Erik konnte nicht begreifen, warum sie den falschen Oluf überhaupt hatte sehen wollen.

Erik saß stumm und würdevoll neben ihr auf dem Thron, seine Krone saß auf seinem lockigen Haar, und er trug ein prächtiges Gewand, auf dem alle drei Reichswappen prangten.

Die bischöflichen Wachen führten den Angeklagten zum Scheiterhaufen. Alle Menschen vom Markt in Falsterbro waren hinaus ins Freie gekommen, um der Vollstreckung des Urteils beizuwohnen. Der Lärm der Tausenden von Menschen übertönte die Urteilsverkündung. Glücklicherweise schien den Bischöfen ebenfalls sehr daran gelegen, die Hinrichtung so schnell wie möglich durchzuführen.

Der Verurteilte wurde hinauf zu der kleinen Plattform auf dem Scheiterhaufen gebracht und mit den Händen am Pfahl festgebunden. Peder Jensen hatte in der Geschichtsschreibung Dänemarks keinen Fall von Ketzerverbrennung finden können. Keiner hatte Erfahrungen, wie man vorging, und es hatte die Zeit gefehlt, Erkundigungen einzuholen. Aber man vertraute darauf, daß das Feuer seine Arbeit schnell und gewissenhaft erledigen würde.

Margarete erhob sich, als dem Gefangenen die Augenbinde abgenommen und gleichzeitig das Feuer angezündet wurde. Keiner sollte in ihrem Gesicht eine andere Regung sehen können als die gerechter Abscheu. Die Zuschauer stöhnten laut auf bei dem Anblick, der sich ihnen bot. Auch Margarete sah es: das Gesicht des falschen Oluf war von Schlägen entstellt und nicht wiederzuerkennen.

Margarete konnte ihre Augen nicht schließen, sie war gezwungen, der Hinrichtung zuzusehen, während die Kanoniker mit ihren Gesängen begannen, um die Schmerzensschreie zu übertönen. Der Verurteilte ging hustend und sich krümmend in die Knie, sein Rücken an den Pfahl gepreßt. Die Bischöfe hatten auch seine Kleidung mit Öl tränken lassen, darum fing auch sein Rock sofort Feuer, das darauf in seine Haare mit der Narrenkrone kletterte.

Das fürchterlichste war der Geruch von verbranntem

Fleisch, ein süßer, fremder Geruch, der Margarete auf eine grausame Art und Weise hungrig werden ließ.

Aber es ging ihr zu langsam, warum warfen sie nicht mehr Reisig oder Öl in den Scheiterhaufen? Es schien, als böte das Feuer seine ganze Kraft auf, um das feuchte Fleisch zu entzünden, und könne daher das Opfer nicht hinter seinen lodernden Flammen verbergen. Der Körper brannte nicht, er schmolz.

Endlich wurden weitere Stroh- und Reisigbündel angezündet und unter seine bereits verkohlten Füße geworfen. Das Feuer flammte beinahe erleichtert auf, tanzte am Körper hinauf und brachte ihn in Bewegung. Soweit Margarete es von ihrem Platz aus erkennen konnte, war der Verurteilte schon tot, der Körper hing zusammengesunken und leblos am Pfahl. Das Feuer aber ließ den verschmorten Leib sich ein letztes Mal aufbäumen, der Kopf hob sich, und das Feuer schlug aus den Augen, bahnte sich seinen Weg durch die Rippen hinaus und wirbelte um die langen Schenkel herum. Ein letztes Bündel wurde in die Flammen geworfen. Endlich konnte Margarete tief und erleichtert Luft holen, nun würde sie nichts mehr sehen können.

Der milde Sommerwind wehte Ruß und Asche zu ihren Thronstühlen hinüber. Sie knieten nieder und fielen in die Hymne der Kanoniker ein, Margarete mit vor ihrem Gesicht gefalteten Händen. Eine Rußflocke legte sich auf ihre Zunge, und sie verschluckte sich daran. Der Gestank und der Rauch ließen ihre Augen tränen, während sie versuchte weiterzusingen. Weder die Bürger von Falsterbro noch Gott sollten sie schwach sehen, auch wenn sie nun die schwerste aller Sünden zu tragen hatte.

Sie rief Abraham in ihr Gemach, in dem sie bereits mit Peder Jensen und dreien ihrer Geistlichen zusammensaß. An ihrer rechten Hand trug sie den achteckigen Ring mit ihrem neuen privaten Siegelzeichen, das sie sich hatte anfertigen lassen:

ein kleiner runder Frauenkopf, ihr Antlitz, ihr neues Selbstverständnis. Sie war auf dem Weg zu einem neuen Leben, in dem Alter und Enthaltsamkeit zusammengehörten.

Im Kloster Vadstena hatte sie für alle ungeschriebenen Sünden Buße getan und die Hände und Füße aller Nonnen und Mönche gewaschen. Einer der jüngsten Mönche hatte jedoch seine Hände in der Kutte verborgen, war errötet und hatte gesagt, er wolle nicht zulassen, daß eine Königin sich auf diese Weise demütige. Aber sie sei doch eine von ihnen, eine Schwester unter Schwestern und Brüdern, hatte sie beinahe verzweifelt dagegengehalten. Sie habe doch keinen anderen Ort, an dem sie sie selbst sein könne.

Abraham kam wie immer hereingestürmt, als würde er sie sogleich von ihren Füßen reißen wollen. Er bremste sich jedoch, grüßte den Bischof aufrichtig und nahm dann mit einem Gesichtsausdruck vor Margarete Platz, als hätte er sich schon lange nach einem ausgiebigen Gespräch gesehnt.

Sie drückte ihr Bedauern aus, daß ihr keine andere Wahl blieb, als ihn in einen weiteren Krieg, diesmal nach Gotland, zu schicken. Er habe ihr so gut gedient in all den Jahren, sagte sie ruhig und gefaßt, aber nun sei es an der Zeit, die Männer ausfindig zu machen, die Erik in seiner Regierungszeit als König dienen könnten.

»Auf zu neuen Taten«, sagte Abraham und lächelte gequält. Er sah von Margarete zum Bischof, fing sich wieder und stand auf. Seine Enttäuschung hing im Raum wie ein übler Gestank, sein ganzer Körper strahlte sie aus, wie er da mit hängenden Schultern und ungläubigem Blick vor ihr stand und darauf wartete, daß sie ihren Entschluß bereute.

»War das alles?« fragte er. Während er auf ihre Antwort wartete, schlug er mit seinen Handschuhen leicht gegen die Tischkante. Margarete wagte es nicht, ihm ins Gesicht zu sehen.

»Ja, das war alles«, erwiderte sie schließlich mit erstickter Stimme und zeigte keine Regung, als er den Raum verließ.

Peder Jensen legte seine Hand auf ihre Schulter, und sie wagte nicht, gegen diese Berührung zu protestieren. Glaubte er wirklich, sie sei schwach geworden? Das wichtigste war, jetzt keine Schwäche zu zeigen, darum konnte sie ihm auch nicht in die Augen sehen. Eine altbekannte Bitterkeit stieg wieder in ihr hoch, während sie den sich entfernenden Hufen von Abrahams Pferden lauschte. Wenn jemand erfassen konnte, wie sehr sie der Abschied von Abraham schmerzte, dann war das Peder Jensen.

Margarete begab sich in die Kapelle auf Kalmarhus und lauschte für Stunden den Gesängen der Priester. Nur hier konnte sie die Ruhe finden, die sie so sehr benötigte. Gott hatte ihr ungewöhnliche Aufgaben zugeteilt, doch er mußte ihr darum auch andere Privilegien eingeräumt haben, denn wie sollte sie sonst fortfahren, Gottes Vorsehung zu erfüllen.

Erik hatte sich hereingeschlichen und sich wortlos neben ihr niedergekniet. Margarete empfand es als eine Liebeserklärung, ein spätes wortloses Zeichen der Hochachtung und Zustimmung. Sie hatte den falschen Oluf um seinetwillen töten lassen. Nach kurzer Zeit bemerkte sie, daß Erik eingeschlafen war. Sie war wieder allein.

Sie hatte Buße getan und auf das verzichtet, was ihr am wichtigsten war.

8.

Die größte der jetzt läutenden Glocken hatte Margarete der Domkirche in Lund geschenkt. Ihr scharfer Klang fühlte sich an wie ein rächendes Messer. Diese Glocke aber sollte ihr beizeiten im Fegefeuer behilflich sein.

Lund war damals die Bühne ihres größten Sieges gewesen: Ihre eigene Huldigung direkt nach Olufs Tod und die Totenmesse in der Domkirche hatte dort stattgefunden. Das galt es für die Krönung auszunutzen.

Philippa sollte gleich nach der Vermählung mit Erik in Lund gekrönt werden. Margarete hatte von böhmischen Schmieden die prächtigste Krone herstellen lassen, die das Land je gesehen hatte. Sie wollte sichergehen, daß Philippa später einmal die Führung der Reiche übernehmen würde. Und sie hatte Erik, der so sehr gegen die Krönung in Kalmar protestiert hatte, deutlich machen wollen, daß Philippa ihm haushoch überlegen war.

Margarete hatte Lund mit Geschenken nur so überschüttet: Die Altartafeln und die Stühle der Kanoniker sowie die gewaltige astronomische Uhr, die es kein zweites Mal in den nordischen Reichen gab, hatte sie anfertigen lassen. Letztere, weil Albrecht nach seiner Freilassung von seiner Uhr in Doberan geprahlt hatte.

In der Kirche, die das Herz ihres einzigen und wahren Sohnes beherbergte, sollte Philippa gekrönt werden. Hier wollte Margarete ihr Alterswerk feiern, das glorreiche Bündnis mit England.

Philippa stieg aus dem verschwenderisch geschmückten Brautwagen und blinzelte in die Sonne.

Die englischen Gesandten hatten Margarete angeboten, ein Bildnis von Philippa anfertigen zu lassen. Aber sie glaubte nicht an dieses dumme Zeug, von einem Maler ein Abbild eines noch lebenden Menschen erschaffen zu lassen. Als könnte man einen Menschen nach seinen Gesichtszügen beurteilen! Aber Erik war von diesem Angebot begeistert gewesen und hatte stundenlang von der Vortrefflichkeit und der Begabung der Maler in Frankreich und England erzählt.

Margarete versuchte, das kleine Mädchen genauer zu betrachten. Dieses zwölfjährige Kind hatte ihnen König Henry IV. anvertraut, damit aus ihr ein Mensch werde.

Philippa war geradezu in all ihre kostbaren Gewänder eingewickelt worden. Sie verschwand unter dem schweren golddurchwirkten Purpurstoff aus Zypern, unter dem Schmuck und den Goldschleifen, die in ihrem blaßroten Haar befestigt waren. Es schien, als solle die wahrhaftige Philippa verborgen werden.

Philippa erkannte ihre Schwiegermutter mit einer Art lieblicher Erleichterung. Sie hob ihre Hand und winkte wie ein Kind zu ihr herüber. Das versammelte Volk reagierte mit einem Lachen und mit begeistertem Klatschen, was Philippa erst recht erröten ließ. Sie ergriff mit ihren kleinen Händen das prächtige Kleid am Rock, hob es an und verneigte sich tief.

Das war eine ungeheuerliche Geste, sie grüßte das Volk mit größerer Ehrerbietung als ihren Bräutigam und ihre Schwiegermutter. Margarete erschauderte ein wenig. Es war immerhin die Enkelin von John of Gaunt, die sie in ihre Familie aufnahm. Ein Kind zwar, aber doch imstande, eigene Entscheidungen zu treffen.

Philippa ging lächelnd und mit langsamen Schritten die drei Stufen hinauf zu den Thronstühlen unter dem Baldachin. Margarete umarmte sie und küßte sie auf beide Wangen, mehr zum Schein, aber das Volk jubelte. Sie beide bewegten sich so zierlich und grazil, als wären sie Figuren in einer geschnitzten Altartafel. Ihre Handlungen waren so falsch wie die Begrüßungen verlogener Geistlicher.

»Teure Mutter«, sagte Philippa in ungelenkem Dänisch, und Margarete umarmte sie erneut. Sie hatte sich vor langer Zeit eine Tochter gewünscht, und nun bekam sie dieses beinahe leere Blatt, um es zu beschreiben – sichtbar und unsichtbar.

Philippa hatte winzige warme Hände, die ebenso von Sommersprossen bedeckt waren wie ihr kleines Gesicht. Zwei funkelnde Augen baten um Lob und Anerkennung von der Schwiegermutter. Margarete konnte sich ausmalen, wie Philippas Begleiter sie auf die Begegnung mit der berühmten Kriegsfürstin vorbereitet hatten. Mit jener Frau, die Schweden mit einem alles niederschmetternden Schlag unterworfen hatte, jene, die den Mann als Ketzer verbrennen ließ, der sich als ihr Sohn ausgegeben hatte.

Philippa murmelte weitere Grüße auf französisch, die Margarete in derselben Sprache erwiderte. So viele Jahre waren vergangen, seit sie das Wissen verwenden konnte, das sie in ihrer Kindheit erworben hatte. Es erheiterte sie, die vornehme Fremde mit ihren Sprachkenntnissen zu überraschen.

Wie schwer sich König Henry damit getan hatte, Maß zu halten. Er war ein Emporkömmling, und er hatte nicht gewußt, was Margarete neben seiner jüngsten Tochter von ihm erwarten würde. So hatte er die Aussteuer seiner Tochter mit Geschenken und Kleidern angefüllt. Margarete hatte vor Philippas Ankunft die ellenlange Liste ihres Gepäcks durchgesehen. Die Tochter des englischen Königs hatte zwar, wie verabredet, keine Mitgift dabei, aber ihre Kleider, Kisten, Pferde, Leinenballen, Silberbestecke, Wagen und Baldachine stellten für sich allein schon ein ansehnliches Vermögen dar. Und ihr Gefolge von zweihundertundvier Begleitern war in ein und dieselbe Uniform gekleidet, Grün und Rot waren ihre Farben. Es hieß, daß dreitausend Eichhörnchen ihr Leben lassen mußten, um Philippas Gefolge mit Pelzborten in den passenden Farben auszustatten.

Acht prächtige arabische Hengste aus der Pferdezucht, die John of Gaunt aus Kastilien mitgebracht hatte, zogen Philippas Brautwagen. Erik war in England zum Ritter des Hosenbandordens ernannt worden, und Philippa hatte ihrem Bräutigam acht italienische Sättel mit vergoldetem Zaumzeug geschenkt.

Philippa war noch nicht ausgewachsen, und es fiel schwer zu sagen, ob sie jemals richtig hübsch werden würde. Aber dennoch konnte Margarete ihre Augen nicht von ihr lassen. Die Nase war klein, schmal und blaß, wie bei allen aus dem Hause Plantagenet, nur den kleinen gedrungenen Körper hatte sie von der Familie mütterlicherseits geerbt. In dem überwältigenden Kleid aus zypriotischem Goldgewebe konnte sie sich kaum rühren. Das Kleid erinnerte Margarete an ihre eigene Hochzeit, auf der sie ganze zwei Jahre jünger gewesen war. Philippa war bereits zwölf und, so hieß es, auch schon mannbar. Es galt also, keine Zeit zu verlieren.

Erik hatte die letzten Tage vor dem Hochzeitsfest in Lund vollkommen gleichgültig gewirkt. Er war noch immer rasend vor Wut über die fehlgeschlagene Reise nach Norwegen. Als hätte das Wetter ihm seinen Willen aufzwingen wollen, hatte ein Sturm Philippas Flotte von der norwegischen Küste fortgetrieben. Erik hatte es ebenfalls erzürnt, daß die Trauung in Westminster Abbey ohne ihn vollzogen wurde.

Die Tradition sah vor, daß Erik die Hand seiner Braut nahm und mit ihr niederkniete. Bei ihrem Anblick jedoch war er so erstaunt, daß er zunächst vergaß, was von ihm erwartet wurde. Ein Windstoß hatte die durchsichtigen golddurchwirkten Schleifen über Philippas Gesicht gelegt. Erik befreite sie vorsichtig davon, beugte sich hinab zu ihr und gab ihr einen kleinen, zarten Kuß, bevor er ihre Hand nahm.

Eine unbeschreibliche Müdigkeit überfiel Margarete, als Erik und Philippa schließlich aufbrachen. Eriks Blick glitt über die versammelten Menschen und blieb schließlich an seiner Adoptivmutter hängen. Und zum ersten Mal sah sie darin nur Wärme und Anerkennung, ja vielleicht Dankbarkeit. An diesem Tag hatte sie ihm mehr gegeben, als er zu hoffen gewagt hatte.

Erik liebte sie nicht wie eine Mutter, nicht einmal wie eine Stiefmutter. Er akzeptierte sie gezwungenermaßen als eine zeitweilige Vorgesetzte. Sie war seine Gefängniswärterin, die ihn mit Safranbrot, Honigkuchen und Rheinwein fütterte. An dem Tag, an dem er Abraham zu Fall brachte, würde sie wissen, daß auch ihre Zeit gekommen war.

Erik kam in ihr Gemach, in das sie sich in Gesellschaft ihrer Hunde zum Lesen zurückgezogen hatte. Ihre Hunde waren alt geworden und mittlerweile schwer von Gicht gezeichnet, nichtsdestotrotz staksten sie mit steifen Beinen auf den seltenen Besuch zu und bellten ihn an. Auch Margarete hätte gern ihre Ruhe gehabt.

Aber Erik kannte keine Zurückhaltung. Wenn er mit ihr reden wollte, suchte er sie auf, sogar in seiner eigenen Hochzeitsnacht.

Einen schönen Stiefsohn hatte sie, mit weichen glatten Wangen und dunklen dichten Locken. Die sonderbare Schönheit der Folkunger hatte sich in dem jungen Mann versammelt, den Abraham einst »das Kuckucksjunge« genannt hatte. Erik war ein König, ohne jemals Königssohn gewesen zu sein. Und doch nahm er alles, was ihm seine Umgebung entgegenbrachte, mit einer Selbstverständlichkeit an, als sei er ohnehin der einzige, der es wirklich verdiente.

Er stand barfuß, nur in Hemd und Hose gekleidet, und unbewaffnet vor ihr. Offenbar fühlte er sich auf Kalmarhus so sicher, daß er nicht die geringsten Sicherheitsmaßnahmen einhielt. Margarete zog den schweren Mantel fester um ihren Körper, damit er ihren faltigen Hals nicht sehen konnte.

Wenn er sie aufsuchte, wollte er nicht mit seiner alternden Mutter, sondern mit der Landesfürstin sprechen.

»Hast du etwas an deiner Braut auszusetzen?« fragte sie ihn, nachdem er sie auf die Wange geküßt hatte. Sie hatte kurz an ein Lied denken müssen, in dem besungen wird, wie ein Bräutigam nach seiner Vermählung seine Mutter aufsucht, um sich darüber zu beklagen, daß seine Braut keine Jungfrau mehr sei. Die Frage überraschte ihn. Er starrte sie ungläubig an, zog dann einen Stuhl zum Kamin und setzte sich.

»An meiner Philippa gibt es keinen Makel«, sagte er froh. »Sie ist das schönste Geschenk, das ich je bekommen habe. Sie ist so bleich und zart wie eine Perle, und sie bewegt sich so anmutig wie ein Eichhörnchen. Sogar ihre schiefen Schultern finde ich schön. Sie erzählte mir, daß diese Schultern bei der Geburt beinahe das Leben ihrer Mutter gekostet hätten. Ich bin nicht wegen Philippa zu dir gekommen.«

»Und das hat keine Zeit bis morgen?« fragte Margarete und legte das Buch widerstrebend zur Seite.

Als Erik zwei Becher holte und sie mit Wein füllte, fiel Margarete ein, wie lange es her war, daß sie beide Zeit miteinander verbracht hatten.

Seit dem Unionstreffen in Kalmar hatte sie Erik nur noch als ihren Nachfolger und den zukünftigen König gesehen. Sie hatte sich seinen Einfällen gebeugt, so zum Beispiel seinem Wunsch, alle seine pommerschen Verwandten zur Hochzeit nach Lund einzuladen. Er hatte sie zur Thronseite der Festtafel gebeten und jeden einzelnen seiner Adoptivmutter vorgestellt, voller naivem Stolz, ihr seine richtige Familie zeigen zu können. Kurz darauf unterbreitete er ihr den Vorschlag, daß einer seiner Verwandten doch die polnische Thronfolgerin Jadwiga heiraten und somit ein neues Imperium gründen könne. Margarete war immer wieder überrascht, wie einfach sich diejenigen die Eroberung oder Gründung eines Imperiums vorstellten, die noch nie kämpfen mußten. Henry von Lancaster wollte sich ihre Reiche einverleiben, und auch Eriks Familie schien diesen Plan zu haben.

Während der Zeremonie in der Domkirche hatte sie plötzlich ein eiskalter Zweifel überfallen, ob sie ein Recht hatte, so zu handeln und zu planen, wie sie es getan hatte. Doch wie gewöhnlich war es ihr gelungen, den Zweifel beiseite zu schieben. Gott hatte sie gesegnet, beschützt und ihr die größten Sünden vergeben, zu denen sie genötigt worden war. Hätte sie Schweden erobern können, wenn Gott gegen sie gewesen wäre?

»Philippa kann eine große Stütze für dich sein«, hörte Margarete sich sagen. Philippa war genaugenommen ihr verlängerter Arm. Doch sie befürchtete, daß Erik seine Frau ablehnen könnte, wenn er davon erfuhr.

»Besonders in Schweden?« fragte er wachsam. »Wann endlich wirst du mir Schweden geben? Philippa hat damit angefangen, sie erzählte, daß sie mit ihrem Vater darüber gesprochen habe«, fügte er hinzu, so als sei es leichter, sich auf Philippa zu berufen.

Margarete sah ihn über den Rand des Bechers an. Was sollte sie ihm sagen? Er wußte doch so gut wie sie, daß sie alles auf eine Karte gesetzt hatte, um Schweden zurückzugewinnen. Sie würde sich lieber in Stücke reißen lassen, als auf Schweden zu verzichten. Allerdings würde sie ihn in Schweden wohnen und den Schweden die Freigebigkeit, Milde und Gnade des Königs zuteil werden lassen. Sie würde ihnen einen großen Hof gewähren, und sie sollten auch eine holde junge Königin und hübsche Kinder bekommen.

»Die Schweden sind es nicht gewohnt, gelenkt zu werden, aber du könntest in Norwegen von großem Nutzen sein«, antwortete sie ausweichend.

»Willst du mir Schweden nicht geben?« fragte er zornig.

Margarete fragte sich, wie Erik jemals erfolgreiche Verhandlungen führen sollte, wenn er sofort seine innersten und tiefsten Gefühle verriet.

»Schweden gehört dir«, gab sie schließlich nach und öffnete ihre Hände. Erik erbte alles, wofür sie gekämpft und was sie hart erarbeitet hatte. Er bekam es, ohne einen Finger krumm zu machen.

»Schweden wird vom Reich abfallen, kannst du das nicht sehen, Mutter?« unterbrach er sie. »Wenn ich einmal die Regierung übernehme, wird Schweden abfallen, wenn sie nicht vorher lernen, mich anzunehmen. Dank deiner Haltung hat Abraham Brodersen mehr Männer unter seinem Wappen als der schwedische König! Er besitzt mehr Land in Schweden als du. Er ist reicher als der König selbst und könnte sich morgen krönen lassen.«

Aber er ist treu und ergeben, dachte sie. Nur so konnte man Schweden regieren. Man wählte einen Stellvertreter und ließ ihn Absprachen mit den Adligen treffen. Auf diese Weise gewöhnte man sie zaghaft und mit Seidenhandschuhen daran, gelenkt zu werden. Erik hingegen dachte, er könne sie mit seiner Hand lenken, aber er trug einen Handschuh aus Eisen über dem seidenen.

»Abraham ist mein Werkzeug, und er ist ein gutes Werkzeug. Ich bin der einzige Mensch, von dem er Befehle annimmt. Vor mir haben die Schweden Angst, ihn fassen sie als einen von den Ihren auf«, erwiderte sie nur.

Das häßlichste Grinsen, das sie je zuvor gesehen hatte, entstellte daraufhin Eriks Gesicht. Seine Lippen formten ein Wort, das sie nicht verstand. Sie wußte nur eines: Die Zukunft würde Fehden und Ungerechtigkeiten bringen.

Aber er war die beste Lösung gewesen, die mir zur Verfügung stand, verteidigte sie sich vor sich selbst, nachdem Erik unversöhnlich gegangen war. Er war der einzige, der in Frage kam, berichtigte sie sich. Darum hatte sie Erik auch zum Ausgleich Philippa gegeben.

Müde und gebückt schleppte sie sich ins Bett und ließ den Mantel auf dem Boden liegen. Sie kletterte mit klappernden Zähnen unter die klammen Decken, streckte sich aus und schloß die Augen. Die alten Hunde folgten ihr und drückten sich an ihre Seite, langsam erwärmten ihre Leiber auch Margaretes Körper.

Sie konnte ihre Gefühle aus wichtigen Entscheidungen heraushalten, das hatte Erik noch nicht gelernt. Sie war weder jung noch alt, weder Königin noch Ehefrau, weder wach noch schlafend. Wenn sie nur die letzten Überreste einer vergangenen Leidenschaft ausrotten könnte, dann wäre sie wahrhaftig glücklich. Alle Feuer verglühten früher oder später. Die meisten ihrer leidenschaftlichen Feuer glimmten ohnehin nur noch.

Endlich war sie dem Geheimgang entkommen, sie träumte auch nicht mehr den alten Traum, in dem sie mit Oluf im Arm die Treppe hinunterstürzte. Sie hatte die andere Seite erreicht, hatte Leidenschaft, Unruhe und Unvernunft hinter sich gelassen. Nun, da sie so fromm lebte wie eine Nonne, hatte sie ihre eigentliche Stärke gefunden.

9.

Sie hatte so lange auf diesen Brief gewartet, der nun auf ihrem Schreibtisch lag. Erik hatte ihn geschrieben, aus seinem Heerlager in Holstein. Sie las den Brief, den Erik auf teurem Pergament und nicht auf billigem Papier verfaßt hatte, wie sie es benutzte.

Plötzlich fühlte sie sich beobachtet und beurteilt. Gott beobachtet uns alle, dachte sie. Margarete konnte nicht mehr so gut sehen wie früher, aber die schön geschriebenen Buchstaben hatten ihr keine Schwierigkeiten bereitet. Nun hatte Erik doch das getan, was sie die ganze Zeit befürchtet hatte. Sie hätte Abraham nicht mit auf den Feldzug schicken sollen.

Welche Anklage hatte er gegen ihn erhoben, ihr jähzorniges Kuckucksjunges? Abraham konnte man auf vielerlei Weise zu Fall bringen. Der einfachste Weg war, ihn für seine Gier zu bestrafen. Sein Besitz würde nun zurück an die schwedische König fallen. Erik hatte von ihr gelernt!

Sie las die Worte wieder und wieder mit zusammengekniffenen Augen. Dann hielt sie für einen Augenblick inne, öffnete die trockenen Lippen und stieß einen überraschten, verzweifelten Laut aus. Sie zerknüllte den Brief auf dem Tisch, strich ihn mit beiden Händen glatt und beugte sich darüber, während ein ungeheurer Schmerz durch ihre Brust fuhr.

Erik hatte Abraham gefangengenommen und der Vergewaltigung angeklagt. Vergewaltigung von wem? Das Urteil war unwiderrufbar. Erik hatte ihn ohne Umschweife köpfen lassen, auf dem Galgenberg vor der Burg Sønderborg. Er hatte nicht Abraham treffen wollen, sondern sie, seine

Adoptivmutter. Endlich hatte er es vermocht, sie aufs schlimmste zu bestrafen.

Sie hatte Erik niemals bestraft, sie hatte ihm nur stets den rechten Weg gewiesen. Nie wollte sie ihm zu nahe treten, und sie hatte ihm immer eine Tür offengehalten. Aber vielleicht hatte Erik das nicht sehen können.

Die Schwächeren unterliegen, darum hatte sie ihr Leben lang versucht, ihre Schwachheit nicht zu zeigen. Erik hatte ihr nun die schlimmste und schmerzhafteste Form der Schwäche aufgezwungen. Margarete nahm kaum die dunklen Flecke wahr, die sich auf dem Pergament bildeten. Fahrig wischte sie sich übers Gesicht, bevor sie den Brief weglegte. Keiner sollte sehen können, welche Gefühle sie quälten.

Peder Jensen nahm ihr gegenüber in dem bequemen Stuhl Platz und streckte seine gichtgeplagten Beine vor dem Kamin aus. Margarete versuchte, die übliche höfliche Unterhaltung zu überspringen. Sie wollte wissen, wie Abraham umgekommen war, wollte die genauen Umstände erfahren und mit Peder Jensen die Totenmessen und den Bau von Kapellen in Lund und Roskilde zu Ehren Abrahams besprechen. Abraham hatte keine Kinder hinterlassen, aber seinen gewaltigen Besitz unter seinen Standesgenossen und Verbündeten aufgeteilt.

»Soweit ich informiert bin, wurde Abraham Brodersen vor Burg Sønderborg enthauptet«, sagte Peder Jensen zögernd, er wußte nicht, worauf Margarete hinauswollte. »Soweit ich gehört habe, starb er würdig, ohne jemand anzuklagen. Er betete und fastete in der Nacht vor seinem Tod.«

Sie wollte ihrer unbändigen Wut nicht nachgeben, suchte verzweifelt nach einem Ausweg.

»König Erik wird es nicht gefallen, daß zu Ehren eines verurteilten Verbrechers eine Kapelle errichtet wird«, sprach Peder Jensen weiter und faltete seine Hände über dem Bauch.

Dem Bischof standen sein Alter und sein runder Bauch gut, aber Margarete fühlte sich durch ihn zu sehr an ihr eigenes Alter erinnert, obwohl sie selbst noch so schmal war wie in ihrer Jugend.

»Ich habe nie einen Adligen hinrichten lassen«, erwiderte Margarete. Sie hatte damals sogar Albrecht die Jahre seiner Gefangenschaft in aller Bequemlichkeit auf Burg Lindholm in Schonen verbringen lassen. Bis er schließlich nachgegeben, sein Lösegeld bezahlt und ihr die Schlüssel Stockholms übergeben hatte. Nie hatte sie erwogen, selbst ihren schlimmsten Feind hinterrücks ermorden zu lassen. Aber zu Erik paßte es gut – den Knoten einfach zu zerschlagen, anstatt ihn mühsam zu lösen.

»König Erik hat angefangen, laut über die Zukunft seiner Familie in Pommern nachzudenken«, fügte Peder Jensen hinzu.

Davon war sie bestens unterrichtet. Bisher hatte sie Eriks Vorschläge nicht weiter ernst genommen, denn die meisten seiner Familienangehörigen waren zu nichts nutze, und das wußte Erik sehr wohl. Ihn hatte eher das Heimweh nach Familie und Elternhaus geleitet. Vielleicht stürzte er sich auch mit soviel Liebe auf seine Heimat Pommern, weil Philippa einfach nicht schwanger wurde.

»Ich will, daß Abraham Brodersens Leiche zur Bestattung nach Roskilde überführt wird«, sagte sie und sah ihren Bischof scharf an. Es war schließlich seine Kirche.

»Und wo werden wir dann später ruhen? Seite an Seite mit dem Schurken, der Ihrer nicht wert war? Wollen Sie an seiner Seite ruhen?«

Margarete konnte ihren Ohren nicht trauen. Er hatte sich halb von seinem Stuhl erhoben, die großen Hände auf den Armlehnen abgestützt und die Worte mit kindlich gekränkter Stimme herausgepreßt.

In der Vergangenheit hatte sie oft befürchtet, daß Erik gegen Abraham vorgehen würde. Sie hatte darum gebeten, daß es erst geschehen möge, wenn ihre Seele so erstarrt wäre, daß der Schmerz über seinen Tod sie nicht mehr erreichen könne. Nun war das Schreckliche eingetreten, und sie saß unbeweglich da. Nicht sie hatte die Fassung verloren, sondern der Bischof. Zum zweiten Mal war sie zur Witwe gemacht worden, und dieses Mal hatte sie das Recht zu trauern.

»Es war keinen Tag zu früh, daß Erik diese Schlange aus Ihrem Wege geräumt hat«, sagte Peder Jensen. »Er hat Ihnen mehr geschadet, als Sie es wahrhaben wollten. König Erik hat die Zuneigung der schwedischen Adligen gewonnen und erreicht, daß der gesamte Besitz des Herrn Abraham Brodersen an ihn fällt. Er hat das einzig Richtige getan. Erst jetzt hat er unter Beweis gestellt, daß er seiner Aufgabe gewachsen ist. Mit Abrahams Tod ist ein König in ihm erwacht, und Sie sollten dafür dankbar sein.«

Sie wußte, daß er sich irrte, traute sich aber nicht, ihm zu widersprechen. Stets hatte sie sich bemüht, unnötige Gewalt zu vermeiden, und es doch vermocht, bei der Eroberung Schwedens mit harter und schonungsloser Hand vorzugehen. Nie hatte sie sich geschont, nun war sie alt, hohlwangig und hartherzig, aber sie hatte ihre Pflicht erfüllt und alle Schulden beglichen. Sie war dankbar – dankbar, daß ihre Zeit bald vorbei sein würde.

»Abraham Brodersen hat mir alles gegeben, was er seiner Fürstin geben konnte. Und er war auch seinem Herrn immer treu ergeben gewesen«, sagte sie.

»Sie haben mir alles gegeben, ohne zu wissen, ob ich es wert bin. Und ich habe es mein Leben lang zurückbezahlt«, antwortet Peder Jensen darauf verbittert und erhob sich.

Aber Abraham habe ich meine Zärtlichkeit geschenkt, dachte sie seinen Satz zu Ende. Und nicht nur das, in jeder wachen Stunde hatte sie an ihn gedacht, seit dem Tag, an dem er in ihr Leben gedrängt war. Um ihn hatte sie sich Sorgen gemacht, versucht, ihm das Beste zu geben. Um Peder Jensen hatte sie sich nie Gedanken oder gar Sorgen gemacht.

Gleichwohl würde sie um ihn trauern, wenn er sterben würde, aber sie würde nie so glühend um die Totenmessen oder sein Grab bemüht sein. Seine Sünden waren undurchsichtig und heimlich, ihre hingegen waren so groß wie die Abrahams und schrien zum Himmel.

Peder Jensen blieb vor ihr stehen, ungeduldig, aber höflich. Sie kannten sich schon so lange, aber er behandelte sie noch immer mit größter Rücksicht und Vorsicht. Margarete wollte nicht weinen, aber die Tränen strömten aus ihren Augen und tropften auf ihre Hände. Sogar ihr Mund bebte, und sie schämte sich.

»Alles habe ich getan, ich habe das Tageslicht und den Blick Gottes ertragen, ich habe meine Widersacher nicht meuchlings ermordet, sondern die Versöhnung mit ihnen angestrebt. Auch habe ich kein Bauernheer abgeschlachtet, um eine einzige Stadt zu erobern. Sogar Albrecht habe ich am Leben gelassen. Welche sind meine unverzeihlichen Sünden? Warum erhalte ich keine Belohnung für meine Taten? Warum bin ich so einsam? Warum muß ich wie mein Vater so einsam und voller Angst vor dem Jüngsten Gericht sterben?«

Peder Jensen betrachtete sie zurückhaltend, als würde er sie mit neuen Augen sehen. Sie wollte ihn noch eine Sache fragen, die ihr mit einemmal ungeheuer wichtig erschien: In den Augen der Kirche konnte eine einzige Todsünde die Wirkung aller guten Taten, aller Bußen und Gaben an Kirche und Arme aufheben.

»Gott hat seinen Sohn auf dem Berg Golgatha geopfert«, sagte Peder Jensen leise.

Aber Margarete hatte gar nicht an Oluf oder gar den falschen Oluf gedacht. Vor ihrem inneren Auge erstreckten sich eine endlose Reihe leerer, unglücklicher Tage, die noch vor ihr lagen. Sie war ganz allein, Erik hatte seine Freunde um sich geschart. Sie war der Sonnenuntergang, Erik der Sonnenaufgang. Für alle anderen hatte sie gesorgt, an sich selbst hatte sie nicht gedacht.

»Es gibt keine Belohnung«, sagte er, »es gibt nur Pflichten, und die sind dieselben für den Pachtbauern wie für den Herrscher. Die Belohnung ist das Wissen, daß man nicht grundlos gesündigt hat. Wenn die Sünde nicht tief aus einem herausgewachsen ist und in der Seele ihren Ursprung hat, kann man dem Jüngsten Gericht sorglos und furchtlos entgegenblicken.«

Aber Margarete hatte ihn gar nicht nach der bevorstehenden Strafe Gottes gefragt. Sie dachte an den Rest ihres eigenen Lebens, die Zeit ohne Abraham und ohne Hoffnung, ihn je wieder zu spüren.

»Man muß dafür sorgen, daß nichts Bedeutungsvolles zwischen einem selbst und dem Tod steht«, sagte Peder Jensen und verließ sie. Beinahe geräuschlos ging er auf seinen weichen Sohlen durch das Zimmer und ließ die Tür leise hinter sich zugleiten. Er hatte ihr seinen Rat gegeben. Womöglich tröstete er sie nicht, aber es war alles, was er für sie tun konnte.

Wenn sie es recht bedachte, war doch die Welt voller Aufgaben, auf die sie sich stürzen konnte. Wenn Erik so unbeirrt nach Osten schaute, während sie ihren Blick gen Westen gerichtet hatte, so war das keine Katastrophe. Sie hatten lediglich die Pflichten untereinander aufgeteilt. Vielleicht würde Erik auch eines Tages in Philippa etwas anderes sehen als nur die Tochter des englischen Königs und das großartige Geschenk seiner Adoptivmutter.

Ihre erste Pflicht bestand darin, alle Personen zu sich zu rufen, die in Abrahams Testament genannt wurden. Sie würde ihnen nicht mehr geben können als einen der kleinen schäbigen Höfe in Halland. Sie war genötigt, hinter der Entscheidung ihres Stiefsohnes zu stehen, sosehr sie das auch quälte und demütigte. Margarete war davon überzeugt, daß Abrahams Tod in Schweden begrüßt würde. Aber früher oder später würde er ein Märtyrer werden. Um dem zuvorzukommen, würde sie seinen Tod als unglücklichen Unfall aussehen lassen müssen und seinen Besitz auflösen. Wäre Abraham jemand anderes gewesen, hätte sie schon vor langer Zeit dafür Sorge tragen müssen, daß er vom Erdboden verschwindet. Müde machte sich Margarete an die Vorbereitungen für das Treffen mit Abrahams Erben.

Peder Jensen hatte recht. Es gab keine Belohnung, es gab nur die Pflicht weiterzuleben. Sie wußte, daß sie das schaffte. Man mußte wählen, ihre Wahl aber war ohne ihr Dazutun getroffen worden.

Philippa hatte ihre Schwiegermutter angefleht, einen Halt einzulegen, aber Margarete hatte Vadstena erreichen wollen, bevor der Weg dorthin eingeschneit war.

Sie war die älteste unter allen Reitern, und wenn sie es schaffte, dann müßte der Rest ihr nachfolgen, so gut es eben ging. Als sie zurückschaute, empfand sie einen trotzigen Stolz, sich durchgesetzt zu haben. Das ganze Gefolge war hinter ihr, selbst ihre erschöpfte und blasse Schwiegertochter, die sich krampfhaft am Sattelknauf festhielt. Philippa konnte noch immer nicht gut reiten, ihre gesamte Kindheit und Jugend war sie umringt gewesen von vorsichtigen Großmüttern und Beschützern.

Margarete ließ sich vom Pferd gleiten, noch bevor einer der jungen Stallburschen an ihrer Seite war. Sie prallte hart auf dem Boden auf und konnte gerade noch verhindern umzuknicken. Ihr wurde für einen Moment schwindlig und schwarz vor Augen, und als die erste helfende Hand sie berührte, wandte sie ihren Kopf mit einem entschuldigenden Blick. Sie sah in ein sehr junges und sehr besorgtes Gesicht. Alle um sie herum waren so furchtbar jung!

Der schwere, mit Wolfspelz gefütterte Mantel, der ihren und den Körper des Pferdes bedeckt hatte, hing an ihr wie ein Zelt, und sein Gewicht bereitete ihr stechende Schmerzen im Rücken. Margarete sehnte sich nach einem guten Mahl in geheizten Holzhäusern mit trockenen warmen Betten.

Nach Ingegerds Tod hatten die Klosterbewohner sie nach und nach zu dulden begonnen. Das letzte Mal war sie als demütige Laienschwester gekommen, dieses Mal besuchte sie das Kloster als gnädige Frau Königin. Die Gesandten der Hanse hatten begonnen, sie während der Verhandlung gnädige Frau Königin zu nennen, und sie hatte den Titel mit Stolz akzeptiert.

Die Vorsteher des Klosters standen aufgereiht vor ihr. Aus der Entfernung konnte sie ihre Gesichter nicht erkennen, nahm aber an, daß sie ergeben und herzlich wirkten. Endlich hatte sie Frau Birgitta besiegt. Vor Ewigkeiten, als sie noch die junge arme Königin von Norwegen war, hatte sie oft verzweifelt gedacht, wenn Frau Birgitta nur einmal zuhören würde, dann könnte sie ihr sagen, wie grenzenlos schwer es war, ein Volk zu regieren, das nicht geführt werden wollte, obwohl es sich selbst nicht unter Kontrolle hatte. Endlich hatte sie gewonnen. Sie hatte den Birgittinern zu Ehren ein Kloster errichten lassen und durch ihr Wirken bewiesen, daß Frau Birgittas Befürchtungen und Lehrsätze zum Teil falsch waren.

Als Margarete ihren Hut abgenommen hatte, fiel ihr Blick auf Philippa. Das kleine, unfertige Mädchen blühte auf, fiel auf die Knie und küßte mit glühenden Wangen die Hände und Siegelringe der Äbtissin und der Äbte. Jene Gesichtszüge Philippas, die Margarete bisher unansehnlich und mißglückt fand, wirkten nun schön.

Direkt hinter Philippa folgte ihr Geistlicher, dieser bemerkenswerte junge Mann, der ihre kleine Kanzlei leitete. Philippa war wahrhaftig eine gewissenhafte Frau, die mit zwanzig Kanonikern gesprochen hatte, bevor sie sich für diesen einen entschied. Margarete wußte von dem Mann nur soviel, daß er Schwede war, Thomas hieß und aus Strängnäs stammte.

Sie beobachtete, wie er sich blitzschnell zu Philippa hinunterbeugte und ohne Handschuhe die Verschlußkette ihres Mantels öffnete, der sich in einem verdorrten Rosenbusch am Eingang verfangen hatte. Philippa drehte sich zu ihm, ein anmutiges Glänzen ließ ihre Augen erstrahlen und ihre Wangen erröten. Das gleiche geschah mit dem zarten Thomas von Strängnäs. Auch er errötete und blieb ein wenig betreten stehen, nicht wissend, was er tun sollte. Philippa streckte ihm schließlich die Hand entgegen und bat ihn darum, sie zu begleiten.

»Dann besteht doch noch Hoffnung«, dachte Margarete benommen. Aber schon einen Augenblick später war Philippa von anderen Dingen gefangen. Die Äbtissin erzählte ihr vom Verbleib der sterblichen Hülle der heiligen Birgitta.

Die Klostervorsteher leierten ihre Begrüßungsformeln herunter, sie hatten nicht vergessen, daß Margarete sich Schweden mit Waffengewalt unterworfen hatte. Ingegerd war entmachtet, verbittert, enttäuscht und ohne Freunde gestorben. Margarete wollte sich ihre letzten Lebensjahre nicht vorstellen, sie selbst hatte nichts für sie tun können. Und dennoch gehörte auch Ingegerd zu ihren Opfern.

Sie führte ihre Schwiegertochter in die Blaue Kirche, um ihr die Schätze des Klosters zu zeigen. Sie passierten die beiden neuen hölzernen Denkmale, die Frau Birgitta und ihren Mann darstellten: den beleibten älteren König und die magere jugendliche Prophetin. Philippa ignorierte das Standbild des Königs und kniete vor dem Abbild der Mystikerin nieder. Philippa wollte, davon war Margarete überzeugt, ebenso wie die junge Birgitta lieber in ihrer Scheinwelt als in der Wirklichkeit leben. Dieser Zufluchtsort hatte sich Margarete niemals angeboten, er ängstigte sie vielmehr. Denn sie wußte, daß der Weg dorthin ohne Umschweife ins Kloster Esrum und zu Einsamkeit und Fußfesseln führen konnte.

Sie blieben vor dem kleinen Schrein stehen, in dem Frau Birgittas irdische Überreste durch ganz Europa nach Vadstena gebracht worden waren. Margarete blieb stumm stehen, während Philippa erneut niederkniete und die Eisenbeschläge küßte, die den Schrein verschlossen. »Ich bin noch am Leben«, dachte Margarete, »ich bin noch hier, sie aber ist tot. Ich kann noch immer die Geschichte umschreiben. Ich habe gewonnen.«

Als Philippa sich erhob, hatte sie rote Flecken und Tränen auf den Wangen. Aber ihre Haut war wieder so blütenweiß wie zuvor. Sie hatte den Ort gefunden, an dem sie sein wollte, wenn sie nicht Königin von Eriks Reichen sein konnte. Hier fühlte sie sich zu Hause, die kleine, zarte Philippa.

Margarete hatte nichts unversucht gelassen. Sie hatte italienische Musiker und französische Sänger und Weber verpflichtet, ein englischer Architekt hatte für sie gebaut, und eine Unzahl englischer und französischer Romane hatte sie herbeibringen lassen. Aber nichts vermochte Philippas Heimweh zu stillen.

Wie hätte sie voraussehen können, daß der alte mürrische John of Gaunt und der Throndieb Henry of Lancaster ein so weiches und frommes Wesen in ihrer Familie haben würden.

»Wenn mein Vater nicht büßen will, dann werde ich das tun«, flüsterte Philippa auf französisch und legte vorsichtig eine Hand auf den Arm ihrer Schwiegermutter.

Margarete war für sie nicht das, was Blanka einst für Margarete gewesen war. Sie hatte Blanka für ihren Versuch bewundert, ihre offensichtliche Schwäche zu überwinden und Stärke zu zeigen. Sie hat sie geliebt für ihren Liebreiz und ihren Mut. Philippa aber fürchtete ihre Schwiegermutter. Sie eiferte nach Anerkennung, wie ein Welpe, der alles anstellt, um seinem Besitzer zu gefallen.

Und nun stand ihre Schwiegertochter vor ihr, und Margarete hörte durch sie Håkon sprechen. Zwei Kinder, die für die Sünden ihrer Eltern büßen wollten.

»Ich würde alles darum geben, schön und klug zu sein«, wisperte Philippa mit Tränen in den Augen. »Ich wünsche mir, daß ich schnell wachse, damit mein teurer Herr Gefallen an mir findet.«

Margarete strich ihr übers Gesicht. Hatte sie zuvor Håkon durch sie sprechen hören, vernahm sie jetzt ihre eigene Stimme.

Sie hatte nicht mehr soviel Zeit, sie mußte Philippa beibringen, ihre eigene, noch verborgene Stärke zu entdecken. Aber nicht in Vadstena! Doch sollte sie es nicht aus eigener Kraft schaffen, müßte Margarete ihr helfen.

»Du sollst nicht büßen, du sollst erwachen!« sagte Margarete. »Gib mir deine Hand!«

Philippa streckte ihre kleine, kraftlose Hand aus. Sie war rot und vom harten Ritt gezeichnet. Margaretes Hand war viel kleiner, wettergegerbt und häßlich. Zum ersten Mal betrachtete sie ihre Hände genau. Sie hatte häßliche Altweiberhände, wie Vogelkrallen.

»Du sollst nicht büßen. Laß deinen Vater selbst für seine Sünden büßen. Versprich mir, stark zu sein und deine Stärke zu suchen. Wenn Erik versagt, mußt du die Zügel aus seinen Händen nehmen, ohne daß er es merkt. Glaubst du, ich hätte dich in Lund krönen lassen, nur um ein schönes Fest zu feiern? Dir sollte etwas widerfahren, was mir in meinem Leben verwehrt blieb. Gott sollte deine Brust und Stirn salben! Versprich mir, daß du das vollbringen wirst, was Erik selbst nicht bewältigt! Schwöre, auf den Schrein der heiligen Birgitta!«

Philippa wagte nicht, den Blick zu heben. Sie atmete schwer, biß auf ihre Lippen und nickte schwach.

»Du darfst nicht weinen«, sagte Margarete und umarmte sie. Ihr war bewußt geworden, daß sie Philippa nur Geschenke machte, an die Bedingungen geknüpft waren. Sie schenkte nie aus Liebe.

»Es war nicht richtig, hier mit einem so großen Gefolge anzureisen, als würden wir in den Krieg ziehen«, sagte das Mädchen. »Wir verschrecken sie, und außerdem sind sie gezwungen, alle Reiter und Pferde zu verpflegen.«

So ein frommes Kind! Doch ihre Frömmigkeit würde

ihrem Verhältnis zu Erik nicht helfen. Die beiden wirkten noch immer wie zwei Fremde, obwohl Margarete dafür sorgte, daß sie soviel Zeit wie möglich zusammen verbrachten. Erik jedoch brachte ihr nur genau soviel Achtung entgegen, wie er ihr schuldete.

Wenn doch nur schon ein Kind aus der Verbindung mit einer seiner Geliebten entstanden wäre. Aber Erik schlief sicherlich nur einmal mit einer Frau. Seine Adoptivmutter sollte nicht die Gelegenheit haben, einen Enkelsohn gegen ihn zu verwenden, er könnte sich dann nicht mehr sicher fühlen. Margarete war überzeugt, daß er solchen Gedanken nachhing.

Sie traten vor die Kirche, wo sie Schneegestöber empfing. Ein Giebel war schon weiß. Ein harter Wind schlug ihnen entgegen und warf ihnen große Schneeflocken ins Gesicht. Margarete öffnete den Mund und fing die Flocken mit der Zunge auf. Sie schmeckten salzig.

Margarete vermißte Katarina. So merkwürdig ihr das auch erschien – sie vermißte dieses junge Mädchen, mit dem sie so große Pläne gehabt hatte und das sie schließlich nach Bayern geschickt hatte. Das war sie teuer zu stehen gekommen, aber sie war froh darüber gewesen, daß überhaupt jemand Katarina zur Frau haben wollte, da sie schon fast eine alte Jungfer geworden war. Als das Haus Wittelsbach zusagte und Katarina haben wollte, war das für Margarete ein Zeichen, daß sie nicht alles verkehrt gemacht hatte. Und Katarina hatte bei ihrer Abreise vor Freude und Erwartung geweint.

Katarina würde vielleicht sogar eines Tages ihre Rettung sein, die Rettung des Imperiums, wenn sie einen Sohn gebar. Dann würde sie nämlich Eriks pommersche Verwandten umgehen können, gegen die sie großes Mißtrauen hegte.

Margarete hatte Katarina fortgeschickt, aber Philippa würde sie erst einmal in ihrer Nähe behalten. Zusammen gingen sie von der Kirche hinüber zum Palas, den Blanka hatte bauen lassen. Philippa stützte sich auf ihre Schwiegermutter, als wäre sie die Jüngere von beiden. Margarete konnte es nicht fassen.

Dennoch half sie dem Mädchen beim Auskleiden, denn Philippa hustete und zitterte so sehr vor Kälte und Erschöpfung, daß sie keines der Bänder aufbinden, geschweige denn das Kleid über den Kopf ziehen konnte. Der magere weiße Körper unter dem dicken Stoff wirkte ausgemergelt, und ihre Zähne klapperten. Margarete löste die Zöpfe, die während der Reise im Nacken unter der Kappe des Mantels zusammengesteckt waren, und streichelte ihr über den Kopf.

»Das tut so gut, hier ist es schön, hier möchte ich für immer bleiben«, weinte Philippa, als Margarete sie in die Dekken gehüllt hatte.

Bei diesen Worten drang eine Nadel durch Margaretes Herz. Frau Birgitta hatte über ihre Ehe mit Håkon gesagt, daß keiner Freude an diesem Bündnis haben und die Ehe keine Früchte tragen werde. Wie groß war ihr Triumph gewesen, als sie auf Akershus mit dem gewickelten und getauften Oluf in ihren Armen gelegen hatte. Nach allen ihren Siegen und den neuen Klöstern, die sie hatte errichten lassen, konnte Gott sie nicht damit strafen, daß Philippa unfruchtbar war. Gott durfte nicht mehr alleinig auf der Seite von Frau Birgitta stehen, nachdem sie jahrzehntelang seinen Willen erfüllt hatte. Frau Birgitta durfte nicht recht behalten. Sie würde Philippa niemals Frau Birgitta überlassen!

10.

Erik begrüßte seine Adoptivmutter wie immer mit einem Kuß auf beide Wangen. Dann nahm er vor ihr Platz. Margarete wußte, daß er niemals von sich aus von den Geschehnissen vor Burg Sønderborg berichten würde. Er erwartete, daß sie ihn danach fragte. Doch da würde er sehr lange warten müssen.

Hinter ihm traten seine jungen Begleiter ein. Margarete mißfiel ihre Überheblichkeit. Sie selbst hatte ihr Leben lang versucht, möglichst demütig und ergeben aufzutreten. So war es ihr gelungen, die Adligen glauben zu machen, daß sie deren Diener sei. Nur so hatte man sie gefügig machen können.

Die jungen Männer lächelten sich verschwörerisch zu, als würde ihnen die ganze Welt zu Füßen liegen. Es war offensichtlich, daß in ihren Augen die Union der nordischen Reiche schon immer bestanden hatte und in alle Ewigkeit fortbestehen würde. Nichts und niemand konnte diese Einheit zerstören, die es ihnen ermöglichte, in dem einen Land ein Vermögen anzuhäufen, in dem nächsten zu heiraten und im dritten dem König zu dienen. Für sie war die Union eine unerschöpfliche Schatztruhe.

»Ist es meiner teuren Mutter gut ergangen, während ich fort war?« fragte er und setzte unbeirrt seinen Bericht über seine großen Errungenschaften fort. Die Erzählung von seinem maßlosen Feldzug war gespickt mit Lügen, und das wußten sie beide, doch Margarete zweifelte ernsthaft daran, daß auch seine Gefolgsleute das begriffen. Er beleidigte und kränkte seine Stiefmutter vorsätzlich.

Während Erik sprach, ließ sie ihren Blick über die glatten Gesichter, die vollen roten Wangen und ahnungslosen Augen gleiten. Sie sahen in ihr die Vergangenheit, Erik hingegen verkörperte für die jungen Männer die Zukunft.

Erik faltete stolz die Zeichnungen eines englischen Architekten für seine neue Burg auf. Er wollte sie der lieblichen Philippa zueignen. Alle liebten sie, sogar Erik verlor niemals ein böses Wort über sie. Aber ihr Wesen forderte nicht zu wilder Leidenschaft auf, vielmehr zu milder Resignation.

Woher Erik das Geld für seinen großen Bau nehmen wollte, wußte Margarete nicht. Sie selbst hatte die Errichtung einer besseren und viel zeitgemäßeren Burg in der Nähe von Helsingør veranlaßt. Flynderborg, das ihre Mutter so sehr geliebt hatte, war vor einiger Zeit abgebrannt und abgerissen worden. Es sollte eine kleine Burg werden, mit einem Turm wie auf Burg Kærnen bei Helsingborg.

Eriks Pläne waren weitaus ehrgeiziger, er hatte einfach ihre bescheidenen Entwürfe genommen und sie vergrößert. Er wollte ein neues, jedoch weniger kriegerisches Vordingborg bauen, mit einem riesigen Tanzsaal und hohen, spitzen Fenstern wie in einer Kathedrale. Nein, Erik hatte nicht vor, den Domkirchen Kapellen zu schenken, er wollte für sich selbst ein Monument errichten. Burg Krogen in der Nähe von Helsingborg sollte das Symbol des Reichtums werden.

»Woher wird der König die Mittel nehmen, um ein so schönes und geräumiges Zuhause für seine Frau zu bauen?« fragte sie sanft.

Erik wurde Feuer und Flamme, breitete seine Hände aus und gab sein Geheimnis preis. Er konnte sich noch nie gut verstellen, er hatte noch nicht einmal gelernt, seinen Eifer zu dosieren, sondern ließ ihn ungebremst ausströmen. Da die Heringsschwärme nicht mehr so dicht vor Skanør stünden wie früher, habe er sich nach einer neuen Einnahmequelle umgesehen.

Voller Eifer breitete er die Karte von Schonen vor ihr aus

und zeigte auf zwei Städte. Dort, wo der Øresund am schmalsten sei, könne man die Einfahrt überwachen. Der schmale Sund ließe sich mit schnelleren, mit Kanonen bestückten Schiffen beherrschen. Jedes einfahrende Schiff müsse einen Zoll entrichten, und das Geld würde dann direkt in die königliche Kasse fließen.

Erik mangelte es nicht an Einfällen für große Pläne, besonders wenn sie ihm viel Geld oder Ansehen einbrachten. Wie gut, daß sie für sich gesorgt hatte.

Zusammen mit Peder Jensen hatte sie schon vor langer Zeit begonnen, die vornehmen Altarschalen zu sammeln, die sie nach ihrem Tod den Kirchen vermachen wollte. Auch die Domkirche von Roskilde würde sich über neues prächtiges Chorgestühl sehr freuen, hatte Peder Jensen vorsichtig verlauten lassen. Dies würde Margarete schon noch beschaffen, schließlich war es ihr auch gelungen, die reiche Witwe Ida Falk dazu zu bewegen, die Domkirche von Lund mit einer wunderschönen goldverzierten Altartafel auszustatten.

Margaretes Blick fiel erneut auf Eriks Begleiter Jens Eriksen, der einen Apfel in der Hand hielt und daran knabberte. Seine großen blauen Augen starrten sie unverwandt an, es war offensichtlich, daß er sich furchtbar langweilte.

Eriks Kumpane trugen allesamt dieselbe Frisur – als hätte man ihnen einen Kessel auf den Kopf gesetzt und einmal rundherum die Haare abgeschnitten, die darunter hervorschauten. Diese englische Frisur, die auch Henry of Monmouth, Philippas Bruder, trug, liebte sie sehr. Besonders Erik stand die Frisur gut.

Jens Eriksen hingegen sah damit aus wie ein kleiner Junge. Obwohl er seinen Herrn in jeder Einzelheit kopiert hatte: Sie trugen dieselben Ärmel, die bis zum Boden reichten und in eichenblattförmige Streifen geschnitten waren; auch um den schmalen Leib hatten sie beide einen breiten Gürtel gelegt, und ihre kurzen Wamse endeten über dem Gesäß. Allerdings hatte nur Jens Eriksen große Schellen an seinem Gürtel hängen. Sie baumelten vor seinem Gemächt, was Margarete sehr sinnvoll fand, da das Wams jederzeit hochrutschen und alles entblößen könnte.

Hinter Jens Eriksen standen einige von Eriks pommerschen Verwandten. Alles hatte sie versucht, um ihn von Pommern fernzuhalten und alle Spuren von dem alten Bugislaw auszulöschen. Erik aber hatte nach seinen Verwandten geschickt und unablässig davon erzählt, daß einer von ihnen sein Erbe antreten werde, wenn er ohne Nachkommen sterben sollte. Margarete fragte daraufhin, wem er Kalmarhus zu vermachen gedenke. Doch sie wußte schon im voraus, daß er Jens Eriksen auserwählt hatte.

»Nicht in Schweden«, hatte Margarete bestimmt gesagt. »Laß ihn erst seine Sporen verdienen, bevor du ihm die Schlüssel des Reiches übergibst.«

»Abraham Brodersen Båd wurde zum Hauptmann von Varberg ernannt, nachdem du Schweden gewonnen hattest«, erwiderte Erik süßlich.

»Von ihm haben wir uns ehrenhaft getrennt«, bemerkte Margarete.

»Ich habe mich zum Herrn von Schweden gemacht«, sagte Erik.

»Schweden ist wahrhaftig mehr als seine Adligen. Den deutschen Bergleuten von Kopparberg in Dalarna bedeutet es nichts, daß weiter südlich ein großer Herr regiert. Auch die Kaufleute auf dem Heringsmarkt in Skanør leben glücklich weiter, ohne die Veränderungen zu ahnen.«

Erik lachte nachsichtig und winkte ab. Margarete schloß die Augen und atmete ruhig, aber sie konnte die Wut nicht unterdrücken, die in ihr erwachte und unablässig wuchs. Er sah in ihr schon lange keine Gefahr und Bedrohung mehr.

»Als hätte sich meine liebe Mutter jemals um die Bergleute von Kopparberg gekümmert«, lachte er leise. »Meine teure Herrin wollte Schweden unterwerfen und hat es getan. Dafür danke ich dir, liebe Mutter, jetzt und für immerdar.«

Worauf er sich tief vor ihrem Tisch verbeugte, ihre Hand nahm und das Frauengesicht auf dem Siegelring küßte. »Aber ich bin stärker geworden, Mutter«, setzte er nach und lehnte sich dabei mit ungeduldiger Miene im Stuhl zurück. »Ich habe endlich verstanden, was genau du meintest, als du gesagt hast: Nur Gott, du selbst und wir können Vögte auf unseren Burgen ein- und absetzen.«

Erik liebte jede Form von körperlicher Entfaltung. Das wehleidige, verwöhnte Kind, das einst aus Pommern geschickt worden war, hatte sich zu einem erwachsenen Mann entwickelt, der seinen Körper ertüchtigte und pflegte. Margarete hatte ihn beobachtet, wie er mit seinen kostbaren Waffen übte, mit dem in Passau geschmiedeten Schwert und dem englischen Bogen. Erik war sehr stolz darauf, daß er in den Sattel springen konnte, ohne Anlauf oder gar die Steigbügel nehmen zu müssen. Aber der Körper ist nur eine schäbige Hülle, das wußte Margarete nur zu gut. Erik würde besser daran tun, seine Seele zu pflegen und ihre Fähigkeiten auszubilden, statt seine wertvolle Zeit mit seinem vergänglichen Körper zu verschwenden.

»Ich hatte gehofft, du würdest größere Milde zeigen und dir ein anderes Vorbild nehmen«, sagte sie.

»Wen denn?« fragte Erik, offensichtlich überrascht von der Frage. Es überraschte auch Margarete, daß es ihr scheinbar leichter fiel, offen mit ihrem Ziehsohn zu sprechen, wenn sein ganzer Klüngel ihn umringte, als wenn sie mit ihm allein war. Sie sprach gleichzeitig mit ihm, seinen ungezogenen Verwandten und mit Jens Eriksen.

»Königin Blanka hat Norwegen jahrzehntelang mit kluger und weiser Hand regiert«, antwortete Margarete. Auf das Lächeln, das sich über Eriks Gesicht ausbreitete, war sie nicht vorbereitet. Wie sie dieses Lächeln verabscheute! Es widersprach ihr, beleidigte und verspottete sie.

»Blanka!« lachte er laut und warf seinen Kopf in den Nakken. »Zum Glück ist meinen Adern ihr Blut erspart geblieben, soweit ich meine Stammtafel kenne. Die Frau, die ihren Sohn umbrachte.«

Jens Eriksen hatte zuerst einfältig mitgelacht. Nun aber starrte er entgeistert auf Margarete, deren Blick ihn fesselte. Er wagte nicht einmal, seine Wange zu säubern, an der ein Stückchen Apfel hängengeblieben war. Errötend versteckte er den Apfel hinter seinem Rücken.

»Ist das ein gutes Vorbild? Eine Königin, die ihren Sohn tötet?« fragte Erik mit eiskalten Augen. Doch er war im Unrecht – Blanka hatte ihren Sohn Erik nicht umgebracht, und Margarete hatte einen Ketzer verbrennen lassen.

»Verstehe das nicht falsch, allerliebste Mutter, ich liebe und ehre meine Mutter, die mir alles gab, was sie besaß. Aber das bedeutet keineswegs, daß ich ihr nachzueifern wünsche. Ich bin Erik, und wer mir nicht gehorchen will, wird das Fürchten lernen.«

Daraufhin erhob er sich, küßte sie und verließ den Raum, gefolgt von seiner Bande. Die Pommern verneigten sich nicht einmal vor ihr, sondern stapften wortlos hinaus. Margarete ließ alle Fenster öffnen, blieb sitzen und kämpfte gegen ihre sinnlose Wut.

Sie sehnte sich so sehr nach großen Festen und oberflächlichen Vergnügungen. Sie hatte genug Kraft, die tägliche Arbeit zu verrichten, und hatte fast alles erreicht, was sie sich im Leben vorgenommen hatte. Zwar war sie gealtert, aber dafür erleichterte ihr die Erfahrung vieles, was sie früher Kraft, Zeit und Sorgen gekostet hatte.

Dennoch sehnte sie sich nach einem großen Fest mit Turnierspielen, Ritterwettkämpfen, Gastmahl und Tanz auf dem Burghof von Vordingborg. Guter Rheinwein sollte dort fließen, und französische Köche sollten Unglaubliches aus der Küche bringen. Aber Margarete wußte auch, daß das nächste große Fest erst anläßlich ihres Todes gefeiert werden würde.

Warum mußte sie ausgerechnet jetzt sterben?

Sie hatte es nicht einmal geschafft, Abrahams Grab in der Domkirche von Roskilde zu besuchen, und das wartete nun schon seit zwei Jahren auf sie.

Selbstverständlich sagten sie ihr nicht die Wahrheit. Sie versprachen, daß sie wieder auf die Beine komme, wenn sie sich nur gut ausruhe. Aber sie wußte es besser. Sie hatte wohl gemerkt, wie die Segel gestrichen wurden, das Schiff lag nun sanft schaukelnd im Schleswiger Fjord, und man wartete auf ihren Tod.

Es war ein guter Tag gewesen, an dem sie in Flensburg eingezogen war. Einer der Mecklenburger hatte sich dazu herabgelassen, mit ihr ohne Mittelsmänner zu verhandeln. An einem klaren und sonnigen Oktobertag war sie auf einem ruhigen Schimmel in die Stadt geritten. Diesen Wallach hatte ihr Erik besorgt, nachdem sie letztes Jahr auf einer langen Reise durch Schweden schwer gestürzt war. Die Stadt hatte ihr gehuldigt, sie hatte auch kaum eine andere Wahl. Die Bürger, die damals gegen sie die Stadt verteidigt hatten, hatte sie einsperren und verurteilen lassen.

Sønderborg hatte sie auf ihrer Reise aus gutem Grund ausgelassen.

Margarete hatte gewußt, daß die Pest in Flensburg wütete, aber sie hatte auf den wunderbaren Empfang nicht verzichten wollen. Es ziemte sich nicht für eine Regentin, sich selbst zu schonen, gleichwohl sie beinahe sechzig war und damit sogar ihren Vater überlebt hatte.

Sie hatte sich zu allen Seiten abgesichert, professionelle Pilger waren in ihrem Auftrag auf dem Weg zu den größten Wallfahrtsorten der Welt: Jerusalem, Bethlehem, Rom, Aachen, Canterbury und Santiago de Compostela. Das würde sie vor dem Fegefeuer verschonen. Sie hatte sich einen Scherz erlaubt und Albrecht ärgern wollen, indem sie dem Kloster in Wilsnack, das die blutende Hostie beherbergte, große Summen spendete. Dort baute man nun eine herrliche Kapelle für die einzigartige Reliquie. Margarete hatte nur gefordert, in die Gebete eingeschlossen zu werden.

Sie hatte schon so vieles ausprobiert, nur diese letzte unerwünschte Prüfung noch nicht, die nun ohne Vorwarnung und viel zu früh bevorstand. Sie hatte keine Zeit, jetzt zu sterben.

Schweden hatte sich Erik noch nicht ergeben, Philippa erwartete kein Kind, und Südjütlands Schicksal war noch nicht entschieden. Sie hatte jetzt keine Zeit.

Als damals der falsche Oluf nach Kalmarhus gebracht worden war, hatte sie Erik mit dem Mann sprechen lassen. Nur wenige Augenblicke nachdem er in der Zelle verschwunden war, kam er auch schon wieder heraus, wütend und blaß und im Begriff, seine Hände abzutrocknen. »Keinen einzigen Augenblick verschwende ich mehr mit diesem Narren, wie kann man ihm nur glauben?« hatte er zu ihr gesagt. Aber sie hatte diesem Narren geglaubt, darum mußte sie auch der Kirche die Verantwortung übertragen und ihn durch ihre Hand töten lassen.

Es war schmerzhaft und erschöpfend, daran zu denken, aber sie hatte nichts, womit sie sich beschäftigen konnte. Die Zukunft würde sie nicht mehr erreichen können.

Hin und wieder fiel Margarete in einen leichten Schlaf. Jedesmal, wenn sie erwachte, spürte sie ihre drückend schweren Glieder, die sie nicht mehr bewegen konnte.

Zumindest hatte sie keine Lungenpest. Aber ihre Zunge und ihr Gaumen waren geschwollen, so daß sie nicht mehr sprechen konnte. Sie lag ausgestreckt, die Arme an den Körper gepreßt. Die Geschwüre unter ihren Achseln hatten ihr unsägliche Schmerzen bereitet. Diese Schmerzen waren jetzt verflogen, und auch ihre Beine spürte sie nicht mehr. Sie schienen bereits Frieden gefunden zu haben.

Wenn dann der Rest ihres Körpers nachgefolgt war, würde sie gewaschen und ihr graues Haar gekämmt werden. Der

Priester hatte ihr bereits die letzte Ölung gegeben, das Kreuz lag schwer auf ihrer Brust, nachdem es ihr die Wärme aus dem Körper gezogen hatte. Um sie herum sangen Stimmen Lieder und lasen die Messe. Aber das nahm sie kaum noch wahr.

War das wirklich alles? dachte Margarete und versuchte zu sprechen, aber ihrem Mund entwichen nur gurgelnde, kraftlose Laute. Bekomme ich nicht mehr? Ich möchte gern noch mehr. Warum muß man ausgerechnet dann sterben, wenn es etwas Wichtiges zu tun gibt? Das ist nicht gerecht.

Alles, was sie aufgebaut hatte, würde sich langsam auflösen und dann einstürzen. Es war ihr Werk, nicht das Werk Gottes. Ein ums andere Mal hatte sie ihre Hand nach dem Glitzernden und Glänzenden ausgestreckt und sich dessen bemächtigt. Nun schwebte sie zwischen den Welten und konnte nicht loslassen.

Wenn sie auf dem Schiff sterben würde, könnte die Besatzung den Entschluß fassen, sie in der Kapelle auf Sønderborg zu begraben. Es war eine alte Sitte, den dänischen König nahe seiner Todesstätte beizusetzen. Doch Margarete fand den Gedanken nicht schön, bis in alle Ewigkeit an der Stelle begraben zu sein, an der Abraham hingerichtet worden war.

Habe ich jemals aufgeben müssen? fragte sie sich selbst. Nein, ich habe immer meinen Willen bekommen, habe immer mein Verlangen stillen können. Doch ich habe gelernt, meine eigene Lust hintanzustellen. Bis auf ein einziges Mal. Ich habe versucht, seelische Erschütterungen und Leid zu vermeiden. Ich habe Selbstbeherrschung gelernt. Erik kann das alles nicht.

Wenn sie der Erschöpfung nachgab und wegsank, verschwammen alle Gedanken, die ihr im Kopf herumgeisterten. Aber sobald sie wieder zu sich kam, spürte sie die restlichen Muskeln ihres Körpers, erinnerte sich an ihre Vorhaben und begann, zu planen und zu grübeln.

Sie öffnete die verklebten Augen und sah in die Runde der

um sie Versammelten. Drei alte Frauen saßen an ihrem Lager, drei Frauen, deren Namen sie nicht kannte. Das Licht brannte in ihren Augen, und ihre Lungen schmerzten bei jedem Atemzug. Auf dem Schoß der einen Frau saß ein kleiner weißer Welpe, der nicht stillsitzen mochte. Er sprang auf seinem Frauchen herum, biß in ihre Hände, wedelte mit dem Schwanz und fiepte, bettelte und winselte. Margarete mußte unweigerlich lächeln, doch diese Bewegung riß und schmerzte in ihrem Gaumen. Wie das Hündchen sehnte sich auch ihre Seele nach Befreiung und Erlösung.

Vielleicht hatte Peder Jensen auch recht damit, daß der Tod Reinigung und ein Wiedersehen mit den Liebsten bedeutete. Sie hätte sich besser darauf vorbereiten sollen. Alle waren sie vor ihr gegangen: Håkon, ihre Eltern, Abraham und ihre Kinder. Die Menschen, die noch lebten, waren viel jünger als sie. Die Welt hatte sich verjüngt, nur sie war gealtert.

Wenn nur Erik und Philippa es ertrugen, die schönen Altardecken zu opfern, die sie damals gestickt hatte, als sie noch gut sehen und den Gesang der Grashüpfer hören konnte. Die Altardecken sollten für die vielen Totenmessen verwendet werden, die ihr die Mönche von Sorø singen würden.

Heute war der Tag der heiligen Apostel Simon und Judas, sagte man ihr. Es dämmerte bereits. Margarete verstand nicht, wie man einen Feiertag nach Judas, dem Verräter, benennen konnte. Dann würde man wohl auch bald Evert Moltke und Tuve Galen heiligsprechen. Eine Heilige aber hatte sie besiegt, sie hatte Birgitta überwunden und über sie triumphiert, wie sie es sich vor langer Zeit vorgenommen hatte. Margarete versuchte zu lachen, es war ein zerbrechliches, kleines Lachen, das ihre trockenen Lippen aufplatzen ließ.

Ein neues Geschwür begann unter ihrem linken Ohr zu wachsen. Sie konnte spüren, wie es sich gierig unter ihrer Haut spannte und sich zwischen Ohr und Kiefer drängte. Das war ihre Zukunft.

Willkommen, ihr kleinen Gesandten aus dem Fegefeuer, dachte sie und ließ ihren Mund offenstehen, damit ein wenig Luft den Weg in ihre Lungen finden konnte. Willkommen, ihr fleißigen Feinde. Kommt und vollbringt euer Werk und bereitet mich vor auf eine Zukunft, um die ich nie gebeten habe.

Sie waren gekommen, um ihr eine Geste abzuverlangen, die sie ihr Leben lang verweigert hatte. Sie waren gekommen, um sie mit der unvermeidlichen menschlichen Schwäche bekannt zu machen, die am Ende eines jeden Lebens wartet.

Zeittafel

1340	Valdemar Atterdag kehrt aus dem Exil nach Dänemark zurück, heiratet Helvig von Südjütland, läßt sich in Ålborg nieder und nennt sich König von Dänemark.
	Håkon von Norwegen wird geboren.
1348	Valdemar Atterdag erobert Seeland.
1349–50	Die Pest wütet in Dänemark.
1353	Margarete wird geboren.
1359	Schonen wird dänisch.
	Margarete und Håkon von Norwegen werden verlobt.
	Erik, Prinz von Schweden, stirbt nach einem Aufstand gegen seinen Vater König Magnus.
1361	Valdemar besiegt das gotländische Bauernheer und erobert Visby.
1363	Margarete und Håkon heiraten.
	Margaretes Bruder Kristoffer stirbt.
1364	Magnus Eriksson »Smek« wird als König von Schweden abgesetzt.
	Herzog Albrecht III. von Mecklenburg wird zum König von Schweden ausgerufen.
1365	Königin Blanka (Blanche von Namur) stirbt.
	Magnus Eriksson »Smek« wird in Stockholm gefangengenommen.
1368	Valdemar Atterdag hält sich in Deutschland auf.
1370	Der Krieg mit der Hanse ist beendet – Schonen geht in den Besitz der Hanse über.

Oluf/Olav wird geboren.
Margaretes Schwester Ingeborg stirbt.

1374 Magnus Eriksson »Smek« stirbt.
Königin Helvig stirbt.

1375 Valdemar Atterdag stirbt.

1376 Margarete und Albrecht III. von Mecklenburg treffen sich in Kopenhagen.
Margaretes Nichte Marie von Mecklenburg wird zur Erziehung nach Dänemark geschickt.

1377 König Eduard III. von England stirbt, Richard II. wird zum König ernannt.
Marie von Mecklenburg wird mit Vartislaw von Pommern verheiratet.

1378 Katarina, die Tochter von Marie von Mecklenburg, wird geboren.

1380 König Håkon von Norwegen stirbt.

1382 Abraham Brodersen Båd heiratet.
Peder Jensen Lodehat wird Bischof von Växjö.
Bugislaw von Pommern, der Sohn von Marie von Mecklenburg, wird in Darlowo geboren.

1385 Schonen fällt an Dänemark zurück.

1386 Marie von Mecklenburg und Pommern stirbt.
Peder Jensen Lodehat wird Bischof von Århus.
Der schwedische Drost Bo Jonsson Grip stirbt.

1387 Margaretes Sohn König Oluf stirbt.
Margarete wird Regentin von Dänemark.

1388 Der dänische Drost Henning Podebusk (Henning von Puttbus) stirbt.
Bugislaw von Pommern kommt mit seiner Schwester Katarina nach Oslo, wird von Margarete adoptiert und erhält den Namen Erik von Pommern.
Margarete übernimmt die Regentschaft Norwegens.

1389 Die Schlacht in der Ebene von Falen, bei Åsle: Margarete erobert Schweden, König Albrecht III.

von Mecklenburg wird abgesetzt und gefangengenommen.
Abraham Brodersen Båd wird Hauptmann von Burg Varberg.
Erik von Pommern wird als König gehuldigt.

1393 Abraham Brodersen Båd belagert Stockholm.

1394 Philippa von Lancaster wird geboren.

1395 Albrecht III. von Mecklenburg wird freigelassen.
Peder Jensen Lodehat wird Bischof von Roskilde.

1396 Erik von Pommern geht nach Schweden auf Huldigungsreise, die »Eriksgata«.

1397 Die Kalmarer Union wird besiegelt.
Erik von Pommern wird gekrönt.

1398 Stockholm fällt an Schweden zurück.
Kreuzritter erobern Gotland.

1400 König Richard II. von England wird abgesetzt und Henry of Bolingbroke wird als Henry IV. zum König ernannt.

1402 »Der falsche Oluf« wird auf dem Scheiterhaufen verbrannt.
Henry Beaufort, Bischof von Winchester, besucht Dänemark.

1403 Abraham Brodersen Båd belagert Visby.

1405 Erik von Pommern heiratet Philippa von Lancaster in Lund.

1408 Margarete stiftet der Stadt Maribo ein Birgittiner-Kloster.
Gotland wird von der Hanse gekauft.

1409 Krieg in Holstein.

1410 Abraham Brodersen Båd wird in Sønderborg hingerichtet.
Katarina wird mit dem Herzog Johan von Bayern verheiratet.

1411 Margarete übernimmt die Kriegsführung in Holstein.

1412 Flensburg ergibt sich der Union.
Margarete stirbt an der Pest.
Erik von Pommern wird König von Dänemark, Norwegen und Schweden.
Bischof Peder Jensen Lodehat überführt Margaretes Sarg von Sorø nach Roskilde.

1416 Peder Jensen Lodehat stirbt.

1421 Erik von Pommern erbaut Krogen bei Helsingør und führt den Sundzoll ein.

1430 Philippa stirbt und wird in Vadstena begraben.

1440 Erik von Pommern wird als Unionskönig abgesetzt und geht nach Gotland ins Exil.

Norwegen

Schweden

Håkon V. Magnusson (1270–1319), norweg. König

Magnus Ladulås »Scheunenschloß (1240–90), schwed. König

Ingebjørg (1301–64), Herzogin ∞ Erik Magnusson († 1318), Herzog

Valdemar Magnus († 1318), Herzog

Eufemia (ca. 1317–70) ∞ Albrecht II. von Mecklenburg († 1379)

Magnus VII. Eriksson »Smek« (1316–74), schwed./norweg. König ∞ Blanka von Namur († ca. 1365)

Ingeborg (ca. 1340–1400) ∞ Heinrich II. von Holstein

Heinrich von Mecklenburg († ca. 1383)

Albrecht III. von Mecklenburg (ca. 1338–1412), schwed. König

Erik VII. (1339–59), schwed. König ∞ Beatrix

Dänemark

Erik V. Klipping
(ca. 1249–86),
dän. König

- Birger Magnusson (1298–1321), schwed. König ∞ Margrethe († 1341)
- Kristoffer II. (ca. 1282–1332), dän. König ~ Eufemia von Pommern
  - Valdemar IV. Atterdag (ca. 1320–75), dän. König ∞ Helvig von Südjütland († 1374)
    - Håkon VI. (1340–80), orweg. König, hwed. Mitregent ∞ **Margarete [I.]** (1353–1412) norweg. Königin
      - Olav IV. [Oluf III.] (1370–87), dän./norweg. König
    - Ingeborg († ca. 1370) ∞ Heinrich von Mecklenburg
      - Marie (1365–86) ∞ Vartislaw von Pommern
        - Katarina (1378–1426) ∞ Johan von Bayern
        - Erik VII. von Pommern [Erik XIII. von Schweden], eh. Bugislaw von Pommern (1382–1459), König der skand. Union ∞ Philippa von Lancaster
      - Albrecht IV. († 1388), dän. Thronanwärter
    - Kristoffer († 1363)
- Erik VI. Menved (ca. 1280–1319), dän. König
  - Ingeborg von Schweden († 1319)
- Regitze

Frederik Berger

Die Geliebte des Papstes

Roman

Originalausgabe

568 Seiten
Band 1690
ISBN 3-7466-1690-5

Italien im ausgehenden 15. Jahrhundert.

Der römische Adlige Alessandro Farnese, dem seine Familie eine kirchliche Laufbahn zugedacht hat, befreit in einem blutigen Kampf die junge Silvia Ruffini aus der Hand von Wegelagerern. Doch die Liebe, die zwischen beiden aufkeimt, wird jäh unterbrochen. Alessandro wird wegen einer Unbotmäßigkeit vom Papst in den Kerker geworfen. Erst drei Jahre später trifft er Silvia wieder. Sie liebt Alessandro noch immer, muß aber zusehen, wie er sich auf ein Ränkespiel einläßt, um Kardinal zu werden, das nicht nur sein eigenes, sondern auch ihr Leben in Gefahr bringt.

Nach seinem Bestseller »Die Provençalin« erzählt Frederik Berger die aufregende Geschichte der Silvia Ruffini, die dem Papst Paul III. vier Kinder gebar und zu einer der schillerndsten Frauengestalten der Renaissance wurde.

AtV

Aufbau Taschenbuch Verlag